黄洪深 编著

宋代诗词类鉴

— 第二辑 —

南京大学出版社

图书在版编目(CIP)数据

宋代诗词类鉴.第二辑/黄洪深编著.—南京：南京大学出版社，2022.3
ISBN 978-7-305-24157-4

Ⅰ.①宋… Ⅱ.①黄… Ⅲ.①宋诗—诗歌欣赏②宋词—诗歌欣赏 Ⅳ.①I207.2

中国版本图书馆 CIP 数据核字(2021)第 000057 号

出版发行　南京大学出版社
社　　址　南京市汉口路 22 号　　邮　编　210093
出 版 人　金鑫荣

书　　名　宋代诗词类鉴(第二辑)
编　　著　黄洪深
责任编辑　黄隽翀

照　　排　南京紫藤制版印务中心
印　　刷　苏州工业园区美柯乐制版印务有限责任公司
开　　本　880×1230　1/32　印张 16.875　字数 619 千
版　　次　2022 年 3 月第 1 版　2022 年 3 月第 1 次印刷
ISBN 978-7-305-24157-4
定　　价　98.00 元

网址：http://www.njupco.com
官方微博：http://weibo.com/njupco
官方微信号：njupress
销售咨询热线：(025) 83594756

* 版权所有,侵权必究
* 凡购买南大版图书,如有印装质量问题,请与所购
　图书销售部门联系调换

目 录

（六）春色满园——园林卷

岳阳楼上对君山

卖花声	（木叶下君山）	……………	张舜民（5）
卖花声	（楼上久踟躇）	……………	张舜民（6）
水调歌头	（湖海倦游客）	……………	张孝祥（7）
雨中登岳阳楼望君山二首			
	（投荒万死鬓毛斑）等	………	黄庭坚（8）
登岳阳楼	（洞庭之东江水西）	…………	陈与义（10）
再登岳阳楼感慨赋诗			
	（岳阳壮观天下传）	…………	陈与义（11）
题岳阳楼	（八月书空雁字联）	…………	刘仙伦（12）
黄鹤楼	（手把仙人绿玉枝）	…………	陆　游（15）
水调歌头	（有客抱幽独）	……………	吴　潜（16）
烟雨楼	（轻烟漠漠雨疏疏）	…………	杨万里（17）
烟雨楼	（百尺楼高足赏心）	…………	唐天麟（18）
甘露寺多景楼	（欲收嘉景此楼中）	…	曾　巩（19）
多景楼呈某使君	（六代萧萧木叶稀）	…	米　芾（20）
题京口多景楼	（壮观东南二百州）	…	刘　过（21）
多景楼醉歌	（君不见七十二子从夫子）	…	刘　过（22）
贺新凉	（笛叫东风起）	……………	李　演（23）

水调歌头　　　（轮奂半天上）………… 戴复古（25）

滕王高阁临江渚

题滕王阁　　　（滕王平昔好追游）………… 王安国（28）
滕王阁　　　　（佩玉鸣鸾一笑空）………… 章　采（28）
满江红　　　　（万里西风）………… 吴　潜（29）
次韵孔宪蓬莱阁（山巅危构傍蓬莱）………… 赵　抃（31）
登州海市　　　（东方云海空复空）………… 苏　轼（32）
忆旧游　　　　（问蓬莱何处）………… 张　炎（34）
一萼红　　　　（步深幽）………… 周　密（36）
登快阁　　　　（痴儿了却公家事）………… 黄庭坚（38）
武昌松风阁　　（依山筑阁见平川）………… 黄庭坚（38）
过红梅阁　　　（春风如醇酒）………… 程　俱（40）

满眼风光北固亭

江神子　　　　（七朝文物旧江山）………… 张舜民（42）
游赏心亭　　　（六朝遗迹此空存）………… 王　珪（43）
登赏心亭　　　（蜀栈秦关岁月遒）………… 陆　游（44）
南乡子　　　　（何处望神州）………… 辛弃疾（46）
水调歌头　　　（潇洒太湖岸）………… 苏舜钦（48）
兰　亭　　　　（兰亭绝境擅吾州）………… 陆　游（50）
垂虹亭　　　　（断云一片洞庭帆）………… 米　芾（51）
登垂虹亭二首　（一别三吴地）等 ………… 张元幹（52）
题滁州醉翁亭　（四十未为老）………… 欧阳修（54）
丰乐亭春游三首（绿树交加山鸟啼）等 ………… 欧阳修（56）

旧苑荒台杨柳新

雪中登姑苏台　（我亦闲来散病身）……………… 杨万里（58）
登凤凰台　　　（千年百尺凤凰台）……………… 杨万里（59）
望江南　　　　（春未老）…………………………… 苏　轼（60）
望江南　　　　（春已老）…………………………… 苏　轼（61）
再过超然台赠太守霍翔
　　　　　　　（昔饮雩泉别常山）……………… 苏　轼（63）
郁孤台　　　　（八境见图画）……………………… 苏　轼（64）
题郁孤台　　　（城郭春声阔）……………………… 文天祥（65）
菩萨蛮　　　　（郁孤台下清江水）………………… 辛弃疾（66）
诉衷情令　　　（郁孤台上立多时）………………… 康与之（68）
石楼　　　　　（晓色重帘卷）……………………… 文天祥（98）
虔州八境图八首
　　　　　　　（坐看奔湍绕石楼）………………… 苏　轼（70）

逍遥堂后千寻木

有美堂暴雨　　（游人脚底一声雷）………………… 苏　轼（73）
虞美人　　　　（湖山信是东南美）………………… 苏　轼（74）
广陵五题其二　（栋宇高开古寺间）………………… 秦　观（76）
招缙云寺关彦远教授曾彦和集
　　　　　　　（蜀冈势与蜀山通）………………… 晁补之（76）
南堂五首　　　（江上西山半隐堤）等 …………… 苏　轼（78）
逍遥堂会宿二首（逍遥堂后千寻木）等 …………… 苏　辙（80）
子由将赴南都，与余会宿于逍遥堂，作两绝句读之
　　　　　　　（别期渐近不堪闻）等 …………… 苏　轼（81）
聚星堂雪　　　（窗前暗响鸣枯叶）………………… 苏　轼（83）

石苍舒醉墨堂	（人生识字忧患始）	……	苏　轼（85）
徐孺子祠堂	（乔木幽人三亩宅）	……	黄庭坚（87）
横山堂	（波间指点见青红）等	……	孙　觌（88）

满园春色关不住

满江红	（柳带榆钱）	……	吴　潜（90）
满江红	（唤出山来）	……	吴　潜（92）
满江红	（秋后钟山）	……	吴　渊（93）
满江红	（投老未归）	……	吴　渊（94）
西　河	（春乍霁）	……	吴文英（95）
祝英台近	（采幽香）	……	吴文英（97）
宴清都	（春讯飞琼管）	……	卢祖皋（98）
金乡张氏园亭	（亭馆连城敌谢家）	……	石延年（100）

（七）怒发冲冠——爱国卷

将军白发征夫泪

渔家傲	（塞下秋来风景异）	……	范仲淹（106）
喜迁莺	（霜天秋晓）	……	蔡　挺（107）
六州歌头	（少年侠气）	……	贺　铸（109）
行路难	（缚虎手）	……	贺　铸（112）
渔家傲	（天接云涛连晓雾）	……	李清照（114）
夏日绝句	（生当作人杰）	……	李清照（116）
减字木兰花	（朝云横度）	……	蒋兴祖之女（117）
水龙吟	（放船千里凌波去）	……	朱敦儒（119）
相见欢	（金陵城上西楼）	……	朱敦儒（121）
临江仙	（忆昔午桥桥上饮）	……	陈与义（122）

清晓飞骑引雕弓

水调歌头	（霜降碧天静）	……………	叶梦得(125)
水调歌头	（秋色渐将晚）	……………	叶梦得(127)
水调歌头	（今古几流转）	……………	叶梦得(128)
水龙吟	（汉家炎运中微）	……………	李　纲(131)
念奴娇	（茂陵仙客）	……………	李　纲(132)
喜迁莺	（长江千里）	……………	李　纲(134)
水龙吟	（古来夷狄难驯）	……………	李　纲(135)
念奴娇	（晚唐姑息）	……………	李　纲(136)
雨霖铃	（蛾眉修绿）	……………	李　纲(138)
喜迁莺	（边城寒早）	……………	李　纲(139)

笑谈渴饮匈奴血

酹江月	（神州沉陆）	……………	胡世将(142)
贺新郎	（曳杖危楼去）	……………	张元幹(144)
贺新郎	（梦绕神州路）	……………	张元幹(146)
好事近	（富贵本无心）	……………	胡　铨(148)
醉落魄	（百年强半）	……………	胡　铨(150)
满江红	（惨结秋阴）	……………	赵　鼎(152)
满江红	（怒发冲冠）	……………	岳　飞(153)
满江红	（遥望中原）	……………	岳　飞(155)
小重山	（昨夜寒蛩不住鸣）	……………	岳　飞(157)

铁马冰河入梦来

鹧鸪天	（家住苍烟落照间）	……………	陆　游(159)
秋波媚	（秋到边城角声哀）	……………	陆　游(161)

夜游宫	（雪晓清笳乱起）	陆　游(162)
诉衷情	（当年万里觅封侯）	陆　游(164)
诉衷情	（青衫初入九重城）	陆　游(165)
谢池春	（壮岁从戎）	陆　游(167)
西江月	（堂上谋臣尊俎）	刘　过(169)
沁园春	（万马不嘶）	刘　过(170)
清平乐	（新来塞北）	刘　过(172)
贺新郎	（弹铗西来路）	刘　过(173)
唐多令	（芦叶满汀洲）	刘　过(175)

乘风击楫誓中流

水调歌头	（细数十年事）	范成大(177)
鄂州南楼	（谁将玉笛弄中秋）	范成大(179)
满江红	（千古东流）	范成大(180)
醉落魄	（栖乌飞绝）	范成大(182)
六州歌头	（长淮望断）	张孝祥(183)
水调歌头	（雪洗虏尘静）	张孝祥(185)
浣溪沙	（霜日明霄水蘸空）	张孝祥(187)
霜天晓角	（倚天绝壁）	韩元吉(189)
水调歌头	（雄跨洞庭野）	袁去华(190)

壮岁旌旗拥万夫

太常引	（一轮秋影转金波）	辛弃疾(194)
木兰花慢	（汉中开汉业）	辛弃疾(195)
木兰花慢	（老来情味减）	辛弃疾(197)
水调歌头	（白日射金阙）	辛弃疾(199)

水龙吟	（渡江天马南来）	…………	辛弃疾(201)
水龙吟	（南风五月江波）	…………	韩元吉(203)
八声甘州	（故将军饮罢夜归来）	………	辛弃疾(205)
水调歌头	（不见南师久）	…………	陈　亮(207)
桂枝香	（天高气肃）	…………	陈　亮(209)
小重山	（碧幕霞绡一缕红）	………	陈　亮(210)

杨柳烟锁古今愁

念奴娇	（我来牛渚）	…………	吴　渊(212)
念奴娇	（凭高远望）	…………	王　澜(214)
水调歌头	（轮奂半天上）	…………	戴复古(215)
满江红	（万灶貔貅）	…………	黄　机(217)
满江红	（金甲琱戈）	…………	刘克庄(218)
沁园春	（何处相逢）	…………	刘克庄(221)
酹江月	（水天空阔）	…………	邓　剡(223)
酹江月	（乾坤能大）	…………	文天祥(225)
沁园春	（为子死孝）	…………	文天祥(227)

更剔残灯抽剑看

沁园春	（为问杜鹃）	…………	陈人杰(230)
沁园春	（谁使神州）	…………	陈人杰(232)
满江红	（太液芙蓉）	…………	王清惠(234)
满江红	（燕子楼中）	…………	文天祥(236)
满江红	（试问琵琶）	…………	文天祥(238)
满江红	（王母仙桃）	…………	邓　郯(240)
满江红	（天上人家）	…………	汪元量(241)

秋日酬王昭仪	（愁到浓时酒自斟）	汪元量(242)
念奴娇	（吴山青处）	刘仙伦(243)
满庭芳	（汉上繁华）	徐君宝妻(244)

（八）竹溪花浦——交谊卷

相逢樽酒盍留连

赠王介甫	（翰林风月三千首）	欧阳修(250)
奉酬永叔见赠	（欲传道义心虽壮）	王安石(251)
明妃曲二首	（明妃初出汉宫时）等	王安石(252)
和王介甫明妃曲二首	（胡人以鞍马为家）等	欧阳修(254)

十年思颍今在颍

木兰花令	（西湖南北烟波阔）	欧阳修(259)
木兰花令	（霜余已失长淮阔）	苏 轼(260)
陪欧阳少师永叔燕颍州西湖	（西湖草木公所种）	苏 辙(262)
水调歌头	（昵昵儿女语）	苏 轼(264)
醉翁操	（琅然）	苏 轼(267)
泛 颍	（我性喜临水）	苏 轼(269)

偶尔相聚还离索

行香子	（携手江村）	苏 轼(272)
江城子	（翠蛾羞黛怯人看）	苏 轼(274)
南乡子	（回首乱山横）	苏 轼(276)
南乡子	（寒雀满疏篱）	苏 轼(277)

醉落魄	（分携如昨）	苏	轼(279)
浣溪沙	（缥缈危楼紫翠间）	苏	轼(280)
南乡子	（霜降水痕收）	苏	轼(281)
西江月	（点点楼头细雨）	苏	轼(283)
如梦令	（为向东坡传语）等	苏	轼(285)

我病君来高歌饮

贺新郎	（把酒长亭说）	辛弃疾(287)
贺新郎	（老去凭谁说）	陈	亮(290)
贺新郎	（老大那堪说）	辛弃疾(292)
贺新郎	（离乱从头说）	陈	亮(295)
贺新郎	（话杀浑闲说）	陈	亮(298)
破阵子	（醉里挑灯看剑）	辛弃疾(300)

如公仅有两三人

游武夷，作棹歌呈晦翁十首

	（一水奔流叠嶂开）等	辛弃疾(304)
酬朱晦庵	（西风卷尽扩霜筠）	辛弃疾(308)
感皇恩	（案上数编书）	辛弃疾(309)
贺新郎	（细把君诗说）	辛弃疾(311)
锦帐春	（春色难留）	辛弃疾(313)
玉蝴蝶	（古道行人来去）	辛弃疾(314)
玉蝴蝶	（贵贱偶然）	辛弃疾(315)

青史英豪可雄跨

沁园春	（斗酒彘肩）	刘	过(317)

沁园春	（古岂无人）	…………	刘　过(319)
念奴娇	（知音者少）	…………	刘　过(321)
水龙吟	（谪仙狂客何如）	…………	刘　过(323)

送辛幼安殿撰造朝

　　　　　　（稼轩落笔凌鲍谢）………… 陆　游(326)

杯盘狼藉犹相对

| 和秦太虚梅花 | （西湖处士骨应槁） | ………… | 苏　轼(331) |

和黄法曹忆建溪梅花同参寥赋

　　　　　　（海陵参军不枯槁）………… 秦　观(332)

虞美人	（波声拍枕长淮晓）	…………	苏　轼(333)
千秋岁	（水边沙外）	…………	秦　观(335)
千秋岁	（春风湖外）	…………	孔平仲(337)
千秋岁	（岛边天外）	…………	苏　轼(338)
千秋岁	（苑边花外）	…………	黄庭坚(340)
木兰花令	（凌歊台上青青麦）	…………	黄庭坚(342)
瑞鹤仙	（环滁皆山也）	…………	黄庭坚(344)
戏呈孔平仲	（管城子无肉食相）	…………	黄庭坚(345)
双井茶送子瞻	（人间风日不到处）	…………	黄庭坚(347)
八声甘州	（谓东坡）	…………	晁补之(348)
八声甘州	（有情风）	…………	苏　轼(350)
秋蕊香	（帘幕疏疏风透）	…………	张　耒(353)

西湖同结杏花盟

| 望江南 | （壶山好）等 | ………… | 戴复古(355) |

望江南	（石屏老）等 ……………………	戴复古（358）
西　河	（今日事）…………………………	曹　豳（360）
西　河	（天下事）…………………………	王　埜（362）
玉漏迟	（老来欢意少）……………………	周　密（364）
踏莎行	（杨柳风流）………………………	吴文英（365）
法曲献仙音	（层绿峨峨）………………………	王沂孙（366）
法曲献仙音	（松雪飘寒）………………………	周　密（367）
甘　州	（渐萋萋）…………………………	周　密（369）
一萼红	（过蔷薇）…………………………	李彭老（371）
青玉案	（吟情老尽江南句）………………	李彭老（372）
甘　州	（望涓涓一水隐芙蓉）……………	张　炎（374）

（九）策杖溪边——闲隐卷

更欲临流作钓矶

书怀感事寄梅圣俞
　　　　　　（三月入洛阳）………………… 欧阳修（380）
夜行船　　　（忆昔西都欢纵）……………… 欧阳修（382）
涡口得双鳜鱼怀永叔
　　　　　　（春风午桥上）………………… 梅尧臣（383）
归田四时乐春夏二首
　　　　　　（春风二月三月时）等 ……… 欧阳修（386）
续永叔归田乐秋冬二首
　　　　　　（秋风忽来鸣蟪蛄）等 ……… 梅尧臣（387）
剔银灯　　　（昨夜因看蜀志）……………… 范仲淹（389）

且于穷僻置闲田

闲　居　　　　（故人通贵绝相过）………… 司马光(391)
和君贶题潞公东庄
　　　　　　　（嵩峰远叠千重雪）………… 司马光(392)
安乐窝　　　　（半记不记梦觉后）………… 邵　雍(393)
和邵尧夫安乐窝中职事吟
　　　　　　　（灵台无事日休休）………… 司马光(394)
水调歌头　　　（万顷太湖上）…………… 尹　洙(396)
渔家傲　　　　（小雨纤纤风细细）………… 朱　服(397)
忆故人　　　　（烛影摇红）……………… 王　诜(399)
蝶恋花　　　　（小雨初晴回晚照）………… 王　诜(400)
苏幕遮　　　　（露堤平）………………… 梅尧臣(402)
阮郎归　　　　（天边金掌露成霜）………… 晏几道(403)

落花寂寂水潺潺

东　坡　　　　（雨洗东坡月色清）………… 苏　轼(405)
山村五绝　　　（竹篱茅屋趁溪斜）等……… 苏　轼(406)
浣溪沙　　　　（照日深红暖见鱼）等……… 苏　轼(408)
哨　遍　　　　（为米折腰）……………… 苏　轼(411)
桃源行　　　　（望夷宫中鹿为马）………… 王安石(413)
次荆公韵四绝　（青李扶疏禽自来）等……… 苏　轼(415)
司马君实独乐园（青山在屋上）…………… 苏　轼(416)
阮郎归　　　　（渔舟容易入春山）………… 司马光(418)
题西溪无相院　（积水涵虚上下清）………… 张　先(420)

题西太一宫壁二首

     （柳叶鸣蜩绿暗）等 ……… 王安石（421）

西太一见王荆公旧诗偶次其韵二首

     （秋早川原净丽）等 ………… 苏　轼（422）

次韵王荆公题西太一宫壁二首

     （风急啼乌未了）等 ………… 黄庭坚（423）

先生筇杖是生涯

清平乐	（金风细细） …………	晏　殊（425）
朝中措	（先生筇杖是生涯） ………	朱敦儒（427）
朝中措	（红稀绿暗掩重门） ………	朱敦儒（428）
西江月	（世事短如春梦） …………	朱敦儒（429）
西江月	（日日深杯酒满） …………	朱敦儒（430）
踏莎行	（秋入云山） ……………	张　抡（431）
临江仙	（午醉厌厌醒自晚） ………	贺　铸（432）
沁园春	（客问吾年） ……………	赵以夫（433）
摸鱼儿	（买陂塘） ………………	晁补之（435）
行香子	（前岁栽桃） ……………	晁补之（437）
临江仙	（谪宦江城无屋买） ………	晁补之（438）
临江仙	（忆昔西池池上饮） ………	晁冲之（440）
临江仙	（猎猎风蒲初暑过） ………	苏　庠（441）
江神子	（杏花村馆酒旗风） ………	谢　逸（442）
卜算子	（烟雨冥横塘） …………	谢　逸（443）

轻舟短棹任斜横

鹧鸪天	（万事令人心骨寒）等	黄庭坚(445)
江城子	（凤凰山下雨初晴）	苏　轼(447)
菩萨蛮	（半烟半雨溪桥畔）	黄庭坚(449)
渔　父	（渔父饮）等	苏　轼(450)
鹧鸪天	（西塞山边白鹭飞）	黄庭坚(452)
鹧鸪天	（林断山明竹隐墙）	苏　轼(453)
诉衷情	（一波才动万波随）	黄庭坚(455)
好事近	（摇首出红尘）等	朱敦儒(456)
渔父词	（十载江湖不上船）等	薛师石(460)
陈留市隐	（市井怀珠玉）	黄庭坚(463)
陈留市隐者	（陈留人物后）	陈师道(465)
溪上谣	（溪上行吟山里应）	林希逸(466)
寄隐居士	（先生骨相不封侯）	谢　逸(467)

人在清岚烟霭中

水调歌头	（草木自成岁）	汪　莘(690)
浪淘沙	（岸柳可藏鸦）	吴　琚(470)
行香子	（策杖溪边）	汪　莘(471)
步蟾宫	（三年重到严滩路）	韩　淲(472)
沁园春	（试课阳坡）	程　珌(473)
望江南	（重阳日）	康与之(476)
沁园春	（一曲狂歌）	戴复古(478)
寄韩仲止	（何以涧泉号）	戴复古(480)
庆全庵桃花	（寻得桃源好避秦）	谢枋得(481)

武夷山中	（十年无梦得还家）	……………	谢枋得(481)
摸鱼儿	（爱吾庐）	……………………	张　炎(482)

老松石畔柴门户

南歌子	（庭下新生月）	………………	毛　滂(484)
南歌子	（绿暗藏城市）	………………	毛　滂(485)
蓦山溪	（东堂先晓）	…………………	毛　滂(486)
点绛唇	（新月娟娟）	…………………	苏　过(487)
点绛唇	（高柳蝉嘶）	…………………	苏　过(488)
一寸金	（州夹苍崖）	…………………	周邦彦(490)
尉迟杯	（隋堤路）	……………………	周邦彦(491)
菩萨蛮	（绿芜墙绕青苔院）	………	陈　克(493)
青玉案	（梅黄又见纤纤雨）	………	赵长卿(494)
蓦山溪	（无非无是）	…………………	赵长卿(495)
昭君怨	（偶听松梢扑鹿）	…………	杨万里(496)
水调歌头	（细数十年事）	………………	范成大(498)
满江红	（落尽斜阳）	…………………	王　质(499)

平岗细草鸣黄犊

满江红	（几个轻鸥）	…………………	辛弃疾(501)
鹧鸪天	（晚岁躬耕不怨贫）	………	辛弃疾(503)
鹧鸪天	（陌上柔桑破嫩芽）	………	辛弃疾(504)
鹧鸪天	（春入平原荠菜花）	………	辛弃疾(506)
鹧鸪天	（家住苍烟落照间）	………	陆　游(507)
鹧鸪天	（懒向青门学种瓜）	………	陆　游(509)

15

鹊桥仙　　　　（一竿风月）……………… 陆　游(510)

鹊桥仙　　　　（华灯纵博）……………… 陆　游(512)

点绛唇　　　　（采药归来）……………… 陆　游(513)

眼儿媚　　　　（酣酣日脚紫烟浮）……… 范成大(514)

蝶恋花　　　　（春涨一篙添水面）……… 范成大(516)

雨中花令　　　（山雨细）………………… 周紫芝(517)

行香子　　　　（树绕村庄）……………… 秦　观(519)

（六）
春色满园——园林卷

宋代是一个休闲享乐文化大行其道的时代,山水园林、亭台楼阁和宋代诗词也以不同的面貌同样迅速地发展,园林的熏陶成就了许多充满园林情调的佳作。园林对诗词的感发、园林中闲适优雅的生活为诗词的创作提供了丰富的题材,亭台楼阁无一不在诗词中彰显出绰约的身姿。

从某种意义上说,宋词是从园林里诞生的,其描写涓滴变化、生灭动静、拥有和园林一样或近似的美学风格,并且,宋词所表现的感情、哲理、历史诸方面都与园林有关。士大夫的闲情、女子的闺情,在寻常的日子里对不寻常的时间过往的感悟,对宇宙人生瞬间的领会,对岁月沧海桑田的沉痛认识,大都与园林充满着千丝万缕的关联。所以说,中国古典园林建筑既具有悠久的历史,又蕴含着丰富的文化内涵和审美意义,优美的古典园林既为宋词的创作提供了特有的文化土壤和表现题材,宋词也以华美的文笔为其进行了传神的写照。据统计,在《全宋词》中,仅在词题、词序中标明各种名园佳囿及亭台楼阁名称的词作就达一百七十余首,至于以此为背景或涉及园林风景的词作更是不计其数。

岳阳楼上对君山

岳阳楼位于湖南省岳阳市西门城头,前临洞庭湖,自古有"洞庭天下水,岳阳天下楼"之誉。它同湖北武汉的黄鹤楼、江西南昌的滕王阁并称为"江南三大名楼"。

大历三年(768),杜甫由公安南下,泊舟岳阳城下,登楼远眺,写下《登岳阳楼》:"昔闻洞庭水,今上岳阳楼。吴楚东南坼,乾坤日夜浮。亲朋无一字,老病有孤舟。戎马关山北,凭轩涕泗流。"此诗前四句写景,表现洞庭湖的宏伟壮阔。后四句感慨国家危难和个人孤苦身世,最后仍归结到登楼远眺。写景写情,都非常成功,特别是第三、四句气派宏大,描绘生动,对仗工稳,是千古传诵的名句。

宋人方回,有一次在岳阳楼游览时,见到楼右壁写了杜甫的五律《登岳阳楼》,左壁写孟浩然的五律《临洞庭湖》,于是说:"岳阳楼天下壮观,孟、杜二诗尽之矣。"又说:"后人自不敢复题也。"由此可见,孟、杜这两首诗自古以来就被人们认为是吟咏洞庭湖的绝唱。

东汉末年,孙权手下大将鲁肃奉命镇守巴丘,操练水军,在洞庭湖接长江的险要地段建筑了巴丘古城,建安二十年(215),鲁肃在巴陵山上修筑了阅军楼,用以指挥和训练水师。阅军楼临岸而立,登临可观望洞庭湖全景,湖中一帆一波皆可尽收眼底,气势非凡。阅军楼就是岳阳楼的前身。唐开元年间,中书令张说谪守岳州,始修此楼。北宋庆历四年(1044),滕子京被贬岳州,此时岳阳楼已经坍塌,滕子京于庆历五年(1045)重建了岳阳楼,并请范仲淹撰写《岳阳楼记》,由此岳阳楼声名鹊起,宋代的岳阳楼在明崇祯十一年(1638)毁于战火,后几经兴废,现存建筑为清光绪年间再建,楼为纯木结构,明廊环之,矗立于城墙之上,气势雄伟壮观。

卖花声

张舜民

题岳阳楼（一）

木叶下君山，空水漫漫。十分斟酒敛芳颜。不是渭城西去客，休唱阳关。

醉袖抚危栏，天淡云闲。何人此路得生还？回首夕阳红尽处，应是长安。

洞庭湖边树叶纷纷落下，天空和水面都是一片雾气蒙蒙。岳阳楼内，歌伎神色凝重地给即将南迁的我斟上满满的一杯酒。歌女唱起送别的乐曲时，我自嘲地说到自己不但不能西出阳关，反而要南迁郴州，所以当此际，就不要唱那首《阳关曲》了。

酒醉之后，带着醉意凭栏远望，只见高高的天上风轻云淡，而自己却要走上南迁的路，古往今来，被贬谪的人踏上这条路后，有几个得以生还的呢？回头看那红红的夕阳落下的地方，那应该就是我念念不忘的长安啊！

这首词的上片写景，下片抒情，道出了词人贬谪失意的心情。全词沉郁悲壮，扣人心弦，写得层次分明，情意厚重，深挚含蓄，悲壮凄凉，将词人对无端遭贬谪的迁愁谪恨写得淋漓尽致，具有较强的艺术感染力，是题咏岳阳楼诸词中颇具代表性的一篇。

卖花声

张舜民

题岳阳楼（二）

楼上久踟躇。地远身孤。拟将憔悴吊三闾。
自是长安日下影,流落江湖。

烂醉且消除。不醉何如。又看暝色满平芜。
试问寒沙新到雁,应有来书。

独自在危楼上踟躇徘徊、犹豫彷徨,我是那样的孤独和忧伤。带着哀怨丧魂落魄地凭吊三闾大夫屈原。曾经在京城长安供职,如今却被迫流落江湖。

希望不要再喝得烂醉如泥,但终究还是醉了。为什么要喝醉呢？如此深重的痛楚已经不是清醒的人所能承受的了。又看到黄昏的颜色布满了草木丛生的平旷原野,试问寒寂沙洲上新到的鸿雁,应该有给我的书信吧！

词人登上岳阳楼,放眼望见山远水阔,只觉孤身飘零僻远异地,前路茫茫。词中写尽流落江湖、远谪异地的孤独；仕途失意,忠而被贬的苦闷；思君恋国、实现抱负的渴望。

这两首《卖花声》作于元丰六年(1083),张舜民因作诗有诽谤朝廷之嫌,被从与西夏作战的前线撤下来,贬为监郴州茶盐酒税,途经岳阳,登岳阳楼作词两首。这两首词的词阙下题作"题岳阳楼",词中所写景色,所抒发的感情,都以岳阳楼作为基点。由于词是在贬谪途中写成的,因而词中反映了迁谪之恨。表现风格上与一般的抒情小词不同,显得沉郁悲壮,扣人心弦。

乾道五年(1169)张孝祥请辞侍亲获准之后,途经岳阳时,他登上岳阳楼赋《水调歌头》词。

水调歌头

张孝祥

过岳阳楼作

湖海倦游客,江汉有归舟。西风千里,送我今夜岳阳楼。日落君山云气,春到沅湘草木,远思渺难收。徙倚栏杆久,缺月挂帘钩。

雄三楚,吞七泽,隘九州。人间好处,何处更似此楼头?欲吊沉累无所,但有渔儿樵子,哀此写离忧。回首叫虞舜,杜若满芳洲。

多年在湖海之上漂泊,仕宦不得意而倦于仕途,不如学习陶渊明去归隐。经过长时间江湖的飘荡,终于来到了游览胜地岳阳楼上。天空湛蓝,万里无云,金色的夕阳斜照在一碧万顷、浩荡无垠的洞庭湖面上,波光粼粼,静影沉碧,浮光跃金,沅水、湘水相汇处的两岸草木,一片葱绿,春机盎然。湖中的君山暮霭云雾,萦绕四隅。独自倚栏久久而立,一轮弯月升起,宛如挂帘之钩。

岳阳楼气势宏伟,称雄于长江中游的亡楚之地,气吞楚地的湖泊沼泽,居天下险要之处。人间的好地方,还有哪里比得上这个岳阳楼呢？欲吊屈原却又不知其确切的葬身之处，但登山临水，有渔儿樵子，同哀屈原而诉其离忧之情。回首呼唤虞舜一样的明君，沙洲上开满了芬芳的香草。

张孝祥曾经多次经过岳阳楼，据这首词中的行向与时节推测，应为宋孝宗乾道五年(1169)三月下旬。这年，张孝祥请上表辞官获准后，离开荆州(今湖北江陵)，乘船沿江东归，当时曾写《喜归作》诗："湖海扁舟去，江淮到处家。"归途之中，因风阻船，在岳阳滞留之日，同行诸公都填了词，他步原韵作《浣溪沙》词，同时写下这首《水调歌头》。在《浣溪沙》词中，有"拟看岳阳楼上月，不禁石首岸头风"云云，这些都与此词的内容相吻合。这首词写途中登临岳阳楼的感受，风物清丽而情词悲切。上片写登楼所见之景象，下片抒发吊古伤今的情怀，景中寓情，苍凉沉郁，表现词人怀才见弃的幽怨。

词中吊古是明写，伤今则见于言外。词人不是空泛地抒写古今人事兴衰的感慨，而是从眼前"日落君山"的景物铺写，联想到屈原的政治遭遇和不同流合污的高贵品质，勾引起凭吊之情，"哀此写离忧"，表现出词人独处浊世而不被重用的遭遇，抒发自己宦海漂泊的倦意，表达了对清明政治的期盼之情。

雨中登岳阳楼望君山二首

黄庭坚

（一）

投荒万死鬓毛斑，生出瞿塘滟滪关。

未到江南先一笑,岳阳楼上对君山。

(二)

满川风雨独凭栏,绾结湘娥十二鬟。
可惜不当湖水面,银山堆里看青山。

(一)在万死投荒的贬谪流放岁月中,年岁渐长,不知不觉间,两鬓的毛发已经斑白,想不到有生之年还能活着闯过瞿塘峡的险要地段滟滪关,登上岳阳楼看到湖中的君山,虽然还未到江南,但已令人欣然一笑。

(二)独自凭栏面观满川的风烟雨雾,那君山的形状宛如湘江夫人头上打成的十二个发髻。可惜不能当作湖水的面,在洞庭湖的波浪里面凝望青翠的君山。

黄庭坚于绍圣二年(1095)被贬黔州,后移戎州,直到崇宁元年(1102)方遇赦返乡,途经岳阳楼,登楼而作此诗,诗中既写到远眺君山的景象,也写到诗人遇赦后心里的欣慰。黄𥞣《山谷年谱》卷二十九记,黄庭坚此诗有手书诗跋云:"崇宁元年正月二十三日,夜发荆州。二十六日至巴陵,数日阴雨,不可出。二月朔旦,独上岳阳楼。太守杨器之、监郡黄彦并来,率同游君山。行二十里螺蚌中乃至。见住持僧,年八十,跛曳而出。登其绝顶,环望积水数百里,实壮观也。有野马二十余群,游平泽中,猿猴辈出,上下松柟间,景气甚野。"

第二首诗写诗人遇赦归来的欣悦之情。首句写历尽坎坷、九死一生的艰难生活;次句写劫后重生的喜悦;三、四句进一步写放逐归来的欣喜之情。诗作意兴洒脱,反映出诗人不畏磨难、豁达洒脱的情怀和豪爽乐观、执拗不屈的个性。第二首诗写凭栏远眺洞庭湖时的感受。诗人扣住诗题中的"望"字来抒写自己历尽劫难而不屈服的性格。前二句写景,"满川风雨"是实景,也不无政治风雨的寓意。"湘娥十二鬟"表现出一种风雨之中的镇定优雅之态。后二句是抒发诗人的感慨,设想如能在湖风扑面白浪掀天的波心浪峰上细细观赏君山,当是十分快意之事。诗人忧患余生,却能以如此开阔之胸襟,写出如此意气风发的诗句,足见其心胸之放旷,意志之坚毅。

登岳阳楼

陈与义

洞庭之东江水西,帘旌不动夕阳迟。
登临吴蜀横分地,徙倚湖山欲暮时。
万里来游还望远,三年多难更凭危。
白头吊古风霜里,老木沧波无限悲。

面朝着无边无际的洞庭湖,背靠着浩浩荡荡的长江水,在一片惨淡的夕阳余晖之下,楼上悬挂的帷幔一动不动。登临当年吴蜀争夺之地,眼前的湖光山色虽已被沉沉暮霭淹没,但一幕幕悲壮激烈的历史画卷却历历在目。行路万里,崎岖飘零,历尽千辛万苦,来到岳阳楼上凭危远望,三年多来避难南奔的流离颠簸令人难忘。鬓发斑白的诗人伫立于萧瑟的秋风中,面对眼前的老木苍波,想到大片的国土落入金人之手,怎能不悲从中来?

这首诗写于高宗建炎二年(1128)秋,靖康之变发生,宋代的诗人遭遇了天崩地裂的大变故。国破家亡,流离失所,天涯沦落,到处颠沛。就是在这样的背景下,诗人在逃难三年后,登上了名胜岳阳楼。

此诗是陈与义写岳阳楼的开篇之作。首联写岳阳楼的地理位置,先从大处着墨,以洞庭湖和长江为背景,在一个宏观视野中隆重推出岳阳楼。以富有诗情画意的情境,引起丰富的遐想。颔联从静态舒缓的景物描写中振起,转为强烈的抒情,融情入景,借景抒怀。颈联以近于直呼的方式,发出高亢、强烈的呐喊,道出了一个亡国之臣的心声。一波三折、千回百转,把感情推向了极致。尾联顾影自怜,以无限悲凉的身世之慨收束全篇。历代诗评家都认为此诗是陈与义学杜的成功之作。颔联尤为宏壮雄丽,"造次不忘忧爱,以简洁扫繁缛,以雄浑代尖巧"(刘克庄《后村诗话》),自然令人想起杜甫《登岳阳楼》的名句"吴楚东南坼,乾坤日夜浮"所表现的宽阔宏伟的意境。

高宗建炎二年(1128)秋,陈与义避难流落洞庭之滨。那天下壮观的岳阳楼,强烈地吸引着诗人登临览胜,抒怀赋诗《再登岳阳楼感慨赋诗》,在作这首诗之前,陈与义已写下《登岳阳楼》二首,如今再次登临,依然是佳景览不完,感慨抒不尽。

再登岳阳楼感慨赋诗

陈与义

岳阳壮观天下传,楼阴背日堤绵绵。
草木相连南服内,江湖异态栏干前。

乾坤万事集双鬓,臣子一谪今五年。
欲题文字吊古昔,风壮浪涌心茫然。

岳阳楼的雄伟壮观天下闻名,站在岳阳楼上,北临浩浩长江,江风阵阵,浊浪腾涌,一往无前,江边长堤,曲折蜿蜒,连续不断。西南面则是碧波千顷的洞庭湖,波光潋滟,湖岸草木葱茏,相连不绝,一直延伸到穷荒僻远的南方天边。自徽宗宣和六年谪监陈留酒税以来,迄今已有五年了。五年之中,发生了多大的变化啊!国无宁日,人无宁日。真是天下之事,迁臣之恨都反映在双鬓之上。汉代的贾谊被贬长沙,途经湘江,曾作赋以吊屈原。而此时我的处境比贾谊更坏,心境比贾谊更劣。所以即使像贾谊一样发抒吊古之情,也感到力不从心,难于下笔,于是只得面对风壮浪涌的长江洞庭而茫然无语了。

此诗是陈与义所作的一首七言律诗。诗作表现了诗人对国事和个人身世的深沉感慨。诗的前四句着力描绘岳阳楼周围的景色;后四句承接前四句抒发身世之感,家国之恨。纵观全诗,诗作俯仰今古,伤时感世,含蓄深远,格调沉郁,气象雄浑。

这首诗采用拗体格律,音节拗怒,陡折峭拔,与杜甫《白帝城最高楼》等拗体律诗格调相同,表达了欲语又止,抑塞难堪,郁戾不平的思想感情。王嗣奭曾评杜甫拗体诗说:"愁起于心,真有一股郁戾不平之气,而因以拗语发之。公之拗体,大都如是。"此说简斋亦足以当之,不愧"学杜而得其骨者"也。诗的第二、四、八句皆作三平调,不依常格,在意绪苍茫之外别见音节之美。

题岳阳楼

刘仙伦

八月书空雁字联,岳阳楼上俯晴川。
水声轩帝钧天乐,山色玉皇香案烟。
大舶驾风来岛外,孤云衔日落吟边。
东南无此登临地,遣我飘飘意欲仙。

八月的江南金风送爽,正是宜人的时节。而在北地,草木已衰,凉意已浓,不耐寒的鸿雁,已开始结对南飞。在岳阳楼上俯瞰洞庭湖辽阔的天空,只见它们排成整齐的队形,形成"一"字或"人"字,联翩而过。洪波涌起,惊涛拍岸,发出清泠而有节奏的巨大声响,这声响开人心胸,荡人魂魄,使人不觉神驰千载之上,想起轩帝的钧天乐。在晴霭里,不管是远山近山,只是若隐若现,似有似无,难得看见它们的真容,迷迷蒙蒙,仿佛笼罩在玉皇香炉散发出的紫烟之中。巨舟乘风破浪从岛外驶来,晴空里出现一朵孤云,衔着落日,沉向天边。整个东南方都没有如此美妙的登临之地,令我意清神爽,飘飘欲仙。

岳阳楼为天下名楼,范仲淹作《岳阳楼记》,其名益著。汪洋万顷,烟波浩渺的洞庭湖激起人们的遐想,有关它的神话和传说不断产生,诗人骚客目观神驰,孕育出奇情丽采的诗篇。屈原首发高唱:"袅袅兮秋风,洞庭波兮木叶下!"后起的诗人,如南朝的谢朓、阴铿,唐代的宋之问、张说、孟浩然、李白、贾至、杜甫、刘长卿、刘禹锡、韩愈、白居易、张祜、李群玉、雍陶、许棠、谭用之、周贺、韩偓等,名篇秀句,层见叠出,可以说好诗已经被他们写尽。宋代诗人,要在这个地方写出富有新意为人称赏的诗篇,压力是很大的,而刘仙伦的这首《题岳阳楼》,则是宋诗中的一首名作,较之前人佳作,毫不逊色。

此诗是一首七言律诗,诗作的前两联直抒胸臆,写诗人在岳阳楼的所见所闻;后两联承上启下,先写湖上见到的美景,再写诗人自己的体验。诗人在表达对岳阳楼赞赏的同时,也抒发了对祖国山河的无限热爱和逸致豪情。首联上句点明时间,下句点明地点;颔联上句写耳闻,下句写目见。构思新奇,语出天然。颈联再写湖上所见,展示一幅苍茫壮阔的画面。尾联赞赏岳阳楼的同时,也表明诗人在这里所得到的精神享受。

刘仙伦是江西庐陵人,在他活动的宋孝宗淳熙年间,江西诗派的诗风还是很盛的,但这首诗似乎没有受到它的影响,搞什么"脱胎换骨""点铁成金",专向僻经僻典和古人诗句中寻章摘句,把诗写得枯涩少味。刘仙伦的诗独往独来,很少依傍,信笔挥洒,诗意横生,自成高格。岳珂评价此诗:"新警峭拔,足洗尘腐而空之矣。"(《桯史》卷六)

黄鹤楼也是我国古代三大名楼之一,它的旧址在武汉蛇山的黄鹤矶头,面对鹦鹉洲,相传建于三国吴黄武二年(223),有仙人子安乘黄鹤过此,故名黄鹤楼。历代屡毁屡建,新建的黄鹤楼位于蛇山之巅,是一座仿木结构的建筑,楼高五层,高四十九米,攒尖顶,层层飞檐,登楼可观浩瀚长江的壮丽景色。唐代诗人崔颢在此写下千古绝唱《黄鹤楼》:"昔人已乘黄鹤去,此地空余黄鹤楼。黄鹤一去不复返,白云千载空悠悠。晴川历历汉阳树,芳草萋萋鹦鹉洲。日暮乡关何处是?烟波江上使人愁。"这首诗写登临黄鹤楼极目千里所见的壮观景色,也写出了诗人俯瞰江汉之际的乡关之思,元人辛文房

《唐才子传》记李白登黄鹤楼本欲赋诗,因见崔颢此作,为之敛手,说:"眼前有景道不得,崔颢题诗在上头。"李白曾两次作诗拟此诗格调,其《鹦鹉洲》前四句云:"鹦鹉东过吴江水,江上洲传鹦鹉名。鹦鹉西下陇山去,芳洲之树何青青?"与崔颢诗如出一辙。又有《登金陵凤凰台》亦是明显地摹学此诗。为此,说诗者众口交誉,严羽《沧浪诗话》谓:"唐人七言律诗,当以崔颢《黄鹤楼》为第一。"

黄鹤楼

陆 游

手把仙人绿玉枝,吾行忽及早秋期。
苍龙阙角归何晚,黄鹤楼中醉不知。
江汉交流波渺渺,晋唐遗迹草离离。
平生最喜听长笛,裂石穿云何处吹?

手持着绿玉装饰的仙人手杖,我行走在早秋的季节里。星辰已经出现,时间已经很晚了,为何回家很晚?原来是在黄鹤楼中喝醉了酒浑然不知。长江与汉水交汇在一起波涛浩渺,晋代和唐代的遗迹上芳草茂盛。我平生最喜欢听长笛的歌声,笛声高亢嘹亮,仿佛穿透云彩,震裂顽石。

《黄鹤楼》是陆游所作的一首七律诗。诗的首联化用李白诗句"手持绿玉杖,朝别黄鹤楼",交代行踪及时节,并暗指此次重游武昌,诗人已进入晚年。颔联说入蜀九年后才得东归,为何这么晚始回朝廷,是由于在黄鹤楼中大醉不醒。颈联说长江与汉水在黄鹤楼前交会,并毫不停息地流向远方,而作为见证者的黄鹤楼却呈现一片寒颓景象,充满忧国之思,黍离之悲。尾联暗用李白"黄鹤楼中吹玉笛"诗意,暗喻诗人为收复中原而奔走呼号,而朝廷却置若罔闻,从不听取。整首诗看似写黄鹤楼,实际上表现了诗人满腔的爱国热情,诗中交织着失意和孤寂的心绪。

陆游的这首《黄鹤楼》,表现了诗人在黄鹤楼上观景听笛的情景,这自然是一种十分美妙的赏心乐事,然而诗人的心境却又略带一丝丝惆怅,这种惆怅就流露在景物的描写之中。"苍龙阙角"中的苍龙是东方七宿,即角、元、氐、房、心尾、箕星,苍龙阙角,谓七宿已出,唯独缺角宿。欧阳修《早朝感事》云:"疏星牢落晓光微,残月苍龙阙角西。"这里的意思是说星辰已出,时间很晚了。

烟雨楼位于嘉兴市南湖湖心岛上,南湖分东西两湖,相连如交颈鸳鸯,故又名鸳鸯湖。烟雨楼为五代吴越国钱元璙所建,楼名取唐代诗人杜牧"南朝四百八十寺,多少楼台烟雨中"诗意。此楼历代屡毁屡建,今存为明代建筑物,楼中存历代碑石五十余块,楼南有钓鳌矶,是江南著名的游览胜地。

水调歌头

吴　潜

题烟雨楼

有客抱幽独,高立万人头。东湖千顷烟雨,占断几春秋。自有茂林修竹,不用买花沽酒,此乐若为酬。秋到天空阔,浩气与云浮。

叹吾曹,缘五斗,尚迟留。练江亭下,长忆闲了钓鱼舟。矧更飘摇身世,又更奔腾岁月,辛苦复何求。咫尺桃源隔,他日拟重游。

烟雨楼如同一个独抱幽静的孤客,高高耸立于万众之巅,东湖的万顷碧波满湖烟雨被它占断了多少个岁月。这里自有茂密的树木,高高的竹子,如果不去卖花沽酒,这样的欢乐如何才能劳酬?秋天来到,天空是如此空阔高远,浩荡之气与白云一起在天上浮动。

可叹我辈之人,还要为五斗米的微薄俸禄而跻身官场,不能离去。练江亭下面,时常回忆起闲暇时的钓鱼之舟,况且身世是如此飘零,岁月是如此的折腾人,艰辛的生活使人还能有什么要求?咫尺之间桃源就在近旁,他日还要再来重游。

吴潜生活于南宋末年,他在嘉定十年(1217)获进士第一。官至左丞相,封庆国公,屡上书,请求皇帝任用贤良,诛黜误国奸佞,"以培国家一线之脉,以求生民一旦之命"。后被奸臣贾似道陷害贬死循州。这是一个风雨飘摇的时代,良辰美景带给诗人的只能是一片哀婉的心情,这首词的上片描写烟雨楼周边的美丽风景,下片抒发词人胸中的落拓浩然之气。

烟雨楼

杨万里

轻烟漠漠雨疏疏,碧瓦朱甍照水隅。
幸有园林依燕第,不妨蓑笠钓鸳湖。
渔歌欸乃声高下,远树溟濛色有无。

徒倚阑干衫袖冷，令人归兴忆莼鲈。

烟雨楼前轻烟弥漫，细雨蒙蒙，楼台碧绿的琉璃瓦、红色的屋脊倒映在水面之上。近旁的园林中筑满了燕巢，不妨穿上用水草和竹子编成的蓑笠衣到鸳鸯湖中去垂钓。渔歌的声音与摇橹的声音一高一低，远处的树木迷迷蒙蒙似有似无。移过身去倚在栏杆旁，顿觉一阵寒意袭来，这种凉意使人动了莼鲈之思，思乡之情油然而生。

据《宋史》记载，由于韩侂胄专权误国，正直的杨万里一直受到打压，长期被贬，愤而辞官，归隐家乡吉水，最终报国无门，忧愤至死。他是"中兴四大诗人"之一，这首诗写薄暮时分烟雨楼前的迷蒙景色，兴尽而归，思及莼鲈，情趣盎然。

烟雨楼

唐天麟

百尺楼高足赏心，我来犹记旧登临。
四时天色有晴雨，一片湖光无古今。
远塔连云知寺隐，小舟穿柳觉村深。
凭阑多少斜阳景，分付渔歌替晚吟。

百尺高楼高耸于此，足以令人心情愉悦，我来到这里还记得往日登临的情景。四时的天色有晴有雨，一片湖光景色不分古今。远处的塔影连阴，知道旁边隐着寺院，小船从柳梢中穿过觉得春意甚浓。凭栏而立，眼前夕阳斜照的风景如此美妙，让渔人的歌声代替我的吟咏。

　　这首《烟雨楼》主要写登楼远眺所见到的湖光山色,远处的寺塔,近处的小舟,构成了一幅意境阔大的画面,优山美地令人目不暇接,流连忘返。

　　多景楼位于镇江北固山的后峰,北临长江,远近佳景,尽收眼底,故名多景楼。与湖南岳阳楼、湖北黄鹤楼并称"长江三大名楼"。宋代大书法家米芾题为"天下第一楼",盖因梁武帝称北固为"天下第一江山"之故。

　　多景楼始建于唐代,楼名取自唐文宗时期宰相李德裕《临江亭》中的"多景悬窗牖"一语。据说刘备来东吴招亲时,吴国太曾在此相亲,故此楼又称为"相婿楼",孙权的妹妹孙尚香出嫁前曾在此梳妆打扮,故此楼又叫"梳妆楼"。多景楼为上下两层建筑,上下层有回廊相通,楼内有幅"吴国太相婿"的古画,描绘《三国演义》中"甘露寺招亲"的著名故事。楼前有一块名叫"狠石"的奇石,据说孙权曾骑在此石上与刘备共商破曹大计,并定下赤壁之战的妙策。这块石头的形状很像伏羊,大小也与真羊相似,所以人们又把"狠石"称为"石羊"。

　　历代达官显贵,文人墨客常来此楼品茗、赏景、赋诗,留下许多佳作佳话,唐宋八大家之一的曾巩曾写下《甘露寺多景楼》诗。

甘露寺多景楼

曾　巩

欲收嘉景此楼中,徙倚阑干四望通。
云乱水光浮紫翠,天含山气入青红。

一川钟呗淮南月,万里帆樯海外风。
老去衣衿尘土在,只将心目羡冥鸿。

多景楼屹立在北固山上,凭杆远眺,水色山光,风月胜景,无不尽收眼底。云气和水光氤氲之处,浮现出碧瓦红楼,晚霞同山峦于夕阳下青红相间,镶入远处的天空。月光下淮南原野传来了佛寺的钟声梵歌,江面上强劲的海风送来了远方的航船。虽然老境渐至,征尘满衣,却仍在注目那高振健翮,远翔天宇的飞鸿。

曾巩中年后离乡宦游,行经镇江,登临多景楼,很赞赏其地风光,写下了这首七律诗。首联总写多景楼的形胜,提挈全篇,中间两联写多景楼上所见景象,尾联以唱叹的语调,抒写了个人感受和襟怀。全诗视野宽阔,韵格高致,形象鲜明,对仗工稳,确能表现出多景楼的胜景伟观。

多景楼呈某使君

米 芾

六代萧萧木叶稀,楼高北固落残晖。
两州城郭青烟起,千里江山白鹭飞。
海近云涛惊夜梦,天低月露湿秋衣。
使君肯负时平乐,长倒金钟尽醉归。

六代豪华逝去,无边落叶萧萧而下,北固山上的多景楼笼罩在残阳的一片余晖之中。镇江与扬州两处的城郭里飘起袅袅青烟,辽阔的千里江山飞过白鹭。海边的浪涛惊醒了深夜的美梦,天上的露水沾湿了身上的秋衣。使君您岂能辜负了这清平时节的雅乐,且斟满手中的酒杯尽兴而归。

米芾是宋代的大书法家,一生喜好观览山川之胜,晚年过镇江,因喜爱其江山胜境而定居下来。他在镇江写下不少诗篇,此诗堪称佳作,尤其是开头两句,气象高远,意境宏大,为世所传。

题京口多景楼

刘　过

壮观东南二百州,景于多处却多愁。
江流千古英雄泪,山掩诸公富贵梦。
北府只今唯有酒,中原在望莫登楼。
西风战舰成何事,只送年年使客舟。

东南的二百州江山是如此壮观,登上多景楼,北望中原,想到国土沦丧,只剩下这半壁江山,岂不令人惆怅满怀?滔滔江水流尽了千古英雄之泪,山色掩映了那些当政的主和派大臣们的富贵之梦。北固山上缅怀古人频频端起酒杯,中原在望切莫登上多景楼。朝廷不图恢复中原,却用战舰载着使臣到北地去乞和。

刘过这首《题京口多景楼》为宋开禧元年(1205)路过京口时所作。瞿佑《归田诗话》引次联云:"盖自吴晋以来,立国于南者,恃长江天险,兢兢保守,北望中原,置之度外,况沙漠之境,毡毳之域哉。诗意盖深寓此恨也。"刘过是南宋著名的豪放派词人,他的诗也很有豪气,除了此诗,他还有一首《多景楼醉歌》亦很有名。

多景楼醉歌

刘 过

君不见七十二子从夫子,儒雅强半鲁国士。
二十八将佐中兴,英雄多是棘阳人。
丈夫生有四方志,东欲入海西入秦。
安能龌龊守一隅,白头章句浙与闽。
醉游太白呼峨岷,奇材剑客结楚荆。
不随举子纸上学六韬,不学腐儒穿凿注五经。
天长路远何时到,侧身望兮涕沾巾。

孔子当年培养的七十二位弟子中,以儒雅著称的多半是鲁国人,辅佐东汉光武帝刘秀创建中兴大业的二十八将,多半是南阳郡人。大丈夫本当志在四方,东入大海西入关中创建大业,岂能拘谨地守于闽浙之一角,整天躲在书斋中做白首断章的书虫?豪侠的太白醉游中大呼峨山、岷山,剑客奇士集结于荆楚之地。不随举子纸上谈兵,空谈误国,不学腐儒穿凿附会,白首穷经。国势衰微,北方广大河山尽入金人之手,我只能登高望远,神魂飞越,哪里能实际到达,这怎能不叫人涕下沾巾呢?

刘过被称为"天下奇男子,平生以意气撼当世"。(毛晋《龙洲词跋》引)但他在青年时,长期困于场屋,四次应试,都未得中,在功名上很不得意。他在《上袁文昌知平江五首》其一里说:"十年无计离场屋,说著功名气拂胸。"又在《上周少保》里说:"科名数行泪,歧路一生心。"表明他对从科举求功名已经心灰意冷,遂决计离开书斋,浪游江湖,广交知己,另求报国之路。刘过离开浙闽以后来到京口,写下这首醉歌,抒发他的激情,语无华饰而爱国情深,具有很强的感染力,这首《多景楼醉歌》是刘过诗作中具有代表性的作品之一。

贺新凉

李 演

多景楼落成

笛叫东风起。弄尊前、杨花小扇,燕毛初紫。万点淮峰孤角外,惊下斜阳似绮。又婉娩、一番春意。歌舞相缪愁自猛,卷长波、一洗人间世。空热我,醉时耳。

绿芜冷叶瓜州市。最怜予、洞箫声尽,阑干独倚。落落东南墙一角,谁护山河万里。问人在、玉关归未。老矣青山灯火客,抚佳期、漫洒新亭泪。歌哽咽,事如水。

笛声唤起东风,吹满江天,人的思想仿佛也被带到遥远的地方。在尊前飘舞着蒙蒙的杨花,初换上紫毛的乳燕差池来去。淮北广大地区的点点山峰已在日落时分的号角声外,国土沦丧,斜阳下令人触目惊心。然而在斜阳号角声中,歌舞升平的春意显得多么不协调。主客名流,征歌逐舞,无时无休。对酒当歌,更添了我的愁绪。俯瞰那长江中卷起的浩浩流波,它真要把这污浊的人世一洗干净!无奈之下,酒酣耳热之际,发抒一下胸中的悲愤而已。

瓜洲是镇江对面的防守重镇,在这蒙古军队步步进逼的危急时刻,原应重兵守护的瓜洲街市,却只有荒凉冷寂的荒草丛生。可怜我阑干独倚,一片歌笛声中深忧如许。镇江是抗御蒙古的前线,东南的一角边墙,如今却防务废弛,又怎能护得山河万里呢?感叹关塞戍卒,头白守边,每念及此,便不由得涕泪纵横了。青山是不老的,只有那闲居青山之中、无所作为的人才会感到自己衰老了。如今佳期迢递,唯有空洒一掬新亭之泪。一切的情事,都随着楼下的长江之水滚滚东流,留下的只有无穷的遗憾和痛悔,长歌当哭罢了!

周密《浩然斋雅谈》记载了这首词的故事:"淳祐间,丹阳太守重修多景楼,高宴落成,一时席上皆湖海名流。酒馀,主人命妓持红笺征诸客词,秋田李演广翁词先成,众人惊赏,为之搁笔。"这是一首为李演带来盛名的作品,他登上多景楼,满腔的忧愤失落、抱负感慨无处可言,迸发出这首《贺新凉》。词的上片点题,咏多景楼落成;下片长歌当哭,登临抒怀。此词对景抒怀,兴尽悲来,念及国事,声调沉郁,由笛声而孤角声、而洞箫声、而鸣烟声,每况愈下,声声压抑,真实地传唱出特定时代的萧瑟之声。

南宋乾道年间镇江知府陈天麟在《多景楼记》中写道:"至天清日明,一目万里,神州赤县,未归舆地,使人慨然有恢复意。"淳熙年间陈亮在登多景楼时,还满怀信心地写道:"小儿破贼,势成宁问强对!"(《念奴娇·登多景楼》)然而,到了淳祐年间,同样登上多景楼的李演,在对现实的清醒认识中,不再有慨然恢复的雄心壮志,而是万般无奈地意识到南宋的悲剧结局,于是沉郁悲凉的情感深寓词中,盘旋往复中深愁回荡其中。

宁宗嘉宾十四年(1221),金兵南下,侵扰黄州、蕲州一带,南宋的军队将他们一再击败,民心为之振奋,一度出现了"百载好机会"的大好形势。同年,李季允出任沿江制置副使兼知鄂州(今武昌),并在鄂州修建了吞云楼。词人戴复古恰好也在武昌,便登上此楼,写下《水调歌头》。

水调歌头

戴复古

题李季允侍郎鄂州吞云楼

轮奂半天上,胜概压南楼。筹边独坐,岂欲登览快双眸。浪说胸吞云梦,直把气吞残虏,西北望神州。百载一机会,人事恨悠悠。

骑黄鹤,赋鹦鹉,谩风流。岳王祠畔,杨柳烟锁古今愁。整顿乾坤手段,指授英雄方略,雅志若为酬。杯酒不在手,双鬓恐惊秋。

这巍巍高楼直耸云天,是何等的高大华美壮观,它的雄姿胜概足能够压倒武昌黄鹤山上的南楼了。吞云楼如此巍峨,而李侍郎登上此楼却并非只是为了观赏美景,而是观察地势,然后独坐细细筹划思索破敌大计。登上这样的高楼,岂止是只让人感到胸吞云梦,北望中原,直让人生出气吞残虏的豪情壮志。渡江已有百年,终于才有了今天这个接连大胜的大好形势,然而南宋朝廷却不抓住这个大好时机,又一次失去收复失地的良机,徒留下人事悠悠的怅恨。

在吞云楼上放眼远望,江山胜迹尽收眼底,想当年多少文人雅士在此留下锦绣文章,才子们的风流余韵犹存,却又不可再现。岳王祠畔的杨柳郁郁葱葱,可岳王忠却被杀、大宋支离破碎的憾事依然让古今都为之愁绝。多么希望李侍郎能整顿乾坤,大显英雄身手,实现收复失地,一统山河的壮志。然而这项事业又十分艰巨,让我们举杯激励共勉,如果再没有这杯中之酒,在那萧索秋风中,真是要把双鬓都给愁白了。

词题中提到的李季允侍郎当时被任命为临江制置副使,负责规划长江沿岸的边防军务。李季允是一位很有远见的爱国知识分子,主张抗金。而同样具有一片忧国丹心的戴复古与其同登吞云楼,想起誓志抗金的凌云壮志因为朝廷的懦弱无能而成一纸空谈,不由得惆怅万千,于是悲愤之中写下此词。词的上片写吞云楼及其主人;下片写吞云楼周围的风光,并抒发心中的感慨。词中化用典故借古喻今、比今、衬今,意境开阔雄浑,风格悲壮苍凉。全词以"希望—失望—苦愁"的感情线索通贯全篇,其中也有感情的起落沉浮,极有层次的表现了报国丹心与希望抗敌之壮怀。

戴复古曾师从陆游,诗风粗犷豪放,虽未涉仕途,但却一生满怀忧国爱民之心,多有指点江山、激扬文字之作,是一位很有才华的诗人。他一生未得功名,浪迹江湖。漫游之际,先登山阴陆放翁之门,诗艺益进,遂仗剑出游,来到京城临安,希望一飞冲天,一举成名,但现实的黑暗使他一无所获。而当时宋金的边衅已起,他便再次北行,来到淮河流域靠近前线的地方,想要在从军入幕上找寻出路,但结果依然是"活计鱼千里,空言水一杯"。后来他隐居于故乡南塘石屏山上,以诗享誉江湖间,为江湖派重要作家。

滕王高阁临江渚

滕王阁位于江西南昌市的赣江之边。唐永徽四年(653),唐太宗李世民弟,滕王李元婴都督洪州时所建,阁以其封号而得名。上元二年(675)九月九日,洪州都督阎伯屿在此大宴宾客,诗人王勃即席写下《滕王阁序》,成为千古传诵的名篇,滕王阁也因此名声大振。此阁临江屹立,气势雄伟,有"西江第一楼"之称。

唐高宗上元三年(676),王勃前往交趾(今越南北部)探望父亲,经过洪州(今江西南昌)。这一天是重阳佳节,洪州都督阎伯屿新修滕王阁竣工,在此宴请当地名流,王勃也参加了此次宴会,便即席写下骈体散文《滕王阁序》,序末附七律《滕王阁》:"滕王高阁临江渚,佩玉鸣鸾罢歌舞。画栋朝飞南浦云,珠帘暮卷西山雨。闲云潭影日悠悠,物换星移几度秋。阁中帝子今何在?槛外长江空自流。"这首凝练、含蓄的诗篇,概括了序的内容。几个月后,王勃不幸落水而亡,年仅二十六岁。滕王阁的闻名,与王勃的《滕王阁序》和这首《滕王阁》诗有很大的关系。

据《能改斋漫录》卷十一载:康定元年(1040),诗人王安国登临滕王阁作《题滕王阁》诗,年仅十三岁,据说当时"郡守张信见而异之,为启宴张乐于其上"。王安国是王安石四弟,王安石在《平甫墓志》中称王安国"年十二,出其所为铭、诗、赋、论数十篇,观者惊焉。自是遂以文学为一时贤士大夫誉叹"。王勃、王安国两位早慧的诗人,都在早年登临滕王阁,留下为人传诵的名篇,这可以说是唐宋诗坛上的佳话。

题滕王阁

王安国

滕王平昔好追游,高阁依然枕碧流。
胜地几经兴废事,夕阳偏照古今愁。
城中树密千家市,天际人归一叶舟。
极目沧波吟不尽,西山重叠乱云浮。

滕王李元婴喜好游赏歌舞,因此兴建此阁。虽物换星移,历经沧桑,高阁依然完好地保存下来,安然高卧于一派深碧的滚滚江流之上,滕王阁这块胜地在历史的长河中几经兴废,经历了沧桑之变。变迁之匆迫,兴废之无常,令人吊古愁思油然而生。登阁俯瞰,城中绿树浓荫,千家栉比,市井兴旺;凭栏远眺,赣江遥接云天,江面上一叶扁舟,摇曳而过,仿佛游人从天边归来。放眼江流,气象万千,非诗句所能写尽,西山之上乱云重叠,晚烟出岫,又展现出一幅新的图景。

滕王阁

章 采

佩玉鸣鸾一笑空,至今华观叠青穹。
西山残雨虹腰白,南浦骄阳雁背红。
几度登临添感慨,半生漂泊老英雄。

槛前犹是唐年水,曾见王郎泛短篷。

　　身上饰有玉佩与鸣鸾的舞女早已一笑而过,人去楼空,如今华美的楼台空对着漠漠苍穹。西山残雨过后彩虹的半腰呈现出白色,南浦的骄阳映照出雁背上的驼红,几次登临使人平添许多感慨,半生漂泊的身世令英雄老去。门前滚滚流过的仍像是唐代的江水,仿佛还看到王勃泛舟在江面之上。
　　这首《滕王阁》是一首吊古之作,主要写登临滕王阁所引起的无穷感慨,与王勃的诗同名又同题材,情景交融,富有余味,有异曲同工之妙。

满江红

吴　潜

豫章滕王阁

　　万里西风,吹我上、滕王高阁。正槛外、楚山云涨,楚江涛作。何处征帆木末去,有时野鸟沙边落。近帘钩、暮雨掩空来,今犹昨。
　　秋渐紧,添离索。天正远,伤漂泊。叹十年心事,休休莫莫。岁月无多人易老,乾坤虽大愁难著。向黄昏、断送客魂消,城头角。

　　万里西风正劲,把我吹上了高高的滕王阁,居高凭栏,但见西山的云雾弥漫,赣江的波涛汹涌。远处的征帆象行驶在树梢之上,野鸟在沙渚边时飞时落,正当游目骋怀,沉入遐思时,雨雾散空,扑帘而来,真是"珠帘暮卷西山雨",与王勃当年所见情景如此相像,令人不禁临风嗟叹!

秋意渐深,平添离索之绪,道路茫茫,更叫人凄怆孤单。可叹这十年时光流年似水,不堪回首,怎不令人感慨万千呢?如今去岁苦多,渐入老境,能有作为的岁月不多了,乾坤虽大却安放不住满腹的愁绪。临近黄昏,城头的号角又吹起来了,声声入耳,勾起迁客无尽的羁旅愁思。

淳祐七年(1247)春夏,吴潜居朝任同签书枢密院事兼权参知政事等要职,七月遭受台臣攻击被罢免,改任福建安抚使。时其兄吴渊供职于南昌,所以吴潜在前往福建道经南昌之时作《满江红》词一首。滕王阁飞阁叠台,下瞰赣江,其临观之美,为江南第一。再加上有王勃《滕王阁序》的美传,益发使其辉光焕发。词客骚人"临帝子之长洲,得仙人之旧馆",多有吟咏之作,吴潜此作亦发兴于此。

词的上片是滕王阁览景,景物描写重点突出,层次分明,又处处映照着《滕王阁序》,沟通了古今,丰富了意象。词的下片是即景抒怀,词人由对景难排的愁怀,写到对人生国事的俯仰兴嗟,层层深入,痛切勃郁,强烈地表现出词人心中的郁愤不平之气。"滕王高阁临江渚",自从王勃的《滕王阁》问世以来,于此览景之作很多,但流传下来的并不多见。吴潜的这首词之所以能够传世未消,除了艺术上的成就之外,更主要的是它真实地抒写了一个失意政治家的人生悲慨和抚事感时的忧愤。就总的艺术价值来说,它较王勃之作自是不足,但仅就抒情写怀而言,其作似乎更为沉郁动人。

蓬莱阁位于山东省蓬莱县城北丹崖山顶，下临大海，殿阁凌空，云气缭绕，素有"仙境"之称。丹崖山又名蓬莱山，为古代传说海上三仙山之一，史载秦皇、汉武都曾来此求长生不老之药。神话"八仙过海"的传说也在这里，蓬莱阁始建于北宋嘉祐年间（1056—1063），明代扩建，清代重修，高十五米，重檐八角，绕以回廊，上有"蓬莱阁"匾额。阁南有三清殿等宫殿，高低错落，浑然一体，统称蓬莱阁。阁东南有观澜亭，崖下为古水城，阁西有避风亭，登阁北望，长山列岛虚无缥缈，东北海疆，水天一色，海市蜃楼奇观，尤其令人心驰神往。

次韵孔宪蓬莱阁

赵 抃

山巅危构傍蓬莱，水阁风长此快哉！
天地涵容百川入，晨昏浮动两潮来。
遥思坐上游观远，愈觉胸中度量开。
忆我去年曾望海，杭州东向亦楼台。

高耸的蓬莱阁依傍着山顶而建，水阁凌空、海风悠长岂不令人快哉！大海总汇江河百川之水，将天地包容在它的怀抱之中，早晨和黄昏时分海潮奔涌，激荡不已。坐在阁上远望遥思，愈发觉得心胸舒张，豁然开朗，联想到去年在杭州亦曾望海，也是在楼台上向东观望。

赵抃的一位朋友姓孔，是一个御史，他在登越州蓬莱阁后写了一首观潮诗寄给赵抃，赵抃便步其韵和诗一首。这首诗用健笔直接抒写，开张雄阔，语言绝去藻饰，不用典故，造语的质朴刚健，感情的豪迈，加上章法的开合转折，于律诗中融进了参差拗健之美。《宋诗钞》说赵抃写诗"触口而成,工拙随意,而清苍郁律之气,出于肺肝",这首诗很能体现这一特点。

登蓬莱阁可见海市蜃楼的奇幻景象,被称为蓬莱海市。海市蜃楼多出现于春夏之交,以场面壮阔,形象众多逼真而著称。宋代沈括的《梦溪笔谈》载:"登州海中,时有云气如宫室、台观、城堞、人物、车马、冠盖,历历可见,谓之海市。"苏轼曾写过一首《登州海市》令其名播天下。

登州海市

苏　轼

东方云海空复空,群仙出没空明中。
荡摇浮世生万象,岂有贝阙藏珠宫。
心知所见皆幻影,敢以耳目烦神工。
岁寒水冷天地闭,为我起蛰鞭鱼龙。
重楼翠阜出霜晓,异事惊倒百岁翁。
人间所得容力取,世外无物谁为雄。
率然有请不我拒,信我人厄非天穷。
潮阳太守南迁归,喜见石廪堆祝融。
自言正直动山鬼,岂知造物哀龙钟。
信眉一笑岂易得,神之报汝亦已丰。
斜阳万里孤鸟没,但见碧海磨青铜。
新诗绮语亦安用,相与变灭随东风。

东方的云海里原来是空空的,后来在空明之处有群仙或隐或现,有浮世万象生出,在空中飘荡,这就是海市。这种海市中呈现的万象虚浮不定,难道真有贝阙珠宫?心知海市都是幻影,怎么敢烦劳神灵现出海市来。天寒地冻,草木不生,此时海上已不会再出现海市,我祷告东海龙王把蛰伏的蛇虫唤起来,又鞭打鱼龙,使它们作出海市,使重楼翠阜在降霜的天晓时出现,这样的怪事百岁老翁也没有见过,所以被惊倒了。人间所能得到的东西容许人们用力去取得,海市是世外的幻影,并无实物,谁能占有它称雄呢?我轻率地向东海龙王发出请求,他却不拒绝我。从而确信我在世间所受的挫折,是遭到人为的打击,不是天要使我穷困。

　　当年潮阳太守韩愈北归途中游衡山,欣喜地看到石禀峰腾跃而上,祝融峰象堆积而成。他以为是自己的正直感动山神,使阴云散开。哪里知道是上天在哀怜他的衰惫,不忍心让他空跑一趟。看到海市,高兴得伸展眉头一笑,这样的快乐难道是容易得到的吗?这说明神对自己的报答也够丰厚的了。在海市出现的时候,看到的是云中的"重楼翠阜",云气遮住太阳,也看不见飞鸟,直到海市散去,才看到斜阳万里,孤鸟没于远天。海静无波,有似新磨的青铜镜。用绮丽的词语来写的新诗又有什么用,海市跟着东方海上吹来的风一起消失了。

　　这首诗前面有一段小序:"予闻登州海市旧矣。父老云:'常出于春夏,今岁晚,不复见矣。'予到官五日而去,以不见为恨,祷于海神广德王之庙,明日见焉,乃作此诗。"此诗作于元丰八年(1085),这年十月,苏州去登州任知府,到任仅仅五天,朝廷命赴京改任礼部郎中。苏轼一直听说登州海市的传闻,却未能亲见。父老告知说:"海市一般出现在春夏二季,现在时节已晚,不可能再看到了。"苏轼想,我到登州任职仅仅五日就要离开,不见到海市实在遗憾,于是到东海龙王庙去祈祷,第二天终于看到了海市。所以苏轼专门写下这首《登州海市》诗,并刻石于蓬莱。

除了山东登州的蓬莱阁,浙江绍兴也有一处名胜叫蓬莱阁,位于绍兴的卧龙山上,五代吴越王钱镠始建。张炎漫游吴越数十年,每每在山川登临、凭吊家国之际,有凄怆的词作产生。这首《忆旧游》便是在宋亡以后,词人登临蓬莱阁时所作。

忆旧游

张　炎

登蓬莱阁

问蓬莱何处,风月依然,万里江清。休说神仙事,便神仙纵有,即是闲人。笑我几番醒醉,石磴扫松阴。任狂客难招,采芳难赠,且自微吟。

俯仰成陈迹,叹百年谁在,阑槛孤凭。海日生残夜,看卧龙和梦,飞入秋冥。还听水声东去,山冷不生云。正目极空寒,萧萧汉柏愁茂陵。

想要寻觅蓬莱仙境吗?风月依然,万里江清,似乎什么都没有变,但实际上天翻地覆变已发生,今日的河山已非往昔之山河。世上哪有什么神仙？纵然有，也便是像我这样的闲人。笑我几番酒醉酒醒，在山路的石级上拂扫松阴。四明狂客贺知章晚年隐居在此，说自己是独游无侣，故人渺渺。面对这样的孤独，只能独自吟哦。

　　胸中镕铸千古，无论是个人的流离，还是家国的沦亡，转瞬间都成虚幻，然而有几人能超脱忘怀？海上的明月从残夜里升起，卧龙山仿佛要飞起在冥冥秋色之中，如在梦里。水声东去，无可挽回，山寒天冷，无云可生。放眼望去，天空一片空廓寒寂，萧索的汉柏掩映下的汉武帝陵寝笼罩着一片愁云。

　　这首词为宋亡之后，张炎登临感怀之作，词人于深秋之夜，独自登上蓬莱阁，凭吊山河，面对人世的大变和大自然的永恒，不觉感慨生衰。蓬莱阁为江南名胜之一。宋亡后，周密、张炎等常到此处游览，皆有词。绍兴西望钱塘江，东南有营娥江，北对杭州湾，登高远眺，江天空阔。张炎写这首词时，已在宋亡之后，不免有"词景不殊，正自有山河之异"的感触。

　　当时张炎的个人生活是迷茫颓唐的，国家的命运是消极无望的。这是词人作品中最为悲哀的一首词，却又写得极为含蓄，词人抑劲直之气为曲折，抑飞动之力为低沉，而风格归于清空幽峭。刘熙载评论白云词为"清远蕴藉，凄怆缠绵"。陈廷焯认为此词："后阙愈唱愈高，是玉田真面目。"愈唱愈高，因情所致，愈来愈激动，在词的节奏抑扬顿挫，高低相间，高低相抑，词笔极为婉约幽峭。

　　元军攻占临安之后，周密从临安出逃，四处流浪，次年冬回到绍兴，他深怀亡国之痛，登卧龙山蓬莱阁，写下《一萼红·登蓬莱阁有感》。

一萼红

周密

登蓬莱阁有感

步深幽。正云黄天淡,雪意未全休。鉴曲寒沙,茂林烟草,俯仰千古悠悠。岁华晚、飘零渐远,谁念我、同载五湖舟。磴古松斜,崖阴苔老,一片清愁。

回首天涯归梦,几魂飞西浦,泪洒东州。故国山川,故园心眼,还似王粲登楼。最负他、秦鬟妆镜,好江山、何事此时游。为唤狂吟老监,共赋消忧。

淡淡的天空浮着几片淡淡的黄云,雪看起来不会下了,但雪意又未全消。我沿着幽深的台阶拾级而上,登上楼的最高层,极目远望,唐代贺知章居住过的览湖、晋代王羲之游览过的兰亭,尽收眼底。任昔日鉴湖的亭台只剩下一片寒沙,昔日兰亭的茂林修竹,现在变成了迷茫的衰草。这历史的兴废,勾起心中亡国的悲哀,不禁唏嘘不已。终年的漂泊,在这岁寒时节离家渐行渐远,有谁与我志同道合,与我一起效法范蠡归隐江湖?山路上错乱的古松,似乎站立不稳,山崖的背阴处长着多年的老苔,此刻它们都成了我的好友,与我一样愁不自胜。

我在此居住多年,早已将这里当作自己的故乡。一年来浪迹天涯,多少次梦里回到这里的西浦和东州,泪水洒遍了这里的山山水水,现在真的回来了,怎不令人怆怀无限!此刻的心情与三国时的王粲登上当阳城楼时完全一样。山水如此美好,可我的心情却很不好,因为我觉得深深地对不起这如髻鬟般的秦望山、明镜般的鉴湖,我责问自己,为什么要到亡国以后才回来游赏!如何排遣这如山的愁苦?多么希望能将曾在此居住过的"四明狂客"贺知章唤来,同他一起吟咏,借他的狂放和才情来排遣这无边的悲愁。

据王沂孙《淡黄柳》词序:"又次冬(1276),公瑾自剡还,执手聚别……敬赋此解。"及词中所云"翠镜秦鬟钗别,同折幽芳怨摇落"诸语,可知周词作于是年冬日。该年正月元兵入杭州,宋室灭亡。词人登楼远眺,俯仰古今,感慨沧桑,发而为词,凄哀入骨。这首词通篇忧思甚深,但表现得曲折蕴藉,又能处处照应,造语工丽。戈载《宋七家词选》谓周词"尽洗靡曼,独标清丽;有韶倩之色,有绵渺之思……于律亦极严谨"。

这首词借物抒怀,以阴沉凄凉的冬景表达词人国破家亡四处漂泊的忧思。词的上片以写景为主,景中寓情。下片以抒情为主,情中见景,而词境又有拓展。这首词题为"登蓬莱阁有感",词人的感受是通过登阁所见景物曲折地传达出来的。在故国沦亡,陵迁岩变的情况下,词人独登古阁,思绪万千。词的上片无处不渗透遗民的哀痛,下片则改用直抒胸臆的手法,先是一任奔泻,继而吞吐咽噎,回环往复,构成本词情思哀婉、沉郁顿挫的风格。综观全词,写景空远,抒情婉曲,结构细密,用典贴切,词中借登临怀古,曲折含蓄地抒发其故国故乡之思,寄慨遥深,而被推为《草窗词》的压卷之作。

快阁故址位于江西吉安泰和县,初建于唐乾符年间,北宋时改名为快阁。北宋时黄庭坚任泰和县知县时,登阁游览,写下一首脍炙人口的《登快阁》诗,阁遂名重天下。

登快阁

黄庭坚

痴儿了却公家事,快阁东西倚晚晴。
落木千山天远大,澄江一道月分明。
朱弦已为佳人绝,青眼聊因美酒横。
万里归船弄长笛,此心吾与白鸥盟。

这首诗[译文见第一辑(二)洒入愁肠(饮酒卷) 劝得官家真个醉]是广为世人传诵的名篇,它形象地描绘出一幅高远明净的秋景,写景清新淡雅,抒情韵味无穷。此诗作于元丰五年(1082),黄庭坚时年三十八岁,快阁在太和县治东澄江之上,以江山广远、景物清华得名。元韦居安说,太和的快阁,经过黄庭坚作诗品题,"名重天下,前后和者无虑数百篇,罕有杰出者"。

黄庭坚的另一首诗《武昌松风阁》,作于结束了在黔州、戎州的放逐生活之后。

武昌松风阁

黄庭坚

依山筑阁见平川,夜阑箕斗插屋椽。
我来名之适意然。□□□□□□□。

老松魁梧数百年,斧斤所赦今参天。
风鸣娲皇五十弦,洗耳不须菩萨泉。
嘉二三子甚好贤,力贫买酒醉此筵。
夜雨鸣廊到晓悬,相看不归卧僧毡。
泉枯石燥复潺湲,山川光辉为我妍。
野僧早饥不能馔,晓见寒溪有炊烟。
东坡道人已沈泉,张侯何时到眼前。
钓台惊涛可昼眠,怡亭看篆蛟龙缠。
安得此身脱拘挛,舟载诸友长周旋。

此阁依山而建,从阁上能望到广袤的原野,但见斗转星移,月落参模,夜色将尽,古树参天而立,在朦胧的夜色中,露出魁伟的身影。当年伐木者刀下留情,放过了它,老松才有今天的雄姿。风过处,掀起阵阵松涛,好像奏着女娲氏的五十弦瑟,那清冷美妙的乐声,洗去了耳中的尘俗。有二三个朋友非常好客,虽然很贫穷却尽力买酒设宴,款待于我,岂能不一醉方休? 夜雨淙鸣,滴打在回廊之上,直到拂晓也没停下来,大家相互看看,只能夜不归宿醉卧于寺院的毡毯之上。于是枯泉燥石又恢复了潺潺清流,山岳河川的光辉为我而绽放。游行的僧侣早晨饥饿没有吃的,却看到拂晓的寒溪边有袅袅的炊烟。东坡先生业已作古,张耒先生何时前来相见? 在孙权曾畅饮过的钓台的惊涛上白昼也可以入眠,怡亭之上唐代书法家李阳冰所篆书的铭文仿佛绞龙缠绕,什么时候自己的身心才能摆脱这俗世的拘束,无拘无束地与几个好友泛舟江湖呢?

这首诗笔势老健自然,造语脱去凡俗,没有谈玄说理,只是描绘出大自然宏阔的景象,但能使人感受到诗人博大的胸襟。这是他历经磨难,用禅学加以净化的精神境界的自然流露,但毕竟这只是一种消极的道德的自我完善,所以前人评为:"黄太史诗,妙脱蹊径,言谋鬼神,唯胸中无一点尘俗气,故能吐出世间语,所恨务高,一似参曹洞下禅,尚堕在玄妙窟里。"

红梅阁位于常州红梅公园,始建于北宋,后遭兵火,元代重建,改名飞霞楼,明代仍名红梅阁。现存为清代建筑,高十七米,木结构,上下两层,双重飞檐,筑于高两米的土台之上。

过红梅阁

程 俱

春风如醇酒,著物物不知。
能使死瓦色,化为明艳姿。
寒枯出繁秀,巧与节物期。
江梅故幽独,绰约不自持。
居然北枝后,追此白日迟。
春风日浩荡,醉色回冰肌。
清妍有馀态,众芳谢凡卑。
凭虚一回睇,俯仰岁月驰。
所恨培雪根,向来岁寒枝。
差池弄芳晚,坐令颜色移。
颜色固妩媚,幽香无故时。

春风如同醇酒一般,润物无声地滋养着万物。能使瓦一般的死灰色,化成明媚鲜艳的姿态。枯寒的枝条上绽放出繁复秀美的花朵,十分巧妙地与节气的转换相契合。红梅固然是幽静孤独的,她的绰约风姿自不必说。居然在北向的枝条上,趁着迟到的白日绽放。春风浩荡,她经冬的冰肌上呈现出酒醉的红色,展现出清妍的风姿,令群芳自觉平凡、平庸。仅仅是凭空之间的偶一回眸,俯仰之间岁月已经飞驰而过。恨只恨寒雪培拥着花树的根部,使得枝条寒冻,花朵开得晚了,使花的颜色也略有变化,虽然颜色依然妩媚,但幽香已比不上过去了。

　　这首《过红梅阁》为诗人程俱登常州红梅阁浏览时所作的五言诗,主要描写红梅阁梅花的风骨、品格、姿态、颜色。

满眼风光北固亭

《景定建康志》载:"赏心亭在(城西)下水门城上,下临秦淮,尽观赏之胜。"可见赏心亭是建在建康城上的亭子,登高远望,可以赏心悦目。历代名人在此留下许多名篇佳作。

江神子

张舜民

癸亥陈和叔会于赏心亭

七朝文物旧江山。水如天。莫凭阑。千古斜阳,无处问长安。更隔秦淮闻旧曲,秋已半,夜将阑。

争教潘鬓不生斑。敛芳颜。抹幺弦。须记琵琶,子细说因缘。待得鸾胶肠已断,重别日,是何年。

七朝古都的旧日江山依然如故,江水与天相连。切莫在斜阳时分凭栏远眺,因为此情此景乃千古之痛,长安已无处可望,更何况隔着秦淮河传来《玉树后庭花》的亡国之音,秋已不知不觉过去了一半,此刻正是夜色阑珊。

总想使人到中年不像潘岳那样鬓发斑白,盛敛装容,抹弹起琵琶的第四弦,必须谨记琵琶,仔细地叙说因缘,待到鸾胶得到时,弦断可以相续,但是肝肠却已寸断,重别的时日,不知是何年?

张舜民的词慷慨悲壮,风格与苏轼相近。他在哲宗朝曾任监察御史,徽宗朝为吏部侍郎,以龙图阁侍制知同州,以敢于直言著称,词人在灵武诗有"白骨似沙沙似雪",因而坐罪,被贬谪监郴州酒税,南贬途中与友人陈睦会于金陵赏心亭,写下《江神子》词。

这首词是张舜民与朋友陈和叔登金陵赏心亭后写下的词作,陈和叔名陈睦,嘉祐六年进士,累迁史馆修撰,词的上片写登临怀古,忧心国事;下片回思往事,嗟叹来日。上片以景结句,下片以情结句,饱含怀古伤今之情,深寓人世沧桑之感。追溯往事。寄慨身世,内容丰富,蕴藉深沉。

游赏心亭

王 珪

六朝遗迹此空存,城压沧波到海门。
万里江山来醉眼,九秋天地入吟魂。
于今玉树悲歌起,当日黄旗王气昏。
人事不同风物在,怅然犹得对方樽。

六朝古都的金陵古名胜遍地,如今存留的只有令人怅望的历史陈迹了。城郭北濒大江,滚滚波涛,东流入海。我襟怀郁结,举杯遣怀,醉意朦胧中登高远眺,万里江山尽收眼底。秋高气爽的季节令人触景生情,感慨弥深,不吐不快。如今耳边不时响起《玉树后庭花》的歌声,它使人想起当年陈后主由于沉醉歌舞,荒废朝政,导致国破身俘。这亡国的悲歌,可说是晓悟后人莫蹈覆辙的警钟。如今物是人非只有遗迹尚存,感慨之余只能借酒浇愁。

王硅长期担任词臣,诗文多金玉珠玑,时号"至宝丹"。这首诗大笔勾勒赏心亭风物,由眼前景象引出对前代历史教训的凝想,从而抒感遣怀。视野空阔,意境苍凉,感慨深沉。

宋孝宗淳熙五年(1178),陆游奉诏从四川回临安,舟经建康,登亭有感而赋《登赏心亭》。

登赏心亭

陆 游

蜀栈秦关岁月遒,今年乘兴却东游。
全家稳下黄牛峡,半醉来寻白鹭洲。
黯黯江云瓜步雨,萧萧木叶石城秋。
孤臣老抱忧时意,欲请迁都涕已流。

秦关蜀道是何其险要,转眼间已在南郑一带度过八年不平常的峥嵘岁月,而今奉诏东下面见圣上,将有再进忠言的机会,怎不令人心头充满喜悦之情。全家安稳地度过湖北宜昌西面水势湍急的黄牛峡,半醉半醒之中寻觅建康西南长江中的白鹭洲。放眼望去,江云黑压压的一片笼罩,瓜步山上烟雨蒙蒙,木叶萧萧而下,石头城一派萧条凄凉的景象。回想起十五年前,自己曾向朝廷提出迁都建康的建议,被置之不理,这次赴阙,固将再陈迁都之策,但孤忠忧时,又能有何结果呢?如今登上建康城头,念及迁都之事,不禁涕泪交流,不能自已。

建都建康,是主战派的一贯主张。他们认为从建康渡江,通过皖北,可以随时收复东京,这正是由"忧时"而"求光复"的一项重大决策。而主和派主张建都临安,一则为避金人的猜忌,二则当金兵南攻时,可以更方便地逃命,必要时还可以出海。故建都问题是和战两派斗争的一个焦点,在已经建都临安之后,陆游还念念不忘迁都建康,正是诗人爱国忧时的表现。

诗的前两联之"兴"与后两联之"忧",形成鲜明的对比,富抑扬顿挫之致,而前后又以爱国之情的线索贯穿,悲欢忧喜之情,无不以国事为因,使得全篇浑然一体。

陆游的这首诗,很容易使人联想起辛弃疾的《水龙吟·登建康赏心亭》。辛弃疾登亭是在陆游前四年,他在赏心亭上"把吴钩看了,栏杆拍遍,无人会,登临意",因此,"英雄泪"潸然而下。陆诗的"忧时意"正是辛词的"登临意"。二人心心相印,令人感叹。

北固山位于镇江东北的江滨,北临长江,地形险要,因名北固,北固亭位于北固山之上。宁宗嘉泰三年(1203)六月,辛弃疾被起用为知绍兴府兼浙东安抚使,次年三月,又被改派镇江任知府。镇江在历史上一向是英雄建功立业之地,此时则是宋军和金人对垒的第二道防线,词人每每登临京口北固亭时,便不胜感慨,《南乡子·登京口北固亭有怀》即作于这一时期。

南乡子

辛弃疾

登京口北固亭有怀

何处望神州?满眼风光北固楼。千古兴亡多少事?悠悠。不尽长江滚滚流。

年少万兜鍪,坐断东南战未休。天下英雄谁敌手?曹刘。生子当如孙仲谋。

登上北固楼,极目远眺,却望不见那沦陷的中原故土,所见到的只是北固楼周围的一片壮丽风光。谁人能够知道,千百年来在这块土地上曾经上演了多少朝代的兴亡更迭?往事悠悠,英雄已去,不变的只有这不尽的江水依然还在日夜东流。

想当年,在这个江防的战略要地上,有多少英雄大显身手,三国时代的孙权是最杰出的一个。他年纪轻轻就掌管了千军万马,占据这东南一隅,奋发有为,征战不休。试问天下英雄谁可以成为他的敌手呢?那就只有曹操和刘备了。连那个雄霸天下的曹操都说过,生儿子的话应当要像孙权一样。

这首词是辛弃疾出守京口时所作,与著名的《永遇乐·京口北固亭怀古》作于同时。两首词都是登京口北固亭的抒怀之作,词题略有不同,前一首是登亭"怀古",这一首是登亭"抒怀"。词作通过对古代英雄人物的歌颂,表达了词人渴望像古代英雄人物那样金戈铁马,收拾旧山河,为国效力的壮烈情怀,饱含着浓浓的爱国思想,但也流露出词人报国无门的无限感慨,蕴含着对苟且偷安、毫无振作的南宋朝廷的愤懑之情。《四库全书总目提要》评价这首词："慷慨纵横，有不可一世之概，于倚声家为变调，而异军特起，能于剪红刻翠之外，屹然别立一宗，迄今不废。"

北固楼始为晋朝蔡谟所建，南宋乾道四年京口守臣陈天麟补建，并作《重建北固楼记》，表达了对北复中原的殷切期待："兹地控吴负楚，襟山带江，登高北望，使人有焚龙庭、空漠北之志，神州陆沉殆五十年，岂无忠义之士奋然自拔，为朝廷快宿愤，报不共戴天之仇，而乃甘心恃江为固乎？则予是亭之复，不特为登览也。"陈氏建此亭的目的就是要让南宋君臣在登亭瞩望神州之后重整旗鼓，北定中原，他的愿望也正是辛弃疾的愿望。

《三国志·蜀书·先主传》记载，曹操曾对刘备说："今天下英雄，惟使君（刘备）与操耳。"辛弃疾借用这段故事，把曹操和刘备请来给孙权当配角，说天下英雄只有曹操与刘备才堪与孙权争胜。我们知道，曹、刘、孙三人，论智勇才略，孙权未必在曹刘之上，辛弃疾在《美芹十论》中对孙权的评价也并不太高，然而，在这首词里，词人却把孙权作为三国时代第一流叱咤风云的英雄来颂扬，其所以如此用笔，实借凭吊千古英雄之名，慨叹当今南宋无大智大勇之人执掌乾坤也！《三国志·吴志·吴主传》说，曹操有一次与孙权对垒，见吴军乘着战舰，军容整肃，孙权仪表堂堂，威风凛凛，乃喟然叹曰："生子当如孙仲谋，刘景升（刘表）父子若豚犬耳。"曹操所一褒一贬的两种人，形成了极其鲜明、强烈的对照，在南宋风雨飘摇的政局中，不也有着主战与主和两种人吗？这当然不便明言，只好由读者去联想了。

南宋时代的人，如此羡慕孙权，其实是那个时代特有的社会心理的反映。因为南宋朝廷萎靡庸碌，在历史上，孙权能称雄于江东一时，而南宋经过了好几代皇帝，竟然没有出一个孙权一样的人物，所以，"生子当如孙仲谋"这句话，本是曹操的语言，现在由辛弃疾口中说出，却是代表了南宋人民要求奋发图强的时代呼声。

这首词感情雄壮，意境高远，与同时期的另一首登北固亭词《永遇乐》相比，一风格明快，一沉郁顿挫，同是怀古伤今，写法大异其趣，都不失为千古绝唱。

苏舜钦位卑品高，数次上疏论朝廷大事，敢道他人所不敢道，于是收到贬谪罢免。后退居苏州，筑沧浪亭，过着寄情山水的生活。

水调歌头

苏舜钦

沧浪亭

潇洒太湖岸，淡伫洞庭山。鱼龙隐处，烟雾深锁渺弥间。方念陶朱张翰，忽有扁舟急桨，撇浪载鲈还。落日暴风雨，归路绕汀湾。

丈夫志，当景盛，耻疏闲。壮年何事憔悴，华发改朱颜。拟借寒潭垂钓，又恐鸥鸟相猜，不肯傍青纶。刺棹穿芦荻，无语看波澜。

太湖岸边景物萧疏，洞庭山伫立太湖当中，山周围湖水明净淡然。归隐之处，烟雾浩渺弥漫。我却正回想当年范蠡、张翰的归隐避祸，忽然一旁驶过一叶扁舟，舟上的人划桨正急，在风浪中载鱼而还。日落时分，暴风雨骤至，我绕着汀湾驶向归途。

大丈夫原本应当志在四方,趁着盛年大展身手,以疏散闲居为耻。我虽正值盛年的好光景,却形容憔悴,白发新添,如此困顿失意,究竟是什么原因造成的呢?原本打算到丹阳的寒潭旁垂钓,又害怕遭到那些鸥鸟的猜疑,不肯前来依傍。于是我只能到太湖归隐,每日划棹穿梭在芦荻之间,不再谈论世事,只是默默地看湖水起伏的波澜。

　　这首《水调歌头》是苏舜钦的仅存之词,据沈文倬《苏舜钦年谱》,北宋庆历五年(1045)秋苏舜钦从京都汴京南下苏州,临水买石筑成沧浪亭,写下著名的《沧浪亭记》,而本词亦作于此时。全词写词人被贬谪而壮志难酬的彷徨和忧伤,上片写隐逸于太湖旖旎风光的乐趣;下片写深感岁月蹉跎而志向难伸的苦闷和惆怅。

　　庆历四年,范仲淹、杜衍等人推行"庆历新政",延揽改革派人才,苏舜钦作为宰相杜衍的女婿,被范仲淹推荐为集贤校理、监进奏院。时值进奏院祭神,苏舜钦遵循惯例卖废纸换钱举行祭神酒会,保守派借机打击改革派,弹劾他监守自盗,因此苏舜钦被削官为民,改年南下苏州,营建沧浪亭。据《宋史·文苑》记载:"苏舜钦在苏州买水石作沧浪亭,益读书,时发愤懑于歌诗,其体豪放,往往惊人。"独特的经历使得全词充满"愤懑"的情感。

　　苏舜钦生性豪放,酒量也很大。年轻时,他住在外舅祁国公杜衍家里读书,每天要喝一斗酒,却不要任何下酒菜。杜衍对此很是疑惑,便暗中派人察看。这些人到他的居住偷探,只听得他在高声朗读《汉书·张良传》,读到"良与客狙击秦皇帝,误中副车"一句时,他拍着书桌大声叹惜道:可惜呀,没能击中!于是满饮一大杯。当他读到"良曰:始臣起下邳,与上会于留,此天以臣授陛下"一句时,又拍案说,君臣相遇,其难竟如此!然后又喝一大杯酒。闻者将这些告诉杜衍,杜衍听后,欣然神会,大笑道:"有这样的下酒菜,喝一斗酒实在是不算多啊!"于是苏舜钦"汉书佐酒"的故事便传为佳话了。

兰亭位于绍兴城南兰渚山下,东晋大书法家王羲之曾与亲朋在此修禊,写下了著名的《兰亭集序》,兰亭因此闻名,后人于此建园林,有曲水流觞等景,又有王右军祠、墨池、鹅池等古迹。

兰 亭

陆 游

兰亭绝境擅吾州,病起身闲得纵游。
曲水流觞千古胜,小山丛桂一年秋。
酒酣起舞风前袖,兴尽回桡月下舟。
江左诸贤嗟未远,感今怀昔使人愁。

兰亭的绝佳幽境在我们绍兴大有名望,病愈之后得到空闲纵情游览。曲水流觞是千古的盛事,小山上丛丛丹桂一年一度竞芬芳。酒酣之际翩然起舞,长袖随风飘荡,兴尽之后在月下划桨泛舟而归。江东地区的先贤们离去还不久远,怀古思今怎不令人忧愁油然而生?

这首诗是陆游大病初愈之后畅游兰亭古迹后写下的诗作,反映出了诗人对故乡美好风光的热爱,同时表达了对国事日非充满忧虑的复杂心情。

曲水流觞。觞是一种盛酒的器具,即酒杯。觞一般为木制,也有陶制的。在祓禊活动结束后,人们坐在水渠的两侧,在水源的上流放入盛满酒的酒觞,酒觞顺着蜿蜒的水流而下,人们可以随意从水渠中取饮,故名"曲水流觞"。

东晋献帝永和九年(353年)上巳日,王羲之、谢安等人在兰亭修禊后,就举行了"曲水流觞"的活动。他们四十余人分散在兰亭清溪两旁,席地而坐。然后将盛酒的觞放入溪中,顺溪水徐徐而下,酒觞在谁的面前停住或是打转,谁就要饮酒并即兴赋诗。据史料记载,有十一个人各作了两首诗,十五个人各作了一首诗,还有十六个人因为作不出诗而各被罚了三觥酒。王羲之将大家即兴创作的诗集辑成册,即《兰亭集》。王羲之为之作序,即为举世闻名的《兰亭集序》,也被称为"禊贴"。这篇序文采灿烂,书法遒劲飘逸,被公认为"天下第一行书"。这次活动对后世影响很大,成为千古佳话。

垂虹亭始建于宋仁宗庆历八年(1048),在太湖东侧的吴江(今属江苏)垂虹桥上,桥形环若垂虹,甚为壮丽,宋代不少诗人、词人描写过。米芾是书画大家,他的《垂虹亭》诗是以画家的心思、眼光、笔法来吟咏此亭。

垂虹亭

米 芾

断云一片洞庭帆,玉破鲈鱼金破柑。
好作新诗寄桑苎,垂虹秋色满东南。

浩渺的太湖上一叶白帆如同秋日晴空的一片白云,鲈鱼如同白玉雕成,柑橘如黄金铸就。要把这描绘秋景的新诗寄往遍植桑苎的家乡,让垂虹秋色漫布中国大地的东南方。

这首诗要写的是"垂虹秋色",亭临太湖,秋季的湖水最为澄澈,湖的周边地区能在秋季为人们提供出大量的鲈鱼与柑橘,诗人选取了这些最能代表太湖秋天特色的景物入诗。还过,他不是通过叙述把景物告诉给人,而是通过绘制画面的手法,把景物展示于人,可谓是"诗中有画",结尾则突破了画面的局限性,绘出了难以用画面表现的浩然秋色,使东南大地都沉浸在金色的秋光之中。在景物的描摹之中,融汇了这位画家诗人对大自然深厚浓挚的爱。

宋高宗建炎三年(1129)春天,金兵南下,高宗从扬州仓皇渡江避难,江北地区,大都失守。直到这年的初秋,局势才稍微稳定,诗人张元幹由家乡重来吴越,过吴江垂虹亭,感叹今昔,赋诗二首。

登垂虹亭二首

张元幹

(一)

一别三吴地,重来二十年。
疮痍兵火后,花石稻粱先。
山暗松江雨,波吞震泽天。
扁舟莫浪发,蛟鳄正垂涎。

(二)

熠熠流萤火,垂垂倒饮虹。

行云吞皎月,飞电扫长空。

壮观江边雨,醒人水上风。

须臾风雨过,万事笑谈中。

（一）二十年前我曾在吴越一带做客,那时正值承平,自己也正当壮年,如今重到这里,人已垂老,国家的局势也发生了巨大的变化。自从三年前金兵攻入中原以后,汴京失守,北方大地,疮痍满目,江淮地带,也沦为战区。而在宣和年间,朝廷却不恤民力,在江南一带强征花石纲,全不关心农事,使得人心涣散,民怨沸腾。二十年间的往事,真是触目惊心。此次重过垂虹亭,正值雨天,松江上面一派阴云;远处的山峰,都消失在云雾之中,太湖上面,卷起吞天的波涛,而江南的局势也还没有完全安定,这扁舟可不能轻率地开发,水里的鲛鳄,正在向人垂涎,朝廷里正有坏人,企图伺机作乱呢!

（二）亭子的周围,闪动着熠熠的萤火,长长的垂虹桥,仿佛正垂在江边进行虹吸。雨是刚刚才停止的,仰视天空,行云吞没了皎洁的月亮,闪电扫过长空而来,接着又下起了晚雨,烟水苍茫的太湖上,一片迷蒙的雨景,闪电从云层里映起红光,呈现出壮观的景象。秋风从江面上卷来醒人的凉意,一会儿,风雨过去了,在笑谈中又出现了雨后的情景,天时是多么变化无常啊!

诗的首章,主要抒发诗人旧地重游之感和对于时局的忧虑之情;次章主要写垂虹亭畔秋晚下雨的情况。垂虹亭位于吴江的垂虹桥上,垂虹桥又名长桥。"三吴":《水经注》以会稽、吴郡、吴兴为三吴,即今绍兴、苏州、湖州一带。"花石":宋徽宗宣和年间,朝廷曾敕令江南各地交奇花异石,运送花石的船只,称"花石纲"。官府及其贪官污吏乘机敲诈勒索,民不聊生,引发方腊、宋江等大规模的农民起义。"饮倒虹":传说虹能吸饮,称为虹饮。南朝宋刘敬叔《异苑》:"晋义熙初,晋陵薛愿,有虹饮其釜澳,须臾嗡响便竭,愿辇酒灌之,随投随涸。"

安徽滁州的琅琊山下,有一座醉翁亭,又名谓亭。系宋庆历年间琅琊寺僧智仙为著名的文学家欧阳修而建。时欧阳修被贬为滁州太守,常到此地闲游,宴饮小憩,并撰《醉翁亭记》一文,以记其美。此亭屡经废兴,布局严谨小巧,曲折幽深,富有诗情画意。亭周墙上布满碑文、刻石,苏轼手书《醉翁亭记》一文,立于宝宋斋内。

题滁州醉翁亭

欧阳修

四十未为老,醉翁偶题篇。
醉中遗万物,岂复记吾年。
但爱亭下水,来从乱峰间。
声如自空落,泻向两檐前。
流入岩下溪,幽泉助涓涓。
响不乱人语,其清非管弦。
岂不美丝竹,丝竹不胜繁。
所以屡携酒,远步就潺湲。
野鸟窥我醉,溪云留我眠。
山花徒能笑,不解与我言。
惟有岩风来,吹我还醒然。

人生四十还不算老,醉翁我偶然之中写作了《醉翁亭记》。沉醉之中已将万事万物尽皆遗忘,又怎么能还记得起自己的年龄呢?偏偏喜欢亭下面的水泉,它从杂乱的山峰间流出,其声如从空中飘落,倾泻到亭子两边的檐前。渐渐流入山岩下的小溪之中,幽幽的泉水涓涓而淌,流水的声音十分清泠,并不扰乱人的话语,又非管弦丝竹之声。这声音难道不比丝竹音乐之声还美吗?因为丝竹之声令人不胜繁杂。所以我常常携带酒壶,走到很远的地方,就着缓缓流过的山泉痛饮一番。野鸟窥见我的醉态,溪云挽留我在此入眠。山花烂漫仿佛在笑,却不懂得与我交谈。只有山间的凉风吹过,使我从醉梦之中醒来。

这首诗记述醉翁亭四周的景色和诗人陶醉于这些美景的情形。诗人表面上放情山林醉乡,悠然自适,在陶醉的背后,我们不难体会到诗人因所参与的改革不被人理解而流露出的一种淡淡的愁绪和因仕途失意而产生的苦闷。诗人结句透露出未能忘怀世事的缕缕哀愁。

在醉翁亭建成之后,欧阳修常到这里游赏休憩,并且赋诗作记,除了上面这首《题滁州醉翁亭》诗,还作了《醉翁亭记》,这篇记是欧阳修散文的杰出代表作。它浓墨重彩,展示一幅风光绮丽的大自然画卷。文章描写了禽鸟的山林之乐、宾客的宴饮之乐、太守的与民同乐。而太守之乐,自有其难言的苦衷。这种苦中作乐,是身处逆境却不悲观厌世的一种怡然达观。

醉翁亭后来成为滁州最具代表性的名胜古迹,游览者络绎不绝,后代也有不少诗人留下吟咏佳作。

丰乐亭春游三首

欧阳修

（一）

绿树交加山鸟啼,晴风荡漾落花飞。
鸟歌花舞太守醉,明日酒醒春已归。

（二）

春云淡淡日辉辉,草惹行襟絮拂衣。
行到亭西逢太守,篮舆酩酊插花归。

（三）

红树青山日欲斜,长郊草色绿无涯。
游人不管春将老,来往亭前踏落花。

（一）绿影婆娑的树木、枝叶连成一片,鸟儿在山上林间愉快地歌唱。阳光下和煦的春风轻轻吹拂着树枝,不少落花随风飞舞。春光明媚,令人心醉。野鸟啁啾,杂花乱飞,诗人却一概不闻不见,进入了醉乡。次日酒醒,春无踪迹,原来已悄然归去了。

（二）天上是淡云旭日,晴空万里,地上则是春草茂盛,蓬勃生长,碰到了游人的衣襟,而飞舞着的杨花、柳絮洒落在游人的春衣上。游人们兴之所至,来到丰乐亭,在亭西碰到了欧阳太守。太守在干什么呢? 他双鬓和衣襟上插满了花卉,坐在竹轿上大醉而归。

（三）青山红树,白日西沉,萋萋碧草,一望无际。天已暮,春将归,然而多情的游客却不管这些,依旧踏着落花,来往于丰乐亭前,欣赏这暮春的美景。

丰乐亭于庆历六年(1046)建成,欧阳修为此写过一篇《丰乐亭记》,记叙了亭附近的自然风光和建亭的经过,由苏轼书后刻石。美景、美文、美书,三美兼备,从此成为著名的游览胜地。

丰乐亭周围景色四时俱美,但这组诗则撷取四时景色中最典型的春景先加描绘,第一首写惜春之意;第二首写醉春之态;第三首写恋春之情。综观三首诗,都是前两句写景,后两句抒情。写景,鲜艳斑斓,多姿多彩;抒情,明朗活泼而又含义深厚。三诗的结句都是情致缠绵,余音袅袅。欧阳修深于情,他的古文也是以阴柔胜,具一唱三叹之致。结合他的散文名作《醉翁亭记》《丰乐亭记》欣赏,更具相映成趣之妙。

旧苑荒台杨柳新

姑苏台曾是我国历史上较早的豪华建筑之一,相传由吴王阖闾、夫差两代君主经营而成。越灭吴后,将姑苏台焚毁拆光,遗址说法不一,主要有三种:一说在苏州城西南七子山北,连尧峰山的小紫石山(今称姑苏山),另一说在苏州城西南胥口镇南,濒临太湖的胥山(今称清明山),还有说在灵岩山。

雪中登姑苏台

杨万里

我亦闲来散病身,游人不用避车尘。
插天四塔云中出,隔水诸峰雪后新。
道是远瞻三百里,如何不见六千人。
吴亡越霸今安在,台下年年花草春。

我在近年来固然无官一身轻,分外的闲散,所到之处游人再也不需要回避,高耸入云的四座塔在云端现出身影,隔着太湖水那边的几座山峰在雪后分外的清新。都说姑苏台高三百丈,可以望见三百里外,为何不见了台内的六千人?吴国的君王和越国的霸主如今在哪里呢?只有姑苏台下的花草年年岁岁一枯一荣。

杨万里(1127—1206),字廷秀,号诚斋野客,江西吉水人。曾任知奉新县,吏部员外郎,宝漠阁学士。谥文节,赠光禄大夫。南宋著名诗人、词人,"中兴四大诗人"之一。据《宋史》记载:由于韩侂胄的专权误国,正直的杨万里一再受到打压,长期被贬,愤而辞官,归隐家乡吉水,最终报国无门,忧愤而死。这首《姑苏台览古》的主旨落在后四句,对吴王的骄奢进行了无情的嘲弄,对人间的争斗、历史的兴衰表示出超然豁达的态度。

凤凰台位于南京城西南部,南朝刘宋时有三只状似孔雀的大鸟翔集于此,并招无数鸟类聚集于周围,俗称百鸟朝凤。于是诏置凤台里,称鸟翔集之山为凤台山,并在山上起台,称凤凰台。

登凤凰台

杨万里

千年百尺凤凰台,送尽潮回凤不回。
白鹭北头江草合,乌衣西面杏花开。
龙蟠虎踞山川在,古往今来鼓角哀。
只有谪仙留句处,春风掌管拂蛛煤。

千百年以来,那高高耸立百尺高台凤凰台,送尽了潮去潮回,凤凰却一去不复返。白鹭洲的北头与江边的野草连成一片,乌衣巷的西面开满了杏花。虎踞龙盘的山川形胜依然如故,古往今来的阵阵鼓角声亦已渐渐衰微,只有谪仙李太白题诗的地方,春风吹拂着蛛丝与灰尘。

据说李白在黄鹤楼看到崔颢题写的《黄鹤楼》一诗后,慨叹"眼前有景道不得,崔颢题诗在上头"。并下决心要写一首登临吊古的佳作,与崔颢的《黄鹤楼》一比高低,直到南游金陵时,写下《登金陵凤凰台》。这两首诗哪一首更好,历来众说纷纭。方回在《瀛奎律髓》中说:"两诗格律气势,未得甲乙"。而严羽在《沧浪诗话》中却认为:"唐人七言律诗,当以崔颢《黄鹤楼》为第一。"不过凤凰台在李白题诗之后,后来人难以继武,杨万里的这首《登凤凰台》诗,句法略仿李太白诗,骨力气象亦堪为后劲,是宋诗中不可多得的七言律诗。

超然台位于山东诸城北城之上,古称北台,苏轼担任密州知州时,曾加以修葺,并改名超然台。

望江南

苏 轼

超然台作

春未老,风细柳斜斜。试上超然台上看,半壕春水一城花。烟雨暗千家。

寒食后,酒醒却咨嗟。休对故人思故国,且将新火试新茶。诗酒趁年华。

春天还未过去,微风细细,柳枝斜斜随之起舞。登上超然台向远处眺望,护城河内半满的春水微微闪动,满城处处春花明艳,迷蒙的细雨飘散在城中,千家万户都看不真切。

寒食节过后,酒醒后反而因思乡心切而叹息不已。不要在老朋友面前思念故乡了,姑且点上新火来烹煮一杯刚采摘的新茶,作诗醉酒都要趁年华尚在的时候。

熙宁八年(1075),苏轼出知密州后,在旧有的土台之上修建超然台。原筑有回环阶梯以供登台,台上有建筑,"台高而安,深而明,夏凉而冬温"。超然台由苏辙所名,意为超然物外,不追求人间名利得失。苏轼在任期间常与朋友在此饮酒赋诗,许多名作就产生于这里。词人登超然台,眺望满城风雨,触动乡思,写下此词(参见《饮酒卷》)。

这首词为双调,比原来的单调《望江南》增加了一叠。上片写登台时所见城中景象,词人用白描手法,淡墨挥洒出一片烟水朦胧、满城飞花的密州春景。下片则发抒了春天将去的惆怅和思乡怀人的情绪。上片写春景,是即境写景;下片写愁情,乃触景生情。写的是异乡之景,抒的是故乡之情,情由景生,情景交融。全篇豪俊洒脱,清丽自然,饶有余韵。

望江南

苏 轼

春已老,春服几时成。曲水浪低蕉叶稳,舞雩风软纻罗轻。酣咏乐升平。

微雨过,何处不催耕。百舌无言桃李尽,柘林深处鹁鸪鸣。春色属芜菁。

春色已晚,转眼即是暮春,春服什么时候能够制成。婉曲的水流只有轻轻的浪花,蕉叶稳稳地立住身姿,软软的微风舞动着花萼,如绫罗一般轻盈,酣酒之中吟诗作赋歌舞升平。

微雨过后,到处都在忙着春耕作业,桃花李花已经开尽,百鸟也已经无声无息,只有柘林深处才能听到鹁鸪的鸣叫,春色已接近蔓菁的颜色。

这首词写晚春游兴,词人兴之所至,移步换景。上片以城中曲水、亭台两个景点为中心,写词人自己的酣咏场面,赞美升平景象;下片空间背景转为郊野,写自然春景和春耕,补充升平的内涵。词尾词人发现,虽已暮春,春光犹在。这首词透露出词人游春的满足感和游兴的浓酣,表现了词人热爱自然、寄情山水田园的情怀。

苏辙的《超然台赋(并叙)》详细记载了修建超然台的经过,并以"超然不累于物"来概括苏轼的心态。苏轼《超然台记》也说:"以见予之无所往而不乐者,盖游于物之外也。"这种"无所往而不乐""游于物之外"的精神便是"超然"之情。这组词所要反复吟咏展现的,就是这种超然之情。苏轼的旷达、超然或许有许多不得不逃避现实的无奈,但他的词里的这种无奈,恰恰体现了他最深沉的思考,是他对人生本质的探索。清代俞陛云:"春水两句超然台之景宛然在目。下阕故人故国,触绪生悲,新火新茶,及时行乐,以此易彼,公诚达人也。"(《唐五代两宋词选释》)

这首词情由景发,情景交融。词中浑然一体的斜柳、楼台、春水、城花、烟雨等暮春景象,以及烧新火、试新茶的细节,细腻、生动地表现了词人细微而复杂的内心活动,表达了游子炽烈的思乡之情。将写异乡之景与抒思乡之情结合得天衣无缝。

再过超然台赠太守霍翔

苏　轼

昔饮雩泉别常山,天寒岁在龙蛇间。
山中儿童拍手笑,问我西去何当还。
十年不赴竹马约,扁舟独与渔蓑闲。
重来父老喜我在,扶挈老幼相遮攀。
当时襁褓皆七尺,而我安得留朱颜。
问今太守为谁欤,护羌充国鬓未斑。
弓持牛酒劳行役,无复杞菊嘲寒悭。
超然置酒寻旧迹,尚有诗赋镌坚顽。
孤云落日在马耳,照耀金璧开烟鬟。
郑淇自古北流水,跳波下濑鸣玦环。
愿公谈笑作石埭,坐使城郭生溪湾。

　　想当年,离别密州时,曾在常山雩泉饮酒,并赋《留别雩泉》诗。那一年丙辰冬未离开密州,次年为丁巳年,正是龙年与蛇年交替之间。山中的儿童拍着手笑问我:"西去以后什么时候再回来?"自熙宁九年(1076)离开密州,至元丰八年(1085)重返密州,整整十年没有能实现竹马之诺言,风雨漂泊在渔夫蓑翁之中。今日故地重游,父老乡亲十分欣喜我仍健在,纷纷扶老携幼前来迎接,大家相互遮目,攀缘着向前拥挤。当年襁褓中的孩子如今都已是七尺汉子,而我如何还能留得朱颜不改?要问如今的太守是谁呢?那就是如同当年汉朝护羌校尉赵充国一样屯田守边有功的霍翔大人,他仍然年富力强鬓发未斑。霍太守用丰盛的酒席为我接风洗尘,不再像我过去日食杞菊那样寒酸。在超然台上置酒痛饮,追寻往日的旧踪,仍有诗赋镌刻于坚硬的石头之上。在马耳山那边有孤云飘拂,落日斜悬。夕阳将山峦照耀得金碧辉煌,烟霞弥漫。郑淇自古以来就出于常山,向北注入潍水,跳跃的波涛冲向沙石滩,激起的水流声如同玉佩发出的声音。希望太守大人在谈笑之余兴办水利,砌石筑坝,使得城郭外形成清澈的溪湾。

苏轼于神宗元丰八年(1085)赴任登州,十月路经密州时,太守霍翔在超然台上置酒招待,苏轼写了这首诗相送,诗中写出与密州父老重逢时的情景及对太守提出兴办水利的期望。

郁孤台位于江西赣州西北贺兰山上,始建于唐。台势隆阜郁然孤峙,高起平地数丈,冠冕一郡之形胜而襟带千里之山川,是登高远眺之佳处,故名郁孤。唐李勉为刺史,据《江西通志》载:"登(郁孤)台北望,慨然曰:'余虽有不及子牟,心在魏阙一也。郁孤岂今名乎?'乃易匾为望阙。"宋绍兴十七年(1147)年增建二台,南曰"郁孤",北曰"望阙",明清时屡加修葺。台为三层,高 14.1 米,斗拱飞檐,气势凝重,具有宋代建筑风格的特点。

郁孤台

苏 轼

八境见图画,郁孤如旧游。
山为翠浪涌,水作玉虹流。
日丽崆峒晓,风酣章贡秋。

丹青未变叶,鳞甲欲生洲。
岚气昏城树,滩声入市楼。
烟云侵岭路,草木半炎州。
故国千峰外,高台十日留。
他年三宿处,准拟系归舟。

　　曾经在八境图中见到过古赣州的八处景物,所以来到郁孤台就好比故地重游。群山如同绿色的波涛在奔涌,江水如同玉石的彩虹在流淌。清晨的阳光照耀着崆峒山,景色分外秀丽,秋风正劲,吹拂着章水和贡水。华盖树的树叶尚未变色,秋水暴涨,水族纷纷爬上汀洲。山岚雾气笼罩着城郭树木,流水击打河滩的声音传入集市楼台。烟云遮蔽了山路,草木覆盖了炎热的南方。我的故乡远隔千山万水,今日在此作十日的停留,他年在住过三宿的地方,打定主意系上归乡的小舟。

　　北宋绍圣元年(1094),苏轼因反对王安石变法被朝廷贬谪到岭南的惠州,写下这首著名的《郁孤台》诗。前人评论此诗曰:"不失古格,而时出新意,故佳。"

　　文天祥任赣州知州时,也曾登临郁孤台,吟成《题郁孤台》。

题郁孤台

文天祥

城郭春声阔,楼台昼影迟。
并天浮雪界,盖海出云旗。

风雨十年梦,江湖湖城思。

倚阑时北顾,空翠湿朝曦。

城郭之外春天的声响是如此阔大,楼台在白昼里的身影不曾退去。天地之间白茫茫连成一片,苍茫的大海上升出夺目的云旗。回首十年的风雨历程恍然若梦,寄托着江湖万里之思。独倚在楼台的栏杆之上时时北望,一片空翠沾湿了晨曦。

在题咏郁孤台的众多诗词中,尤以辛弃疾的《菩萨蛮·书江西造口壁》最为著名,传诵千古。

菩萨蛮

辛弃疾

书江西造口壁

郁孤台下清江水,中间多少行人泪?西北望长安,可怜无数山。

青山遮不住,毕竟东流去。江晚正愁余,山深闻鹧鸪。

郁孤台下面那条奔腾不息的赣江水啊,不知道注入了多少远行人的眼泪?放眼向西北方向遥望长安,可惜有无数青山重重遮挡,无论怎么眺望也无法望见远方的长安城。

然而青山虽然阻断了视线，但无法阻挡那奔流的江水，它到底还是向东奔腾而去。傍晚来临，暮色四起，江面上一片苍茫黯淡，如此凄清的景色早已令人惆怅悲苦不已，这时候，青山深处又传来鹧鸪鸟声声凄厉的鸣叫。

这首《菩萨蛮》令辛弃疾在思想上被定位为爱国词人，在艺术上更是堪称小令中的极品，梁启超在《艺衡馆词选》中评价："《菩萨蛮》如此大声镗鞳，未曾有也。"宋孝宗淳熙二年（1175）茶商赖文政于湖北起事，后转入湖南江西，数败官军。时任仓部郎官的辛弃疾被调任江西提点刑狱，节制诸军，进击茶商军。这首词作于淳熙二年、三年间江西提点刑狱任上。

南宋罗大经《玉露·辛幼安词》条云："其题江西造口壁词云云。盖南渡之初，虏人追隆裕太后御舟至造口，不及而还，幼安因此起兴。"《宋史》高宗纪及后妃纪记载：建炎三年（1129）八月，"会防秋迫，命刘宁止制置江浙，卫太后往洪州，滕康、刘珏权知三省枢密院事从行"。闰八月，高宗亦离建康赴浙西，时金兵分两路大举南侵，十月，西路金兵自黄州（今湖北黄冈）渡江，直奔洪州追隆裕太后。"康、珏奉太后行次吉州，金人追急，太后乘舟夜行。"后来隆裕太后为躲避虏人追赶，在造口舍舟登陆。因此，辛弃疾来到这里，不禁抚今思昔，感时伤世，在造口的石壁上写下这首《菩萨蛮》。词中对人民的苦难寄予深切的同情，表达了自己抗金和收复中原失地的愿望，全词借景抒情，寄意深远。使习用已久抒写儿女柔情的小令，成为南宋爱国精神深沉凝聚之绝唱。

诉衷情令

康与之

登郁孤台,与施德初同读坡诗作

郁孤台上立多时。烟晚暮云低。山川城郭良是,回首昔人非。

今古事,只堪悲。此心知。一尊芳酒,慷慨悲歌,月堕人归。

在郁孤台上久久地站立多时,但见烟雾弥漫、暮云低垂。尽管山川依旧,城郭还在,回首往事,却早已是物是人非。

词的下片意为:古今以来的往事,是多么的令人悲伤,只有我的内心知道。斟满一杯美酒,尽情地慷慨悲歌吧,直到月亮落尽方才归去。

北宋绍圣元年(1094),苏轼因反对王安石变法被朝廷贬谪到岭南的惠州,在赣州逗留期间,他曾游览郁孤台,并写下著名的《过虔州登郁孤台》诗,康与之与友人施德初同读苏东坡的诗作,写下这首《诉衷情令》。

康与之的这首《诉衷情令》并非遥想,而确实是登临郁孤台,感叹"山川城郭良是,回首昔人非"而作,词意既大气,遣词却委婉。"今古事,只堪悲,此心知"一句,更令人肝肠寸断。康与之于南渡初上高宗《中兴十策》,从而名震一时,但他后来党附秦桧,却留下千古骂名。

八境台位于赣州北章、贡水合流之处,建于北宋嘉祐年间(1056—1063),是江西著名古迹之一,台高三层,登台可眺望赣州远近风光。

石　楼

文天祥

晓色重帘卷,春声叠鼓催。
长垣连草树,远水照楼台。
八境烟浓淡,六街人往来。
平安消息好,看到岭头梅。

清晨时分,卷起重重帘幕,欣赏这满目晓色,仿佛重重叠叠的鼓声催动着春潮的涌动。长长的城墙绵延不绝,与远处的草树连成一片,远远的章水、贡水映照着楼台,赣州的八处佳境在浓淡的烟雾间时隐时现,城内的六条大街上人来人往,和平安宁的好消息令人高兴,远处可以看到大庾岭上的梅花绽放。

这首诗是文天祥在赣州清晨登八境台所见到的远近景色。文天祥一生忠义,刚正不阿。多次遭奸佞陷害,罢官闲居。咸淳七年,他营建宅舍于庐陵南百里的文山,打算寄情于山水之间,闲居文山期间,他曾写过一些寄情山水的小诗,并常有遁世之想。

相传赣州有八处著名的景点,分别为八境台、章贡台、白鹊楼、螺亭、马祖亭、尘外亭、郁孤台、崆峒山等,曾有人以八处景物为题材作景物画"八境图",苏轼为八境图题配了八首诗。

虔州八境图八首

苏　轼

（一）

坐看奔湍绕石楼，使君高会百无忧。
三犀窃鄙秦太守，八咏聊同沈隐侯。

（二）

涛头寂寞打城还，章贡台前暮霭寒。
倦客登临无限思，孤云落日是长安。

（三）

白鹊楼前翠作堆，紫云岭路若为开。
故人应在千山外，不寄梅花远信来。

（四）

朱楼深处日微明，皂盖归时酒半醒。
薄暮渔樵人去尽，碧溪青嶂绕螺亭。

（五）

使君那暇日参禅，一望丛林一怅然。
成佛莫教灵运后，着鞭从使祖生先。

（六）

却从尘外望尘中，无限楼台烟雨濛。

山水照人迷向背,只寻孤塔认西东。

（七）

烟云缥缈郁孤台,积翠浮空雨半开。
想见之罘观海市,绛宫明灭是蓬莱。

（八）

回峰乱嶂郁参差,云外高人世得知。
谁向空山弄明月,山中木客解吟诗。

（一）坐在高高的八境台上,但见奔腾湍急的章水、贡水绕台而过,虔州知州孔宗翰大人举办的盛大宴会令人百忧全无,类似三头犀牛般的大山私下轻视当年蜀郡的太守李冰修筑的都江堰,像南朝沈约作八咏诗一样吟出八首诗歌。

（二）寂寞的浪涛击打着城楼无功而返,章贡台前暮霭沉沉,露出寒意,迁人倦客登临高台不禁思绪万千,孤云日落之处是遥远的长安。

（三）白鹊楼前郁郁葱葱,一片苍翠景象,白云萦绕的山路仿佛为之大开,老朋友在遥远的千山之外,却没有从远方寄来梅花书信。

（四）朱楼深深,天色微微发亮,回到皂盖楼的时候酒才半醒。薄暮时分渔人樵夫都已不见,碧绿的溪水、青翠的山峦环绕着螺亭。

（五）使君大人哪有闲暇每日参禅拜佛,一边远望着寺院一边怅然若失。成佛不能像南朝会稽太守那样掉在谢灵运的后边,要像东晋刘琨那样不甘落后,快马加鞭从而赶在祖逖的前面。

（六）站在尘外亭放眼眺望前面的景色,无数的亭阁楼台都笼罩在迷蒙的烟雨之中,人在山水之间迷失了方向,只能寻找那慈云塔来辨别东西。

(七)烟雾缥纱、浮云缭绕的郁孤台,雨色空蒙,翠色苍茫。想到芝罘山上观看神奇瑰丽的海市蜃楼,深红色的宫殿忽明忽暗,那就是传说中的海上仙山啊!

(八)崆峒山重峦叠嶂,群峰参差,那山巅深处的隐士俗世岂能得知,谁在那空山深处独自赏月呢?只有传说中的深山精怪木客能够理解所吟之诗。

这组诗是苏轼为景物画"八境图"所题配的八首诗,分别描写了赣州的八处景点的奇丽风光。组诗前有一段小序,其中有云:"苏子曰:此南康之一境地,何从而八乎?所自观之者异也。且子不见夫日乎,其旦如盘,其中如珠,其夕如破璧,此岂三日也哉!苟知夫境之为八也,则凡寒暑、朝夕、雨旸、晦暝之异,坐立、行走、哀乐、喜怒之变,接于吾目而感于吾心者,有不可胜数者矣,岂特八乎!"这段序言交代了写作八境诗的缘起,阐述了诗人观察事物、认识事物的方式和方法,充满了哲理。

逍遥堂后千寻木

北宋嘉祐二年(1057),勤政爱民的廉吏梅挚(994—1059)到杭州做官,宋仁宗亲自赋诗为他送行,其中有"地有吴山美,东南第一州"之句,该诗勉励梅挚到杭州后,要分担皇帝的忧愁,获得百姓的颂扬。梅挚到杭州后,为了报答皇帝的恩宠,便根据此诗第一句"地有吴山美"的意思,在杭州吴山顶上修建了一座有美堂。欧阳修曾为他作《有美堂记》,苏轼也曾作《有美堂暴雨》诗。

有美堂暴雨

苏 轼

游人脚底一声雷,满座顽云拨不开,
天外黑风吹海立,浙东飞雨过江来。
十分潋滟金樽凸,千杖敲铿羯鼓催。
唤起谪仙泉洒面,倒倾鲛室泻琼瑰。

雷电仿佛从地面震响,浓云低压厚重。黑风卷起海浪,大雨由东面的钱塘江飞驰而过。江水汹涌,如杯中酒水马上就要溢出杯面,雨点有如千万只鼓槌敲打羯鼓一样急促。这是上天降下大雨要唤醒李白的诗兴,倾注不息的大雨就是倾倒鲛室而滚出的粒粒珍珠。

苏轼的这首诗作于宋神宗熙宁六年(1073),其时他在杭州担任通判。杭州西湖东南角有吴山,地势高敞,濒临湖水,山不高而秀,山之顶建有有美堂。苏轼在杭州时,与知州陈襄交好,熙宁六年初秋的一天，两人一同到山上有美堂游览，恰逢暴雨，观雨后苏轼即兴写下这首七言律诗。诗前四句叙写云雷交作，风卷海立云飞，其气突兀，极有力度与紧张感。后四句妙用此喻典故，描绘水势浩大如洒满金樽，雨点急切如羯鼓声催，有继之写泉洒谪仙，鲛室倒倾，想象奇瑰，极富浪漫情调与色彩。全诗节奏音韵，也与所写对象狂雷、疾风、暴雨相合拍。此诗为苏诗清雄风格的代表之作。

熙宁七年（1074），杭州太守陈襄（字述古），调离杭州，在有美堂宴请宾客。应陈襄之请，苏轼即席写下《虞美人》。

虞美人

苏　轼

有美堂赠述古

湖山信是东南美。一望弥千里。使君能得几回来。便使樽前醉倒、更徘徊。

沙河塘里灯初上。水调谁家唱。夜阑风静欲归时。惟有一江明月、碧琉璃。

杭州最美的地方莫过于有美堂，湖山满眼，一望千里。使君此去，何时方能重来？何时方能置酒高会呢？且让我们在樽前醉倒，步履蹒跚，徘徊不前。

华灯初上，繁华的沙河塘异常热闹，江上传来了时下流行的曲调，不知是何人所唱。夜深人静即将归去的时候，只看到月光照耀江面,满眼是碧绿澄澈的江水。

宋人傅干的《注坡词》对此词的写作所叙甚祥:"《本事集》云:陈述古守杭,已及瓜代,未交前数日,宴僚佐于有美堂。侵夜月色如练,前望浙江,后顾西湖,沙河塘正出其下,陈公慨然,请贰车苏子瞻赋之,即席而就。"陈述古离杭州知州任,徙知应天府(今河南商丘),在陈述古的告别宴会上,苏轼应邀写下这首词。

官场饯行,即席赋诗词,或赞行人之显贵,或想象道途的风光,常常因陈袭旧,仅是应酬而已。而苏轼此词以真情出之,写得深沉委婉,真实诚挚,写作时抓住有美堂居高临下的特点,上片以乐景写忧思,寓情于景;下片因景寓情,由忧而乐。景物和情思交织,有层次地表现出感情的波澜。

平山堂位于扬州西北部蜀冈中峰大明寺内,是欧阳修被贬谪为扬州太守时所建,始建于宋仁宗庆历八年(1048)。欧阳修一到扬州,就被此处清幽古朴所吸引,于是在此建堂。坐此堂之上,江南诸山,历历在目,好似与堂平,平山堂因此而得名。平山堂为专供士大夫、文人雅士吟诗作词的场所。宋代叶梦得曾称赞此堂"壮丽为淮南第一"。根据史书记载,每当夏天到来时,欧阳修便常常邀请朋友到平山堂饮酒作诗,他们的饮酒方式十分特别,常叫人采摘很多荷花,分插到花盆中,放在客人之间,然后让歌妓取一支荷花传给客人,每个客人依次摘下一个花瓣,谁轮到最后一片便要饮酒一杯,赋诗一首。这就是所谓的击鼓传花,常常会这样持续到深夜,客人们方才"载月而归"。如今悬在堂上的"坐花载月""风流宛在"的匾额仍然昭示着欧公的这些风雅轶事。

广陵五题其二

秦 观

次子由平山堂韵

栋宇高开古寺间,尽数佳处入雕栏。
山浮海上青螺远,天转江南碧玉宽。
雨槛幽花滋浅泪,风卮清酒涨微澜。
游人若论登临美,须作淮东第一观。

　　木结构的平山堂刚刚建成便游人如织,使得著名的大明寺也显得清闲了许多,因为这里已将远近的佳境尽收其中。青山就像飘浮在海面上的螺髻,江南的天空仿佛碧玉一样明净。雨水打在栏杆上,又溅到花上,好像花开溅泪,风吹动着杯中的美酒,涨起微微的波澜。游览的人要谈论登临的好地方,平山堂称得上淮南东路数第一的去处。

　　秦观与苏辙在元祐初年同在秘书省任职,苏辙曾写过一首吟咏平山堂的诗,秦观于是步其韵写下这首诗,诗的末句以平山堂为淮东第一景观,评价可谓高矣。

招缙云寺关彦远教授曾彦和集

晁补之

平山堂次关韵

蜀冈势与蜀山通,龙虎盘挐上紫空。

小语还忧惊太一,高堂元自在天中。
少师杨柳无遗迹,承旨歌谣有旧风。
斜日芜城易兴感,忘怀犹喜故人同。

平山堂所在的一带蜀冈丘陵高地与西部的独山相连,仿佛龙尾屈曲回环直通紫空,轻声地说话还怕惊扰了空中的天神,因为高高的平山堂高耸入云,就在天空之中。太子少师欧阳修在平山堂前植下的柳树已经不见踪迹,翰林学士承旨刘敞的诗篇仍有旧时遗风。夕阳照耀着扬州城不禁令人感慨万千,难以忘怀的是仍有老朋友与我怀有同感。

缙云是宋时郡名,宋代属浙江东路处州(今浙江缙云),关彦远(字景晖)、曾彦和都是晁补之的朋友。诗的第三联怀念欧阳修和刘敞,可见名物胜景,因人增色,其由来久矣。

元丰三年(1080)二月,苏轼贬谪黄州,先寓居定惠院,后迁居黄州城南之临皋亭,元丰六年,他受转运使蔡景繁关照,在临皋亭旁增修房屋三间,取名南堂。南堂四面临水,水天相接,东坡即景抒怀,写下一组五首七绝。其书札《与蔡景繁十四首》其九云:"临皋南畔,竟添却屋三间,极虚敞便夏,蒙赐不浅。"其十一云:"近葺小屋,强名南堂,暑月少舒。蒙德殊厚,小诗五绝,乞不示人。"南堂在临皋亭附近,俯临长江。据《东坡志林》卷四云:"临皋亭下八十余步,便是大江。"苏轼在《迁居临皋亭》诗中亦说:"全家占江驿,绝境天为破。"

南堂五首

苏 轼

（一）

江上西山半隐堤，此邦台馆一时西。
南堂独有西南向，卧看千帆落浅溪。

（二）

暮年眼力嗟犹在，多病颠毛却未华。
故作明窗书小字，更开幽室养丹砂。

（三）

他时雨夜困移床，坐厌愁声点客肠。
一听南堂新瓦响，似闻东坞小荷香。

（四）

山家为割千房蜜，稚子新畦五亩蔬。
更有南堂堪著客，不忧门外故人车。

（五）

扫地焚香闭阁眠，簟纹如水帐如烟。
客来梦觉知何处，挂起西窗浪接天。

（一）临皋亭依傍着西山，俯临长江。远远看去，西山仿佛是半隐的堤坝，南堂独自坐落在西南朝向，卧在堂中的窗口，只见江中千帆停泊，江面一片烟波渺茫。

（二）虽然已经年近半百，但眼力并未衰退；身虽多病，但头发尚未花白。人在明净的窗下，还能伏案书写小字，专门开辟一间幽室，以火养砂丹，悦神度日。

（三）昔日风雨之夜不能安眠，独自坐听那淅沥不尽的雨声，点点滴滴，增人愁思。如今一听到南堂瓦上响起点滴的雨声，不禁联想到东坞池塘中盛开的荷花，似乎闻到那飘溢四周的沁人幽香。

（四）像山民那样每日割取千房蜂蜜，还要笨拙地整理开辟的五亩菜蔬地。更有新葺的南堂可以待客，不必为故人频来而担忧了。

（五）在南堂扫地焚香而昼寝，睡在细密的竹席上，帐子非常的轻柔。睡梦中醒来，不知身在何方，但见西窗外水天相接，烟波浩渺。

这组诗是围绕着置身南堂的种种感受而写，五首诗的主题各不相同，分列开来，独立成篇。每首诗从一个侧面展现诗人闲居南堂的生活面貌，但又相互勾连。五首诗一气呵成，连缀成一幅精美的山水人物图画。诗篇既反映了诗人不得一展抱负的愁绪，又表现了他旷达、洒脱的襟怀。

逍遥堂位于徐州（今属江苏），即古彭城。熙宁十年（1077）四月，苏辙送苏轼赴徐州任，在徐州住了一百多天，八月十六日方离开徐州，赴南京（今河南商丘）鉴判任，行前作《逍遥堂会宿二首》。

逍遥堂会宿二首

苏　辙

（一）

逍遥堂后千寻木,长送中宵风雨声。
误喜对床寻旧约,不知漂泊在彭城。

（二）

秋来东阁凉如水,客去山公醉似泥。
困卧北窗呼不起,风吹松竹雨凄凄。

（一）逍遥堂后的千寻之木,常常在夜半时分送来凄风苦雨之声。想当年你我曾相约早退,去过自由自在的闲居生活,今天总算在逍遥堂会宿,对床夜语,但这只是短暂的空欢喜,因为不久又要漂泊离别。

（二）秋天到来,东阁清凉如水。我走之后兄长必定孤独、清冷、苦闷,只好借酒浇愁,烂醉如泥。困顿之后酣卧在北窗,怎么也叫不醒,寒风吹打着松竹,凄雨涟涟。

苏辙兄弟的情谊是很深的,《宋史·苏辙传》说:"辙与兄进退出处,无不相同,患难之中,友爱弥笃,无少怨尤,近古罕见。"在苏辙二十三岁以前,即苏轼赴凤翔鉴判任以前,他们兄弟一直生活在一起。从苏辙二十三岁起,他们就相聚之日少,离别之日多。苏轼在《颍州初别子由》诗中说:"我生三度别,此别尤酸冷。"颍州之别之所以"尤酸冷",是由于他们兄弟都因与王安石的政见分歧而先后离朝,相踞此前三次更远,政治抱负也无法施展。这次一别就是七年,是相别最久的一次,离愁别恨也最深。苏轼的名作《水调歌头·明月几时有》即作于此时。苏辙一生很少作词,这次在徐州也作《水调歌头》以别苏轼。苏辙徐州期间所写诗词"其语过悲",除兄弟别情外,政治上的失意也是重要原因。

张耒说:"长翁波涛万顷陂,少翁巉秀千寻麓。"(《赠李德载》)苏轼的诗如大海怒涛,汹涌澎湃,苏辙的诗如高山茂林,幽深峭峻。这两首诗也颇能代表苏辙的诗风,质朴自然,不事雕琢,清幽冷峻,有一唱三叹之致。

子由将赴南都,与余会宿于逍遥堂,作两绝句读之

苏 轼

(一)

别期渐近不堪闻,风雨萧萧已断魂。
犹胜相逢不相识,形容变尽语音存。

(二)

但令朱雀长金花,此别还同一转车。
五百年间谁复在,会看铜狄两咨嗟。

(一)分别的日子渐渐靠近,已然觉得黯然销魂,风雨潇潇,更加

助长了这种离愁别绪。我们虽然离多会少,但究竟还没有弄到相见不相识,只能从语言上辨认自己亲人的程度,所以还是值得互相宽慰的。

(二)如果真能长生不老,那么,眼前这数年的分别,真像车轮一转,是非常短暂而迅速的,确实算不了什么,值不得惋惜、留恋。从长远观点看,五百年间将会发生多么大的变化,今天那些争权夺利、煊赫一时的人,不是早也烟消云散了吗?又和他们计较些什么呢?

苏轼在第一首诗中,用了一个典故,只有弄懂了为什么用典,才能懂得此诗的精妙之处。《后汉书·党锢传》云"夏馥为党魁",当党锢祸起,宦官诬陷、收捕党人,党人纷纷亡命的时刻,夏馥也"剪发变形,隐匿姓名,为冶家佣(帮人打铁),亲突烟炭,形貌毁瘁,人无知者。弟静,遇馥不识,闻其言声,乃觉而拜之"。自熙宁变法以后,反对派不断受到贬斥,东坡兄弟也连放外任。苏轼已经意识到这种危险处境,他用此典,既切合兄弟间的情事,更重要的是,暗示了党派倾轧中的危险处境和愤懑心情。他以尚未沦入夏馥那种可怕境地来宽慰子由、宽慰自己,曲折地表达了对时事的不满。果然,几年之后就发生了乌台诗案,则东坡的忧危之感,不是没有根据的。

诗(二)中的"铜狄"即铜人,指汉武帝时所铸金人。《后汉书·方术传》记载:一个叫蓟子训的人,有神仙之术,"后因循去,不知所止"。多年之后,有人在长安东霸城看见他,与一老公共摩挲铜人,相谓曰:"适见铸此,已近五百岁矣。"

熙宁九年(1076)十二月,东坡罢密州任,移知河中府。十年正月,行至济南,在子由家住了一个多月。子由自熙宁六年九月为齐州掌书记,有家在济南,但他本人这时已罢掌书记任,正以上书言事留在东京,兄弟未能相会。二月东坡至郓州,道出澶、濮间,子由自京师特意赶来相会。兄弟俩自从熙宁四年九月在颍州分别,已经快七年不见面了。子由决定送东坡去河中府上任,二人同行入京,刚走到陈桥驿,东坡又接到新的任命,徙知徐州,不得入国门。他们在东京城外住了一个多月。四月二十一日,子由陪同东坡来到徐州,两兄弟在徐州相聚一百多天,到了八月间,子由将赴河南留宗签判任,与东坡在徐州告别。行前,会宿逍遥堂,子由写了两首绝句留别,二诗感情深挚,情调凄婉,东坡所谓"读之殆不可为怀"者。东坡则以雄浑之笔,沉郁之思,写了这两首和诗。

聚星堂是欧阳修任颍州知州时所建之堂,苏轼曾作《聚星堂雪》。

聚星堂雪

苏　轼

窗前暗响鸣枯叶,龙公试手初行雪。
映空先集疑有无,作态斜飞正愁绝。
众宾起舞风竹乱,老守先醉霜松折。
恨无翠袖点横斜,只有微灯照明灭。
归来尚喜更鼓永,晨起不待铃索掣。
未嫌长夜作衣棱,却怕初阳生眼缬。
欲浮大白追余赏,幸有回飙惊落屑。
模糊桧顶独多时,历乱瓦沟裁一瞥。
汝南先贤有故事,醉翁诗话谁续说。
当时号令君听取,白战不许持寸铁。

窗前传来雪压枯叶的声响,是龙王爷试手刚刚下起雪。天空中集聚的初雪疑有疑无,欲落未落,使人待之焦急。久旱得雪,众宾客欢喜得翩翩起舞,如同风中吹动的竹枝,老太守自己先醉倒了,如同霜雪打折了松枝。可惜没有红巾翠袖展现出动人的舞姿,衬托出梅花疏影横斜的姿态,只有等到宴罢之后,灯光微暗之时,才能感受时止时降,若明若灭的微雪。回家之后还很高兴更鼓继续在敲响,夜还很长,雪下大了,明天早晨就不会受吏人掣铃索前来通报而打扰了。即使冷到衣服生棱,也不以为嫌,人虽就寝,心在雪上,起床以后,最怕雪晴之后的初阳,映在雪上照花了眼睛。想要看到漫天大雪,可是事实上只下了一场小雪,可是还想对"余雪"再赏一下,从桧顶到瓦沟,一一注视,对疾风吹落下来的"余屑"也感到惊喜。汝南先贤欧阳修有聚宾咏诗"禁用体物语"的故事,这些在他的《六一诗话》中皆有记载。当时赋诗的要求大家都要听明白,只许进行不带武器的"肉搏战"。

这首诗前有一首小序,介绍了此诗的写作背景与缘起:"元祐六年十一月一日,祷雨张龙公,得小雪,与客会饮聚星堂,忽忆欧阳文忠公作守时,雪中约客赋诗,禁体物语,于艰难中特出奇丽,迩来四十余年莫有继者。仆以老门生继公后,虽不足追配先生,而宾客之美殆不减当时。公之二子(棐、辩)又适当郡。故辄举前令,各赋一篇,以为汝南故事云。"欧阳修在汝南任知州时,曾在聚星堂"聚客赋诗"咏雪,规定"禁用体物语",什么是"禁用体物语"呢?欧阳修的《雪中会客赋诗》小序云:"玉、月、梨、梅、练、絮、白、舞、鹅、鹤、银等事,皆请勿用。"这样做的目的是要纠正"西昆体"流弊,使诗歌面向现实,以白描代替藻饰。欧阳修诗中说"脱遗前言笑尘杂,搜索万象窥冥漠",即有"力去陈言",注重写实的意思,苏轼的这首诗,用白描语言,刻画喜雪心情,洗尽铅华,抉深入微,实践了欧阳修讲的"搜索万象窥冥漠"的主张。清人翁方纲《石洲诗话》说:"诗至宋而益加细密,盖刻抉入里,非唐人所能囿。"

石苍舒字才美,长安人,善于草隶书法,人称得"草圣三昧"。苏轼由开封至凤翔,往返经过长安,必定到他家。熙宁元年(1060)苏轼凤翔任满还朝,在石家过年。石家藏有褚遂良《圣教序》真迹,起堂取名"醉墨堂",邀苏轼作诗,苏轼回到汴京,写下《石苍舒醉墨堂》寄给他。

石苍舒醉墨堂

苏 轼

人生识字忧患始,姓名粗记可以休。
何用草书夸神速,开卷惝恍令人愁。
我尝好之每自笑,君有此病何年瘳!
自言其中有至乐,适意无异逍遥游。
近者作堂名醉墨,如饮美酒销百忧。
乃知柳子语不妄,病嗜土炭如珍羞。
君于此艺亦云至,堆墙败笔如山丘。
兴来一挥百纸尽,骏马倏忽踏九州。
我书意造本无法,点画信手烦推求。
胡为议论独见假,只字片纸皆藏收。
不减钟张君自足,下方罗赵我亦优。
不须临池更苦学,完取绢素充衾裯。

人生读书识字乃是忧患的开始,就如项羽所说,字不过用来记记名字而已,不值得去花工夫学。识字本是多余的事,更何况识草字,写草字,又写得龙飞凤舞,让人打开卷子一看惊叹不已,岂非更为不对?这草书写得变化多端,使人看了顿生忧愁。我曾经酷爱书法,每每陶醉其中,你也好之成癖,无药可医!自己说其中有庄子所说的"至乐",适意的程度无异于逍遥游。最近又建造了一座堂取名"醉墨堂",如同饮用美酒消解了一切烦忧。才知道柳宗元说的话不假,凡是好辞工书的人,都是生病成癖的人,把土炭当作美味佳肴来吃。你对于书法的酷爱已经达到了极致的程度,堆放在墙边用坏的笔如同山丘,可见用力之勤,功力之深。兴致到来的时候,一挥而就,百纸已尽,如同骏马倏忽之间遍踏九州。我的书法完全任由主观意志,不从什么章法,信手点画懒得推演求证。为什么说那些书评议论都是不着边际的,连只字片纸都要收藏呢?不逊于钟瑶、张芝的书法君可以很满足了,比起罗晖、赵袭的书法我也算是好的了。不须每日临池,墨染池水,只要像张芝那样将制衣服的布帛先用来写字,然后再染色做衣服。

苏轼是书法大家,位于苏黄米蔡的宋四家之首,有多篇诗谈到书法,像《凤翔八观》里的《石鼓文》《次韵子由论书》《孙莘老求墨妙亭诗》和这首《石苍舒醉墨堂》,都是脍炙人口的。那几首诗都涉及论书,而这首诗纯粹蹈虚落笔,尤其特殊。这首诗目的是恭维石苍舒的草书出众,却偏说草书无用,根本就不该学,这种反说的方式前人称之为"骂题格"。《石苍舒醉墨堂》是苏轼早期的千古名篇,他的七古辩口悬河、才华横溢。赵克宜评说:"绝无工句可摘,而气格老健,不余不欠,作家本领在此。"

"人生识字忧患始"是苏轼的牢骚之语,这些牢骚是与苏轼那段时间的感受分不开的,在凤翔的前期,知府宋选对他很照顾,后来宋选离任,由陈希亮接任。陈希亮对待下属极其冷漠,又好挑剔,甚至苏轼起草的文字,也总要被他横加涂抹。苏轼对此很不满意,在诗歌中也有表现。如《客住假寐》。苏轼到了京城,正值王安石为参知政事,主张变更法度,苏轼也不满意,以致后来因此遭到放逐。这时虽未到和王安石闹翻的地步。但心里有牢骚,所以借这首诗冲口而出。把"忧患"的根源归之于"识字",实在令人吃惊,古人轻视识字的,恐怕要数项羽最有名气,《项羽本纪》载:项羽认为字不过用来记记姓名,不值得学。作者巧妙地用了项羽这个典故而不落用典痕迹。

徐孺子祠堂

黄庭坚

乔木幽人三亩宅,生刍一束向谁论?
藤萝得意干云日,箫鼓何心进酒尊。
白屋可能无孺子,黄堂不是欠陈蕃。
古人冷淡今人笑,湖水年年到旧痕。

在乔木森森的四围之中,有三亩之宅,那是高人隐居之所,吊唁时"生刍一束"的徐稺"其人如玉",而今徐稺已故,谁能理解我的心意呢?那些小人依附君子,如同藤萝攀附着高耸的乔木,形成干云蔽日之势,显出得意的样子。祠堂建成之后,便有人吹箫打鼓来进酒樽,但那是把徐稺当作神佛一样来祭拜求福的。每个时代贫士中都有徐稺那样的高士,只是没有陈蕃那样的太守去发现他,敬重他。象徐稺这样的古人不为人知,今人中有这样的人也可能受到讥笑。但这种人品格自在,犹如湖水年年长在一样。

这是黄庭坚的一首吊古咏怀诗,即借对古人、古迹之题咏而"自吐胸臆",故姚鼐认为这是"自杜公(甫)《咏怀古迹》来而变其面貌"。徐孺子祠堂是徐稺的故居。《后汉书·徐稺传》言:"稺字孺子,豫章南昌(今江西南昌)人。家贫,常自耕稼,非其力不食。恭俭义让,所居服其德。屡辟公府,不起。时陈蕃为太守,以礼请署功正,稺不免之,既谒而退。蕃在郡,不接宾客,唯稺来特设一榻,去则悬之。后举有道,家拜太原太守,皆不就……灵帝初,欲蒲轮聘稺,会卒。"《舆地纪胜》言:"孺子亭在东湖(今江西南昌)西堤上,孺子宅即孺子亭也。曾南丰(巩)即其地创祠堂。"

"生刍一束"是徐稺本人的故事,郭泰母丧,徐往吊,"置生刍一束于庐前而去"。别人很奇怪,郭泰说:"此必南州高士徐孺子也。《诗》不云乎:'生刍一束,其人如玉。'吾无德以堪之。"(《后汉书·徐稺传》)黄庭坚诗中的"幽人"就是徐稺,并赞美徐稺"其人如玉"。徐稺是东汉时期的"名节之士",他虽然生活在清贫的白屋之中,却对汉家天下的存亡起到了重要的作用。黄庭坚《题伯时画严子陵钓滩》诗云:"能令汉家重九鼎,桐江波上一丝风。"任渊注云:"东汉多名节之士,赖以久存,迹其本原,正在子陵钓竿上来耳。"

横山堂

孙 觌

(一)

波间指点见青红,雪脊嶒棱倚半空。
幻出生绡三万幅,游人浑在画图中。

(二)

苍云十亩荫平宽,露叶风枝绕舍寒。
莫遣先生赋归去,且令小吏报平安。

（一）泛舟湖上,满山林木和建筑映着太湖的波光,色彩绚丽,明灭闪烁,一片迷离,有如仙境,幻化出美轮美奂的三万幅生绡织就的美景佳境,使游人如同置身于图画之中。

（二）十亩浓浓的苍云覆盖着露后的树叶和风中的枝条,使房舍的周围散发出阵阵的寒气。不要让先生像陶潜那样赋得《归去来辞》,且让小吏前去报得平安。

孙觌,字仲益,宋高宗时官至户部尚书,早年谄附权贵,绍兴二年(1128)他知临安府,以盗用军钱除名,提举鸿庆宫,归隐太湖滨西徐里达二十余年。他曾替秦桧党羽万俟卨作墓志铭,谤毁岳飞,为人所不齿:"当时已人人鄙之。"(纪昀《四库全书总自提要》)

《横山堂二首》描写太湖风景,太湖洞庭山附近,有好几处横山,据范成大《吴郡志》,横山当是苏州城南十五里,位于太湖之滨的踞湖山。五代钱镠建立吴越国时,曾在横山造荐福寺,横山面临水天相接、一碧万顷的太湖,擅林涧、峰壑、云景、泉石之胜,又有芳桂、修竹等"五坞"。这一带地方,正是"笠泽鱼肥人脍玉,洞庭柑熟客分金"的秀美富饶的人间天堂,白居易曾在此"五宿澄波皓月中"。

南宋葛主方《韵语阳秋》载:"东坡归宜兴,道由无锡洛社,尝至孙仲益家。时仲益年在髫龀,坡曰:'孺子习何艺?'孙曰:'学对属。'坡曰:"试对看。"徐曰:'衡门稚子璠玙器。'孙应声曰:'翰苑仙人锦绣肠。'坡抚其背曰:'真璠玙器也,异日不凡。'"孙觌的诗,取法东坡,豪健清新,与江西诗派的生涩迥然不同。

满园春色关不住

乌衣园,位于金陵乌衣巷之东,为晋代王谢等贵族故宅遗地,宋代时此地已成为游乐场所,宋理宗端平元年(1234),吴潜于建康(今南京),任淮西财赋总领,曾到乌衣园游览,写下《满江红·金陵乌衣园》词。

满江红

吴 潜

金陵乌衣园

柳带榆钱,又还过、清明寒食。天一笑、满园罗绮,满城箫笛。花树得晴红欲染,远山过雨青如滴。问江南、池馆有谁来,江南客。

乌衣巷,今犹昔。乌衣事,今难觅。但年年燕子,晚烟斜日。抖擞一春尘土债,悲凉万古英雄迹。且芳尊、随分趁芳时,休虚掷。

柳条飘拂,榆荚片片,光阴荏苒,转眼间,已经过了寒食清明,正是暮春景况。连天公也显得特别高兴,游女如云,笙歌满耳,一片欢乐。此时的景物,也特别的艳丽,在雨后初晴之时,那红花红得像是刚刚染成,那青山仿佛洗过,青翠欲滴,十分地炫目耀眼。试问这江南的池馆乌衣园是谁前来游览,是我这江南的过客啊!

乌衣巷还存留着往日的样子,而王谢当年的嘉言、嘉行已成历史往事,再难寻觅。自己报效国家的机会也很难遇到了。只是春来秋去的燕子年年来此凭吊一番,燕子当年经历过乌衣巷的繁盛,如今见到的却是一片萧条冷落。本想到此解脱一下官务宦情,谁知却惹起如许悲凉。一腔干一番大事业的英雄壮志难以实现,怎不令人苦闷、愤慨!且趁着这天气晴和的清明时节开怀畅饮,莫要辜负这大好的时光。

这首词作于宋理宗端平元年(1234),时吴潜于建康(今南京)任淮西财赋总领。在这首词中,吴潜把自己比作"江南客",是很有深意的。原来,写作此词的前一年,吴潜曾以淮西财赋总领兼沿江制置使并知建康府,但为时很短就被撤掉兼职,撤掉的兼职恰恰是两件很重要、很见才干的职务,管理钱粮比起威行一方的军政长官未免有些冷落,而此刻其兄吴渊也投闲散置,词人心情抑郁,再好的景致也难融入其中,反而觉得身在异乡如过客。淳祐十年(1250)吴渊曾作《满江红·乌衣园》,为吴潜这首词的和词,词中有"笑当年,君作主人翁,同为客",可知吴潜此词写的是兄弟俩同游乌衣园,上片写游园所见,下片由景生情,转为怀古,借古人之杯酒浇心中块垒,会心之处别有寄托。

词的上片写景,词人以乐景写哀境,令人印象至深;反主为客,与众不同。下片化用典故却翻出新意,符合词人所抒发的感情;由景体己,由隐到里,层次分明地表达了词人内心深层次的郁结。明代陈霆《渚山堂词话》云:"史称履斋为人豪迈,不肯附权要,然则固刚肠者。而'抖擞''悲凉'等句,似亦类其为人。"

满江红

吴 潜

乌衣园

唤出山来,把鸥鹭、盟言轻食。依旧是、江涛如许,雨帆烟笛。歌罢莫愁檀板缓,杯倾白堕琼酥滴。但惊心、十六载重来,征埃客。

秋风鬓,应非昔。夜雨约,聊相觅。叹主恩未报,无多来日。故国千年龙虎势,神州万里鼪鼯迹。笑谢儿、出手便呼卢,挎蒱掷。

千呼万唤始出山来,把泛舟江湖与鸥鹭为伴的盟誓抛却,只能食言而肥了。这里依然是往日旧景、江涛阵阵,烟雨中白帆点点,笛声几许,缓缓的檀板伴着我吟唱《莫愁歌》,杯子倾覆,琼浆般的美酒坠落下来。十六年之后重游乌衣园,真是令人胆战心惊,我这行色匆匆的过客。

秋霜已然染白了双鬓,应当早已不是往昔的容颜。相约雨夜之中,我们苦苦寻觅。只可叹圣主的隆恩没有报答,来日却已经不多了。千年的故国犹有龙虎之势,神州大地却留下土鼠的行迹。可笑那谢家小儿,出手便呼卢喝雉,如同抛掷臭椿树那样的无用之材一样一掷千金。

吴潜在嘉定十年(1217)以进士第一获取功名,官至参知政事、枢密使、左丞相,封庆国公。屡上书,谏理宗改弦易辙,选招贤哲,任用忠良,诛黜误国佞臣,"以培国家一线之脉,以救生民一旦之命"。

因受权奸贾似道的谗毁,二次罢相,贬死循州。这首词是吴潜初游乌衣园十六年之后,再游乌衣园时所作。

吴潜的哥哥吴渊,曾与吴潜一起同游乌衣园,并写下两首《满江红》和词。

满江红

吴　渊

雨花台再用弟履齐乌衣园韵

秋后钟山,苍翠色、可供餐食。登临处、怨桃旧曲,催梅新笛。江近苹风随汛落,峰高松露和云滴。欢头童、齿豁已成翁,犹为客。

老怀抱,非畴昔。欢意思,须寻觅。人间世、假饶百岁,苦无多日。已没风云豪志气,祗思烟水间踪迹。问何年、同老转溪滨,渔钩掷。

进入清秋的钟山,苍翠欲滴,碧色如洗,真是秀色可餐。登上高台,传来怅怨桃花的旧曲子,催发梅花的新笛声。靠近江边的地方凉风阵阵,随着潮汛起起落落,高高的山峰之上松树的露珠和着云彩一起滴落。可叹当年梳着童花头,掉了牙的豁齿儿童已经成了老翁,而我却仍然身为异乡之客。年老时的心境已不同于往昔,当年的欢乐,需要细细地寻觅。

人生在世,即使老天宽饶,也只有短短的百年,去日无多。应当在生活当中细心地寻觅那些快乐的点点滴滴,我已经没有了当年叱咤风云的豪气,只想在烟水之间留下悠闲的踪迹。请问什么时候我们老了,一起到河溪边盘旋转悠,把鱼钩抛掷?

满江红

吴　渊

乌衣园

投老未归,太仓粟、尚教蚕食。家山梦、秋江渔唱,晚风牛笛。别墅流风惭莫继,新亭老泪空成滴。笑当年、君作主人翁,同为客。

紫燕泊,犹如昔。青鬓改,难重觅。记携手、同游此处,恍如前日。且更开怀穷乐事,可怜过眼成陈迹。把忧边、忧国许多愁,枨抛掷。

投身宦海,年岁已高却还未能告老返乡,太仓中的粟米,已经被慢慢地蚕食。经常做着家乡故园的美梦,那秋江中的渔歌,那晚风中的牧笛。惭愧啊,没能继承别墅的风流,新亭的老泪白白流淌。可笑当年,你在金陵为官,理当作为主人翁,但你却和我一样都有身为过客的感觉。

梁上飞泊的紫燕仍然像往昔一样,两鬓的青丝已改,却难以重寻,记得十六年前我们携手同游此园,恍惚就如昨天的事情。暂且开怀畅饮,寻找一点乐事,因为一切都是过眼烟云,转眼间就成了陈迹。把忧边、忧国的许多愁绪,权且抛掷到一边吧!

吴渊(1190—1257),字道夫,号退庵,宣州宁国(今属安徽)人。嘉定七年(1214)进士。在知太平州兼江东转运使时,曾赈济两淮灾民四十余万人。后来担任过兵部尚书、参知政事。他能诗善词,词风豪迈中见沉郁,有《退庵词》一卷,存词六首。

西　河

吴文英

中吕商陪鹤林登袁园

春乍霁。清涟画舫融泄。螺云万叠暗凝愁,黛蛾照水。漫将西子比西湖,溪边人更多丽。

步危径、攀艳蕊。掬霞到手红碎。青蛇细折小回廊,去天半咫。画阑日暮起东风,棋声吹下人世。

海棠藉雨半绣地。正残寒、初御罗绮。除酒销春何计。向沙头更续,残阳一醉。双玉杯和流花洗。

春雨绵绵,突然雨止放晴,我们就乘着画舫,在碧波荡漾中向袁园摇着桨缓缓前进。远处的青山顶上还盘绕着螺旋形的云雾,山形倒映水中,好像美人临水梳妆,在水中照出了她那云髻高耸、黛眉含颦的俏模样。即便是美丽的西子湖也比不上这河边浣洗的村姑、淑女来得漂亮多彩。

入园之后,我们登上曲折的园中山径,沿途还采摘到一朵朵娇艳的鲜花,捧在手中的鲜花,花瓣被手指碾碎并抛向四处,好像彩霞碎裂纷飞。山上青砖碧瓦的九曲回廊,像青蛇似的逶迤曲折延伸向上,高得几乎可以碰到碧天。我陪同鹤林一起登上山来,倚栏沐浴和煦的东风,观看落日美景,并在"离天半忍"的回廊内对弈,落子的声音被东风吹向人世间。

春雨淅沥,园中花瓣借着雨势纷纷落地,好像绣出了半幅锦绣地毯。乍暖还寒的早春,人们开始俏打扮,穿起了丝织衣服,但是却又遇上了春寒料峭之时,因此,除了借酒御寒消遣之外,还能干些什么呢?下山之后,又在溪边的水岸上迎着夕阳频频举杯,并且也为溪中流花碰杯不已。在淌着流花的河水中,抓起花瓣洗涤起酒杯来。

这是吴文英的一首佳作,全词分三片,上片写词人与吴泳乘船去袁园途中的所见所闻;中片叙述他们登山入回廊下棋的经过;下片描绘袁园花木之景色,抒写愁绪难遣之情怀。鹤林即吴泳,字叔永,号鹤林,潼州人。嘉定元年(1208)进士,宋理宗时任起居舍人兼直学士院,权刑部尚书,终宝章阁学士,知泉州,有《鹤林集》。袁园又称袁氏园,据杨铁夫《挈斋集》载:袁正献公宅,有是楼,楼侧有水,有山,有花竹,与词中所言恍惚略同,疑即此词之袁园。

写景诗词一般多是详写风景,而略写旅途经过,此词则上片写去园途中,中片写园中登山过程,仅下片"海棠藉雨半绣地"一句绘袁园花木。另外,叙袁园酒宴,也不是正面详写宴会过程,而只写续饮洗杯两事,其写法剪裁别具一格,不落俗套。杨铁夫《梦窗词全集笺释》说:"写园中花木,止此(海棠藉雨半绣地)一句,是略人所详。"俞陛云《唐五代两宋词选释》评:"佳处在第三段,写寻常春游,花前一醉,入之手,其词华而峭,绝无甜熟之笔。"

吴文英曾在届老年之时深入龟溪附近的山中,去寻访一座废弃的园林,写下《祝英台近·春日客龟溪游废园》词。

祝英台近

吴文英

春日客龟溪游废园

采幽香,巡古苑,竹冷翠微路。斗草溪根,沙印小莲步。自怜两鬓清霜,一年寒食,又身在、云山深处。

昼闲度。因甚天也悭春,轻阴便成雨。绿暗长亭,归梦趁飞絮。有情花影阑干,莺声门径,解留我、霎时凝伫。

我采撷着幽僻处的花朵,漫步在古老的园林中,苍翠的道路被竹林掩映得如此清冷。小姑娘们大概在溪边斗过草吧,沙地上留下她们的脚印。可怜我已是两鬓苍苍,当这又一年寒食到来的时候,却身处云雾缭绕的山林深处。

整个白昼就这么悠闲地度过了。为什么上天要吝惜春光,略有些阴霾便会落雨呢?翠绿的浓荫使长亭昏暗,我的归梦伴着风中柳絮飞去。只有那多情栏杆上的花影,门前小路上的黄莺鸣叫,才能留住我那一瞬间的伫立凝望。

这首词是吴文英做客龟溪,在寒食节游春时游览一座废园时所见所感而作。词的上片写游园,下片则写在园中之所见所感。龟溪,乃水名,位于浙江德清。《德清县志》载:"龟溪古名孔愉泽,即余不溪之上流。昔孔愉微时常经溪上,见渔者笼一白龟,买而散之中流,龟左顾数回而没。"清明本是踏青扫墓的节日,吴文英却去深山探访废园,他感叹韶光飞逝,家乡不见,故人飘零,种种忧愁涌上心头。废园,是当地一个荒芜冷落的所在,本已引不起人们的注意,但词人却在这繁华衰竭之地度过了寒食节。家有盛衰,园有兴废,人有哀乐。废园笙歌悠扬的盛时已如过眼烟云,如今只余下苔径野花,词人却以废园的景物作为陪衬,抒发自己的身世之感,主次分明而又相互映衬,词人黯然销魂的思乡之情就在四周如此清幽的环境中显露出来。唐圭璋《唐宋词简释》中分析说:"此首游园之感,文字极疏隽,而沉痛异常。"

宴清都

卢祖皋

春讯飞琼管。风日薄、度墙啼鸟声乱。江城次第,笙歌翠合,绮罗香暖。溶溶涧渌冰泮。醉梦里、年华暗换。料黛眉重锁隋堤,芳心还动梁苑。

新来雁阔云音,鸾分鉴影,无计重见。啼春细雨,笼愁澹月,恁时庭院。离肠未语先断。算犹有、凭高望眼。更那堪、芳草连天,飞梅弄晚。

春天的讯息随着律管中的葭灰飞出，清风和日，暖意尚且淡薄，而禽鸟嘈杂的啼鸣声已经越过了墙头。转瞬之间，江畔城池已在音乐和歌唱声中满目苍翠。人们穿上薄绮罗衣，芬芳馥郁，冰凌融化，涧水也如此澄澈。醉梦里，时光已暗中更换，想那佳人的双眉如同隋堤上的柳叶一般紧蹙，她的芳心如同梁苑中的花朵一般悸动。

刚来的大雁已久别了云间的音信，而鸾镜也因夫妻分别而破裂，无法重圆。在那当时的庭院，细密的雨丝仿佛在为春天而哭泣，朦胧的月色仿佛是被惆怅所笼罩，别离之语还未出口，柔肠先已寸断。就算还剩下可以登高远望的眼睛吧，又怎能忍受芳草直连天际、落梅舞弄暮色的景致呢？

这是一首伤春怀人词，所伤的是早春之景，所怀者应为家人。词的上片写景，词人从自然与人事的声、色、香、暖之种种变化，渲染江城春色之绚丽与温馨。下片抒情，由春思人，由思生恨，辞情愈转愈深，结尾以景结情，传达出无限深长的别愁离恨，辞尽而意未尽。黄昇在《中兴以来绝妙词选》中评赞说："申之乐章甚工，字字可入律吕，浙人皆唱之。"词人用眼前之景来比喻心上所思之人的情感，说堤上柳叶如同佳人黛眉一般重锁，而园中繁花如同佳人芳心一般悸动。这里"隋堤""梁苑"都是宋词中常用的典故，但此词中并非空写，而是虚指，代花代柳，明明自己伤春，词人却揣测说自己心念之人料也伤春吧！见春光融融，想当日匆匆。念佳人不胜眷眷，望故园，唯有落花片片，衰草绵绵。

"琼管"指灰管，又名灰琯，是古代候验节气变化的器具，以葭莩之灰置于律管，看灰飞便可知节气到来。《晋书·律历志》说："又叶时日于晷度，效地气于灰管，故阴阳和则景至，律气应则灰飞。"梅尧臣《和十一月八日圃人献小桃花》有"丹艳已先灰管动，不由人力与栽培"句。"鸾分鉴影"。镜子也称鸾镜、鸾鉴，这里是用分镜来表示夫妇分离,传说南陈太子舍人陈德言与妻子乐昌公主恐国破后不能相保,因破一铜镜,各执其半,约于他年正月望日卖破镜子于都市,冀得相见。

金乡张氏园亭

石延年

亭馆连城敌谢家,四时园色斗明霞。
窗迎西渭封侯竹,地接东陵隐士瓜。
乐意相关禽对语,生香不断树交花。
纵游会约无留事,醉待参横月落斜。

张氏园的亭馆连片,堪比东晋贵族谢安家,园中四季如春,百花争艳,可与天上的彩霞一争高下。窗外有绿竹万竿,垂翠欲滴;院子建在城外,连着园外的大片瓜地。树上禽鸟相向,吟唱啼鸣;枝头繁英相续,香飘不断。此时我心中无牵无挂,与雅人会约于此,正好恣意畅游,而主人又殷勤劝饮,直到夜分,我也不辞一醉,频频倾杯畅饮。一直待到月落参横,夜色朦胧,醉眼相看,当另有一番胜境。

山东金乡张氏园亭之胜,著名一时。石延年三十三岁时任金乡令,游张氏园,给园主人题赠了这首七律诗。东晋贵族谢安曾"土山营壁""楼馆林竹甚盛"。诗人以谢家亭馆作比,写张园概貌。"封侯竹"化用了《史记·货殖列传》"渭川千亩竹,此其人与千户侯等",推窗则修篁弥望的景色,充分显示出园主人张氏的富有。"东陵隐士瓜"引用了东陵侯召平种瓜的故事,显示出园主人身份的清高。召平本为秦东陵侯,秦王为民,种瓜于长安城东,瓜味甜美,俗称东陵瓜。后多以语喻隐士。

"乐意相关禽对语,生香不断树交花"一联是诗人的名句,向来被宋人所激赏。《鸡肋集》说:"尤为佳句。"刘克庄《后村诗话》说:"为伊洛中人所称。"蔡正孙《诗林广记》评价此两句"极佳",佳在"方严缜密"。陈衍《宋诗精华录》说:"这两句好在能于'绿杨宜作两家春'外辟出境界"。诗人的有情之眼观于无情之物,遂觉万物皆有深情,它们都在"竞用新好,以召余情"。

（七）
怒发冲冠——爱国卷

国破山河碎，城春草木深。宋室南渡之后，时代产生了巨变，在这民族存亡的危急时刻，宋代文人内心的豪情壮志迸发而生，举世无双的才情与投笔从戎的使命在宋代诗词中时常体现。在充满斗志豪情的宋代诗词中，你可以感慨于岳飞在《满江红》中的爱国豪情，你可以感动于陆游在年迈弥留之时的绝笔诗《示儿》，你可以感怀于张孝祥在《六州歌头》中所表达的难以实现的复国激情，你可以感染于朱敦儒在《相见欢》中体现的宏大爱国气魄。

　　这是南宋文坛最为辉煌的时期，自南渡之初张元幹、张孝祥、李纲、岳飞、赵鼎、胡铨等人的第一批爱国主义的篇章问世以来，承继之作不断。辛弃疾以其杰出的成就步入词坛之巅，爱国思想始居主导地位。在辛弃疾的感召和影响下，刘过、陈亮等一大批词人，在其作品中抒发抗敌御寇、收复中原的政治愿望。他们继承了苏轼开创的豪放词风，发扬南宋初期的爱国诗词的战斗传统，进一步扩大诗词的表现领域，几乎达到了无事无意不可入诗、入词的地步，再一次提高了诗词的品位，拓展了诗词的意境。在词的表现手法上，他们不仅以诗入词，以文入词，而且还以辞赋笔法填词，兼取各体文学之长，充分发挥了词的抒情、议论、状物、记事、写景的功能，共同把词进一步推向散文化、议论化的道路。他们用记交游、发感慨，革除婉约词人的雕琢习气，形成悲壮豪纵的独特风格，从而成为南宋时期最大的词派——爱国词派。

将军白发征夫泪

宋朝建立之初,靠政变起家的宋太祖,就实行重内轻外的政策,对内加紧控制,将禁军分驻全国各地,对外却放松武备。仁宗即位后,国家更显积弱积贫之势。宝元元年(1038),西夏元昊称帝,宋朝仓促调兵出征,结果屡战屡败。后来,范仲淹在宋仁宗庆历元年到三年(1041—1043)的四年间,担任陕西经略安抚副使兼知延州(今陕西延安),与韩琦一同镇守陕西,负责西了强大的威慑力。当时边民中流传着一句俗谚:"军中有一韩,西贼闻之心骨寒;军中有一范,西贼闻之惊破胆。"他在陕西守卫边塞多年,西夏惧他"胸中自有数万甲兵",不敢来犯,从而巩固了西北边防。

渔家傲

范仲淹

塞下秋来风景异,衡阳雁去无留意。四面边声连角起,千嶂里,长烟落日孤城闭。

浊酒一杯家万里,燕然未勒归无计。羌管悠悠霜满地,人不寐,将军白发征夫泪。

秋天的边塞风景格外不同,塞风萧瑟,满目荒凉,连大雁都开始南归,且丝毫没有留恋之意。忽然间边声四起,凄凉的边地之音弥漫了整个边塞。黄昏时分,在层层山峦的环抱之中,城中升起了长烟,落日的余晖照耀着寒寄的孤城,此时,城楼的大门也已经紧紧关闭。

戍城的将士们都沉浸在这黄昏时分撩人的边愁之中,气氛十分低沉。将士们在悲闷中饮着一杯浊酒,思念着万里之外的家乡,只是战争还没有取胜,归家无望。深夜里传来凄切的羌笛声,悲凉弥漫,所有戍边战士都夜不能寐,将军的头发都已经愁白了,征夫的脸上满是泪水。

这是一首典型的边塞词,词中表达了守边御敌的英雄气概,同时也反映了边境生活的艰苦和思念家乡的情怀,词的上阕描写边塞风光,用笔简练,境界苍茫悲凉;下阕抒写戍边怀抱和思乡念亲之情。此词突破了词仅限于描写男女风月的界限,表现了沉雄开阔的意境和苍凉悲壮的气概,对以苏轼、辛弃疾等为代表的豪放派的形成也有一定的影响。范仲淹以"先天下之忧而忧,后天下之乐而乐"自勉勉人,深被世人称誉。《宋史·范仲淹传》说他"每感激论天下事,奋不顾身,一时士大夫矫厉尚风节",甚至他在庆历三年(1043)召拜参知政事后,"会边陲有警,因与枢密副使富弼请行边",表现了强烈的责任感和保家卫国的爱国主义精神。

蔡挺(1014—1079),字子政,举进士,官至龙图阁直学士,拜枢密副使。宋熙宁年间,他担任甘肃平凉节度使,戍守边关多年,对边地风物和将士心情十分了解,他的亲身经历写就的《喜迁莺》在当时"盛传都下",众人争相拜读。

喜迁莺

蔡 挺

霜天秋晓,正紫塞故垒,黄云衰草。汉马嘶

风,边鸿叫月,陇上铁衣寒早。剑歌骑曲悲壮,尽道君恩须报。塞垣乐,尽橐鞬锦领,山西年少。

谈笑。刁斗静,烽火一把,时送平安耗。圣主忧边,威怀遐远,骄虏尚宽天讨。岁华向晚愁思,谁念玉关人老?太平也,且欢娱,莫惜金樽频倒。

深秋时节,紫塞故垒,秋寒霜冷,黄云笼罩着已经衰老的草木。汉马嘶风,飞鸿悲月,铁甲如冰,剑歌悲壮。都说君恩应报,多少有志男儿年少赴边,他们以苦为乐,多年来始终戍守在国家的边疆,保卫着国家的领土。

谈笑之间,将刁斗中的浊酒喝尽,放一把烽火,以报边地平安无事。多年来,皇上担忧边境安危,对外寇恩威并施,使他们不敢轻举妄动。只可惜,我如今年岁已老,有了思乡之感,却无人顾问,幸亏眼前天下太平,可以让我们尽情地欢娱,开怀畅饮!

蔡挺曾于仁宗朝知庆州(今甘肃庆阳),在那里,他多次打败了来犯的西夏,神宗继位,加天章阁待制,知渭州(今甘肃平凉),他加紧训练士卒,使其"甲兵整习,常若寇至"。《宋史》本传说蔡挺"在渭久,郁郁不自聊,寓意词曲,有'玉关人老'之叹"。据此,可以确定此词写于他知渭州期间。据说这首《喜迁莺》写成之后,手稿不慎被其子蔡蒙遗落,看门老卒拾到后,因不识字,便交给节度府文书,文书弄不清是谁写的词稿,转赠给与他相好的妓院倡魁,倡魁对这首格调新奇、悲伤动人的词非常喜爱,于是日夜习唱。恰在这时,朝廷中使来到平凉,蔡挺设宴款待,倡魁执板歌唱《喜迁莺》,蔡挺听了,大动肝火,命令手下将其送狱治罪,倡魁的朋友坦白来由后向中使求救,中使向蔡挺求救,蔡挺不得不给中使面子,就命令倡魁继续弹唱自己创作的《喜迁莺》。中使听毕,对此词很感兴趣,索了原稿带回汴京,不久这首词就"盛传都下"了,皇上知道了这件事情的始末,便下旨召蔡挺进朝拜为枢密副使。

贺铸(1052—1125),字方回,自号庆湖遗老,祖籍山阴(今浙江绍兴)人。因"状貌奇丑,色青黑而有英气,俗谓之'贺鬼头'"。(陆游《老学庵笔记》卷八)。宋太祖孝惠后族孙,自称唐贺知章之后,娶宗室赵克彰之女。早年任过武职,后改入文阶,家藏书万余卷,博学强记,为人豪侠尚气,却一直沉居下僚。晚年退居苏州,宋徽宗宣和七年(1125),卒于常州僧舍,年七十四岁。贺铸诗词文皆善,词的成就最高,他抒写英雄豪侠气概的词,上承苏轼,下启辛弃疾豪放词,具有独特的地位与影响。北宋张耒称其词:"绝妙一世,盛丽如游金、张之堂,而妖冶如揽嫱、施之袪,幽索如屈、宋,悲壮如苏、李。"(《〈东山词〉序》)当世即与晏几道、晏殊、周邦彦等齐名。

少年时代的贺铸度过一段裘马轻狂,任侠使气的生活,熙宁初,词人十七八岁时离开家乡卫州共城(今河南辉县),来到东京,靠着门荫,当上一名低级侍卫武官。但是后来都一直官职卑微,他为人又耿直方正,一生仕途都很不得意。

六州歌头

贺　铸

少年侠气,交结五都雄。肝胆洞,毛发耸。立谈中,死生同,一诺千金重。推翘勇,矜豪纵,轻盖拥,联飞鞚,斗城东。轰饮酒垆,春色浮寒瓮。吸海垂虹。闲呼鹰嗾犬,白羽摘雕弓,狡穴俄空。乐匆匆。

似黄粱梦,辞丹凤;明月共,漾孤蓬。官冗从,怀倥偬;落尘笼,簿书丛。鹖弁如云众,供粗用,忽奇功。笳鼓动,渔阳弄,思悲翁。不请长缨,系取天骄种,剑吼西风。恨登山临水,手寄七弦桐,目送归鸿。

回忆少年时,我和四海之内的豪雄相交,他们任侠使气,激昂慷慨,侠气冲天。肝胆相照,真诚相待,浑身充满了正义感和血性,听到或者遇到了不平之事,当即怒发冲冠,拔剑而起;他们性格豪爽,遇到同道中人,不待坐下来细谈,便相约定为生死之交;他们重言诺,一言既出,驷马难追,一旦答应了别人什么事就不反悔;他们尊敬的是过人的勇敢,并以豪放不羁而自矜。他们车马簇拥,一同出游京郊;他们在酒店中尽情豪饮,酒量过人,似乎都能将大海喝干;有时候他们带着鹰犬到野外去狩猎,转眼间便将狡兔的巢穴铲平。

然而欢乐的时光总是太过匆匆,转眼间昔日的乐事都去,年少不再,回想起来犹如黄粱一梦。而今我宦海浮沉,仕途失意,四处漂泊。离开京城以后到外地任职,乘坐一叶孤舟漂泊在旅途的河流之上,相伴的唯有一轮明月。我胸怀报国之志,却官职卑微,一入那污浊的官场,便如鸟入牢笼,不得自由。而像我这样的武官成千上万,都愿征战沙场,为国立功。但是当时朝廷却重文轻武,武士们大都被派到地方上去打杂,操劳于案牍之间的琐事,无法疆场杀敌,保家卫国,一建功劳。而当时国家不得安宁,边疆屡遭异族入侵。国难当头,原本是英雄施展用武之地的时候。但朝中主降派当道,爱国将士们依然壮志难酬,报国无门,不能上沙场生擒敌方的酋帅,献俘阙下,一立战功。念及此,我便壮怀激烈、怒气难平,随身的宝剑也在秋风中发出愤怒的吼声。遗憾的是我虽有报国之志,却无用武之地,只能在游山历水、抚琴送客中排遣悲凉,目送归鸿。

自唐五代至北宋,文人词作在题材方面虽然有所开拓,但直接反映国家大事、抒发报国之情的词却寥寥无几。较为知名的除范仲淹《渔家傲》、苏轼《密州出猎》外,贺铸的这首《六州歌头》也是为人称誉的精品。这首词作于宋哲宗元祐三年(1088)秋,其时词人三十七岁,在和州(今安徽和县)管界巡检任上,负责地方上训治甲兵,巡逻州邑,擒捕盗贼之类的事务。神宗死后,旧党上台,恢复了仁宗时期靠对西夏割地赔款换取和平的政策。贺铸当时身为下级武官,整天耽于琐事,不能一展抱负,又人微言轻,难以申明报国杀敌的主张,于是满腔不平与愤懑形诸文字,成就了这样铿锵激越、掷地有声的好词。

这是一首词人自叙身世的长调,本调长达三十九句,一百四十三字。此词叙写平生,在今昔对比中抒发了满怀悲愤,词的上片回忆了自己少年时代任侠使气的豪侠生活;下片抒发了自己仕途失意、壮志难酬的激愤之情。将议论、叙事和抒情熔于一炉,以短小的句式、急促的音节写成,展现出一种豪情焕发,不可一世的气势,又在雄健警拔之中透出一种苍凉悲壮之感。

与北宋绝大多数著名词家不同,贺铸出身于一个七代担任武职的军人世家。他本人的仕途生涯,也从武弁开始。熙宁初,他十七八岁时离开家乡卫州共城(今河南辉县),来到东京当了一名低级侍卫武官。至熙宁八年(1075)出监临城(今河北临城)酒税时止,他在京城度过了六七年倜傥逸群的侠少生活。贺铸素以豪放豁达称著,他自幼就侠气冲天,饮酒豪量。除了性格豪爽,侠风凌厉外,贺铸的文采也绚丽多姿。他七岁学诗,书无所不读,学习非常勤奋刻苦,而且对学问精益求精。但是因为尚气使酒,又生性耿直,所以终身不得美官,郁郁不得志。晚年对仕途更加灰心,在任一年后再度辞职,定居了苏州。他家中藏书颇丰,一一细读,手不释卷,并且还加以校雠,以此终老。

行路难

贺　铸

缚虎手。悬河口。车如鸡栖马如狗。白纶巾。扑黄尘。不知我辈可是蓬蒿人。衰兰送客咸阳道。天若有情天亦老。作雷颠。不论钱。谁问旗亭美酒斗十千。

酌大斗。更为寿。青鬓长青古无有。笑嫣然,舞翩然,当垆秦女十五语如弦。遗音能记秋风曲。事去千年犹恨促。揽流光。系扶桑。争奈愁来一日却为长。

那些徒手就可以制服猛虎的勇士们,以及口若悬河一张嘴说遍天下的谋士们,凭着他们的文才武略,原本应该高车驷马,立下赫赫功劳,在黄金台上封得万户侯,可眼前他们都一个个穷愁潦倒,车小如鸡窝,马衰如走狗。身穿白衣进京,不知道这一次去能否取得功名,世人不识贤才,而贤才终将脱颖而出。想当年,铜人离开咸阳时,道上只有衰兰送客,十分凄凉冷落。而今志士未遇,只好黯然离开京城,情形如同当年的铜人一样凄凉,天如果有情,天也会老,人就更不用说了。失意之时,我决定要效法雷义,不再将那些富贵钱财功名放在心上,而是纵歌放酒,乘醉起舞。

  人生短暂,自古以来青春的时光总是有限的,因此不妨大杯饮酒,及时行乐。流连于酒坊之间,纵情豪饮,不但酒美,那些当垆卖酒的美人也是笑语嫣然,风姿翩翩,声音如同歌声一样婉转,姿态如起舞一样美妙。然而如此美酒佳人,依然难以排遣内心深处的苦闷和忧愁。如今汉武帝的《秋风曲》虽然已成遗音,但是我都记忆犹新,多年之后同样会为少壮时光短暂而怅恨不已。多么想要挽住太阳,将它系在扶桑树上,那样就可以让时间停止,生命永恒了。可是在现实中却使人感到一天的光阴也长得难过!

  《行路难》本是古乐府杂曲歌名,内容多世事艰难和离别伤悲,后来成为词调,叫"小梅花"。贺铸以旧题为名,也是感叹人生沧桑和功名难成之意。全词通篇用典,以慷慨悲凉之笔,抒发人世沧桑和功业难成之慨,表现词人在失意无聊之际,即使是纵酒放歌也无法排遣的矛盾、苦闷心情。词的上片写志士们尽管文武双全,却不为当权者所用,只有纵饮美酒;下片紧承上片,开怀痛饮,慨叹人生短促,想把时光留住,但悲愁的日子又嫌长。此词集前人诗句为词,标新立异,独树一帜。词意激越,节短而韵长,调高而音凄。

  词人抒发志士失路之悲,极尽腾挪变化之能事,在跌宕起伏中展示了其坎坷的仕途和难平的意绪:有对命运不公的愤懑和嘲笑,有求仕不遂的感伤与失落,有哀极求乐的放纵与豁达,更有乐极哀来的痛苦和怅恨。其表达的种种情感正切合"行路难"这一乐府古题的内在含蕴。陈廷焯《词则》云:"掇拾古语,运用入化,借他人之酒杯,浇自己之块垒。"俞陛云《唐五代两宋词选释》云:"节轻而韵长,调高而音凄,其雄恢才笔,可与放翁、稼轩争驱夺槊矣。"

"作雷颠,不论钱"句,典出《后汉书·雷义传》:雷义曾脱免人死罪,其人以金二斤相酬谢,雷不受。又与陈重相善,地方官推荐雷出仕,雷让与陈重。刺史不允,雷遂佯狂被发而走。故词人称其为雷颠,这里用典,通过描写词人不趋名利,纵酒放歌,乘醉起舞的狂放之态,表现出他及内心深处的沉郁悲愤。

《秋风辞》相传为汉武帝刘彻所作:"秋风起兮白云飞,草木黄落兮雁南归。兰有秀兮菊有芳,怀佳人兮不能忘。泛楼船兮济汾河,横中流兮扬素波。箫鼓鸣兮发棹歌,欢乐极兮哀情多。少壮几时兮奈老何!"引用秋风曲,说明生命短促、欢娱短暂、光阴虚掷的痛苦,而这种志士之悲,千古同一。

李清照早期生活优裕,十八岁嫁与金石考据家赵明诚为妻,夫妻雅好辞章,常相唱和。金兵攻陷汴京后,流寓南方。明诚病死,李清照境遇凄苦。她的词以南渡为界分为前后两个时期,前期多描写闺情相思,反映对大自然的热爱和对爱情的追求,轻快妍丽;后期则更多地描写国破家亡的离乱生活,沉哀入骨,词情凄黯,她是婉约派的重点代表,也写过一些精致豪放之作。

渔家傲

李清照

天接云涛连晓雾,星河欲转千帆舞。仿佛梦魂归帝所,闻天语,殷勤问我归何处?

我报路长嗟日暮,学诗谩有惊人句。九万里

九万鹏正举,风休住,篷舟吹取三山去!

辽阔苍茫的大海上,天幕四垂,波涛汹涌,云雾迷漫,海天宛如相接。夜深时分,海面上刮起了大风,上千艘船只舞动着在风浪中前进。我在船舱中仰望天空,船身剧烈颠簸,天上的银河也发生了转动。不知不觉中进入了梦乡,恍惚中仿佛升入了天帝所居的天宫,在天宫中,天帝态度和蔼,殷勤地问我要归往何处。

我告诉天帝,自己要走的路还很漫长,但前途都十分暗淡看不到光明,空有过人的才华,却一直遭遇不幸。面对狂风,我想到借风高飞九万里的大鹏,而自己也想借助这鹏转九天的风力,于是便大喝一声:大风啊,你不要停止,我要乘坐一叶轻舟,借你之力飘飞到那海上的仙山上去。

《渔家傲》作于建炎四年(1130)春。建炎三年十二月二十三日金兵进犯越州,四年正月二日犯明州,高宗南逃入海。此时李清照携铜器等物,"欲赴外庭挺进",一路追随御舟,其《金石录后序》云:"上江既不可往,又虏势叵测,有弟迒任敕局删定官,遂往依之。到台,台守已遁。之剡,出陆,又弃衣被。走黄岩,雇舟入海,奔行朝,时驻跸章安,从御舟海道之温,又之越。"从这里可以看出李清照于建炎四年正月三日以后至章安的行迹。十八日随御舟沿海路到温州,这首词所写的,就是其中航船生活。

此词写梦中海天深濛的景象及与天帝的问答,隐喻对社会现实的不满与失望,对理想境界的追求与向往。词人将真实的生活感受融入梦境,以浪漫主义的艺术构思,梦游的方式,奇妙的设想,倾诉隐衷,寄托情思。全词打破了上片写景下片抒情或情景交错的惯常格局,以故事性情节为主干,以人神对话为内容,实现了梦幻与生活、历史与现实的有机结合,用典巧妙,景象壮阔,气势磅礴,音调豪迈,充分显示了词人性情中豪放不羁的一面。

  这首词风格的瑰奇豪放而为人称道,近代梁启超评价:"此绝似苏辛派,不类《漱玉集》中语。"李调元《雨村词话》云:"易安在宋诸媛中,自卓然一家,不在秦七、黄九之下。词无一首不工,其炼处可夺梦窗之席,其丽处直参片玉之班,盖不徒俯视巾帼,直欲压倒须眉。"这首词与《漱玉词》的清倩、柔美格调相去甚远,而绝肖豪放派的风格,或者可以看作是易安词的别调,其实这与李清照的生活经历密不可分,南渡之前,李清照的生活较为安逸,多写闺中女儿情;南渡之后,她"飘流遂与流人伍",视野也变得开阔宏大。此词继承了屈原的浪漫主义传统,开南宋辛派浪漫主义词风的先河。

夏日绝句

李清照

生当作人杰,死亦为鬼雄。
至今思项羽,不肯过江东。

  人活着就要做人中豪杰,即使死去,也可成为鬼中的豪雄。至今还想着当年楚霸王项羽垓下战败,逃至乌江,因为无颜见江东父老而不肯过江,刎颈自杀的豪壮气概。

  李清照是宋代最著名的女词人,但她的诗作流传在世的很少,也不甚为世所称,但这首五言绝句是一首名作,流传很广。这首诗诗意清白爽朗,所用的项羽故事,也是人人所知的熟典。她的词或轻柔婉丽,或缠绵悱恻,而诗则是洗净儿女气的慷慨之音,和词风大不相同。

　　此诗其实是一首借古讽今、发抒悲愤的怀古诗。北宋经历"靖康之难"后，中原故土沦陷，但以当时的形势看，金兵是孤军深入，黄河南北的许多州郡尚在宋人之手，有的虽已被占，但金兵数量不多，立足未稳，太行山一带的抗金义军蜂起，威胁着金兵的后方。如果高宗赵构能蓄志抗金，中原乃是大有可为的。但是赵构一开始就没有恢复国土、保卫人民的愿意，带着臣僚仓皇南逃。当时不少主张抵抗的文武官员都建议不要一味南逃，如徐梦莘《三朝北盟会编》中，就载有吴伸所上的万言书，劝告赵构不要"止如东晋之南据"，可以代表当时有志之士的见解。李清照这首小诗则是以诗歌形式写出的时事评论。诗中举出项羽的不肯南渡，正是对怯懦畏葸、只顾逃命苟安的南宋君臣的辛辣讽刺，诗中不仅是发抒了个人的悲愤，又是广大百姓的心声。

　　在宋代，由于"靖康之难"的巨变，北宋灭亡，南宋苟延残喘，时局动乱之际，曾涌现出一批爱国女词人，蒋兴祖的女儿就是其中杰出的一个。她在被金人掳走的途中写下的《减字木兰花》表达了她遭遇的悲惨经历以及回首乡关的切肤之痛。

减字木兰花

蒋兴祖之女

题雄州驿

　　朝云横度。辘辘车声如水去。白草黄沙。月照孤村三两家。

飞鸿过也。万结愁肠无昼夜。渐近燕山。回首乡关归路难。

万里长空中,寒风不停地吹卷,朝云横渡;大地上车轮滚滚,无休止地北驰而去,如同流水不曾片刻停留,金兵来往的战车驱载着掠夺来的妇女一路向北,迢迢而去。一路上处处都是荒草杂生、黄沙弥漫。中原广阔的大地上,人烟稀少,剩下的是一座座孤村,百姓都已逃亡离散,偶尔有二三户人家,在清冷的月光照耀下萧瑟而立。

空中偶尔有大雁飞过,我们心中愁肠万结,昼夜不得解脱。车辆飞驰,渐渐地离燕山越来越近,而离家乡则越来越远,并且一到燕山,其身将为奴隶,永远不能再和亲人相见。回首那条通往故乡的路,痛切地感觉到,国破家亦亡,自然之身尚不可得,归乡之路将何其难!

词人的父亲蒋兴祖也是一位词人。她出生在一个书香世家,从小父亲便教她诗文,聪慧的她对诗词都很通晓,并且心地善良,助人为乐,乡里百姓都十分喜欢她。其父蒋兴祖是一位著名的爱国官员,靖康年间,他担任阳武县令,金军来犯时,他带领全城的百姓抗击金兵。有人劝他说:"小小的阳武县如何能抵挡得住千百金兵,不如弃城投降"。蒋兴祖说:"我世代蒙受国恩,唯有一死报国。"在死守两天后,蒋兴祖和妻子以及儿子都战死,年仅四十二岁。城被攻破,十五岁的女儿被金人掠去,下落不明。元韦居安云:"靖康间,金人犯阙,阳武蒋令兴祖死之。其女为贼掳去,题字于雄州(今河北雄县)驿中,叙其本末,乃作《减字木兰花》词……蒋令,浙西人,其女方笄,美颜色,能诗词,乡人皆能道之。此词汤岩起《沧海遗珠》所载。"

这首题于雄州驿馆墙壁上的词,是蒋兴祖女北上途中的所见、所闻、所感。上片写开始被押北行途中的情景;下片写继续北行至雄州的情景。上片侧重写所闻,以写景为主;下片侧重写所见,以抒情为主。全篇满是乡关之痛和家国之思,为我们展示了靖康之变后的一个辛酸片段,虽是一抹剪影,即涵盖十分丰富的内容。虽不一定是慷慨悲凉,誓死报国的光辉乐章,但自有其独特的思想情感价值,在中国词史上具有崇高的地位,是一首重要的女性词作。况周颐《蕙风词话续编》中说,"寥寥数十字,写出步步留恋,步步凄恻"之情。

水龙吟

朱敦儒

放船千里凌波去。略为吴山留顾。云屯水府,涛随神女,九江东注。北客翩然,壮心偏感,年华将暮。念伊嵩旧隐,巢由故友,南柯梦、遽如许。

回首妖氛未扫,问人间、英雄何处。奇谋报国,可怜无用,尘昏白羽。铁锁横江,锦帆冲浪,孙郎良苦。但愁敲桂棹,悲吟梁父,泪流如雨。

我乘着船,一路凌波踏浪,行走千里,但我此行并不是为了登山临水,放浪形骸。因此即便是妩媚的江南青山也难以将我留住,只是稍稍流眄顾盼而已。天上的水府星附近乌云密布,大雨将至,船下的江水滔滔,像是在随水神奔走,和众水一起东注入海。我从洛阳来到南方,满腔豪情壮志,却偏偏年已垂暮,感伤不已。想起以前在洛阳和朋友在一起遨游山水的隐居生活,是何等的自由自在,如今都似南柯一梦,不可复得了。

北望中原的故土,依旧硝烟弥漫,中原依然被金人占领,我不禁大声疾呼,哪里有可以挽回时局的英雄呢?当年吴主孙皓凭长江天险,以铁锁横江,也还是未能挡住西晋王濬冲浪而来的战舰。如今纵有奇谋报国,恐怕也不免和吴王孙皓一般,机关算尽也依然于事无补。想到这里,令人沉痛不已,只好愁扣船舷,悲吟《梁父》之曲泪流如雨罢了。

这首词是朱敦儒由吴越飘零至江西的途中所作,表达了在国家存亡的危急时刻,一位爱国文人志士对国家今昔变幻的悲愤之情。词的上片写去国离乡之感;下片写对国家的关怀和报国无路的悲痛。整首词是南渡时期词人个人情感的表现,展现了一个不同于"神仙风致"的志士形象。同时,词作折射出的是一代文人士大夫的历史命运,尤其是心怀理想志向而命运多舛的南宋志士的前途,可谓南渡一代士人的缩影。

朱敦儒早年生活于洛阳,纵情放浪,词风婉丽流畅。及中年,逢北方沦陷于金,国破家亡。多感怀、忧愤之作,格调悲伤。这首词应作于金兵南下,朱敦儒初离洛阳由水路南行之时,是感慨时事、吊古伤今的名篇。全词意境开阔、感慨深长,字里行间回荡着词人的一腔忠愤之气。这首词既体现了词人创作风格中豪放刚健,又见出词人创作功力之深厚。全词以纪行为线索,从江上风光写到远行的感怀,由个人的悲欢写到国家命运,篇末以"愁敲桂棹"回映篇首的"放船千里"。中间部分抒情、议论并用,抒情率真,议论纵横,视野又极开阔,万里江山尽收笔底,古往今来俱在望中。

相见欢

朱敦儒

金陵城上西楼,倚清秋。万里夕阳垂地,大江流。
中原乱,簪缨散,几时收?试倩悲风吹泪,过扬州。

在一个悲凉的秋日的夜晚,我独自登上了古金陵的城楼,在城上西面的城楼上凭栏远眺。只见夕阳的余晖斜射下来,映照着万里大地,长江在一旁静静地流过。

中原大地上处于一片混乱之中,朝廷的达官显贵争相逃离,百姓生灵涂炭。登高望北,心情沉重,不禁流下悲痛伤心的泪水。自己无力抗敌收复失地,只好尝试着求那飘动的秋风,能够吹送自己的眼泪,飞越过扬州。

朱敦儒从洛阳南渡以后,登上金陵城,于西楼远眺时所写的抒发爱国情怀的词作,气魄宏大,寄慨深远,说出了当时广大爱国者的共同心声。他在南渡初期,曾任过秘书省正字(校正文字的官吏)等官职,他忧虑国家前途,怀念中原故土。这首词感情激越,炽热动人。陈廷焯《白雨斋词话》评论此词:"笔力雄大,气韵苍凉,短调中具有万千气象。"

这首词由登楼入题,从写景到抒情,表现了词人强烈的亡国之痛和深厚的爱国精神。全词气魄宏大,寄慨深远,凝聚着当时爱国者的心声。词的上阕写登临金陵城楼所见悲凉宏阔的江山秋景,写得气象宏阔而凄美,悲怆之中有慷慨之音。下阕写词人面对国破山河乱的沉痛心情。慷慨悲歌中寄予无限深情。上阕写景铺陈渲染悲凉气氛,下阕转入抒情以达胸臆。此词慷慨苍凉,充满对故国的怀念,是其人生转折时期的经典之作。陈廷焯《云韶集》称:"希真词最清淡,惟此章笔力雄大,气韵苍凉,悲歌慷慨,情见乎词。"

临江仙

陈与义

夜登小阁忆洛中旧游

忆昔午桥桥上饮,坐中多是豪英。长沟流月去无声。杏花疏影里,吹笛到天明。

二十余年如一梦,此身虽在堪惊。闲登小阁看新晴。古今多少事,渔唱起三更。

回忆昔日在午桥上宴饮的情形,当时席间所坐的大都是英雄豪杰。多少个明月之夜,在皎洁的月光照耀下,午桥下面的流水无声地流走。我和友人们一同坐在树下,在杏花疏淡影子的掩映中,吹奏笛曲,直到天明。

而今二十年过去,回想往日生活,恍然如同一梦。我的身体虽然尚健,而多年来坎坷经历却让人感到惊魂难定。闲暇的时候,我登上小阁楼,看雨后初晴时的景象。古往今来发生的多少事,全都化成了三更时分渔夫所唱的悠扬歌声。

这首词是《无住词》十八首中的最后一首,大约写于宋高宗绍兴五年(1135)陈与义退居在青墩镇僧舍时所作,词人时年四十六岁,该词集中抒发了词人回首一生时的万分感慨。陈与义是洛阳人,在洛阳一度过着酒诗相合的快乐生活,词中所写的就是他二十年前在洛阳玩游时的情形,兴亡之感自然寄寓其中。此词是词人晚年追忆洛中朋友和旧游而作。上片写对已经沦落敌国之手的家乡以及早年自在快乐生活的回顾;下片宕开笔墨回到现实,概括词人从踏上仕途所经历的颠沛流离和国破家亡的痛苦生活。词作通过上下两片的今昔对比,萌生对家国和人生的惊叹与感慨,韵味深远绵长。

陈与义不幸生于两宋易代之际,悲剧性的历史注定了他悲剧性的一生。他少怀壮志,且"天资卓伟,为儿时已能作文,致名誉,流辈敛衽,莫敢抗与"(《宋史·陈与义传》)。稍长,即登上舍甲科,在东京任太学博士,一度失意后,很快又以《墨梅》诗见知于徽宗,接予符宝郎,且诗名大震。宋洪迈《容斋随笔》记载:陈与义"诗成,出示坐上,皆诧为擅场",一时春风得意。然而好景不长,因为受到王黼罢相的牵连而被贬陈留酒税。接着,大乱突至,奔徙于兵荒马乱之中,饱尝颠沛流离之苦。侍朝廷立足稍稳时再度受到重用,官至参知政事。晚年,辞官退居于青墩僧舍,终老于无住庵中。

陈与义是南宋著名诗人,生年致力于诗,所作甚多,六百余首,而其词作仅有《无住词》十八首,不及诗的二十分之一,可见他是以余事填词的。他的词作绝大部分都是在他晚年奉祠退居湖州青墩镇寿圣院僧舍时所作,青墩僧舍有"无住庵",陈与义曾在这里住过,遂以"无住"名词。陈与义词作很少,但很受后世推重,而且认为其特点很像苏东坡。南宋黄昇说,陈与义"词虽不多,语意超绝,识者谓其可摩坡仙之垒也"(《中兴以来绝妙词选》)。清陈廷焯也说:陈词如《临江仙》,"笔意超旷,逼近大苏"(《白雨斋词话》)。他是一个著名的苦吟诗人,写作诗词时,讲究苦苦沉吟推敲,并且不允许有人打扰。因此他写作的时候,家人们便悄悄避开,等他写完以后再回来,以防打断他的思路。有时实在写不出来,他就将头蒙在被窝里,抱头苦思,等到有了思路,并飞快地下床,端坐于桌前写作。写成后再反复加以锤炼,可谓"吟安一个字,捻断数茎须"。

清晓飞骑引雕弓

叶梦得官江东安抚制置大使兼知建康(今南京)和总四路漕计期间,因筹措得力、军用不乏,沿江将士才得以全力共赴遏止住金人南渡的嚣张气焰,可惜的是朝廷意在偏安,无心征战,词人徒见壮岁雄心付流而去,心境极其苍郁悲壮。

水调歌头

叶梦得

　　霜降碧天静,秋事促西风。寒声隐地初听,中夜入梧桐。起瞰高城回望,寥落关河千里,一醉与君同。叠鼓闹清晓,飞骑引雕弓。

　　岁将晚,客争笑,问衰翁:平生豪气安在?沈领为谁雄?何似当筵虎士,挥手弦声响处,双雁落遥空。老矣真堪愧,回首望云中。

深秋时节,暮色降临,地上满是寒霜,碧蓝的天空澄净肃穆。西风急促地刮着,寒冬即将来临,人们都在忙着秋收、制寒衣等事。寒声最初听起来是隐隐约约的,夜深时分便直入梧桐的枝叶深处,鸣响不止。我站在高高的城墙上鸟瞰,四望那已经沦落了的千里河山,面对山河破碎的现状,悲慨沉痛无限,只好借酒浇愁,与客同醉。不知不觉清晨到来,军中响起密集的鼓声,士兵们开始操练,演习场上一队骑兵正在练习骑射,气氛紧张而热烈。

我的年岁已老,到了垂暮之年,只能眼看着座上的宾客为习射的好成绩而争相夸美。席上的宾客们都正当盛年,他们在武场上相互较量,欢谈笑语间争相夸赞,而我已是迟暮之年,望着眼前意气风发的客人,不禁回忆起自己的少年往事。可叹我壮志未酬身先老,平生的豪情壮志都已消失,而筵席间的勇士们则正当威猛,箭术精良,随手引弓发射,便能够将远处的双雁一并射落。回头望向昔日魏尚、李广屡立战功的云中郡,如今已沦为敌境。想到自己年事已高,无力报国,为此感到惭愧不已。

这首词大约作于绍兴八年,当时,宋朝北方的大片国土都已经沦为金国的占领地,南宋王朝只剩下半壁江山,建康城成为扼江守险、支援北伐军的重镇,词人此时再度担任建康知府,写下这首《水调歌头》。词的上片描写了霜降时节的凄清秋色;下片写习武的情景,抒发自己心系国家,渴望收复失地的强烈愿望,也流露出对自己年老体衰报国无力的悲慨之情。词前小序说:"九月望日,与客习射西园,余偶病不能射。客较胜相先。将领岳德,弓强二石五斗,连发三中的,观者尽惊。因作此词示坐客。前一夕大风,是日始寒。"叶梦得西园习射时,有感于将领勇猛善战,感喟自己年老力衰难效沙场而作。词中所写到的秋事、习射等均和宋金战事有关。

这是一首抒情小词,虽也悼惜流年,感叹衰病,但这些都建立在"与客习射"的雄壮背景上,通过与"当筵虎士"的对此来表达,因而衰飒中透露着高远和豪迈,字里行间浸润着爱国热情,给人以强烈的振奋与鼓舞。此词引人注目之处是词人对烈士暮年的挣扎与反抗。小序里"偶病"两字,谓自己之病,只是偶然,弦外之音,是词人害怕他人借生病为口实否定自己,一种老者特有的不服老之心呼之欲出。此之苏轼那种"会挽雕弓如满月,西北望,射天狼"的耀武扬威,和辛弃疾"可怜白发生"的全然崩溃,词人的"回首望云中"显示了他花甲之际的睿智。俞陛云曰:"此词上阕起句咸有峭劲之致。

下阕清气往来,十句如一句写出,自谓豪气交在,其实字里行间,仍是百尺楼头气概也。"(《唐五代两宋词选释》)

水调歌头

叶梦得

秋色渐将晚,霜信报黄花。小窗低户深映,微路绕攲斜。为问山翁何事,坐看流年轻度,拚却鬓双华。徙倚望沧海,天净水明霞。

念平昔,空飘荡,遍天涯。归来三径重扫,松竹本吾家。却恨悲风时起,冉冉云间新雁,边马怨胡笳。谁似东山老,谈笑静胡沙。

秋意渐浓,盛开的黄花报来了霜降的消息,正是秋高气爽时节。简朴的房屋掩映在黄花丛中,蜿蜒的小道在外面环绕,一片清幽宁谧。一个隐居山林的老翁,不甘心闲居却又只能坐看时光荏苒而过,空耗了流光,徒增了白发。徘徊往返在太湖之滨,只见湖水浩渺无边,如同沧海,天色明净,绮丽的彩霞在粼粼波光中闪动。

回首往昔的漂泊岁月,自己一生四处飘荡,流落天涯。年老时归隐此间,发现这种归隐生活原来是如此适合自己。然而秋风吹来时,天气转凉,云间的大雁纷纷南飞,那胡兵又要乘时发动战争,侵扰边境了。在朝廷的抗金战争中,有谁能像东晋的谢安一样,谋略才智过人,谈笑间将金兵击退,一举收复失地呢?

宋高宗建炎三年(1129)三月,叶梦得罢尚书左丞而归乌程卞山

（今属浙江湖州）。四月，提举西京，嵩山崇福宫，此年冬天则避乱于缙云（今属浙江），写叶氏宗族另一派居缙云的伯叔昆弟子侄为诗酒为乐。据王兆鹏《叶梦得年谱》所断，则当作与此年秋天，当时金兵南侵，战事吃紧，词中抒发了词人忧国忧民的情怀。此处北临太湖，奇石罗列，风景奇绝，优美如画。叶氏家中又有数万藏书，于是他终日读书赏景，吟啸自娱，生活十分悠闲。但是，面对日益加剧的边患和腐败的朝政，他终究还是心境难平，无法忘却抗金战事，时刻牵挂着国家安危存亡，这首词淋漓尽致地表现了词人归隐时的矛盾心理：一方面他隐居卞山，每日以山水自娱；另一方面他又无法忘怀国家的安危，时刻记挂着抗金战事。

　　此词是叶梦得晚年退居卞山所作，是一首自叙平生、抒写情怀的词作，表达了词人心中的悲愤之情和对国事的担忧。词的上阕主要写秋景，抒发感怀；下阕重点抒情，一抒胸臆，整首词写得格调激越慷慨而又凄楚悲凉！此词表现手法上将写景与抒情交互进行，而以抒发情怀为主，景物只起反衬作用，借以表现内心的矛盾。语言明快，很少藻饰，而感情却很深沉，风骨棱棱，透露出逸气豪情，词风近于苏轼。《提石林词》称叶梦得词从能于简淡处时出雄杰，合处不减靖节（陶渊明）、东坡之巧，起近世乐府之流哉！

水调歌头

叶梦得

次韵叔父寿丞得祖和休官咏怀

今古几流转，身世两奔忙。那知一丘一壑，何处不堪藏。须信超然物外,容易扁舟相踵,分占水云乡。雅志真无负,来日故应长。

问骐骥,空矫首,为谁昂。冥鸿天际,尘事分付一轻芒。认取骚人生此,但有轻蓬短楫,多制芰荷裳。一笑陶彭泽,千载贺知章。

古往今来,世代虽然历经流转,永恒不变的是士人们仍需面对一个首鼠两端的问题:出仕抑或隐退。这个进退取舍两难的命题令人两头奔忙,精疲力竭。不要欺骗自己,若真想隐退,隐居哪里不可以?为什么非要选择有丘壑的地方才能隐居?如果所有的人都信奉超然物外的哲学,都蜂拥进入山林,那么为隐士所津津乐道的水云乡,岂不要人满为患,与市屠又有何区别?

骐骥你再矫首昂头也是惘然,你虽有凌云之志,可是隐居之途是自己选择的,怎么可以反复无常呢?你既然要把自己打扮成隐士,做世俗之网不能左右的冥鸿,将世事看轻如一根没有分量的麦芒,就不能再存矫首的幻想。古往今来的志士骚人,要么像范蠡那样,乘着小舟,划着短楫,泛游湖海;要么像屈原那样被贬黜,只能制芰荷以为衣,集芙蓉以为裳,自守高洁。可笑那小小的彭泽令陶潜,当然可以说辞官就辞官,只有那贺知章,在朝展宏图,在野享清福,人生如此圆满,千古之中当此一人。

隐退是困扰叶梦得晚年的一件大事。清叶廷琯编《石林先生两镇建康纪年略》载:"诏以资政殿学士左中大夫知建康府事兼江南东路安抚大使……先生辞免,上不允。"时值宋高宗绍兴元年(1131),叶梦得才五十五岁,已有退意。绍兴三年至七年隐居卞山。绍兴八年,他三辞不允,才复领职再帅建康,且此后五年中,每年都有请退状文。与朝廷政见不合,从而选择隐居,又心有不甘,这种矛盾如梦魇般折磨着词人。东晋王康琚《反招隐诗》开头有:"小隐隐陵薮,大隐隐朝市。"这首词正是以词的形式讨论"大隐"与"小隐"以及"真隐"与"假隐"的问题。"次韵"是"步韵"的意思,是作旧体诗的一种方式,依照所和诗的韵次写和诗。这首词次韵的对象是他的叔父叶德祖的《休官咏怀》。

这首词写法颇为特殊,上片首先破题,提出一个士人都必须面对的问题:出仕抑或退隐,词人凭借自己的阅历向世人指点人生之路。下片则是词人与自己的心灵对话,细细读来,会觉察到词人平静词风下也有异常激烈的一面。词人对自己的思想作了毫不留情的暴露与剖析,对自己的尴尬境地一唱三叹,显得极其哀婉动人。已沦为此而能至如此境界,在他的时代,无人出其右。

李纲是南渡名相,以一身系社稷安危,不负天下众望。他在宋徽宗政和二年(1112)中进士,钦宗靖康元年(1126)金兵逼近京师,李纲以尚书右丞相亲征行营使,号召各路勤王。他亲自登城督战,振臂一呼,激励将士奋勇杀敌,终于击退金兵。但不久遭主和派排挤而被贬远方。高宗赵构即位后,他出任右相,仍力主抗金复国,在职仅七十五天即被劾免官,至鄂州居住,后调任湖广宣抚使兼知潭州,多次上书陈述抗金方略,但都未能被采纳。

李纲能诗能词,写过许多忠义奋发的爱国篇章。作为一个政治家和军事家,李纲的抗金立场从未动摇过,是最坚定的主战派代表之一。正因为这样,他随着朝中战与和两种气氛、两种势力的消与长,而在宦海中升沉起落,变化无常。他曾位居宰相,更屡为迁客,历尽荣辱,饱经忧患。发之为诗文,自然多感慨身世、怀古伤今和即物明志之作,磊落光明,雄深雅健,非一般文士可及也。他的词多为咏史寄慨之作,其形象鲜明生动,风格沉雄劲健。

水龙吟

李 纲

光武战昆阳

汉家炎运中微,坐令闰位余分据。南阳自有,真人膺历,龙翔虎步。初起昆城,旋驱乌合,块然当路。想莽军百万,旌旗千里,应道是、探囊取。

豁达刘郎大度。对劲敌、安恬无惧。提兵夹击,声喧天嚷,雷风借助。虎豹哀嗥,戈铤委地,一时休去。早复收旧物,扫清氛祲,作中兴主。

炎汉中道衰微,使得汉外戚王莽篡夺了刘家天下。更始元年(23)六月,他调集百万大军,将昆阳城团团围住。当时更始皇帝刘秀正在南阳,面对群龙无首、强敌压境的形势,他毫无惧色,落落然有大将风度,振臂一呼,众皆膺服。小小的南阳城中,仅有守军八千余人,而王莽大军号称百万,旌旗绵延千里,按道理拿下南阳城应当如囊中取物,轻而易举。

豁达大度的刘秀,面对强敌毫不畏惧,安然恬淡。突围之后,他调集郾、定陵两地士卒,亲自率兵来解南阳之围,与城内守军里应外合,以摧枯拉朽之势大败莽军。一时间杀声震天,雷电大作,虎豹猛兽哀号奔突,敌兵横尸遍野,落水者数以万计,江水为之不流。雷雨过后,日朗天晴,昆阳城安然屹立,昆阳之战的胜利,结束了王莽的统治,为汉代中兴举行了奠基礼。

东汉光武帝刘秀是南阳蔡阳人,王莽军队围攻南阳城时,城内仅有守军八千余人,而莽军号称百万,一时间,城内群龙无首,不少将领不敢迎敌,只顾携带妻儿老小和细软财物逃命,刘秀毫无惧色,他大义凛然地站出来,大声制止说:"现在大兵压境,我们虽然势单力薄,但只要同心协力,便可望建功立业;如果各自分散,势必彻底失败。今天我们难道能不同心共胆举功名,反而临阵逃脱吗?"这一席话,顿时使得城内军心大振,诸将都表示愿意听从他的指挥。于是,他命王凤、王常留守昆阳,自己率轻骑十三人从南门星夜突围。刘秀突围后,急忙调集兵马,亲率骑兵千余人打前锋,在距围敌四五里的地方与敌对阵,一举歼敌数千人。扫清外围后,刘秀一鼓作气,率敢死将士三千余人进攻围敌中坚。全体将士同仇敌忾,胆气壮豪,无不一以当百,与城内守军里应外合,以摧枯拉朽之势大败莽军,为汉代中兴奠定了坚实的基础。刘秀是匡复汉室的中兴之主,在位二十三年,李纲的这首词表达了对这位英主的仰慕之情,也表达了自己尽忠报国、抗击敌寇的雄心壮志。

念奴娇

李　纲

汉武巡朔方

茂陵仙客,算真是、天与雄才宏略。猎取天骄驰卫霍,如使鹰鹯驱雀。鏖战皋兰,犁庭龙碛,饮至行勋爵。中华疆盛,坐令夷狄衰弱。

　　追想当日巡行,勒兵十万骑,横临边朔。亲总貔貅谈笑看,黠虏心惊胆落。寄语单于,两君相见,何苦逃沙漠。英风如在,卓然千古高著。

　　身葬茂陵的汉武大帝,真是天纵雄才伟略,他任用卫青、霍去病等大将军,连续发动大规模反击匈奴的战争,就像使放鹞鹰抓雀鸟似的,取得节节胜利,消除了边患。其中元狩二年(前121),霍去病率兵在皋兰山与匈奴鏖战,一举彻底摧毁了敌营,开辟了通往西域的走廊,大建奇勋。从此中华强盛,匈奴衰弱。

　　遥想当年,汉武大帝亲持武节,率兵十八万骑,旌旗绵延千余里,浩浩荡荡,北登单于台,到达北方,威震匈奴。他派使者对匈奴单于说:"南越王已被擒受斩,现在你若能战,我朝天子就亲自将兵对阵;若不能战,就赶快降服称臣,何苦逃窜到北边严寒的不毛之地?"一席笑谈,竟使狡黠剽悍的匈奴心惊胆战。武帝这次巡边所显示出来的英风豪气,卓然特立,永存千古,为后人景仰。

　　汉武帝刘彻七岁立为太子,十六岁即帝位,在位五十四年之久,是中国历史上很有作为的一个皇帝。从思想到政治,从军事到外交,从经济到文化,他采取了一系列有力措施,取得了种种成效,终于把汉朝推向了鼎盛时代。这首词就是描写汉武帝亲自率兵巡视朔方时的情景,展示了他卓越超群的雄才伟略。

喜迁莺

李 纲

晋师胜淝上

长江千里。限南北、雪浪云涛无际。天险难逾,人谋克庄,索虏岂能吞噬。阿坚百万南牧,倏忽长驱吾地。破强敌,在谢公处画,从容颐指。

奇伟。淝水上,八千戈甲,结阵当蛇豕。鞭弭周旋,旌旗麾动,坐却北军风靡。夜闻数声鸣鹤,尽道王师将至。延晋祚,庇庶民,周雅何曾专美。

长江纵横千里,割断南北,江面上浪涛冲天,无边无际。长江的天险原本就难以逾越,再加上还有臣子们的谋略,自然能够让北方那些索虏无可奈何。然而秦王苻坚不顾长江天险,发动百万雄师,长驱南下,意图侵占我晋国土地。而宰相谢安则从容应对,举兵抗敌,布置规划恰当,指挥进退皆如人意,一举打败了秦军这个强敌!

淝水战役中场面异常奇伟,晋军主将指挥英明,战士英勇善战,巧妙周旋之间,便以少胜多大败秦军,让他们望风披靡,惊慌失措。深夜里听到鹤的鸣叫,竟然以为是晋国的军队到来,一个个仓皇而逃,损失惨重。而晋朝得以保存,享国之日延长,广大的百姓也得到庇护,这一功业是何等的辉煌,即便是周宣王的中兴之功,也不能专美于前。

淝水之战是中国历史上以弱胜强的典范战例,是战争史上的奇迹,当时秦王苻坚拥兵百万,号称可以"投鞭断流",真是不可一世。

而晋军区区八千人,东晋名相谢安从容镇定、巧谋善断,命令谢石、谢玄带领将士以逸待劳,沉着应战,又命谢玄率八千士卒晚抢渡淝水,使数十倍于己的敌人丢盔弃甲、狼狈逃窜。这首词写这场历史上著名的秦晋淝水之战,借古喻今,颂扬昔日英雄谋士的丰功伟绩,隐约地表达自己希望像谢安一样,为南宋的抗金大业立下卓绝功劳。

水龙吟

李 纲

太宗临渭上

古来夷狄难驯,射飞择肉天骄子。唐家建国,北边雄盛,无如颉利。万马崩腾,皂旗毡帐,远临清渭。向郊原驰突,凭陵仓卒,知战守、难为计。

须信君王神武。觇虏营、只从七骑。长弓大箭,据鞍诘问,单于非义。戈甲鲜明,旌麾光彩,六军随至。怅敌情震骇,鱼循鼠伏,请坚盟誓。

自古以来,北方的游牧民族剽悍勇猛,桀骜不驯,游牧射猎被称为天之骄子。唐朝建立的时候。北方边境最为雄健强盛的莫过于东突厥颉利可汗了。武德九年(626)八月,他联合突利可汗,发兵四十万进逼长安,万马奔腾,旌旗蔽日,以不可阻挡之势进到渭水桥北,向城郊突进。唐军仓促应战,一时间不知道如何应对才好。

英勇神武的太宗皇帝，仅带大臣房玄龄等一行七人，急驰渭河边的敌营中，执长弓大箭，骑在马鞍之上大声斥责单于的不义之举。这时唐朝大军相继赶来，旌旗蔽日，甲士遍野，好不威风，颉利不免心生畏惧。当日，前来向唐朝求和，太宗诏许，与他在桥上再次订立盟约，突厥大军像鱼循鼠伏似的，一下子全都退走了。

唐太宗李世民即位不久，颉利可汗发兵进犯长安，他派心腹执失思力求见唐太宗，声称雄兵百万，已威逼长安，以此探听唐朝的虚实。太宗面对来使，义正词严，痛斥颉利可汗全忘馈赠金帛的大恩，自负结和的盟约，说罢便把执失思力囚禁下狱。然后仅带六人亲赴敌营，独自一人斥责颉利的忘恩负约。大臣萧瑀以为太宗轻敌，便竭力劝阻，太宗回答说："颉利趁我刚即位，以为我不能抗御，我如果示弱，他便会更加放肆。所以我必须显出若无其事的样子，摆出必胜的架势，这种出其不意的举动，可迫使他不敢轻举妄动，并转而前来求和。考虑到当前国家未安，百姓未富，暂时不宜再兴战事，以和为好，经过一段时间养精蓄锐，再伺机一举消灭突厥也不迟，这就叫作'将欲取之，必固与之'。"萧瑀听了，十分佩服太宗的英明睿智。

念奴娇

李　纲

宪宗平淮西

晚唐姑息，有多少方镇，飞扬跋扈。淮蔡雄藩联四郡，千里公然旅拒。同恶相资，潜伤宰辅，谁敢分明语。婥婣群议,共云旄节应付。

于穆天子英明,不疑不贰处,登庸裴度。往督全师威令使,擒贼功名归诉。半夜衔枚,满城深雪,忽已亡悬瓠。明堂坐治,中兴高映千古。

唐代安史之乱以后,国家元气大伤,由于姑息养奸,各地藩镇势力日益强大,飞扬跋扈,不可一世。淮西吴元济盘踞蔡洲,联合周边四郡,公然聚众抗拒朝廷。平卢节度使李师道助纣为虐,派刺客刺死宰相武元衡、刺伤大臣裴度。一时间人心惶惶,大臣谁都不敢说话。众人态度暧昧,犹豫不决,都主张"旄节应付"。

唐宪宗英明果断,对裴度不怀疑、无二心,任命他为宰相,把征讨吴李的军国大事,全都交付给他,裴度亲自进驻郾城督理三军,攻打蔡洲。擒拿吴元济的功劳归于唐、隋、邓节度使李愬,他在是年十月漫天大雪之中,于深夜衔枚奇袭,顷刻之间攻陷悬瓠,生擒吴元济。平定吴元济以后,其他藩镇相继降服,宪宗中兴之功高映千秋。

这首词旨在借古讽今。北宋末年,金兵南下,围困东京,李纲力主抗战,曾一度被贬,此词有感而发。词人借唐宪宗朝裴度平淮西事,激励当朝要下定决心支持抗金救国大业,既然任用大将就信而不疑,传达了词人忠君爱国的赤诚。通览全词,慷慨激昂之气贯穿始终,颇具豪放风致。

雨霖铃

李 纲

明皇幸西蜀

蛾眉修绿。正君王恩宠,曼舞丝竹。华清赐浴瑶甃,五家会处,花盈山谷。百里遗簪堕珥,尽宝钿珠玉。听突骑、鼙鼓声喧,寂寞霓裳羽衣曲。

金舆远幸匆匆速,奈六军不发人争目。明眸皓齿难恋,肠断处、绣囊犹馥。剑阁峥嵘,何况铃声,带雨相续。谩留与、千古伤神,尽入生绡幅。

杨玉环天生丽质,蛾眉修长,明眸皓齿,深得唐玄宗的宠爱。玄宗赐浴华清池,整日沉湎于丝竹歌舞的温柔之乡。天宝四年(745)八月,她被册立为贵妃,其堂兄杨国忠受任宰相,三姊分别受封韩、虢、秦三国夫人,真是花团锦簇、烈火烹油,盛极一时。可是天宝十四年(755)十一月,蓄谋已久的安禄山起兵反叛,惊破了唐玄宗寻欢作乐、长治久安的美梦。

第二年三月的一天,唐玄宗在九百护卫军的护卫下,匆匆忙忙向西蜀逃亡。当他们来到兴平县境内马嵬坡,护卫军不肯前进,人人十分愤怒,将宰相杨国忠杀死。唐玄宗在迫不得已的情况下,让贵妃在佛堂内自缢身死。军心由此稳定,进入西蜀崎岖的栈道后,连日阴雨绵绵,山风习习,栈道上的铃声和着淅淅沥沥的雨点,如诉如泣,令玄宗思念悲悼贵妃的情怀油然而生。可这由荒淫误国而造成的千古伤神事,而今也只有融入一幅绘有贵妃写真图像的生绡中了。

唐玄宗李隆基曾经是一个很有作为的皇帝,他开创的开元盛世是中国历史上国泰民安的鼎盛时期之一,但是他晚年昏聩放纵,宠幸杨贵妃,沉湎于骄奢淫逸、轻歌曼舞的生活,终于酿成安史之乱的大祸,使李唐王朝的长治久安得到巨大的威胁,也给自己的人生留下无限的遗憾。李纲通过这首词讽喻当朝统治者要汲取历史的经验教训,避免历史的悲剧重演。

喜迁莺

李 纲

真宗幸澶渊

边城寒早。恣骄虏,远牧甘泉丰草。铁马嘶风,毡裘凌雪,坐使一方云扰。庙堂折冲无策,欲幸坤维江表。叱群议,赖寇公力挽,亲行天讨。

缥缈。銮辂动,霓旌龙旆,遥指澶渊道。日照金戈,云随黄伞,径渡大河清晓。六军万姓呼舞,箭发狄酋难保。虏情慑,誓书来,从此年年修好。

辽河上游拉木伦河一带的契丹民族,剽悍矫健,肆意胡行,当严寒还未退尽的时候,他们就远徙广袤的原野,选择有水有草的地方游牧。景德元年(1004)八月,他们大举兴兵南下,侵犯宋朝领土,朝野上下震惊,朝廷一时惊慌失措。众大臣议论纷纷,却无良策,有人建议迁都金陵,有人主张躲避成都。全仗宰相寇准,力挽众议,勇挽狂澜,终于促成真宗亲征。

真宗亲征到澶州,又有人劝他迁都,真宗再生疑虑,寇准坚决促请真宗渡河鼓舞士气,威慑敌人。太阳照耀着军士的金戈,彩云追随着皇帝的黄盖仪仗,大军在清晨径自渡过了大河。宋军官兵看到皇帝出现在城楼上,惊喜雀跃,欢呼万岁。敌军数千逼近城下,真宗亲自下令迎击,将士个个争先恐后,奋勇杀敌,敌兵大半被歼,其余落荒而逃。契丹受挫,有些恐惧,便派人求和,于是双方结盟订约,讲和修好。

这首词写的是宋真宗景德元年(1104),辽国侵略军深入宋境,京师震动。主和派主张迁都避敌。宰相寇准独排众议,力主真宗亲征澶渊。结果打败了辽军,保住了疆土,宋辽议和,史称澶渊之盟。澶渊之盟踞李纲时代已经一百多年了,处于南北宋之交的李纲与寇准的遭际颇为相似,他虽有寇准之才,但时势不允许他成就类似寇准之功业,这时南宋的国势已远不及真宗时期,而高宗的怯弱畏敌,却超过了真宗。李纲所受投降派的排挤打击,也甚于寇准。现实使李纲明白:现在要像澶渊之盟那样用银帛换取和平已经不可能了。他对寇准的赞扬,是希望能有像寇准这样的忠臣力挽狂澜,也寄托着他的自勉与身世之感。他对真宗的歌颂,也是对高宗的激励,因为曾经御驾亲征的真宗,比起一味逃跑的高宗毕竟大不相同,结果也大不一样。

宋室南渡以后,在临安建立了南宋新政权,宋高宗满足于偏安江左,畏惧金兵强大,不敢收复中原,依旧荒淫享乐,有志之士,无不为之扼腕,不少爱国文人都通过自己的作品,以多种手法表现了渡江北伐、恢复中原、驱除金虏,还都汴京的爱国热情。李纲感于时政,写上下述七首咏史词作,耿耿忠心,可昭明月。这组词有的咏汉武帝击败匈奴、唐太宗击退突厥、宋真宗幸澶渊挡住辽兵,寓意是希望赵构效法汉帝、唐宗以至宋真宗,用武力抵御和打击金人。有的咏汉光武帝中兴、唐宪宗中兴,寓意希望赵构能中兴宋室。在《喜迁莺·真宗幸澶渊》中,李纲赞美宰臣寇準力排众议,奉真宗"亲行天讨"。可以想见,词人是多么渴望能像寇准那样帮助赵构完成保国安民的大业。把这组词结合在一起品读,就能更深刻地理解词人高尚的理想和宏伟的抱负。这几首咏史词的主题是规谏赵构要以武力抵御金兵,作中兴之主,可以说是一组讽喻词。

笑谈渴饮匈奴血

南宋词大都作于东南半壁,出于西北川陕前线的绝少。乾道八年(1172),陆游从军南郑,秋日登高望长安南山赋《秋波媚》诸词,为南宋词坛传来了西北边塞的鼓角之声。而胡世将的《酹江月》,比陆游诸词要早三十余年。

绍兴九年(1139)七月,在陕西与金对垒七年的南宋名将、川陕宣抚使吴玠卒后,胡世将代领其职,统率陕西诸军,保卫川蜀门户。绍兴十年五月,金人破坏议和,分兵二路南下,西进的一路直趋陕西,所至州县迎降,远近大震。诸将中有建议放弃河池以避金人兵锋,胡世将愤然指所居帐曰:"世将誓死于此!"决不后退半步。他指挥若是,屡挫金兵,收复陇西一带失地,保卫了西北战线。他以实际行动实践了他在《酹江月》中所表达的反对议和、力主恢复的志向。

酹江月

胡世将

神州沉陆,问谁是、一范一韩人物。北望长安应不见,抛却关西半壁。塞马晨嘶,胡笳夕引,赢得头如雪。三秦往事,只数汉家三杰。

试看百二山河,奈君门万里,六师不发。阃外何人,回首处、铁骑千群都灭。拜将台欹,怀贤阁杳,空指冲冠发。阑干拍遍,独对中天明月。

中原沦落,汴京失陷。国家丢失了函谷关以西的半壁江山。现在还会有一范一韩这样的英雄来保卫国家、收复失地吗？范仲淹、韩琦同为陕西安抚经略副使，主持陕西边防，使西夏不敢骚扰。可如今北望中原大地，半壁江山都已被金人占领。将士们清晨骑着战马出征，傍晚伴着胡笳归营，年复一年，直到白发如霜。遥想当年，刘邦任用"汉家三杰"张良、萧何、韩信，一举击破了项羽，主宰了关中之地。而今形势却为何变得如此狼狈不堪，眼下的南宋还有几个这样的人物呢？

关中本是险要之地，当年秦兵二万可当诸侯百万之军。真可谓一夫当关，万夫莫开。可是如今这万里河山，天子六军却无法拱卫。朝廷只会退缩，早已麻木不仁，一味议和，致使建炎四年"富平之战"的失败，铁骑千群都被金兵歼灭。当年刘邦拜韩信为大将的拜将台已经倾斜，宋代为纪念诸葛亮而建的怀贤阁也不见音信，满腔悲愤、怒发冲冠，但是即便拍遍阑杆，却没有人来理会，寂寥之中，只有独自一人空对着望中的一轮明月。

宋高宗绍兴十年（1140），金兵派重兵侵犯中原，金将撒离合率军攻入关中，汴京告急。时胡世将任川陕宣抚使，率领陕西诸军与金兵浴血奋战，在六、七月份，取得了局部胜利，初步遏制了金兵的急剧攻势。中原地区，韩琦、韩世忠、岳飞等主将也在全力抗金，力挫金兵，暂时缓和了战局。但是国家的整体形势仍然十分严峻紧迫。到了八、九月份，朝廷内部投降派占了上风，南宋步步退让，不仅贬谪、罢免了大批爱国志士，甚至将淮河至大散关以北的广大土地拱手让给了敌人。这首词就是在这种背景下应运而生，当时敢于以诗词表达对朝廷不满的，首推岳飞的《小重山》，但所继者甚少，胡世将却能旗帜鲜明，确实令人崇敬。他痛恨议和祸国，感愤朝廷的软弱，词中充满了怨怼和愤懑，是一首当之无愧的爱国词作。

这首词表达了词人对南宋朝廷议和误国的满腔愤慨，和对朝中奸佞小人的强烈谴责,流露出词人的满腔爱国之情。词的上片以神州沦丧,期盼范、韩式的英雄拯救河山,指出要想收复失地,关键在于实行抗战政策和任用贤才。下片写不能收复失地的原因,愤怒揭发了投降派的罪行。全词充满政治色彩,论事透彻,用典恰当,感情饱满,激昂慷慨,风格沉郁悲壮,洒脱豪放。

  词题云"秋夕兴元使院作用东坡赤壁韵",当作于胡世将自成都初至兴元时。兴元,秦时名南郑,为汉中郡治所在,今为陕西汉中府。建炎二年(1129)张浚首任川陕宣抚使,即治兵于兴元,上疏言:"汉中实形势之地,前控六路之师,后据两川之粟,左通荆襄之财,右出秦陇之马,号令中原,必基于此。"此后历任川陕宣抚使,就常以兴元为驻地。此词为感时而发,指斥议和之非,期待有抱负才能的报国之士实现恢复大业。它用东坡赤壁怀古韵,此词亦可称"兴元怀古"。以功业论,胡世将还算不上什么"中兴名臣",但此词忧怀国事,着眼世局,不失阃外边帅的气度。

贺新郎

张元幹

寄李伯纪丞相

  曳杖危楼去。斗垂天、沧波万顷,月流烟渚。扫尽浮云风不定,未放扁舟夜渡。宿雁落、寒芦深处。怅望关河空吊影,正人间、鼻息鸣鼍鼓。谁伴我,醉中舞。

十年一梦扬州路。倚高寒、愁生故国,气吞骄虏。要斩楼兰三尺剑,遗恨琵琶旧语。谩暗涩铜华尘土。唤取谪仙平章看,过苕溪、尚许垂纶否。风浩荡,欲飞举。

拄着手杖登上高楼观望,只见北斗星低低地垂挂在天幕上,沧江之水翻起万顷波浪,月华如水,流泻在烟雾弥漫的州诸之上。空中刮来阵阵寒风,大风将浮云全部吹散干净后,依然未停,所以我不能乘坐小船连夜飞渡。鸿雁已经落在萧索的芦苇深处栖宿。想到山河破碎的局面,心情无比惆怅,一个人徒劳无益地相吊形影,而此时众人皆睡,人间发出像敲打鼍鼓一样的鼾声。还有谁能陪伴我,一同乘着酒兴起舞呢?

十年前金兵南侵时,将扬州焚烧,昔日的繁华现在犹如一梦。寒气逼人的夜晚,我独倚高楼,想起满目疮痍的中原大地,顿时愁思满腔,然而自己的壮心犹在,激荡的豪情也足以将敌人吞灭。要像汉代使臣傅介子提起三尺宝剑斩杀楼兰王那样对付金人,而昭君和亲却只让汉家公主含恨幽怨。一味退缩议和,只能让那用来杀敌的宝剑蒙尘,生出铜锈,失去作用。山河沦落,和议已成定局,是否能够就此撒手归去,退隐山林,不再过问世事?此时长风浩荡,似乎是要将有志之士再度高举,让其得展宏图之志。

张元幹是李纲的僚属。高宗绍兴七年(1137),宰相张浚被罢,改任赵鼎为相。八年二月,赵鼎被罢免,秦桧二次入相。四月,朝廷派王伦使金,力图议和。十二月,李纲在洪洲(今江西南昌)上书反对议和,言辞甚为激烈,却被罢官回到福建长乐,为此张元幹写下这首《贺新郎》词,表达了对李纲坚决主战、反对议和之行为的无比敬仰,并坚决地予以支持,同时激励他东山再起,重振朝纲,不要再隐居垂钓。词的上阕写登高眺望江上夜景,并引发孤单无侣、众醉独醒的感慨;下阕运用典故以暗示手法表明对朝廷屈膝议和的深刻不满,并对李纲备至钦仰之忱。这首词历来被认为是张元幹爱国词作的杰出代表,格调慷慨激昂,沉郁悲壮。

张元幹的一生可以说都是在进行抗争,为国事的不幸、为友人的不平、为奸臣的当道、为贤良的不得重用。而那个大权臣同时也是大奸臣的秦桧则是如同梦魇一样缠住了南宋,也迫害了无数忠臣勇将,很多人受到了迫害又无可奈何,而张元幹则是用自己的行动对秦桧进行了有力的回击,虽然自己也受到迫害,但仍然抗争不止,典型地体现了正直倔强的中国人"宁为玉碎,不为瓦全"的精神。他素来佩服李纲,而李纲却遭罢相,他耻于和秦桧同朝共事,便辞官南归。后来,友人胡铨也受到秦桧的迫害,整个朝廷无人敢吭声,只有他依然前往相送,并且赋词相赠,为此他受到了秦桧的报复,被削除了官籍。但是,官位没有了,他的那颗爱国之心却依然炽热,雄心壮志依然未泯,给人留下一段气冲霄汉的佳话。

贺新郎

张元幹

送胡邦衡待制

梦绕神州路。怅秋风、连营画角,故宫离黍。
底事昆仑倾砥柱。九地黄流乱注?聚万落千村狐兔。天意从来高难问,况人情、老易悲难诉。更南浦,送君去。

凉生岸柳催残暑。耿斜河、疏星淡月,断云微度。万里江山知何处。回首对床夜语。雁不到、书成谁与?目尽青天怀今古,肯儿曹、恩怨相尔汝。举大白,听金缕。

我在睡梦中也依然惦念着神州的故土,然而秋风吹起时节,所见的只有连接着的军营,所听到的是边地的号角声。此时那沦落于敌军的故都宫阙,应该是一片荒芜了。一种浓重的黍离之悲涌上心头。究竟是什么原因,导致了昆仑柱折、黄河水遍地,万千村落中都无人烟,只有狐兔盘踞其间?然而天意向来不可问,皇帝的旨意实在是难以揣测,何况人老易悲,更是有恨难诉。不要说在这南浦之地,与友人依依惜别之时!

秋凉初生,酷夏不再。夜晚时分,星河转移,天上流星淡月,友人马上就要启程了。而此次一别,两人便要天各一方,江山万里,你将会在什么地方呢?新州在衡阳之南,传书的大雁都飞不到那里,纵使写信相寄,但谁能给我们传书呢?也许只能留下我们对床夜语时的美好回忆了。君和我都是胸怀天下、包揽古今之人,怎能会像那些小儿女一样,分别时作啼哭之态呢?还是举起手中的大杯痛饮,听我在此唱给你一曲《金缕曲》!

张元幹的好友胡铨绍兴五年任枢密院编修官,他是南宋名臣,性格骨鲠,敢于仗义执言。绍兴八年(1138),胡铨上书反对议和,请斩主和投降派秦桧、王伦、孙近三人以谢天下。《宋史·胡铨传》:"书既上,桧以铨狂妄凶悖,鼓众劫持,诏除名,编管昭州(今广西平陆县),仍降诏播告中外。给、舍、台谏及朝臣多救之者,桧迫于公论,乃以铨监广州盐仓。明年,改签书威武军判官。"绍兴十二年,谏官罗汝檝劾胡铨饰非横议,七月初一,胡铨被除名,送新州(今广东新兴县)编管。张元幹赋此词为胡铨送行,后亦因此词获罪,被除名。清代冯熙云:"芦川居士以《贺新郎》一词送胡澹庵谪新州,致忤贼桧,坐是除名。与杨补之之屡征不起,黄师宪之一官远徙,同一高节。"(《蒿庵论词》)

  此词上片述时事。先写中原沦陷的惨状,质问悲剧产生的根源,由此感慨时事,点明送别之意;下片叙写别情,先写别时景物,设想别后的心情,最后遣愁怀致别意。全词慷慨激昂,悲壮沉郁,抒情曲折,表意含蓄。宋词当中"送别"主题的词作很多,本词却与传统的惜别情伤迥异,满是黍离之悲,格调苍凉、雄浑,具有鲜明的时代气息,和社会氛围相契合。张元幹送李纲和胡铨的两首《贺新郎》,堪称先后辉映的姊妹篇,都写得慷慨激昂、凄凉悲壮,既有友情伤怀,又有黍离之痛,深刻地表达了词人爱国主义思想。尽管张元幹作此词后被秦桧以他事"追赴大理削籍",但是,他那种不畏风险、坚持正义的大无畏精神,为人所共仰。《四库全书总目提要》评价这两首词:"慷慨悲凉,数百年后,尚想其抑塞磊落之气。"

好事近

胡　铨

富贵本无心,何事故乡轻别?空使猿惊鹤怨,误薜萝风月。

囊锥刚强出头来,不道甚时节。欲驾巾车归去,有豺狼当辙。

自己原本已无意于功名富贵,却不知道什么原因轻率地离开了家乡,走向了仕途,这让我感到懊恼不已。因为原本过着怡然自适的隐居生活,后来放弃了山涧美景,出来做官又未能一酬心愿,徒自惹得猿惊鹤恐,辜负了良辰美景。

出仕后本想要大展身手,为国立功,无奈奸臣当道,时局黑暗,没有遇到好的时机。本想学毛遂脱颖而出,可是你硬要出头逞能,也得弄清世道和时节。想要驾车归去故里,但路上又有豺狼当道,想要归去也很难了。

宋高宗绍兴十八年,胡铨贬居在广东新州时写下了这首词。十年前,词人因上书请斩秦桧等三人遭到秦桧的迫害,被除名后贬谪。十年期间,秦桧一直没有停止对词人的残害,并且对反对议和的朝野名士也进行了残酷的迫害,"一时士大夫畏罪箝口","忠义之士多避山林间"。这首词就是在这样的气氛下而写的。全词格调激昂,情势豪迈,义愤难平。词人一片丹心,却遭受如此折磨,时局之黑暗可见一斑。胡铨鸿鹄之志难展,归去之梦难圆,可悲可叹。词人作为"罪人"在极其险恶的政治气候下写下此词,词的上片展示了词人对出仕为官的懊恼以及对山中归隐生活的向往;下片抒发去国怀乡的情怀,谴责朝廷中那些主和误国、陷害忠良,把持朝政的无耻之徒。表现了无畏的战斗精神和对国事的深切忧愤,此词与他的《戊午上高宗封事》同为反对和议斗争的名篇,表现了词人忠贞的气节,为词人赢得了很高的声誉。朱熹盛赞胡铨为"好人才",说:"如胡邦衡之类,是甚么样有气魄!做出那文字是甚豪壮!"(《朱子类语》)

胡铨出生在一个耕读世家,从小受到良好的家庭教育。家人的培养和熏陶,再加上他天资聪颖,潜心学问,少年时代便才华横溢,锋芒毕露,扬名乡里。宋高宗建炎二年(1128),他被家乡的父母官选送到扬州接受高宗的亲自策试。面对高宗的御题,胡铨应对自如,在策中引古证今,层层剖析,洋洋万余言,并且尖锐指陈了高宗为政的错误,针对治国兴邦提出了一系列建设性的意见,高宗读后,甚感奇异震撼,取为进士,原本想点他为状元,后因秦桧阻挠,便列名第五。

醉落魄

胡 铨

辛未九月望和答庆符

百年强半,高秋犹在天南畔,幽怀已被黄花乱。更恨银蟾,故向愁人满。

招呼诗酒颠狂伴,羽觞到手判无算,浩歌箕踞巾聊岸。酒欲醒时,兴在卢仝碗。

年近半百的我,被排挤出朝廷,羁留南方达十三年之久。秋高气爽,临轩赏月,把酒观菊,本是惬意时节,但却被抛弃在天涯海角之间。更何况,奸贼当道,金瓯残缺,匹夫之责,时常萦绕心怀。愁绪满怀已使人无心赏花观菊,更恨这天上的月亮,偏偏又在此时皓月圆满。

招呼来那些不畏权奸,主张抗金,受到迫害,有志不得伸的志同道合的友人。我们喝了无数杯的酒,不仅放声高歌,还一扫斯文之态,簸踞而坐,并把头巾推向后脑露出前额。酒醒思茶,亦如饮酒一般,以浇胸中之块垒。

这首词是胡铨在辛未年九月半,和答庆符的词作。庆符名张伯麟。当时秦桧主和,元夕张灯,庆符过白谔门,见灯盛设。取笔题字曰:"夫差,尔忘勾践之杀尔父乎?"秦桧闻之,下庆符于狱,捶楚无完肤,流吉阳军。时词人亦因上书力抵议和,请斩秦桧,后又因作《好事近》被诬为"讪谤",而一贬再贬,终至吉阳军。这首词表现了词人壮志难酬的悲愤和希图解脱的苦闷心情。词人因报国无门而抑郁愤懑,愤世嫉俗,满腔不平都暗寓其中,却发之于狂放,是他力求排解的表现,语似平淡而诗意深沉,风格豪放自然。

"卢仝盌"。"盌",同碗,椀。典出唐代诗人卢仝,卢仝号玉川子,善诗,亦善饮茶。曾赋诗盛赞茶之妙用:"一碗喉吻润,两碗破孤闷,三碗搜枯肠,唯有文字五千卷。四碗发轻汗,平生不平事,尽向毛孔散。五碗肌骨滑,六碗通仙灵,七碗吃不得也,唯觉两腋习习清风生。"这里用典的目的,就是说饮茶能够消愁破闷,散尽"生平不平事"。

赵鼎是南渡贤相,又是著名词人,他的词具有鲜明的时代特征,以北宋灭亡为界,作品的内容、风格迥异。南渡前,偏于学五代花间词,多表现离愁别恨,南渡以后,其词偏重于写现实感受,充满了家国之痛,风格由柔媚变成刚健。

满江红

赵 鼎

惨结秋阴,西风送、霏霏雨湿。凄望眼、征鸿几字,暮投沙碛。试问乡关何处是,水云浩荡迷南北。但一抹、寒青有无中,遥山色。

天涯路,江上客。肠欲断,头应白。空搔首兴叹,暮年离拆。须信道消忧除是酒,奈酒行有尽情无极。便挽取、长江入尊罍,浇胸臆。

秋阴凝结、西风吹寒、淫雨霏霏、鸿雁南迁。它们排成"人"字飞向南方,日暮时分在沙滩边栖息,可自己流亡异乡、漂泊无居,怎不凄望满怀?何处才是我日思夜想的故园,眼前却是水云浩荡,难以分辨南北。国破家亡,故国已是断壁残垣,所能看到的不过是模糊的山色几点。

慢慢天涯路上,我是江海一过客,颠沛流离,愁肠欲断,头发也早已斑白。搔首无用,兴叹是空,暮年时离却了中原故土。要知道消愁破闷唯有杜康,而酒醒之后又是忧愁蔓延,终究不能超脱。且让我挽取这滔滔长江之水,注入手中的酒杯,一浇我胸中的垒块!

赵鼎屹然重望,气节学术,彪炳史册,与宋泽、李纲相鼎足,俱为中兴名臣。他力荐张浚,协力以图复兴。临终前自书铭旌曰:"身骑箕尾归天上,气作山河壮本朝。"据词前小序"丁未九月南渡,泊舟仪真江口作"可知,此词写于丁未九月南渡之时。丁未年(1127)的前一年,金兵攻破北宋都城汴京,史称"靖康之难"。宋钦宗靖康二年春,北宋灭亡,五月,高宗在南京(今河南商丘)即位,改元建炎,时赵鼎任殿中侍御史，为避金兵之祸，他扈从高宗至明州（今浙江宁波），九月，在仪真江口上，写下这首《满江红》。

　　这是一首南渡词，较早地反映了时代的更迭和变迁，词人用一腔伤痛和悲愤浇灌心灵故园，吟咏出了震人心魄的辞章，虽不及岳飞的《满江红》慷慨激昂，但是主题却具现实关切。词人用精妙手笔，划出时代轨迹，将时人的凄婉心境淋漓尽致展现出来。词的上片写景，极写形色凄惨；下片抒情，抒发国难当头的内心深忧。全词充满了浓烈的民族情和家国意，语言清浅，格调深沉，融化婉约与豪放，收敛自如，是南渡词的典范之作。陈廷焯《白雨斋词话》论南渡后词，首先举例赵鼎的这首《满江红》词，认为"此类皆慷慨激烈，发欲上指，词境虽不高，然足以使懦夫有立志"。杨慎《词品》云："'惨结秋阴'一首，世皆传诵之也。"

满江红

岳　飞

　　怒发冲冠，凭栏处、潇潇雨歇。抬望眼，仰天长啸，壮怀激烈。三十功名尘与土，八千里路云和月。莫等闲、白了少年头，空悲切。

　　靖康耻，犹未雪。臣子恨，何时灭！驾长车，踏破贺兰山缺。壮志饥餐胡虏肉，笑谈渴饮匈奴血。待从头、收拾旧山河，朝天阙。

　　面对不共戴天的国仇家恨，我愤怒的头发直竖冲开高冠，独上高楼凭栏而立,抬头遥望远方,外面骤雨已经停止,风烟澄静,风景自佳,但是心中却愤恨难平,于是仰天长啸,倾泻满腔英勇壮志,一时间意气高扬,情怀激烈。三十年来,在风尘中四处奔走建下功业,征战南北八千里,堪和云月共欣赏。光阴易逝,要争分夺秒,不要让它白白流走。一旦光阴虚掷,从少年变成了白头老翁,悲伤也来不及了。

靖康二年,金兵入侵占据中原,掳走徽、钦二帝,北宋由此覆亡,这是宋朝的奇耻大辱,却至今未能雪洗。面对这国家沦亡、山河破碎的愤恨,何时才能熄灭!且让我驾驶着战车,将贺兰山的山口扫平荡破。英雄壮志激昂,群情激愤,将那凶狠的敌人啖肉喝血,谈笑间就把他们消灭殆尽。然后回过头来,重新收拾整理旧日的山河,重振昔日的国威,一同参拜朝堂上圣明的君王。

岳飞是南宋中兴名臣,也是中国历史上著名的爱国将领,他出身寒微,相州汤阴(今河南汤阴)人。汴京易手,中原沦陷后,岳飞立志收复中原,坚持抗金,立下赫赫战功。高宗绍兴十一年(1141),大败金兀术,收复汴京近在咫尺,但遭秦桧诬陷,朝廷宣"十二道金牌"勒令其退兵,绍兴十一年十二月二十九日,被赵构、秦桧以"莫须有"的罪名拘于大理寺,死于狱中,年仅三十九岁。

这首词充满忠愤之情,情词慷慨,壮怀激烈,陈廷焯《白雨斋词话》评论:"何等气概,何等志向,千载下读之,凛凛有生气焉!"千百年来,这首词备受读者喜爱,每逢民族危难之时,颇鼓励志士仁人救国救民之心。明代沈际飞《草堂诗余正集》认为此词"胆量、意见、文章悉无古今"。本词为言志抒怀之作,上阕写词人在大雨初歇、凭栏远望所引起的早日收复中原故土的紧迫心情;下片抒发词人挥师克复故土、重整河山的壮志豪情。全词语言激壮豪迈,音调沉郁振奋,有亡国悲伤之情,有千古肝胆之志,以气蕴驭辞章,以情怀寓意象。

绍兴九年,岳飞率领岳家军第二次北上出击金兵,一举收复了洛阳西南险要之地——襄阳六郡,夺取了金人的兵马,烧毁了金人的粮仓,逼近黄河,马上就能将金人一举攻破,却因为朝廷不供应军粮,功败垂成。岳飞被召回后,虽然升职为太尉,但依然壮怀激烈,心绪难平,便写下这首千古绝唱。正是"天下兴亡,匹夫有责"的内在感召力鼓舞着岳飞力挽狂澜的抱负,这种使命感和志向一直伴随着他短暂而充满荣光的一生。她始终坚持自己恢复故土的理想与志向,其品质、情怀可歌可泣,令后人景仰。"孤忠耿耿,大义凛然",千古之下,令人难忘。况周颐《历代词人考略》云:"两宋词人佳文忠苏公(即苏轼)是清雄二字。清,可及也;雄,不可及也。鄂王(即)岳飞《满江红》词;其为雄并非文忠所及。二公之词皆自性真流出,文忠只是诚于中,形于外;忠武是先行其言,而后从之。盖千古一人而已。"

满江红

岳 飞

登黄鹤楼有感

遥望中原,荒烟外、许多城郭。想当年、花遮柳护,凤楼龙阁。万岁山前珠翠绕,蓬壶殿里笙歌作。到而今、铁骑满郊畿,风尘恶。

兵安在?膏锋锷。民安在?填沟壑。叹江山如故,千村寥落。何日请缨提锐旅,一鞭直渡清河洛。却归来、再续汉阳游,骑黄鹤。

登上黄鹤楼极目远望中原,只见在一片荒烟笼罩下,隐隐约约之中,仿佛有许多城郭浮现在我的眼前。遥想当年,故都花木繁盛,风景如画;宫阙壮丽,气象威严。万岁山前珠翠环绕,蓬壶殿里歌舞不断。而现在,汴京惨遭金人铁骑践踏,战乱频仍,形势十分险恶。

士兵在哪里,他们的鲜血浸润了刀剑的锋刃;老百姓在哪里,他们在战乱中饿死,尸首被丢弃在溪谷中。由于金兵的杀戮践踏,兵民死亡殆尽,尽管江山景色依旧,但田园荒芜、万户萧索,令人感叹。何时能请缨北伐,率领尖锐部队,挥鞭渡过黄河、洛水,横扫敌寇,收复失地。大功告成以后,驾乘黄鹤归来,重续今日之游以尽余兴。

宋高宗绍兴三年(1133),金人挟持的伪齐政权刘豫派大将李成联合金军,攻破襄阳、唐、邓、随、郢诸州及信阳军。绍兴四年,岳飞上奏说襄阳等六郡是恢复中原基本,应当先取六郡,以除心膂之病。因而高宗任命岳飞领兵出征,始有岳家军第一次北伐。岳飞渡长江时对部下说:"飞不擒贼,不涉此江。"三月内,指挥若定的岳飞率领三万多岳家军迅速克复襄阳六郡,上奏高宗:"乘胜以精兵二十万,直捣中原,恢复故疆。"不被高宗采纳,宋高宗要求岳飞只收复襄阳六郡,然后班师驻节鄂州(今湖北武昌)。岳飞被授予清远军节度使,湖北路、荆、襄、潭州制置使,封武昌县开国子(次年进封武昌郡开国侯),本词作于绍兴四年岳飞驻节鄂州登临黄鹤楼时,岳飞登上黄鹤楼,遥望中原,想当年繁华,对比而今战乱风生,感叹生民疾苦,抒发自己渴望早日克复中原,功成再游黄鹤楼的情怀。

《宋史·岳飞传》评价岳飞说:"西汉而下,若韩、彭、绛、灌为将,代不乏人,求其文武全器,仁智并施如岳飞者,一代岂多见哉。史称关云长通《春秋左氏》学,然未尝见其文章。飞北伐,军至汴梁之朱仙镇,有诏班师,飞自为表答诏,忠义之言,流出肺腑,真有诸葛孔明之风,而卒死于秦桧之手。"岳飞文武全才,终其一生,鞠躬尽瘁,始终不忘恢复中原,可谓远迈群雄,超拔古今。

  岳飞的抗金伟业未能取得最后的胜利,因素是多方面的,既有皇帝赵构的犹豫不定,秦桧等主将派的阻挠迫害,同时也有其他抗金将领如张浚、杨沂中、刘光世等人的互不信服,相互拆台,致使战局一再受阻,岳飞生出浓厚的知音难遇之叹。这首词就淋漓尽致地抒写了词人的这种壮志难酬、知音不遇的感慨和悲愤。此词的写法是散文化的,层次极分明,可分四层:第一层从篇首到"蓬壶殿里笙歌作",写登黄鹤楼遥望北方失地,引起对故国往昔"繁华"的追忆;第二层从"到而今"至"千村寥落",写北方金人占领区内铁蹄遍布,人民处于水深火热中的惨痛情景;第三层为"何日""河洛"两句,写词人率领劲旅,直渡黄河,恢复疆土的夙愿;第四层为末三句,词人以乐观主义态度设想胜利后的欢乐。

小重山

岳 飞

  昨夜寒蛩不住鸣。惊回千里梦,已三更。起来独自绕阶行。人悄悄,帘外月胧明。
  白首为功名。旧山松竹老,阻归程。欲将心事付瑶琴。知音少,弦断有谁听。

  昨夜的睡梦中,我梦见自己率领军队转战千里,胜利地收复了失地,兴奋不已。然而暮秋的蟋蟀一直叫个不停,将我从梦中惊醒,醒来以后梦中的满腔兴奋欢喜都已成空,心情更为沉重,已是三更时分,却再也无法入睡,便悄悄地起来,独自一人绕阶而行。此时夜深人静,周围悄无人声,帘子外面的月亮也隐约而朦胧。

一心要收复失地,为国立功,然而终其一生,头发却已经白了,壮志却依然未酬。岁月匆匆流逝,然而山高水深阻断了归程,我只能将自己的心事都寄寓在瑶琴之中,怎奈世无知音,无人知道自己在弦中所寄之意,即使是琴弦弹断,也没有人能够听懂。

岳飞抗金的伟业,不仅受到赵构、秦桧君臣的忌恨迫害,并受到其他大区将领的排挤阻挠,故岳飞有曲高和寡、知音难觅之叹。上阕写词人夜晚心绪沉重难以入眠,独自月下徘徊思索的忧思深远之情;下阕写词人立志收复旧山河却遭阻拦,其用心难以为人所理解。全词展现了超迈清雄的词风和沉郁悲怆的情怀。

《灵谿词论》评论岳飞词曰:"将军佳作世争传,三十功名路八千。一种壮怀能蕴藉,诸君细读《小重山》。"岳飞的《满江红》壮怀激烈,是脍炙人口的佳作,《小重山》则以沉郁蕴藉的手法表达,正如张惠言论词时所谓"道贤人君子幽约怨悱不能自言之情,低徊要眇以喻其致"者。绍兴九年(1139),宋高宗赵构和秦桧与金朝达成和议,《小重山》当作于和议达成以后。"《话腴》曰:武穆(即岳飞)收复河南罢兵表云:'莫守金石之约,难充溪壑之求。暂图安而解倒悬,犹之可也。欲远虑而尊中国,岂其然乎。'故作《小重山》云:'欲将心思付瑶琴。知音少,弦断有谁听。'指主和议者。"(清沈雄《古今词话》上卷)岳飞自靖康元年加入抗金行列,到绍兴九年,已经有十四年之久。南宋朝廷执行对金主和的路线,使得主张积极抗金的岳飞遭受极大打击,内心极其痛苦。《小重山》是他对这种复杂心绪的婉曲表达,沉郁而悲怆,节制而深沉,忧思而压抑。"至其《小重山》词,则其有寄托之作也。故国怕回首,而托诸惊梦;所愿不得尝,则托诸空阶明月;咎忠贞不见谅于当轴,致坐失机宜,而托诸瑶琴独奏,赏音无人。盖托体比兴也。"

铁马冰河入梦来

陆游(1125—1210),字务观,号放翁,浙江绍兴人。陆游一生著述众多,有《渭南词》《渭南文集》《剑南诗稿》等数十种著作存世。

陆游两岁时,就遇上"靖康之难",不得不随着家人四处逃难,经历了北宋灭亡、南宋建立的战火纷飞的艰难岁月。其父陆宰是朝廷高官,一直教育他要不忘国耻、收复家园。所以他的人生理想就是"驰骋疆场,杀敌报国",其次才是吟诗作词。高宗绍兴年间,二十八岁的他应试礼部,因遭秦桧忌恨,被黜免,直到秦桧死后,宋孝宗继位,陆游才被皇帝赐进士及第,步入政坛,此时,他已经年纪四十岁了。由于他的政治主张与"主和派"格格不入,于是不久就被排挤出朝廷,派遣到成都担任参议官,此后又因"燕饮颓放"的罪名屡遭降职,终身没有得到重用。晚年时回到临安,编修国史。

陆游具有多方面的文学才能,尤以诗歌为最,他的词不如诗的数量巨大,他自称"六十年间万首诗",今存九千三百余首诗,其诗与词同样都贯穿了"气吞残虏"的爱国主义精神。

鹧鸪天

陆　游

家住苍烟落照间。丝毫尘事不相关。斟残玉瀣行穿竹,卷罢黄庭卧看山。

贪啸傲,任衰残。不妨随处一开颜。元知造物心肠别,老却英雄似等闲。

我家住在一个青烟袅袅、落日斜照之处,那儿的环境优美纯净,和人间的尘世没有丝毫的关系。在那里,日子过得无比逍遥自在,喝完玉瀣美酒就到竹林中散步,看完了《黄庭经》就躺下来观赏山中美景。

吟咏自得,啸傲随心,不受礼俗拘束。在这里随处都能够看到开心的事情,何不开怀一笑,尽情享受呢?造物主是无情的,和常人的心肠不同,它让英雄白白的老去却无动于衷,漠然地等闲视之。

乾道二年(1166),陆游四十二岁,因为被人以"交结台谏,鼓唱是非,力说张浚用兵"的罪名弹劾,免去了隆兴通判的职务,退居在镜湖的三山,《鹧鸪天》就是这个时候所写,词中抒写隐居生活的逍遥闲适,但却充满了抑郁不平之气。刘克庄《后村诗话续集》评论:"放翁长短句,其激昂感慨者,稼轩不能过;飘逸高妙者,与陈简斋、朱希真颉颃;流丽绵密者,欲出晏叔原、贺方回之上。"这首词就是陆游飘逸高妙一类作品中的代表作,整首词塑造了词人歌咏自得、旷放而不受拘束的形象。

词的上阕描绘了一幅怡然自得的田园山水图,为下文表现英雄的悲愤气息做铺垫。下阕隐隐给出答案,先说自己贪恋这种旷达的生活,任凭终老于此,但这种旷达实质上是消沉、悲愤,词人向天发出控诉:造物主为何如此不公,既然生出义肝忠胆的英雄,为何又要让他碌碌无为呢?这种超尘脱俗的表白,使整首词显得格外悲凉冷峻。明代毛晋《放翁词跋》云:"杨用修云:'纤丽处似淮海,雄慨处似东坡。'予谓超爽处更似稼轩耳。"

秋波媚

陆 游

秋到边城角声哀,烽火照高台。悲歌击筑,凭高酹酒,此兴悠哉。

多情谁似南山月,特地暮云开。灞桥烟柳,曲江池馆,应待人来。

秋天来到了西北边塞,边地军营中响起的鼓角声在萧索的秋日中分外哀怨凄凉,前方的战事紧张,燃烧着的烽火映照着高台。我登上了高兴庭,击筑慷慨悲歌,登高酹酒,祭奠那些为国捐躯的将士,想到将要收复失地长安,我不禁豪情激越,兴致高昂!

南山的明月已经出来,空中的暮云散尽荡开,月光如此多情,将大地照耀得一片光亮。在这皎洁的月光下,遥望长安,仿佛真切地看到了长安城外灞桥岸边的烟柳,曲江岸边的池楼亭台,都在热切的等待着朝廷王师的早日到来。

《秋波媚》作于宋孝宗乾道八年(1172)秋天,当时陆游四十八岁。在南郑(今陕西汉中)担任四川宣抚司干办公事兼检法官。词前序云:"七月十六日晚,登高兴亭,望长安南山。"高兴亭位于汉中内城西北,正对南山,南山即终南山,绵亘于陕西南部,主峰在长安南面。是日晚,陆游登高兴亭,眺望长安方向的终南山。陆游在此期间,多次向宣抚使王炎献谋献策,时刻关心国事时局的变化。这首词就反映了词人关心战事进展,渴盼早日收复长安的热切希望和必胜信念,爱国激情充溢其间。

这首词的上片从角声烽火写起,高歌击筑,凭高洒酒,引起收复关中成功在望的无限高兴;下片从上片的"凭高"和"此兴悠哉"过渡,全面表达了"高兴"的"兴"。全词充满着乐观气氛和胜利在望的情绪,情调昂扬,表达了词人对收复失地的渴望以及强烈的爱国精神,这在南宋爱国词作中是很少见的。

宋孝宗乾道九年夏,陆游摄知嘉州事,赴任途中经眉州,认识了隐士师浑甫,两人一见如故。淳熙元年春离嘉州,浑甫饯之青衣江上。四年之后,浑甫卒。师浑甫是具有爱国思想的人,与陆游同心同调,心心相印,算得上知己,陆游在离开嘉州以后写下《夜游宫》词寄予师浑甫,足见二人情谊之深。

夜游宫

陆 游

记梦寄师伯浑

雪晓清笳乱起。梦游处、不知何地。铁骑无声望似水。想关河,雁门西,青海际。

睡觉寒灯里。漏声断、月斜窗纸。自许封侯在万里。有谁知,鬓虽残,心未死。

冬日一个天降大雪的清晨,我做了一个梦。在梦境中,凄凉的胡笳声缭乱地响起,我也不知到了什么地方,只见队队披着铁甲的骑兵,衔枚无声前进,望上去像一股水流,一片波光。不禁联想起那雁门关之西、青海湖之际的边塞和河防之地。

睡醒之后眼前却只有寒灯一盏,漏壶中水已经滴尽了,月亮斜照着窗纸,夜已经很深了。想起自己以前总是自许要上战场杀敌,在万里之外立功封侯,然而观赏中却一直壮志难酬,转眼间英雄老去,功业未成。有谁知道,自己虽然鬓发已白,壮志雄心却不曾消隐而去!

这首词是陆游向志同道合的友人抒吐心怀之作。词以寄好友师伯浑为名,发理想破灭之慨。词人通过梦回当年雪夜军旅生活情景及梦醒后的孤寂,表达了词人执着的为国献身精神。师浑甫,字伯浑,四川眉山人,隐居不仕,颇受时人尊慕,是陆游在四川结识的朋友,师伯浑认为陆游是很有本事的人,陆游也将他引为知己,称之为"天下伟人",所以把自己的这首记梦词寄给他。词的上片写梦中之境;词的下片写梦醒后的感想。梦境和实感连为一体,上片与下片呵成一气,有机地联系起来,使短短五十七字的中调,显示出壮阔的境界和丰厚的思想内涵。

词的上片从虚处落笔,写梦境,却是以虚带实,从侧面反映南郑军中的生活。这种梦境,词人既陌生又似曾相识,说它陌生,是因为词人的足迹并未亲临,说它似曾相识,是因为词人对故国疆土魂牵梦绕。词的下片落笔于梦醒后的生活真境,铁骑、关山俱不存在,只有床边一盏孤灯、窗外一轮明月,是一副过于凄清的图画。同样的乱世,同样的偏安,同样的率性名士,陆游身上就是催生不出晋人那种脱略尘浑、游于太虚的玄学人格,有的则是红尘情怀、圣贤气象、家国忧思和一腔孤愤。

诉衷情

陆 游

当年万里觅封侯。匹马戍梁州。关河梦断何处,尘暗旧貂裘。

胡未灭,鬓先秋,泪空流。此生谁料,心在天山,身老沧洲。

回忆当年自己奔走万里,为了寻找建功立业的机会,奔赴抗敌前线,曾一个人单枪匹马奔赴边境保卫梁州。而今那段激动人心的防守边疆要塞的军旅生活已经过去,从此以后,关塞河防,只能在梦中才能相望,梦醒后却不知身在何处,所有的只是旧日的貂裘戎装,而且时日已久,布满了灰尘,变得黯淡破旧。

放眼西北地区的边境,神州已经沦陷,大好河山落入仇寇之手,敌人还没有消灭,而我的鬓边已渐渐生出了白发,叹流年暗度,功业未成,雄心虽死,壮志难酬,只能白白留下伤感的泪水。这一生谁能想到,我一心想的是疆场杀敌,战斗在抗金前线,可如今却只能得身落沧洲,闲居终老的下场。

《诉衷情》是陆游晚年所作,也是他最有名的词作之一。陆游一生屡遭贬黜,晚年退居山阴,有志难申,然而身处故地,未忘忧国,烈士暮年,雄心不已,于是写下这首悲壮沉郁的《诉衷情》,表现了壮志难酬的情怀。此次描写了词人一生中最值得怀念的一段岁月,通过今昔对比,反映了一位爱国志士的坎坷经历和不幸遭遇,表达了词人壮志未酬,报国无门的悲愤不平之情。上片追忆昔日戎马疆场的意气风发,叙写当年宏愿只能在梦中实现的失望;下片抒写敌人未灭而英雄却已迟暮的感叹。杨慎《词品》曰："放翁词，纤丽处似淮海，雄决处似东坡。其感旧《诉衷情》一首，英气可掬，流落亦可惜矣。"

"壮士凄凉闲处老，名花凋零雨中看。"历史的秋意，时代的风雨，英雄的本色，艰难的现实，共同酿成了这一首悲壮沉郁的《诉衷情》，此时的爱国精神构成了词作风骨凛然的崇高美。但壮志不得实现，雄心无人理解，虽然"男儿到死心如铁"，无奈"报国欲死无战场"，这种深沉的压抑感又形成了词作中百折千回的悲剧情调。可谓说尽忠愤，荡气回肠。此词虽然包含着人生的秋意但由于词人"身老沧洲"的感叹中包含了更多的历史内涵，他的阑干老泪中融汇了对祖国炽热的感情，所以词的情怀体现出热烈而不失开阔深沉的特色，比一般仅仅抒写个人苦闷的作品显得更有力量，更为动人。全词格调苍凉悲壮，语言明白晓畅，用典自然，不着痕迹，不加雕饰，如叹如诉，具有很强的艺术感染力。

诉衷情

陆　游

青衫初入九重城，结友尽豪英。蜡封夜半传檄，驰骑谕幽并。

时易失，志难城，鬓丝生。平章风月，弹压江山，别是功名。

当年我仅仅是个身着青色官服的九品小官，结识的却都是一时俊彦和豪杰之士。夜半时分起草用蜡封的保密檄文,用快马发出晓谕中原的文告,不分昼夜地投入抗金大业。

然而好景不长,本来满有希望收复中原的大好时机竟被轻易地断送了!自己的壮志未酬而白发早生,造成了终身大恨。而今所对的是江山风月,所作的是品评风月的文字,成了管领江山的散人,这也许是别样的功名。

陆游一共作过两首《诉衷情》词,这首《诉衷情》作于宋光宗绍熙元年(1190),陆游此时已经六十六岁了,闲居山阴。高宗绍兴三十年(1160)陆游由福州到临安入朝为官,由九品升为八品。绍兴三十二年九月,任枢密院编修兼编类圣政所检讨官,这两任都是史官职事,这期间他结识了一些大批才俊之士,如周必大、范成大、郑樵、李浩、王十朋、杜起莘、林栗、曾逢、王质等,淳熙十六年(1189),陆游在题为《马上作》的诗里还写道:"三十年前客帝京,城南结骑尽豪英。"宋高宗刚刚即位时,锐意恢复,起用主战派的著名人物张浚,筹划进取方略。陆游曾奉中书省、枢密院之命作《与夏国主书》,提出申固欢好,家为善邻,以便全力抗金。又作《蜡弹省扎》,晓谕中原人士:"有据北州郡归命者,即以其所得州郡,裂土封建。"实际上是在作敌后的分化瓦解工作。当时主战派在朝廷占上风,图谋恢复的种种措施得以施行,陆游夜以继日地投入抗金工作,心情无比振奋。但由于宋高宗操之过急,张浚志大才疏,北进结果遭到符离之败,又结成了屈服于金人的隆兴议和。陆游也因为"嘲咏风月"的罪名被弹劾,从此闲居山阴,"壮士凄凉闲处老,名花零落雨中看"。

陆游闲居山阴时曾作过一首诗,题目是《予十年间两坐斥,罪虽擢发莫树,而诗为首,谓之"嘲咏风月"。既还山,遂以"风月"名小轩,且作绝句》,这首词中有"平章风月,别是功名"之句,应为同一时期的作品。绍兴二十三年(1153),陆游到南宋都城临安(今杭州)应进士试。词人回忆刚到帝京时意气风发、豪情万丈的情景,对比当时失意无成的现状,给人强烈的落差感,因而写下此词。词的上片是忆旧,下片是抒愤。全篇恣意而写,不假雕琢,语明而情深,通过上下片的强烈对比,反映出烈士暮年的词人心底的万千波涛。

谢池春

陆　游

　　壮岁从戎,曾是气吞残虏。阵云高、狼烟夜举。朱颜青鬓,拥雕戈西戍。笑儒冠、自来多误。

　　功名梦断,却泛扁舟吴楚。漫悲歌、伤怀吊古。烟波无际,望秦关何处。叹流年、又成虚度。

　　壮年时代投军从戎,曾经度过一段气吞残虏的豪迈生活。那时候,边塞高高的天空中,乌云密布,夜间狼烟烽火高举,战事紧张而激烈。此时的我,朱颜青鬓,意气风发,手持兵戈戍守西北边境,然而不久这种生活就消失了。转任到后方以后,职官闲散,自己的豪气与热情顿时灰飞烟灭,不由生出儒冠误身的感慨!
　　从此功名不可再得,我建功立业、收复中原的理想和愿望全部落空,只能被迫隐居家乡,泛舟于镜湖之上,整日以苍凉悲歌,吊古伤怀而聊以度日。江面上一片烟波笼罩,无边无际,哪里可以看到自己魂牵梦绕的西北边关呢?流水落花春去也,眼见得自己的年华空自老去,我只能悲叹一年又一年,年华都白白虚度了。
　　积贫积弱的南宋,时刻面临着内忧外患,这是一个极度需要英雄的时代,但这又恰恰是一个将英雄闲置的年代。陆游一生以抗金复国为己任,但请缨无路,报国无门,屡遭贬黜。乾道八年(1172)二月,陆游四十八岁时,由夔州(今四川奉节)通判转任四川宣抚使王炎幕下的干办公事兼检官。宣抚司治所在南郑(今陕西汉中),是当时西北前线的军事要地。陆游在这里任职,有机会到前线参加一些军事活动,符合他抗金复国的人生理想,所以短短不到一年的南郑生活成为他一生最为适意、最为留念、最爱回忆的经历。

《谢池春》是陆游老年家居,回忆南郑幕府生活而作。陆游在南郑,虽然是主管文书参议一类的工作,但他御马戎装,驰骋疆场,英雄气概十足。他经常随军外出行军宿营,并亲自在野外雪地上射虎,这种意气风发的军旅生活令他刻骨铭心,豪情万丈。词的上片回忆意气风发的南郑幕府生涯;下片写老年家居江南水乡的生活和感慨。上片念旧,以慷慨之情起;下片写当今,以沉痛之情结。思想上贯穿的是报效国家的红线,笔调上化慷慨沉痛为闲谈,总体风格宁静含蓄。

刘过是与陆游同时代的南宋著名词人,也是抗金志士。他是吉州太和(今江西泰和)人,多次应试不第,长期流落江湖以终。宋子虚称其为"天下奇男子,平生以气意撼当世"。当时陆游、辛弃疾对他都极为推崇,为辛弃疾的座上客。他曾多次上书朝廷提出恢复中原的方略,"屡陈恢复大计,谓中原可一战而取"。但都没有被采纳,他多次考进士却都没有考中,在《沁园春》词中,他自称"四举无成,十年不调,大宋神仙刘秀才",抒发了他怀才不遇的感慨,也体现了他豪放不羁的性格。

西江月

刘 过

堂上谋臣尊俎,边头将士干戈。天时地利与人和。燕可伐欤?曰:可。

今日楼台鼎鼐,明年带砺山河。大家齐唱大风歌。不日四方来贺。

朝堂上有善于谋划的贤臣,边疆有能征惯战的将士,天时地利与人和都对宋室有利,那么试问:"在这种情况下起兵伐金可以吗?"回答当然是毋庸置疑的!

今天相府中宰相大人运筹帷幄,他年何时能使黄河变得像带子那么窄,能使泰山变得像磨刀石那么小,国家得以安宁。大家一起高声唱起汉高祖的《大风歌》,不久就会出现万国来朝的大好局面。

这是一首祝寿词,其时宰相韩侂胄生日,相府中举行盛大的寿宴,也有"辛幼安寿韩侂胄词"的说法。宋宁宗嘉泰四年(1204)韩侂胄定议伐金,其用心虽有建功固宠之意,但确实起到了振奋民心的作用,因此受到朝中抗战派人士和全国军民的响应,刘过的这首词即是当年为祝贺韩侂胄生日而写的。词中表现了刘过对统一大业的热情期待。上片言北伐时机的成熟;下片在对韩侂胄的祝颂中显示了必胜的信心,既紧扣韩的身份,又表述了自己的期望,不露不谀,于寿词中可谓得体。词作粗犷豪迈,尤可见其才情之豪迈不羁。

刘过词学辛弃疾,善于用典。比如词中"天时地利与人和"化用《孟子·公孙丑下》:"孟子曰:天时不如地利,地利不如人和。"因而该句在说明天时、地利、人和都有利的同时,还有着强调人和的作用,这样,一方面使得它与前面两句挂起钩来,另一方面也符合寿韩侂胄的主题。再如:"'燕可伐欤?'曰:'可。'"用《孟子·公孙丑下》典:"沈同以其私问曰:'燕可伐欤?'孟子曰:'可。'"由于用了"圣人"之言,并把韩侂胄伐金与历史上的伐燕联系起来,既使语气更加肯定有力,也巧妙地完成了向下文的过渡。下片中"带砺山河"用《史记·高祖功臣侯者年表序》典:"使河如带,泰山若厉,国以永宁,爰及苗裔。"原典的意思是:黄河何时变得像带子那么窄了,泰山何时变得像磨刀石那么小了,诸侯的封国也将无恙,勋臣之富贵将永远传给子孙后代。使用此典把韩侂胄暗中比喻成汉高祖的开国重臣,预祝来年建立不世之功,含蓄而得体,深得寿词之三昧。"大家齐唱《大风歌》"用《史记·高祖本纪》典:"高祖还归,过沛,留。置酒沛市,悉招故人父老子弟纵饮。发沛中儿,得百二十人,教之歌。酒酣,高祖出筑,自为歌诗曰:'大风起兮云飞扬,威加海内兮回故乡,安得猛士兮守四方!'令儿皆和习之。"《大风歌》这种歌词,对于山河残破的南宋,对大批有家难归的人民,对求胜心切的韩侂胄,无疑都是一种鼓舞。

沁园春

刘过

张路分秋阅

万马不嘶,一声寒角,令行柳营。见秋原如掌,枪刀突出,星驰铁骑,阵势纵横。人在油幢,戎韬总制,羽扇从容裘带轻。君知否,是山西将种,曾系诗盟。

龙蛇纸上飞腾。看落笔、四筵风雨惊。便尘沙出塞,封侯万里,印金如斗,未惬平生。拂拭腰间,吹毛剑在,不斩楼兰心不平。归来晚,听随军鼓吹,已带边声。

演兵场上,军纪严明,军容肃整,万马齐喑。随着一声号角声响,全军立即开始行动。秋日的平原如同手掌,而那枪林刀丛则像手指一样突出挺立其上;队队铁骑奔驰,速度快如流星;队形纵横,变化莫测。而检阅官张路分正端坐在油幢军帐中,他按照兵法指挥着外面的千军万马,手执羽扇,神态从容,身着轻裘绶带,大有儒将之风。诸君可知道,此人不但是天生的将种,还颇富文才诗情。

将军文思敏捷,诗才横溢,当他挥毫书写时笔走龙蛇,落笔后则风雨为之惊叹、四座为之倾倒。他征战沙场,立下赫赫战功,万里封侯,印金如斗,但这些并不足以畅快他的平生。他时时在擦拭腰间的宝剑,决意驱散金兵,将那金人首领拿下斩首,否则就心意不能平。傍晚时分归来的时候,那随军乐队演奏的鼓乐,听起来却已经带上了那沙场上的边声。

词题中的"张路分",姓张,担任路分都监的官职,生平不详。路分都监为宋代路一级的军事长官。古代军队经常在秋季演习,并有长官检阅,故称"秋阅"。这首词记录了张路分举行"秋阅"时的壮观场景,描绘了一个文武双全的抗战派儒将形象,抒发了词人北伐抗金的强烈愿望和渴望祖国统一的爱国精神。其中"不斩楼兰心不平",既是通篇之巨眼,又是主人公之灵魂,同时也正是词人的心声。

宋词中集中描绘军事将领形象的成功之作并不多见,这首词可谓名篇佳作。黄昇《中兴以来绝妙词选》云:"改之,稼轩之客。王简卿侍郎尝赠以诗云:'观渠论到前贤处,据我看来近世无。'其词多壮语,盖学稼轩者也。"

清平乐

刘 过

新来塞北。传到真消息。赤地居民无一粒。更五单于争立。

维师尚父鹰扬。熊罴百万堂堂。看取黄金假钺,归来异姓真王。

新近塞北传来了确实的消息,百姓们遭受灾害颗粒无收,千里赤地,路人绝境。就在百姓处于水深火热之中的时候,金朝统治者却夺权夺利,发生内讧,刀兵相见,互相残杀。

韩侂胄宰相像周朝的姜尚一样的胸怀韬略,士兵精锐,勇悍如熊罴,百万大军势不可挡。出征时假以皇帝的仪仗,声势浩大,威风凛凛,得胜归来,一定会封爵封王。

刘过写过许多豪情激越的词素,鼓励韩侂胄北伐,这首《清平乐》就是其中的一首。全词通过金与南宋从统帅、军队、百姓等方面的详细对比,说明了南宋取得北伐胜利的必然性,给人以必胜的信心。特别是给统帅韩侂胄以极大鼓励和力量,令人激昂振奋,豪情满怀。全词采取强烈的对比手法,感情流露激烈有力,写法别具特色。

词中"尚父鹰扬",语出《诗·大雅·大明》。尚父即姜尚,这里是颂扬韩侂胄如姜尚一样韬略英武,大展雄才。"黄金假钺"是指在壮如大斧的兵器上饰以黄金,为皇帝专用的仪仗。古代特别重要的军事行动,皇帝不能亲行时,允许统帅假借黄钺,以壮声威。

贺新郎

刘 过

弹铗西来路。记匆匆、经行十日,几番风雨。梦里寻秋秋不见,秋在平芜远树。雁信落、家山何处?万里西风吹客鬓,把菱花、自笑人如许。留不住,少年去。

男儿事业无凭据。记当年、悲歌击楫,酒酣箕踞。腰下光芒三尺剑,时解挑灯夜语;谁更识、此时情绪?唤起杜陵风月手,写江东渭北相思句。歌此恨,慰羁旅。

我像战国时的冯谖一样弹着剑高歌西行,一路上行色匆匆,跋山涉水,行走十数日,顶风冒雨,艰辛饱尝。夜晚,在梦中迎来秋天,虽苦苦追寻,依然不见秋天的踪影,忽然间,又仿佛觉得秋天在平原远树,可望而不可即,心中不免一阵惆怅。真希望鸿雁能传来书信,但家乡遥远,音信杳然。我远在万里之外的异乡做客,本已凄然,何况又正值萧瑟的秋天,忧伤更难排遣。对镜自照,双鬓如霜,青春难驻,老之将至,事业无成。只好自笑这般模样。

男子汉大丈夫的事业是没有止境的,想当年慷慨高歌,击桨中流,是何等壮怀激烈;狂饮美酒,张腿而坐,又是何等豪放不羁。然而时至今日,理想成空,想起来令人心寒。而这宝剑也善解人意,竟放射出奇异的光芒。可是我的这种心情又有谁人知道?真希望能像李白那样有杜甫这样的一个知己,写出"渭北春天树,江东日暮天"的诗句,或许能宽慰自己的客居异乡的一颗愁苦之心吧!

刘过素怀大志,立志报国,投书献策,希图仕进,并劝说诸路帅臣,致力恢复中原,均未奏效,只好浪迹江湖,四方漂泊。他先南下东阳、天台、明州,继而北上无锡、姑苏、金陵;最后西上采石、池州、九江、武昌,直至当时南宋抗金前线重镇襄阳。他登岘山,遥望中原,常常慷慨悲歌,泣下沾襟。在这次西行中,刘过写下这首慷慨激昂的《贺新郎》以寄情怀,词中抒发了词人事业无成的忧郁和苦闷,风格豪放,感情深沉,用典贴切,笔力峭拔。

刘过的遭遇很像战国时期的冯谖,战国时代,齐相孟尝君好养食客,他将食客分为上中下三等。上等有车坐,中等有鱼吃,下等吃粗食。冯谖未受重视,列为下等。他弹着剑唱道:"长铗归来乎,食无鱼";"长铗归来乎,出无车";"长铗归来乎,无以为家"。刘过一生怀才不遇,壮志难酬。这里借用冯谖客孟尝君事写自己的遭遇。"记当年,击筑悲歌,酒酣箕踞"用《史记·刺客列传》"高渐亭出筑,荆轲和而歌"事,以坚决抗秦的英雄荆轲、高渐离比自己和朋友情投意合,豪放不羁。并用阮籍在大将军司马昭的宴会上"箕踞啸歌,酣放自若"(见《世说新语·简傲》),表示自己的不拘礼法、不可一世之概。刘过是一个好饮酒、喜谈兵、睥睨古今,傲视一世,具有诗情将略和才气超然的人。他不仅"奏赋明光,上书北阙"(《念奴娇》),而且他曾想弃文就武,投笔从戎,但却始终没有得到统治者的重用,而"不斩楼兰心不平"的雄心壮志,最终也不过是一场梦幻而已。"杜陵风月手"指的是杜甫。杜甫在长安城东南的杜陵附近地区住过，自称少陵野客，杜陵布衣。他有《寄李十二白二十韵》："落笔惊风雨，诗成泣鬼神。"又有《春日怀李白》："渭北春天树，江东日暮云。何时一樽酒，重与细论文。"从煞尾来看，这首词很像是写给一位朋友，倾吐自己郁郁衷情的，对于像杜甫和李白那样"醉眠夜共被，携手日同行"的真挚朋友，不必隐藏自己的感情，所以写来如水银泻地，挥洒自如。

唐多令

刘 过

重过武昌

芦叶满汀洲，寒沙带浅流。二十年、重过南楼。柳下系船犹未稳，能几日，又中秋。

黄鹤断矶头，故人今在不？旧江山、浑是新愁。欲买桂花同载酒，终不似，少年游。

时光荏苒，转眼二十年已过，我故地重游。又一次登上了武昌的南楼，所见却只有芦苇的枯叶落满了水边的沙洲，浅浅的流水在清寒的沙滩傍静静地潜流。过不了几天又要到中秋了，我将船停在岸边的柳树下，还没有来得及将船系稳，便匆匆来到了黄鹤矶头。

黄鹤楼截断了临江的山崖，而我昔日同游的老朋友还在不在呢？这里满目荒凉、支离破碎的江山，在我看来全都是新添的苦愁。

我原本想买来桂花再度载酒泛舟,只是物是人非,纵使这般也无法再回复到当年的乐趣了。

这是一首忧国伤时,沉哀入骨的名作。安远楼建成于淳熙十三年(1186)秋冬之际,在武昌的黄鹤山上,一名南楼。二十年后是开禧二年(1206),当年发生最大的历史事件就是"开禧北伐",翌年(1207)韩侂胄被杀,不久之后,辛弃疾也去世了。此词中写"二十年,重过南楼",二十年当为约数。这首词写于词人重过武昌南楼之时,这次距上次登临已有二十年了。二十年前,当安远楼新建不久,年仅三句的刘过曾经游过武昌,当时留下"醉槌黄鹤楼,一掷赌百万"(《湖学别苏召叟》)、"黄鹤楼前识楚卿,彩云重叠拥娉婷"(《浣溪沙·赠伎徐楚楚》)之类的诗篇辞章,豪纵恣意,而如此心绪,今已不存,又岂能不悲?此小令温婉哀伤,充满忧国伤时之痛。刘熙载在《艺概》中说:"刘改之词,狂逸之中自饶俊致,虽沉着不及稼轩,足以自成一家。"

《唐多令》的另一种版本前有一段序言:"安远楼小集,侑觞歌板之姬黄其姓者,乞词于龙洲道人,为赋此《唐多令》。同柳阜之、刘去非、石民瞻、周嘉仲、陈孟参、孟容。时八月五日也。"姜夔曾自度《翠楼吟》记之。其小序云"淳熙丙午冬,武昌安远楼成,与刘去非诸友落之,度曲见志",具载其事。序里提到的刘去非,这次又陪刘过游览,列名于两位词家的篇籍,可谓词坛之佳话也。词的上片写词人故地重游,在安远楼上俯瞰江山,回首往事;下片表现词人烈士暮年壮怀激烈,却又不得不屈从于现实的复杂心绪。这首词是词人和朋友集会时应歌妓之请而作的。聚会之时本应充满欢乐的情调,但此词却融入了身世之感与家国之恨,所以婉曲深沉,哀伤动人。《唐多令》原为僻调,罕有填者,自刘词出而和着如杯,其调乃显。刘辰翁即追和七阕,周密则因其有"重过南楼"之语,更名曰《南楼令》,足见其影响之大。

乘风击楫誓中流

范成大出生于一个贫寒的家庭,自幼父母早亡,生活环境十分艰苦,但这反而锤炼出了他坚韧不屈的性格。高宗绍兴二十四年(1154)年中进士,1170年,他以起居郎、假资政殿大学士官衔,充祈国信使,出使金国,为了改变接纳金国诏书礼仪和索取河南"陵寝地"的事情,范成大在金国慷慨陈词,针锋相对,丝毫不肯退让,金人对他威逼利诱,也没有能让他改变丝毫心意,惹得金人大怒,几乎要将他杀死。但范成大宁死不屈,维护了宋朝的尊严,最后终于全节而归,为朝野所称道。归国后他写成了使金日记《揽辔录》。

水调歌头

范成大

细数十年事,十处过中秋。今年新梦,忽到黄鹤旧山头。老子个中不浅,此会天教重见,今古一南楼。星汉淡无色,玉镜独空浮。

敛秦烟,收楚雾,熨江流。关河离合、南北依旧照清愁。想见姮娥冷眼,应笑归来霜鬓,空敝黑貂裘。酾酒问蟾兔,肯去伴沧洲。

细细算来,十年之中在十个地方度过了中秋。其中九次在任上,一次如在梦中。今年我做了一个美梦,梦到自己突然飞到了武昌的蛇山之上。当年东晋庾亮镇守武昌时,曾在此咏诗饮酒,还说"老夫在此兴致不浅"。九百年后的今天,也是在这座南楼上,我与宾客一同饮酒赏月,豪兴大增,这种盛会真是上天的安排。楼头的明月犹如一轮玉镜高悬天心,其光滑精魄竟使银河也黯然无光,相形失色。

春烟收敛,楚雾消散,江面寂静无波,仿佛熨过的一道长练。然而中原沦陷,山河破碎,至今南北分离。抬头望明月,低头看长江,心中又不免涌出一片清愁。想那月宫中的嫦娥,眼看着凡间下界的我这个人,一年又一年的在异乡流落,到头来黑发熬成了白发,却一直志向未酬,估计只会是冷冷嘲笑吧!就如同那不得志的苏秦,为理想的努力奋斗最终都化为乌有。试问月中的玉兔:"肯伴我一道归隐江湖吗?"

这首《水调歌头》词作于宋孝宗淳熙四年(1177)中秋。词人于本年因病辞去四川制置使职务,乘船东归,八月十四日来到鄂州(今湖北武昌),应知府刘邦翰之邀,于次日晚至蛇山上的南楼赴宴,与当地官员一起赏月度中秋。范成大在叙述自己离川东归的游记《吴船录》中详细记载了这首词的写作背景:"……天无纤云,月色奇甚,江面如练,空水吞吐。平生所遇中秋桂月,似此夕亦有数,况复修南楼故事,老子于此,兴复不浅也。向在桂林时,默数九年间,九处见中秋,其间相去或万里,不胜漂泊之叹,尝作一赋以自广。……通计十三年间,十一处见中秋,亦可以谓之游子。然余以病乞骸骨,傥恩旨垂允,自此归田园,带月荷锄,得遂此生矣。坐中亦作乐府一篇,俾鄂人传之。"

南楼是著名的历史胜迹,东晋庾亮镇守武昌时,曾在秋夜登上此处的南楼,与僚属吟咏谈笑,高兴地说:"老子于此处兴复不浅。"(《世说新语·容止》)范成大在这里以庾亮自况,今日又是重演九百年前的南楼会,"江山留胜迹,我辈复登临"。后人登临前人的旧地,于历史的沧桑感外还会由仰慕而生自豪感。而范成大此时的地位与庾亮相似,所以他亦说:"老子个中不浅。"

范成大不辱使命,载誉而归。回国后先后历任静江(今桂林)、成都、明州(今宁波)、建康(今南京)等地的行政长官。并在朝廷中历任礼部员外郎、权吏部尚书、参知政事、资政殿学士提举洞霄宫等职,卒谥文穆。他在南宋词人中的地位最为显赫,但终因与孝宗政见不合而罢官,归隐石湖,此词正流露出他想归隐的心声。本词通过对中秋月色和大好河山的赞美,表现了词人强烈的爱国主义精神和理想破灭之后凄怆的情怀。全词的基调是抒发爱国的热情和志在恢复河山的抱负,当这一切不能实现时,只能走向退居山村的潇洒,激奋之中蕴含着凄怆,热望之中又带着悲凉,笔法灵活,独具特色。

在《水调歌头》的序中,范成大提到同时还作过一首乐府诗,即为《鄂州南楼》。

鄂州南楼

范成大

谁将玉笛弄中秋?黄鹤归来识旧游。
汉树有情横北渚,蜀江无语抱南楼。
烛天灯火三更市,摇月旌旗万里舟。
却笑鲈乡垂钓手,武昌鱼好便淹留。

是谁在中秋之夜的南楼舒缓地吹着玉笛?只见吹笛者缓吹闲赏,边吹边赏,想必那骑鹤的仙人回来,还会记得旧时的游踪吧!汉阳之树历历含情横亘在江北之岸,蜀江默默无语环抱着南楼。灯火通明夜市直开到深更,万里而来的舟船遍插旌旗,江面喧闹非凡。我这鲈鱼之乡的垂钓客,却因为流连鄂州的繁华景象,滞留于此迟迟不肯还乡。

淳熙四年(1177)范成大自四川东归,八月中秋节前一天到达鄂州,中秋夜,受到当地官员招待同游南楼而作此诗。南楼,因东晋时镇守武昌的征西将军庾亮游此而著名。《世说新语·容止》中云:"庾太尉在武昌,秋夜气佳景清,使吏殷浩、王胡之之徒登南楼理咏",庾后至登楼,"诸贤欲起避之,公徐云:'诸君少住,老子于此处,兴复不浅。'因便据胡床,与诸人咏谑,竟坐甚得任乐"。据考所游的南楼,是当时武昌城的一个谯楼,在今湖北鄂州市南。后人在今武汉市黄鹤山上所建的南楼,又名白云楼、岑楼。把它当成庾亮所游之处,而地点实非。范成大这次登临的,也是黄鹤山上的南楼。《吴船录》记:"壬午晚,遂集南楼,楼在州治黄鹤山上。"

满江红

范成大

千古东流,声卷地,云涛如屋。横浩渺,樯竿十丈,不胜帆腹。夜雨翻江春浦涨,船头鼓急风初熟。似当年、呼禹乱黄川,飞梭速。

击楫誓,空警俗。休拊髀,都生肉。任炎天冰海,一杯相属。荻笋蒌芽新入馔,鹍弦凤吹能翻曲。笑人间、何处似尊前,添银烛。

滔滔赣江千百年来滚滚向东流去,不时发出的巨大声响席卷大地,掀起的云涛比屋子还要大。高高的樯竿长达十丈,横亘于浩瀚的江水中,仿佛难以承受船帆因受风而张开的帆腹。夜雨击打着翻腾的江水使得春浦猛涨,船头的鼓点十分急,促风向已经基本稳定。恰似当年追想着大禹的业绩横渡黄河一样,快如飞梭。

当年东晋祖逖渡江北伐符秦,中流击楫发出的誓言,白白地警示着世人。不要像刘备寄栖刘表幕下时被闲置,致使髀里肉生,日渐衰老,而功名不就。任是炎天冰海,只能借酒浇愁,何况还可以就着新生的芦苇笋和蒌蒿芽下酒,用琵琶和笙箫弹吹出美妙的乐曲。笑着问人道:在哪里可以在酒樽之前,续添银烛,开怀畅饮呢?

这首词前的小序云:"清江风帆甚快,作此,与客剧饮,歌之。"清江是江西赣江的支流,代指赣江。词人于乾道八年(1172)冬知静江府(今广西桂林),次年春过此并填写了该词。上片落笔写清江水流风高浪急,赣江之水,滚滚东流,千古不变。报国无门,理想破灭,词人只有借酒浇愁,以释胸中苦痛。下片用祖逖击楫和刘备抚髀感叹的典故表达自己满腔爱国热情和收复失地的希望都已化为烟云的悲哀。他把报国无路和理想成空的失意都化作一腔激愤,貌似豪爽,实际着蕴含着深深的悲哀。

"似当年,呼禹乱黄川,飞梭速。"乾道六年(1170)范成大出使金国,交涉收复北宋陵寝及更改南宋皇帝向金使跪拜受书之礼的事宜,表现出大无畏的民族气节,赢得朝野上下的称道。"呼禹"是呼唤大禹的意思,"乱黄川"是横渡黄河的意思,这里是追忆当年出使金国,不辱使命的往事,表达自己报效国家,收复失地的豪迈情怀。"休拊髀,都生肉。"借用三国刘备事。《三国志》载:刘备寄栖刘表幕下,一次如厕,见大腿(髀)肉生,慨然泣涕。备曰:"吾常身不离鞍,髀肉皆消。今不复骑,髀里肉生。日月若驰,老将至矣,而功名不建,是以悲耳。"词人借此抒发自己空被闲置,功名不就的激愤之情。

醉落魄

范成大

栖乌飞绝。绛河绿雾星明灭。烧香曳簟眠清樾。花影吹笙,满地淡黄月。

好风碎竹声如雪。昭华三弄临风咽。鬓丝撩乱纶巾折。凉满北窗,休共软红说。

夜幕降临,鸟雀都已经归入栖息,不再飞翔。天空中笼罩着淡绿色的雾霭,忽明忽暗的星光在其中闪烁,时隐时现,若有若无。此时,点燃火炉,展开竹席,卧眠于树荫之下。在花丛的疏落影子中弄笛吹笙,大地上洒满了淡黄的月色。

笙声仿佛清风吹动竹叶,又如好风碎竹,雪清玉脆,笙曲在清风中如泣如泣。清风将书房中人的鬓丝缭乱,纶巾吹折,房中一片凄凉,如此美景良辰,那些红尘之中奔走的人是无法欣赏的,还是不要和他们诉说了。

范成大壮志未酬,晚年归隐石湖。他表面上安怡闲适,而实际上心中十分苦闷。这首词描写隐居生活中一个吹笙自娱的清夜。清代词评家宋翔凤《乐府余论》:"此词正咏吹笙也。上解(片)从夜中情景点出吹笙。下解(片)'好风碎竹声如雪',写笙声也。'昭华三弄临风咽',吹已止也。'鬓丝撩乱',言执笙而吹者,其竹参差,时时侵鬓也。如吹时风来则'纶巾折',知'凉满北窗'也。"正所谓"草蛇灰线,脉终分明"。

六州歌头

张孝祥

长淮望断,关塞莽然平。征尘暗,霜风劲,悄边声。黯销凝。追想当年事,殆天数,非人力,洙泗上,弦歌地,亦膻腥。隔水毡乡,落日牛羊下,区脱纵横。看名王宵猎,骑火一川明。笳鼓悲鸣。遣人惊。

念腰间箭,匣中剑,空埃蠹,竟何成。时易失,心徒壮,岁将零。渺神京。干羽方怀远,静烽燧,且休兵。冠盖使,纷驰骛,若为情。道中原遗老,常南望、翠葆霓旌。使行人到此,忠愤气填膺。有泪如倾。

极目千里淮河,南岸一线的防御全无屏障可守,看到的只是莽莽平野而已。江淮之间,征程暗淡,霜风凄紧,边声寂然,更增战后的荒凉景象,我为此黯然神伤。追想起当年的靖康之难,徽、钦二帝被掳,中原沦陷,宋室南渡,大概是天数注定,非人力可以改变的吧。洙水、泗水所流经的山东曲阜,曾是孔子讲学的文明之地,而今也为金人所占。只有一水之隔,而昔日的耕稼之地,此时已沦为金人的游牧之乡。那里帐幕遍野,每到傍晚就吆喝着成群的牛羊回栏。金人在那里筑起了很多土堡,纵横交织,时刻窥视着南岸,威胁着南宋朝廷。金人的主将夜晚出行打猎,骑兵相拥,灯火照得一川皆明,胡笳声四起,无限悲凉,让人心惊。

金人如此横行,我虽悲愤无比却又无可奈何,空有杀敌的武器,只落得尘封虫蛀而无用武之地。时机不易得,徒具雄心,却只能等闲虚度,岁月飘忽,神京渺渺。昔日舜修礼乐,曾让远方的苗族来归顺,而今日的朝廷却放弃失地,向金人屈服,休兵议和。而议和之后,每年都会派遣贺正旦、贺金主生辰的使者、交割岁币银绢的交币使以及有事交涉的国信使、祈请使等,不但要对金国进贡钱物,在礼节气势方面也要居于下风,真是让人情何以堪!而那在金人统治下的父老同胞,则年年都在盼望王师早日北伐,收复失地。中原大地长期沦陷,一位爱国者出使渡淮北去,看到这屈辱的情形,不免都会激起满腔悲愤,为中原人民的年年伤心失望而倾泻出热泪。

这首激情饱满、掷地有声的名作,是张孝祥在建康留守任上赴张浚宴席所赋,悲愤豪壮之情堪与岳飞名作《满江红》相媲美。绍兴三十一年(1161)十一月,金主完颜亮举兵突破宋军的淮河防线,金军直驱长江北岸。在向采石(今安徽马鞍山)渡江时,被虞允文督水师迎击,大败而走,完颜亮在扬州被部下所杀,金兵退回淮河流域,暂时息战。采石之战宋军大获全胜,主战派一时占据上风,高宗虽一贯主和,但面对这种情况也难以处置,只好退隐幕后,让其子即位,是为孝宗。孝宗继位后立即起用主战派老将张浚。张浚上任后立即派李显忠、邵宏渊两员大将率兵渡淮北伐。李显忠指挥有方,节节胜利。而邵宏渊胆小无能,屡战屡败。因此邵宏渊对李显忠十分忌恨。李显忠收复宿州(今安徽宿县)不久,就遭到十万金兵合围。在这紧急关头,邵宏渊不顾大局,坐视不救,李显忠孤军作战寡不敌众,被迫退到符离,结果全线大溃,伤亡惨重,史称"符离之溃"。

符离兵败之后,主和派又重新得势,正在酝酿着屈辱的"隆兴和议"。这时,张浚都督江淮军马,驻守建康(今南京),任建康留守[一说张俊由潭州(今湖南长沙)改判建康兼行宫留守],张孝祥在张浚部下参赞军事。张浚召集山东、河北抗金义士,上书皇帝反对议和。一天,张浚举行宴会,张孝祥悲愤难抑,即席赋写了这首《六州歌头》,张浚读后,难受至极,据《朝野遗记》说:"歌阕,魏公(张浚)为罢席而入。"足见此词具有震撼人心的艺术力量,如同杜甫诗被称为诗史一样,此词被誉为词史。词的上片描写江淮前线宋金对峙的严峻态势;下片抒写爱国壮志难酬的悲愤。词的感情奔放,如行云流水,一泻如注;如惊涛出壑,气象万千。《六州歌头》篇幅较长,格局阔大,多用三言、四言,构成激越紧张的促节,声情激壮。明代张德瀛《词徵》云:"张安国《六州歌头》:'长淮望断,关塞莽然平。'……皆所谓拔地倚天,句句欲话者。"清陈廷焯《白雨斋词话》云:"张孝祥《六朝歌头》一阕,淋漓痛快,笔饱墨酣,读之令人起舞。尤佳'忠愤气填膺'一句,题明忠愤,转浅转显,转无馀味。或亦耸当途之听,出于不得已耶?"

水调歌头

张孝祥

闻采石矶战胜

雪洗虏尘静,风约楚云留。何人为写悲壮?吹角古城楼。湖海平生豪气,关塞如今风景,剪烛看吴钩。剩喜燃犀处,骇浪与天浮。

　　忆当年,周与谢,富春秋。小乔初嫁,香囊未解,勋业故优游。赤壁矶头落照,淝水桥边衰草,渺渺唤人愁。我欲乘风去,击楫誓中流。

听到采石矶胜利的捷报,令人激动万分。此次一役,大败金军,将敌虏所扬起的战尘扫除一空,使国家趋于安定。不知是谁在城头奏起了军乐,便下决心要为将士们的壮烈事迹写下颂歌。我素有陈登那种廓清天下的豪情壮怀,面对着金兵入侵、宋军被迫南渡的时局,经常在烛光下将宝剑拿出来看了又看,希望能够有机会用它来疆场杀敌,为国立功,而今我虽未能如愿,但采石矶大胜令我豪情激越,想象着在那采石矶旁,将士们大败金兵,将那些妖魔驱逐的雄壮场景。

回想到历史上的赤壁之战与淝水之战,两场大战的主帅周瑜、谢玄都是年富力强,正当春秋,他们优游不迫、潇洒从容地取得了战争的胜利,令人钦慕不已,而今虞允文深得周、谢风流儒雅之余风,取得了不朽的勋业。但是,战争虽然取胜,而长江、淮河以北的广大地区还没能收复,依然沦为敌手,在金兵的占领下,当年周郎大破曹军的赤壁矶头,如今已是一片落日残照;谢玄杀敌的淝水桥边,也变得荒芜不堪。真是令人触景伤情,我多么想乘风破浪,直飞到采石前线,像祖逖那样中流击楫!

绍兴十一年(1141)九月,金国撕毁"绍兴和议",金主完颜亮亲率六十万大军南侵,由于宋军主将王权不战而逃,淮河一带地区失守,金兵长驱直入,很快逼近长江岸边,准备渡江南犯。十一月,新命主将李显忠尚未赶到前线,群龙无首,战士茫然不知所措。好在前来慰问宋军的参赞军事虞允文很有胆略,他见情势紧迫,便冒着风险,越权指挥军队,结果在采石矶大败金兵,金主完颜亮也被属下官兵乱箭射死。这就是历史上有名的"采石战役",这是宋室南渡以来最为振奋人心的一次大捷。消息传来,爱国志士将领无不欢欣鼓舞,正在担任杭州知府的张孝祥更是激动不已,当即挥毫写下了这首《水调歌头》。

这首词的基调是骏发豪迈,沉郁苍凉。词的上片叙事,下片抒情。词人从"闻采石矶战胜"的喜悦写起,歌颂了抗金将领的勋业,抒发了自己从容报国的激情。同时又暗写了对中原失地的怀念和异族入侵的悲慨,可谓喜中寓愁,壮中带悲。整首词笔墨酣畅,音节振发,浑然一气。奔放中有顿挫,豪健中有沉郁。主题宏大,气魄宏伟,读后令人怒发冲冠,血气沸腾,这是一首洋溢着胜利喜悦,抒发爱国激情的壮词,是整个南宋爱国词作中不可多得的精品力作。

浣溪沙

张孝祥

霜日明霄水蘸空。鸣鞘声里绣旗红。澹烟衰草有无中。

万里中原烽火北,一尊浊酒戍楼东。酒阑挥泪向悲风。

秋日的天空,寥廓晴朗,万里无云。我登上荆州城,只见水天空阔,交相辉映,边塞处,鞭声响亮,红旗耀眼,边地上衰草连天,烟雾缭绕,望上去隐隐约约,处于似有似无之中。

凭高北望,我不禁想起那万里之外沦陷的中原,心情无比沉痛,便在城楼饮下杯杯浊酒,原想借酒消愁,无奈酒罢益悲,忍不住临风洒泪,凄凉的秋风中心情更加沉痛。

本词调名下,乾道本《于湖先生长短句》有小题"荆州约马举先登城楼观塞"。当为词人任知荆南府兼荆湖北路安抚使时的作品。荆州是现在的湖北江陵,当时是南宋的国防前线。马举先是作者的友人(一说为幕僚),"观塞"即观望边塞。这时荆州北面的襄樊尚是宋地,这里的"塞"应是指荆州郊外的防御工事。这首词抒写了因观塞而激起的对中原沦陷的悲痛心情。词的上片描写边塞秋景,烘托了边塞气氛和词人的心情;下片由写景转入抒情,表达了词人对中原故国的怀念。色彩鲜丽,而意绪悲凉;词气雄健,而蕴蓄深厚。与其《六州歌头》同为南宋前期的爱国词名作。

张孝祥为绍兴二十四年(1154)进士,是廷试第一的状元郎。相传他参加进士考试的前一天晚上,因为胸有成竹,依然不慌不忙喝了很多酒,第二天去考试时还有些醉意朦胧,但这余下的酒意反而更加激发了他的灵感,他提笔挥挥洒洒,洋洋数万言一挥而就,然后就交了试卷。当时秦桧为了自己的孙子夺冠,早就收买了主考官,将考试的题目泄露给秦埙,秦埙也找人代笔写好了一篇佳作,试毕,主考官当然是将秦埙的文章推为第一,张孝祥的文章列于第二。后来,试卷到了高宗皇帝那里,高宗看到张孝祥的卷子,觉得文章写得精彩出色,字也十分漂亮,便大笔一挥,将张孝祥点为状元。

霜天晓角

韩元吉

题采石蛾眉亭

倚天绝壁。直下江千尺。天际两蛾凝黛,愁与恨、几时极!

暮潮风正急。酒阑闻塞笛。试问谪仙何处?青山外、远烟碧。

抬头仰观矗立在前方的采石矶,只觉得它的峭壁直插云际,宛如倚天挺立一般。我登上峰顶的蛾眉亭,站在亭子上低头俯瞰,只见悬崖千尺,直逼江渚。驰目四望,远远看到东、西梁山夹江对峙而立,宛如美人的两弯蛾眉,横亘在西南天际。看起来这两弯蛾眉紧锁,似乎在凝愁含恨,自己的一腔愁恨也都被勾了起来。

在这愁恨不已之时,又值傍晚的江面上风起浪涌,浪涛骤急,酒意阑珊中耳旁似乎响起了边塞的笛声。此情此景,不禁使人想起那个为采石矶写下许多著名诗篇的谪仙人李太白,当年他死在当涂,葬于青山之上,而今在哪里呢?但见青山之外,空有烟岚漂碧罢了。

蛾眉亭位于长江边采石矶(今安徽当涂境内)之上,因为东、西梁山夹江而立,如同美人的蛾眉,故而得名。《宋史·孝宗本纪》载,隆兴二年十月,金人分道渡淮,十一月,入楚州、濠州、滁州,震惊了整个宋朝,朝廷意图向金求和。此词应是词人此时赶赴镇江途中经采石矶时所作。据陆游《京口唱和序》云:"隆兴二年闰十一月壬申,许昌韩无咎以新番阳(今江西波阳),宋来省太夫人于润(润州,镇江)。方是时,予为通判郡事,与无咎别盖逾年矣。相与道旧故,问朋俦,览观江山,举酒相属甚乐。"但他在镇江仅留六十日,次年正月即以考功郎征赴临安,此后便不再有采石之行。

采石矶位于今安徽马鞍山市西南翠螺山麓,原名牛渚矶,因相传古时有金牛出渚而得名。又因盛产采石,东吴时遂改今名。它与南京的燕子矶、岳阳的城陵矶合称"三矶",历来都是防守长江的要地。此词虽名为题吟山水之作,但显然寓有作者对时局的感慨,流露出他对祖国山河和历史的无限热爱,向来被认为是咏采石矶的名篇。这首词的含义深长,上片由景生情,下片融情入景,它以景语发端,又以景语结尾,中间却用情语穿插。但景语与情语的运用,都饶有兴致。元代吴师道认为,在题咏采石蛾眉亭的词作中,当推第一。

韩元吉出生在一个官宦之家,先是受荫为龙泉县主簿,后来几经辗转,先后做过知县、大理少卿、吏部侍郎和尚书,礼部尚书等各种官职,并且还担任使者出使过金国。当时金国气焰正盛,南宋朝廷一直对其唯唯诺诺、小心翼翼。这个时候出使金国的使者是一种极其艰辛的使命。可以想象韩元吉当时是多么的窝火、辛酸与无奈。

水调歌头

袁去华

定王台

雄跨洞庭野,楚望古湘州。何王台殿,危基百尺自西刘。尚想霓旌千骑,依约入云歌吹,屈指几经秋。叹息繁华地,兴废两悠悠。

　　登临处,乔木老,大江流。书生报国无地,空白九分头。一夜寒生关塞,万里云埋陵阙,耿耿恨难休。徙倚霜风里,落日伴人愁。

　　定王台雄踞在洞庭湖之滨,古湘州地界上,虽然定王台历经千载后已经湮废,但是那遗迹还在,那残存的台基,依然嵯峨百尺,令人想起了台的主人西汉的刘发。想当年定王到此游玩时,一定是华盖如云,旌旗招展,如虹霓当空;千乘万骑前呼后拥,声势浩大;急管高歌之声似乎直抵云霄,然而,屈指已过几度春秋,昔日的繁华胜地变得衰败苍凉,盛衰无常,兴废两茫茫。

　　登山远望,只见高大的树木枝叶枯落,长江无休止地向东流淌。面对此景,想到国家的支离破碎,满目疮痍,而自己空怀一腔报国热情却无路情缨,壮志难酬,不由发生悲愤苍凉的感慨:书生报国无门,空自白头!而金兵猝然南下,侵占中原,犹如一夜北风生寒,导致万里山河支离破碎,残破不堪。京都沦陷,皇家陵阙黯然无光被埋在厚厚的云雾之中,令人愁恨不已,悲痛难休,只能徘徊在萧索的秋风寒露中,陪伴我的只有那暮间的落日。夕阳将落,余光一片惨淡,更增添了人的恨愁。

　　定王台位于今湖南长沙东,相传是汉景帝之子定王刘发为瞻望其母唐姬墓而建。这是一首怀古之作,大约作于词人担任善化(在今长沙市内)县令期间。词人在一个深秋时节登上定王台览胜,感慨横生,并将不胜今昔之感升华为感伤时事的爱国之情,写出这首雄铄古今的爱国主义辞章。词的上片叙述词人登台纵目,周览形胜,追溯昔时的繁华;下片抚事伤时,抒发了词人烈士迟暮,报国无门的悲愤。全词以雄健之笔写沉郁之怀,令人哀感无端。这首词的画面壮阔雄浑,音调苍凉凄楚,充满着强烈的爱国情感,具有鲜明的时代特色。比之《宣卿词》中其他众多的吟赏风光之作,思想性、艺术性均属上乘。据说爱国词人张孝祥读了这首词后,大为称赏,并"为书之",将其引为同调。

　　袁去华担任善化县令期间,为官清正廉洁,体恤民生疾苦。有一年,湖南大旱,到处都在闹饥荒,老百姓食不果腹,情形十分可怜,而知府却催袁去华向百姓征缴钱粮。袁去华十分气愤,严词拒绝:我治理的这个县现在已经是民不聊生了,老百姓连吃的都没有,应当向朝廷请求救援,给予救灾的拨款,怎么能再向百姓征缴钱粮呢?一席话使得知府无言以对,但从此时其怀恨在心,后来找了个借口把他贬谪到醴陵县担任县丞。

壮岁雄旗拥万夫

辛弃疾是南宋著名爱国词人,豪放派的集大成者,与苏轼并称"苏辛",与李清照并称"济南二安"。词集名《稼轩长短句》,存词六百多首,是宋代存词最多的词人。

辛弃疾出生时,山东已被金兵所占,早年受其祖父影响,培养了强烈的爱国主义精神。二十一岁时他便参加了抗金义军,不久归南宋,任江阴鉴判。在南宋四十余年的生涯中,他除了有一段时间辗转在江西等地任地方官外,大部分时间都赋闲在家。他一生主张抗金,但朝廷只想苟安江南,他提出的《美芹十论》等抗金对策都未被采纳。作为一个主战派将领,他有勇有谋,但生不逢时,最后郁郁而终。

辛词继承了苏轼豪放词风和南宋初期爱国词人的战斗传统,进一步开拓了词的意境,扩大了词的题材,几乎达到"无意不可入,无事不可言"的地步。《四库全书总目提要》称赞其词说:"慷慨纵横,有不可一世之豪,于倚声家为变调,而异军突起,能于剪红刻翠之外,屹然别立一宗。"在他的影响下,出现了一批风格相近的词人,如陈亮、刘辰翁等,被称为辛派词人。

辛弃疾是一位多才多艺的词人,更是一位智勇双全的将军。早在他二十三岁时,就曾亲率五十余人,突击了五万余人的金营,生擒叛徒张安国,将他押回建康处决,另外,还降服了万余名士兵归宋。这件事情如此轰轰烈烈,自然让他名重一时,连天子也为之赞叹再三,并当即任命他为江阴签判。

太常引

辛弃疾

建康中秋夜,为吕叔潜赋

一轮秋影转金波。飞镜又重磨。把酒问姮娥:被白发、欺人奈何。

乘风好去,长空万里,直下看山河。斫去桂婆娑。人道是、清光更多。

又到了中秋时节,一轮金色的圆月高挂夜空,月光皎洁,月亮像重新磨过了的铜镜一般明亮。对此良辰美景,我不禁浮想联翩,感慨良多。手持酒杯,问一问那月宫中的仙子嫦娥,功业未成,山河破碎,而我却已经白发渐多,这一切让我如何承受?

请让我乘着长风,飞上万里长空,在天空中俯瞰万里山河。并且将月宫中那棵婆娑的桂树砍去,不让它阻挡月光,以便投射到人间的清光更多、更明亮。

这首词应作于宋孝宗淳熙元年(1174),当时辛弃疾在建康(今江苏南京)任江东安抚司参议官。吕叔潜字虬,余无可考,应为词人声气相应的朋友。此时词人南归已经整整十年了。为了收复中原,他曾多次上书,先后上《美芹十论》《阻江为险须藉两淮疏》《议练民兵守淮疏》《九议》等,力主北上抗金,收复中原。可是他的建议压根不被朝廷采用,政治黑暗,时局动乱,词人只能以诗词抒发内心的孤愤。

这是一首富于浓厚浪漫主义色彩的辞章。全词紧扣中秋着笔,充满奇思异想,上片光写月轮运转,金波照射。继之把酒问月,发出"白发欺人"之叹,隐喻壮志未酬鬓光斑之慨。下片霍然振起,乘风凌空,俯瞰山河,寄托鹏飞万里之志,借以勉友勉己。结拍奔月斫桂,意在铲除奸邪,重振乾坤。词的艺术境界、气象、风格,都和运用神话传说的浪漫主义手法有着密切的关系。飞镜明丽,金波泻影,长空万里,构成了一幅瑰丽而宏大的艺术境界,气象磅礴,形象飞动。

木兰花慢

辛弃疾

席上送张仲固帅兴元

汉中开汉业,问此地、是耶非。想剑指三秦,君王得意,一战东归。追亡事、今不见,但山川满目泪沾衣。落日胡尘未断,西风塞马空肥。

一编书是帝王师。小试去征西。更草草离筵,匆匆去路,愁满旌旗。君思我、回首处,正江涵秋影雁初飞。安得车轮四角,不堪带减腰围。

刘邦以汉中为基地建立了汉朝的帝业,汉中这个地方,曾经发生过多少是非。当年刘邦从汉中率军出发,直逼关中,张良、韩信率军将踞守关中的秦朝三虎将章邯、司马欣和董翳相继击溃,惹得君王甚为得意,只此一战便大胜而归。然而今日的南宋朝廷却不重用谋臣勇将,当年萧何追韩信的佳话已经不再有,所有的只是山河破碎,国势危急,令人流泪痛心。金人发动侵宋战争,攻占中原,至今依然战火未息,屡屡进犯,而朝廷却苟安议和,使英雄无用武之地,徒然养肥了塞马。

此次君知兴元,如同当年张良受书为帝王师一样,只是小试其才,一定会有非凡的成就。我在这里草草设宴,为君饯行,前路漫漫,愁绪满怀。等你到达住所,回过头来思恋我这个饯行者的时候,我也是已经到了"襟三江而带五湖"是南昌故居了。分别在即,真希望车轮能够在一夜之间发生口角,使君无法乘车离去,以便再住几日,却又不可能实现。于是只得依依惜别,离别之后又相互思恋,以致身体消瘦,腰带缩减。

张仲固名坚,镇江人,于宋孝宗淳熙七年(1180)秋,受命知兴元府(治所在今陕西汉中)兼利州东路安抚使,当时辛弃疾任知谭州(今湖南长沙)兼湖南路安抚使,虽已接受改任知隆兴府(今江西南昌)兼江南西路安抚使之命,而尚未赴任,所以此词中所说的"席上",应是张仲固卸任江西转运判官任后,取道湖南赴汉中时,词人设宴相送事,席间辛弃疾写下这首《木兰花慢》。词中写的不是一般的祝贺和惜别,而是立足于国家兴亡的高度,运用大量典故并采用借古讽今的艺术手法,抨击南宋统治者偏安一隅,妥协投降的错误政策,抒发词人追求国家统一的爱国情怀。

这是一首送别诗,词的上片写词人为友人饯行。因友人西帅汉中,故以汉中故实为发端,明写刘邦据汉中创业,暗责宋室苟安江南,无心复国。"追亡事,今不见",讽喻朝廷不重人才,以致爱国志士面对破碎山河,泪湿征衣,"胡尘未断""塞马空肥",显示出当今局势的严重危机。下片在动荡的时代背景下抒发别情。先称赏友人多才,勉励其逞才卫国,继写惜别、春恋、相思之友情,"君思""安得"，从彼此两方面着笔，见出双方情谊浓挚。词既流露了伤时忧国之慨，又体现了依恋惜别之情。

木兰花慢

辛弃疾

滁州送范倅

　　老来情味减，对别酒、怯流年。况屈指中秋，十分好月，不照人圆。无情水都不管，共西风、只等送归船。秋晚莼鲈江上，夜深儿女灯前。

　　征衫。便好去朝天。玉殿正思贤。想夜半承明。留教视草，却遣筹边。长安故人问我，道愁肠、滞酒只依然。目断秋霄落雁，醉来时响空弦。

　　人老了以后豪情陡然削减，对于离别之酒更是如此，担心岁月的飞快流逝。屈指算来中秋佳节又要到来，眼看着友人又要高蹈而去，那十分美丽的月明之夜，我们都不得不分离，难以团圆赏月。这滚滚的江水与西风一起只管将你乘坐的船送走，它们如同朝廷中的恶势力一般，都是那样的残酷无情。但想到你回到了故乡的家中，在秋天的夜晚品尝江上的鲈鱼脍、莼菜羹、夜深时与儿女在床前灯下呢喃细语，尽享天伦之乐，又令人不免有几分欣慰。

　　乘着旅途的征衫还未脱去，正好去朝见天子。以便，勤于王事，为国家效力，当今朝廷正求贤若渴。你去朝中一展身手，夜里留下来,教你在承明庐检视翰林院草拟的文件,又要奉命去筹划边事防军备。你到京城以后,倘若遇到老朋友问到我的情况,你可以告诉他们,我仍然是愁肠满腹借酒浇愁愁难遣,为酒所困。遥望秋天的云霄里一只落雁消逝不见,我沉醉中听到有谁奏响了空弦。

这首词作于宋孝宗乾道八年(1172),此时辛弃疾担任滁州太守,范昂担任滁州通判,是稼轩的副职,倅是副职的意思。是年中秋,范氏去任,辛弃疾作此词为他送别。辛弃疾的词多感时抚事之作,词情豪迈。即便是道别词,也多尚慷慨悲吟,而不效昵昵儿女语。这首词以送别为发端,在激励友人奋进之中,又抒发了自己壮志难酬的悲愤。其慷慨悲凉之情,磊拓不平之气跃然纸上。上片重在惜别,从对酒感时写入,接着怨水怨风,浓化惜别友情,末以友人抵家团圆收结。下片前半设想友人进京朝天的际遇,"视草""筹过"祁望其前程有为。后半由故问讯,落笔到自身,"愁肠滞酒"显见抑郁不平,"时响空弦"隐现壮怀难抑。全篇情挚意浓,文思跳宕。

淳熙八年(1181)前的二十年间,是辛弃疾一生中的宦游时期。这一时期的辛弃疾,雄心勃勃,壮志凌云。他先后上了一系列奏疏,力陈抗金方略,历任湖北、江西、湖南、福建、浙东安抚使等职。任职期间,他采取积极措施,招募流民,训练军队,奖励耕战,打击贪污豪强,注意安定民生,坚决主张抗金。在《美芹十论》《九议》等奏疏中,他具体分析当时的政治军事形势,对夸大金兵力量,鼓吹妥协投降的谬论,作了有力的驳斥,要求加强作战准备,鼓励士气,意图恢复中原。在此期间,他由鉴判到知府,由提点刑狱到安抚使,虽然宦迹无常,但政绩卓著。

虽然辛弃疾忠肝义胆,一心为国,但是他的桀骜不驯却让诸多同僚和上司很不舒服。辛弃疾的彪悍霸气,既令他们吓得心惊胆战,同时也反衬出他们的孱弱和无能。为此不少人都耿耿于怀。据说,当时的宰相王淮曾经很欣赏他,打算提升他为元帅,但是宰相府的周益公等人却坚决不同意。王淮很诧异,便问道:"辛弃疾的确富有帅才,为何不用呢?"周益公当然不便直接流露出嫉贤妒能之心,而是婉转地表示:"这话不假,但是,凡幼安所杀人命,后人追究起来,都要算到你我的头上啊?"王淮听了以后陷入沉思,从此不再提此事了。

水调歌头

辛弃疾

汤朝美司谏见和,用韵为谢

白日射金阙,虎豹九关开。见君谏疏频上,谈笑挽天回。千古忠肝义胆,万里蛮烟瘴雨,往事莫惊猜。政恐不免耳,消息日边来。

笑吾庐,门掩草,径封苔。未应两手无用,要把蟹螯杯。说剑论诗余事,醉舞狂歌欲倒,老子颇堪哀。白发宁有种,一一醒时栽。

皇宫富丽堂皇,宫门守卫森严,在这朝堂之上,只见您频繁地送上进谏的奏疏,谈笑间毫不费力地就将皇帝成功地规劝,改变那些不正确的意旨。您的忠肝义胆千古可鉴,只是偶然遭遇不幸,才被贬谪到这荒蛮瘴疠之地。对此您不必担心,像您这种有才之士一定会再度得到重用,相信不久就会从京城传来好消息。

可笑的是我自己,荒草掩门,青苔封径,笑傲哀残。谁说我的两手没有用途,可以一手持蟹螯,一手持酒杯。说剑论诗都是无用的余事,我只有终日痛饮长醉,摇摇欲倒,这种心情您应该会理解同情的吧。你看我这满头白发,它们并不是醉时才长出来的,而是醒时愁出来的。

辛弃疾四十二岁时,遭到监察御史王蔺的谗言弹劾,削职后回到上饶带湖闲居。这首词是辛弃疾写给一位志同道合的朋友汤朝美的。汤朝美,名邦彦。南宋孝宗时当任左司谏,敢于指责朝政,发表抗战言论。《京口耆旧传·汤邦彦传》:"时孝宗锐意远略,邦彦(汤朝美)自负功名,议论英发,上心倾向之,除秘书丞,起居舍人,兼中书舍人,推左司谏兼侍读。论事风生,权幸侧目。上手书以赐,称其'以身许国,志若金石,协济大计,始终不移'。及其他圣意所疑,辄以谘问。"淳熙二年八月孝宗派汤朝美使金,向金讨还河南北宋诸帝陵寝所在之地。但汤朝美未能完成任务,回来后孝宗龙颜大怒,把他流贬到广东新州,后来又由新州贬所移江西信州(今上饶),两人境遇相近,并且志趣相投,很快变成相濡以沫的挚友,彼此经常辞赋相和。辛弃疾先赋《水调歌头·鸥盟》,汤朝美依韵相和,而后词人又用原韵答谢,也就是上面这首词。词的上片鼓励友人,意气飞扬;下片抒一己之愤,悲愤无奈。上片文意一波三折,于无字处出曲折;下片却一气奔注,牢骚苦闷,倾泻而来。感情激荡而故作幽塞,豪放之中不失顿挫曲折。

辛弃疾在词中劝慰汤朝美"往事莫惊猜",因为新的机运一定会到来,现在已经奉诏内调,皇帝会对你有新的任命。这里用谢安之典,《世说新语·排调篇》:"初,谢安在东山居布衣时,兄弟已有富贵者,翕集家门,倾动人物。刘夫人戏谓安曰:'大丈夫不当如此乎?'谢安捉鼻曰:'但恐不免耳。'"以谢安喻之,意思是一定会像谢安那样东山再起。"说剑论诗"概言武备文事,辛弃疾"壮岁旌旗拥万夫",后来又上《十论》《九议》,慷慨国事,而现在,这文韬武略都变成了多余的闲事。他那双屠鲸制虎的巨手,不能用来扭转乾坤,只能"一手持蟹螯,一手持酒杯",真令人沉哀茹痛。《世说新语·任诞篇》:"毕茂世云:'一手持蟹螯,一手持酒杯,拍浮酒池中,便足了一生。'"这样的境遇真是"老子颇堪哀"。语出《后汉书·马援传》:"拜援陇西太守……援务开恩信,宽以待下。任使以职,但总大体而已,宾客故人日满其门。诸曹时白外事,援辄曰:'此丞掾之任,何足相烦。颇哀老子,使得遨游。'"意思是说:自己如此狂歌醉舞,放浪形骸,甚堪怜念,应当被故人所理解、怜恤。词的上片激劝对方,意志飞扬;下片抒一己之愤,形象潦倒,于矛盾虬结之中体现其孤臣赤子的一片苦心,更体现出其"知不可为而为之"的思想光辉。

水龙吟

辛弃疾

甲辰岁寿韩南涧尚书

渡江天马南来,几人真是经纶手。长安父老,新亭风景,可怜依旧。夷甫诸人,神州沉陆,几曾回首。算平戎万里,功名本是,真儒事、公知否。

况有文章山斗。对桐阴、满庭清昼。当年堕地,而今试看,风云奔走。绿野风烟,平泉草木,东山歌酒。待他年,整顿乾坤事了,为先生寿。

南渡以来的当政者啊,有几个真正是治理国家的能手呢?中原沦陷,百姓流离,失地至今尚未收复,长安父老痛哭流涕的惨状依旧!历史上那个宰相王衍,清淡亡国,导致神州颠覆,引来多少人回首叹息。收复中原,统一国家,原本就是我辈儒者应尽的职责。

在那梧桐满院、绿荫成盖的京城宅第中有您这位文章泰斗,您呱呱坠地之时,就已经显出不凡之姿,而今风云际今,更能大展身手。裴度退居于洛阳的绿野堂上,李德裕居于平泉庄,谢安寓居于东山之上,他们都是千古良相,却又都曾政治上失意而退居林下,您现在的处境就如同他们一样。现在的国耻依然未雪,无以称寿。那就等待他年,将乾坤整顿罢,国家强盛了,再来为您祝寿。

这首词作于宋孝宗淳熙十一年(1184),稼轩罢居带湖后的第三年。韩南涧即韩元吉,字无咎,自号南涧翁。曾在孝宗初年任吏部尚书,南渡后徙家信州(江西上饶),至仕后退居于此。韩元吉是南宋初期主战派代表人物之一,力主抗金,曾上《论淮甸札子》《十月末乞备御白札子》等向朝廷进言。他抗金雪耻的政治主张和精深的文学修养,深深地吸引了张孝祥、范成大、陆游、辛弃疾、陈亮等一大批爱国志士和文人,他们纷纷与之交往,商讨抗金大计。在那个时期,韩元吉既是政坛上众望所归的重臣,又是文坛上名赫一代的巨匠。黄昇在《花庵词选》中称其"政事文学为一代冠冕"。韩辛二人不仅意气相投,而且生日也非常接近。淳熙十一年(1184)五月,适逢韩元吉六十七岁生日,辛弃疾写下这首《水龙吟》作为生日贺礼,为韩元吉祝寿。次年,韩元吉用本词的韵写了一首为辛弃疾祝寿的《水龙吟》,稼轩再次韵以和。稼轩在次年和作的题序中写道:"仆与公生日相去一日。"他生于五月十一日,而韩公生辰乃五月十二日。据说韩元吉受到辛弃疾的这份特殊的贺礼后,视若珍宝,连声说:"知我者,稼轩也!"

辛弃疾与韩元吉为抗战同道，都志在恢复中原。两人唱和，均收功业进取互勉。此虽寿词，但非一般视颂，而将恢复中原的渴望、期许贯注其中。上阕由形势说到使命，起句破空而来，谓宋室南渡、朝内无人，继感叹偏安局面依旧，进而斥责当权者麻木误国，之后收结到未成大业责任在真儒。下阕由称扬对方进而展望抗战前景。"况有"承"真儒"而推进一层，转入对韩氏文章、家世、才气、气度的称扬，含无限期许激励之意。收拍呼应"平戎万里"，挽结到祝寿。全篇雄文壮采，豪迈奔放，充分展示了爱国志士身居泉林，心怀天下的情怀。

水龙吟

韩元吉

寿辛侍郎

南风五月江波，使君莫袖平戎手。燕然未勒，渡泸声在，宸衷怀旧。卧占湖山，楼横百尺，诗成千首。正菖蒲叶老，芙蕖香嫩，高门瑞、人知否。

凉夜光躔牛斗。梦初回、长庚如昼。明年看取，锋旗南下，六蠃西走。功画凌烟，万灯宝带，百壶清酒。便留公剩馥，蟠桃分我，作归来寿。

五月的南风轻轻地吹拂着江上的微波，使君您休要将征战讨伐的平戎巨手放入袖中。因为虏敌未灭，大功未成，尚未在燕然山上勒石记功,飞越泸水征战陕川时的声响犹在,在这高深的屋宇前怀旧之情油然而生。您的新居平卧在带湖的湖山之上,楼宇的占地达到百尺之多,您在这里诗兴勃发,写成千首华彩的篇章。湖边的菖蒲叶子已经黄了,而水中的荷花鲜嫩,正是清香四溢之时。这高门府第中一派祥瑞,外人哪里知道!

牛斗星在凉夜中放射出燿燿光芒。我刚刚从梦中醒来时,眼前见到的情景是太白金星把天空照得如同白昼。设想明年的时候,使君您率军而下,挥师西进,一举收复广袤的中原失地。得胜还朝之后在凌烟阁里挂上您的画像,登上灯火辉煌的宝带桥,畅饮百壶美酒佳酿。到时候,只要将您剩下的蟠桃分一点点给我,让我回来庆寿,我便感到十分满意,万分荣幸的。

韩元吉这首词是为辛弃疾贺寿的词,他在词后写道:"仆贱生后一日也,故有分我蟠桃之戏。"辛弃疾到江西后,在带湖修建了一栋房子。这里三面靠城,一面朝湖,环境绝佳,"其从干有二百三十尺,其衡八百有三十尺"。稼轩在此"筑室百楹",并在左边开荒种地,"稻田泱泱,居然衍十弓"。此外,新居"东冈西阜,北墅南麓,以青径款竹扉,锦路行海棠。集山有楼,婆娑有室,信步有亭,涤砚有渚"。在这里,辛弃疾远离了朝廷的政治纷争,过着恬静的生活,蓝天白云,绿树碧草,鸟儿飞鸣,空气清新。这种悠闲自在的"桃源生活"深深地感染了辛弃疾,他的心情逐渐好转,并且按照"人生在勤,当以力田为先"之义,为自己取号为"稼轩居士"。韩元吉的这首词上片描绘了带湖新居的湖光山色;下片则对老友充满激励期待之情。从中可以看到他们志同道合,心心相印的真挚情谊。第二年,辛弃疾又用韩元吉此词韵再和《水龙吟·玉皇殿阁微凉》,另外还有《太常引·寿韩南涧尚书》等,可见二人交谊之深。

八声甘州

辛弃疾

故将军饮罢夜归来,长亭解雕鞍。恨灞陵醉尉,匆匆未识,桃李无言。射虎山横一骑,裂石响惊弦。落魄封侯事,岁晚田园。

谁向桑麻杜曲,要短衣匹马,移住南山?看风流慷慨,谈笑过残年。汉开边、功名万里,甚当时、健者也曾闲。纱窗外、斜风细雨,一阵轻寒。

李广酒罢深夜归来,解下马鞍宿于灞陵亭下。可恨那个喝醉了的灞陵尉却有眼不识泰山,不认得这个"桃李无言,下自成蹊"的神武将军。李广曾在山中单骑射虎,利箭射入石头中,让山石开裂,弦声惊人。然而李广征战一生,神武英勇,却一直未能封侯,到了老年只得回归田园。

我辈中人,不应隐居杜曲种桑麻,而是要学李广移住南山射猎,为国杀敌。在风流慷慨中谈笑度过残年。汉朝开边时,号召贤能者立功绝域,然而健如李广者也曾被闲置。纱窗外面,正有斜风细雨袭来,带着阵阵微寒。

这首《八声甘州》词前有小序云:"夜读《李广传》,不能寐。因念晁楚老、杨民瞻约同居山间,戏用李广事,赋以寄之。"晁楚老、杨民瞻是居住在江西上饶的文人,亦是辛弃疾的文友,稼轩第一次罢官上饶时,多有赠晁、杨词,尔后所作则无之,由此可知,此词应作于此时。辛弃疾是一位"慷慨有大略"的英雄,二十三岁即起兵抗金,南归后亦多有建树,但因为刚正不阿,敢于抨击邪恶势力,遭到朝中群小的忌恨,一直未能实现恢复中原的理想,且被加以种种罪名,在壮盛之年削除了官职。他的经历和遭遇,极似汉代名将李广。因此,稼轩特别同情和思慕这位"终身难封"的"飞将军",多次在词中写到李广的事迹。题语中说"夜读《李广传》,不能寐",可见词人当时情绪之激愤,后边说"戏用李广事",则是寓庄于谐也。这首词借用史传的大手笔,写健者、英雄。上片以《史记》为底本,撷取李广一生中的几个片段;下片则以议论抒怀为主。最后将笔墨用在没有力度的纱窗、细雨和青寒上,宛如一首闺怨词,这种引人注目的反差形成强烈的对比,巧妙地强化了方可不容于世、英雄无用武之地的感慨。

  词中根据《史记·李将军列传》,形象地概括了李广的两件轶事。其一是罢职家居时受辱于霸陵醉尉。《李将军传》:"屏野居蓝田南山中,射猎,当夜从一骑出,从人田间饮,还至灞陵亭,霸陵尉醉,呵止广,广骑曰:'故李将军。'尉曰:'今将军尚不得夜行,何乃故也。'止广宿亭下。"闲居终南山的李将军夜饮归来,竟被一个小小的亭尉扣留,反映出退隐南山后名将李广的遭遇,也折射出世态的炎凉。其二是李广某次猎射时射箭"中石没镞"的神力。《李将军列传》:"广出猎,见草中石,以为虎而射之,中石没镞,视之,石也。因复更射之,终不能复入石矣。"这里表现了李广臂力惊人,神武无敌的英雄形象,然而像李广这样有大功于国家的一代名将,却不得封侯,还一度被罢黜赋闲家居。李广自己曾论及此事:"诸部校以下,才能不及中人,然以击胡军功取侯者数十人,而广不为后人,然无尺寸之功以得封侯者,何也。"对此,李广自己也百思不得其解,只能归之于命运。汉代开疆拓土,武力强盛,正值盛年的英雄也会投闲山林,看来方正不容于世,英雄报国无门,古今一辙,身处文恬武嬉的当世,英雄难为重用就更不难理解了。此时的辛弃疾虽已退居山林,难以重拾英雄事业,但胸中仍有一股风流慷慨之气激荡。

陈亮"为人才气超迈,喜谈兵,议论风生,下笔数千言立就"。他始终坚持抗战,所作政论气势纵横,笔锋犀利。词作也感情激越,风格豪放。

水调歌头

陈　亮

送章德茂大卿使虏

不见南师久,漫说北群空。当场只手,毕竟还我万夫雄。自笑堂堂汉使,得似洋洋河水,依旧只流东?且复穹庐拜,会向藁街逢!

尧之都,舜之壤,禹之封。于中应有,一个半个耻臣戎!万里腥膻如许,千古英灵安在,磅礴几时通?胡运何须问,赫日自当中!

虽然南宋的军队久不北伐,但你等金人不要因此就胡说我大宋朝没有人了。现在,少卿您只身出使金国,虽是独立支撑,但是毕竟还是可以显示出英雄气概,展现我华夏万父的雄风。想来也很是可笑,我堂堂大宋竟然也要屈尊向他国国主拜贺生辰,这就如同河水东流向海,虽然无奈,却并不甘心!姑且向那穹庐(金朝)低一下头吧,有朝一日,一定会打败这些胡虏,收复失地,擒住他们的首领将之斩首,然后在藁街上示众。

在我们这个尧、舜、禹代代圣杰相传的国度里,总是会出现一个或半个耻于向金人称臣的铮铮英豪!我们的万里河山现在被那些腥膻之辈给糟蹋成了这个样子,千百年来先烈们的英魂都到哪里去了?国运何时才能磅礴重振?我始终坚信:金国的气数将尽,无须再作询问,而我大宋朝廷则会国威重振,如同烈日中天,前途一片光明。

南宋朝廷和金国签订了"隆兴和议"以后,两国定为叔侄关系,因惧金人寻借口南征,便不敢做北伐的准备,并且规定每年元旦以及两国皇帝的生辰,还要互派使者以示和好。然而金使到宋,被敬若上宾,宋使至金,则多受歧视。淳熙十二年(1185)十二月,孝宗命章森作为使者前去金国为金世宗完颜雍祝贺生辰。章森,字德茂,当时担任大理少卿,试户部尚书衔,比陈亮年长二十岁,但两人是忘年交,这是章森第二次出使金朝,陈亮在他出发前,曾经他写过《与章德茂侍郎》的信:"主上有此向争天下之志,而群臣不足以望清光。使此恨磊魂而未释,庸非天下士之耻乎!世之知此耻者少矣。愿侍郎为君父自厚,为四海自振!"并写下这首词赠给他,一是给友人壮行,二是借此表达自己的情怀。词中浩然之气和壮烈豪情令人为之动容。

这是一首送别词,但它不同于一般词人的恨离伤别的酬唱之作,脱离了个人恩怨狭隘空间,将民族大义标举到极高的位置,是一首大气磅礴、慷慨激昂的爱国主义政治抒情词。词的上片写章森"使虏"引发的感慨;下片描写中原王朝的光荣历史,表达了对统一大业必胜的坚定信念。因为有了强烈的爱国之情,全词写得气势磅礴,情词慷慨,痛快淋漓。冯煦《嵩庵论词》云:"龙川痛心北虏,亦屡见于辞,如《水调歌头》云:'尧之都,舜之壤,禹之封。于中应有,一个半个耻臣戎。'……忠愤之气,随笔涌出,并足唤醒当时聋聩,且不必论词之工拙也。"

桂枝香

陈 亮

观木樨有感,寄吕郎中

天高气肃。正月色分明,秋容新沐。桂子初收,三十六宫都足。不辞散落人间去,怕群花、自嫌凡俗。向他秋晚,唤回春意,几曾幽独。

是天上、余香剩馥。怪一树香风,十里相续。坐对花旁,但见色浮金粟。芙蓉只解添愁思,况东篱、凄凉黄菊。入时太浅,背时太远,爱寻高躅。

月色通明,天穹如洗,秋天的夜晚如刚刚沐浴了一般的清新。桂子初收的时节,天宫中收储的桂花已经盈满,以致都散落到人间,这桂花乃是天国殊英,唯恐群花自惭,故不欲竞放于百花争艳的春天,而是吐放在这秋天的夜晚,意在唤回已去的春意,重留温暖于人间,我方深情眷注于人世,又何曾自甘幽独呢?

难怪此花香闻十里,原来它本是天上余香散落人间。坐对桂花细看,只见她的颜色金黄,花小如粟,初闻其香,复对此殊色,不禁想到其他种种秋花,木芙蓉盛开,未尝不美,但一想到杜甫"芙蓉小苑入边愁"的诗句,只能令我顿添愁思。菊花自是秋节名花,然而,东篱黄菊,不过助人凄凉,何况你开在深秋,且无艳色,心志又过于高洁,爱踵先贤之事迹,遗世而高蹈!

这首词以花寄意,用浪漫主义手法展开联想,神游八极,天上人间。词中咏叹桂花的雅量高致和磊落胸襟,此中有人,呼之欲出,词人的人格光彩四射,肝胆如见。因此,这首词在内容上有一种崇高美,读之使人肃然起敬。

《桂枝香》是寄给吕祖谦的。吕祖谦于孝宗淳熙六年(1179)曾权礼部郎官,故称"郎中",同年四月后因病辞官归故乡金华。据叶适《龙川集序》记载,陈亮曾去看望吕祖谦,两人畅谈时事到夜半。吕祖谦对他说:不要以为当世不能用您。并且引用《左传·襄公三十年》郑国执政子皮把政权交给子产时的话说:虎(子皮自称)率领全家族的人听从您的话,谁敢触犯您?表示对陈亮的支持。陈亮听听了大为快慰。吕祖谦为学主张"明理躬行",治经史以致用,反对空谈阴阳性命之说,与陈亮的主张甚为合拍,一夕交心,引为同调。所以陈亮作此词,托木樨而抒怀,就关于用世与忤世之说,借物言志,以"寄吕郎中"。表现出他积极用世的热忱和报效国家的情怀。此词应作于此年秋天,题中"木樨"为桂花的一种,逢秋开放,花小香浓,全词就从这个特点生发,写自己胸次感慨。上片用拟人手法,代花述怀;下片词人评说,格局一变。

小重山

陈 亮

碧幕霞绡一缕红。槐枝啼宿鸟,冷烟浓。小楼愁倚画阑东。黄昏月,一笛碧云风。

往事已成空。梦魂飞不到,楚王宫。翠绡和泪暗偷封。江南阔,无处觅征鸿。

蓝天上轻绡般的彩云透出了一缕红色,槐枝里投宿的鸟在啼叫着,冷烟浓密,残霞消退,暮色苍茫。我一腔愁绪倚在画阑之东,为的是迎候月上,排遣愁思,但此时月色朦胧,又听到透过碧云风传来的笛声。

当年曾三次上书皇帝,可是都如石沉大海,往事成空。而我忠愤未泯,可惜梦魂难越九重,飞不到他的身边。想要像唐代的灼灼那样,用青翠色的丝巾裹着泪寄给皇帝,动之以情。可是差谁去寄呢?江南的天地虽然辽阔,却无处寻觅寄书的鸿雁。

陈亮曾在宋孝宗与金约和之后,以布衣身份上《中兴五论》,没有结果。以后又向孝宗连上三书论恢复方略,受到朝臣攻击,被斥为"狂怪"。他一生所作文字,几乎无一篇不言恢复。《宋史·陈亮传》说他:"生而有光芒,为人才气超迈。"一生未授官,直到五十一岁,才参加礼部进士试,考中状元,授签书建康军判官厅公事,但翌年即因病辞世了。他长期在乡居生活中,但不失报国之志,曾在自己家里葺治小圃,有柏屋三间,名之曰"抱膝",用诸葛亮的典故,表明他的志趣所向。他的内心深处是很不平静的,他在给吕祖谦的信中谈到自己的遭遇时说:"每念此时,或推案大呼,或悲泪填臆,或发生冲冠,或拊掌大笑。"落拓不平之气溢于言表。

《小重山》词的上片写景,从一缕红、啼鸟、冷烟、黄昏月,到一笛风,创造出浓重凄冷气氛,烘托出自己的心情,词人心忧家国却壮志难酬的愁苦情怀;词的下片写情,通过直抒胸臆、用典、情景交融等手法表达出词人的凄楚失意与悲苦之情。词人托为逐臣,托为情女,曲折而形象地抒发自己的忠愤,构成全词悲切哀婉的情调,这在他的词中是不多见的。

杨柳烟锁古今愁

吴渊是嘉定七年(1214)进士,在知太平州兼江东转运使时,曾赈济两淮灾民四十余万人,官至兵部尚书、参知政事。他重视加强国防,积极从事抗金事业,是南宋统治集团中的一个有为之士。

念奴娇

吴 渊

我来牛渚,聊登眺、客里襟怀如豁。谁著危亭当此处,占断古今愁绝。江势鲸奔,山形虎踞,天险非人设。向来舟舰,曾扫百万胡羯。

追念照水然犀,男儿当似此,英雄豪杰。岁月匆匆留不住,鬓已星星堪镊。云暗江天,烟昏淮地,是断魂时节。栏干捶碎,酒狂忠愤俱发。

我来到牛渚山登临眺望,心胸一下子开阔了,几天来的忧愁也一扫而空!是谁在顶峰修建了燃犀亭?古往今来引起人们发思古幽情的牛渚山的雄奇,让这亭子独自沾光了。登上燃犀亭,江山形胜,尽收眼底,长江滚滚东来,汹涌澎湃,就像奔腾的巨鲸,牛渚山在江边拔地而起,就像一只盘踞的猛虎。这山川的奇险,鬼斧神工,真是上天的杰作!当年虞允文凭借这里的天险建立了奇勋,把金人的四十万大军打得落花流水。

身处燃犀亭,自然想起东晋的温峤,他曾在此处点燃犀角照见妖魔,象虞允文一样不愧为一代英豪,男儿在世就应像他那样。可惜岁月无情,自己已经两鬓斑白,壮志难酬。现在淮水一带蒙古军队横行霸道,国家政局衰败,真是令人忧虑而又哀伤,我只能狂欢浊酒,捶碎栏杆,一泄忧愤之情。

《宋史·吴渊传》称其:"才具优长,而严酷累之。"这首词是他于宋理宗嘉熙二年(1238)出知太平州,游牛渚矶时所作,登高望远,追思往事,抒发壮志难酬的忠愤之情。上片写登临牛渚山的所见所感,融情于景,展现了雄奇壮阔的山水画卷;下片怀古抚今,在对古代英雄豪杰的怀念中抒发了世事艰难、壮志难酬的惆怅之情。纵观全篇,抒情、描写和议论相结合,内容丰富,感情宕跌起伏,大起大落,时而慷慨激昂,时而沉郁顿挫,流露了词人忧国伤时的一腔真情。

牛渚山位于安徽省马鞍山市长江东岸,下临长江,突出江中处为采石矶,风光绮丽,形势险峻,自古为兵家必争之地。据史书记载,后汉孙策渡江攻刘、晋王浑取吴、梁侯景渡江入建康、隋济江破陈、宋曹彬渡江取南唐,都是由此处进攻的。然犀亭是牛渚山上的一座亭子。《晋书·温峤传》记载,东晋温峤路经牛渚采石矶,听当地人说矶下多妖怪,便"命燃犀角而照之,须臾水族覆灭,奇形怪状,或乘车马著赤衣者"。后人常用"燃犀"来形容洞察奸邪。温峤初在北方为刘琨谋主,抵抗刘聪、石勒,南下,又与庾亮等筹划攻灭王敦,讨伐苏峻、祖约叛乱。所以词人将他看作抵御外患、平定内乱的英雄豪杰。男儿应当效法温峤这样有眼光、有谋略的英豪。词中抒发的忠愤之情也是南宋壮志难酬的有识之士蓄之良久的爱国之情。

念奴娇

王　澜

　　凭高远望,见家乡、只在白云深处。镇日思归归未得,孤负殷勤杜宇。故国伤心,新亭泪眼,更洒潇潇雨。长江万里,难将此恨流去。

　　遥想江口依然,鸟啼花谢,今日谁为主。燕子归来,雕梁何处,底事呢喃语?最苦金沙,十万户尽,作血流漂杵。横空剑气,要当一洗残虏。

登高远眺故乡,只见白云茫茫,一片缥缈。对家乡的刻骨思念使我日夜思归,但是家乡已为敌人所占,有家难归,白白辜负了子规殷勤的劝告。当我正在新亭为思乡而凄然流泪时,亭外雨声潇潇,更添悲凉。眼前这滚滚东流的江水,也难流尽无限的家国之恨。

遥想家乡的江水依旧,该到了鸟啼花谢的时候吧?可是现在却是江山易主,物是人非,怎不令人伤感?不懂人间之事的燕子照常回家,却找不到归巢,十分疑惑地呢喃而语。最悲惨的是富庶的蕲州城,十万户之多的人口都被杀尽,生灵涂炭,血流成河。满腔的悲愤化作横空的剑气,当要荡平残虏。

这是一首怀乡之作。上片直抒乡愁,描绘出一个失去家园的流亡者悲怆的形象,下片由写对家乡的思念,到对敌寇的仇恨,最后上升为报仇雪恨的决心和壮志。词前小序曰:"避地溢江,书于新亭。"宋宁宗嘉定十四年,金兵围蕲州,知州李诚之与司理权通判事赵与褰等坚守。终因援兵迟延不进,致使二十五天后城陷,李诚之自杀身亡,家属皆赴水而死。赵与褰只身逃出,写成一本《辛巳泣蕲录》。

详述事实经过,本词亦见于此书。王澜因避蕲州失陷之灾,而移居溧江(今江苏南京),在新亭(即劳亭,在今南京市南)上写下这首《念奴娇》。

水调歌头

戴复古

题李季允侍郎鄂州吞云楼

轮奂半天上,胜概压南楼。筹边独坐,岂欲登览快双眸。浪说胸吞云梦,直把气吞残虏,西北望神州。百载一机会,人事恨悠悠。

骑黄鹤,赋鹦鹉,谩风流。岳王祠畔,杨柳烟锁古今愁。整顿乾坤手段,指授英雄方略,雅志若为酬。杯酒不在手,双鬓恐惊秋。

这巍巍高楼直耸云天,是何等高大华美壮观,它的雄姿胜概足能够压倒武昌黄鹤楼山上的南楼了。吞云楼如此巍峨,而阁下您登上此楼却并非只是为了观赏美景,而是观察地势,然后独坐细细筹划思索破敌大计。登上这样的高楼,岂止是只让人感到胸吞云梦,北望中原,直让人生出气吞残虏的豪情壮志。渡江已有百年,终于才有了今天这个接连大胜的大好形势。然而朝廷却不抓住这个大好时机,又一次失去收复失地的良机,徒留下人事的悠悠怅恨。

在吞云楼上放眼远望,江山胜迹尽收眼底。想当年,多少文人雅士在此留下锦绣文章,才子们的风流余韵犹存,却又不可再现。岳王祠畔的杨柳郁郁葱葱,而岳王忠而被杀,大宋支离破碎的憾事依然让古今都为之愁绝。于是我将希望寄托在您的身上,希望您能整顿乾坤,大展英雄身手,实现收复失地、一统山河的壮志。然而这项事业又十分艰巨,让我们举杯激励共勉,如果再没有这杯中之酒,在那萧索秋风中,真是要把双鬓都给愁白了。

李季允,名埴。曾任礼部侍郎、沿江制置副使并知鄂州(今湖北武昌)。宋宁宗嘉定十四年(1221),金兵南下,侵扰黄州、蕲州一带,南宋的军队将他们一再击败,民心为之振奋,一度出现了"百载好机会"的大好形势。同年,李季允出任沿江制置副使兼知鄂州,负责规划长江沿岸的边防军务。后来他在鄂州修建了吞云楼,戴复古此时恰好也在武昌,与李侍郎一同登上了吞云楼。李季允是一位很有远见的爱国知识分子,同时又是胸怀韬略的儒将。戴复古虽然远离官场,未涉仕途,却一生满怀忧国爱民之心,他曾师从陆游,诗风粗犷豪放,因此多有指点江山,激扬文字之作,是一位才华横溢的诗人,二人同登吞云楼,词人想起誓志抗金的凌云壮志因为朝廷的懦弱无能而成为一纸空谈,不禁惆怅万分,于是悲愤地写下这首《水调歌头》词。

词的上片写吞云楼的雄姿胜慨以及李侍郎和词人自己誓志抗金的凌云壮志。下片写吞云楼周围的风光,抒发英雄壮志成空的悠悠怅恨。这首词扣住楼阁的名字做文章,写楼的"吞云"雄姿,是为了表现人的"气吞残虏"的英雄气概;写登楼所见之景:"骑黄鹤,赋鹦鹉""岳王祠畔杨柳",也都是为了表现人的报国丹心和壮怀激烈。楼与人,情与景,结合得很自然。这样的词,不仅写楼之形,而且传人之神,因而有血有肉,充满豪情壮采,使人感受到时代脉搏的跳动。全词以"希望—失望—苦愁"的感情线索通贯全篇,而其中也有感情的起落沉浮,极有层次地展现了词人的报国丹心和抗敌壮怀。

戴复古在漫游之际,首先是登上山阴陆游之门求教,诗艺益进。接着开始了满怀信心的仗剑漫游,第一目的地是京城临安,当时他踌躇满志,希望能够一飞冲天,一举成名。但现实是黑暗和残酷的,他只是一个无名的青年,又无权势撑腰,如何能出人头地?空等几年以后,一无所获,他大为失望。而当时宋金的边衅已起,他便再次向北行,来到了弓州和淮河流域等靠近前线的地方。想要在从军入幕上找出路,但结果依然是"活计鱼千里,空言水一杯"。虽以诗词享誉江湖,但只能隐于故乡南塘石屏山上。

满江红

黄　机

　　万灶貔貅,便直欲、扫清关洛。长淮路、夜亭警燧,晓营吹角。绿鬓将军思下马,黄头奴子惊闻鹤。想中原、父老已心知,今非昨。

　　狂鲵剪,於菟缚;单于命,春冰薄。正人人自勇,翘关还槊。旗帜倚风飞电影,戈射月明霜锷。且莫令、榆柳塞门秋,悲摇落。

　　我大宋万灶勇猛精良军队,斗志昂扬,挥师北征,简直要一下子把那霸占在关中的金人消灭干净。淮河一带,夜里也有士兵在哨所中严密警戒,天刚破晓军营中就响起了嘹亮的号角声。而金兵却是一派惶恐,不管是年轻的将领还是毛头的小兵一个个都斗志全无,望风而逃。而我们的中原父老,也都已经知道局势已经大转,金国即将溃亡。

金国的存亡已经危在旦夕,就像春天的冰雪一样,马上要崩溃消融。而我大宋军队则人人奋勇争先,一个个扛鼎举关,舞弄长矛,势不可挡。旌旗猎猎,迎风飘扬,武器精良,刀锋雪亮。如此形势大好,胜利在望,朝廷一定要借此良机一举将失地收复,千万不要再让边塞的杨柳再度悲凉摇落。

这是一首慷慨激昂的词作,词的上片着重描写南宋北伐军的声势,语言峭劲,节奏紧凑;下片集中笔力渲染宋军军威,表现了词人对抗敌复国的强烈愿望。全词感情充沛,词气豪壮,爱国之心,溢于言表,具有鼓舞人心的作用。

此词作于金国灭亡的前一年,这一年(1233)南宋和蒙古军合围蔡州(今河南汝南),次年金国就城陷国亡。这是一首宣扬精忠报国,收复失地的爱国辞章,全篇采用对比手法,长自己志气,灭敌人威风,爱国之心,溢于言表。黄机的爱国思想是一贯的,除了这首词外,他还曾作《乳燕飞》,寄赠辛弃疾,又与岳飞之孙岳珂以长调唱和,内容亦十分悲壮激昂,这些同本词的主旨是一致的。

满江红

刘克庄

夜雨甚凉,忽动从我之兴

金甲琱戈,记当日辕门初立。磨盾鼻,一挥千纸,龙蛇犹湿。铁马晓嘶营壁冷,楼船夜渡风涛急。有谁怜,猿臂故将军,天功极。

平戎策,从军什;零落尽,慵收拾。把茶经香传,时时温习。生怕客谈榆塞事,且教儿诵花间集。叹臣之壮也不如人,今何及!

当时辕门初开,我身着铁甲雕戈,精神抖擞,气宇轩昂。战事紧急,我在盾牌鼻纽上磨墨,神思敏捷地起草军事文书,运笔如飞,那些势如龙蛇一样的墨迹还没有干,就已经挥就千纸了。天刚破晓,天气寒冷,披着铁甲的战马就已经嘶鸣着起来,载着士兵奔赴战场;夜里,高大战船在狂风呼啸、波浪滔天的江面上抢渡。然而在击退金兵后,我却像那个故将军李广一样,非但没有受到封赏反遭诽谤,被迫去职,又有谁同情我的这种遭遇呢?

自从被朝廷抛闭被弃置以后,昔日自己那些杀敌之策以及从军时的诗歌都没有用了,便任它散失殆尽,我也懒得收拾。只把那些《茶经》《天香传》之类的书拿来把玩借,以消磨寂寞光阴。每每有客人来临,最怕他们谈及边事,且让我闭上家门教导小儿诵读《花间集》罢了。令人感叹的是我壮年时犹不如人,今日就更加不及、无能为力了。

刘克庄在这首词自注中说"夜雨甚凉,忽动从戎之兴",即词人在清冷的夜雨,忽然产生从军抗金的念头。情况是这样的:刘克庄一生颇有才情,并有远大的理想和抱负,但是仕途却十分坎坷。入仕之初,他曾作过一首《落梅》,借飘零消殒的梅花来表达人才被埋没的痛苦,隐晦地讽刺了当时的时政。此时的南宋正处于风雨飘摇之中,那些达官贵人却丝毫不顾国家危急存亡,依旧过着纸醉金迷的奢靡生活,而广大人民却生活在水深火热中。目睹如此情景,刘克庄痛心万分,但是当时的奸臣把持朝政,有才之士得不到重用,词人空怀满腔报国热情,却沉沦下僚,无法一展胸襟抱负。词人将自己的一腔悲愤都写在了那首《落梅》中,但是却因为这首诗中有"东风谬掌花权柄,却忌孤高不主张",被言官指责为对当政者的影射和诽谤,受到了削官的处罚,并且被弃置达十年之久,即所谓"江湖诗案"。

刘克庄是江湖诗派最大的作家,写过不少忧国伤时之作,词亦著名,多感慨时事,风格豪放悲壮。到绍定六年(1233)蒙古灭金之际,宋师北上谋复河南,刘克庄尚闲置在家。宋金之间的这场战争引起了词人从军抗金的念头,这是词人写作此词的背景。词的上片词人回忆往日的军营生活,描写自己早年参军时的壮怀激烈的表现。下片描写词人醉心于《茶经》《香传》,怕听边塞的文情而只顾教儿子读书,反映了词人梦想失落后闲居无聊的生活状态。这首词将爱国之情与豪放风格很好地结合起来,苍凉大气,意韵沉雄。清香调亢以为"有敲碎唾壶,旁若无人之意"。其时李珏出任江淮制置使,节制沿江诸军,帅府设在建康。刘克庄在幕府掌文书,被誉为"军书檄笔,一时无两"。他也很以此自负,所谓"少年自负凌云笔",时仅二十三岁。史载刘克庄在李珏军幕时,由于前线泗上兵败,朝野皆主"以守易战"。刘克庄建议抽减极边戍兵,使屯次边,以壮根本。"主谋者忌之",即自行辞职回归故里。由于这一次辞去军幕,使他一生未能再直接参与同敌人的战斗。所以每当追忆这段军旅生活时,既神往,又遗憾。

沁园春

刘克庄

梦孚若

何处相逢,登宝钗楼,访铜雀台。唤厨人斫就,东溟鲸脍,圉人呈罢,西极龙媒。天下英雄,使君与操,余子谁堪共酒杯。车千辆,载燕南赵北,剑客奇才。

饮酣画鼓如雷。谁信被晨鸡轻唤回。叹年光过尽,功名未立,书生老去,机会方来。使李将军遇高皇帝,万户侯何足道哉。披衣起,但凄凉四顾,慷慨生哀。

你和我是在何处相逢呢?我们一起登上宝钗楼,同游孔雀台,吃的是用东海的大鱼切成薄片的"鲸脍",乘的是产自西北地区的骏马"龙媒"。放眼四海之内,能够和我相比的就只有你和曹操。其他的人谁能陪我们一同举杯饮酒呢?我们广集天下英才,四方剑客,得到的英才剑客需要用千辆车子才能载完。

我们一同纵情豪饮,酒酣之时便敲击战鼓,声同响雷。忽然间报晓的晨鸡将我从美梦中唤醒,醒来以后又要面对无奈暗淡的现实。可怜我年华已过,却没有取得功名,书生已经老去了,机会才刚刚到来。可叹我生不逢时,壮志难酬,光阴虚度,老来无成。如果能让李将军遇上汉高祖,封一个万户侯又算得了什么。然而现实却偏偏相反,忠臣良将不得重用,报国无门,徒令人扼腕叹息,于是我披衣坐起,往事现实都让我感到无限慷慨悲凉。

方孚若是刘克庄的同乡和志同道合的好朋友。以使金不屈著名,韩侂胄伐金失败以后,方孚若曾奉命使金,谈判媾和条件,驳回了金人的苛刻要求,"自春至秋使金三往返,以口舌折强敌"。金帅以囚或杀相威胁,而他始终坚贞不渝,置生死于度外。仕途中屡遭降免,年仅四十六岁而卒。词人另外还有两首《梦方孚若》诗,作于淳祐三年(1243),可能与此词为同期作品,如此推算,此词应是写于方孚若身后二十一年,系悼念之作。

这首词的上片描写在梦里与方孚若快意驰骋,纵情赏览的情景,写的是梦境,极尽南北纵横之豪情,奇特的想象,雄壮的气势,如大江东去,滔滔不绝;下片写梦醒时的情景,抒写壮志难酬的悲愤。写现实,悲凉失意,悲歌慷慨,与梦境形成鲜明的对比。冯煦《六十一家词选例言》评论:"后村词与放翁、稼轩犹鼎三足,其生于南渡,拳拳君国,似放翁;志在有为,不欲以词人自域,似稼轩。"刘克庄早年曾和四灵派翁卷、赵师秀等人交往甚密,诗歌创作也受到他们很大的影响,比如说一味学晚唐,琢刻精丽。另外他和江湖派的戴复古、敖陶孙等也有广泛的交往,自言"江湖吟人抑或谓余能诗""江湖社友犹以畴昔虚名相推让"。他的《南岳稿》也被陈起收入了《江湖诗集》。但是慢慢地,他开始不满于永嘉四灵的"寒俭刻削"之态,也逐渐厌倦了江湖派,而是转向致力于独辟蹊径,以诗歌词赋来讴歌现实。他同时受两派影响,后来又皆出于两派之上,取得了很大的成就。

刘克庄一生先后经历了四朝,并且时间都十分短暂,他大部分时间都被贬谪在外郡。虽然仕途不顺,但是他却因此扩大了眼界,接触到了社会的各个阶层,随着眼界的开阔,他写作的诗歌内容也随之丰富起来。到了南宋后期,政治黑暗不堪,国家岌岌可危,被金人占领的淮河以北地区始终都没能收复,并且又受到崛起于漠北的蒙古军的入侵。作为一个时刻关心国家命运却又在政治上屡遭打击的词人,他对时局十分关心和忧虑,时常发出"百无一用是书生"的感慨。国土的沦陷,遗民的悲伤,将士的疾苦,都让他为之嗟叹不已,他时刻都在盼望着祖国的中兴,对于南宋王朝依靠进贡"岁币"以求得和平的妥协投降路线,以及南宋朝廷文恬武嬉的腐败现象,他都极为愤慨,并且都在自己的诗词创作中反映了出来。

酹江月

邓剡

驿中言别友人

水天空阔,恨东风、不惜世间英物。蜀鸟吴花残照里,忍见荒城颓壁。铜雀春恨,金人秋泪,此恨凭谁雪。堂堂剑气,斗牛空认奇杰。

那信江海余生,南行万里,属扁舟齐发。正为鸥盟留醉眼,细看涛生云灭。睨柱吞嬴,回旗走懿,千古冲冠发。伴人无寐。秦淮应是孤月。

看到水天空阔的长江,想起了三国时周瑜得东风之助火攻曹操船队,大获全胜,痛感天意不助文天祥这样的英雄,现在只落得金陵残破、子规悲啼、吴花凋落,怎么忍心再看到故都的荒芜颓壁。特别是宋廷嫔妃被掳,文物被劫,种种惨状,使人恨之入骨。而唯一可以担任复国重任的文天祥又战败被俘,使得英雄壮志成空。

当年谁能相信你能从虎口中逃脱,托身扁舟江海,经过九死一生又重整旗鼓呢?有如此之肝胆,在今后与元人的较量中再建奇功也未可知。我正是为了能看到你这位抗元盟友再有作为,使时局来一般变化,我才想苟活下去。赵国宰相蔺相如身立秦庭,持璧睨柱,气吞秦王的那种气魄;蜀国丞相诸葛亮死了以后还能把司马懿吓退的那种威严,你文天祥同样具备。作为志同道合的朋友,能与你同生死共患难应该是一种幸福,可是我由于生病再不能跟你一道北上了,今后我的每一个不眠之夜,只有秦淮河上的孤月与我做伴了。

祥兴元年(1279)二月,元将张弘范率领数万精兵,想要将南宋朝廷一举消灭,宋军和元军在新会崖门的海域展开了一场二十多天的战争,史称"崖山之战"。当时风雨大作,浓雾弥漫,十万宋兵虽然竭力死战,但最终还是战败,致使将士浮尸遍海上。陆秀夫面对宋军的惨败,意识到时局不可逆转,就将自己一生记录下来的宋室书籍都交给了邓剡,叮嘱他说:"我们死后,如果你还侥幸活着,当记住将这些向世人宣传!"邓剡含着热泪接下。陆秀夫又对小皇帝赵昺说:"国事至此,无力回头,陛下当为国死。德祐皇帝已受元人侮辱,陛下不可再受辱!"九岁的小皇帝茫然地点点头,陆秀夫将他背在肩上,投海而死。见此情景,余下的兵将,官吏等人也都纷纷追随其后,投海自尽。邓剡悲伤难忍,便也紧随其后毅然跳入了大海。

这首词的产生本身就是一首悲壮的诗,公元1278年,文天祥兵败被俘,第二年南宋最后的崖山行朝毁灭,词人邓剡跳海未死也被俘。文邓二人既是同乡,朋友,又是抗元战友,被俘后被囚禁在一起。又一同押往燕京,走到金陵,邓剡因病留下就医。文天祥继续北上。分别之际,邓剡将心中的亡国之痛和对文天祥的仰慕、希望与惜别之情,写入这首赠别词中。一慰朋友之心,二壮万里之行。

词的上片主要写亡国之痛,词的下片主要写惜别之情。这不是一首简单的送别词,而是由满腔愤慨和悲怆的血泪写就的死别词。文天祥也以同调、同韵作答词,二人慷慨悲歌,气贯长虹,互相勉励,难舍难分。

酹江月

文天祥

和狱中言别友人

乾坤能大,算蛟龙、元不是池中之物。风雨牢愁无著处,那更寒虫四壁。横槊题诗,登楼作赋,万事空中雪。江流如此,方来还有英杰。

堪笑一叶飘零,重来淮水,正凉风新发。镜里朱颜都变尽,只有丹心难灭。去去龙沙,江山回首,一线青如发。故人应念,杜鹃枝上残月。

天地是这样广大,我计算着蛟龙决不会长期生活在池塘之中。我们现在虽然过着风雨如晦的囚徒生活,更加上寒虫四处哀鸣,使人愁肠百结。带兵勤王,复兴宋室的大业,王粲的"冀王道之一干"雄图,都成了空中飞雪。抗元复国的大业,如江水长流,相信自有以后的英雄豪杰,来继承前辈们的事业。

我如同深秋的一片残叶,作了囚徒,对祖国已无能为力了。这次再来秦淮,正是凉风新起的时候,我怎么能不感慨万分呢?囚徒的生活使我们的朱颜都变了,只有那颗报国的红心,是永远不会泯灭的。我这次被押远赴龙沙,回首故国的江山,那清清的水,青青的山,在我的内心里是一脉相连的,我即使以身殉国,魂魄也会飞回南方,在月夜中为宋亡而哀鸣。

　　文天祥在他的诗歌《金陵驿》中写道:"从今却别江南路,化作杜鹃带血归。"在《扬子江》中写道:"臣心一片磁针石,不指南方不肯休。"他是中国历史上杰出的民族英雄,是南宋领兵抗元的中坚,是身系社稷安危于一身的中流砥柱。因叛徒出卖,于南宋末帝赵昺祥兴元年(1278)十二月,在五岭坡(今广东海丰北)不幸被俘,次年四月,被押运前往燕京(今北京)。同时被押运的还有他的同乡好友兼抗元战友邓剡。行至金陵(今江苏南京),邓剡因病被送往天庆观就医。临别时邓剡作《念奴娇·驿中言别》以赠文天祥。文天祥则依韵作此词以和之作,他的宁死不屈、坚信后继有人的精神和人格,是我国古代民族精神的最强音。

　　这首词的上片写他兵被俘的囚徒生活,侧重对经历的回顾;下片主要写对未来的感慨与愿望,以展望未来为主。宋恭帝德祐二年(1276),在国家危急关头,文天祥毅然出使元营,痛骂敌帅伯颜,被拘至镇江,伺机逃脱,"日与北骑相出没于长淮间",以惊人毅力历经"层见错出"的艰难险阻,始得南归。这次被俘北行,被遣到燕京后,元朝软硬兼施,百般劝降。"虽示以骨肉而不顾,许以穹职而不从,南冠而囚,坐未尝面北。留梦炎说之,被其唾骂。瀛国公往说之,一见北面拜号,乞回圣驾",最后连敌方却都"相顾动色,称为丈夫"。(邓剡《文丞相传》)可见其铮铮铁骨,誓死不渝,满腔碧血,一片丹心,感人至深。在风雨如晦的南宋词坛,文天祥的词宛如沉沉夜幕中的一道刺眼的闪电,给人以斗志与力量,是宋词的最后光芒。清代陈廷焯《云韶集》说:"气极雄深,语极苍秀。其人绝世,词亦非他人所能到。"《词林纪事》卷十四引陈子龙的赞词云:"气衔牛斗,无一毫萎靡之色。"在南宋末年的词人中,除文天祥外,还没有一个人有如此豪壮的风格。

沁园春

文天祥

题潮阳张许二公庙

为子死孝,为臣死忠,死又何妨。自光岳气分,士无全节;君臣义缺,谁负刚肠。骂贼张巡,爱君许远,留取声名万古香。后来者,无二公之节,百炼之钢。

人生翕歘云亡。好烈烈轰轰做一场。使当时卖国,甘心降虏,受人唾骂,安得流芳。古庙幽沉,仪容俨雅,枯木寒鸦几夕阳。邮亭下,有奸雄过此,仔细思量。

做儿子的死节于孝,做臣子的死节于忠。死又何妨呢?自从安史乱起,天崩地解,不见尽忠报国之烈士,而多无耻投降之禽兽,士风扫地,大义何在?但毕竟有我张许二公,血战睢阳,至死不降,留下万古流芳的美名,唐宋以来,很少再有二公如此百炼成钢般的节操!

人生忽尔,转眼云亡,更应该轰轰烈烈干一番为国为民的大事业！以我有限的生命,为此无限的事业,虽死犹荣矣。假使当时张许二公贪生怕死,卖国降虏,将受人唾骂,遗臭万年,又怎得流芳百世？眼前的古庙幽邃深沉,二公塑像仪容庄严典雅,栩栩如生。又当夕阳西下,寒鸦啼于枯木之上。双庙前、邮亭下,倘有奸雄经过,面对先烈,亦当反躬自省矣。

这首词与文天祥的《正气歌》同为不朽之杰作,可与日月争光。刘永济评论:"忠义之气,凛然纸上。此等作品,不可以寻常词观之也。"文天祥被执至大都,从容就义之际,曾留下《绝笔自赞》云:"孔曰成仁,孟曰成义。唯其义尽,所以仁至。读圣贤书,所学何事？而今而已,庶几无愧。"以这首词可以照观文天祥平生读古人书,尚友古人,常常与自身的言行融为一体,他的一生是为实践中国文化精神的光辉一生。

南宋末帝赵昺祥兴元年(1278),文天祥驻兵潮阳,特意前往张许二公庙,赋词凭吊。张巡、许远,当时被称为双忠,江淮以南地区,到处有双忠庙。张巡(708～757),唐末抗击安禄山的名将,在著名的睢阳(今河南商丘南)之战中,率数千兵力抵抗十多万叛军,坚守睢阳达十月之久,歼敌十二万之众,终因实力悬殊,粮尽城破,誓死不降而被害。许远(709～757),字令威,在睢阳之战中与主帅张巡一起抗击叛军,城破被俘,解送洛阳途中被害。文天祥借古抒情,盛颂张许二人的忠臣气节和高尚品格。表达了自己的忠君爱国、舍生取义的决心。

词题潮阳(今属广东)张许二公庙。唐安史之乱,张巡、许远合力死守睢阳,屡障江淮,唐得江淮财用以济中兴。张许双庙本在睢阳,而远在南天万里之潮阳怎会又有此庙呢？这里也有一段佳话:唐韩愈曾撰《张中丞传后叙》,表彰张许功烈。元和十四年(819),愈以谏迎佛骨贬潮州刺史,在任期间,他关心民生疾苦,开设乡校,使潮州成为文化之都。潮州人怀恋韩愈；建书院、庙祀，都以他的名字命名。又因为韩愈为张许二公的知己，所以也为张许二公建立祠庙。张许双庙初建于北宋熙宁年间（1068～1077），位于潮阳市东郊之东山山麓。南宋景帝三年即帝昺祥兴元年（1278）十一月至十二月十五日，文天祥以少保右丞相兼枢密使驻兵潮阳。时谒双庙，于是写下这首《沁园春》词。《隆庆潮阳县志》著录元潮州路总管王用文《刻文丞相谒张许庙词跋》云："丞相文山公题此词盖在景炎时也。三宫北还，二帝南走，时无可为矣。赤手起兵，随战随溃，道经潮阳，因谒张许二公之庙。而此词实愤奸雄之误国，欲效二公之死以全节也。噫！唐有天下三百年，安史之乱，其成就卓为江淮之保障者，二公而已矣。宋有天下三百年，革命之际，始终一节，为十王庙祖宗出色者，文山公一人焉。词有曰：'人生翕歘云亡，好烈烈轰轰做一场。'是知公之时，固异乎张、许二公之时，而之心即张许之心矣。予守潮日，首遣人诣潮阳致祭，仍广石本，以传诸远。"

文天祥被遣到大都后，元世祖亲自召见他，想要将他劝降。文天祥见到元世祖依然不跪。元世祖也没有强迫他下跪，而是说："日后如果你能改变心意，用效忠宋朝的忠心来对朕，朕可以在中书省给你留一个位置。"文天祥回答说："我乃大宋丞相，现在国家亡了，我只求速死，不求久生。"元世祖又气又恼，再也无法忍受，下令处死文天祥。第二天文天祥被押解到菜市口的刑场，临刑前，监斩官问道："丞相还有没有话要说？回奏还可以免死。"文天祥呵斥道："死就死耳，还有何要说。"行刑时，他向监斩官问道："哪边是南方？"有人给他指了方向，他便向南方跪拜："我的事情已经完结了，心中无愧。"然后引颈就刑，从容就义，死时年仅四十七岁。

更剔残灯抽剑看

陈人杰(1219—?),又名陈经国,字伯夫,又字刚夫,号龟峰,长乐(今属福建)人。少时曾因应考寓居临安,后又在建康参加举子考试。应举不第,以幕客身份漫游两淮湘楚。宝祐四年进士及第,少负才气,胸怀大志。其词多写家国身世之悲,笔力豪纵,风格忧郁,语言典雅凝重,为南宋后期辛派重要代表词人。

沁园春

陈人杰

为问杜鹃,抵死催归,汝胡不归。似辽东白鹤,尚寻华表,海中玄鸟,犹记乌衣。吴蜀非遥,羽毛自好,合趁东风飞向西。何为者,却身羁荒树,血洒芳枝。

兴亡常事休悲,算人世荣华都几时。看锦江好在,卧龙已矣,玉山无恙,跃马何之。不解自宽,徒然相劝,我辈行藏君岂知。闽山路,待封侯事了,归去非迟。

你这杜鹃鸟,声声苦啼,声嘶力竭地催促旅人归去,那你为何不归呢?要知道,那离家千年的辽东白鹤,尚且重返故乡寻访城门的华表,翱翔于万里海涛的燕儿,仍要返回自己的故国乌衣国。你为何天天喊着归去归去,却留在天堂苏杭,不愿重返巴山蜀水。你羽毛丰满,现在又正值暮春,东风劲吹,你正好振翅西飞。为什么却要栖息在这荒郊的树上,成日哭天抹地,把啼出的血洒在杜鹃花的枝头之上?

杜鹃答道:朝代的兴衰更迭是常事,人世间的荣华富贵又能维持多久?我的老家锦江如故,玉垒依然,可是曾在这里轰轰烈烈成就伟业的诸葛亮、公孙述等人,如今又在哪里呢?词人道:这些话你还是留着宽慰自己吧!蓬间的燕雀怎么会了解我辈的凌云壮志呢?现在正是建功立业的大好时机,至于回家乡福建,且待我驱除鞑虏,封侯挂帅之后,你再来劝我,还为时不晚。

陈人杰是宋代词坛上最短命的词人,享年仅二十六岁,这是一篇借质问杜鹃而表明心志的词作。左思《蜀都赋》云:"鸟生杜宇之魂。"杜鹃,一名子归。相传古时蜀王杜宇被迫禅位于大臣鳖灵,出逃之后,恢复位不得,死后魂化杜鹃,鸣声凄凉,像是频呼:"不如归去。"这首词采用自问自答的形式,别开生面,形象新颖。抒发了词人期望建功立业、报效国家的壮伟胸怀,是南宋后期词坛上一篇格调较高的佳作。

词的上片写杜鹃不是不愿归去,也不是没有能力归去,实乃王位已失,复国无望,情不忍归,思国肠断;下片劝慰杜鹃,历史的兴亡是常有之事,不用悲伤。而人间的荣华富贵又能维持多久呢?并表明自己等到建功立业再回老家归隐的心迹。此词虽写杜鹃而能出其机杼,既写出了杜鹃言归不能归的新意,又表明了词人乱世不避入世的政治抱负,因此格调高昂,风格雄浑。词人诙谐其表而严肃其里,反映"国家兴亡,匹夫有责"的重大主题,表现出词人积极进取的奋斗精神。

沁园春

陈人杰

丁酉岁感事

谁使神州,百年陆沉,青毡未还?怅晨星残月,北州豪杰;西风斜日,东帝江山。刘表坐谈,深源轻进,机会失之弹指间。伤心事,是年年冰合,在在风寒。

说和说战都难,算未必、江沱堪宴安。叹封侯心在,鳣鲸失水;平戎策就,虎豹当关。渠自无谋,事犹可做,更剔残灯抽剑看。麒麟阁,岂中兴人物,不画儒冠?

北宋覆亡已百年有余,中原的故土始终未能收复。可叹我中原豪杰寥若晨星,南宋江山,岌岌可危!刘表只会空谈坐观时变,深源将军轻率冒进,都会使中原恢复的机会失之交臂。令人伤痛不已的是由于北方强敌的不断威胁和进攻,国家年年处在风雨飘摇的境地。

出现和不能安、战不能胜的情势,固然由当时客观条件所决定,但当道者的昏聩无能也使得有识之士无可施其计,这样耽于安乐的局面是难以持久的。可叹自己空有建功雄心,而身处困境,无用武之地。想上书陈述恢复大计,无奈何坏人当道,又有谁能采纳自己的意见。其实形势并未到绝望地步,国事尚有可为,当勉力图治才是。所以自己深夜里挑灯看剑,希望能为国杀敌立功。难道只有武将们才能为国家中兴立功,读书人的肖像就不能画在麒麟阁上吗?

词题为《丁酉岁感事》,丁酉岁为理宗嘉熙元年(1237),陈人杰其时年仅二十岁。作此词的前三年,蒙古先约宋攻金。金亡后,宋即仓促进兵中原,元趁宋收复西京洛阳时,进行袭击,宋军败还。自此,元人遂借口宋破坏盟约,连年出兵南侵。丁酉岁,元兵自光州、信阳进至合肥。战争使人民流离失所,朝廷惊慌失措。面对这一危急形势,词人不禁感慨万分,写下这首激奋人心的词篇。词的上片写局势的危急,下片抒发自己建功立业、报效国家的豪情。词人感时伤国,一腔悲愤溢于言表,在批评当权者误国的同时表达了自己为国请缨的愿望。陈人杰是南宋辛派词人,他的词慷慨悲凉,抒发了忧国伤时的沉痛心情,其激越处颇近辛弃疾。陈延焯《白雨斋词话》评论:"此类皆慷慨激烈,发欲上指。词境虽不高,然足以使懦夫有立志。"词人一介儒生,自比鳣鲸,力图封侯万里,侠肝义胆,栩栩如生,志士豪情,跃然纸上,《词则》赞其:"肝大心雄,读之起舞。"

"陆沉""青毡"典出《晋书》,西晋时,王衍为宰相,正值匈奴南侵,他清谈误国,丧失了许多土地,桓温愤慨地说:"遂使神州陆沉,百年丘墟,王夷甫(王衍字)诸人不得不任其责。"(《晋书·桓温传》)用桓温对王衍等人的斥责表达了词人对南宋误国者的无比愤慨。又《晋书·王献之传》载:"王子敬(王献之字)在斋中卧,偷人取物,一室之内略尽。子敬卧而不动。偷遂登榻欲有所觅,子敬因呼曰:'偷儿,石染青毡是我家旧物,可持置否?'于是群偷置物惊走。"本词以"青毡"比喻国土,把国土沦陷喻为偷儿所窃,化而用之,十分贴切。"东帝"也有所典,战国时齐湣王称东帝,自恃国力,不审时势,后被燕将乐毅攻破临淄(今山东淄博),在出逃中被杀,此处用"东帝"比喻风飘摇、岌岌可危的南宋政权。"刘表坐谈"典出三国,三国时,曹操攻打柳城,刘表本可以听从刘备建议借此机会袭击许昌,但刘表不听,坐失良机。《三国志·魏书·郭嘉传》曰:"表,坐谈客耳。""深源轻进",深源,东晋殷浩的字,都督五州军事,却只是会高谈阔论,发兵攻前秦,先锋部队倒戈,深源弃军而逃。引用此二典,表现了南宋彷徨于战和两端,进退皆不当时,因此一再丧失振兴国势的大好时机。此词通篇用典,但无论正用反用,不落雕痕,皆恰到好处地表达了词人隐微之意,含不尽之意见于言外。

王惠清,字冲华,宋度宗时昭仪,恭帝德祐二年(1276)临安沦陷,与三宫一起被元兵俘往大都(今北京),后自请为女道士。她曾写过一首《满江红》词,词人虽然是一个深宫女子,但她没有只停留在个人遭遇的不幸上,而是把眼光投向国家、投向民族,表现了深沉的家国之痛和民族情感,并且还表现了她敏锐的政治见识,具有震撼人心的力量。

满江红

王清惠

太液芙蓉,浑不似、旧时颜色。曾记得,春风雨露,玉楼金阙。名播兰馨妃后里,晕潮莲脸君王侧。忽一声鼙鼓揭天来,繁华歇。

龙虎散,风云灭。千古恨,凭谁说?对山河百二,泪盈襟血。驿馆夜惊尘土梦,宫车晓辗关山月。问姮娥、于我肯从容,同圆缺。

经历过一场巨大的变故,南宋的宫廷破损,太液池的荷花浑然不似旧时娇艳,嫔妃分外憔悴,也完全不是旧时的模样了。还记得那时在玉楼金阙的皇宫里,自己容貌出众美名远播,沐浴春风,莲颜生香承恩受宠,整日陪伴在君王左右,然而正当我沉浸在豪华绚丽的皇宫风光之中,忽然传来震天动地的鼙鼓,元军兵临城下,惊醒了我们的黄粱美梦,一时间繁华尽销。

如今龙虎失散,风云泯灭,宋室终至灰飞烟灭,这亡国的遗恨,是千古难解的悲伤,也是无法向人倾吐的伤痛。面对这二万之师可以抵挡百万之旅的险固河山长江天堑,本来有险可凭,却因朝廷失策,用人不当,以致大好河山沦于敌手,使人涕泪盈盈,泣血衣襟。在一路风尘被赶往北方的路上,总是血泪相和,忍气吞声。夜里入梦,总是被驿馆中的声响惊动,天未拂晓,就被推醒继续赶路。梦境里都是飞扬的尘土,宫车碾碎了寒冷的月光。月宫中的嫦娥,你是否可以容纳我,让我和你同住于月宫中,共看月圆月缺呢?

王国维在《人间词话》中评价南唐李后主的词:"真所谓以血书者。"王清惠的这首《满江红》词就是以血写就的辞章。词的上片追忆宋亡前春风得意的宫廷生活;下片写宋室的覆亡,抒发了千古难消的亡国之恨。王清惠在南宋末年被选为昭仪,才名冠绝宫廷。至元十三年(1276)正月,元兵攻入南宋都城临安(今杭州),三月,三宫、后妃、侍臣等均被俘虏北上。王惠清也在被虏之列,经过汴京夷山驿站时,她在驿站的墙壁上写下这首《满江红》。以昭仪的高贵之身忽然沦为俘虏,亲历宋亡并被驱逐北上,家破人亡,自身前途难料,在突如其来的灾难之中,词人将一腔伤痛沉重抒写于这首词中。可以说字字是血泪,句句是辛酸。据《永乐大典》记载,王清惠的这首《满江红》深受人们赞赏,中原传诵一时。文天祥、邓剡、汪元量等人皆有和词。

对这首词的最后一句,历来有许多评论。文天祥读到这一句时,曾感叹说:"惜哉,夫人于此少商量矣!"也许文天祥认为,王清惠应当杀身成仁以不负故国,而不应想要逃避到月宫中苟且偷生。所以文天祥用此词韵脚,代王清惠写了两首词。当此国破家亡之际,身为大宋丞相的文天祥以死报国,当然可敬可佩,而史载王清惠在抵达元上都后,就恳请为女道士,并以此终身。这一份忠贞,亦可圈可点。清王奕《历代词话》解曰:"昭仪女冠之请,丞相黄冠之志,固先后合辙,从容圆缺,取义成仁,无有二也。"清陈廷焯《词则》云:"凄凉,怨慕,和者虽多,无出其右。"

满江红

文天祥

燕子楼中,又捱过、几番秋色。相思处、青年如梦,乘鸾山仙阙。肌玉暗消衣带缓,泪珠斜透花钿侧。最无端、蕉影上窗纱,青灯歇。

曲池合,高台灭。人间事,何堪说。向南阳阡上,满襟清血。世态便如翻覆雨,妾身元是分明月。笑乐昌、一段好风流,菱花缺。

如同关盼盼独居燕子楼,我被囚于燕京已经捱过了好几个春秋。回想当年青春年少,高中状元,出仕朝廷的前程梦影,正如美人乘鸾上仙阙一样。而被囚以后,生活突变,肌玉暗消,泪珠洗面,为了国家,忍受着青灯独对的苦况。

高台已倾,曲池又平。人世间的炎凉世态,无需向任何人诉说,故国虽亡,而自己对祖国不渝的忠贞,正好似美人向旧主的墓阡上倾泻千行的血泪。尽管在沧桑变迁以后,不少人弹冠新朝,而自己精忠不二,却正如中天的皓月一样,绝不含糊。那些像乐昌公主一样逞风流的新贵们,令人耻笑,因为菱花破镜,一缺就不能再圆了。

词前小序云:"和王夫人《满江红》韵,以庶几后山《妾薄命》之意。"王清惠随恭帝等于丙子(1276)三月被俘北行,经过汴京夷山县的时候,题《满江红》词于驿壁。文天祥被囚在金陵,读到这首词,认为末句"问嫦娥,于我肯从容,同圆缺"中仿佛可见少许的怯懦与苟且不妥,感到不太满意,说:"惜哉,夫人于此少商量矣。"于是用其韵写下和词。后山为北宋著名词人陈师道,号后山居士,《妾薄命》是陈师道哀悼其师曾巩的诗,意思是说,《满江红》这首词是和王夫人原韵而作,大体相当于陈师道《妾薄命》诗之意。

全词属于代言体,模拟女子口吻抒写胸中之志气,借关盼盼以自喻。燕子楼相传为唐贞元时尚书张建封之爱妾关盼盼居所,张建封死后,盼盼念旧不嫁,独居此楼十余年。文天祥此处是借关盼盼从一而终的贞节表达自己对祖国的忠贞不渝。他不满王夫人"问嫦娥、于我肯从容,月圆缺"之句,是针对其亡国后不再主动抗争,反寄幻想于月宫嫦娥,要消极出世,过清寂的生活而言。然而,在封建社会中,像王惠清这样一个弱女子,手无缚鸡之力,若不愿委身求荣,出家隐遁可能是一种最切实的选择了,因此明代藩游龙为王夫人翻案道:"文山黄冠之志,昭仪女冠之请,先后合从容圆缺语,未可遽贬。"文天祥的这首词是自拟于《妾薄命》的,所以便融化《妾薄命》的诗语入词,"世态便如翻覆雨,妾身元是分明月"是全词的精华之笔,也明明白白道出一片清晰可见的赤胆忠心,表现了宁为玉碎,不为瓦全的高尚节操。文天祥也以自己实际行动演绎着所作的词句,当忽必烈派人问他:"汝何所愿?"他回答说:"愿与一死,足矣。"耿耿忠心,可昭日月。陈朝的乐昌公主,丈夫叫徐德言,他预料到陈朝破灭后夫妻可能会离散,便将铜镜碎为两半,夫妻二人各执一半,果然陈被隋所灭,乐昌公主委身于隋朝大臣杨素(灭陈后封为越国公),但最终乐昌公主因破铜镜,得以与驸马徐德言"破镜重圆"。词人以关盼盼的口吻嘲笑乐昌公主,破碎的菱花虽然能够重圆,但背叛的裂痕将永不消失,碎了的镜子不可能再圆满如初,人一旦失节,便铸成无法挽回的千古之恨。

满江红

文天祥

代王夫人作

试问琵琶,胡沙外、怎生风色。最苦是、姚黄一朵,移根仙阙。王母欢阑琼宴罢,仙人泪满金盘侧。听行宫、半夜雨淋铃,声声歇。

彩云散,香尘灭。铜驼恨,那堪说。想男儿慷慨,嚼穿龈血。回首昭阳离落日,伤心铜雀迎秋月。算妾身、不愿似天家,金瓯缺。

宋室的后妃宫女被掳北去,令人想到当年昭君出塞,"千载琵琶作胡语,分明怨恨曲中论"。王夫人这种高贵身份的人,如同牡丹中的极品姚黄,被驱北行,较之公主远嫁,处境更加悲惨,愁怨更加深远。西王母的瑶池美宴早已歇罢,仙人的眼泪落满了金盘。如同当年唐玄宗在行宫内听到雨声和风吹檐铃声相应,写下《雨霖铃》曲,以寄其恨。

彩云飞散,香尘烟灭,美好的生活被活生生毁灭。南宋覆亡的铜驼之恨,怎堪诉说。在挽救宋室危亡的战场上,多少将士慷慨赴死,血战到底,如同唐代的张巡坚守睢阳,"每战眥裂,嚼齿皆碎"。南宋的宫殿,如今只有落日、秋月临照其间,弥深故国之思。我不愿像赵宋皇室一样,国土残破,遭受侮辱。要洁身自爱,坚守节操,宁为玉碎,不为瓦全。

文天祥对王清惠的《满江红》词结句有所不满,因此他重写了两首词,一首题为《和王夫人〈满江红〉韵,以庶几后山〈妾薄命〉之意》,一首便是本篇《满江红·代王夫人作》。代作,本有拟作、仿作之意,但这里主要是翻作的意思,即文天祥以自己的思想翻填新词,纠正王清惠的原作在内容上的不妥之处。原作典故较多,为了与之相适应,这首代作也多用典抒情。"琵琶"的故事写宋室后妃宫女被掳北上之事,汉武帝时曾饰细君为公主,嫁给西域乌孙王,令琵琶马上作乐,以慰其道路之思,后移用作王昭君远嫁匈奴之事。"听行宫"句,亦是用典抒怀。唐玄宗避乱入蜀,在马嵬坡被迫缢死杨贵妃,入蜀后,在行宫内听到雨声和风吹檐铃的声音相呼应,触及时势,即采其声为《雨霖铃》曲,以寄其恨,这里借此典表述被迫北去途中的悲苦心境。

此词上片写亡国之恨和被掳北行的痛苦;词的下片抒写对敌人的仇恨和自己坚守节操保持清白的决心。词人以民族英雄的胸怀,代王夫人立言,实际上表现了文天祥自己生死不渝的民族气节和顽强斗志,光辉夺目,使人激昂振奋。文天祥留下的词作并不多,但他的词和他后期的诗文一样,每篇都有一定的政治内容,都是有为而发。他的每一首词,都是他生活、情思、人格的艺术结晶。刘熙载

《艺概》评论文天祥的词:"文文山词,有'风雨如晦、鸡鸣不已'之意,不知者以为变声,其实乃正之变也,顾词当合其人之境地以观之。"

满江红

邓 剡

王母仙桃,亲曾醉、九重春色。谁信道、鹿衔花去,浪翻鳌阙。眉锁娇娥山宛转,髻梳堕马云欹侧。恨风沙、吹透汉宫衣,余香歇。

霓裳散,庭花灭。昭阳燕,应难说。想春深铜雀,梦残啼血。空有琵琶传出塞,更无环佩鸣归月。又争知、有客夜悲歌,壶敲缺。

王母琼瑶宴上的仙桃,沐浴在九重春色之中,这美妙的境界,她都曾经亲身经历,陶醉其间。可是谁能想到,自从麋鹿衔花而去,鳌鱼翻腾作浪,宋室的河山破碎,后宫佳丽被掳北上,娇娥紧锁着眉头在山路上宛转前行,发髻上的饰品纷纷从马上坠落,凄厉的风沙,吹透了她们薄薄的衣衫,再也闻不到她们身上留下的余香。

霓裳羽衣舞早已消散,《玉树后庭花》的歌声也已烟灭。昭阳宫的归来之燕,面对眼前的凄凉情景,悲伤得难以诉说。想到北去元都,便如入了深锁春色的铜雀台,从此只有在残梦中泣血悲啼。空有琵琶传出的出塞曲,再也没有环佩鸣奏的归月之声。又如何知道,有人在暗夜中放声悲歌,将漏壶也敲缺开来。

邓剡的这首《满江红》词前小序云:"广斋谓柳山和王夫人满江

红韵,惜未见之,为赋一阕"。祥兴二年(1279)厓山兵败后,邓剡与文天祥一道被押北上。后邓剡因病停留建康,病情好转以后,元军将领张弘范谒请他为家中老师,教授自己的儿子。邓剡在建康停留了很长时间,后来终于等到机会"从黄冠归"。邓剡的和词应当为这一时期的作品。

满江红

汪元量

和王昭仪韵

天上人家,醉王母、蟠桃春色。被午夜、漏声催箭,晓光侵阙。花覆千官鸾阁外,香浮九鼎龙楼侧。恨黑风吹雨湿霓裳,歌声歇。

人去后,书应绝。肠断处,心难说。更那堪杜宇,满山啼血。事去空流东汴水,愁来不见西湖月。有谁知、海上泣婵娟,菱花缺。

皇宫中的欢宴,仿佛西王母瑶池蟠桃大会的盛况,可谓春色无边。宴会通宵达旦、尽情享用,沉浸在欢乐之中,不觉晨曦已照宫楼。鸾阁外、花丛中,文武百官肃立庆贺,龙楼傍、宝晶中香烟缭绕,好一派帝王家的气派!可是元军南侵犹如黑风吹雨,使一切的豪华顿时烟消云散。

昭仪北来以后家书断绝,肝肠欲断,情愫难以诉说。更何况国破家亡,满山的杜宇啼血。北宋亡于金,只留下东流的汴水,南宋亡于元,愁来难见西湖的明月。有谁能够知道,身处边地险境的婵娟悲伤地哭泣,期盼着有朝一日能够破镜重圆。

汪元量与王清惠关系甚密,被俘前,汪元量的以琴侍奉宫廷,认识王清惠。李晨翁《湖山类稿序》说汪元量"侍禁时,为太皇(理宗)、王昭仪鼓琴奉卮酒",赵文《书汪水云(汪元量)诗后》也说:"尝以琴事谢后(理宗妻谢道清)及王昭仪。"后来她们都被俘至燕京,时常有诗词往还,汪元量放还南归时,王清惠率众旧嫔赋诗道别。

这首词的上片追述昔日宫中的繁华生活,下片设想王清惠的处境和心曲,代她一诉衷肠。王清惠的词以女官的身份,回忆自己的得宠和幸运,汪元量以乐师的资格,追忆宫中欢宴的盛况。《霓裳曲》在当时宋廷中经常演奏,汪元量《宫人鼓瑟奏霓裳曲》(词失调名)说:"整顿朱弦,奏霓裳初遍,音清意远,恍然在广寒宫殿。"这首词挥洒自如,用语贴切,上片略与王词原作相类,下片却纯就王清惠及其作原词的景况着笔,既有唱和词的应有之义,又有相诉相慰的知己之情。据分析,此词应作于抵燕之初,他的另一首和词《满江红·吴山》似作于南归之后。

秋日酬王昭仪

汪元量

愁到浓时酒自斟,挑灯看剑泪痕深。
黄金台愧少知己,碧玉调将空好音。
万叶秋风孤馆梦,一灯夜雨故乡心。
庭前昨夜梧桐雨,劲气萧萧入短襟。

忧愁极度,无法排遣之时,只能借酒浇愁,自斟自饮,醉里挑灯看剑却忍不住热泪盈盈。空有黄金之台可是却缺少知己的朋友,枉调碧玉之歌却又没有知音。万叶在萧瑟的秋风中颤抖,孤寂的别馆中幽梦难托,一夜的孤灯夜雨中归思难禁。庭院中昨日的梧桐夜雨,使得萧萧的寒气透进了我的衣襟。

汪元量在度宗朝以善琴被召,即事谢后及王昭仪。南宋亡,他与王清惠等俱被虏北去,后元量乞为道士南归。这期间,汪王两人多有诗歌往还,《宋诗纪事》卷八十四存王清惠诗四首,都是写给汪元量的,足见二人交谊之深。李珏跋《湖山类稿》说:"吴友汪水云出示《类稿》,纪其亡国之戚,去国之苦,艰关愁叹之状备见于诗。微而显,隐而彰,哀而不怨,欷歔而悲,甚于痛哭。"

念奴娇

刘仙伦

感怀呈洪守

吴山青处,恨长安路断,黄尘如雾。荆楚西来行堑远,北过淮堧严扈。九塞貔貅,三关虎豹,空作陪京固。天高难叫,若为得诉忠语。

追念江左英雄,中兴事业,枉被奸臣误。不见翠花移跸处,枉负吾皇神武。击楫凭谁,问筹无计,何日宽忧顾。倚筇长叹,满怀清泪如雨。

我站在江南的吴山上北望,怅恨地看到那条通往汴京的道路已经被阻隔断,到处都布满了黄尘烟雾。那淮河上的宋金边境此刻正是戒备森严,边界处的要塞以及边防的关口处都有如虎豹一样勇猛善战的将士们把守。然而,所守卫的也仅仅只是陪都临安,我想要北征收复中原,然而皇帝高绝难通,如何才能向他诉说我收复中原、为国尽忠的决心呢?

追想起那些抗金英雄,他们有的被杀,有的被闲置,中兴大业都被那些奸臣给阻挠耽误了啊!帝王偏安,不图恢复中原,空有神武的威名。又有谁能像当年那个击揖中流的祖逖那样担当起挥师北上,收复中原的重任呢?而我要等到哪一天才能不再为国事担忧呢?然而一切都是那么的渺茫无望,我拄着筇杖长长地叹息,满怀忧思愁苦,泪如雨下。

这是一首慷慨悲凉的爱国辞章,词的上片写形势,描绘了宋金边界线上的严峻态势;下片抒情,抒发词人立志报国的豪情壮志。词人痛感中原沦丧而自己却无路请缨,报国无门,并慨叹奸臣误国,北伐又没有祖逖一样击揖中流的英雄,词人时刻不忘匡复故国、收复失地的热切心情跃然纸上。

徐宝君妻是宋末岳州(今湖南岳阳)人,国破家亡后,被元兵掳至杭州,誓死不敌,投池水而死,留下绝命词一首。

满庭芳

徐君宝妻

汉上繁华,江南人物,尚遗宣政风流。绿窗朱

户,十里烂银钩。一旦刀兵齐举,旌旗拥、百万貔
貅。长驱入,歌台舞榭,风卷落花愁。

　　清平三百载,典章文物,扫地俱休。幸此身未
北,犹客南州。破鉴徐郎何在?空惆怅、相见无
由。从今后,梦魂千里,夜夜岳阳楼。

　　汉江的繁华景象,江南的风流人物,都还有当年宋徽宗的余韵
风流。十里长街,家家户户都是朱红的大门,绿色的纱窗,银制的吊
钩。一旦那些凶残的元兵举起兵戈,发兵百万,挥旗南下,长驱直入
我宋朝国都(临安)。从此那些歌台舞榭再无欢愉之声,大风吹卷着
落花,带来无限恨愁。

　　宋朝三百年的灿烂文化、名胜古迹,全都被元军洗劫一空、毁坏
殆尽。我被掳走后,幸运尚在南州(杭州),没有被掳到北地。我的
夫君徐郎在哪里呢?我们再也不能相见了,这让人怎样的惆怅悲苦
又无可奈何。虽然此生不能相见,但是从今以后,我的魂魄,还是会
飞越千里,回到我们的故乡,在岳阳楼上夜夜守望。

　　这是一首绝命词,是宋末杰出的词作之一。元代陶宗仪在《南
村辍耕录》中载:"岳州徐君宝妻某氏,亦同时被掳来杭,居韩蕲王
府。自岳至杭,相从数千里,其主者数欲犯之,而终以巧计脱。盖某
氏有令姿,主者弗忍杀之也。一日,主者怒甚,将即强焉,因告曰:
'俟妾祭谢先夫,然后乃为君妇不迟也。君悉用怒哉!'主君喜诺。
即严妆焚香,再拜默祝,南向饮泣,题《满庭芳》词一阕于壁上,已,投
大池中以死。"这位被元兵俘虏的女子,在殉国殉节之际写就的辞
章,荷载着祖国和个人双重悲剧。词的上阕以倒叙手法简略交代宋
末繁华与元兵入侵的经过;下阕从大视野落笔,悲悼两宋文明尽被

毁坏,表达了词人对爱情忠贞不渝。

　　乱世出豪杰,亦出烈女,这位连姓氏也没有留下的女子,却以如此刚烈的举动,使人们在为她的坚贞而产生敬畏的同时,也对她所遭遇的不幸命运而产生强烈的愤慨与同情。这是乱世中沦入绝境的女子用生命谱写的坚贞誓言和人生绝唱。沈雄在《古今词话》中评论道:"情死情生,天日为之晦暝也。"元人陶宗仪在记载了这则故事后评论道:"噫!使宋之公卿将相贞守一节若此数妇者,则岂有卖降覆国之祸哉!"词中体现出的忠贞果敢,至死不渝,千百年后仍然令人为之动容。这是她承载着祖国与个人双重悲剧的心灵之写照,将祖国与个人双重悲剧融为一体,以哀祖国为先为主,哀个人为后为次,充分体现了国身通一,先忧天下的精神,意境崇高至极,"真所谓以血书者也"。刘永济在《唐五代两宋词简析》中评论:"读其'此身未北,犹客南州'与'断魂千里,夜夜岳阳楼'之句,知其有生为南宋人,死为南宋鬼之意。惜但传其词而逸其名姓,致千百年后无从得知此爱国女子之生平也。"实际上,词在则人在,此词不朽,此人亦可不朽矣。

（八）
竹溪花浦——交谊卷

人生来无法选择自己的父母、亲人,但朋友却是可以自己选择的,所以有人说:"朋友是自己选择的亲人。"一个与你并无血缘牵绊的人,却知你冷暖、知你悲喜、知你起落,何其难得!于此生此间遇到这样的知己,一起闲看云气,静坐闲聊;一起走马驱舟,仗剑天涯;一起吟诗赏花,举杯畅饮,是何等的快意人生!

《列子·汤问》记载:一对朋友,以琴曲结下生死之交。弹琴者俞伯牙心在高山,听琴者钟子期立即听了出来;俞伯牙转向流水,钟子期也听出来了。因此,"高山流水"成了千古至谊的代称。有了这个代称,中国人心中的千古至谊,也就与山水呼应,由山水作证,如山水永恒。宋代文人中就有许多流传甚广的交谊佳话和名篇佳作,如欧苏的师生之谊、欧梅的同僚之谊、苏门四学士的同门之谊、辛陈的同志之谊、战友之谊等等,无不诠释、验证着千古至谊的存在与美好。

相逢樽酒盍留连

至和元年（1054）五月，欧阳修丧服期满，朝廷立即恢复他原来的官职，并一再敦促他即刻进京。上朝觐见的时候，仁宗看到阔别十载的欧阳修，简直不敢相信，当年风华正茂的庆历谏官，如今须发斑白，两鬓苍苍。他不由得恻然动心，询问欧阳修在外几年，今年多大年纪，格外关怀备至。欧阳修请求出知小郡，仁宗深情地说："这些年我见识过不少人，一般人担任小官的时候，还肯对我尽心直言，一旦有了较高的名誉地位，就会顾虑重重，不肯多说。像你这样敢于说实话的人，实在是太少了。你就别离开朝廷吧！"

这年春天，王安石在舒州（今安徽潜山）通判任满以后，在欧阳修等人荐举下，由朝廷召试馆职，授集贤校理，王安石力辞不就，请求差遣外任。他在《上欧阳永叔书》中解释说，祖母、二兄、一嫂相继丧亡，家庭负担太重，京师难以养家。后朝廷改授其群牧司判官，他仍一味推辞。经欧阳修出面劝说，王安石才勉强就职。两年后，欧阳修回忆这件往事，赋写《赠王介甫》诗。

赠王介甫

欧阳修

翰林风月三千首，吏部文章二百年。
老去自怜心尚在，后来谁与子争先。
朱门歌舞争新态，绿绮尘埃试拂弦。
常恨闻名不相识，相逢樽酒盍留连。

李太白的诗篇三千首独领翰林风骚,韩愈的古文流传已经二百余年。我已渐渐老去,但致力文坛复古、诗文革新的雄心尚在,在这后起之秀中有谁能与君一争高低呢?朱门大户的歌舞争相呈现新的形态,且用绿色的绮罗拂去琴弦上的尘埃。常常遗憾只闻其名而不识其面,而今相会岂能不频频举杯,久久留连!

欧阳修的这首诗以李白诗歌和韩愈文章,盛赞王安石的诗文创作成就。中间两联,诗人自叹衰老,将文坛复古、诗文革新的希望,寄托在后起之秀王安石的身上。尾联表达钦慕之情,热切希望彼此在一起杯酒尽欢。

王安石接到赠诗后,也追忆当年的情景,回赠了《奉酬永叔见赠》诗。

奉酬永叔见赠

王安石

欲传道义心虽壮,强学文章力已穷。
他日若能窥孟子,终身何敢望韩公。
抠衣最出诸生后,倒屣尝倾广座中,
只恐虚名因此得,嘉篇为贶岂宜蒙。

心中虽然有孟子、韩愈传承道义的雄心壮志,只是勉强学习他们的文章已经感到力不从心。他日只想窥见孟子的思想,终其一生怎敢奢望取得韩愈那样的文学成就。不登大雅之堂的我才能只在诸生的后面,承蒙您在大庭广众的场合给予倒屣相迎的礼遇。就担心从此枉得虚名,您的佳作相赠真令我惶恐不安。

王安石在这首诗中以孟子和韩愈的卫道精神自我鞭策,对欧阳修的推崇奖掖,表示由衷的感谢。从至和初年欧王会晤以后,双方书信往来频繁,尽管晚年两人政见不尽相同,却终生保持友好交情。

嘉祐二年(1057)秋,王安石出知常州(今属江苏)。上任伊始,他一再致书欧阳修,感谢其知遇奖进之恩。当时,王安石创作了两首诗《明妃曲二首》,在社会上广泛流传,反响十分强烈。

明妃曲二首

王安石

(一)

明妃初出汉宫时,泪湿春风鬓脚垂。
低徊顾影无颜色,尚得君王不自持。
归来却怪丹青手,入眼平生几曾有;
意态由来画不成,当时枉杀毛延寿。
一去心知更不归,可怜着尽汉宫衣;
寄声欲问塞南事,只有年年鸿雁飞。
家人万里传消息,好在毡城莫相忆;
君不见咫尺长门闭阿娇,人生失意无南北。

(二)

明妃初嫁与胡儿,毡车百辆皆胡姬。

含情欲语独无处,传与琵琶心自知。
黄金杆拨春风手,弹看飞鸿劝胡酒。
汉宫侍女暗垂泪,沙上行人却回首。
汉恩自浅胡恩深,人生乐在相知心。
可怜青冢已芜没,尚有哀弦留至今。

(一)当年明妃初出宫汉的时候,泪湿春风,两鬓低垂。她顾影徘徊,辣动左右,令六宫粉黛黯然失色,引得君王不能自恃,觉得平生从未见到过此等佳人。其实人的意态从来是画笔所难以描画的东西,送走昭君归来杀死画师毛延寿已是枉然的。明妃知道此去绝无回到汉宫的可能,然而,她仍眷眷于汉,不改汉服。想要问问故乡塞南的情况,只有等到每年的鸿雁飞来。万里之外的家人传来了消息,好让她塞外安心不牵挂。其实"宫中多少如花女,不嫁单于君不知",昭君若是不出塞,也只落得陈阿娇那样幽闭深宫的命运,可见人生的失意是不分南北的事情。

(二)明妃出塞嫁与胡人,胡人以毡车百辆相迎,车上尽是服侍的胡姬。因为与胡儿语言不通,想要说话也无人能诉,只能借琵琶倾诉内心的情思。明妃一面手弹琵琶劝胡儿饮酒,一边凝望着远去的飞鸿。琵琶曲缠绵哀怨的声音感动得汉宫的侍女暗自掉下眼泪,沙丘上的行人纷纷转过头来。明妃在汉幽闭长门,又被送去和番,实在未能感受到汉室的恩惠,而胡人对他以百辆车驾相迎,自然是恩礼深重,可是她深明大义,不以个人恩怨得失改变心意。可怜现在明妃的青冢已被荒草所淹没,只有她那哀怨的琵琶曲至今还在回响。

这首诗作于嘉祐四年(1059),当时,梅尧臣、欧阳修、司马光、刘敌皆有和诗。北宋时,"辽、夏交侵,岁币百万"。(赵翼《廿二史札记》)景祐以来,"西(夏)事尤棘"。诗人们借汉言宋,自然联想到明妃。梅、欧诗中皆直斥"汉计拙",对宋王朝的屈辱政策提出批评,王安石则极意刻画明妃的爱国思乡的纯洁、深厚感情,并将这种感情与个人恩怨区别开来,尤为卓见。

和王介甫明妃曲二首

欧阳修

(一)

胡人以鞍马为家,射猎为俗。
泉甘草美无常处,鸟惊兽骇争驰逐。
谁将汉女嫁胡儿,风沙无情貌如玉。
身行不遇中国人,马上自作思归曲。
推手为琵却手琶,胡人共听亦咨嗟。
玉颜流落死天涯,琵琶却传来汉家。
汉宫争按新声谱,遗恨已深声更苦。
纤纤女手生洞房,学得琵琶不下堂。
识黄云出塞路,岂知此声能断肠!

(二)

汉宫有佳人,天子初未识,
  一朝随汉使,远嫁单于国。

绝色天下无，一失难再得，
虽能杀画工，于事竟何益？
耳目所及尚如此，万里安能制夷狄！
汉计诚已拙，女色难自夸。
明妃去时泪，洒向枝上花。
狂风日暮起，漂泊落谁家。
红颜胜人多薄命，莫怨春风当自嗟。

（一）胡人以鞍马为家，过着游牧狩猎的生活，他们往往没有固定的住处，只要有泉甘草美之处就驻扎下来，所到之处鸟惊兽骇争相驰逐。是谁将汉家女儿嫁给了胡儿，如玉般的面容冒着无情风沙的袭击。所到之处连中原人也看不到，只能在马上自作思归之曲。一推一放之间，信手弹成曲子，琵琶的哀音，却十分动人，连胡人听了也感叹不已。红颜流落天涯老死他乡，她所作的思乡曲传到汉家来。汉宫之中却将其视为新声谱争相演奏，昭君的遗恨本已深重，而声音更显得哀苦。女儿的纤纤玉手生于深宫，只要学得弹奏新声的琵琶曲就可以不必下堂。不经历黄沙漫漫的出塞之路，怎能知道此曲之中的断肠之声？

（二）汉朝宫中有昭君这样的佳人，天子早些时候居然没有发现。一朝被选和亲，随汉使出发，远嫁到胡人的单于国。她是倾国倾城的绝世佳人，今朝失去就难以再得到了。虽然汉元帝能将画工杀了，但是终究于事无补。眼前的美丑尚不能辨别，万里之外的夷狄何以制服？汉代的和亲政策为的是乞求和平，委实为计之拙，仅靠女色是难以自夸的。明妃离别之时涕泪淋淋，洒落在花枝之上。等到日暮时分狂风大作，就不知飘落到何方。自古红颜多薄命，不必去哀怨春风,只能空自嗟叹命运之无常。

　　第一首诗写"汉宫"不知边塞之苦;第二首写和亲政策之"计拙",借汉言宋,具有强烈的现实意义。其间叙事、抒情、议论杂出,转折跌宕,而自然流畅,形象鲜明,虽以文为诗而不失诗味。这两首诗是欧阳修平生最得意之作,作品的主题,在于感慨世人未能真正理解王昭君背井离乡的痛苦,这是对传统昭君题材诗词的别出新意。叶梦得《石林诗话》引其子欧阳棐语云:"先公(欧阳修)平生未尝夸大所为文,一日被酒,语棐曰:'吾诗《庐山高》,今人莫能为,惟李太白能之;《明妃曲》后篇,太白不能为,惟杜子美能之;至于前篇,则子美亦不能为,惟吾能之也'……"由此可见,欧公对这两首诗是何等自鸣得意。

十年思颖今在颖

宋仁宗嘉祐二年(1057)，欧阳修担任主考官，他识拔了我国历史上的大文豪苏轼。欧阳修是文坛泰斗，一言九鼎。当时流传着一种说法：文士不怕刑罚，不爱晋升，也不贪生怕死，只怕欧阳修提意见。欧阳修对他的同仁说：读苏东坡的信，我全身喜极流汗，我应当退隐，"老夫亦须放他出一头地也"。当时苏轼年仅二十一岁，据说欧阳修还曾对他的儿子说，"记住我的话，三十年后没有人会谈起我"。他的预言果然被证实了，苏东坡死后十年没有人再提欧阳修，人人都在谈苏东坡，偷读他被禁的作品。

相传此次考试中，有一位考生撰写的《刑赏忠厚之至论》，语言酣畅通达，气势古朴雄放，颇有《孟子》文章的风格。梅尧臣阅卷后，推荐给欧阳修裁判，并建议擢为头一名，欧阳修一读，惊喜异常，也觉得应占榜魁。但是，他猜测考卷的主人是门人曾巩，为了避嫌疑，免闲话，斟酌再三，还是将它压为第二名。启封之后才发现，原来是苏轼的试卷。苏轼的这篇文章中引用了一个典故，欧阳修苦苦思索，不知出自何处。他想考生文章写得如此漂亮，典故必有出处，一定是自己读书不够，孤陋寡闻。考试结束后，苏轼登门致谢。欧阳修问道："你的文章所引用的'皋陶曰杀之，三'，这个典故见于哪本书"？苏轼回答："记载在《三国志·孔融传》注解当中"。事后，欧阳修查阅这本书，不见有关记载。过了些日子，碰上苏轼，他再次问起。苏轼说："曹操把袁熙的妻子赐给儿子曹丕。孔融说：'从前周武王将妲己赐给周公。'曹操问：'记载在哪部经典？'孔融回答：'以今天的事情来猜想古代，估计是这样的。'我在文章中写到的尧与皋陶的事情，也是按照情理估计的。"欧阳修听罢，大吃一惊，感叹道：

"这个人真会读书,真会用书,将来文章一定会独步天下。"从此,欧阳修极力推赏苏轼,他专门派遣门人晁美叔登门向苏轼求教。晁美叔拜访苏轼时,他说:"我跟着欧阳公求学多年。他要我来向你学习,说你一定会闻名天下,他应该放你出人头地。"苏轼的文章信笔抒情,挥洒自如,就如行云流水,平易流畅而仪态万方,自不必说。欧阳修推重、奖掖苏轼,显现其忠厚长者的豁达大度,更是被后人传为美谈。

宋神宗元丰二年(1079)四月,苏轼从徐州调任湖州,途径扬州时,知州鲜于侁设宴于平山堂。此时欧阳修已逝世多年,可是在平山堂的墙壁上,还保留着他龙飞凤舞的墨迹。苏轼回想起欧阳修的文学成就和政治业绩,以及对自己的赏识、提携,心中充满感激之情。酒酣思贤,思绪万千,即席赋下《西江月·平山堂》:"三过平山堂下,半生弹指声中。十年不见老仙翁,壁上龙蛇飞动。欲吊文章太守,仍歌杨柳春风。休言万事转头空,未转头时是梦。"

熙宁四年,六十多岁的欧阳修退居颖州(今安徽阜阳)。他过去当过颖州的地方长官,现在闲居无事,于是经常与亲朋好友一起,或独自一人游赏颖州的名胜西湖。位于颖州城西北的西湖是颖河与其他诸水汇流之处,有三里长,十里广,"花坞草汀,十顷波平",唐宋时为宴游胜地,也是与杭州西湖、扬州瘦西湖并称的名胜之地。欧阳修晚年退居颖州,很是喜爱颖州西湖风光,他曾在《西湖念语》中写道:"虽美景良辰,故多于高会;而清风明月,幸属于闲人。并游或结于良朋,乘兴有时而独往。"

木兰花令

欧阳修

西湖南北烟波阔,风里丝簧声韵咽。舞余裙带绿双垂,酒入香腮红一抹。

杯深不觉琉璃滑,贪看六幺花十八。明朝车马各西东,惆怅画桥风与月。

西湖南北烟波浩渺,一派壮阔,微风之中丝簧演奏的声音呜咽回荡。翩翩舞罢,长裙上的绿色飘带双双垂挂下来,不胜酒力的美人酒入口中,香腮上现出娇艳的一抹微红。

由于贪看歌舞入了迷,酒杯在手,竟然不觉酒漫杯滑。随着人事的变化,今天沉醉不觉者会有一天被车马带向远方。那时,在异乡,甚至在无可奈何的孤独寂寞中,回首画桥风月,该是何等惆怅。

这首词大约作于皇祐二年(1050)七月,当时词人被安排为应天府南京留守司事,即将辞别颍州。此词写的是歌舞酒宴的传统题材,不出花间余韵,但艳丽不靡,游宴中透露出对颍州山水依依不舍的深情,通篇体现了一种艺术美感。欧阳修的词比较注意感情深度的同时,艺术表现上多数显得很蕴藉,有一种雍容和婉的风度。

欧阳修知颍州时已经四十三岁,宦海浮沉,鬓须皆白,像早年那种"直须看尽洛阳花,始共春风容易别"的情怀大为减退。他从宋仁宗天圣八年(1031)荣选甲科进士被朝廷命为京西推官起,在长达三十多年的从政生涯里,有过数次贬谪的经历。又因刚正不阿,敢于说话,秉公办事,心胸坦荡,不断受到皇帝的赏识而官位越升越高,直至参知政事(相当于副宰相),也同样因为这种疾恶如仇的性格和他所坚持的政治立场不断遭到皇帝的贬斥和权贵的挤压,多次被贬至偏远的地区担任地方小官。《宋史·欧阳修传》曾评价他道:"天资刚劲,见义勇为,虽机陷在前,触发之而不顾。放逐流离,至于再三,志气自若也。"为政的艰辛并未使他消沉或圆滑起来,反而因此养成了一种放达的胸怀和超然的心态。

"六幺花十八"。六幺亦作绿腰,唐教坊曲名,为琵琶舞曲。此曲内一叠名花十八,前后十八拍,又四花拍,共二十二拍,曲节抑扬可喜,舞亦随之。词调中有《梦行云》,别名《六幺花十八》。

宋哲宗元祐六年(1091),五十六岁的苏轼也被任命为颍州知州。他于当年八月下旬到达颍州,时已深秋,泛舟颍河时触景生情,想到恩师欧阳修曾经写下的《木兰花令》词,按照欧公的原韵也写下一首《木兰花令》。

木兰花令

苏　轼

次欧公西湖韵

霜余已失长淮阔,空听潺潺清颍咽。佳人犹唱醉翁词,四十三年如电抹。

草头秋露流珠滑,三五盈盈还二八。与余同是识翁人,惟有西湖波底月。

霜降之后,淮河去了盛水季节那种宽阔的气势,河面变窄,只听见水声潺潺,那是颍河在呜咽悲切。醉翁在颍州作的词,至今歌女仍在吟唱。唉,时光如电光一闪而过,至今已经四十三年了。

草上的露珠明澈圆润,流转似珠,却倏忽而逝。十五的月亮晶莹圆满,到了十六,月轮就要缺一分了。当年识得醉翁的人,如今除了我,只有这西湖波底的月亮而已。

苏轼曾写过一首《泛颍》诗:"上流直而清,下流曲而漪。"在他听来,水流潺潺的颍河仿佛幽咽悲切,这是由于他当时沉浸在怀念恩师欧阳修的思绪中。因为欧公曾任颍州知州,并且最后终老于此,他泛舟的颍河又是当年欧公经常游乐的地方。如今凭吊遗踪,一时之间自然感慨万千,正如他当时在《祭欧阳文忠公文》中所写的那样:"清颍洋洋,东注于淮,我怀先生,岂有涯哉!"思念欧公之情,胜于洋洋颍水,无边无际。可见怀念之深。欧阳修晚年居颍州时所作词如《采桑子》组词等,以其疏隽雅丽的独特风格盛传于世,而数十年后,歌女们仍在传唱,足见"颍人思公"。这不光是思其文采风流,更重要的是思其为政"宽简而不扰民"。欧公因支持范仲淹的政治革新,而被贬到滁州、扬州、颍州等地,但他能兴利除弊,务农节用,曾奏免黄河夫役万人,用以疏浚颍州境内河道和西湖,使"焦陂下与长淮通",西湖遂"擅东颍而佳名"。因此人民至今仍在怀念他,传唱他的词并立祠祭祀,就是最好的说明。苏轼词中写自己"识翁",融合了早年的知遇之恩、师生之谊、政见之相投、诗酒之欢会,尤其是对欧公政事道德文章之钦服种种情思。而西湖月之"识翁",则是由于欧公居颍州时常夜游西湖,波底明月对他特别熟悉,也可以说代表了颍州人民心底对欧公难忘的记忆。

这首词的题目是"次欧公西湖韵",他按韵次的要求,用了欧词的原韵,所写的地点也相同。从前欧阳修为亡友尹师鲁作墓志,说自己作志"用意特深而语简,盖为师鲁文简而意深","死者有知,必受此文"。苏轼为告慰恩师,也按欧词的风格来和韵,并获得很大的成功。宋人傅斡《注坡词》曾引《本事曲集》云:"二词皆奇峭雅丽,如出一人,此所以中间歌咏,寂寥无闻也。"他们二人前唱后和,二词就成了绝唱。苏轼的这首和韵与欧词也有不同之处,欧词写于盛夏,是饯别之作,重在赞美佳人的歌舞。苏词作于深秋,是怀念之作,重在颂德。词的上片着重写"思翁",下片着重写"识翁","思"是"识"的前提,"识"是"思"的主旨。全词自然活泼,浑然天成。

苏轼的弟弟苏辙其时在陈州州学担任教授,这年六月,在京城担任开封府推官的苏轼因为訾议新法,被人诬告,自请通判杭州。七月抵达陈州,与苏辙团聚七十余日,启程赴杭州时,与苏辙同到颍州谒见恩师欧阳修,苏辙也有一首《陪欧阳少师永叔燕颍州西湖》诗。

陪欧阳少师永叔燕颍州西湖

苏 辙

西湖草木公所种,仁人实使甘棠重。
归来筑室傍湖东,胜游还与邦人共。
公年未老发先衰,对酒清叹似昔时。
功成业就了无事,令名付与他人知。
平生著书今绝笔,闭门燕居未尝出。
忽来湖上寻旧游,坐令湖水生颜色。
酒行乐作游人多,争观窃语谁能呵。
十年思颖今在颖,不饮耐此游人何。

西湖的草木皆为欧公所种植,仁厚之人使得棠梨之树挂满了甘甜的果实。告老归隐之后依傍着湖东筑室而居,胜游还需要与意气相投的朋友在一起。欧公的年纪还不算大,可是头发却已经衰落,对着酒杯不由地慨叹昔时相对的情景。如今功成业就无所事事,只留下名声使他人知晓。平生著书不辍现在已经封笔,闭门而居很少外出。忽然之间来到湖上寻觅旧时的踪迹,使得湖水也顿时增色不少。一边畅饮一边作乐,渐渐引来不少游人。大家一边争相观望,一边窃窃私语,猜测这些人到底是谁?十年来一直想回到颍水之滨居住,如今终于如愿以偿,此时如不开怀畅饮怎么对得起周边围观的游人呢?

苏辙的这首诗记载了欧阳修退隐以后逍遥自在的生活。在实现了十多年来孜孜以求的颍州梦,欧阳修在尽情享受倦鸟归巢以后的安逸清闲,偶尔他也会陪伴宾客出游西湖,行酒奏乐,以致引起湖上游人的聚议围观,末秋时节,欧阳修与二苏游湖荡舟,饮酒赋诗,调侃戏谑,度过了一段美好的时光。欧阳修拿出自己珍藏的紫石屏,供苏氏兄弟观赏,庆历七年(1047),欧阳修自赋《紫石屏歌》,苏舜钦、梅尧臣都有和诗,这次苏轼、苏辙也都应命赋写了诗歌。

欧阳修了解到苏轼此次离京出知杭州,原因在于坚持自己的政治主张,上书批评新法,因而受到变法派的诬陷和排斥,他很赞赏苏轼的处世态度:"你坚守人格,自请出知外郡,符合我的思想。我平日所讲的'文学',一定要与'道义'相结合,只会写文章,没有品行,见利忘义的人,不是我的学生。"苏轼闻言后表示:"我一定铭记先生教诲,至死不渝!"

师生之间也会说些笑话,相互逗乐。欧阳修向苏氏兄弟讲了一个小故事。有个病人去找医生看病,医生问起他患病缘由,病人说:"我在坐船的时候遇上大风,惊吓成病。"于是,医生找来一把船舵,从舵手汗迹渍透的地方刮些粉末,拌和其他药物,让病人喝下去,结果,病很快就好了。中国古代药典上也有类似记载:"止汗,用麻黄根节拌和旧竹扇研成粉末,一并吞服。医生以意用药,大都是这个样子。看上去荒诞不经,用起来却很灵验。如究根问底,就难以解释了。"苏轼听罢,以谬攻谬,回敬了一通话:"这样说来,将笔墨烧成灰化作水,让读书人喝下去,就可以医治糊涂病。照此类推,喝伯夷的洗手水,可以治疗贪婪病;吃比干的剩饭,可以治疗奸邪症;憩樊哙的盾牌,可以医治胆小病;嗅西施的耳环,可以诊治丑病残疫。"欧阳修听后,不禁哈哈大笑。

一直到十月间,苏轼告别欧阳修和苏辙,离颖东去,赴杭州通判任。北宋三位文章大家,在颖州西湖畔团聚,文酒相欢,这在中国文学史上留下了一段佳话。

欧阳修有一次问苏轼,写琴的诗哪首最好?苏轼回答说:当然是唐代诗人韩愈写的《听颖师琴》诗。欧阳修说:韩愈这首诗虽然很奇丽,但不是听琴的,而是听弹琵琶的诗。苏轼听后,深信不疑。苏轼的好友,曾互相唱和柳花词《水龙吟》的章粢,家中有一位善弹琵琶的乐师,曾请求苏轼为他写一首关于弹琵琶的词,苏轼因久未写词,于是将韩愈的《听颖师琴》诗略加隐括,使之符合声律后,亲笔书写给那位琵琶演奏者。

水调歌头

苏 轼

欧阳文忠公尝问余:"琴诗何者最善?答以退之(韩愈的号)听颖师琴诗。"公曰:"此诗固秀丽,然非听琴,乃听琵琶诗也。"余深然之。建安章质夫家善琵琶者,乞为歌词。余久不作,特取退之词,稍加隐括,使就声律以遗之。

昵昵儿女语,灯火夜微明。恩怨尔汝来去,弹指泪和声。忽变轩昂勇士,一鼓填然作气,千里不留行。回首暮云远,飞絮搅青冥。

众禽里、真彩凤,独不鸣。跻攀寸步千险,一落百寻轻。烦子指间风雨,置我肠中冰炭,起坐不能平。推手从归去,无泪与君倾。

在那夜间微明的灯光下,轻柔的琴声犹如儿女间的低声细语。是恩是怨都由你来安排,演奏的巧手带来了眼泪和乐声。琴声忽而变得雄壮激越,有如勇士冲向敌阵,一鼓作气,千里不停留。回头望,琴声随着傍晚的浮云远扬,如同柳絮,飞舞着直上青天。

百鸟争喧的时候,凤凰独不鸣。象百鸟喧闹一样的琴声忽然停止,一只彩凤,唱出了奇妙的歌声。音调节节升高,好似一寸寸地向上攀登千重险阻,又突然降下来,如同一落百寻那么轻飘。烦劳你疾如风雨的弹奏,如同在我的肠中放入寒冰和火炭,使我坐立不安,无法平静,只好起身赶快离开,我再也没有眼泪可流了。

这首词是苏轼于元丰四年(1081)三月所作,词人当时在黄州贬所。苏轼在词的小序里已经把作词的原因说得很清楚,而且明确指出这是一首隐括词。词人通过对韩愈作品《听颖师弹琴》的改编,使得整个作品更为集中、凝练、主次分明,同时又保留了韩诗的妙趣和神韵。

词的上片,词人运用以形象描写不同风格的音乐,从开始的轻柔旖旎,瞬间变为雄壮高扬,然后归于悠扬致远;下片则对比音乐本身,一是同一时间内,繁音细响与清越之声对比,二是不同时间内,音乐之抑扬起伏的对比,添之以自己的感慨,使整首词具备与原作不同的艺术韵味。此词保留了韩诗的整体构思和一些精彩的描绘,但在内容、形式以及两者的结合上,显示了自己的创造性,从而使此词获得了新的艺术生命和独特的审美价值。

韩愈的《听颖师弹琴》诗曰:"昵昵儿女语,恩怨相尔汝。划然变轩昂,勇士赴疆场。浮云柳絮无根蒂,天地阔远随飞扬。喧啾百鸟群,忽见孤凤凰。跻攀分寸不可上,失势一落千丈强。嗟余有两耳,未省听丝篁。自闻颖师弹,起坐在一旁。推手遽止之,湿衣泪滂滂。颖乎尔诚能,无以冰炭置我肠!"而与韩愈同时的诗人李贺,也曾写过一首《听颖师弹琴歌》,诗中有"竺僧前立当吾门,梵宫真相眉棱尊"的句子。唐代人尊称和尚为师,可知颖师是当时一位善于弹琴的和尚,他曾经为很多名诗人演奏,请他们听完后写诗代为宣扬。由韩愈、李贺的诗题即可说明,颖师所演奏的乐器是琴而非琵琶。韩愈和李贺都曾亲自在场聆听过颖师的演奏,不可能分不清颖师弹的是琴还是琵琶,更不可能在写诗的时候都将弹琵琶误写成弹琴。宋代蔡絛《西清诗话》载:吴地有一位僧人义海,以善弹琴而著称于世。欧阳修曾问苏东坡:琴诗谁写得最好?东坡回答是韩愈写的《听颖师弹琴》。欧阳修说这是听琵琶的诗。有人就这个问题向义海求教,义海说:欧阳公是一代英豪,可这句话讲错了。韩愈诗中许多句子描写琴声起伏悠扬,这都是手指弹丝弦的妙处。琵琶上有格子,那些比较死板的格上音是无论如何也比不上变化多端的琴的。由此更可以说明,韩愈的《听颖师弹琴》从标题到所描写的内容,都是写的听琴。至于欧阳修这样的大家为何会将此等问题搞错,则不得而知,至于苏轼为何要跟着欧阳修说是弹琵琶,一般的说法是因为欧阳修是苏轼的座师,苏轼不便驳他。但就苏轼的个性而言,又似不太可信。

苏轼的这首词是一首隐括词,即将前人的作品稍加改动谓之隐括。宋代有不少隐括词,有人认为这是一种文字游戏,只能偶尔为之。苏轼隐括韩诗为词,展示了自己的才力,改写得相当成功。

醉翁操

苏 轼

琅然,清圆,谁弹,响空山。无言,惟翁醉中知其天。月明风露娟娟,人未眠。荷蒉过山前,曰有心也哉此贤。

醉翁啸咏,声和流泉。醉翁去后,空有朝吟夜怨。山有时而童颠,水有时而回川。思翁无岁年,翁今为飞仙。此意在人间,试听徽外三两弦。

泉水的声音如珮玉般清越圆转,在这十分幽静的山谷中,是谁弹奏起这一绝妙的乐曲?这是天地间自然生成的绝妙乐曲。这一绝妙的乐曲,很少有人能得其妙趣,只有醉翁欧阳修能于醉中得之。在此明月之夜,"风含翠篠娟娟静,雨裛芙蕖冉冉香",人们因为受此美妙乐曲所陶醉,迟迟未能入眠,就连一般的人听此乐曲也听得入了迷。

欧阳修曾建醉翁亭于滁州,在琅琊幽谷听鸣泉,且啸且咏,乐而忘还,天籁人籁,融为一体。自从醉翁离开滁州,流泉失去知音,只留下自然声响,但此自然声响,朝夕吟咏,似带有怨恨的情绪。蔚然深秀之琅琊,有时候也将失去其奇丽景象,水也不是永远朝着一个方向往前流动的,所以鸣泉也就不可能完美地保留下来。山川变幻,人事变换,人们因鸣泉而念及醉翁,而醉翁已化仙而去。鸣乐虽不复存在,醉翁也已化为飞仙,但鸣泉之美妙乐曲,醉翁所追求之绝妙意境,却仍然留在人间,这就是琴曲《醉翁操》。

苏轼《醉翁操》前有一段序言:"琅琊幽谷,山水奇丽,泉鸣空涧,若中音会,醉翁喜之,把酒临听,辄欣然忘归。既去十余年,而好奇之士沈遵闻之往游,以琴写其声,曰《醉翁操》,节奏疏宕而音指华畅,知琴者以为绝伦。然有其声而无其辞。翁虽为作歌,而与琴声不合。又依《楚歌》作《醉翁引》,好事者亦倚其辞以制曲。虽粗合韵度而琴声为词所绳约,非天成也。后三十余年,翁阮捐馆舍,遵亦没久矣。有庐山玉涧道人崔闲,特妙于琴,恨此曲之无词,乃谱其声,而请于东坡居士以补之云。"从苏轼自序可知,这是为琴曲《醉翁操》所填写的一首词。醉翁,即欧阳修。庆历中,欧阳修谪守滁州,其间有琅琊幽谷,山川奇丽,鸣泉飞瀑,声若环佩。欧阳修把酒临听,乐而忘返,这是大自然的天籁之声也。十余年后,太常博士沈遵,依据这自然之声,以琴写之,谱制为琴曲《醉翁操》。此曲宫声三叠,节奏疏宕,音指华畅,乃琴曲中之绝妙者。但此天生之绝妙之曲,有其声而无其辞,实为憾事。《欧阳文忠公集》中有《醉翁吟》(即《醉翁引》),据说是为此曲而谱写的歌词。但苏轼认为,欧公的歌词与琴声不合。另有依《楚歌》所作之《醉翁引》,苏轼以为仅是"粗合韵度"而已,因琴声为词所绳约,已失去琴曲之自然美,非天成也。苏轼此词就是专门为这一天生绝妙之曲而谱写的。

这首词是苏轼专门为琴曲《醉翁操》这一天生绝妙之曲而谱写的词曲,上片状写流泉之自然声响及其感人效果;下片写醉翁的啸咏声及琴曲声。词作写鸣泉及其和声,能将无形之声响写得如此真实可感,源于对于大自然的造化之工有着真切的体验。盛配《词调订律》评论:"统观全调,音节和平,有如流水清泠。"郑文焯《手批东坡乐府》曰:"读此词,髯苏之深于律可知。"

元祐六年(1091)八月,苏轼到颍州任知州,在远离党争之后,他在平静的颍州游湖,写下优美的诗篇《泛颍》。

泛　颍

苏　轼

我性喜临水,得颍意甚奇。
到官十日来,九日河之湄。
吏民相笑语,使君老而痴。
使君实不痴,流水有令姿。
绕郡十余里,不驰亦不迟。
上流直而清,下流曲而漪。
画船俯明镜,笑问汝为谁?
忽然生鳞甲,乱我须与眉。
散为百东坡,顷刻复在兹。
此岂水薄相,与我相娱嬉。
声色与臭味,颠倒眩小儿。
等是儿戏物,水中少磷缁。
赵陈两欧阳,同参天人师。

观妙各有得，共赋泛颍诗。

我生性喜欢临水而居，这次能够到颍州为官真是非常幸运。到任十来天，倒有九天都在河的岸边徘徊。官吏和百姓都含笑着议论，说我这个新来的使君真是又老又痴。不是我痴迷，而是河水的姿容令我驻足。这河水环绕颍州十余里，水流不快不慢。上流的水直泻清澈，下流的水曲折而有波纹。坐在船上俯视澄清的水波，笑问水中的那个人是谁呢？怎么忽然蹦出了长着鳞甲的鱼，把我印在水面的胡须、眉目都搅乱了。顷刻间鱼儿散去，我的面貌又清晰出现在水中。同是戏弄人的游戏，这河水就是没有臭味，因为里面没有受到外界的污染而变黑，和我同游的四位好友，一起来参验自然人事的妙谛。每个人都有不同的心得，一起写下了这泛舟颍川河水的诗篇。

元祐初，司马光一派上台，尽废王安石新法。苏轼经过多年阅历，看到"新法"实效，认为"不可尽改"，不肯"唯温（司马光封温国公）是随"，因而又为司马光一派所排挤，由翰林学士承旨兼侍读出知颍州。当时便有人说："内翰（翰林学士的雅称）只消游湖中，便可以了郡事。"（《王直方诗话》）秦观也给苏轼寄诗云："十里荷花菡萏初，我公所至有西湖，欲将公事湖中了，见说官闲事亦无。"这首题为《泛颍》的诗，也就是写游湖的事。当时，王安石变法已经失败，原来两派的政见之争，变成争相夺利，互相倾轧，使苏轼无可作为，但求洁身自好，因而泛颍以自娱。

颍州既是恩师欧阳修告退终老之地，亦是他四十二年前担任过知州的地方。现在苏轼到颍州担任知州，定然是思绪万千，心潮难平。这一天，他约了赵德麟、陈师道和欧阳修的两个儿子，与四个人一起同游颍湖，写下《泛颍》诗。清人东方树评价说："坡公之诗，每于终篇之外,恒有远景,匪人所测;于篇中又各有不测之境,其一段忽从天外插来,为寻常胸臆中所无有。""冲口即妙,千古不磨。"(《昭味詹言》)

熙宁五年(1072)七月,六十六岁的欧阳修走完了艰难坎坷的人生旅途,在颍州西湖边的住宅里安然逝世。消息传到汴京,神宗深感震惊,停止视朝一天,以表示沉痛的哀悼。韩琦、王安石、范缜、曾巩、苏轼、苏辙等人都撰写了祭奠文章。悲悼这位文坛宗师、政坛名宦、学术泰斗的逝世。

曾巩在齐州(今山东济南)撰写的《祭欧阳少师文》饱蘸血泪,在追述恩师的道德文章、政治成就、人格修养以后,抒写了自己获悉讣告时悲恸欲绝的心情。苏轼在杭州因为公务在身,不能临丧祭吊,他撰写的《祭欧阳文忠公文》,既为天下人公祭,也为苏氏家门私祭。文章真挚动情,感人至深。王安石与欧阳修晚年政见不同,却终生保持着友好情谊。在众多的祭奠文章中,以王安石《祭欧阳文忠公文》写得最好、感情最深。文章从悲叹欧阳修突然逝世写起,重点是盛赞逝者的文章、功业和为人大节,最后,表达作者及天下人对死者的仰慕凭吊心情。叙事、议论、抒情相结合,文采斑斓,格调高亢,造成一种壮美的悲剧氛围,充分抒写了祭者对逝者平生贴心知己,死后临风想望的无限深情。

欧阳修的墓志铭由韩琦撰文,宋敏求书碑,韩锥篆写墓志盖。至于神道碑铭,欧阳发等人聘请苏轼撰写,苏轼爽快允诺。但是事后不久,他卷入新旧党争,来不及执笔,就贬知外郡。直到宋徽宗崇宁五年(1106),苏轼去世多年,苏辙罢官在家,欧阳棐方请苏辙撰写了《欧阳文忠公神道碑》,此时,距欧阳修逝世下葬已经有三十二个年头了。

偶尔相聚还离索

宋神宗熙宁六年(1073),苏轼任杭州通判,当时杭州太守陈襄(字述古)是苏轼的至交诗友,两人都因反对王安石的新法而被排挤出朝廷,外任地方官职。这年十一月,苏轼因公到常州、润州视灾赈饥,姻亲柳瑾(字子玉)同行。次年元旦过丹阳(今属江苏),至京口(今江苏镇江),与柳瑾相别。苏轼写下《行香子·丹阳怀述古》词,表达苏轼对杭州诗友的怀念之情。

行香子

苏 轼

丹阳怀述古

携手江村,梅雪飘裙。情何限、处处消魂。故人不见,旧曲重闻。向望湖楼,孤山寺,涌金门。

寻常行处,题诗千首,绣罗衫、与拂红尘。别来相忆,知是何人？有湖中月,江边柳,陇头云。

风景依稀,又是一年之春了。携手寻春游玩时正值梅花似雪,飘沾衣裙。游赏时无比欢乐,销魂陶醉。此时不见老朋友,不禁想起昔日一同游玩的光景,那些我们在杭州西湖诗酒游乐的地方:望江楼、孤山寺、涌金门一一浮现眼前。

平常经过的地方,我们动辄题诗千首。身边有美人相伴,罗衫轻拂。自离开杭州后,是谁在思念我呢？一定是西湖的残月、钱塘江边的垂柳和孤山上的白云。

苏轼一生的足迹遍及大半个中国,交流之广恐怕前无古人。耿直、率真的个性,使得每个人在他眼中都显得可亲可爱,所以他的朋友中有道德崇高的长者,也有奸邪的小人。但是无论对谁,他都秉持着一颗赤子之心。他曾经对弟弟苏辙说:"吾上可陪玉皇大帝,下可陪卑院乞儿,眼前见天下无一个不好人。"他与朋友之间时有唱和之作,这首《行香子》作于熙宁七年(1074)通判杭州任上的小词,便是其中情真意切的代表作。这首词主要使用了把旧日的场景与眼前孤独的处境穿插对比的写法,触目兴怀,抒写自己对友人的相思之情。全词情真意切,诗意盎然,含蓄蕴藉,不仅表现了对西湖景物的热爱,而且流露出词人对友情的珍视。词的上阕怀旧是实写;下阕思人是虚写。词的结构虽然简单,但表现手法却细致入微。

陈襄字述古,是苏轼的上司兼朋友,苏轼任杭州通判的次年(熙宁五年)陈襄便担任了杭州太守。两人官职上一正一副(在品级上,陈襄比苏轼高很多),但私下里两人是志同道合的朋友。两人有一起修复钱塘六井的公务合作,也有携手同游西湖的亲密交情。在生活上,作为长辈和上级的陈襄,也曾给予苏轼无微不至的照顾。苏轼熙宁六年曾作《正月二十一日病后述古邀往城外寻春》一诗,可以看出太守对他的关心,这次城外寻春之行也就是本词中苏轼一直念念不忘的场景,陈襄的和诗有"暗惊梅萼万枝新"之句,可以与这首词中的"梅雪飘裙"呼应。苏轼在杭州任通判三年左右,其间和陈襄共事两年之久。熙宁七年七月,陈襄调离杭州赴南郡,苏轼又写了《菩萨蛮·娟娟缺月西南落》《江城子·翠娥羞黛怯人看》《菩萨蛮·秋风湖上潇潇雨》《清平乐·清淮浊下》《南乡子·回首乱山横》等词,以及大量的诗文送别,足见两人之间深厚的情谊。

词中"绣罗衫、与拂红尘"的典故出自宋吴处厚《青箱杂记》:"世传魏野尝从莱公（寇准）游陕府僧舍，各有留题，后复同游，见莱公之诗已用碧纱笼护，而野诗独否、尘昏满壁。时有从行官妓，颇慧黠，即以袂就拂之。野徐曰：'若得常将红袖拂，也应胜似碧纱笼。'莱公大笑。"宋时州郡长官游乐，常有官妓相从。陈襄和苏轼的诗中曾有"寻僧每拂题诗壁"句，苏轼用此典既是为了呼应陈襄的前诗，同时自比狂放的处士魏野，而以陈襄比寇准，以表尊崇。苏轼比陈襄年少，陈襄是他的至交诗友，他们都是因为反对王安石变法而被排斥出朝，外任地方官职的，又是志同道合的政治盟友，苏轼一直对这位同僚好友怀有深深的敬意。

江城子

苏 轼

孤山竹阁送述古

翠蛾羞黛怯人看。掩霜纨，泪偷弹。且尽一尊，收泪唱阳关。漫道帝城天样远，天易见，见君难。

画堂新构近孤山。曲栏干，为谁安？飞絮落花，春色属明年。欲棹小舟寻旧事，无处问，水连天。

美丽的歌女眉目含羞，用洁白如霜的纨扇遮住面容不让人看，她因为这次离别而伤心流泪，却又似感羞愧，怕被人知道而取笑，她强忍眼泪，压抑着情感，唱起《阳关曲》，殷勤劝太守再喝一杯离别的酒。她说，人们都以为应天十分遥远，哪里知道应天虽然有如天一样遥远,但以后想见天容易,再见太守您却不容易了。

孤山寺内与竹阁相连的画堂,可徘徊观眺的曲阑是为谁建造的呢?您这次与我们分别之后,就再不能一同流连此处。还记得去年暮春时节与您一同游湖,今年将不会欢聚一起了。我的心里还暗自想象明年春日,再驾着小船在西湖寻觅旧迹欢踪,唯有倍加思念与伤心而已。

《阳关曲》也称《阳关三叠》,唐代诗人王维的《送元二使安西》诗谱入乐府后所称,亦名《渭城曲》,古人送别的时候常唱此曲,用以表达依依惜别之情。这首词作于宋神宗熙宁七年(1074),当时陈襄即将离任杭州,宴别孤山竹阁。竹阁在杭州西湖孤山寺内,为白居易在杭州时所建,故又称白公竹阁,据《乾道临安志》卷二云:"白老竹阁,在孤山,与柏堂相连,有唐刺史白居易祠堂。"继杭州僚佐在有美堂举行盛大的饯送宴会之后,苏轼又与陈襄泛舟西湖,宴于孤山竹阁。在这些宴会上都是有官妓歌舞侑觞的,苏轼作此词,传神地描摹了歌妓的口气,代她向即将调知应天府(今河南商丘)的陈襄表示惜别之意。因为应天为北宋之"南京",故词中称之为"帝京"。

苏轼在这段时间先后共写了七首送别陈襄的词,其中有《菩萨蛮》,或题为"西湖席上代诸妓送陈述古"。这首《江城子》实际上也是代某妓送陈襄的。词的上阕描述此妓在饯别时的情景;下阕全是摹写官妓的相思之情。这首词属于传统婉约词的写法,表现较为细致,语调柔婉。词人善于描摹歌妓的情态,揣测她内心隐秘的情绪,很有分寸地表现出来,艳而不俗,哀而不伤,切合现实情境。这是苏轼早期送别词中的佳作,从中可以看到宋代士大夫和文人生活的一个方面。

南乡子

苏 轼

送述古

回首乱山横。不见居人只见城。谁似临平山上塔,亭亭。迎客西来送客行。

归路晚风清。一枕初寒梦不成。今夜残灯斜照处,荧荧。秋雨晴时泪不晴。

与你分别之后一再回望离别之地临平山,直到看不见城中的人影,只见那临平山上亭亭伫立的高塔似乎还在翘首西望,迎送着西来东往的客人。

归路晚风凄清,枕上初寒,辗转无法入眠。看到残灯斜照,微光闪烁处,是我思念你的泪光,唉,就是绵绵的秋雨停了,我思念的泪水也不能止歇。

宋神宗熙宁七年(1074)七月,陈襄移守南郡(今河南商丘),苏轼一直将他送到临平(今杭州市余杭区),并写下这首情真意切的送别词。临平镇位于杭州东北四十五里,临平山在临平镇东十余里,山上有塔,苏轼在此与同僚与好友陈襄依依惜别。这是一首送别之作,清新中有深意,自然中寓浓情,也颇耐人寻味。词的上片回叙分手后回望离别之地临平镇和临平山,抒写对往日无限美好的回忆和对友人的依恋之情;下片则述归来因思念友人而夜不成寐,表达了词人情真意切的送别之情。

词中先写行人途中回望,只见乱山、城池,不见城中故人。既表现出送行之远和行人对旧地的依恋,又在"不见居人"句中暗用两个典故,其一用《诗经》典故赞颂陈襄"洵美且仁",其二用欧阳詹诗句意,将原句谓城、人皆不见改为见城不见人,稍作曲折,使词添加古意与书卷气息,可见东坡用典之妙。接着,用拟人手法化无情之山塔为有情之物,从而衬托自己惜别情谊之深。下片直述归来之凄惨景色,归后不寐、入夜之悲,将思友之情一层深于一层地抒出,而以"秋雨晴时泪不晴"这一情景交融之警句作结,可谓情味深长。

宋神宗熙宁七年(1074),陈襄罢杭州知州后,由杨元素继任。杨元素名绘,四川绵竹人,是苏轼的同乡和友人。他所作的《时贤本事曲子集》为我国最早的词话,全书已佚,尚有数条散见于其他典籍。苏轼此时已是任杭州通判的第四年,他与杨元素多有唱和之作。

南乡子

苏 轼

梅花词和杨元素

寒雀满疏篱,争抱寒柯看玉蕤。忽见客来花下坐,惊飞。踏散芳英落酒卮。

痛饮又能诗。坐客无毡醉不知。花谢酒阑春到也,离离,一点微酸已着枝。

岁暮风寒,百花尚无消息,只有梅花缀树,葳蕤如玉,雀鸟争相飞上枝头,好像要细细观赏梅花。客人赏梅来到花下,雀鸟惊飞,不慎踏散梅花,花瓣都落在了酒杯之中。

杨元素才调不凡,开怀畅饮,文采风流。虽然贫穷得没有毛毡,但客人们毫不计较,饮兴正酣。自梅花开后,这样的聚会太少了,真想一直畅饮到梅花落尽春天到来,看那满枝的梅花被一点微酸的青梅所取代。

本词作于熙宁七年(1074)初春,是杨词的和作之一。全词以记事来咏物,描写了词人与文人雅士以梅花为姻缘,把酒欢聚的情形,刻画了梅花风霜高洁的神韵。词中并没有正面描写梅花的姿态、神韵与品格,而是采用了侧面烘托的办法来加以表现。显示了词人高超的艺术表现技巧,此词既不句句粘在梅花上,也未尝有一笔不写梅花,可谓不即不离,妙合无垠。上片写寒雀喧枝,以热闹的气氛来渲染早梅所显示的姿态、风韵。下片写高人雅士在梅园举行的文酒之宴,借以衬托出梅花的风流格调。词人通过咏梅、赏梅来记录词人与杨元素共事期间的一段美好生活和两人之间的深厚友谊。

顾随《东坡词说》载:早年极喜杨诚斋的绝句"百千寒雀下空庭,小集梅梢话晚晴。特地作团喧杀我,忽然惊散寂无声"。但:"持之与此《南乡子》开端二句相比,苦水(顾随自号苦水)不嫌他杨诗无神,却只嫌他杨诗无品。""'满'字、'看'字,颊上三毫,一何其清幽高寒,一何其湛妙圆寂耶?""一首《南乡子》,高处、妙处,只此开端二语。"下片说杨元素"痛饮又能诗",暗用刘禹锡寄白居易诗句"苏州刺史例能诗",以赞美杨元素的文采风流。苏轼又有《诉衷情送述古迓元素》词云"钱塘风景古今奇,太守例能诗",也是此意。此词是杨元素《梅花词》的和作,就题目要求来说,应当着重描写梅花,而词人的创作意图则是通过咏梅、赏梅来记录他与杨元素共事期间的一段美好生活和彼此之间的深情厚谊,而这段生活,非梅花不足以喻其优雅;这种友谊,非梅花不足以拟其高洁。可惜的是杨元素的原唱《梅花词》已失传,否则,两词对读,一定会饶有兴味。

醉落魄

苏 轼

席上呈杨元素

分携如昨,人生到处萍漂泊。偶然相聚还离索。多病多愁,须信从来错。

尊前一笑休辞却。天涯同是伤沦落。故山犹负平生约。西望峨嵋,长羡归飞鹤。

上次的分别还如昨天的情景一般清晰,叹人生到处漂泊,就像浮萍一样。虽然偶尔会相聚,但终究朋友还是要散居各地。可叹我这多愁多病的身体,在等待朋友的消息中越发消瘦了。

这杯离别的酒不要推却了,你我都是辗转外郡之人,整日都过着颠沛流离、漂泊不定的日子。虽然辜负了归隐故乡的约定,可我总是西望峨眉山,急切地期盼着归隐的日子。

熙宁四年(1071),苏轼到杭州为官,时杨元素任御史中丞,二人曾在京城相别,熙宁七年(1074),陈襄罢杭州知州后,杨元素继任。此间苏轼和杨元素相聚后多有唱和,但不久,苏州便调任密州,在分别之际,苏轼作此词相赠,由于杨元素和苏轼一样,都对变法持有异议,因此同遭贬谪外地的命运,故苏轼在词中称"天涯同是伤沦落"。

结句说"长羡归飞鹤",陶潜《搜神后记》载:"丁令威本辽东人,学道于灵虚山,后化鹤归辽,集城门华表柱。时有少年举弓欲射之,鹤乃飞,徘徊空中而言曰:'有鸟有鸟丁令威,去家千年今始归。城郭如故人民非,何不学仙冢垒垒。'遂高上冲天。"词中表达了苏轼思念故乡,渴望归隐的情感。

这首词是苏轼临别之际,在席上所作的一首离别之作。词的上片感慨人生本如浮萍在水,为漂泊而"多病多愁",一开始便是错误。下片劝慰友人,天涯沦落人,不妨放怀一笑。全词写得流利俊爽,而情意深长,旷达之中又含伤感,曲折细腻地表达了饯别时的复杂心情和长期宦游在外的强烈的思乡之情。全词所表现的是客中送客的黯然情怀,但取境阔大,声调嘹亮,故情虽抑郁而不萎靡,构成了独特的情味。

宋神宗熙宁七年(1074)九月初八,苏轼将离杭州赴密州知州任,时任杭州知州的杨元素也将赴他任,苏轼在席上作《浣溪沙》词相别。

浣溪沙

苏 轼

缥缈危楼紫翠间。良辰乐事古难全。感时怀旧独凄然。

璧月琼枝空夜夜,菊花人貌自年年。不知来岁与谁看。

在山间楼中与你话别,这楼高耸在紫云翠峰之上,自古以来,天下美好的日子和快乐的事都很难得到,想到这里不觉凄然落泪。

月亮每晚都是这样明亮,菊花年年开放,每年都是这个样子,但人就不同了,不知道明年的重阳这菊花将开给何人观赏。

这首《浣溪沙》前有小序云:"自杭移密州,席上别杨元素,时重阳节前一日。"小序交代了此词的写作时间和缘由,特地点明为重阳节前一天,词中既有"年年岁岁花相似,岁岁年年人不同"的感慨。又有"待到来年登高处,遍插茱萸少一人"的担忧,与杨元素之间的殷殷深情可见一斑。

宋神宗元丰五年(1082)春,苏轼贬谪黄州,他以自己"躬耕于东坡,筑雪堂居之",自比于晋代诗人陶渊明。这年的重阳节他在郡中涵辉楼宴席上,为黄州知州徐君猷写下《南乡子·重九涵辉楼呈徐君猷》词。

南乡子

苏　轼

重九涵辉楼呈徐君猷

霜降水痕收。浅碧鳞鳞露远洲。酒力渐消风力软,飕飕。破帽多情却恋头。

佳节若为酬。但把清樽断送秋。万事到头都是梦,休休。明日黄花蝶也愁。

正是深秋霜降时节,江上水浅,水泛微波好似鳞片,江心的沙洲显现出来。随着酒劲渐消,虽然风力不大,还是感到了些许凉意。破帽对我的头似乎很有感情,不管风怎样吹,抵死也不肯离开。

这重阳佳节怎样度过呢?唯有喝酒罢了,就把这秋天送走了。万事到头不过都是梦一场,我看还是算了吧。你看这菊花,到了明日色香都会大减,就是迷恋菊花的蝴蝶,也会为之叹惋伤悲。

元丰四年(1081)九月九日,是苏轼到黄州后的第二个重阳节,按照古代习俗,苏轼陪同他的上司兼朋友、黄州太守徐君猷以及黄州通判孟震,三人上涵辉楼登高、望远、怀人。从整首词来看,怀人的意味比较少,更多的则是表达一种深深的忧愁以及旷达的自我安慰。苏轼在经历了"乌台诗案"的残酷折磨之后,身心都受到了很大的摧残,但以他的个性是不会在痛苦中消沉的,于是他深深地思考造成一切苦难的原因,寻求解脱。词中所体现的是词人在尚未完全解脱之前,郁结于心胸的浓浓的愁怨。词中抒发了词人以顺处逆、旷达乐观而又略带惆怅、哀愁的矛盾心境。词人以诗的意境、语言和题材、内容入词,紧扣重九楼头饮宴,情景交融地抒写了自己的胸襟怀抱。词的上片写楼中远眺情景;下片就涵辉楼上宴席,抒发感慨。

涵辉楼又名栖霞楼,黄州原知州闾丘孝终所建,在黄州城最高处。陆游《入蜀记》第四载:"下临大江,烟树微茫,远山数点,亦佳处也。"苏轼在《水龙吟·小舟横截春江》名下注云:"闾丘大夫终公显尝守黄州,作栖霞楼,为郡中胜绝。""破帽多情却恋头"典出《晋书·孟嘉传》:桓温于九月九日宴群僚于龙山,孟嘉所戴帽为风吹落而未觉,"落帽"后遂成重阳登高的典故。

元丰三年,苏轼得罪贬谪黄州,时知州为徐君猷,通判为孟亨之。苏轼与君猷弟徐得之书云:"始谪黄州,举目无亲。君猷一见,相待如骨肉,此意岂可忘哉!"又《跋君子泉铭》说:"予谪居黄州,通判承议郎孟震,字亨之,颇与予相善。"元丰四年有诗题云:"太守徐君猷、通守孟亨之皆不饮酒,以诗戏之。"可见苏轼在黄州期间虽为"罪官",却得到两位长官的善待与厚爱,这也给落难中的苏轼心灵上极大的慰藉。苏轼喜欢饮酒但酒量也不大,他在《和陶饮酒二十首》叙中自言:"吾饮酒甚少,常以把盏为乐,往往颓然坐睡。"可见此时东坡饮酒往往是借酒浇愁而已。这首词以景起,以情结,处处不离题目,处处关系怀抱,抒发了词人以顺处逆、旷达乐观而又略带惆怅、哀怨的矛盾心境。

西江月

苏　轼

重阳栖霞楼作

点点楼头细雨。重重江外平湖。当年戏马会东徐。今日凄凉南浦。

莫恨黄花未吐。且教红粉相扶。酒阑不必看茱萸。俯仰人间今古。

栖霞楼前,细雨点点落下,平静的江面则被这雨丝圈出了一个个圆圈,重重叠叠。当年宋武帝刘裕曾在重九日与军士出游戏马台,我和君猷也曾是重阳日在此相聚,今天只有我一个人站在这凄凉的离别之地。

不要怪菊花未开,还是让侍女来相伴饮酒吧。酒尽之时也不必去看茱萸,明年还不知道谁会在此看茱萸呢。时光流逝得这样快,转眼之间,今天就会成为古代。

这首词作于宋神宗元丰六年(1083),两年前,苏轼与徐君猷同登栖霞楼赏菊,一年前的重阳节在此送别徐君猷。"戏马"指的是戏马台,在徐州,为项羽所筑。南朝宋武帝刘裕为宋公时,曾于重九日与军士出游戏马台,后来相沿成俗。南浦,本意为水的南岸。《楚辞·九歌·河伯》云:"送美人兮南浦。"故后世多指送别之处,词中亦为此意,而所指的实为栖霞楼,因为去年今日苏轼在此与徐君猷送别。

此词上片描写周围景色的凄迷,对比今昔,抒发离别之情。下片笔锋一转,由眼前的情景,上升到一种淡然处之、任其发展的人生哲理。这首词旷达自由,同时又情谊悠长,表达出词人送别朋友时的复杂和矛盾的心理。特别是结句反用老杜诗意,给全词弥漫上一股浓浓的人生虚无之感。明人张铤《草堂诗余后集别录》云:"(末二句)翻老杜诗句,则意度旷达,超越千古矣。"

宋哲宗元祐元年(1086),苏轼在京任翰林学士,写下《如梦令·寄黄州杨使君二首》,词中描写了怀念黄州之情,表现出归耕之意。杨使君指杨君素,元丰六年继徐君猷之后为黄州知州。

如梦令

苏 轼

寄黄州杨使君二首

(一)

为向东坡传语,人在玉堂深处。别后有谁来?雪压小桥无路。归去,归去。江上一犁春雨。

(二)

手种堂前桃李,无限绿阴青子。帘外百舌儿,惊起五更春睡。居士,居士,莫忘小桥流水。

(一)为我向黄州城内我曾耕种的那片地带句话,我因在宫中任职,无法亲自前往。自我走后有没有人来呢?是雪压住了小桥,道路不通吗?真想回去啊,近日春雨喜降,正适合犁地春耕。

(二)黄州我的居所雪堂之前,有我亲自种下的桃树和李树,到如今已然是绿叶成荫,青青的果实挂满枝头。帘外的鸟儿天刚蒙蒙亮就开始鸣叫,把我从睡梦中唤醒。东坡啊东坡,不要忘记黄州小桥流水的美景,早日归隐吧。

苏轼在"乌台诗案"后,被贬为检校尚书水部员外郎黄州团练副使本州安置。自元丰三年(1080)二月到黄州,至元丰七年四月离去,在黄州住了四年零两个月。在此期间,他在州城东门外垦辟了故营地数十亩,命名为东坡,躬耕其中。同时,他经常与渔樵做伴,穷山水之胜,乐其土风,生活颇为闲适惬意。因此他对黄州,特别是东坡,怀有很深的感情。在京城官翰林学士期间,虽受朝廷重视,但既与司马光等在一些政治措施上意见不合,又遭程颐等竭力排挤,心情很不舒畅,所以他一再表示厌倦京官生活,不时浮起归耕的念头。他在《如梦令》中抒写怀念黄州之情,表现归耕东坡之意,正是上述两个特定时期的特定生活及由此产生的特定心理状态的反映和流露。

第一首词毛氏汲古阁本题作《有寄》,傅榦本调下注云:"寄黄州杨使君二首,公时在翰苑。"当是元祐元年(1088)九月以后,元祐四年三月以前,苏轼在京城官翰林学士其之间所作。词中抒写怀念黄州之情,表现归耕东城之意,是词人当时特定生活和心理状态的真实反映和流露。周济《介存斋论词杂著》中说:"人赏东坡粗豪,吾赏东坡韶秀。韵秀是东坡佳作处,粗豪则痛也。"此词便是苏轼的韵秀之作,像山间的一湾清溪,像西天的一抹晚霞,淡雅自然,清新宁静。

我病君来高歌饮

陈亮和辛弃疾同为南宋前期著名的爱国词人。他们二人志同道合,意气相投,结下十分深厚的友谊。只是他们平时自己的事务都很繁忙,相见的日子并不是很多。

宋孝宗淳熙十五年(1188)冬,陈亮从浙江东阳来江西上饶北郊带湖拜访辛弃疾。本来陈亮与南宋著名理学家朱熹相约一起去拜访辛弃疾的,但朱熹届时失约未来。两人纵论天下大事,谈及抗金复国,深为投契。陈亮在带湖一连住了十天,后又和辛弃疾一同游鹅湖(在江西铅山东北)。两人分别后,第二天,辛弃疾恋恋不舍,动身想将陈亮追回,追到鹭鸶林时,由于雪深泥滑无法前进,辛弃疾惆怅不已,只好停下来在附近的方村酒店独饮,这天夜半,辛弃疾在泉湖吴氏四望楼借宿时,听见邻近的笛声,他更加思念陈亮,便写下一首《贺新郎》寄意。过了五天,陈亮来信要他写的词,辛弃疾觉得陈亮和自己想到了一起,心中十分高兴,于是将这段经历,写在《贺新郎》之前,然后寄给陈亮。陈亮读后,很快便和了一首《贺新郎·寄辛幼安和见怀韵》。辛弃疾看到陈亮的和词后,又一次回忆他们相聚时的情景,仍用前韵写下《贺新郎·同父见和,再用前韵答之》。

贺新郎

辛弃疾

把酒长亭说。看渊明、风流酷似,卧龙诸葛。何处飞来林间鹊,蹙踏松梢残雪。要破帽、多添华发。剩水残山无态度,被疏梅、料理成风月。两三雁,也萧瑟。

佳人重约还轻别。怅清江、天寒不渡,水深冰合。路断车轮生四角,此地行人销骨。问谁使、君来愁绝?铸就而今相思错,料当初、费尽人间铁。长夜笛,莫吹裂。

在长亭里饮酒话别,陈亮你看起来像东晋诗人陶渊明,而风流潇洒的举止,又酷似人称卧龙的诸葛亮。是哪里飞来的一群喜鹊,踢下松枝上的残雪,洒在我的破帽上,像是使人添了许多白发。大地被冬雪覆盖着,残露在外面的山水零落破碎得不成样子。只有几树梅花,把它装点一番,才有些生气。即使有两三只雁飞过,毕竟还是那么荒凉萧瑟。

你重视我们的约会,可是却又这样轻易地飘然东归。使人多么地惆怅啊!清澈的江水因天寒而封冻,难以渡过。雪深泥滑,车轮像长了四个角似的无法转动,走到这里,我不得不停下来,心中不知有多么难受。是谁使我如此忧愁不能自拔?因为没有留住陈亮,就好像是耗尽了人间的铁,铸了这么大的一个错啊?在这寒冷的长夜里,邻近的笛声是多么的悲切,别再吹下去吧,免得把笛子都吹裂了。

这首词前,有一段长达一百二十余字的词序。"陈同父自东阳来过余,留十日,与之同游鹅湖,且会朱晦庵于紫溪,不至,飘然东归。既别之明日,余意中殊恋恋,复欲追路,至鹭鸶林,则雪深泥滑,不得前矣。独饮方村,怅然久之,颇恨挽留之不遂也。夜半投宿吴氏泉湖四望楼,闻邻笛甚悲,为赋乳燕飞以见意。又五日,同父书来索词,心所同然者如此,可发千里一笑。"此序是本词的一大特色。

苏轼之后,词序在词作中的地位显著提升,词人多以只字片语的小序交代词的写作背景、本事或主题,稼轩词亦多有词序,但百字以上的序终究不多见。这篇序叙述了两人相会、分别,以及别后又复追,无奈路途阻隔,欲追不得,怅然独饮,继而收到友人书信的情形,几乎可以当作一篇独立的小散文来读。与词作相配合,事与情俱全,所谓"合则兼美",起到相得益彰的效果。

陈亮是南宋著名事功派思想家,为人豪迈,喜谈兵事,力主抗战。他一生未曾出任要职,几乎都在浙东一带活动,但慨然以天下为己任,经略世事,才气过人。在辛弃疾眼里,陈亮"百折不回,饶有铜肝铁胆",而在陈亮眼里,辛弃疾更是"眼光有棱,足以映照世之豪杰,背胛有负,足以荷载四圆之重"。说起二人的初识,颇具传奇意味。当年辛弃疾从北方投奔南方,寓居在江南的带湖山庄。名士陈亮慕名来访。那天天降大雪,路滑难行,到达辛弃疾的住所要经过一座小桥,经至桥边,陈亮坐骑畏惧河水,不肯过桥。陈亮情急之下挥剑怒斩马头,在风雪中徒步前往,而这一幕,正好被在楼上赏景的辛弃疾所见。二人相见,一拍即合。辛弃疾与之志同道合,共论世事,诗词唱和。他们二人的鹅湖之会中指点江山纵论世事的豪情、相与盘桓弥旬的默契、别后频繁唱和的情谊使之成为南宋文坛上的一段佳话。

这首追忆与陈亮的交会与抒发别情的词作,写得勃郁动荡,笔力奇重,是稼轩词中的名篇。全词主要写他与陈亮之间志同道合的深挚友谊,同时在写景抒情中都含有深刻的象征意味。词的上片回忆鹅湖之会后于长亭把酒相送的情形,重在写景;下片叙述离别之后的景况,并抒发其身世之悲,家国之忧。词序中的"陈同父"即"陈同甫";"东阳"就是现在的浙江金华,"朱晦庵"即朱熹,字元晦,号晦庵。辛陈二人同游鹅湖,且邀朱熹于紫溪相会,朱熹的文集中收有

《戊申与陈同甫书》,戊申即淳熙十五年,信中提到陈亮邀其赴会事,可惜朱熹终未赴约。词中"铸就而今相思错,料当初、费尽人间铁",巧用唐代罗绍威的典故,写出双关的含意。据《资治通鉴》记载:唐代末年,军阀混战,天雄节度使罗绍威联合朱温,消灭田承嗣在魏博残留下来的"牙军"。朱温的军队在魏州留住半年之久,为供应军需及其赏赐,耗尽了魏州多年积聚的资财。罗绍威的力量从此大为削弱,他非常后悔,对别人说:"合六州四十三县铁,不能为此错也。"此处,辛弃疾用典表示自己对友人的相思之切。

陈亮接到辛弃疾的《贺新郎·把酒说长亭》后,非常激动,他立即用辛弃疾的原韵,写了一首和作《贺新郎》。

贺新郎

陈 亮

寄辛幼安,和见怀韵

老去凭谁说?看几番、神奇臭腐,夏裘冬葛。父老长安今余几,后死无仇可雪。犹未燥、当时生发。二十五弦多少恨,算世间、那有平分月。胡妇弄,汉宫瑟。

树犹如此堪重别。只使君、从来与我,话头多合。行矣置之无足问,谁换妍皮痴骨。但莫使、伯牙弦绝。九转丹砂牢拾取,管精金,只是寻常铁。龙共虎,应声裂。

人们都已老去,再向谁诉说?看世间,许多神奇转化为腐朽,夏天穿着皮袍,冬天穿着纱衣。中原的父老现在还剩下几个呢?那些在金人占领区出生的后生小辈,他们不认为要报仇雪恨。那二十五弦的瑟,有着多少弹不完的愁和恨。这大好的河山,岂能总分裂为南北两处呢?北宋的故宫被金兵占领,宫中的乐器,也被金国的妇人弹弄着。

岁月流逝,你我俱已老矣,怎能够受得起又一次别离的痛苦。只是使君您和我谈论国家大事异常投机。现在我走了,您不要挂念,谁也改变不了我"痴人""狂怪"的意志。但愿我们像古代的知音者俞伯牙和钟子期一样,永远保持深厚的友谊。我们收复中原故土的意愿,要像炼九转仙丹一样坚持到底。好钢也是普通的铁炼成的,只要勤加锻炼,火候一到,炉中烈响,龙虎丹便会应声而出。

这首词是辛陈互相唱和之作,是陈亮回赠辛弃疾的第一首词。词的上片重在议论,纵论国家大事,表达对故国沦亡的悲痛之情;下片重在抒情,旨在表现与辛弃疾的友谊,表达了精忠报国的坚定信念。全词起于沉郁,收于豪放,多用典故,却不显累赘。对国家的热爱和对友谊的忠诚大大提升了词的格调,铿锵有力的语言使这首词有非同寻常的感染力。

十年前的淳熙五年,陈亮和辛弃疾在临安结识,这次重逢后的分别是第二次分别,故词中称"重别"。"夏裘冬葛"说夏天穿皮袍冬天穿纱衣,是讽刺的说法,实际上是指朝廷多次倒行逆施,大好的抗金形势变成了危局。"犹未燥,当时生发",是指南朝时,宋文宗刘义隆在元嘉七年,派殿中将军田奇至北魏,对魏太武帝拓跋焘说:"黄河以南原是宋的领土,现在我们要收回去。"魏太武帝听后大怒,对田奇说:"我生下来胎毛还未干,就知道黄河以南是我国的领土,怎么能随便给你们。"陈亮在词中用典的含意是：北宋的领土已被金人占领了六十多年，当年曾经当过大宋臣民的遗老，已经死得差不多了，年轻的一代因为在金人的占领下出生，没有经历过亡国的伤痛，因此洗雪国耻的观念已经非常淡薄。这样的情况下，南宋要恢复中原是越来越困难了。

"妍皮痴骨"则化用了古代俗话"妍皮不裹痴骨"。《晋书》记载：鲜卑人慕容超为了能从后秦逃出，在姚兴面前故意装疯卖傻，姚兴便相信了他，认为此人就是妍皮痴骨，结果慕容超得以逃脱。词人因为当时奔走呼吁抗金恢复中原，受到当权的官僚集团的嫉恨，被人攻击成"狂怪"，词中借"妍皮痴骨"难换，表明自己决不会在现实面前妥协，改变自己的政治见解和主张。

辛陈鹅湖之会的第二年春天，辛弃疾收到陈亮的和词《贺新郎·老去凭谁说》，同时回忆起去年冬天他们相会的情景，觉得意犹未尽，又写下了一首《贺新郎·老大那堪说》。

贺新郎

辛弃疾

同父见和，再用韵答之

老大那堪说。似而今、元龙臭味，孟公瓜葛。我病君来高歌饮，惊散楼头飞雪。笑富贵千钧如发。硬语盘空谁来听？记当时、只有西窗月。重进酒，换鸣瑟。

事无两样人心别。问渠侬:神州毕竟,几番离合?汗血盐车无人顾,千里空收骏骨。正目断、关河路绝。我最怜君中宵舞,道"男儿到死心如铁"。看试手,补天裂。

英雄徒老,壮志未酬,还有什么可说?可是,如今的我却像豪气不除的陈元龙那般,与你意气相投;又似宾客满堂的陈孟公一样,为人好客。当我心力交瘁的时节,你前来与我举酒高歌,歌声雄壮嘹亮,竟然惊散了楼顶的飞雪。世人把富贵看作千钧之重,我却如毛发一般轻蔑。你我与投降派意见不合,言论文章无人理解。想当初,只有照进西窗的明月相慰藉。我们今宵且把酒来添,再调琴瑟,别计较这一切。

对金国度占我中原土地这回事,主战的爱国者和主和的偷安者们看法却大不一样。试问当权的统治者:收复被沦陷的中原大地,究竟要等到何年何月?无人顾惜这样的怪事,骏马被用来拉盐车,花了千金空买千里马的尸骨。正望眼欲穿,通往中原的道路断绝,大好河山被分裂。我最钦佩你像祖逖那样,闻鸡起舞于半夜。并发出"男儿到死心如铁"这样豪迈的誓言,待到北伐中原之日,你我定将大显身手,收复失地,让锦绣山河不再分裂。

在辛弃疾首唱的《贺新郎》中,他以风华绝代的陶渊明、诸葛亮暗比才气纵横、壮志凌云的陈亮。把陶渊明和诸葛亮放在一起,并用他们类比陈亮,可谓独具慧眼。这首词的二、三句同样以先贤喻友人,用三国时不屑于求田问舍的名士陈登和西汉时性情豪爽、投辖留客的陈遵类比陈亮。二人与陈亮、词人自己与陈亮之所以有"瓜葛",是因为"臭味相投",都是那种气冲干云,慨然以天下为己任的豪杰之士。辛弃疾在《祭陈同父》一文中曾经回忆两人共游鹅湖的情景:"憩鹅湖之清阴,酌瓢泉而共饮,长歌相答,极论世事。"淳熙十五年,辛弃疾曾病卧在家,他在《鹧鸪天》中吟道:"不知筋力衰多少,但觉新来懒上楼。"但是当陈亮到访以后,他的衰病之气一扫而空,两人一起高歌痛饮,声震云霄。这首词是辛弃疾在带湖闲居时期最为慷慨激愤的作品,它道出了南宋爱国志士的心声,奏出了时代的最强音。

这首和韵词以追叙鹅湖聚会倾谈恢复壮志为中心,进而酬答知己,共浇块垒。词的上片采用即事叙景的手法,在追忆"鹅湖之会"高歌豪饮时,以清冷孤寂的自然景物烘托环境氛围,从而深刻地抒发了词人奔放郁怒的感情。下片直抒胸臆,抒写对南宋统治集团的强烈批判和统一祖国的坚强信念。全词笔健境阔,格调高昂,荡漾着报国信念,使命意识,激昂跌宕,不可一世,呈现出极其浓郁的浪漫主义色彩。

词中的"元龙",是东汉末年陈登的字,他是当时著名的豪杰之士,以天下为己任,有着济世救民的远大抱负。"孟公"是西汉人陈遵,性格豪爽,广受敬重。他喜欢喝酒,每逢举行宴会,在宾客满堂时就会锁上大门,将客人车轴的辖(车轴前端的键)扔到井中,使宾客即使有急事也走不了。"汗血"即汗血马,据《汉书·武帝纪》应劭注,大宛国有汗血宝马,一日千里,它的汗从前肩髆流出,色如血,故名汗血马。据《战国策·楚策》所记:"骥之齿至矣,服盐车而上太行,蹄申膝折,尾湛胕溃,漉汁洒地,白汗交流,中坂迁延,负辕而不能上。"说的是一匹年老的千里良马,拉着笨重的盐车上太行山,它带着伤痛,疲惫不堪,爬不上坡。著名的相马人伯乐遇见后,摸着它哭了,脱下衣服盖在它的身上。"千里空收骏骨"语出《战国策·燕策》:燕国辩士郭隗谓燕王曰:"臣闻古之君人有以千金求千里马者,三年不能得,涓人言于君曰:'请求之。'君遣之。三月得千里马,马已死,买其首五百金,反以报君。君大怒道:'所求者生马,安事死马亦捐五百金?'涓人对曰:'死马且买五百金,况生马乎?天下必以王为能市马,马今至矣。'于是不期千里马之至者三。"当时的朝廷,庸懦之辈当道,德才兼备的爱国志士却得不到重用,就像拉盐车的汗血宝马困顿不堪无人眷顾一样,爱才之君以五百金购得千里马首,诚心得到回报,终于引来了真正的千里马。本词反用此典,以一个"空"字指摘当局者的用人政策,徒然收来一堆无用的残骨,却对近前的当用之才熟视无睹。词人报国心切而怀才不遇,心头积聚的抑郁不平之气一吐为快。

辛弃疾与陈亮志同道合,都具有雄才大略,而相逢相交又同处于失意时节。本词抒发了彼此间怀才不遇,壮志难酬,社稷危亡而又报国无门的苦涩,表现了坚决抗敌、以天下为己任的坚定意志,刘克庄《辛稼轩集序》云:"公所作,大声鞺鞳,小声铿鍧,横绝六合,扫空万古,自有苍生所未见。"

大约在淳熙十五年(1188)冬或十六年春之间,陈亮又写下一首与辛弃疾唱和的《贺新郎》词。

贺新郎

陈 亮

酬辛幼安,再用韵见寄

离乱从头说,爱吾民、金缯不爱,蔓藤累葛。
壮气尽消人脆好,冠盖阴山观雪。亏杀我、一星星发!涕出女吴成倒转,问鲁为齐弱何年月?丘也幸,由之瑟。

斩新换出旗麾别,把当时、一桩大义,拆开收合。据地一呼吾往矣,万里摇肢动骨,这话霸、只成痴绝!天地洪炉谁扇鞴?算于中、安得长坚铁!淝水破,关东裂。

南宋没有吸取历史的教训,仍然做着以"金缯"换和平的美梦,统治者不仅不以此为耻,反而将其视为爱民的表现。和战两端各执一说,就像藤蔓葛累,纠缠不清。温顺脆弱使人们的斗志消磨殆尽,殊冠华盖的汉使到金国求和,不能取得任何胜利,只能陪侍金主出猎阴山,观赏北国雪景。痛惜我把头发都等白了,等到的却是如此屈辱的现实。中原大国齐畏惧南夷之地的吴国,只有流涕送女与之和亲;鲁国遭受齐国欺凌却不加反抗,遂日衰一日,往事可鉴也。如今幸有君与我这样的坚毅之士,虽举国均以举兵北伐为过,但我们仍然坚持北伐的主张而坚定不移。

如果由稼轩您来带兵抗敌,肩负抗金重任,定会使抗金面貌焕然一新。当日在鹅湖相会时,我们将北伐的种种主张和设想细细分析解剖,振臂一呼,抗金的新军排山倒海,纵横捭阖,我也可以投入其中大显身手。然而这一切想得再好,也如梦幻泡影,只能归于幻灭。天地如同一个大熔炉,个人在天地之间,最终会被消解殆尽。但终有一天,我们能像谢安在淝水之战中大破前秦苻坚,收复中原失地。

陈亮、辛弃疾紫溪之会后,作了多首《贺新郎》相互酬答,二人互诉衷肠,彼此勉励,既表达了对时局的不满,又对抗金前途充满了希冀。这首词仍然继承了前词"极论世事"的宗旨,针对朝廷以银帛贡献代替边备兵革,致使天下士气消沭的现实,尽情抒发了自己的愤慨之情。词的上片议论时事,回顾了丧权辱国的历史,表达了对妥协投降政策的强烈不满;词的下片设想了抗金事业的远景,表达了对未来的希望和信心。这首《贺新郎》比前一首稍晚一点,作于淳熙十五年(1188)冬或十六年春。

　　北宋第三位皇帝真宗赵恒,与辽国订立"澶渊之盟",每年向辽国赠白银十万两,绢缯二十万匹,换取中原的暂时和平,首开有宋以来向外族纳贡的先例。仁宗赵祯时,向辽国岁贡银绢又各增十万两、匹。此后辽亡金兴,北宋朝廷又转而向金纳贡,数量有增无已。然而统治者不以此为耻,反将屈辱说成爱民,如仁宗宣称:"朕所爱者,土宇生民尔,斯物(指金缯)非所惜也。"(魏秦《东轩笔录》)其实是在为投降政策辩护,所以词人用"爱吾民、金缯不爱"对统治者的懦弱无能进行了讽刺。"涕女出吴"是春秋时的故事,齐景公怕吴国来犯,流着泪把女儿嫁到吴国,希望吴国不要出兵进攻。齐国本来比吴国强大,却甘心俯首听命,故云"成倒转",这里用来讽刺南宋统治者畏敌如虎。"鲁为齐弱"语出《左传·哀公十四年》:"鲁为齐弱之矣。"这句说敌强我弱的形势何时才能改变过来。"丘也幸,由之瑟"语出《论语·述而》:"丘也幸,苟有过,人必知之。"又《论语·先进》:"由之瑟,奚为于丘之门?"丘指孔丘,由指仲由,字子路,孔门弟子,性刚勇,弹瑟有勇武之音,被认为是"杀伐之声",不合雅颂,孔子因此责备他为什么在孔门内弹奏。词人反其意而用之,认为儒家也应懂得"杀伐之声"。

　　陈亮在《念奴娇·登多景楼》中已经用过谢安于淝水之战中大破苻秦八十万大军进犯的典故,这里再次用淝水之战以少胜多的事例表达对英雄业绩的向往和对胜利的憧憬,反映了他和辛弃疾的共同心声。冯熙在《蒿庵论词》中指出:"龙川痛心北虏,亦屡见于辞,如《水调歌头》云……又:'涕出女吴成倒转,问鲁为齐弱何年月。'忠愤之气,随笔涌出,并足唤醒当时昏聩,正不必论词之工拙也。"

淳熙十六年(1189),即陈亮与辛弃疾鹅湖相会的第二年,陈亮思念辛稼轩,再用前韵写下一首《贺新郎》,词中表达了对辛弃疾的思念之情、岁月不待人的怅恨之情和壮志难酬的悲愤之情。

贺新郎

陈 亮

怀辛幼安用前韵

话杀浑闲说!不成教、齐民也解,为伊为葛?樽酒相逢成二老,却忆去年风雪。新著了、几茎华发。百世寻人犹接踵,叹只今、两地三人月!写旧恨,向谁瑟?

男儿何用伤离别?况古来、几番际会,风从云合。千里情亲长晤对,妙体本心次骨。卧百尺、高楼斗绝。天下适安耕且老,看买犁、卖剑平家铁!壮士泪,肺肝裂!

当此纷乱之时,虽有壮怀长策,却无从施展,说得再多也只是闲说一场罢了。伊尹、诸葛亮那样的事业,只有在位者才能去做,平民百姓是无法去做的,所以说尽了都是白说。樽酒相逢之时君与我都已渐老,还记得去年风雪中抵掌谈论的欢欣,如今又新添了几根白发。人世间相知很难,万世遇之如旦暮,百世遇之如接踵,而知己之人,岂是接踵可得。如今我们分隔两地,只能举杯邀明月,满腔孤独忧愤向谁倾诉?

　　古往今来的英雄皆以建功立业为要,志在四方,故不须以离别为念。朋友虽远隔千里,而情分深厚,便即如终日晤对,于我之本心能善于体察,且抉入深微。您的豪气,如陈登卧百尺高楼,与那些鼠目寸光、求田问舍之辈的高下悬殊。如今天下太平,人人安适,我也打算耕田终老,把刀剑卖了,换买锄犁一类平民之家使用的铁器呢。壮士的热泪啊,和着肝胆俱裂!

　　这首词作于淳熙十六年(1189),即陈亮与辛弃疾鹅湖相会的第二年,词中表达了对辛弃疾的思念之情,岁月不待人的怅恨之情和壮志未酬的悲愤之情。词的上阕回忆与辛弃疾相会的情景,唱出知音难觅的主旋律;下阕勉励好友和自己以国家大局为念,不必做儿女情长之态。陈亮写作这首《贺新郎》时,上踞隆兴和议已有二十六年,宋廷君臣上下唯图宴安,朝政异常腐败,误国者得升迁,爱国者遭打击,国势日弱,士风日靡。辛陈二人对此都十分痛愤,故词中不但饱含惜别之情,而且深蕴忧时之意,表现出英雄的悲壮色彩。辛陈二人意气相投,人品相似,词亦相近。二者同为悲壮之辞,辛词"敛雄心,抗高调,变温婉,成悲凉"(周济《宋四家词选目录序论》),深婉沉郁;陈词多"慷慨以任气,磊落以使才"(《文心雕龙·明诗》)故别见激烈恣肆。此词慷慨中有幽郁之致,苍劲中含凄婉之情,这首词意兴勃发处情辞慷慨,典故牵连处点铁成金,与辛词相比毫不逊色。

　　词中"百世"句用《庄子·齐物论》"万世之后而一遇大圣,知其解者,是旦暮遇之也"及《战国策·齐策》"千里而一士,是比肩而立,百世而一圣,若接踵而至也"语意,极言相从之难。"风从云合"语出《易·乾·九五》:"水流湿,火就燥,云从龙,风从虎。"本喻同类相从,这里借喻群英共事。"卧百尺高楼"用陈登(元龙)故事,《三国志·陈登传》载:许汜往见陈登(元龙),陈登"无主客之意,久不相与语,自上大床卧,使客卧下床"。许汜怀忿在心,后来向刘备言及此事,还说陈登无礼,刘备却批驳他:"君有国士之名,今天下大乱,帝王失所,望君忧国忘家,有救世之意,而君求田问舍,言无可采,是元龙所讳也,何缘当与君语?如小人,欲卧百尺楼上,卧君于地,何但上下床之间耶!"陈亮引用陈登的故事,既是对故人的嘉许,也是对求田问舍之辈庸碌之徒的贬斥。"买犁卖剑"语出《汉书龚遂传》,渤海郡的人,认为"天下安适",就把刀剑卖了,换买锄犁一类平民家使用的铁器。这种所谓的"天下安适",实际上是"天下苟安"。

收到陈亮的词,辛弃疾百感交集,以一曲小令《破阵子》回复了陈亮,至此,辛、陈二人鹅湖相聚后的诗词唱和,成为文学史上的一段佳话,而最后这首著名的小令,给这场盛宴画上了惊艳而完美的句号。

破阵子

辛弃疾

为陈同父赋壮词以寄之

醉里挑灯看剑,梦回吹角连营。八百里分麾下炙,五十弦翻塞外声。沙场秋点兵。

马作的卢飞快,弓如霹雳弦惊。了却君王天下事,赢得生前身后名。可怜白发生。

醉里还挑灯看看宝剑,不减当年勃勃雄心。一个个军营都接连吹起角号,把我从梦境里惊醒。八百里的将士们都分到烤牛肉,各种乐器都奏出雄壮的边塞军歌。秋日早晨的沙场上,阅兵仪式正在进行。

的卢马飞快地奔驰,弓弦的响声如同巨雷声声。收复了中原土地,就了却了君王的心事,完成了统一天下的大业,我的声名也将在生前身后永远流传。可怜白发长满两鬓,岁月是如此的无情!

这首词是辛弃疾失意闲居信州时所作,无前人沙场征战之苦,而有沙场征战的热烈。词中通过创造雄奇的意境,抒发了杀敌报国、恢复祖国山河、建功立业的壮怀,结句抒发了壮志未酬的悲愤心境。正如题词所言,此词是一首慷慨激昂、酣畅淋漓的"壮词",剑、角、连营、弓箭、战马全部都是典型的战场意象,全词由十个句子组成:九句为醉乡里的壮语豪情,一句是现实生活中的悲情。那横戈跃马的动人情景,那收复河山的壮志雄心,均被现实的车轮碾碎,深刻揭示了词人心境的凄凉与现实生活的无情。梁令娴《艺蘅馆词选》丙卷评:"无限感慨,哀同父,亦自哀也。"词以梦寄托理想,起句是梦前,末句是梦后,中间为梦境。梦前以连续性动作情态,映现爱国将领一心赴敌。渴望成梦,梦醒连营角声犹萦绕耳际。接着转入梦境描写,分发烤肉,君乐其鸣,战前阅兵场景,写的威武雄壮。飞马开弓,风驰电掣,仅两句即会出激战迅雷不及掩耳。"了却"云云,形容一战告捷,故物光复,功业赫赫,令人鼓舞。可惜这得酬壮志的快慰,只是梦幻。尾句陡然跌落现实,与起句拍合。理想与现实的落差,更激起人们无限悲慨。

《古今词话》云:"陈亮过稼轩,纵谈天下事。亮夜思幼安素严重,恐为所忌,窃乘其厩马以去。幼安赋《破阵子》词寄之。"这段传说描述:辛弃疾与陈亮在鹅湖相会,两人互相唱和几首《贺新郎》之后,一次陈亮又去拜访辛弃疾,辛设宴招待,喝到酒酣时,二人畅谈国事。辛弃疾毫无顾忌地议论南宋与金国的各种利害关系。指出南宋可以征服金国恢复中原的条件如何如何,而金国可以灭亡南宋的条件有哪些。并且分析临安不能作为帝王的首都,因为它地势比两湖低,如果决西湖之水灌城,满城都将成为鱼鳖。临安的地理位置也不好,只要截断牛头山,天下的援兵就无法到达临安。这天晚上,陈亮住在辛弃疾家中,半夜时,他想到辛弃疾一向谨严持重、沉默寡言,一时兴起与之极论世事,一旦醒悟恐怕会加害自己,于是连夜盗取一匹快马逃走。事后,辛弃疾想起这次畅谈,赋下这首《破阵子》词寄给他,从辛、陈二人志同道合、情投意合、惺惺相惜的深厚友谊来看,上面的这个传说只能是无稽之谈。这种传闻仅可资酒谈,岂可作为判定本词写作背景的依据。

鹅湖一别即成了辛弃疾与陈亮的诀别,六年后,陈亮因病离开人世,辛弃疾悲痛欲绝,写下《祭陈同甫文》:"而今而后,欲与同甫憩鹅湖之清阴,酌瓢泉而饮,长歌相答,极论世事,可复得耶?"从此,这两个披肝沥胆的英雄豪杰阴阳两隔,只能在"醉里挑灯看剑"!

如公仅有两三人

辛弃疾与朱熹曾经同在福建为官,两人结下了深厚的友谊,除了经常见面,书信往来也颇为频繁。他们两人,一个是不可一世的英雄豪杰、豪放词人;一个是博学高深的儒学大师、思想家、哲学家、教育家;一个是"文中之虎",一个是"人中之龙"。他们的风格、个性、理念迥异,却成为友情深笃的莫逆之交,堪称大宋王朝极为耀眼的"双子星座"。

如果说宋朝是一个文豪辈出的时代,那么最有学问的,非朱熹莫属。朱熹,字元晦,号晦庵、晦翁等,门生、拥趸者无数,辛弃疾也是他的崇拜者之一,对朱熹,辛弃疾从来都十分谦恭,而朱熹对辛弃疾的才华和豪气也十分欣赏。淳熙七年冬,辛弃疾初任隆兴府知府兼江西安抚使,时遇严重干旱,辛弃疾全力救灾,并在大街上贴出了赈灾榜文:"强籴者斩,闭粜者配!"八个字,简单明了,果断有力,让朱熹甚感钦佩,连声称赞说:"这便见得他有才。"辛弃疾被朝廷罢官,闲居上饶,朱熹对朝廷弃用辛弃疾而愤愤不平:"辛幼安也是个人才,岂有使不得之理"?他在与友人的通信中,更是对辛弃疾大加推崇:"今日如此人物岂易可得?向使早向里来,有用心处,则其事业俊伟光明,岂但如今所就而已耶!"

绍熙三年春,辛弃疾再度被朝廷任命为福建提刑狱兼福建路安抚使。赴任途经建阳时,特地去朱熹的考亭闲居拜访朱熹,朱熹闻知欣喜万分,破例作了一道贺启《举辛幼安启》,并在文中赞扬辛弃疾"卓荦奇才,疏通远志,经纶事业,有肌肱王室之心;游戏文章,亦脍炙士林之中"。朱熹还对辛弃疾赠言:"临民以宽,待士以礼,驭吏以严。"辛弃疾听从朱熹的忠告,把他的赠言当作自己从政的座右铭,在福建任职期间,修建起儒家郡学,推动儒学教育,一时传为佳话。

绍熙四年正月,辛弃疾被朝廷召赴太府卿,准备离开福建北上,临行前,他再赴考亭与朱熹告别,正好挚友陈亮也在考亭,三个杰出的英才相聚,分外喜悦,陈亮为他们俩分别画了像,并在画像下题字称赞说,辛弃疾是"文中之虎",是压倒一世英豪的奇杰;朱熹是"人中之龙",是堪为师表的一代儒宗。辛弃疾在大府卿任职几个月后,又于绍熙四年再次回到福建担任路安抚使,同年九月,辛弃疾再次到建阳拜会朱熹,两人再度相逢,喜之不尽,携手同游武夷山,泛舟九曲。沉浸在美妙的山水间,两人诗兴大发,当即各自吟赋了十首《武夷棹歌》。

游武夷,作棹歌呈晦翁十首

辛弃疾

(一)

一水奔流叠嶂开,溪头千步响如雷。
扁舟费尽篙师力,咫尺平澜上不来。

(二)

山上风吹笙鹤声,山前人望翠云屏。
蓬莱枉觅瑶池路,不道人间有幔亭。

(三)

玉女峰前一棹歌,烟鬟雾髻动清波。

游人去后枫林夜,月满空山可奈何。

（四）

见说仙人此避秦,爱随流水一溪云。
花开花落无寻处,仿佛吹箫月夜闻。

（五）

千丈搀天翠壁高,定谁狡狯插遗樵。
神仙万里乘风去,更度槎丫个样桥。

（六）

山头有路接无尘,欲觅王孙试问津。
瞥向苍崖高处见,三三两两看游人。

（七）

巨石亭亭缺啮多,悬知千古也消磨。
人间正觅擎天柱,无奈风吹雨打何。

（八）

自有山来几许年,千奇万怪只依然。
试从精舍先生问,定在包栖八卦前。

（九）

山中有客帝王师,日日吟诗坐钓矶。
费尽烟霞供不足,几时西伯载将归?

（十）

行尽桑麻九曲天，更寻佳处可留连。
如今归棹如掤箭，不似来时上水船。

（一）山涧飞流直下，欲将群山劈开，水石相激，远在千步之外，依然如雷贯耳。逆水行舟，纵然波澜平伏，这扁舟也是咫尺难行。

（二）山风吹过，阵阵笙歌鹤鸣，从山前望去，积云仿佛织成了翠色的屏障。人们都在羡慕蓬莱仙境、瑶池台阁，却不知道无限风光还在人间。

（三）山峰犹如玉女一般，将头上的鬟髻倒映在清波之中，游人离去后的枫林之夜，月光洒满山峰，空留下一片冷寂。

（四）听说仙人曾在此人间仙境躲避秦乱，这行云流水令人流连忘返。花开花落无处寻觅，唯有月夜依稀传来悠扬婉转的箫声。

（五）千丈高的山峰仿佛翠壁一样倚天而立，一定要十分狡猾的樵夫才能置身其中。神仙乘着万里长风，架着木筏一样的长桥飞度而去。

（六）山上的道路清洁无尘，幽深静谧，想要寻觅公子王孙打探着津渡所在，向着高处的苍崖上眺望，只有三三两两零星的游人。

（七）风雨无情，销蚀了千年巨石，想来人间也有擎天之柱，如国之栋梁，无奈风吹雨打，壮志难酬。

（八）自从有此山到现在有了多少年岁？形成如此千奇百怪的山形，若要向精舍先生求教，定然要从阴阳八卦的角度阐释。

（九）山中的高人您就是帝王之师，天天吟诗垂钓，伴随着轻烟夕霞，终究有一天，会有西伯来重用这个怀才不遇的白发隐臣。

（十）游遍了九曲桑麻之地，夜晚才尽兴而归，此刻扁舟顺水，穿行如棚箭，全然不似来时逆水难行。

辛弃疾的这十首七绝组诗，可谓一绝一景，一幅幅奇妙的景色，如落英缤纷，各具特色，别有情趣，令人回味无穷。朱熹游武夷山后，亦写下十首绝句。当晚，朱熹又为辛弃疾的二斋室书写"克己复礼""夙兴夜寐"赠之，辛弃疾欣然接受，并以此为戒。

在辛弃疾眼里，身处乱世的朱熹，乃隐卧山中的"帝王师"。尽管辛弃疾对朱熹以赤诚相待，朱熹却依然保持着他的大师风范，对彼此间的友谊，始终保持着一份理智。辛弃疾、陈亮与朱熹约定"鹅湖之会"，辛、陈二人在鹅湖畅饮畅聊数日后，又去离朱熹家很近的紫溪等候朱熹赴约，但朱熹最终却爽约了，后来朱熹致信陈亮解释说自己不愿参政，只想在山里过闲散的读书隐居生活。事实上，当时朝中执掌大权的宰相周必大和枢密使王蔺，都是辛弃疾的政治对头，朱熹担心自己与辛弃疾走得太近，会引起周必大与王蔺的误会，因而刻意与辛弃疾保持距离。虽然心里很清楚朱熹爽约的真正原因，但为人豪爽的辛弃疾，对此从不介怀，仍然一如既往地与朱熹以师礼相待。几年以后，正如辛弃疾所预言的那样，理学的信奉者赵汝愚担任宰相后，果然召朱熹进京，担任皇帝的老师。可惜好景不长，在复杂的政治斗争中，赵汝愚败给了外戚韩侂胄，朱熹不仅被赶出京师，他的理学也被贴上伪学的标签，理学弟子一律被视为"逆党"，有的被砍头，有的被贬职，连早已隐居辛弃疾也受到了牵连，朱熹更是被限制了人身自由。

相似的命运，令朱熹与辛弃疾愈发"相交既久、相见亦深"。尤其在陈亮去世后，他们两人的交往更加密切，辛弃疾对朱熹的学识品行越发敬慕,朱熹亦以"施展杰出的才干,以报朝廷"来勉励辛弃疾,并对他寄予厚望。庆元三年,朱熹给在武夷山仲佐观任职的辛弃疾的信中,又以"克己复礼"相勉,令辛弃疾欣慰有此良师益友。

酬朱晦庵

辛弃疾

西风卷尽扩霜筠,碧玉壶天天色新。
风历半千开诞日,龙山重九遍佳辰。
先心坐使鬼神伏,一笑能回宇宙春。
历数唐尧千载下,如公仅有两三人。

西风劲吹,竹皮上沾满了白霜,天色清朗,如同碧玉壶一般清新。风历半千的开诞之日,正是龙山重阳的好时节。先生的心能使得鬼神为之折服,偶尔一笑能使宇宙回春。历数唐尧以后的数千年中,能抵得上您的仅有两三人而已。

在辛弃疾看来,自唐尧以来几千年,能与朱熹相比的仅有两三个人,这般感悟,足以窥见辛弃疾对朱熹的仰慕之情非同寻常。

庆元六年(1200)三月,朱熹久病不愈,"正坐整衣冠就枕而逝",时年七十一岁。当时,权倾朝野的韩侂胄下令,禁止朱熹的朋友、同僚、门人、信徒等去武夷山考亭为其送葬。但辛弃疾闻此噩耗痛哭万分,他不惧风险,义无反顾地赋词,悼念这位亦师亦友的一世知交。

感皇恩

辛弃疾

读《庄子》,闻朱晦庵即世

案上数编书,非庄即老。会说忘言始知道;万言千句,不自能忘堪笑。今朝梅雨霁,青天好。

一壑一丘,轻衫短帽。白发多时故人少。子云何在,应有玄经遗草。江河流日夜,何时了。

书案上放着的几卷书,皆是老庄之类的著作,虽然口头上也会说"忘言始知道"那一套玄理,但实际上却做不到忘言。事实上老庄的"忘言知道"是虚伪的,而著书立说,却可以垂之后世而不朽。由于对老庄哲学有了真正的体会,不受其惑,仿佛雨过天晴,豁然开朗一样。

退隐以后我放浪山林,常常短帽轻衫徜徉于丘壑之间。岁月蹉跎,年华老去,故旧凋零健在者已经寥寥无几,杨雄如今何在?他留下了玄经的遗著,朱熹的文章著述必然像他那样,传之后世,有如江河万古流。

这首词的词题曰:"读《庄子》,闻朱晦庵即世。"上片是读《庄子》之所感,下片则是悼念朱熹。词的上下片貌离神合,藕断丝连,命意深曲而仍有踪迹可寻。从表面上看,正面悼念的话没有几句,反复玩味,其实是浑然一体的,通篇都渗透着追悼之意。不论正说、自说、曲说、直说,其主旨都归结到"立言不朽"。这首短小的悼人词,既富有哲理意味,又显得情致深长,且很贴切朱熹的哲学家身份。

这首词是为悼念朱熹而作,不落窠臼,一气神行,刻画出一代宗师不朽的凛然风范。"忘言"语出《庄子·外物》:"言者所以在意,得意而忘言,吾安得忘言之人而与之言哉?"朱熹乃是会说"忘言"而知"大道"的思想家,能抛弃事物的形式和世俗的功利,此时的辛弃疾也似乎表明,自己也与朱熹一样,勘破了事物的形式和超越了自我的恩怨得失。十一月二十日,朱熹葬于建阳唐石里后塘九峰山下大林谷,辛弃疾不避嫌,亲自前往吊唁,泪洒祭物,哭曰:"所不朽者,垂万世名。孰谓公死,凛凛犹生!"世间不朽的唯有流芳百世的声名,谁说你已死,你的精神将令人敬畏,就像活着的时候一样,凛然犹生。在当时,敢于蔑视权贵,公开为朱熹礼赞的,恐怕只有辛弃疾一人也。这种对朋友忠肝义胆,敢冒天下之大不韪的豪气,古往今来,能有几人?

闲居瓢泉的岁月里,趋炎附势的小人固然不再登门拜访,友人亦已相继离世,所以到辛弃疾家拜访的人越发稀少。少了往昔与朋友们一起饮酒山水、唱和往来的欢乐,辛弃疾不禁感慨万分,心生怅然。忽然,有一日,辛弃疾一位老朋友杜叔高来访,这令寂寞万分的辛弃疾欣喜若狂。杜叔高名杜斿,叔高是他的字,浙江金华人,曾于淳熙十六年赴上饶与辛弃疾相会,自那一别,两人已经有十余年未见,如今再次相见,欣喜之情难以言表,两人日日畅游山水之间,并写下许多唱和之作。

贺新郎

辛弃疾

用前韵送杜叔高

细把君诗说:恍余音、钧天浩荡,洞庭胶葛。千丈阴崖尘不到,惟有层冰积雪。乍一见、寒生毛发。自昔佳人多薄命,对古来、一片伤心月。金屋冷,夜调瑟。

去天尺五君家别。看乘空、鱼龙惨淡,风云开合。起望衣冠神州路,白日销残战骨。叹夷甫、诸人清绝!夜半狂歌悲风起,听铮铮,阵马檐间铁。南共北,正分裂!

我细细地将您的诗品评,它像是天宫中美妙的音乐,不绝于耳。又像是黄帝当年在洞庭之野下令演奏的《咸池》之乐,动听的旋律在深远的厅堂中回旋。又像是阳光照不到的千尺山崖,没有一点尘埃,有的只是清冷的层冰积雪,使人乍然一见时,不禁寒生毛发。自古以来,美丽的姑娘多半薄命。像汉武帝的皇后陈阿娇那样,独自住在冷落的金屋中深夜弹瑟,对着一片明月暗自伤心。

杜家历来是有名的世家大族,一直人才济济。您像鱼龙般努力奋斗,终会有乘风高飞的一天,到那时必将会使政治局势发生变化,遥望原是盖冠相望的中原,惨淡的阳光下,战士们的尸骨已经销蚀净尽。可叹朝廷中用一些像西晋王衍一样的空谈人士,贻误了国家大事。半夜里慷慨悲歌，一阵悲风吹过，檐下的铁铃铮铮作响，想到国家的南北分裂，中原久陷，就使人悲愤难眠！

杜叔高是辛弃疾和陈亮志同道合的朋友，金华（今浙江金华）兰豁人。他是一位很有才气的诗人，陈亮曾在《复杜叔高书》中称其诗："如干戈森立，有吞虎食牛之气……可谓一时之杰，而左右发春妍以辉映其间。"杜叔高因鼓吹抗金，遭到主和派的猜忌，虽有报国之志，竟无请缨之路。唐代时长安城南的韦氏和杜氏是著名的世家大族，深受皇帝宠信，据《辛氏三秦记》载，有"城南韦杜，去天尺五"之说，"天"指皇帝，尺五言其近。杜旃共有兄弟五人，伯高、仲高、叔高、季高、幼高，都博学能文，人称"金华五高"。淳熙十六年（1189），杜叔高从金华到信州（今江西上饶）拜访辛弃疾，并请辛弃疾读了自己的诗集。辛弃疾既爱其才华，更爱其人品，在杜旃离开时，辛弃疾为送杜叔高，又写了一首《贺新郎》。因为他对与陈亮互相以《贺新郎》唱和的印象太深了，这次送的又是两人志同道合的朋友，所以仍然步过去的原韵来写，词中蕴含着深厚的情谊。

这首词题云"用前韵"，乃用辛弃疾前不久寄陈亮同调词韵。上片盛赞杜叔高诗作之奇美，慨叹其境况之萧索；下片写因杜叔高怀才不遇及家国的昔盛今衰，抨击朝政的黑暗。词人在慰勉伴侣之中，融入忧伤时世之感，故虽送别之作，亦有悲壮之意。范开《稼轩词序》称其运笔精妙："如春云浮空，卷舒起灭，随所变态，无非可观。"

锦帐春

辛弃疾

席上和叔高韵

春色难留,酒杯常浅。把旧恨、新愁相间。五更风,千里梦,看飞红几片。这般庭院。

几许风流,几般娇懒。问相见、何如不见。燕飞忙,莺语乱。恨重帘不卷。翠屏平远。

春色是如此难以挽留,转眼间匆匆流过,既然留不住春色,只能把杯中的酒喝干。本想着借酒浇愁,谁想到酒入愁肠,旧恨未消又添新愁。五更的风起了,在这样的庭院里,看到飞红片片落下,不禁使人梦驰千里,黯然神伤。

几多的风流袅娜,几般的娇羞慵懒。像燕子般匆忙飞过,如黄莺般乱叫几声,这样匆匆的相见,还真不如不要相见。恨只恨那重重的帘幕迟迟不见卷起,翠色的屏障是那样的遥不可即。

杜叔高到访以后,辛弃疾每天陪他畅游山水,流连江湖,当然,也免不了设宴款待,这首词便是稼轩在酒席上与杜叔高互相唱和的词作。词中抒发了人生易老,春光难留的感慨,表达了词人伤春惜别、往事不堪回首的情怀。上片写庭院春色,几片飞红,勾起了旧恨新愁;下片写当初几般娇嫩,几许风流,而今重帘不卷,旧恨更添新愁。表现了朋友之间真挚的情谊。全词委婉细腻,凄恻缠绵。语言工丽,含蓄无限。

除了这首《锦帐春》,辛弃疾还先后写过多首词赠给杜叔高,如

《上西平·送杜叔高》《浣溪沙·别杜叔高》《玉蝴蝶·追别杜叔高》《婆罗门引·别杜叔高》,篇篇皆是辛弃疾的肺腑之作,更表达了他对杜叔高人品、词品的赞赏。

玉蝴蝶

辛弃疾

追别杜叔高

古道行人来去,香红满树,风雨残花。望断青山,高处都被云遮。客重来、风流觞咏,春已去、光景桑麻。苦无多。一条垂柳,两个啼鸦。

人家。疏疏翠竹,阴阴绿树,浅浅寒沙。醉兀篮舆,夜来豪饮太狂些。到如今、都齐醒却,只依旧、无奈愁何。试听呵。寒食近也,且住为佳。

古栈道上,人来人往,满树上缤开着芬芳四溢的红花,风雨肆虐,摧残着百花。纵目远眺青山,青山的高处都被云层笼罩。叔高来此游玩,你我金樽流觞,吟诗作赋,好不风流。转瞬间春天就要逝去,去日苦多,只留下一条垂杨柳和两只哀鸣的昏鸦。

稀疏的翠竹簇拥着人家,这里绿树成荫,寒沙浅浅,那天夜里我们纵情豪饮太过痴狂,以致醉卧于篮舆之中,到后来一齐酒醒,却依然愁绪满杯。你听听啊,寒食节就要到了,还是暂且住下来为好。

相见时难别亦难,有相聚自然有分离。短暂的相会以后,杜叔高就要回去了。辛弃疾依依不舍,一路相送,长亭更短亭,仍不愿回转,他先后写下四五首追别之作,这在辛弃疾与友人的交往中十分罕见,足见他对杜叔高用情之深。

玉蝴蝶

辛弃疾

叔高书来戒酒用韵

贵贱偶然,浑似随风帘幌,篱落飞花。空使儿曹,马上羞面频遮。向空江、谁捐玉珮,寄离恨、应折疏麻。暮云多。佳人何处,数尽归鸦。

侬家。生涯蜡屐,功名破甑,交友抟沙。往日曾论,渊明似胜卧龙些。记从来、人生行乐,休更问、日饮亡何。快斟呵。裁诗未稳,得酒良佳。

人生的高低贵贱纯属偶然,就好比随风飘舞的帘幌和篱笆上落下的飞花。使得那些少年得意的小儿辈,骑在马上因害羞而频频掩面。谁解玉佩向空江,欲寄离愁别恨,应须折取疏麻。暮云缭绕,佳人在哪里呢?她应当在深闺中数尽暮归的寒鸦。

你们杜家,仍是名门望族,功名满门,结交的也多是豪杰之士。往日我们也曾议论,陶渊明悠闲的田园生活要胜似诸葛亮的鞠躬尽瘁。要记得,人生应当及时行乐,就不要去管,哪一天醉酒而亡。快快斟满酒杯,诗还没有写好,有好酒是最开心的事。

杜叔高走后，给辛弃疾留下无尽的思念，也留下无尽的惆怅。把酒话桑麻，又令他重新想起当年纵马杀敌、征战沙场的辉煌景象。曾经的理想，已在岁月的侵蚀下黯淡了荣光，长久的寂寞等待令词人常常喟然长叹，梦里不知身是客，只愿长醉不愿醒。在残酷的现实面前，辛弃疾只能是：长身而立，一杯浊酒，东窗独酌。杜叔高理解稼轩内心的苦闷，更爱惜稼轩老弱的病体，便修书辛弃疾，劝他戒酒。辛弃疾接书后感叹叔高对自己的真诚关心，写下这首《玉蝴蝶·叔高书来戒酒用韵》。

青史英豪可雄跨

嘉泰三年(1203),刘过流寓杭州,诗名满天下,声震文坛。辛弃疾在绍兴任浙东安抚使,派人邀请他前来相会,刘过适以事不及行,便"效辛体《沁园春》"作一词,向辛弃疾作答。词的体裁和题材都很奇特,才气横溢,构思巧妙,模仿逼真。辛弃疾"得之大喜,致馈数百千,竟邀之去,馆燕弥日"。(岳珂《桯史》)据说辛弃疾后来再次邀请他去作客,在馆舍里一边品酒,一边唱和竟达一月之久。后来,刘过还洋洋自得地跟岳珂谈及此词的写作经过,岳珂听罢,便笑着称许道:"词写得真是不错,可惜没有一幅药,能治疗你的白日见鬼症。"

沁园春

刘 过

寄辛承旨。时承旨招,不赴

斗酒彘肩,风雨渡江,岂不快哉!被香山居士,约林和靖,与坡仙老,驾勒吾回。坡谓西湖,正如西子,浓抹淡妆临镜台。二公者,皆掉头不顾,只管衔杯。

白云天竺去来,图画里、峥嵘楼阁开。爱东西双涧,纵横水绕;两峰南北,高下云堆。逋曰不然,暗香浮动,争似孤山先探梅。须晴去,访稼轩未晚,且此徘徊。

一天,稼轩请我去做客,据说备有美酒佳肴款待,真令人高兴。可是天公不作美,忽然刮风下雨,钱塘江上波涛汹涌,浊浪排空,尽管如此,我还是打算冒雨过江,如期赴会。谁知唐代诗人白居易,约同宋代诗人林和靖、苏东坡硬将我拉了转来。东坡快嘴利舌,首先劝阻:"西湖美如西施,无论是浓妆还是淡妆,照着镜子都很艳丽动人。"他满以为自己的诗句能打动人,谁知白翁和林翁却掉过头去,不予理会,只管传杯喝酒。

稍停片刻,白香山滔滔不绝地说:"先去天竺山玩玩吧!那儿美极了,就像一幅图画;天竺三寺,高峻挺拔,迷离神奇"。他说完摆出一副得意的神色。然而林翁却不以为然:"孤山风光那才叫美。看那梅花点点,浓香四溢,令人陶醉,不如先到此山去赏梅。"三位诗翁各展其才,互不相让,气氛显得十分热烈。最后三人异口同声地劝道:"等到天晴,再去拜访辛翁也不迟,咱们今天暂且在此流连徜徉吧!"

词前小序云:"寄辛承旨。时承旨招,不赴。"辛承旨即辛弃疾,因其曾于开禧三年(1207)被任命为枢密院都承旨而得名,不过那时刘过已不在世,"承旨"二字可能是后人加的。另一种版本的序云:"风雪中欲诣稼轩,久寓湖上,未能一往,因此赋此词以解。"两种说法不太一致。这的确是一首文情诙谐、妙趣横生的好词,据《桯史》载:"嘉泰癸亥岁,改之在中都时,辛稼轩弃疾帅越。闻其名,遣介招之。适以事不及行,作书归辂者,因效辛体《沁园春》一词,并缄往,下笔便逼真。"此词乃为推迟行期而作。刘过的行辈比辛弃疾晚,地位也相差悬殊,但是他并不因此而缩手缩脚,照样不拘礼数地同这位元老重臣、词坛泰斗呼名道姓,开些玩笑。这种器识胸襟不是那些缕红刻翠的词客所能企及的,洋溢于词中的豪情逸气、雅韵骚心是同他"天下奇男子"的气质分不开的。俞文豹《吹剑录》云:"此词虽粗而局段高,固可睨视稼轩。视林、白之清致,则东坡所谓淡妆浓抹已不足道。稼轩富贵,焉能浼我哉。"俞文豹评论其"粗",是言其风格粗犷,全词首尾相和,如常山蛇阵,滴水不漏,何粗之有。像这样调侃古人、纵心玩世的佳作,在词坛上是极其罕见的。

　　刘过十分崇敬辛弃疾,很想和他结识,有一天,他来到辛府,因衣着褴褛,被门吏拒之门外。他便故意大声吵闹,惊动了正在饮酒的辛弃疾,辛弃疾连忙出来迎接,看到刘过虽然衣衫破旧,却英气勃勃,便邀他入席饮宴。刘过也不客气地就座,酒过三巡后,一位宾客想要试探他一下,就请他即席赋诗。当时席上恰有一大碗羊腰肾羹,辛弃疾就让他以此为题,赋诗一首。刘过不紧不慢地说:"天气寒冷,应当先酒后诗。"辛弃疾便命人为他斟了满满一碗酒。当时刘过已经双手冻僵,接碗时双手不停地颤抖,将碗中的酒洒到胸前的衣襟上,辛弃疾就请他以"流"字为韵,刘过稍作沉吟,当即吟出了一首既切题又合时宜的绝句:"拔毫已付管城子,烂首曾封关内侯。死后不知身外物,也随樽酒伴风流。"

沁园春

刘　过

寄辛稼轩

　　古岂无人,可以似吾,稼轩者谁。拥七州都督,虽然陶侃,机明神鉴,未必能诗。常衮何如,羊公聊尔,千骑东方侯会稽。中原事,纵匈奴未灭,毕竟男儿。

平生出处天知。算整顿乾坤终有时。问湖南宾客,侵寻老矣,江西户口,流落何之。尽日楼台,四边屏幛,目断江山魂欲飞。长安道,奈世无刘表,王粲畴依。

古往今来,虽有不少贤臣良将,但有谁能和我们的辛稼轩相媲美?东晋的陶侃虽然官居七州都督,头脑敏锐善于分析,可是他略输文采;唐代的常衮虽然贵为宰相,政绩斐然,但他只是一介儒生,不会带兵打仗;只有西晋名将羊祜文武双全,还能勉强凑合,有点像身任绍兴知府兼浙东安抚使的辛稼轩。至于恢复中原之事,虽然至今未能消灭金国完成夙愿,但辛弃疾一生为此奋斗,毕竟是个铁骨铮铮的男子汉。

个人一生的命运很难预测,只有老天才会知道。可是收复失地、统一国家的大业总该有个时候吧。我这个客居湖南的人,已渐渐地老了,作为江西的百姓,将流落到何方。我整日在楼台上眺望,四周的群山像屏风和帷幔,遮蔽了我北望的视线,看不见沦陷已久的中原江山,我的心魂也要飞向那里。在这都城临安,没有像刘表这样的人物,能对我像刘表对王粲一样略加赏识。

这首词的体制和题材都富有创造性,它大起大落,纵横捭阖,完全解除了格律的束缚,因而显得意象峥嵘,运意恣肆,虽略失之于粗犷,仍不失为一首匠心独运的好词,像这样调侃古人、纵心流世的作品,在当时的词坛上确是罕见的。

陶侃是东晋时的名将,官至侍中太尉,封长沙郡公,加都督交、广、宁等七州(今广东、广西和云南一带)军事,拜大将军,具有杰出的军事才能。常衮是唐代宗时的宰相,官门下侍郎、同平章事,封河内郡公。他革除弊政,重用人才,并于唐德宗时在福建兴办教育,使当地的文化昌盛,很有政绩。羊祜是西晋武帝时的名将,他镇守襄阳十年,常轻裘缓带,大有儒将之风,可谓文武双全。汉代乐府诗《陌上桑》有"东方千余骑,夫婿居上头",形容太守的随从众多,词中的"侯"即是指太守之类的地方官员。王粲是东汉末年才子,年轻时在荆州投靠刘表,但是未被重用。他是"建安七子"之一。曹丕评论道:"王粲长于辞赋,徐干时有齐气,然粲之匹也。"他的《登楼赋》《槐赋》等十分有名。词人在这里叹自己怀才不遇,境遇还不如王粲。

念奴娇

刘 过

留别辛稼轩

知音者少,算乾坤许大,著身何处。直待功成方肯退,何日可寻归路。多景楼前,垂虹亭下,一枕眠秋雨。虚名相误,十年枉费辛苦。

不是奏赋明光,上书北阙,无惊人之语。我自匆忙天未许,赢得衣裾尘土。白璧追欢,黄金买笑,付与君为主。莼鲈江上,浩然明日归去。

在偏安一隅的东南地区,像我这样的志士根本没有立身之地,更不要说能有施展抱负的机会。我一身无官无职,如果要等到功成身退,则何时才能归隐江湖。如能在多景楼前、垂虹亭下醉眠秋雨,是何等的酣畅,可是我十年辛苦求名,终然枉费,深叹虚名误我。

我之所以不遇,并非没有文才,不能向皇帝奉献辞赋,也不在于不能北阙上书,陈述治国安邦的良策,以辅佐明主。主要原因在于未能得到皇帝的赏识和重用,只落得衣裾之上沾满了尘土。以白璧来追欢,以黄金来买笑,此事付与使君你为主。秋风起后的莼鲈江上,我当乘着明月,浩然归里。

这首词大约作于宋宁宗嘉泰三年(1203)。据郭霄凤《江湖纪闻》载,刘过性疏好施,辛稼轩客之。刘过因母病告归,囊橐萧然。稼轩为其筹资万缗,买船送归。刘过感其知遇之恩,因自叙其生平抱负,赋词留别,以抒发自己怀才不遇的苦闷。刘过是位有血性的爱国词人,被誉为"天下奇男子"。他东上会稽、南窥衡湘、西登岷峨、北游荆扬,"上皇帝之书,客诸侯之门"(刘过《独醒赋》),但始终没有得到朝廷的重视和任用,所以他在词中分析了自己落拓不遇的原因和不得功成即退的归隐之愿,向稼轩告别。

刘过无一官半职,乃布衣之身,与辛弃疾为文酒之交,分属宾客,相聚时颇有追欢买笑之事,这在宋朝的达官贵人,倒多风流韵事,稼轩也莫能外。所以说二人的相交之间,还是有一定的身份隔膜的。这首词慷慨陈词,直抒胸臆,气势雄伟,风格粗犷,把满腔的悲愤向朋友倾吐出来。粗中有细,浅中有深,直中有曲,刘熙载评论其:"狂逸之中自饶俊致。"

刘过虽终身未仕,但以诗侠名天下,陆游、辛弃疾、陈亮皆折节与之交,互相之间多有唱和。

水龙吟

刘 过

寄陆放翁

谪仙狂客何如？看来毕竟归田好。玉堂无此，三山海上，虚无缥缈。读罢《离骚》，酒香犹在，觉人间小。任菜花葵麦，刘郎去后，桃开处、春多少。

一夜雪迷兰棹。傍寒溪、欲寻安道。而今纵有，新诗冰柱，有知音否？想见鸾飞，如椽健笔，檄书亲草。算平生白傅风流，未可向、香山老。

陆放翁就是谪仙李白和四明狂客贺知章一类的天才，现在已经罢职退居山阴，归隐田园，这对他来说实在是很好的归属。在朝廷为官的"居官之乐"固然比不上归田之乐，仙山虚无缥缈，微茫难求，这种"神仙之乐"也不如归田之乐现实。长夜痛饮，熟读《离骚》，便将个人荣辱得失置之度外而自得其乐了。既然已不以朝廷小人得势为怀，就任"菜花葵麦"之地又新开多少桃花，增添多少所谓"春色"去吧。

一夜风雪大作，我像王子猷访戴那样，沿着寒冷的溪流，前往山阴拜访陆放翁。自己虽有诗才，但知音者少，只有领袖诗坛的陆放翁刮目相看，并将自己比作李广，以我不能封万户侯为可惜。而放翁您文韬武略，本当亲草檄书，报国杀敌。您虽然有唐代大诗人白居易般的诗酒风流，但切不可像他那样终老香山，在归田之中了此一生。

　　这是一首赠答词,它具体铺叙了放翁归隐山阴逍遥闲适的狂放生活,表达了作者对放翁的殷殷思慕之情。词的上片称赞放翁是位天才的诗人,词人以快乐程度、生活情趣与处世态度三个方面分写归田之乐。下片写词人对放翁的思慕和拜访之念,盛赞其文韬武略,劝勉其匆匆在归隐中了却此生。同时又希望他能够重新出山,为国家建立一番功勋事业。从构思上看,此词不是采用上片写景下片抒情这种惯用方式,大胆打破常规束缚,用全词来叙事,并把抒情寓于叙事之中,叙事时,也不完全根据形式安排内容,而是根据内容的需要结构作品。此词笔势纵横跌宕,语言深沉明快,构思新奇,寓意深微。

　　放翁一生对政治形势极为关心,善纵论天下大事,且不拘礼法,故被论者讥为"燕饮颓放"而罢职。词人有感于此而赋词"寄陆放翁"。"读罢《离骚》"语出《世说新语·任诞篇》王恭言:"痛饮酒,熟读《离骚》,便可称名士"。这是写陆游长夜痛饮,闲居读书的生活。下片开始则引用《世说新语·任诞》中王子猷雪夜访戴的故事:"王子猷居山阴,夜大雪,眠觉,开室命酌酒。四望皎然,因起彷徨,咏左思《招隐》诗。忽忆戴安道,时戴在剡,即便夜乘小船就之。"这里的戴安道喻放翁,以王子猷自拟,既表现了词人对放翁的思慕,欲至山阴拜访,又暗示他也拟"招隐",约请放翁出山之意。陆游作为诗坛领袖,十分看重刘过的诗才,同时也很赏识他的军事才干,曾将他比作飞将军李广,"李广不生楚汉间,封侯万户何其难"(《赠刘改之秀才》),以刘过生不逢时,不能封万户侯而深为惋惜。而刘过则明确指出,陆游与白居易一样,一生才华横溢,风流倜傥,而今胡马窥江,国事维艰,应当有所作为,不能像白居易晚年那样退居香山,隐逸终老。表现了词人以及放翁至老弗渝的爱国品质。

如果说辛弃疾是宋代最伟大的爱国词人,那么陆游则是宋代最伟大的爱国诗人,其诗作被誉为一代"诗史"。陆游出身于书香官宦之家,从小饱尝战争之苦,在父亲及身边士大夫的爱国思想熏陶下,日渐形成一颗爱国之心。他自幼就有"我生学语即耽书,万卷纵横眼欲枯"的好学精神,诗名远扬。他满腔的爱国热情,却屡遭权贵的冷遇与打击,晚年退隐乡野,借诗词抒发豪迈的爱国情感。

辛陆二人都是以诗词著称于世,但他们早年都有过颠沛流离的军旅生涯,都有一颗忠君爱国的赤诚之心,他们奔放、热情、豪爽的个性,使他们对恢复中原充满了渴望,并身先士卒,驰骋疆场。相同的政治主张和爱国热情,他们在遭遇投降派的冷落和排挤下,唯有寄情山水,寄情于笔墨。虽然彼此欣赏,许多年来他们却彼此天各一方,从未谋面,直到1203年六月,两人才在绍兴山阴第一次相见,彼时陆游已经七十八岁,辛弃疾亦已六十五岁。此前一个月,陆游刚刚从京城回到故乡,而辛弃疾则是刚刚赶赴绍兴府任职,这难得的机缘巧合,成全了两人此生的第一次相会。辛弃疾到绍兴任职前,已被罢官整整八年,而陆游此次出仕前更是闲居了十二年之久。

多年以来,辛陆二人虽然从未见过面,但一直彼此欣赏着对方。早在1162年,陆游就开始关注辛弃疾。那时,二十出头的辛弃疾于敌营中活捉叛将张安国,并冲过敌人的烽火线,策马南归,令高宗大为赞叹。从那时起,辛弃疾少年英雄的形象就深深地印在陆游的脑海中。后来孝宗即位,意气风发的陆游,便竭力协助张浚策划北伐,当他得知骁勇善战的辛弃疾未被起用时,大胆上书朝廷,希望朝廷不要重南轻北,要重用赋闲江南的北方英贤,使朝廷更有凝聚力,使部队更有战斗力。只可惜陆游的真知灼见并未被朝廷采纳,北伐失败后,陆游自己也被罢官。

1203年底,韩侂胄招辛弃疾去临安商讨北伐事宜,辛弃疾即刻将此事告知陆游,征求他的意见。辛弃疾是南宋爱国志士的领军人物,但此时已经年过花甲,实现北伐的心愿已经不能再等了,况且朝廷上下所有人都对他寄予厚望,但出于对韩侂胄的了解,陆游对辛弃疾应诏北伐还是充满忧虑。辛弃疾临行前,陆游为他赶写了一首长诗《送辛幼安殿撰造朝》。

送辛幼安殿撰造朝

陆 游

稼轩落笔凌鲍谢,退避声名称学稼。
十年高卧不出门,参透南宗牧牛话。
功名固是券内事,且葺园庐了婚嫁。
千篇昌谷诗满囊,万卷邺侯书插架。
忽然起冠东诸侯,黄旗皂纛从天下。
圣朝仄席意未快,尺一东来烦促驾。
大材小用古所叹,管仲萧何实流亚。
天山挂旆或少须,先挽银河洗嵩华。
中原麟凤争自奋,残虏犬羊何足吓。
但令小试出绪余,青史英豪可雄跨。
古来立事戒轻发,往往谗夫出乘罅。
深仇积愤在逆胡,不用追思灞亭夜。

辛稼轩吟诗咏词,落下笔来是可以跨越鲍照、谢灵运这两位南朝诗人的,现在他却掩饰起巨大的声名,退隐田园学起稼穑之功来。十年间卧居其中从不出门,参透了南宗牧牛的禅语。以他的盖世才情,获取功名固然是胜券在握,如今却修葺园庐了却婚嫁之类的俗事。象昌谷先生李贺一样吟诗千篇装满了诗囊,如邺侯李泌一般读书万卷插满了书架。忽然间朝廷起用他镇守绍兴并兼领浙东,出行时旌旗猎猎,天下云从。圣君也要侧席,倾听他这样的贤臣的意见和建议,所以这时候朝廷又下诏催促他赴临安商讨北伐事宜。大材小用自古以来令人叹惜,辛稼轩的才能是与管仲、萧何等同的一流人物。挂帅天山直捣黄龙或许还要待以时日,先倾倒银河洗涮河南、陕西受到金人玷污的嵩山、华山。到那时,中原地区的有志之士必然人人奋起,残虏犬羊般的金人何必惧怕。只要让他出马小试牛耳,出其余力,必成青史留名的英雄业绩。自古以来干大事力戒轻举妄动,因为这样造谣生事的小人就会乘机进献谗言,利用缺口进行破坏,这是需要防范的。我们的深仇大恨都在北方的逆胡身上,不用再去追思灞亭之夜的情景,对从前遇到的小小嫌怨,就不必计较了。

这首诗的题目是《送辛幼安殿撰造朝》,幼安是辛弃疾的字,辛弃疾曾任右文殿修撰、集英殿修撰,故称殿撰。"南宗牧牛话",南宗是佛教禅宗的一派,以六祖慧能为宗。《景德传灯录》:"慧藏禅师一日在厨作务次,(马)祖问曰:'作什么?'曰:'牧牛。'祖曰:'作么生牧?'曰:'一回入草去,便把鼻孔拽来。'祖曰:'子真牧牛师!'"牧牛比喻修行之事,一步放松不得。这里指的是辛弃疾家居十年修养之事。昌谷,地名,在今河南省宜阳县西,唐代诗人李贺尝居于此,李贺常骑驴出门,一小僮背古锦囊随行,偶得诗句即书投锦囊中,诗中称赞辛弃疾创作丰富。"万卷"句说的是唐朝的李泌,他是唐德宗时宰相,封邺侯。韩愈诗:"邺侯家多书,插架三万轴。"陆游在此说的是辛弃疾藏书之富。灞亭即灞陵亭,汉代名将李广罢官居家后,一次夜过灞陵亭,灞陵亭的尉官不许李广行动,把他扣留在灞陵亭过了一夜。后来李广被任为右北平太守,约灞亭尉同去,到了军中,将他斩去。辛弃疾在做官过程中,屡次被劾罢官。陆游提醒他要认清金朝统治者才是深仇大敌,至于从前遇到的那些小小嫌怨,就不必和他们计较了。

在这首长诗中,陆游详细叙述了辛弃疾厚积薄发的坎坷经历,盛赞辛弃疾的英雄豪情、过人才华和好学不倦的精神,并确信他一定能成就伟业,一雪国耻。辛弃疾应诏赴任后,韩侂胄派他镇守京口(镇江),那是北伐前进的重要基地,登上北固亭,俯瞰滚滚长江,满头白发的辛弃疾心潮澎湃,他终于可以实现自己多年收复河山的宏愿了。然而,现实却令他沮丧、无奈,由于他与韩侂胄急于进兵的思路不合,最终被韩侂胄撤换,辛弃疾老骥伏枥,最后一次报效祖国的机会也付诸东流了。1206年4月,开禧北伐拉开序幕,开始收复了安徽北部、河南东部的一些地方,但当宋金两国主力会战时,由于准备不足,宋军一败涂地。1207年秋天,韩侂胄想起辛弃疾的劝告,决定再次起用辛弃疾,任命他为枢密院都承旨,期望他能力挽狂澜,可惜的是,此时稼轩已经病入膏肓,在留下一首临终绝笔《洞仙歌》后,与世长辞。辛弃疾的离去,令举国上下的爱国志士恢复中原的信念彻底地破灭了,就如爱国人士谢枋所言:"公没,西北忠义始绝望。"

辛弃疾的离世,北伐的失败,对暮年的陆游来说如同致命一击。当时不少人因痛恨韩侂胄的轻率误国,而把积极投入北伐的所有志士也一并轻视,陆游与辛弃疾都被牵连在内。辛弃疾曾说:"侂胄岂能用稼轩以立功名者乎?稼轩岂肯侂胄以富贵者乎?"其实,韩侂胄对陆游又何尝不是如此,他们都想"一身报国有万死",却终是报国无门。1210年春,八十五岁的诗人陆游追随他的好友辛弃疾而去,留下千古不朽的绝唱《示儿》:"死去原知万事空,但悲不见九州同。王师北定中原日,家祭无忘告乃翁。"

杯盘狼藉犹相对

秦观的一生，和苏轼结下了不解之缘，可以说是成也苏轼，败也苏轼。秦观小苏轼十二岁，对已名满天下的苏轼十分景仰。他们未相识时，秦观知道苏轼将经过扬州，便模仿苏轼的笔迹在一山寺之壁题诗，苏轼见到以后几乎不能分辨而暗自吃惊，明白真相后十分叹赏。

熙宁七年(1074)，秦观专程去徐州拜望苏轼，后来在《别子瞻》诗中说："我独不愿万户侯，惟愿一识苏徐州。"这里，秦观套用李白"生不愿封万户侯，但愿一识韩荆州"之句，表达对苏轼的仰慕之情。但韩荆州其实是一个不识才也不重视人才的官僚，他对李白居然不予答复，可见其有眼无珠。苏轼不仅在《次韵奉答秦观秀才见赠》中，赞美秦观"新诗说尽万物情"，而且逢人说项般地逢人说秦。在金陵与罢相后的王安石相见时，多次推荐秦观，说他是一个难得的人才，别后又在《与王荆公书》中说："愿公少借齿牙，使增重于世。"希望借助王安石的地位和影响，让秦观能为世所识所用。王安石与苏轼虽然政见不同，但爱才之心相通，王安石也赞赏秦观"清新如鲍（照）谢（灵运）"，他对苏轼说："公奇秦君，口之而不置；我得其诗，手之而不释。"元丰八年(1085)，三十六岁的秦观终于应试登第，七年后，与苏轼同时在京供职，与黄庭坚、晁补之、张耒一起，被称为"苏门四学士"，师友时相过从，度过了他一生中最快乐的时光。

和秦太虚梅花

苏　轼

西湖处士骨应槁,只有此诗君压倒。
东坡先生心已灰,为爱君诗被花恼。
多情立马待黄昏,残雪消迟月出早。
江头千树春欲暗,竹外一枝斜更好。
孤山山下醉眠处,点缀裙腰纷不扫。
万里春随逐客来,十年花送佳人老。
去年花开我已病,今年对花还草草。
不如风雨卷春归,收拾余香还畀昊。

　　以咏梅驰名的西湖处士林逋死去已经很久了,只有秦观的这首梅花诗才压倒了他。东坡先生我屡遭打击,贬官黄州已经五年,心境犹如槁木死灰,不大容易引起感情波澜了,现在却因为喜爱这首诗,被梅花撩拨起了看花的兴致。我兴致勃发,等不到翌日,当天黄昏就骑着马兴冲冲地赶到长江边上,勒马伫立江头,观赏梅花。节令虽已届春季,但还有一部分残雪迟迟不曾消融,时正黄昏,月儿却早早钻进了云缝。江头梅花盛开,争娇斗艳,使得明媚的春光也相形暗淡了,繁花竞丽固然好,但是竹外有一枝斜开的梅花,相比之下显得更好。当年在杭州通判任上,公务之暇常在孤山一带赏梅饮酒,哪里醉了,就在哪里醉眠少休。往往一觉醒来,便见到处纷纷扬扬落满梅花,洒在身上的,好像是在装点我的裙腰,掉在地上的,多得不能扫,也舍不得扫去它。今日于春光中重睹梅花芳容,就好像春也不远万里相随我这个穷愁潦倒的逐臣而来,十年来年年花开花落,人也逐年老去,这梅花就像在年年岁岁送我老去啊!去年花开之时我还在病中,今春赏梅,心情仍然不舒畅。我这个倒霉的逐臣实在有负良辰美景,倒不如让风雨送春归去,把这些花花草草都交还给上天算了。

这首七言古诗写于元丰七年(1084)春天,苏轼贬官黄州的最后一段时期。苏轼一向酷爱梅花,他的诗集中,以梅为题的诗就有近四十首之多,本诗便是其中之一。秦观(字太虚)的原唱《和黄法曹忆建溪梅花同参寥赋》也是一首和诗。苏轼的这首韵和作,于赏诗、咏梅之中,暗暗流露出自己的深沉感喟。

和黄法曹忆建溪梅花同参寥赋

秦　观

海陵参军不枯槁,醉忆梅花愁绝倒。
为怜一树傍寒溪,花水多情自相恼。
清泪班班知有恨,恨春相逢苦不早。
甘心结子待君来,洗雨梳风为谁好。
谁云广平心似铁,不惜珠玑与挥扫。
月没参横画角哀,暗香销尽令人老。
天分四时不相贷,孤芳转盼同衰草。
要须健步远移归,乱插繁花向晴昊。

鲍照、谢灵运的诗篇至今仍在流传,从未湮没,醉忆梅花的诗句忧愁至极,令人倾倒。那一树寒梅孤寂地倚傍在冰冷的溪水之滨,令人怜惜不已,花水相映两相多情,惹起了各自的烦恼。花朵上的露珠仿佛斑斑的泪滴诉说着心中无限的怅恨,只恨春天来得太晚彼此相逢太迟。甘心情愿结子以等待您的到来,雨洗风梳的梳妆为了取悦于谁?谁说广平之心坚硬如铁,也曾经不吝珠玑挥扫一空。月亮西沉的时候花枝横斜,传来阵阵哀怨的画角之声,此时的暗香已经消散殆尽催人老去。季节分成四时互不相让,孤独的花朵转瞬之间凋零如同衰草。要是能够健步远行,将其从远处移回来,可心将花枝插满,使得繁华充满晴空。

　　林逋在诗坛上以咏梅著称,他是宋初诗人,隐居于杭州西湖孤山,终身不仕,故称西湖处士,其"雪后园林才半树,水边篱落忽横枝"(《梅花》),以及"池水倒窥疏影动,屋檐斜入一枝低"(另首《梅花》)等名句,为人称赏,尤其是《山园小梅》"疏影横斜水清浅,暗香浮动同黄昏"一联,历来被推为咏梅绝唱。苏轼在这里评价林逋已经死去很久了,只有秦观的这首梅花诗才能压倒他,表明了苏轼对其才华的爱惜与欣赏。

虞美人

苏　轼

波声拍枕长淮晓。隙月窥人小。无情汴水自东流。只载一船离恨、向西州。

竹溪花浦曾同醉。酒味多於泪。谁教风鉴在

尘埃。酝造一场烦恼、送人来。

分别之后归卧舟中,只听到淮水波声,如拍枕畔,不知不觉天又亮了,从船篷罅隙中窥见从东方升起不久的残月。汴水无情,随着故人滚滚东逝,而我却载着一船离愁别恨,向西独行。

回想当年在江南的竹溪花浦上畅饮同醉的情景,那欢聚的酒兴毕竟多于离别的眼泪。谁叫我在芸芸众生中发现了您,认识您的价值,并获得您的友谊啊?如今反而使我增添了无穷无尽的烦恼!

这首词为元丰七年(1084)冬,苏轼至高邮与秦观相会后,于淮上饮别之词,词中反映了苏秦两人之间的深挚友谊。苏轼离开高邮时,秦观情意拳拳,自高邮相送,溯运河而上,经过宝应至山阳,止于淮上,途程达二百余里。并在淮上临流怅饮,惜别依依。元丰二年,苏轼从徐州徙湖州时,与秦观偕行,过无锡,游惠山,唱和其乐。后来又在松江相会,至吴兴,泊西观音院,遍游诸寺,留下许多美好的回忆。这年端午后,秦观与东坡分别,赴会稽。七月份,苏轼因乌台诗案下诏狱,秦观闻讯后,急忙渡江至吴兴探问消息。以后几年间,苏轼被贬黄州,与秦观不复相见。

北宋神宗即位后,任用王安石为相,推行新法。当时朝廷大多数老臣都反对,形成以司马光为首的反变法派,称作旧党,而以王安石为首推行新法的大臣,称作新党。新旧两党由于政见不同,后来发展成争权夺利的派系斗争。神宗病逝后,哲宗即位,当时年仅十岁,由其祖母太皇太后高氏听政,改元为元祐。高太后原来就反对新法,掌权后罢斥推行新法的官员,召回司马光执政。一些反对或不同意新法而被贬官在外的苏轼、秦观、黄庭坚等人,都调回朝廷任职。八年之后,高太后去世,哲宗亲政,改年号为绍圣,重用借推行新法之名而争夺权力的新党人物章惇、吕惠卿等人,他们将元祐年间的一些大臣统统降职外调,苏轼被贬惠州(今广东惠州),黄庭坚被贬到黔州(今四川彭水),秦观则被贬为监处州(今浙江丽水)酒税的小官。

秦观在政治上遭此严重打击,心情十分忧郁悲伤,愁思难解,写下《千秋岁》词。

千秋岁

秦　观

水边沙外。城郭春寒退。花影乱,莺声碎。飘零疏酒盏,离别宽衣带。人不见,碧云暮合空相对。

忆昔西池会。鹓鹭同飞盖。携手处,今谁在。日边清梦断,镜里朱颜改。春去也,飞红万点愁如海。

我在水边的沙滩上举目四望,城外的寒意已经消逝,春天真的到了。阳光下花影在摇曳,黄莺啼个不停。我飘零在外,酒也没有兴致再喝,与亲友离别之后,忧愁使我日渐消瘦,过去的友人难以相见,傍晚天边的阴云四合,只剩下一片迷茫黯淡。

想起当年与朋友们同游开封金明池的欢乐情景,我们像鹓鹭一样,无忧无虑地乘车飞驰。可现在,当年我们携手同游的地方,现在还有谁在呢?陪伴君王的日子,已经像梦一样消失了,镜中的容颜已日渐衰老。往昔的一切都如春天一样消逝,满树的繁花作飞红万点,我的悲愁像大海一样无边无际。

秦观这首词在内容上由春景春情引发,由昔而今,由今而昔,由喜而悲,由悲而怨,把政治上的不幸和爱情上的失意融为一体,抒发贬谪之痛、飘零之愁。上片着重写今日生活的情景;下片抒发由昔而今的生活之情。艺术上一波三折,一唱三叹,蕴藉含蓄,感人肺腑。以景结情,境界深远,余味无穷。全词自写情怀,外婉约而内异常激烈,颇能概括秦观一生遭遇及性格特征,可谓性灵之作。

西池就是金明池,位于北宋都城开封顺天门外街北,是当时的游览胜地。池周约九里,南岸有临水殿,皇帝常在这里观赏赐宴,池中心有五殿,建筑陈设十分华丽,允许游人随意观赏。金明池的附近有大量的摊贩及各种娱乐场所,是十分繁华、热闹的所在。

据秦瀛《淮海先生年谱》,哲宗绍圣二年乙亥(1095),少游"尝游(处州)府治南园,作《千秋岁》词"。宋代处州有莺花亭,就是因词中"花影乱,莺声碎"而得名。但是吴雷《能改斋漫录》及曾敏行《独醒杂志》都说此词作于衡阳。据说秦观被贬官到藤州(今广西藤县),心情十分悲凄。在路过衡阳时,孔平仲(字毅甫)任衡阳太守,孔秦二人在开封时是好友,曾同游金明池。因此,孔平仲留秦观在衡阳小住,殷勤款待。一天,在太守官邸喝酒,秦观写下这首《千秋岁》词,孔平仲读到"镜里朱颜改"时,大吃一惊说:"少游!您正值壮年(秦观时年五十岁),为何言语如此悲怆?"于是按秦词的原韵,和作一首《千秋岁》,想以此消解秦观的愁绪。不久,秦观告别启程,孔平仲将他送到城郊外,并且殷切劝慰。回来后孔平仲对其家人说:"秦少游神气外貌和平时大不相同,看来不久于人世了!"没过多久,秦观果然告别了人世。元符三年(1100)秦观放还,传说他行至藤州,醉卧于光华亭,一笑而卒。

　　这首词写成之后,和者甚众,计有苏轼、黄庭坚、孔平仲、李之仪、僧惠洪(以上为北宋,皆少游师友)、王之道、丘崈(以上为南宋),而丘崈则和了三首。他们对秦观或表示慰海,或致以悼念,形成了迁谪词的高潮。唱和人数之多,与同时代贺铸《青玉案·横塘路》不相上下。

千秋岁

孔平仲

　　春风湖外。红杏花初退。孤馆静,愁肠碎。泪馀痕在枕,别久香销带。新睡起。小园戏蝶飞成对。

　　惆怅人谁会。随处聊倾盖。情暂遣,心何在。锦书消息断,玉漏花阴改。迟日暮,仙山杳杳空云海。

　　湖边上春风阵阵,红杏花儿刚刚凋谢。孤零零的旅舍多么寂静,我这被贬谪的人愁得心都碎了。枕上留有泪痕,离别久了,衣带上的薰香也已消失。昼眠醒来,园中蝴蝶成对成双。

　　这深深的惆怅啊,有谁人能够理解。漫无目的,随意停下车子,希望能将愁闷暂时排解,可是心总也不能安定。远方的书信消息都已断绝,时光一点点流过。又是日暮西山,那令人向往的仙人难以寻觅,只见一片空蒙的云海。

孔平仲与秦观在京师时既为同僚,又为好友,两人曾相携同游金明池。《东京梦华录》卷七谓在汴京城西顺天门外北街,自三月一日至四月八日闭池,虽风雨亦有游人,略无虚日。《淮海集》卷九《西城宴集》诗注云:"元祐七年三月上巳,诏赐馆阁花酒,以中浣日游金明池、琼林苑,又会于国夫人园,会者二十有六人。"秦观参加了这次盛大而愉快的集会,这次经历在词人一生中留下了难以磨灭的印象。

宋哲宗绍圣四年(1097)五月,六十二岁的苏轼由惠州被再次贬到儋耳(今海南儋州)。他的侄孙苏元老收到一位赵姓秀才从开封捎来的信,信中抄寄来秦观的《千秋岁》词及孔平仲的和作。苏轼阅读之后,被秦观词中悲凄的情调深深触动,联想到同是天涯沦落人的自己以及元祐党人的不幸遭遇,不禁感慨万千,于是用秦观原韵,也和作了一首《千秋岁》。

千秋岁

苏　轼

次韵少游

岛边天外,未老身先退。珠泪溅,丹衷碎。声摇苍玉佩、色重黄金带。一万里,斜阳正与长安对。

道远谁云会,罪大天能盖。君命重,臣节在。新恩犹可觊,旧学终能难改。吾已矣,乘桴且恁浮于海。

我被贬谪到这天涯之外的海岛之上，人未老而自己退隐。对朝廷的耿耿忠心已被粉碎，我只能珠泪暗流。在都城开封，当权的朝臣玉佩叮当作响，饰有黄金的腰带色泽耀眼。此地虽距京都万里之遥，可斜阳却和那里没有两样。

说是路途遥远可是谁能知道，罪孽虽大可天总能盖下。圣上的命令是严厉的，我做臣子的永远尽自己的本分。皇上新的恩典或许会照顾到我吧？可我原先的秉性终究难改。看来我是不行了，还是乘着小筏子浮海而去吧！

这是苏轼的一首表达自己才无所用，报国无门的词。上片自叙贬居在有天涯海角之称的海南岛，退离了能展抱负的政坛，归期遥遥无期，凄苦心碎。下片词人逐渐摆脱愁苦，对自己能被朝廷启用抱有希望，表达了词人晚年历经磨难仍坚守节操、不改初衷的志向。全词波澜起伏、感情激荡，令人感受到苏轼胸中炽热的情感还未泯灭。表达了他不忘自己的使命，虽经磨难仍不改报效国家的政治抱负。

苏轼和秦观交谊颇厚，对话上也共同经历了诸多风波患难。与秦观相比，苏词则多了一份对朝政家国的关切忧患之情。词落笔开门见山，点名自己身在儋州，并以未老与身退写自己遭贬。然后以泪溅心碎、聆玉佩之声、观金带之色细节，抒写身在万里蛮荒仍心念朝廷。下片直承上片，写自己的志行节操与思想矛盾，最后表示要乘桴浮海、超然出世。据南宋吴曾《传改斋漫录》载，苏轼曾对其侄孙苏元老评秦观原作有超然自得，不改其度之意。这"超然自得，不改其度"八字，用以评苏轼此词也十分恰当。秦词即景抒情，情景交融，写得清丽深婉；苏词多直抒胸臆之语，寄慨深沉又酣畅淋漓，老健中有清旷之气。孔子曾说："道不行，乘桴浮于海。"从这首词可以看出,苏轼对自己多次被贬怀着满腔的怨愤却又无可奈何,于是产生了类似于孔子乘桴浮于海的想法,他在《临江仙》(昨夜东坡复醉)中说:"小舟从此逝,江海寄余生。"表达的也是这样的想法。

《千秋岁》是秦观的代表作,除了苏轼、孔平仲的和作,作为他的知己好友和同门的黄庭坚,也曾以和韵的方式祭奠他。崇宁三年(1104),黄庭坚贬往宜州,途经衡阳,观览了秦观《千秋岁》的遗墨,睹物思人,写下这首词以凭吊故人。

千秋岁

黄庭坚

苑边花外,记得同朝退。飞骑轧,鸣珂碎。齐歌云绕扇,赵舞风回带。严鼓断,杯盘狼藉犹相对。

洒泪谁能会。醉卧藤阴盖。人已去,词空在。兔园高宴悄,虎观英游改。重感慨,波涛万顷珠沈海。

还记得当年你我同朝为官,常常在退朝之后,同去苑边花外游玩。骏马如飞,玉佩叮当,那是多么的逍遥自在,多么的意气风发!有齐人一样余音绕扇的动听歌声,有赵人一样流风回雪的婀娜舞姿,宵禁的鼓声已经频频敲过,杯盘狼藉之中,仍然四目相对,不忍离去。

我祭奠好友的哀苦心情没有人能够理会,知己已经先一步而去,自己依然在贬谪中奔波,昔日的欢乐如梦一般遥远,今日的劳碌又显得如此孤独。醉卧在藤荫之下,少游已经离去,只有他的词作还留存着。秦观死后,我再也没有知己对饮的欢乐,更没有西园雅集、谈文论道的欣悦。才华横溢的他英年早逝,就如玑珠沉入大海,令人感慨不已!

这是一首追忆故人秦观的词作,表达了黄庭坚对故人的真挚友情和无限悼念。秦观是宋哲宗元符三年(1100)在贬谪中死于藤州,黄庭坚追和《千秋岁》词时,距离秦观之死已经五年。上片回忆同在京城为官的快乐生活;下片折转,直抒词人的痛惜之意、怀思之念、悼亡之情。上下片之间的转折,造成强烈的今昔对比,在深沉情感的书写中又留下了一些想象的空间,让读者细细品味。

"醉卧藤荫盖"被认为是秦观的"词谶",词前小序云:"少游得谪,尝梦中作词云:'醉卧古藤荫下,了不知南北。'竟以元符庚辰死于藤州光华亭上。崇宁甲申,庭坚窜宜州,道过衡阳,览其遗墨,始追和其《千秋岁》词"。秦观被贬之后,曾在梦中作过一首《好事近》词:"春路雨添花,花动一山春色。行到小溪深处,有黄鹂千百。飞云当面化龙蛇,天矫转空碧。醉卧古藤荫下,了不知南北。"黄庭坚十分赞赏秦观的学识与才华,秦观之死,对他来说是失去了一位志同道合、交谊深厚的朋友,而对国家来说,则是失去了一位可以做出更大贡献的英才。秦观死的时候年仅五十一岁,是无情的政治风波夺去了他的生命。想到秦观和自己的遭遇,怎能不心生波澜,感慨万端!书写此词时,也许黄庭坚也隐隐预感到自己离开人世的日子不远了,果然,在写下这首和作的次年亦即崇宁四年(1105)九月三十日,黄庭坚死于宜州。

据说黄庭坚很早就想和秦观的《千秋岁》,据宋胡仔《苕溪渔隐丛话后集》卷三三引《复斋漫录》:"山谷守当涂日,郭公甫寓焉,日过山谷论文。一日,山谷云:'少游《千秋岁》词,叹其句意之善,欲和之而海字难押。'功甫连举数海字,若孔北海之类,山谷颇厌,未有以却之。次日,功甫又过山谷,问焉,山谷答曰:'昨晚偶寻得一海字韵。'功甫问其所以,山谷云:'羞杀人也爷娘海。'自是功甫不复论文于山谷矣。盖山谷以俚语却之。"这记述了黄庭坚曾经试图和韵《千秋岁》,但苦于"海"字韵难押而苦苦求索的故事,其最初目的是用以说明黄庭坚用语俚俗,却为后人研究本词提供了佐证材料。

历来的词评家都认为,黄、秦这两首词功力悉敌,"飞红万点愁如海"是以浩大的意象表达广大的忧愁。"波涛万顷珠沉海"同样以浩大的意象暗用比喻,表达出对好友的极大思念和哀悼,同时落意双关,内涵更加深沉。当然,比起孔平仲的"仙山杳杳空云海"来,要刚健、形象得多。总之,黄庭坚的这首《千秋岁》被认为是词史上值得重视的篇章。

郭功甫是当涂名士,为诗豪放俊迈,人称"太白后身",山谷守当涂之时,他已弃官归隐,两人时常诗词唱和,引为同调。

木兰花令

黄庭坚

当涂解印后一日,郡中置酒,呈郭功甫。

凌歊台上青青麦,姑孰堂前馀翰墨。暂分一印管江山,稍为诸公分皂白。

江山依旧云空碧,昨日主人今日客。谁分宾

主强惺惺,问取矶头新妇石。

当年的高台离宫,而今麦苗青青,姑孰堂前昔人已逝,只留下了佳篇名章。我暂时受命出知太平州,只是来为诸位断一断是非曲直。

江山依旧,碧天浮云,然而人事已非,昨天我还是这里的主人,今天却一下子又成了诸公的客人了。谁要勉强把主客分个一清二白,那就去问问江边的"新妇石"吧!

黄庭坚的这首词作于宋徽宗崇宁元年,徽宗继位之初,也曾摆出一副刷新朝政的姿态,改年号为"建中靖国",意为消弭党争,安邦定国,一些被贬的官员也被纷纷召回,黄庭坚也从戎州回到荆南待命。但是不久党祸复起,朝政更趋腐败。山谷先是受命知舒州,后又召为吏部员外郎,黄庭坚请辞"恩命",只请求在太平州做个地方官,了此余生。这个请求获得朝廷的应允,他在崇宁元年六月赴太平州(治所在今安徽当涂),初九到任,十七日又被罢官,前后仅当了九天官。这一令人啼笑皆非的戏剧性事件,使他感慨万千,在一次宴会上写成这首词。据《能改斋漫录》卷十七记载:"豫章守当涂,即解印后一日,郡中置酒,郭功甫在坐,豫章为《木兰花令》示之。"这首词在旷达超然之中发泄了牢骚不平,最后归结为物我齐一,表现出词人力图在老庄哲学中寻求解脱的思想倾向。

这首写于酒宴上的歌词就借戏谑的口吻,抒写其心中的愤懑。词的上片词人以一种旷然超脱的姿态,与在座各位开玩笑说自己的官印已经上缴,但不妨面对山水,执掌权印,再做一回主事官,指点风景,评说江山。下片写江山依旧,而观赏江山的人却失去了昨天的身份,由主人变为了客人,并以对现实的超越嘲讽了那些执掌权势而横行跋扈者。对生活的不平、命运的不公,黄庭坚一向主张克制与化解,不主张强烈的情感表露。此词虽是酒宴之作,也努力以玩笑来作排解,但仍掩不住悲哀和愤怒。

"新妇石"即望夫山,刘禹锡有诗云:"终日望夫夫不归,化为孤石苦相思。望来已是几千载,只似当时初望时。"望夫山显然是千百年来历史的见证,阅尽了人世沧桑,但见人间的升沉荣辱都只如过眼烟云。词人在宴会上劝大家无分宾主,尽欢一醉,深层的用意则是用老庄"万物之化,终归齐一"的哲学来寻求自我的解脱。

黄庭坚曾经写过一首著名的隐括词《瑞鹤仙》,这首词的隐括对象是欧阳修的散文名篇《醉翁亭记》。欧阳修是苏轼的老师,对黄庭坚来说更是值得敬重的前辈。欧阳修的《醉翁亭记》不仅是他崇高人格的生动写照,更是古代散文的巅峰之作。隐括这篇文章非等闲之辈所能为,需要极大的才气。

瑞鹤仙

黄庭坚

环滁皆山也。望蔚然深秀,琅琊山也。山行六七里,有翼然泉上,醉翁亭也。翁之乐也。得之心、寓之酒也。更野芳佳木,风高日出,景无穷也。

游也。山肴野蔌,酒洌泉香,沸筹觥也。太守醉也。喧哗众宾欢也。况宴酣之乐、非丝非竹,太守乐其乐也。问当时、太守为谁,醉翁是也。

滁州的四周被群山环抱,那一眼望去草木茂盛,令人神往的是琅琊山。沿着山路行走六七里，有亭翼然临于酿泉之上，那就是醉翁亭。醉翁的快乐从何而来，得之于心，寓之于酒啊！再加上野芳发出幽香，佳木秀而繁阴，风霜多洁，日落日出，四时之景不同，其乐更是无穷。

太守与众宾客一起游乐，山肴野蔌杂陈于前，酿泉为酒，泉香而酒洌，觥筹交错。太守沉醉其中，众宾客高兴得大声喧哗。太守游宴，不用乐工歌伎弹唱侑酒，他的快乐其实是与民同乐也。要问当时的太守是谁，醉翁欧阳修是也。

《醉翁亭记》是欧阳修贬谪滁州时所作，表现的是他超越名利、天人合一、与民同乐的思想。这种思想在宋代文人中产生过很大的影响，苏轼、黄庭坚等人即深受这种思想的影响。他们在漫长的贬谪生涯中始终保持着乐观向上的精神，尽量尽其所能造福人民，不被外在的屈辱所屈服，黄庭坚隐括《醉翁亭记》的用意，也是以此来表明自己的心迹。

《醉翁亭记》共用了二十一个"也"字煞尾，形成一唱之叹的效果，黄庭坚抓住这一特征，非常巧妙地运用了独木桥体，以"也"字押韵，既保持了原作的神韵，又使之更适合词作咏唱的特点，可谓精妙绝伦。

戏呈孔平仲

黄庭坚

管城子无肉食相，孔方兄有绝交书。
文章功用不经世，何异丝窠缀露珠。

校书著作频诏除,犹能上车问何如。
忽忆僧床同野饭,梦随秋雁到东湖。

我靠着一支笔杆子立身处世,没有封侯食肉的面相,连孔方兄亦与我绝交,所以既升不得官,也发不了财。我的文章既然没有经邦济世的功用,那跟蛛网上缀着的露珠又有什么两样呢?自己受任校书、著作,也跟梁代那些公子哥儿们一样,不过能登上车子问候别人身体如何罢了。忽然回忆起当年跟你一起在僧床便饭的情景,我的梦魂便随着秋雁飞到了老家东湖边。

孔氏兄弟三人,俱有文章之名,黄庭坚诗曰:"孔氏文章冠古今,居家兄弟况南金。"(《答和孔常文见寄》)元祐时号为"三孔"。毅父排行老三。而毅父在江州任钱监之时,黄庭坚在太和任知县,二人交往颇多。元祐中,他们都在京城,往来也更为密切。这首诗,据黄䇕《山谷年谱》,作于元祐二年(1087),以游戏之笔抒写胸臆,故诗题曰"戏呈"。通篇变化不拘,而浑然一体。清人方东树《昭昧瞻言》评论此诗:"起雄整,接跌宕,俱入妙,收远韵。"

黄庭坚一生在政治上不得意,所以常有弃官归隐的念头,而有时还不免夹杂一点牢骚,这首诗是写给其朋友孔毅父(名平仲)的诗,题头冠一"戏"字,正表现了他对自己浮沉下位、无所事事的生活境遇的自我解嘲。校书郎、著作佐郎在宋代都是闲散官职,位卑言轻,无可作为。北齐颜之推《颜氏家训·勉学》中谈到,梁朝全盛之时,贵家子弟大多数没有真才实学,却担任了秘书郎、著作郎之类的官职,以致当时谣谚中有"上车不落则著作,体中何如即秘书"的讽刺语,诗人这里表面上说自己尸位素餐,其实是对碌碌无为的官场生活的不满。

管城子，指毛笔，韩愈的《毛颖传》将毛笔拟人化，为之立传，还说它受封为管城子，诗语来源于此。食肉相，用《后汉书·班超传》的典故。据《后汉书·班超传》载：看相的人曾说班超"燕颔虎颈，飞而食肉，此万里侯相也"，后来班超投笔从戎，立功西域，果然封侯。

双井茶送子瞻

黄庭坚

人间风日不到处，天上玉堂森宝书。
想见东坡旧居士，挥毫百斛泻明珠。
我家江南摘云腴，落硙霏霏雪不如。
为君唤起黄州梦，独载扁舟向五湖。

翰林院是不受人间风吹日晒的天上殿阁，那里宝书如林，森然罗列，一派清雅景象。想到旧日的东坡居士，此刻正在翰林院挥毫疾书，草拟的文字如百斛明珠倾泻而下。从我老家江南摘下上好的茶叶，放到茶硙里精心研磨，细洁的叶片连雪花也比不上它。喝了我家乡的茶叶以后，也许会让您唤起黄州时的旧梦，独自驾着一叶扁舟，浮游于太湖之上了。

双井茶是黄庭坚老家分宁（今江西修水）出产的一种名茶。元祐二年（1037）诗人在京任职时，家乡的亲人给他捎来一些茶叶，他马上想到分送给好友苏轼品尝，并附上这首情深意切的诗。苏轼当时任翰林院学士，担负掌管机要、起草诏令的工作。苏轼贬谪在黄州时，由于政治上失意，曾经萌生过"小舟从此逝，江海寄余生"的退隐思想。可是现在他应召还朝,荣膺重任,正处在春风得意之际,并深深卷入当时政治斗争的旋涡。黄庭坚一方面为友人命运的转变而高兴,另一方面也为他担心,于是借送茶的机会,委婉地劝告对方,不要忘记被贬黄州的旧事,在风云变幻的官场里,不如及早效法范蠡,来个功成身退。诗的最后,披露了赠茶的根本用意。

元祐七年(1092)三月,苏轼到扬州任知州,这时"苏门四学士"之一的晁补之已由秘阁校理出为扬州通判。师生得以同守一州,诚然是令人很快慰的事情,但是相聚不久,同年八月,苏轼即被召回朝为兵部尚书充南郊卤簿使、兼侍读。临行前于平山堂宴别僚属,晁补之赋《八声甘州》词以赠。

八声甘州

晁补之

扬州次韵和东坡钱塘作

谓东坡、未老赋归来,天未遣公归。向西湖两处、秋波一种,飞霭澄辉。又拥竹西歌吹,僧老木兰非。一笑千秋事,浮世危机。

应倚平山栏槛,是醉翁饮处。江雨霏霏。送孤鸿相接,今古眼中稀。念平生、相从江海,任飘蓬、不遣此心违。登临事,更何须惜,吹帽淋衣。

苏轼从年轻时起就一直在诗词中表达了如陶渊明般归去来的

愿望,希望能过上隐居的平静生活。然而世事弄人,他一直宦海浮沉,身不由己。苏轼元祐四年出知杭州,杭州有著名的西湖;六年改知颍州,颍州也有西湖,这两处西湖气质妩媚,景象明丽、澄空。现在任职的扬州又是竹西歌吹之地,此番他以太守的身份来此,不比从前仅是过客,木兰树已老,花也全无,僧人老去头已白。苏轼一生都是在被浮世危机的噩梦纠缠中度过,可是他却毫不挂心,把一生的坎坷沉浮都置之一笑,这是何等旷达的胸怀。

本来应当倚住平山堂的栏槛纵目眺望江南的壮丽风物,要知道这里是当年醉翁欧阳修在扬州任知州时经常聚会欢宴之处,眼前的江面上烟雨霏霏,可惜的是往昔的贤哲如今已经不在,随孤鸿一起逝世,当今世界谁人能够承继?古往今来入眼者亦无多。想平生,追随江湖,尽管身世飘蓬,也不改其志。今后尚再有幸相随左右,无论登山临水,纵然是栉风沐雨也必定相随相从。

这首词一方面是送别,另一方面也是要表达一种知遇之情。词的上阕主要回顾了苏轼半生的经历,以"一笑千秋事"称誉他的高洁与通脱;下阕是平山堂送别宴席上的所见所感,词人即景写情,表达了自己的志愿和对恩师的劝解。词中大量运用典故,处处呼应苏轼以前的创作,可称一绝,很好地体现了晁补之含蓄、沉咽、典雅的词风。

晁补之在苏轼到扬州知州任时,曾作诗以迎,其中云:"为霖功业在傅岩,如何白首拥彤幰;世上谗夫乱红紫,天教仁政满东南。青袍门人老州佐,于世无成志消堕;封章去国人恨公,醉笑从公神许我。"他叹息苏轼有宰相之才,而不见容于朝廷,临老出为地方官,而自己又幸而得以朝夕相从。晁补之十七岁时从其父拜谒苏轼于杭州,并呈上一篇《七述》的文章请苏轼予以指教,苏轼原本也有写作这一类文章的打算,但是读了晁补之的文章之后,便打消了这个念头。由此,他得到了苏轼的赏识,后成为"苏门四学士"之一。元祐初苏轼任中书舍人,曾擢晁补之等弟子任馆职,此后师生又多次共事。在此次扬州共同任职的几个月里,师生相得甚欢,唱和极多。苏轼有《和陶饮酒诗二十首》追述熙宁间初识晁补之的情形,有"晁子天麒麟,结交及未仕。高才固难及,雅志或类已"之句,称道晁补之的高才雅志。晁补之的这首词一方面表达送别之情,一方面表达知遇之恩。

晁补之这首词是和苏轼在杭州时所作寄参寥子一首词韵而作。元祐六年(1091)苏轼出知杭州两年后被朝廷召回,离别之际,写下《八声甘州》寄赠参寥子。

八声甘州

苏　轼

寄参寥子

有情风、万里卷潮来,无情送潮归。问钱塘江上,西兴浦口,几度斜晖。不用思量今古,俯仰昔人非。谁似东坡老,白首忘机。

记取西湖西畔,正暮山好处,空翠烟霏。算诗人相得,如我与君稀。约他年、东还海道,愿谢公、雅志莫相违。西州路,不应回首,为我沾衣。

钱塘江的大潮仿佛是随着大风的感情变化而涨落,潮来潮去似乎没有眷恋。已然不记得有多少次,看到残阳照射中的钱塘大潮了。也不用思古论今,转眼间物是人非,不必替古人伤心,也不必为现实忧虑。有谁能像我这样呢,泯灭机心,无意功名,淡泊宁静。

记得西湖之畔,我们一同游春,山峰青翠,烟雾迷茫。你我相知颇深,很少有人能够相提并论。我希望他年能够与你重返浙东,一同归隐山林,但愿不违背这美好的愿望。放心吧,我一定不会像谢安那样雅志相违,使你失望的。

此词作于宋哲宗元祐六年(1091),时苏轼由杭州知府被召为翰林学士承旨,离开杭州时,送参寥此词。参寥是僧道潜的字,以精深的道义和清新的文笔为苏轼所推崇,与苏轼过从甚密,结为莫逆之交。元封元年,访苏轼于徐州。二年,与苏轼同船至湖州。苏轼贬谪黄州时,参寥不远两千里赶去,相从一年。元丰七年同游庐山,元祐四年,苏轼知杭州,相从杭州,苏轼为之重建法堂。苏轼投荒南地,又欲千里寻访,为苏轼力劝而止。他们之间的友情一直是人们津津乐道的话题,他们一个是身居高位,名满天下的文豪,一个是跳出世外,才华绝伦的诗僧,地位的悬殊差异丝毫没有阻隔他们知心的交往,在他们的诗文唱和中,我们所能看到的是彼此之间互相的敬重和佩服。苏轼这首词的大部分是在回忆两人在杭州的生活,只是在最后几句写两人日后隐居杭州的约定,并劝慰参寥子不要为暂时的离别而伤心,词风质朴平实,情真意切,令人回味无穷。

诗的上片借钱塘江潮和西兴斜晖渲染离情,引出苏轼对古今变迁人事代谢的感慨,并以超尘拔俗、泰然从容的态度面对这一切的变更。下片写西湖春景,回顾与参廖在杭一同游赏的情景和相知相得的友谊,表明自己超然物外,寄情山水的人生志趣,并殷殷嘱咐友人不要忘记宿志,不必为自己担忧。全词交织悒郁、豪宕、闲逸、超旷的复杂情绪,将情、景、理和谐结合,语言清爽俊快,音调铿锵响亮。尤其是开篇写江湖涨落,突兀而起,是三个字奔进而出,有雄阔飞动的气象与声势。清代词学家郑文焯激赏此词,他在《手披东坡乐府》中评云:"突兀雪山,卷地而来,真似钱塘江上看潮时,添得此老胸中数万甲兵,是何气象雄且杰！妙在无一字豪宕,无一语险怪,又出以闲逸感喟之情,所谓骨重神寒,不食人间烟火气者,词境至此,观止矣！"又云:"云锦成章,天衣无缝,是作于至情流出,不假熨帖之工。"可以说是推崇备至。

词的结尾用谢安、羊昙的典故。《晋书·谢安传》:谢安虽为大臣,"然东山之志(即退隐会稽东山的雅志),始末不渝,每形于言色"。他出镇广陵时,"造泛海之装,欲须经略初定,自江道还,雅志未就,遂遇疾笃"。病危还京,过西州门时,"自以本志不遂,深自慨失"。他死后,其外甥羊昙一次醉中过西州门,回忆往事,"悲感不已,以马策扣扇,诵曹子建诗曰:'生存华屋处,零落归山丘。'恸哭而去。"这里以谢安自喻,以羊昙喻参寥,意思是说,日后像谢安那样归隐的"雅志"盼能实现,免得老友象羊昙那样为我抱憾。后世很多人认为苏轼这样"不祥",引发"诗谶"的讨论。其实,苏轼早已预料到前途的凶险,做好以死相争的准备。此外,苏轼词中常用此典,如《水调歌头》:"一旦功成名就,准拟东还海道,扶病入西州。"《南歌子》:"记取他年扶病入西州。"可见,超然物外,寄情山水确实是苏轼重要的人生理想。

张耒也是"苏门四学士"之一,宋神宗熙宁六年(1073)进士,先后知润州、颖州、汝州,官至太常少卿,起居舍人。他的文学创作以诗歌成就最高,他的词婉约而不浓艳,格调清丽,情致缠绵,颇近于柳永、秦观的词风。

秋蕊香

张　耒

帘幕疏疏风透。一线香飘金兽。朱阑倚遍黄昏后。廊上月华如昼。

别离滋味浓于酒。著人瘦。此情不及墙东柳。春色年年如旧。

佳人的闺房幽雅芳美，风使得帘子和帷幕疏朗，兽形香炉飘散出一丝丝香味。我与情人临楼倚栏话别离，心中虽有无限事，却千言万语难尽。不知不觉之间已到中夜时分，天地一片寂寞，唯有月华倾泻千里，光明如同白昼。

别离的滋味比酒还要浓烈，离别的人儿日思夜梦，逐渐憔悴消瘦。这哪是离我而去却毫无音信，将自己忘诸脑后而另结新欢的负心人所能比拟的呢？

秋蕊香词牌，有令词和慢词两体。全词体为双调、双韵；慢词体为双调、平韵。另有《秋蕊香引》，双调，仄韵。张耒的这首《秋蕊香》为令词，风格清新婉丽，曲折含蓄。南宋吴曾《能改斋漫录》卷一七记载，"右史张文潜，初官许州，喜官妓刘淑奴，张作《少年游》令云：'含羞倚醉不成歌（略）。'其后去任，又为《秋蕊香》寓意云：'帘幕疏疏风透（略）。'元祐诸公皆有乐府，唯能仅见此二词，味其句意，不在诸公下矣。"这首词是词人离任许州时因留恋官妓刘淑奴所作，上片写词人因离任而与佳人叙别，难舍难分直到黄昏后月夜深沉；下片写词人想象别离后的痛苦滋味。

这是一首抒写春闺相思之情的佳作。词的上片写眼前景色。

疏帘风透,金炉香飘。独倚朱栏,唯见月明如昼。下片抒写相思。年年柳色,春光如旧。而人却逐渐消瘦,谙尽别离滋味。上片写景,由室内写到室外,是寓情于景;下片写情,借外景反衬内心的苦闷,是以景衬情。语言平易清丽而明快,不事雕琢,自然流畅,简单中藏有深意,平淡中蕴有真味。全词短小平易,层次分明,清新婉丽,曲折含蓄。

西湖同结杏花盟

戴复古,字式之,号石屏,天台黄岩(今浙江黄岩)人。他曾经跟随诗人陆游学诗,词学苏轼和辛弃疾,风格豪放。青年时代,他仗剑出游,来到京城临安,希望能够一飞冲天,一举成名。但现实是残酷而黑暗的,他只是一个没有背景的无名青年,如何能出人头地。空等几年以后,一无所获,大为失望。而当时宋金的边衅已起,他北行来到弓州和淮河流域靠近前线的地方,想要在从军入幕上找出路,但结果依然是"活计鱼千里,空言水一杯"。

戴复古比辛弃疾小二十七岁,在他的一首《望江南》中,就说自己"歌词渐有稼轩风"。

望江南

戴复古

壶山宋谦父寄新刊雅词,内有"壶山好"三十阕,自说平生。卜谓犹有未说尽处,为续四曲。

(一)

壶山好,博古又通今。结屋三间藏万卷,挥毫一字直千金。四海有知音。

门外路,咫尺是湖阴。万柳堤边行处乐,百花洲上醉时吟。不负一生心。

(二)

壶山好,胆气不妨粗。手奋空拳成活计,眼穿故纸下功夫。处世未全疏。

生涯事,近日果何如。背锦奚奴能检典,画眉老妇出交租。且喜有赢余。

（三）

壶山好,文字满胸中。诗律变成长庆体,歌词渐有稼轩风。最会说穷通。

中年后,虽老未成翁。儿大相传书种在,客来不放酒尊空。相对醉颜红。

（四）

壶山好,也解忆狂夫。转首便成千里别,轻年不寄一行书。浑似不相疏。

催归曲,一唱一愁予。有剑卖来酤酒吃,无钱归去买山居。安处即吾庐。

（一）宋谦父这个人真是了不得,他学识渊博,博古又通今。所建造的三间屋内藏书万卷,只要秉笔挥毫,便一字值千金。四海之内到处是他志同道合的知音。

家门之外,咫尺之间便是湖的南岸。这长满万千垂柳的长堤,这开满繁花的小洲便是诗人行乐的好去处,醉吟的好地方,在这里无忧无虑地生活,真是不辜负平生的心愿啊!

（二）宋谦父这个人真是了不得,他心雄胆气壮,赤手空拳也能有一手好活计,钻研学术更是下足了功夫,而为人处世并无疏漏之处。

生计的事情近来情况如何呢？背着锦囊的奴仆能够检索典籍，画了眉毛的老妇人出来交租，可喜的是生活殷实还有盈余。

（三）宋谦父这个人真是了不得，他满腹经纶，诗风已经变得和唐代诗人元稹、白居易相似，填词也渐渐有了辛弃疾的豪放气势，最能在诗词中议论人生及国家大事。

宋谦父中年以后，虽然渐渐老了，可是还没有变成老翁。儿子大了已经将读书的种子传给他，客人来了一定要把酒坛子喝干，喝得两人醉颜相对才肯罢休。

（四）宋谦父这个人真是了不得，他也很重感情，常常挂念我这个狂夫。虽然转眼之间就会相隔千里，终年之间也难寄出一行书信，但相互之间就像没有离开过一样。

催归的曲调响起，越唱越使人愁肠满腹。有剑且将它卖出换酒吃，没有钱的时候回去买个山坡居住，只要能安顿下来便是自己的家。

宋谦父是戴复古的好朋友，名自逊，号壶山，也是学习辛词的豪放派词人。词前的题解中说宋谦父寄来自己新印的诗集，其中有三十首《望江南》，皆用"壶山好"起兴，内容都是记述宋谦父的平生。戴复古觉得这三十首词还没有说全，感到意犹未尽，于是又续写了四首，这几首词既是戴复古赞扬宋谦父的为人和才华，也可以看作是词人的自述。

戴复古在续过四曲《望江南》之后，还写过三首《望江南》，为自己解嘲。

望江南

戴复古

仆既为宋壶山说其自说未尽处,壶山必有答语,仆自嘲三解。

(一)

石屏老,家住海东云。本是寻常田舍子,如何呼唤作诗人?无益费精神。

千首富,不救一生贫。贾岛形模元自瘦,杜陵言语不妨村。谁解学西昆!

(二)

石屏老,长忆少年游。自谓虎头须食肉,谁知猿臂不封侯。身世一虚舟。

平生事,说著也堪羞。四海九州双脚底,千愁万恨两眉头。白发早归休。

(三)

石屏老,悔不住山林。注定一生知有命,老来万事付无心。巧语不如喑。

贫亦乐,莫负好光阴。但愿有头生白发,何忧无地觅黄金。遇酒且须斟。

（一）石屏老人我爱住海东云生之处，本来是一个平平常常的农家子弟，但是竟然被称作诗人，但是作诗是可怜无益费精神的事情。

虽然富有千首诗篇，却救不了诗人一生的贫困。贾岛的形容苦瘦，而他的诗却以"瘦"著称，杜甫困顿飘零，他的诗却以"村"取胜。而那内容空虚，追求形式的西昆体有什么值得效仿的呢？

（二）石屏老人我常常想起少年时自己仗剑漫游的情景。那时自以为生就一副虎头样貌就应当食肉，可是谁知道长臂如猿的飞将军李广终难封侯呢？人的命运就如同江湖上飘浮的一叶扁舟啊！

平生的往事，说起来也令人羞愧，一双脚走遍了四海九州，到头来一事无成，只留下眉头的千愁万恨。如今满头华发，还不及早归去？

（三）石屏老人我悔不当年归隐山林。人的一生皆是命中注定，老了的时候万事皆付与无心了，花言巧语还不如保持沉默。

虽然生活贫穷，但还是感到很快乐，千万不要辜负了这美好的光阴。只要人还健在，何愁没有地方觅得黄金，碰到有酒的时候还是斟满酒杯吧！

词人在序中说明了写作这三首《望江南》的目的是"仆自嘲三解"。其中最值得重视的是第一首。这是一首非常少见的，以词论诗的作品，词中肯定了贾岛、杜甫的诗歌，批判了西昆体的诗风，抒写了自己的情怀、见解，同时表现了对自己诗词的自负感。

曹豳是浙江瑞安人，字西士，号东畎。宋宁宗嘉泰二年（1202）进士，曾官左司谏，为官耿直，与王万、郭磊卿、徐清叟号"嘉熙四谏"，后以宝章阁待制致仕，谥文恭。他的同乡、战友王埜晚年因与宰相政见不合而被放归赋闲，曾写下著名的《西河·天下事》一词，在当时非常著名。曹豳作为他的好友与战友,一方面敬佩他的风骨,要表示自己的支持;一方面对他进行安慰,以舒缓他的悲伤,和王潜斋韵写下《西河·今日事》。

西　河

曹　豳

和王潜斋韵

今日事。何人弄得如此。漫漫白骨蔽川原,恨何日已。关河万里寂无烟,月明空照芦苇。

谩哀痛,无及矣。无情莫问江水。西风落日惨新亭,几人坠泪。战和何者是良筹,扶危但看天意。

只今寂寞薮泽里。岂无人、高卧闾里。试问安危谁寄。定相将、有诏催公起。须信前书言犹未。

是什么人造成了如此国势衰颓的局面,漫漫白骨遮蔽了山川原野,祖国的河山一片萧条景象,国家处于风雨飘摇之中,只有一轮明月空照着江边的芦苇。

您不必空自悲伤,因为江水无情,所以不必去问江水。也不必在惨烈的西风中空对新亭落泪,因为过江诸人也曾落泪,但都于事无补。我们要积极寻求抗敌救国的良策,来扶危图存。

如今有才能的人埋没于草野之间,指望谁来扶危安邦!而隐居不仕的王埜,正是这样一位可以负起国家安危之责的大材。总有一天,他会东山再起,承担张骞似的重任,来重整河山。

这首词是对王埜的《西河·天下事》的和作。和作要求步其原韵,和原词同词牌且内容亦与原词相呼应,此词完全做到了这点。词的上片写山河破碎、生灵涂炭的景象;中片鞭挞了偷安半壁的南宋统治者不以国事为重,昏庸误国;下片写爱国志士的遭谗被黜,和作者对友人王埜的希冀。这首词极具功力,与原词声气相应,珠联璧合,而且在内容上又较原词有发展,真是语意俱到,是一首不可多得的唱和佳作。

曹豳与王埜二人同为浙江人,同在宁宗朝先后中进士,在政治上有着共同的爱国主张,既是朋友又是战友,因此曹豳写作这首"和谐斋韵"的《西河》词就绝非偶然了。全词写得慷慨沉郁,很符合当时的形势和作者和韵的目的。词人用平实的词句来表达真挚的感情,虽然浅显但气格却高峻。陈廷焯《白雨斋词话》卷二云:"南渡以后,国事日非……特不宜说破,只可用比兴体,即比兴中亦须含蓄不露,斯为沉郁,斯为忠厚。若王子文之西河,曹西士之和作……慷慨发越,终病浅显。"在卷六中他又说:"二帝蒙尘,偷安南渡,苟有人心者,未有不拔剑斫地也。南渡后词,如……曹西士西河云……此类皆慷慨激烈,发欲上指。词境虽不高,然足以使懦夫有立志。"浅近明白而又慷慨激烈,正是本词与王埜原词的鲜明特色。

王埜的原词《西河·天下事》表达了作为一个爱国志士对国运衰微的忧愤,以及报国无门的悲慨,全词如疾风骤雨,打动了无数爱国志士的心。

西河

王　埜

天下事,问天怎忍如此!陵图谁把献君王,结愁未已。少豪气概总成尘,空馀白骨黄苇。

千古恨,吾老矣。东游曾吊淮水。绣春台上一回登,一回搵泪。醉归抚剑倚西风,江涛犹壮人意。

只今袖手野色里,望长淮、犹二千里。纵有英心谁寄!近新来、又报胡尘起。绝域张骞归来未?

老天怎忍心让天下事弄到如此不堪的地步?有谁能将我们北宋皇陵的地图献给君王。愁绪没完没了,人们青少年时代的英雄豪气,最后多半成了灰土,剩下的只是荒草中的白骨罢了。

这仇恨真是千古难消啊!人已经衰老了。我去东边游历时,曾到秦淮河边凭吊过,江宁府中的绣春台上,我登临北眺一次,就擦一次眼泪。醉中手抚宝剑迎着强劲的西风,长江的浪涛更鼓舞着人们的勇气。

如今身在田野里袖手旁观,离开淮河前线有两千里之遥。即使有恢复中原的心事,可又托付给谁呢?新近又听说,蒙古军队不断南下侵扰。像西汉张骞那样的英雄人物,从遥远的地方归来了吗?

王埜曾负责长江的防务。理宗宝祐二年(1254),他又在枢密院主管过全国军事,可不久就被弹劾罢职,闲居家中。当他看到蒙古军队多次南侵,南宋朝廷危在旦夕,而新任的宰相贾似道不仅不能坚决抵抗,反而屈辱求和,王埜为此深为感叹,但又无能为力,满腔悲愤泄泻而出,写下著名的《西河·天下事》词。据《景定建康志》卷一四记载,此词是王埜建康任上所作。另一说这首词是词人晚年和宰相不合,遭闲置时所作。不管怎样,宋室南渡后,国事日非,南宋词人多于词中寄感慨。王埜一生为宦,生性耿直,自然也不例外。但从下片"袖乎"一词,可见乃赋闲所作。

这首词以三叠词调的特大容量,将昔往与今来、抚时与感事、个人遭际和国家命运巧妙地结合在一起,是一首爱国志士的慷慨悲歌,其中响彻着南宋的时代风雷之声。在这首词中,词人的想象穿梭在现实与回忆、当下与过去之中。上片极言天下大事已不堪收拾,没有英雄能力挽狂澜;中片追忆当年东临淮水,巡视江防,登高眺望中原的往事;下片感叹赋闲在野,有心无力,渴望出现张骞这样的英雄建功立业。此词表现了词人晚年无比深沉的忧国之情,痛彻肺腑,动人心魄。全词苍凉遒劲,慷慨淋漓。抚事感事,一唱三叹,真所谓:"忠愤之气,溢于言表,千载之下犹觉生气凛凛。"(清陈廷焯《词则·放歌集》卷二)

吴文英(号梦窗)与周密(号草窗),世称"二窗"。后人将他们相提并论,是由于二人在词作艺术上相颉颃。"(周密)其词尽洗靡曼,独称清丽,有韶倩之色,有锦渺之思,与梦窗旨趣相侔,二窗并称,允矣无忝。"(戈载《宋七家词选·周公瑾词选跋》)。他们二人也是交谊很深的忘年之交,《玉漏迟》是周密在南宋已亡,友人已逝的悲凉际遇中,题写在吴文英《霜花腴词集》上的作品。

玉漏迟

周　密

题吴梦窗霜花腴词集

老来欢意少。锦鲸仙去,紫霞声杳。怕展金奁,依旧故人怀抱。犹想乌丝醉墨,惊俊语、香红围绕。闲自笑。与君共是,承平年少。

雨窗短梦难凭,是几番宫商,几番吟啸。泪眼东风,回首四桥烟草。载酒倦游甚处,已换却、花间啼鸟。春恨悄。天涯暮云残照。

人生渐老,亲友零落,家国沦亡,欢情日减。梦窗已经骑鲸仙去,紫霞翁杨缵也已故去。很怕打开书匣,这些遗物犹如故人的怀抱。想从前我们两人同游,歌阑酒侧,歌儿舞女,梦窗醉后泼墨,妙语连珠,惊动四座,连歌女也将我们团团围住。到如今想起来都忍不住微笑,那时的时光是如此美好,因为你我太平时期的少年。

然而雨在不停地敲打着窗棂,惊醒梦中之人。回首往昔,我们相互酬赠,相互唱和,那动人的场景是如此令人难以忘怀。如今斯人已远,东风再起,不禁泪眼婆娑,回首四桥烟草,已是风絮凄迷。如今我载酒重来,而游兴却已经消失殆尽。流年偷换,怅恨难言,只剩下暮色四起,夕阳残照。

这首词是周密为其好友吴文英的词集《霜花腴·词集》而作,意在怀念亡友,追忆故国。《霜花腴·词集》是吴文英的词集。吴文英的词集原为《梦窗四稿》,其中收有一首自度曲《霜花腴·重阳前一日泛石湖》,因此曲流传甚广,故以词名为词集名。至于此词的时间地点,词中亦见端倪,起笔便言"老来",下又回忆"承平年少"时,可以肯定此词写于宋亡之后(按临安城破、宋廷投降时作者四十五岁)。由下片"四桥"云云,可以考定此词作于倦游苏州之时,而梦窗原词亦作于此。

这首词的上片写往日的欢愉;下片则写今日的哀伤,对比极其强烈。从前是"承平年少",而今是"老来欢意少";从前是"香红围绕",而今是"暮云残照";从前都是欢笑,而今全是眼泪。此词不仅是悼亡故去的友人,也是在悼亡逝去的盛年,更是悼亡那已经灭亡的家国。二窗是知交,在艺术上也相互规摹,此词在词句的锤炼、情谊的表达、结构的安排上,能发现其受到梦窗的影响,但较之梦窗,其风格更为自然疏朗。

踏莎行

吴文英

敬赋草窗绝妙词

杨柳风流,蕙花清润。蘋□未数张三影。沈香倚醉调清平,新辞□□□□□。

鲛室裁绡,□□□□。□□白雪争歌郢。西湖同结杏花盟,东风休赋丁香恨。

吴文英的这首《踏莎行》因为残缺,故许多选本均不选。词的上片主要是称赞周密的词如杨柳般风流,如蕙花般清润,就连著名词人号称"张三影"的张先也比不上;词的下片主要是追忆当年西湖结盟,歌诗唱和的美好情景。从词题"敬赋草窗绝妙词"可以看出,虽然吴文英年龄长于周密,但他对周密的人品词作都是很敬重的。

王沂孙也是周密过从甚密的词友,据吴则虞《词人王沂孙事迹考略》,王沂孙于至元二十二年(1285)来到杭州。次年,与徐天佑、戴表元、周密宴集于杨氏祠堂,写下《法曲献仙音·聚景亭梅次草窗韵》。

法曲献仙音

王沂孙

聚景亭梅次草窗韵

层绿峨峨,纤琼皎皎,倒压波痕清浅。过眼年华,动人幽意,相逢几番春换。记唤酒寻芳处,盈盈褪妆晚。

已消黯,况凄凉、近来离思,应忘却明月,夜深归辇。荏苒一枝春,恨东风人似天远。纵有残花,洒征衣、铅泪都满。但殷勤折取,自遣一襟幽怨。

苍梅层层叠叠,白梅皎洁如玉,倒映在清澈的水波之上。年华过眼即逝,引动人的幽怨情感,我和你相逢以来,已经更替了几次春天?还记得当初招呼朋友带酒赏梅,你体态轻盈,很晚才褪去装扮。
已经黯然销魂了,更何况近来又满腔离愁,早应该忘记那明月升空,车驾在夜深时归去的情景了吧,那真是凄凉啊。这柔弱的一枝梅花,寄托着春思,却恨东风把人催去,转眼已在天涯。就算还有残花飘落到征人身上,却似金铜仙人的清泪滴了满身,只好勉力折取一枝梅花吧,自己排遣自己那满心的幽怨。

这首词是王沂孙在宋亡之后所写的一首词,词的副标题是咏梅,所以全篇贯穿着梅花的标格和神韵,盛也梅花,衰也梅花。词人的兴废之感都通过这浅淡幽香的生命表达出来,可谓语意传神。此词从聚景园的盛衰感叹国家兴亡。上片记昔日梅林之盛,赞梅花仪态;下片睹物思人,追怀亡宋故国。情味悠远醇厚,笔调凄婉动人。

周密的原词题作"吊雪香亭梅"。雪香亭在聚景园内,本是南宋御园。词人借《梅花落》以喻宋室之覆。所以吊梅,实吊故宋。

法曲献仙音

周 密

吊雪香亭梅

松雪飘寒,岭云吹冻,红破数椒春浅。衬舞台荒,浣妆池冷,凄凉市朝轻换。叹花与人凋谢,依依岁华晚。

共凄黯,问东风、几番吹梦,应惯识、当年翠屏金辇。一片古今愁,但废绿、平烟空远。无语销魂。对斜阳、衰草泪满。又西泠残笛。低送数声春怨。

苍松上的残雪飘送来阵阵寒气,山岭上的云层仿佛冷得凝固了。在陡峭的寒风中,含苞如椒的梅花绽出了几点红色。当年的盛景已逝,良辰难再,只剩下荒凉的舞台,冷寂的妆池。世情遽变,恍若梦幻,怎能不使人倍感凄凉?我为家国之恨忧思郁结,愁损年华,那红梅有知,似也同其哀感。

这凄凉令天地同悲,我恋恋于故国,情不能已,以至于魂牵梦绕,一梦醒来,更是凄凉惆怅无限。当年君王后妃在此赏梅是何等繁华盛美,如今仅留一片废绿、平烟空远,令人陡生古今之愁。远处传来《梅花落》幽怨的笛声,西泠冷照,春怨哀伤,梅花静静地开放在这弹指兴亡的历史尘埃中。

雪香亭位于杭州清波门外的聚景园内。此园中植红梅,是南宋孝宗筑为高宗致养之地,以后累朝游幸。岁久芜圮,宋亡后亭匾无存。《咸淳临安志》记载过此园盛况:"在清波门外……尝恭请两宫临幸,光宗皇帝奉三宫,宁宗皇帝奉成肃皇太后,亦皆同幸。"光宗、宁宗时代的词人姜夔来此园中赏梅时,曾写道:"御苑接湖波,松下春风细。云绿峨峨玉万枝,别有仙风味。"(《卜算子》)高似孙有《游园咏》道:"翠华不向苑中来,可是年年惜露台。水际春风寒漠漠,宫梅却作野梅开。"(《武林旧事》《梦粱录》)宋亡后,园亭荒芜,周密来游而作此词。词题曰吊梅,实则是借以寓寄兴亡之感,充满了遗黎之悲。

这是周密的一首咏梅词。词的上片主要写梅花及雪香亭荒废的情景;下片将梅花拟人化,以猜测梅花所想的形式寄托自己的亡国之痛。然而此词虽是咏梅,其意却不在梅花,也不在雪香亭,而是在哀悼为梅花与雪香亭见证的人世衰亡与朝代更替。词题中用"吊",是凭吊之意,暗示将融悲慨心酸于咏梅词笔。雪香亭的梅花,曾是南宋皇室赏玩的对象,而今南宋覆亡,皇室凋零,雪香亭也已是断壁残垣,唯有这零星梅花还在"红破数椒春浅"。词人身为南宋遗民,在天寒地冻的天气独自前来凭吊这亭中的梅花,而是南宋。陈廷焯《白雨斋词话》评价其:"即杜诗'回首可怜歌舞地'之意,以词发之,更觉凄婉。"

"龟溪二隐"李彭老、李莱老是周密的知交,也是以词作相互唱酬的文友,在周密的诗词集中,标明与之唱和的就有十余首,《甘州·灯夕书寄二隐》便是词人在入元后某一年的元宵节,因为思念友人而写下的词作。

甘　州

周　密

灯夕书寄二隐

渐萋萋、芳草绿江南,轻晖弄春容。记少年游处,箫声巷陌,灯影帘栊。月暖烘炉戏鼓,十里步香红。欹枕听新雨,往事朦胧。

还是江春梦晓,怕等闲愁见,雁影西东。喜故人好在,水驿寄诗筒。数芳程、渐催花信,送归帆、知第几番风。空吟想、梅花千树,人在其中。

淡淡的阳光抚弄着江南春日萋萋的芳草。回想起少年时游玩的地方,便有箫声、鼓声、笑声迎面扑来,灯笼光影,烘炉暖意,十里香尘,红妆春骑。往昔繁华勾起无限的感伤,我无法入眠,便侧在枕上听窗外新雨初落,不禁陷入对往事的追忆中。

一觉醒来已是江春梦晓,怕的是人生如孤飞的大雁漂泊不定,相见不易。所幸的是故人依然健在,在乱世飘零中,尚有相知故交的信件送达,真令人喜上眉梢。数着春天的行程,已是花信风渐催春色,等着归帆的到来,不知道第几番风时老友们会到来,我不禁遥想,此刻他们正隐居山中,与千树梅花为伴。

南宋时,元宵节是一年中盛大的节日,周密曾在《武林旧事》卷二中记载:"终日天街鼓吹不绝,都城士女,罗绮如云,无夕不然……诸舞队次第簇拥,前后连亘十余里,锦绣填委,箫鼓振作,耳目不暇接。"元朝初年,元宵节禁灯,巨大的反差让遗民心生悲凉,词人刘辰翁就常在元宵节感怀故国:"天上未知灯有禁,人间转似月无情。"(《望江南·元宵》)旧时的农历正月十五为元宵节,是夕放灯,故名灯夕。周密在元宵节时想起与友人少年时游玩的情景,写下这首怀念友人,又追忆往昔的词作,体现出其词既有如"玉雪庭心夜色空,移花小槛斗春红"(李彭老《浣溪沙·题草窗词》)般流丽倩拔的一面,也有如"吟情老尽江南句,几千万、垂丝缕,花冷絮飞寒食路"(李莱老《青玉案·题草窗词卷》)般情寄深远的一面。俞陛云在《唐五代两宋词选释》中指出:"词人老去,生平积感重重,更谁知我,赖有一二故交,尚可依依话旧,故草窗寄以此词。'少年游'五句箫声戏鼓,当日裘马英年,何等豪兴,惟老友尚知其情状。下阕言今虽暌别,幸水驿非遥,尚可通芳讯而达诚素,深盼春风早送归帆。牙、期交谊,情乎辞矣。"

李彭老、李莱老两兄弟和周密都是湖州人,相识多年,性情相合,又都工于词作,留下多首唱和的作品,李彭老的《一萼红》便是其中的一首。

一萼红

李彭老

寄弁阳翁

过蔷薇。正风暄云淡,春去未多时。古岸停桡,单衣试酒,满眼芳草斜晖。故人老、经年赋别,灯晕里、相对夜何其。泛剡清愁,买花芳事,一卷新诗。

流水孤帆渐远,想家山猿鹤,喜见重归。北阜寻幽,青津问钓,多情杨柳依依。最难忘、吟边旧雨,数菖蒲、花老是来期。几夕相思梦蝶,飞绕苹溪。

面对着凋谢了的蔷薇花朵,感觉到夏日初临,熏风拂面而来的暖意。天空中云淡风轻,年代久远的河岸停泊着无人的小舟。身着单衣品尝新近酿制的酒,两眼望去都是斜阳映照下的萋萋芳草。春已近,人已老,离别仍在阻隔,只能一年年吟唱着离别的诗词。曾经灯火晕黄的夜晚,友人相对,纵情谈笑,不知夜色如何。在雪夜泛舟剡水访友,在叫卖声中买花,这清愁与芳事都融入在一卷新诗中了。

流水之中孤帆渐渐远去,草窗此时已归湖州故里,想到与故家的猿鹤,又能欣喜地重逢。在北山上独自寻觅幽境,在绿水荡漾的渡口孤单地垂钓,多情的是依依的杨柳,难忘的是曾经一同吟咏的故人。数着菖蒲老去的日期,那将是你我约定重逢的日期。让我将思念与离愁寄托给梦中的蝴蝶吧,让它在苹溪的上面不停地飞绕。

词题标明是"寄弁阳翁",周密自号弁阳翁,这是一首离别后思念的词作。南宋末年的词坛上有许多惺惺相惜、意气相投、交谊深厚的词人,他们用词作来述说思念,传达问候。此词便是其中的一首。李彭老、李莱老兄弟和周密都是湖州人,相识、相知多年,相互唱和甚多。李彭老今存词不过二十一首,其中就有八首与周密有关,由此可见二人交谊之深。《古今词话》载:"王定甫云:'筼房词秀润蕴藉,不失名士风流。'"又载:"仪墨庄云:'筼房词,夷犹清润,声静气和。'"这首词充分体现了李彭老词作情味深长、清润含蓄的特点。

青玉案

李彭老

题草窗词卷

吟情老尽江南句。几千万、垂丝缕。花冷絮飞寒食路。渔烟鸥雨,燕昏莺晓,总入昭华谱。

红衣妆靓凉生渚。环碧斜阳旧时树。拈叶分题舣咏处。荀香犹在,庾愁何许,云冷西湖赋。

草窗,这样一位毕生都在书写吟咏江南词句的词人,已经垂垂老矣。多年以来,他的词兴、词作犹如这千万条垂丝般繁多。冷花飞絮、渔烟鸥雨、燕昏莺晓,这江南的美景,林林总总,都被他写入《蘋洲渔笛谱》中。

红莲着靓妆,凉气生起在水边,环碧园内,斜阳还照在旧时的树木之上,那里曾是众人拈叶分题,饮酒作词的地方。草窗的词作中,有着荀彧的香气,经历不散,有着庾信的忧愁,哀伤缭绕。如今西湖上空云朵冷清,唯有余香不散,余味悠长的西湖辞赋还在。

这首词是李彭老为周密词集而写的词作,上片以江南风景写周密词作。下片写周密创作时的氛围及词作的特色。这其实是一首同题共作,在周密手定《蘋州渔笛谱》并分赠词友后,王沂孙、李彭老、李莱老、王易简等均有题词之作。不同的词人从不同的角度进行评述,但都充分肯定了周密的创作,并给予了很高的赞誉。这也说明周密在当时的词坛上,就享有较高的地位。陈廷焯《白雨斋词话》指出:"当时草窗盛负词名,玉田次之,碧山、西麓名则不逮。"

周密是宋末元初著名的词人、诗人和学者,他的词集《洲渔笛谱》编订以后,在当时就得到了很高的评价。杨缵称他"乐府妙天下",吴文英将他比作北宋的张先,而作为周密挚友的李彭老、李莱老兄弟,都有"题草窗词"的作品。这首词不仅给了周密词作很高的赞誉,还用感伤的笔触,回忆了西湖吟社的往昔时光。李莱老和周密同为西湖吟社的参与者,他们的词作中,记载了许多与西湖吟社有关的活动。周密的"寄闲结吟台出花柳半空间""吟社饮桂月边即席次韵""霞翁会吟社诸友逃暑于西湖之环碧"等,都是对西湖吟社活动的追忆。张炎《词源》也记载过这段经历:"近代杨宗斋精于琴,故深知音律,有《圈法周美成词》,与之游者周草窗、施梅川、徐雪江、奚秋崖、李商隐,每一聚首,必分题赋曲。"这段"乌帽插花筹艳酒、碧莲探韵赋新诗"的岁月,给词人留下难以磨灭的烙印。

"环碧",即环碧园,是宋末词坛领袖杨缵的家园,位于西湖之畔,是当时西湖吟社的成员们经常雅集的地方。"荀香",东汉末年尚书令荀彧以爱香而称名于世。《太平御览》卷七〇三引《襄阳记》:"荀令君至人家,坐处三日香。"词中的意思是指周密的词卷中的风韵雅气。"庾愁",指庾信,本仕梁,后出使西魏而梁亡,被留长安,北周代魏,还是不肯将他放还,庾信著有《愁赋》《哀江南赋》都很有名。清人况周颐曾云:"李莱老词,一往情深,低徊欲绝,所谓回肠荡气,庶几近之。"

甘 州

张 炎

寄李筠房

望涓涓一水隐芙蓉,几被暮云遮。正凭高送目,西风断雁,残月平沙。未觉丹枫尽老,摇落已堪嗟。无避秋声处,愁满天涯。

一自盟鸥别后,甚酒瓢诗锦,轻误年华。料荷衣初暖,不忍负烟霞。记前度、翦灯一笑,再相逢、知在那人家?空山远,白云休赠,只赠梅花。

那涓涓流水中的荷花被傍晚的暮云所遮掩,几乎看不大清楚。举目所望,唯见西风中失群的孤雁,残月下大片的沙滩。那经霜的枫叶虽然还未老去,但摇落之中已令人感受到无限的迟暮、凋零之感。我们即使跑到海角天涯,也不能摆脱满腹的愁苦情绪。

我在与君分别以后,却尽在赋诗饮酒的生活中消磨日子,以至白白浪费了许多宝贵的青春年华。你在国破家亡之后,马上披上荷衣,陪伴烟霞,去做义不臣元的隐士了。还记得当年我们共剪西窗、欢声笑语,再度相逢,又在哪里呢?你我都已隐遁空山,而山中则尽多白云,今后如欲两地相赠,以示友情,那就赠以不慕荣华、不畏冰霜的梅花吧!

这首词是张炎寄赠隐遁山中的老友李彭老之词,勉以梅花之相,共保岁零贞洁。清人周济评论秦少游词,说它常"将身世之感打并入艳情",此后词人纷纷效仿,张炎此词可以说是将家国身世之感"打并入"友情之作。词的上片,写因登临而生的思友及自伤之情;词的下片,则是直抒寄人之情。结尾以梅相赠,用梅花的高洁品格,表明其不仕新朝之志。张炎的词风如白云舒卷,爽气贯中,摇曳清空,通灵流转,此词很好地体现了这种特点。

李筠房,即李彭老,浙江湖州人。宋理宗淳祐年间曾任沿江制置司属官,和张炎父子有着相同的生活志趣与词学风尚。宋亡之后,大约隐居于龟溪(今浙江衢江区)一带。此词作于元兵攻占临安(1276)之后的一两年后,时值深秋,此前,两人曾于西湖聚首赋词,诗酒相酬,谁知一别之后国事顿变,江山易主。漂泊他乡的词人只能寄词远慰隐遁在空山之中的老友。张炎后来与李彭老重逢,是在不久之后的1279年,他们一起在山阴参加《乐府补题》的词花活动,共用表达了亡国的哀痛。

（九）
策杖溪边——闲隐卷

儒家"独善其身"的思想和老庄"道法自然"的思想结合起来,塑造了中国文人血脉中的文化基因——隐逸文化。

历朝历代总有这样一群人,才华横溢,狂放不羁,在世俗间追名逐利、奔波半世,最后却决心放弃这一切羁绊,远离喧嚣与吵闹的红尘,在心灵上或者事实上,回归了山水田园,与清风明月做伴。或是在深山老林中聆听鸟儿的一声声啼鸣,或是在南山东篱下欣赏着一丛野菊,或是在扁舟之上手持书卷歌咏那自然风光,或是在茅店社林边沽酒豪饮,或是手持渔竿、身披蓑衣、淡然垂钓于江雪之中。他们在闲看云卷云舒的惬意生活中放逐自己,得到心灵的自由与人性的张扬。

这样的文人比比皆是,他们抑或厌倦了官场上的尔虞我诈,抑或仕途不得志,往往选择隐居田园。隐逸诗、田园诗、闲适诗也由此而来。东晋的陶渊明虽然不是第一个开归隐先河的人,却是对后来文人影响最大的隐士之一。他的《桃花源记》将理想中的世外桃源尽书笔下,让无数后人心生向往。他开创的田园诗平淡自然,恬静优美,多描写悠然自得的归隐生活,成为后人效仿的摹本。

宋词中也出现了不少抒写隐逸情怀的名篇佳作,这些作品大都反映了士大夫文人心中的梦想:有山有水,有酒有诗,可以不问世事,终日以琴棋书画消愁解忧。他们意识到,酒色财气如利刀,名缰利锁催人老。与其在追求与不得中受尽折磨,不如寄情于山水之间,相忘于江湖之上,畅快肆意,这样才不算辜负这短暂的一生。

更欲临流作钓矶

天圣九年(1031)三月春,欧阳修来到西京洛阳,补为西京留推官。这一年年初,著名诗人"西昆派"领袖人物钱惟演以使相的名义出判河南府,兼西京留守,是欧阳修的顶头上司。钱惟演博学能文,辞藻清丽,又礼贤爱才,热心奖掖后学。来到洛阳以后,他多方招揽文人墨客,西京幕府人才济济,正如欧阳修诗中所咏诵的"幕府足文士,相公方好贤"。

赴任伊始,欧阳修就在伊阙结识了梅尧臣,梅尧臣也是北宋著名诗人,前不久调任河南县(今河南洛阳西)主簿。按照常规,欧阳修作为僚属上任,应当首先拜谒上司钱惟演。然而,他与梅尧臣一见如故,顾不上礼节,立即结伴游览香山去了。四年后,欧阳修在一首题为《书怀感书寄梅圣俞》的诗中,回忆了这次难忘的首晤。

书怀感事寄梅圣俞

欧阳修

三月入洛阳,春深花木残。
龙门翠郁郁,伊水清潺潺。
逢君伊水畔,一见已开颜。
不暇谒大尹,相携步香山。

三月份我被任命为西京留守推官,进入了洛阳,此时已是暮春时节,花木开始凋零。龙门山上的树木郁郁葱葱,一片苍翠。伊河的水清澈明净,潺潺而流。我与君相逢在美丽的伊水河畔,相见的一瞬间已经令人笑逐颜开。来不及去拜谒长官,就相互携手漫步在香山之中了。

欧阳修与梅尧臣在香山中结伴漫游,饱览河山风光,十分舒心快意。梅尧臣的仆人又在伊川的石濑上抓到两条鳜鱼,大家兴高采烈地回到家中,做成羹汤,一块儿吟诗联句。

这是中国文学史上的一段佳话,北宋诗文革新运动的一位领袖和一位主将,在龙门伊川相识,一见如故,从此结为至交,开始了他们崭新的文学创作生涯。

钱惟演喜文爱才,对僚属不仅生活上关照,而且尽量减轻公务,让他们有更多的时间和精力切磋诗文。欧阳修担任的推官,只是负责掌管簿籍,提供参谋意见,属于闲散官。公事之余,他交朋结友,恣情地游山玩水,饮酒赋诗,他曾写过组诗《七交七首》,分别咏诵初官伊洛时期的几位知己,其中包括张汝士(尧夫)推官、尹洙(师鲁)书记、杨子聪户曹、梅尧臣(圣俞)主簿、张太素判官、王复(几道)秀才等。组诗的最后一首是《自叙诗》,他在诗中吟咏了自己个人的生活情趣,为官落拓不羁,社会名流不肯屈已下交,幸有洛中才俊不相嫌弃,才使自己获得良好的熏陶。

梅尧臣当时想起白居易的一桩轶事,白居易晚年住在洛阳南郊的香山,与胡杲、吉皎等人结为"九老会",常在一起饮酒赋诗,九个人都遐龄高寿,时人誉为"香山九老",至今乃有"香山九老图"传世。于是,他为洛阳的酒友诗侣每人都取了一个雅号。尹洙雄辞善辩,谑称"辩老",杨子聪高名俊士,称"俊老",王顾聪慧明哲,戏称"慧老",王复循规蹈矩,称"循老",张汝士韬晦内向,称作"晦老",张先沉默寡言,称作"默老",梅尧臣美德懿士,称作"懿老",欧阳修疏旷放逸,被赐号"逸老"。欧阳修对自己的这个雅号很不满意,三番五次致信梅尧臣,肯定"八老"的命名是一桩美事,也承认自己平时言行缺乏检点,不拘小节,配得上"逸老"的谑称。但是这个雅号过分突出了自己散漫放浪的个性,他始终不肯接受,他自荐并表示乐于接受"达老"的名号。倜傥放逸是欧阳修年轻时的性格特点,他极力辞避这个称号,说明他已意识到这是自己的性格弱点。

皇祐元年(1049)正月,欧阳修因眼疾要求移知小郡的请求终于得到朝廷的俞允,仲春二月,欧阳修赶赴颍州上任。船行运河,然后溯淮而上,在涡口城(今安徽怀远),他遇到辞去陈州判官回宣城奔父丧的梅尧臣,写下《夜行船》的词。

夜行船

欧阳修

忆昔西都欢纵。自别后、有谁能共。伊川山水洛川花。细寻思、旧游如梦。

今日相逢情愈重。愁闻唱、画楼钟动。白发天涯逢此景。倒金樽、殢谁相送。

遥想当年,我们在东京、西京两都纵情欢游,但是自从分别以后,挚友难能相逢。那伊川的山水、洛阳的繁花多么令人怀念,细细想来,旧时的游踪都恍如梦中。

今日你我久别重逢情谊更显得厚重,因为试图多一会相聚的时光,因此害怕听到画楼上报时的钟声。头发花白的年纪沦落天涯却遇到这样的情景,岂不令人忧伤,只能倒满酒杯,含恨相送。

这首赠友词的主题是怀旧伤今,写得沉郁悲凉,充溢着人生沧桑的感慨。词的上片深情地忆旧。从词中提供的线索来看,词人重逢的这位老友,就是他当年在西京结识的那批青年朋友中的一个。词的下片伤今,思想情绪更为悲凉乃至颓唐。词中忆旧的部分突出一个"欢"字,伤今的部分则突出一个"愁"字,通过这种强烈的对比和反衬,尽兴地宣泄出满怀愁情。

欧阳修与梅尧臣在江边小楼上短暂相聚,酒酣话旧,回顾十九年前,两人在洛阳诗酒相交,星移斗转,人事沧桑,当年的洛阳旧友"八老"中只有座上两人尚健存,其余六人均已相继作古,真令人感伤嗟叹不已。仅存的两人也却已是白发老人,所以这时的感伤,是一种痛彻心扉的深沉感伤,一种老年人无望的感伤。现在两人难得相逢,报时的钟声已经响起,才相逢,又告别,此景此情,令人回肠荡气,黯然神伤。

梅尧臣与欧阳修会面以后,在钓鱼老翁那里买得两尾鳜鱼。十九年前,他与欧阳修初次相识,也是同样的两条鳜鱼。梅尧臣感怀欧阳修不以贵贱改易的真挚友情,吟诵《涡口得双鳜鱼怀永叔》。

涡口得双鳜鱼怀永叔

梅尧臣

春风午桥上,始迎欧阳公。
我仆跪双鳜,言得石濑中。
持归奉慈媪,欣咏殊未工。
是时四三友,推尚以为雄。
于兹十九载,存没复西东。

> 我今淮上去,沙屿逢钓翁。
> 因之获二尾,其色与昔同。
> 钱将青丝绳,羹芼春畦菘。
> 公乎广陵来,值我号苍穹。
> 何为号苍穹,失怙哀无穷。
> 烹煎不暇饷,泣血语孤衷。
> 生平四海内,有始鲜能终。
> 唯公一荣悴,不愧古人风。

在春风荡漾的午桥之上,初次迎来了欧公永叔。我的仆人跪着呈送来两条鳜鱼,说是从伊川的石濑上抓到的。于是回到家中将鱼交给慈善的老妇人烹制羹汤,我们则一起吟诗联句。当时是有三四个友人一起参与,每有诗句吟出,大家来评议推举其中的佳句。虽然距今已有十九载了,大家也都各奔东西,但当时的情景依然存留在我的记忆之中。我今天溯淮河而上,在沙洲上遇到一位钓鱼的渔翁,所以说买了两尾鳜鱼,它的样子就像十九年前的那样。付过钱后用青丝绳将鳜鱼穿起来,再择取春天田地里的菜蔬,一起制成羹荡。当时欧阳公从广陵而来,正是我丧父悲痛哀号之际。四海之内的人,往往是有始无终,像他这样荣悴如一的人是不多见的,真不愧有古人之风。

这首诗叙述了诗人与欧阳修会面又分别以后,在涡口购得双鳜鱼,因而怀念十九年前与欧公初次相识的情景,诗中饱含了自己在艰难竭蹶的人生道路上的辛酸眼泪,赞扬朋友欧阳修笃于友谊,荣悴如一的高尚人格。

嘉祐元年(1056)夏秋之交,梅尧臣除母丧服,返回汴京,已是翰林学士的欧阳修赶到汴河岸边迎接这位久别的老友,并送给他二十匹绢帛,接济生活拮据的梅尧臣。不久,他又上《举梅尧臣充值讲状》,称赞梅尧臣"性纯行方,乐道守节,辞学优赡,经述通明,长于歌诗,得风雅之正"。请求朝廷依照当年录用孙复的先例,将梅尧臣补为国子学直讲,使梅尧臣很快有了与自己身份、才学相称的职位。

欧阳修踏上颍州土地那天,就迷恋上西湖的风景绝雅,慨然萌生退居颍州、终老西湖的念头。并写信赠诗梅尧臣,邀他一同买地建房,同来颍州安度晚年。他在《寄圣俞》诗中说:"我今三载病不饮,眼眵不辨騧与骊。壮心销尽忆闲处,生计易足才蔬畦。优游琴酒逐渔钓,上下林壑相攀跻。及身强健始为乐,莫待衰病须扶携。行当买田清颍上,与子相伴把锄犁。"欧阳修三年前患眼疾,自感身体残衰,相约梅尧臣来颍州买田,安排退步抽身的路子。当时,梅尧臣还在宣城守制,接着是欧阳修回颍州守母丧,重返朝廷做官。到了嘉祐四年(1059),欧阳修再次发出邀请,梅尧臣曾经表示应约,但是,次年梅尧臣在京师溘然病逝,没有能实践诺言。只有欧阳修初衷不改,最终实现了自己的夙愿,归隐并老死在颍州西湖边。

嘉祐三年(1058)春末的一天,欧阳修与韩绛等人在学士院议事,忽然昏晕倒地,由此患上风眩病,病情严重,欧阳修打算在《新唐书》修成后,立即归隐田园,过上避世隐居的生活。此时他早已在颍州置买了田产,作为退步抽身的准备。近日,他与下《归田四时乐春夏二首》,表达的正是这种归田退隐的情怀。

归田四时乐春夏二首

欧阳修

(一)

春风二月三月时,农夫在田居者稀。
新阳晴暖动膏脉,野水泛滟生光辉。
鸣鸠聒聒屋上啄,布谷翩翩桑下飞。
碧山远映丹杏发,青草暖眠黄犊肥。
田家此乐知者谁,吾独知之胡不归。
吾已买田清颍上,更欲临流作钓矶。

(二)

南风原头吹百草,草木丛深茅舍小。
麦穗初齐稚子娇,桑叶正肥蚕食饱。
老翁但喜岁年熟,饷妇安知时节好。
野棠梨密啼晚莺,海石榴红啭山鸟。
田家此乐知者谁?我独知之归不早。
乞身当及强健时,顾我蹉跎已衰老。

(一)春风吹拂的二三月间,农夫已经开始在田间劳作,居家的人很少了。初春时节天气晴暖,肥沃的土地已经萌动,四野的流水浮光闪耀。斑鸠在屋檐上乱啄,并发出聒噪的乱叫声,布谷鸟翩翩飞过桑林的下面。远处的碧山上映照出丹杏的艳丽色彩,暖暖的芳草地上卧眠着肥硕的黄色牛犊。农家的这种乐趣有谁能够知道,而我独自领悟了其中的乐趣,为什么还不归隐其间呢?我已在清颖之上购买了田产,更想到临水的矶石上垂钓。

(二)南风吹动着田野上的百草,草木茂盛茅舍反而显得矮小。麦穗刚刚抽穗长齐,小野鸡分外的娇弱。桑叶正长得肥硕,蚕儿吃得很足。老翁高兴的是今年又是一个富足的丰收之年,送饭的妇人可知道这个时节的好处。遍野的海棠树和梨树密密匝匝,傍晚时分黄莺在其间啼鸣,石榴长得红彤彤的,鸟儿婉转歌唱。田家的这种乐趣有谁知道?我独自领悟其中的乐趣,为什么还不早点归来?请求辞职应当趁身体还在强健的时候,而我由于蹉跎岁月已经衰老。

这两首诗作于嘉祐三年(1058)。原注:"秋冬二首命圣俞(梅尧臣)分作。"欧阳修有致梅尧臣书曰:"某启:经节时雨,犹幸且晴,不审尊侯何似?闲作《归田乐》四首,出得两篇,后遂无意思。欲告圣俞续成立,亦一时盛事。"

不久,梅尧臣根据欧阳修的要求续成两篇。

续永叔归田乐秋冬二首

梅尧臣

(一)

秋风忽来鸣蟋蟀,豆叶半黄陂水枯。
织妇夜作露欲冷,社酒已熟人相呼。
坎坎击鼓坐林下,醉去自有儿童扶。

壮男独猎南山虎,中子已扱荒径狐。
田家此乐乐有余,食肉缉皮裘岂无。
我虽爱之乏寸土,待买短艇归江湖。

(二)

北风如刀割寒骨,谷已成困不仓猝。
任从密雪落交加,旋采乾薪烧榾柮。
锄犁满屋牛在牢,鹅鸭乱鸣鸡乱发。
割烹炊黍待邻叟,饱向茅檐闲兀兀。
田家此乐乐无涯,谁道一生空汨没。
公希平子定何如,我效梁鸿终适越。

(一)秋风中传来蟋蟀的鸣叫,豆叶半黄,池塘里的水已经干涸。妇女们在夜间纺织,秋露已下感觉寒冷。酿造的社酒已经成熟。大家相互招呼,坐在树林之下一边击鼓一边开怀畅饮,喝醉了自有孩子们搀扶回家。健壮的男子汉独自在南山中猎虎,中子已经获取了荒径上的野狐。农家的这种乐趣真是其乐无穷,这样就可食肉又可缉皮,岂能没有裘皮衣服可穿?我虽然爱慕这种生活,可惜没有寸土可以立足,且待我买只小船归隐江湖。

(二)北风如刀割一般刺骨地寒冷,好在稻谷都已装进仓库不会再感到仓促。任凭它大雪铺天盖地下个不停,转眼间可以取出干柴、短木头烤火。牛儿拴在栏内,屋里摆满了锄犁等农具,鹅鸭在乱叫鸡子在乱跳。煮饭烧菜款待邻家的老翁,酒足饭饱之后在茅檐下闲聊起来。田家的这种快乐真是乐无边,谁说他们的一生就这样自在地度过。您希望家人能够平平安安,我想效仿梁鸿举案齐眉就感到十分安逸了。

这是一列组诗,欧阳修吟诵了春、夏两首,梅尧臣续写了秋冬两首,这四首诗吟咏了田园生活的乐趣,表达了归隐田园的愿望。春、夏、秋、冬每具风采,相得益彰,成为当时诗坛上的一段佳话。

剔银灯

范仲淹

与欧阳公席上分题

昨夜因看蜀志,笑曹操孙权刘备。用尽机关,徒劳心力,只得 三分天地。屈指细寻思,争如共、刘伶一醉?

人世都无百岁。少痴呆、老成尪悴。只有中间,些子少年,忍把浮名牵系?一品与千金,问白发、如何回避?

昨天读《三国志》,不禁笑话起曹操、孙权、刘备来。他们用尽权谋机巧,不过是枉费心机,只闹了个天下鼎足三分的局面。与其像这样瞎折腾,还不如什么也别干,索性和刘伶一块儿喝他个醺醺大醉呢。

人生一世,总没有活到一百岁的。小的时候不懂事,老了又衰弱不堪。只有中间一点点青壮年时代最可宝贵,怎忍心用也来追求功名利禄呢?就算做到了一品大官、百万富翁,请问谁能躲过老其将至的自然规律吗?

古人经常在酒席上拟一些题目,分别赋诗填词,以助酒兴,叫做席上分题,故此篇题为"与欧公席上分题。"词的上片写因昨夜读《三国》引发的感慨;下片则化用了唐代白居易《狂歌词》的诗意,说明人应当及时行乐。范仲淹在创作以"先天下之忧而忧,后天下之乐而乐"的政治抱负为主题的文学作品时,态度是严肃的,采用的也是古文这种文人心目中比较"高贵"和"正统"的体裁,而在与老朋友一起喝高粱酒、无拘无束地闲聊白话时,就不免戏作小词了。在这首词中,我们看到了完全不同于《岳阳楼记》里的另一位范仲淹。

据《宋史》本传,范仲淹年轻时锐意进取,刻苦攻读,昼夜不息,冬日疲惫时,以冷水沃面,饮食不继则啜糜粥。中进士后,无论在地方或朝廷任职,他都敢于指斥时弊,为民请命,多有善政。所得俸禄,每用以招待前来问学的四方之士,而自家子弟却只有一套出客的衣服,须易衣出门。即使后来做到执政大臣,家中无客时,他也"不重肉"(不吃两样肉食),节余的薪俸全拿到家乡去购置"义庄",赡养族人。但这样一位仁人志士,却屡遭小人诬陷,两度被排挤出朝。仁宗景祐三年(1036)被贬官时,欧阳修虽不认识他,却站出来为他鸣不平,结果也受到处分,被贬为夷陵县令。庆历三年(1043),范仲淹回朝担任参知政事(副宰相),主持新政(即政治革新),这时欧阳修也已回京,成为他的重要帮手和莫逆之交。"新政"因遭守旧派官员的阻挠,不久即告失败,词人遂于庆历五年(1045)再次贬官离京。这首词即作于两人在朝共事之时。这是词人因政治改革徒劳无功而极度郁闷之心境的雪泥鸿爪式的反映,胸中有块垒,故须用酒浇之。结合词人当时所处的历史环境和人生经历,不难发现词人正是看穿看透了浮名小利的不足牵系,认识到生命的本质和死亡的意义,决心要以更加务实的态度,趁着有为之年去成就一番事业,而不是等到老年一事无成,空余白首之叹。

且于穷僻置闲田

宋神宗熙宁三年(1070)，王安石主持的变法达到高潮。司马光不满新法，但暂时又无力抗拒，于是从熙宁四年至元八年(1085)退居洛阳，仅任"坐享俸给，全无所掌"(《乞西京留台状》)的闲散职务，经营小筑，专意著书。此间，他写下《闲居》诗。

闲 居

司马光

故人通贵绝相过，门外真堪罗雀罗。
我已幽情僮更懒，雨来春草一番多。

过去与自己持同一政见的老朋友，都纷纷随风使舵，投靠了新贵，与自己断绝了过从往来。昔日宾客盈门的盛况不复再来，如今门庭冷落到了真可安置罗网捕捉鸟雀的地步。朋友如此冷淡，自己如此孤立，自然心情郁郁寡欢，衣冠也慵散不整。谁料家仆又趁主人无力料理家务之机大偷其懒，庭院不打扫，花草不修剪，致使一场春雨过后，野草蔓生，把大好的春光都淹没殆尽。

诗题曰"闲居"，但诗人笔下展示的生活场景却不是优游闲散，而是内外交困，诗人的心情也不是恬淡安逸，而是抑郁不平。司马光退居洛阳长达十五年之久，他将自己在洛中的田庄名之曰"独乐园"。虽然迫于形势，他绝口不论形势，但从诗中可以看出，他并未忘怀国事，对趋炎附势的"故人"的谴责，就流露出他对新法及其倡导、执行者的不满。对庭院中滋生的野草的厌恶，则说明了他对这种闲居生活的反感。他时刻希望重返京师,剪除"野草"整顿朝纲。然而,革新派得到神宗皇帝的支持,恰如时当仲春,天降霖雨,遍地野草蓬蓬勃勃,诗人只好望草兴叹,借诗遣怀了。

和君贶题潞公东庄

司马光

嵩峰远叠千重雪,伊浦低临一片天。
百顷平皋连别馆,两行疏柳拂清泉。
国须柱石扶丕构,人待楼航济巨川。
萧相方如左右手,且于穷僻置闲田。

那远处的嵩山,峰峦叠嶂,山峰顶上覆盖着皑皑白雪;那茫茫的一片是伊水,天水相连,浑然一色。大片平坦的土地上楼台矗立,潺潺的清泉镶嵌其间。小溪的两旁,柳枝低垂,轻拂水面。那高耸入云的嵩山,似乎撑起了苍穹一角,国家这座大厦,不正是也需要如嵩山这样刚直有力的柱石来撑扶吗?那茫茫一色的伊水,深广莫测,人若想到达彼岸,小船独舟是不行的,需凭借楼船才能征服它。当年的名相萧何辅佐汉高祖,曾被视为左右手,殊荣加身,然而终遭猜忌,只能在穷僻之处置买闲田。

元丰五年(1082),曾任宰相的文彦博(潞国公)、富弼(韩国公)等人也因反对新法入洛定居。他们组成了一个在野集团,名之"耆英会",常在一起聚首,置酒相娱。君贶,即宣徽使王拱辰,为耆英会成员之一。这首诗是诗人与诸老在潞公庄园宴乐时所作,写出这些耆老们表面优游闲散,遣情世外,实则身在江湖,心存魏阙,为不得在朝而耿耿不快的真实心情。

据《史记·萧相国世家》记载,萧何"置田必居穷处,为家不治垣屋"。由于也功高盖主,终遭猜忌,有人劝他"多买田地,贱贳贷以自污"。昔日的萧何,今日的潞公并包括诗人在内,买田建馆,投闲置散,并非出于自愿,而是迫于情势,不得不以此自误消遣,诗人将潞公比作萧何,实际上也是自况,既含蓄地赞扬了潞公(也包括自己)的辅君治国才干,又隐隐讽喻了宋神宗如当年猜忌功臣的汉高祖,在"国须柱石"之际,却将得力大臣排斥于朝廷之外。

邵雍字尧夫,谥康节,北宋著名理学家、诗人,著有《皇极经世》《击壤集》等。他的诗语句通俗,好谈理,多叙闲居生活的怡然之情,被称这"邵康节体"。邵雍晚年长期居洛阳天津桥南,他将自己所居寝息之处取名为"安乐窝",并自号安乐先生,他的这首七绝诗《安乐窝》是他闲适诗的代表作。

安乐窝

邵　雍

半记不记梦觉后,似愁无愁情倦时。
拥衾侧卧未欲起,帘外落花撩乱飞。

酣睡初醒时分心情迷离恍惚,一切都觉得似记非记之中,感情倦怠的时候,忧愁又似有似无。拥着被子侧卧在床,却因恋枕,迟迟不想起身,窗外的花影却在空蒙中缭乱纷飞。

这首小诗温粹平和,自然天成。它还有一题名《懒起吟》,"安乐窝"本取"安闲乐道"之意。诗的前半写心冥空无,不乞不求,可作"安闲"的诠释,后来表现的顺适自然,陶然忘记,则是"乐道"的本谛。《邵氏见闻录》记载,说司马光见此首"安乐窝中诗","爱之,请书纸帘上"。

和邵尧夫安乐窝中职事吟

司马光

灵台无事日休休,安乐由来不外求。
细雨寒风宜独坐,暖天佳景即闲游。
松篁亦足开青眼,桃李何妨插白头。
我以著书为职业,为君偷暇上高楼。

心中无事就是最大的安乐,它是不需外求的,细雨寒风之时宜于在家中独坐,天气转暖佳景呈现之时就要到外面去闲游。仁者博爱,面对松篁也要开足青眼,遇到桃李红芳何妨采来插在白头之上。我到洛阳以后就以编修《资治通鉴》为职业,因为你的友情我才偷空登上高楼观赏景致。

司马光在宋代并不以诗名,但他所写的诗往往工稳、匀贴,清淡有味,风格平实。这首诗对邵雍的思想、生活、性格、品质进行了形象概括,同时还表现了彼此间的深厚友情。熙宁三年,司马光因与王安石政见不合,力请守郡。四年四月,改判西京御史台,来到洛阳,与邵雍相识,并很快成为莫逆之交。在哲学思想上,二人都讲究象数之学,在政治上,都反对王安石新法,只是表现形式上不同。他们经常在一起作诗酬唱,司马光所和邵雍诗,多附载在《击壤集》中。

《宋史·邵雍传》称:邵雍"兴至辄哦诗自咏,春秋时出游城中,风雨常不出,出则乘一小车,一人挽之,惟意所适"。《邵氏见闻录》卷二十记雍:"每岁春二月出,四月天渐热即止;八月出,十一月天渐寒即止。故有诗云:'时有四不出(大风、大雨、大寒、大暑),会有四不赴(公会、丧会、生会、醵会)。'"雍诗《安乐窝中好打乖》亦云:"重寒盛暑多闭户,轻暖初凉时出街。"司马光到洛阳后,便集中精力从事《资治通鉴》这部史学巨著的编写工作,他在写给宋敏求的信中说:"某自到洛阳以来,专心修《资治通鉴》为事。"邵雍常乘小车到温公修书的崇德寺探望,《复斋漫录》云邵雍:"每出乘小车,为诗自咏曰'花似锦时高阁望,草如茵处小车行'。温公赠以诗曰:'林间高阁望已久,花外小车终不来。'"这些诗歌唱和反映出诗人之间的深厚情谊。

苏舜钦位卑品高,多次上书论朝廷大事,敢道他人所不敢道,终因得罪权贵,遭弹劾罢官。后退居苏州,筑沧浪亭自号沧浪翁,过着寄情山水的生活,他现存词一首,这就是著名的《水调歌头·沧浪亭》:"潇洒太湖岸,淡伫洞庭山。鱼龙隐处,烟雾深锁渺弥间。方念陶朱张翰,忽有扁舟急桨,撇浪载鲈还。落日暴风雨,归路绕汀湾。丈夫志,当景盛,耻疏闲。　壮年何事憔悴,华发改朱颜。拟借寒潭垂钓,又恐鸥鸟相猜,不肯傍青纶。刺棹穿芦荻,无语看波澜。"

苏舜钦在仁宗景祐元年(1034)中进士,范仲淹赏识他的才华,推荐他为集贤殿校理,监进奏院。后因得罪权贵,坐"用鬻故纸公钱召妓乐"被弹劾罢免,退居苏州。他为人慷慨有大志,与穆休倡为古文、诗歌,时抒愤于其中,风格豪放,往往惊人。与梅尧臣齐名,号称"苏梅",在北宋诗文革新运动中起过积极作用。

这首词作于苏舜钦被罢官苏州次年,词人正值壮年,本应建功立业,然而却怀才不遇。词中表现了词人被贬谪而壮志难酬的彷徨和忧伤。词的上片写词人隐逸于太湖旖旎风光的乐趣;下片写词人深感岁月蹉跎而志向难伸的苦闷和惆怅。全词表达了词人不甘沉沦,进退矛盾的心态,风格清旷豪迈,慷慨深沉。词的意境开阔,豪气激荡,于潇洒旷达中时见抑塞不平,开创了以词写官场时政、襟怀抱负的先例。

洞庭山原为太湖中的两座岛屿,称东洞庭山和西洞庭山。东洞庭山,俗称东山,古称胥母山。原在太湖中,元、明以后与陆地相连,成为半岛,在今天江苏苏州东南。西洞庭山,俗称西山,古称包山。为太湖中最大之岛,主峰缥缈峰,为太湖名胜之一。陶朱,指陶朱公范蠡。其辅佐越王勾践二十余年,灭吴而成霸业,尊为上将军。当他觉察到勾践只能共患难、难与共安乐时,毅然离开越王,隐居于太湖的五里湖以避祸。张翰,曾当过东曹掾,处在西晋最不安定的"八王之乱"时期,他归隐得以避祸。

尹洙为仁宗天圣八年(1024)进士,曾任渭、庆、泾、潞等州知州,久处军中,熟知西北边事,且多有建议陈述,可惜未能施行。他曾作《水调歌头》以和苏舜钦。

水调歌头

尹 洙

和苏子美

万顷太湖上,朝暮浸寒光。吴王去后,台榭千古锁悲凉。谁信蓬山仙子,天与经纶才器,等闲厌名缰。敛翼下霄汉,雅意在沧浪。

　　晚秋里,烟寂静,雨微凉。危亭好景,佳树修竹绕回塘。不用移舟酌酒,自有青山渌水,掩映似潇湘。莫问平生意,别有好思量。

　　碧波万顷的太湖之上,朝朝暮暮都放射出道道寒光。自从吴王夫差离去以后,那些亭台轩榭锁住了千古的悲凉。谁能相信苏子美这种如蓬山仙子般具有经天纬地之才的才俊,也已厌倦了名利场,如鹏鸟般收敛起翅膀落地,退居苏州沧浪亭。

　　晚秋时分,烟波寂寥,细雨微微透出凉意。沧浪亭的景致甚佳,佳树修竹环绕着池塘。不需要乘船出去饮酒,园中自有青山绿水,掩映之中如同潇湘之水。不要再问平生之意,他自有其他的思量。

　　这首词题为"和苏子美",是尹洙和苏舜钦《水调歌头·沧浪亭》而作的一首词。词的上片对景怀古,表达了作者乐天知命的出世思想;下片借景抒情,直抒词人平生的抱负和心愿。全篇写景、抒情、议论融为一体,既是和词的佳篇,又是一首独立的抒情感怀之词,流畅明快,含义丰厚。可以看出词人以富贵名利为可鄙,以闲居自适为可乐的闲情雅趣。

渔家傲

朱　服

东阳郡斋作

小雨纤纤风细细,万家杨柳青烟里,恋树湿花飞不起。愁无际,和春付与东流水。

九十光阴能有几,金龟解尽留无计。寄语东阳沽酒市,拼一醉,而今乐事他年泪。

细雨蒙蒙,微风轻拂,万家杨柳笼罩在青烟之中,被雨水打湿的花朵再也难以飞起,带着无限愁怨,随着春光的逝去付与水东流。

人生能活到九十光景的能有几何?即使将官服上所佩的金龟解尽也挽留不住。如今寄语东阳的友人,还是到集市上沽来美酒,拼却一醉,如今的快乐之事,他年就会泪流满面。

这首小词借惜春以抒怀,是一首伤春的小词,词中抒发了作者对时光流转、生命无常的感慨。词人试图借酒浇愁,但最终又坠入无限的悲哀与绝望中。词的上片写春景,细雨如丝,烟笼杨柳,水流落花,春光将尽,眼前的景色,惹人愁思;下片抒情,流光似水,浮生如梦,唯有酒中作乐,醉生忘忧。表现了诗人的伤感情绪。

《乌程旧志》云:"朱行中坐与苏轼游,贬海州,至东郡,作《渔家傲》词,读其词,想见其人不愧为苏轼党也。"朱服,字行中,乌程(今天浙江吴兴)人,北宋神宗熙宁六年进士,哲宗朝历官中书舍人,礼部侍郎。徽宗朝加集贤殿撰修,知广州,黜袁州,坐苏党,贬海州,到东郡时作《渔家傲》,颇寓凄怆遭谪之情。《蕙风词话》云白石词:"少年事情老来悲。"宋朱服句:"而今天乐事他年泪。"二语合参,可悟一意化两之法。唐圭璋《唐宋词简释》:此首亦上景下情作法。起两句,写雨中杨柳。"恋树"三句,写花落流水,皆令人生愁之景象。下片,写浮生若梦,唯有及时行乐。"而今乐事他年泪"句,一意化两,感伤无限。

忆故人

王诜

烛影摇红,向夜阑,乍酒醒,心情懒。尊前谁为唱阳关,离恨天涯远。

无奈云沉雨散。凭阑干,东风泪眼。海棠开后,燕子来时,黄昏庭院。

夜阑人静,我刚刚酒醒,睁开的醉眼看看室内,只觉得空空荡荡,静悄悄的,唯有一枝孤零零的蜡烛在摇着红色的火焰。在饯别故人之时,我无可奈何地唱了一曲送别之歌《阳关曲》,离恨远至天涯。

自从欢会之后,故人音讯杳然。在这黄昏的庭院之中,独自倚栏而立,东风吹打着我的泪眼,海棠花开之后,已是花落春残,芳华逝去;燕子归来,而故人未归,怎不令人倍感凄然。

这首词可能作于王诜晚年贬谪南方时期(1080—1086),如词牌所标示,乃是写主人公对故人的追忆。上阕写主人公残夜酒醒想起天涯远隔的故人;下阕写日间孤独寂寞时对故人的思念之情。此词运笔简洁,虽只用"烛影摇红""东风泪眼""海棠开后""燕子来时""黄昏庭院"等少数意象,却用情深切,颇与作者山水画中萧疏清远,烟雾迷蒙的景致有相通之处。全词工丽婉转,新颖别致。黄山谷云:晋卿乐府,清丽幽远,工在江南诸贤季孟之间。(《宋词通论》)

王诜,字晋卿,北宋太原人,后徙居开封。尚英宗女魏国大长公主,为驸马都尉。能书画属文,与苏轼友善,后因坐党籍被谪。《忆故人》的词牌,后来改作《烛影摇红》。据吴曾《能改斋漫话》卷十七记载:"王都尉有《忆故人》词云云。徽宗喜其词意,周美成增损其词,而以首句为名,谓之《烛影摇红》。"周美成即周邦彦,时提举大晟乐府,他的《烛影摇红》,下半阕基本保持了王诜词原貌,只是增添了上半阕,丰富是够丰富了,但却显得烦冗拖沓,减少了原来浓醉的词味。朱彝尊《词综》卷七评价:"原词甚佳,美成增益,真所谓续凫为鹤也。"

蝶恋花

王　诜

小雨初晴回晚照。金翠楼台,倒影芙蓉沼。杨柳垂垂风袅袅,嫩荷无数青钿小。

似此园林无限好。流落归来,到了心情少。坐到黄昏人悄悄,更应添得朱颜老。

小雨过后,天气初晴,夕阳返照。金碧辉煌的楼台沐浴于晚照霞辉之中,其倒影又映现于荷池之水面。低垂的杨柳在微风吹拂下分外袅娜。初出水面的嫩荷,宛如无数的青钿泛于水面之上。

园林如此富丽,春色如此迷人,确乎可以说无限之好。七年迁谪,流落归来时,重到旧时园林,已经物是人非,哪里还有当年朝夕乐于斯的心情呢?在寂然的园林中悄然孤坐到黄昏时分,更感到朱颜已改,人已垂垂老矣。

王诜的官做得很大,曾任左卫将军、驸马都尉。但在元丰二年(1079)曾坐罪,直到元祐元年(1086)才复登州刺史、驸马都尉。从词中情形分析,此词应作于他官复原位之后。这是一首触景抒怀、感慨生平之词,词的上片描写雨后园林春意盎然的景象;下片写词人面对春光春景,百感交集,慨叹人生易老。此词写景抒情,层次井然,而写景又为抒情服务,使整首词有机地联系在一起。本来万千思绪,一时却反觉"心情少",写出了一种空洞迷茫,时光流逝的失落感。全词将盎然的自然景物与黄昏夕阳和词人的衰老心情反衬着写,有着强烈的对比色彩,全词的题意到末句方才跃出,既总括全词,又有点题之妙。

词中的园林指的是驸马府邸,王诜词中曾多次对此加以描绘。中国艺术史上"伟大的西园会"(林语堂《苏东坡传》),即举行于此。参加这一盛会的共十六人,包括王诜、东坡兄弟、苏门四学士、米芾、李公麟等。王诜为开国功臣之后裔,神宗熙宁二年(1069)娶英宗女蜀国公主,为驸马都尉。王诜是著名画家,学李成水墨法,风格清润,"落笔思致,到古人超逸处"(《宣和画谱》)。又学李师训金碧法,作着色山水,"不古不今,自成一家"(《画鉴》)。沟通水墨与金碧,在中国画史上开创新的格局。王诜兼擅诗词书画,与苏轼情好交密。苏东坡赞其诗画"风流文采磨不尽,水墨自与诗争妍"。黄庭坚评价其词作"清丽幽远,工在江南诸贤季孟之间"。

此词手卷真迹一直流传至今,它的创作背景,涉及一大公案。元丰二年(1079),东坡以讥讽新法的罪名被逮下狱,王诜受牵连致遭重遣,罪名是:"留轼讥讽文字及上书奏事不实。""(轼)作诗赋及诸般文字送王诜等,致有镂刻印行。"(《乌台诗案》)元丰三年,王诜被贬均州(湖北均县)。元丰七年(1084)转置颍州(安徽阜阳)。哲宗元祐元年(1086)方才召还。这首《蝶恋花》即作于元祐元年。手卷首云:"余前年恩移清颍,道出许昌,前途小阻,留西湖之别馆者几一月。"手卷写于本年,此词亦作于此时。经历七年贬谪,词人回到汴京,妻子早已病故,自己也垂垂老矣,此词正是其当时心境的真实写照。

苏幕遮

梅尧臣

露堤平,烟墅杳。乱碧萋萋,雨后江天晓。独有庾郎年最少。窣地春袍,嫩色宜相照。

接长亭,迷远道。堪怨王孙,不记归期早。落尽梨花春又了。满地残阳,翠色和烟老。

长堤上绿草平整,露光闪烁。远处春草掩映下的茅屋笼罩在晨雾中若隐若现。芳草萋萋,正生长得茂盛。雨后万物澄澈,江天开阔,一片明媚的景象。到处都显露出浓郁的春意和蓬勃的生机。一个离乡宦游的才子,年纪轻轻就已经取得了功名。也早早就踏上了仕途,穿起拂地的青色章服。可谓春风得意,英俊潇洒。嫩绿的草色与袍色互相辉映,显得十分相宜。

春天将尽,少年思归的情绪十分浓郁。春色将暮,他们迷路了。他暗自埋怨那些王孙贵族,为什么不早点回来呢?以致天晚迷路了。梨花落尽,春色匆匆归去,一轮残阳无力地挂在天边,一片迟暮的景象。这正如少年自己仕途上的春天,正在慢慢消逝。

吴曾《能改斋漫录》云:"梅圣俞欧阳公座,有拟林逋词'金谷年年,乱生春色谁为主'为美者,圣俞因别为《苏幕遮》一阕云云。欧公击节赏之。"萋萋芳草在中国古典诗歌中常用来比喻离恨,梅尧臣的这首咏草词以拟人化手法描绘了春草的形象和特色,抒发了惜草、惜春的情怀,寄寓了个人的身世之感,是词人自叹嗟老、倦游心态的深刻写照。词的上片用春草衬托出一个宦官少年的春风得意之态;下片主要抒写宦游少年春尽思归的情怀。词中抒写了作者初仕的得意情态和后来倦于宦游、春末思归的苦闷心绪,但都非常含蓄,只是在精心描绘的意境中微微透出让读者于言外得之。

这首词题作"草",是一首咏草词,但通篇不着一"草"字,却用环境、形象、神态的描绘,将春草写得形神具备。上片以绮丽之笔,突出雨后青草之美;下片以凄迷之调,突出青草有情,却反落入苍凉之境。梅尧臣主张"意新语工,得前人所未道""必能状难写之景,处在目前;含不尽之意,见于言外"(欧阳修《六一诗话》)。此词意新语工,含蓄深远,耐人寻味。

阮郎归

晏几道

天边金掌露成霜,云随雁字长。绿杯红袖趁重阳,人情似故乡。

兰佩紫,菊簪黄,殷勤理旧狂。欲将沉醉换悲凉,清歌莫断肠。

天空上拖着长条形的卷云,还有一行飞雁,列成一行,向南飞去。时逢重阳佳节,都中士女都纷纷到郊外游赏。妇女们剪彩缯为茱萸、菊、木芙蓉花以相送,这些都勾起我对许多旧事的记忆,不禁生出人情似故乡的感慨。

既然大家都如此兴高采烈,自己又何妨照例佩上紫兰、簪上黄菊,装成欢乐的样子呢?想当年作为公子哥儿的时候,是那样的傻狂,如今为了摆脱眼前的悲凉,倒不如沉醉一番。还是听听那些美妙的曲子,让自己沉浸在酒杯和歌喉的甜美境界中,再不要惹起什么哀愁了。

这首词是晏几道在重阳佳节的宴饮之作。词中感喟身世,抒发了词人客居思乡的悲凉心境。表达了凄凉的人生感怀,饱含备尝坎坷沧桑之意。全词写情波澜起伏,步步深化,由空灵而入厚重,音节由和婉到悠扬,适应感情的变化,整首词的意境是悲凉凄冷的。词的上片写景生情,秋雁南飞,主人情长,引起思乡之情;下片抒发感慨,词人因个性孤高而仕途失意,想以狂醉来排遣忧愁。

此词大约作于宋神宗元丰六年、七年(1083、1084)重阳节,晏几道监颍昌许田镇时。颍昌即许州。仁宗皇祐元年(1049)秋,晏殊曾到许州担任过一年知州,虽然已过去三十余年,可能在许州还留有一些旧吏部署。晏几道虽然仕途淹蹇,陆沉下位,但他们对词人还很尊重,请他参加州府的重阳节宴会,所以词人有"人情似故乡"之感。此词写他在重阳节参加宴会的情景和感受。谓虽居客中,而人情温暖,既有美酒可饮,又有美人相陪,则不必为闻清歌而断肠矣。

从这首词的感情内容看,它无疑是晏几道晚年的作品。人年纪大了,阅历也加深了,已经不再是"归梦碧纱窗,说与人人道,真个别离难,不似相逢好"那种公子哥儿的脆弱感情了。现在住在京城里,虽然也会想到从前的故乡,但是那种感情显然不是用"思乡"两个字概括得了的。所以,这篇"重九词"也就显得感慨深沉,情怀凄冷。这首词是词人晚年客居异乡时重阳宴饮的感怀之作。陈匪石《宋词举》将此篇推许为《小山词》中"最凝重深厚之作"。

落花寂寂水潺潺

　　东坡是一个地名,位于黄州州冶黄冈(今属湖北)城东。这里并非风景胜地,但对苏轼而言,却是一个灌注了辛勤劳动、结下深厚感情的生活天地。宋神宗元丰初年,苏轼被贬谪黄州,弃置闲散,生活极其困窘。老朋友马玉卿看不过去,帮他从郡里申请了一片撂荒的旧营地,苏轼加以整治,躬耕其中,这就是东坡。"荒田虽浪莽,各廪各有适。下隰种秔稌,东原蒔枣栗。"诗人在此经营起禾稼果木,还在这里筑起居室——雪堂,亲自书写了"东坡雪堂"四个大字,并自称东坡居士。

东　坡

苏　轼

雨洗东坡月色清,市人行尽野人行。
莫嫌荦确坡头路,自爱铿然曳杖声。

　　僻岗幽坡,雨后皎洁的月色透过无尘的碧空,敷洒冰雪晶莹的万物之上,市人为财利驱使,只能在炎日嚣尘中奔波,只有置身名利圈外躬耕的诗人,才有余裕独享这种胜境。在这诗人独有的天地里,难道就没有一点缺憾吗?那大石丛错、凹凸不平的坡头路,就够磨难人的了。然而有什么了不起呢?将拄杖着实地点在地上面,铿然一声,便支撑起矫健的步伐,更加精神抖擞地前进了。
　　苏轼对待仕途的挫折,从来就是抱着乐观、开朗、豁达的态度,从不气馁颓丧,这种精神给人以鼓舞和力量。此诗将这种可贵的精神与客观风物交融为一体,句句均是言景,又无句不是言情,寓情于景,托意深远。

宋神宗熙宁六年(1073)春,苏轼巡行属县,于新城道中经山村,写下《山村五绝》组诗,在这首组诗中,反映了山村农民的生活,但同时也对王安石推行的新法进行了辛辣的讽刺。

山村五绝

苏 轼

(一)

竹篱茅屋趁溪斜,春入山村处处花。
无象太平还有象,孤烟起处是人家。

(二)

烟雨濛濛鸡犬声,有生何处不安生。
但教黄犊无人佩,布谷何劳也劝耕。

(三)

老翁七十自腰镰,惭愧春山笋蕨甜。
岂是闻韶解忘味,迩来三月食无盐。

(四)

杖藜裹饭去匆匆,过眼青钱转手空。

赢得儿童语音好,一年强半在城中。

(五)

窃禄忘归我自羞,丰年底事汝忧愁。
不须更待飞鸢坠,方念平生马少游。

(一)竹篱茅屋盖在小溪边,春日的山村遍布野花。太平世道并没有一定的标志,炊烟起处都是农家,没有流散之家便是好的。

(二)春雨蒙蒙中听见鸡鸣犬吠,人生一世在哪里不是生活呢?只要放宽盐禁,使百姓生活好起来,他们就不会带着刀剑出去贩盐,愿意在家辛勤耕种了。

(三)如今人们生活困苦,七十岁的老人还腰插镰刀去山里削竹笋和蕨菜充饥。人们不是因为听韶乐而忘记了饭菜的滋味,而是山中百姓无盐下锅。

(四)为了买盐,百姓手里的钱转眼就在城市里花光了,庄户人家幼小的子弟大多到城市游荡,学得了城市的语音,却荒废了农耕生产。

(五)为了这些俸禄一直不归隐,令我感到惭愧,丰收的年景何事还会让人忧愁呢?我想早早隐退山林,不要像汉代马援一样,直到看到飞鸢堕入水中,才想起少游劝诫的话。

《山村五绝》在描写农家生活的同时,对新法有所讽刺,因而成了被弹劾的把柄。舒亶说苏轼"包藏祸心,怨望其上,讪言谩骂,无复人臣之节",就是根据这几首诗进行攻击的,构成了著名的"乌台诗案"。

无象太平,即太平无象,谓太平盛世并无一定标志。《资治通鉴》唐文宗太和六年,"会上御延英,谓曰:'天下何时当太平?卿等亦有意于此乎?'(牛)僧孺对曰:'太平无象。今四夷不至交侵,百姓不致流散,虽非至理,亦谓小康。陛下若别求太平,非臣等所及。'"马少游是汉代马援的从弟,曾劝马援不要追求高官显爵,只要衣食足用就可以了。所以当马援看到飞鸢因为中毒而纷纷从空中掉下来时,就想起了马少游说的话。《后汉书·马援传》:"吾在浪泊西里间,虏未灭之时,下潦上雾,毒气熏蒸,仰视飞鸢跕跕堕水中,卧念少游平生时语,何可得也。"此处引用西汉马援的故事,表达了诗人想辞官退隐的心情。

浣溪沙

苏　轼

徐门石潭谢雨 道上作五首

(一)

照日深红暖见鱼,连溪绿暗晚藏乌。黄童白叟聚睢盱。麋鹿逢人虽未惯,猿猱闻鼓不须呼。归家说与采桑姑。

(二)

旋抹红妆看使君,三三五五棘篱门。相挨踏破茜罗裙。老幼扶携收麦社,乌鸢翔舞赛神村。道逢醉叟卧黄昏。

（三）

麻叶层层苘叶光,谁家煮茧一村香。隔篱娇语络丝娘。
垂白杖藜抬醉眼,捋青捣䴬软饥肠。问言豆叶几时黄。

（四）

簌簌衣巾落枣花,村南村北响缫车。牛衣古柳卖黄瓜。
酒困路长惟欲睡,日高人渴漫思茶。敲门试问野人家。

（五）

软草平莎过雨新,轻沙走马路无尘。何时收拾耦耕身。
日暖桑麻光似泼,风来蒿艾气如薰。使君元是此中人。

（一）太阳照射潭水,游鱼如同披上了一层红光,溪水两岸柳叶茂密颜色暗,傍晚时分乌鸦都是藏身其间,孩子和老人齐聚潭边观看谢神,满是喜悦神情。

平时温顺的麋鹿不曾见过如此多的人,惊惶失措四处奔跑,调皮的猿猴听见祭神的鼓声,不用招呼就跑来凑热闹。他们一定会把今天看到的热闹景象当作稀奇事,回去讲给采桑的姑娘们听。

（二）村中少女争睹地方官的风采,匆匆忙忙打扮了跑出来,三五成群站在棘篱门前,她们相互推挤,连新换的美丽的红裙子都被踩破了。

麦收季节临近,村民们扶老携幼,聚集在社庙里祭扫神灵,以求有个好收成。乌鸦和老鹰盘旋在天空,为了吃剩余的祭品。此时吃醉酒的老翁,已经酣睡在黄昏的道路上了。

（三）那一层层的麻叶泛着油光，忽然闻见一阵清香，这是谁家煮蚕茧的香味呀？闻香寻去，只听见缫丝姑娘们隔着篱笆快乐地交谈。

村中的白发老人手拄黎杖，虽然是醉眼蒙眬，却仍在拔去青麦的壳子，炒后捣成粉末做干粮用以充饥。见此情景，我不由得上前问道："粮食何时才能成熟啊？"

（四）初夏季节枣花盛开，行走于乡野之间，枣花纷纷落在衣巾之上，眺望村南村北但闻缫丝声此起彼伏，衣着简陋的菜农坐在古柳树下，叫卖着黄瓜。

太阳渐渐升高了，酒困路长，旅途劳顿，口渐干渴，不觉间想喝点茶水，于是敲开了路旁的人家，想向他们讨一杯茶来喝喝。

（五）雨后长出的新草，十分柔软，骑马行走在沙地上，没有一丝尘土。我什么时候才能回归乡间做一个耕种之人呢？

太阳初生照在桑麻上，闪亮的麻叶层层，凉风吹来，蒿艾的香气阵阵飘散，我原本是这乡间的人啊！

这组《浣溪沙》作于宋神宗元丰五年（1078）春夏之间的徐州。徐州在前一年遭遇水灾，东坡率百姓抗洪，取得了胜利。不料来年又遭严重的春旱，苏轼有诗云："东方久旱千里赤，三月行人口生土。"（《起伏龙行》）作为一州的行政长官，东坡在组织百姓抗旱之际，他曾到城外石潭求雨，果然迎来了降雨，得雨后，又往石潭谢雨，东坡谢雨归来，心情十分喜悦，作此五词。词中小序介绍："潭在城东二十里，常与泗水增减清浊相应。"《起伏龙行》序云："父老云，（石潭）与泗水通，增损清浊，相应不差，时有河鱼出焉。"

这组词主要是词人求雨、谢雨沿途经过农村，记途中观感。第一首写以石潭为中心的村野风光，及聚观谢雨仪式的民众的欢乐；第二首写谢雨途中的见闻，先写村姑形象，后写田野、祠堂，展现农村得雨后的喜人景象;第三首写农事活动,反映农民生活的实际情况;第四首尽写农村风物;第五首是组诗的最后一首,描写农村久旱逢雨后欣欣向荣、丰收在望的景象,表现出词人对田园生活的热爱和希冀归耕田园的愿望。

《归来去》即《归去来兮辞》,为陶渊明名作,表达了诗人对田园生活的向往和他的归隐之志。苏轼在元丰四年三四月间,于黄州东南开荒种地,取名东坡。本年正月大雪,又于其旁修筑住所五间,并绘雪景于壁上,取名雪堂。董毅夫名钺,元丰五年春来访黄州,见到雪堂十分欣喜,表示将来要与苏轼在此为邻,苏轼作《哨遍》词相赠。

哨　遍

苏　轼

陶渊明赋《归去来》,有其词而无其声。余治东坡,筑雪堂于上,人俱笑其陋。独鄱阳董毅夫过而悦之,有卜邻之意。乃取归去来词,稍加隐括,使就声律,以遗毅夫。使家僮歌之,时相从于东坡,释耒而和之,扣牛角而为之节,不亦乐乎。

为米折腰,因酒弃家,口体交相累。归去来,谁不遣君归。觉从前皆非今是。露未晞。征夫指予归路,门前笑语喧童稚。嗟旧菊都荒,新松暗老,吾年今已如此。但小窗容膝闭柴扉。策杖看孤云暮鸿飞。云山无心,鸟倦知还,本非有意。

> 噫。归去来兮。我今忘我兼忘世。亲戚无浪语,琴书中有真味。步翠麓崎岖,泛溪窈窕,涓涓暗谷流春水。观草木欣荣,幽人自感,吾生行且休矣。念寓形宇内复几时。不自觉惶惶欲何之。委吾心、去留谁计。神仙知在何处,富贵非吾志。但知临水登山啸咏,自引壶觞自醉。此生天命更何疑。且乘流、遇坎还止。

有人为了俸禄向权贵弯腰,有人为了有酒喝离家去做官,有人为了有口欲而拖累身体,有人为了身体的舒适而妨碍口欲。还是归隐吧,早点认识到以前的过错,坚定今日归家的选择。晨露还没有被太阳晒干,路上的行人指给我看归家之路,那门前有许多儿童在喧闹,我感叹以前种下的菊花都荒废了,松树颜色暗淡,看来我也是老迈如此了。虽然房屋窄小简陋,但我拄杖观看云飘雁过,心情愉快。云彩的往来没有一定之规,鸟儿疲倦了知道返回山林,这都是很自然的。

唉,回来吧,可以忘掉官场、尘世的一切烦忧。亲戚们不会随便乱说陷害我,弹琴读书可以让我内心舒畅。走上崎岖的翠绿山峰,看溪水深远,春天的溪水缓缓经过峡谷,一派春意盎然。看到草木都这样欣欣向荣,不禁让我这个隐居之人生出了感叹,我这一生就是如此而已了!寄身人世间不知还有多长时间,不知道自己匆忙间想去哪里,还是听任我的本心,随遇而安吧。有谁知道神仙的居所呢?富贵不是我所追求的,我只要常常登山赏水歌咏一番,独自饮酒独自陶醉。这一生已然是命中注定了,还是顺流漂行吧,遇到险阻就避开,顺其自然罢了。

词前的小序介绍了此词的写作背景,苏轼是将陶渊明的《归去来辞》稍加概括,使其符合词调的声律,赠送给前来拜访的董毅夫。董毅夫是鄱阳(今江西波阳)人。元丰五年(1082)苏轼贬居苏州,董钺自蒥州通判罢官归隐鄱阳,途经黄州,与苏轼相会。依据前人作品原有的内容、词句改写成另一种体裁的文学作品叫隐括,词中也有所谓隐括体,为苏轼所首创。

这首词的主旨是"归去来",词作从未归以前之误、去彼来此之急写起,一直写到归来游赏之趣,田园之乐,以及家人相聚之欢,最后以随缘自适作结,写得周到而浑成。尽管词意全系出自《归去来辞》,但抒写的是自己的怀抱,与胸中无比境界,徒以隐括为趣者不同。苏轼融合了《归去来辞》的"序"与"正文"的精旨。如词中首句"为米折腰",概括了陶渊明史传的可靠记载,次句"因酒弃家",凝缩了"序"文的"公田之利,足以为酒,故便求之"等语;第三句"口体相交累",从"序"一下过渡至正文,除了味道不变,甚至还有导入主境的妙效。所以语苏轼改写《归去来辞》,实际是一种艺术创造。

晋代陶渊明《桃花源记并诗》问世之后,历代文人墨客歌咏桃源之事的诗篇层出不穷。其中最著名的有王维的《桃源行》、韩愈的《桃源图》和王安石的《桃源行》。

桃源行

王安石

望夷宫中鹿为马,秦人半死长城下。
避时不独商山翁,亦有桃源种桃者。

此来种桃经几春,采花食实枝为薪。
儿孙生长与世隔,虽有父子无君臣。
渔郎漾舟迷远近,花间相见因相问。
世上那知古有秦,山中岂料今为晋。
闻道长安吹战尘,春风回首一沾巾。
重华一去宁复得,天下纷纷经几秦。

秦时朝政昏暗,大权旁落,望夷宫中赵高指鹿为马,杀死了秦二世胡亥。加之秦始皇修长城,人民死伤无数,民不堪命。躲避秦乱的不只有商山"四皓"——东园公、甪里先生、绮里季和夏黄公,也有到桃花源中种桃的农人。来到此中种桃已经历经数年,采下花儿,食其果实,打下树枝作为柴薪。在这与世隔绝的地方,儿孙们渐渐长成,虽有父子却无君臣之分。渔人误入桃源,忘记了路的远近,在桃花树间碰到桃源中人,不禁大惊失色相互询问。他们根本不知道世上曾经有过秦汉,更不要说现在属于魏晋了。桃源中人听罢,不禁感慨万分,西汉末年天下大乱,战乱频仍,太平盛世一去不返,在春风中回首往事,令人泣下沾巾。虞舜那样贤明的君主已经不可复得了,历代纷纷改朝换代的君主统治与残酷的嬴政相类似,因而往往总是短命的王朝。

王安石的这首《桃源行》从秦人避难写起,能以咏桃源为主干,而渔人误入其中,只是一个穿插,可谓别辟蹊径,独树一格。金德瑛评咏桃源诸诗云:"王荆公则单刀直入,不复层次叙述,以承前人之后,故以变化争胜。"说明此诗在运思谋篇上突破了前人。这首诗写得真实感人,充分反映了诗人对乱世的厌恶和对淳朴平等社会的向往。

神宗元丰七年(1084)秋,苏轼赴汝州上任途中路经金陵,逗留月余,时王安石二次罢相后退居金陵,与苏轼相见后唱和颇多。两人虽在政见上观点相左,但在文学和私交上却彼此欣赏并相得甚欢。

次荆公韵四绝

苏　轼

（一）

青李扶疏禽自来,清真逸少手亲栽。
深红浅紫从争发,雪白鹅黄也斗开。

（二）

斫竹穿花破绿苔,小诗端为觅桤栽。
细看造物初无物,春到江南花自开。

（三）

骑驴渺渺入荒陂,想见先生未病时。
劝我试求三亩宅,从公已觉十年迟。

（四）

甲第非真有,闲花亦偶栽。
聊为清净供,却对道人开。

（一）此处的花草树木十分茂盛,枝叶繁茂,都是您亲自栽种的啊。姹紫嫣红的花朵争相开放,色彩绚烂。

(二)削砍竹子穿过花丛,踏破绿苔前来赏花,小诗正为植花栽树而作。上天并未拥有万物,春天一到花儿自然便会开放。

(三)骑着驴子一路走过旷远的荒野山坡,赶来看望先生。你劝我早日在金陵置下房屋田地,以便比邻相聚。

(四)豪华显贵的宅第不能一直拥有,那些繁茂的花草不过是偶然的机缘种下。你这清静雅致的房舍,却成了僧人的寺院。

苏轼与王安石政治见解不同,但都襟怀交绝,而人仕路迥别,各有所恃,却始终没有私人恩怨。甚至在品格、学养和为人上,两人还互相推重。写作这组诗时,东坡由黄州之贬后量移汝州,王安石则退居十年,两人对政治的理解和各自心态都较早年有着很大的变化。听说苏轼途经自己所居之地,王安石骑驴亲候于路边,两人相见欢畅。东坡由此深厚的情意,道出了自己归隐的意愿。此为东坡和王安石之作,推崇王安石的淡泊,表达自己的崇敬之情和未能杖屦追陪之憾,相约日后归隐山林。以东坡诗中,见出二人亲厚无间,交襟淡怀,超然出尘的气度。

司马君实独乐园

苏　轼

青山在屋上,流水在屋下。
中有五亩园,花竹秀而野。
花香袭杖屦,竹色侵盏斝。
樽酒乐余春,棋局消长夏。

> 洛阳古多士,风俗犹尔雅。
> 先生卧不出,冠盖倾洛社。
> 虽云与众乐,中有独乐者。
> 才全德不形,所贵知我寡。
> 先生独何事,四海望陶冶。
> 儿童诵君实,走卒知司马。
> 持此欲安归,造物不我舍。
> 名声逐吾辈,此病天所赭。
> 抚掌笑先生,年来效喑哑。

在独乐园的见山台上,可以望见万安、轘辕、太室等青山,读书堂的南边引水北流贯穿而下。园子有五亩大小,园内有浇花亭、种竹斋、花竹秀雅而野朴。花香侵袭着筇杖和鞋履,翠竹的颜色映入酒杯之中。樽中的美酒伴君度过欢乐的春天,棋局足以消磨长长的夏日,洛阳自古以来就是名流荟萃的地方,风俗淳美,你即使高卧不出,而洛社冠盖也会为之倾倒,云集在你的周围,虽说与众同乐,其中仍有独乐之处也。你现在虽然无求于世,把毁誉、得失看得很淡,但由于你才全德充,众望所归,虽欲逃名也不可能。儿童诵读你的文章,连匹夫走卒也知道你的名字。我们都背上了名气太大这个包袱,用道家的话说,真所谓"天之缪民",是无法推卸自己的责任的。奇怪的是你近年却装聋作哑,不肯发表意见了。

独乐园是司马光于熙宁六年在洛阳所建的一个园。司马光与王安石政见不合,熙宁三年,宋神宗欲重用司马光,王安石反对,认为这"是为异论者立赤帜也"。司马光也不愿意留在朝廷,神宗任命他为枢密副使,他上疏力辞,请求外任。是年九月,出知永兴军,第二年四月,改判西京御史台,来到洛阳。六年,他在洛阳尊贤坊北国子监侧故营地买田二十亩,修造了这个园子,取名独乐园,并写了《独乐园记》和三首《独乐园咏》。

司马光给他的园子取名叫"独乐园"是有深意的。在《独乐园记》里,他首先说明自己既不同于王公大人之乐,也不同于圣贤之乐,而是像鹪鹩巢林、鼹鼠饮河一样"各尽其分而安之"。他又说自己不敢比君子"所乐必与人共之",所以叫"独乐"。在《独乐园咏》诗里,他用董仲舒、严子陵、韩伯林比拟自己,对自己无力阻止新法的推行,不得不请求外放,实际上是满腹牢骚而又充满自信的。

苏轼于熙宁十年(1077)在徐州作此诗,时年四十二岁。是年四月二十一日,苏轼到徐州任所。五月六日,读到司马光寄来的《独乐园记》,写了这首诗。诗中对司马光的德绩、抱负、威望、处境进行了细致的描写,并针对司马光的思想矛盾提出了自己的看法,不过其时他并未去过洛阳,更没有到过独乐园。

阮郎归

司马光

渔舟容易入春山,仙家日月闲。绮窗纱幌映朱颜,相逢醉梦间。

松露冷,海霜殷。匆匆整棹还。落花寂寂水潺潺,重寻此路难。

一叶渔舟,于无意间进入春山仙境,领略到与人世间不同的悠闲岁月。玲珑的雕花窗和薄薄窗纱映透出美妙的倩影,这天仙般的女子,令人醺醺如醉,忽忽如梦,不知是真还是幻。

松间的夜露冰冷,海上的朝霞殷红,整理舟船,匆匆欲归,寂寂落花,潺潺流水,分别后桃源之路是如此渺茫,难以寻觅,以后便无从相见了。

这首词是司马光风格婉丽的小词,写的是词人在宴会上看到的一位舞伎,从中可以见出一代名臣司马光的别样情怀,词的上片写她的美姿,下片写对她的恋情。全词只有五十个字,在词中属于小令。此词以很短的篇幅把惊艳、钟情到追念的全过程反映出来,而又能含蓄不尽,给人们留下想象的余地,写法是很别致的。它不从正面描写那个姑娘长得多么美,只是从发髻上、脸粉上略加点染,就勾勒出一个淡雅绝俗的美人形象,然后又在体态上、舞姿上加以渲染,连用两个比喻将其轻歌曼舞的神态表现出来,结句是景语,让读者从中体味词人的思想感情。

司马光是一代名臣、史学大家,偶作小词。《全宋词》录存三首,均写艳情,风格婉丽。南朝刘义庆《幽明录》载:汉明帝永平年间,浙江剡县刘晨、阮肇同入天台山采药,迷路不得返,采桃实充饥。至一溪边,见二女子,姿容绝美,邀刘、阮同居。半年后出山返家,亲旧凋零,不复相识,距入山之时,已历七世。唐宋诗词中,常将刘、阮故事与陶渊明《桃花源记》武陵渔人入桃源事牵合在一起,用作冶游、艳遇的典故。此词也是如此。宋吴处厚《青箱杂记》卷八将司马光的词比之为铁石心肠而赋梅花的唐代名相宋璟。

题西溪无相院

张　先

积水涵虚上下清,几家门静岸痕平。
浮萍破处见山影,小艇归时闻草声。
入郭僧寻尘里去,过桥人似鉴中行。
已凭暂雨添秋色,莫放修芦碍月生。

　　一场秋雨,溪水涨满。远远望去,天光水色浑融一片,涵虚太清。经过一番新雨洗涮,临溪屋宇显得明丽清宁,仿佛平卧在水面之上,别有一番悠闲的姿态。微风初起,吹破水面上的浮萍,从中可以看到山的倒影,小船回来时,在行进中可以听到水草细微的声响。无相院是一个远离尘嚣的脱俗之地,僧人们进入城郭就要陷入尘世中去,过桥的时候溪水照彻了人影,也照彻了人的内心世界。秋雨平添了秋色,芦苇勃生,但是莫让它恣意长高,使人们领略不到深潭中的月影。

　　此诗又名《华州西溪》。皇祐二年(1050),晏殊知永兴军,征聘张先为通判赴陕。三年后张先又重游长安,其间到过华州。时张先年已六旬,然精神旺盛,诗兴不减。王安石曾说他:"留连山水住多时,年比冯唐未觉衰。篝火尚能书细字,邮筒还肯寄新诗。"本诗表现诗人对雨后秋溪的独特感受,抒写高妙闲逸的情致。张先善写"影",人称"张三影",诗中"浮萍破处见山影",是明写;"过桥人似鉴中行"是暗写;"莫放修芦碍月生"是虚写,这些都为全诗增添了生机和情趣。

在宋代六言绝句中,以王安石的两首《题西太一宫壁二首》传诵为广,苏轼、黄庭坚都有和韵。陈衍《宋诗精华录》卷二录此诗,评为"压卷"之作。

题西太一宫壁二首

王安石

(一)

柳叶鸣蜩绿暗,荷花落日红酣。
三十六陂春水,白头想见江南。

(二)

三十年前此地,父兄持我东西。
今日重来白首,欲寻陈迹都迷。

(一)在浓绿的柳叶之间,知了隐于其间,不停地鸣叫,落日时分,斜阳残照,娇艳的荷花更显红颜似醉。眼下正是夏季,但眼前的陂水却像江南春水那样明净,因而不禁思念起江南的春水和亲人。

(二)三十年前初游此地,父亲和哥哥(王安仁)牵着我的手,从东走到西,从西游到东,是多么的快活。而岁月流逝,三十多年过去了,父亲早已逝去,哥哥也不在身边,而今重游时已经鬓发斑白,当年的陈迹都无从寻觅了。

据《宋史·礼志》、叶梦得《石林燕语》、洪迈《容斋随笔》:东太一宫,在汴京东南苏村;西太一宫,在汴京西角八角镇。这两首六言绝句,是王安石重游西太一宫时即兴吟成,题在墙壁上的,即所谓题笔诗。

王安石于景祐三年(1036)随其父王益到汴京,曾游西太一宫,当时是十六岁的青年,满怀壮志豪情。次年,其父任江宁府(今江苏南京)通判,他也跟到南京。十八岁时,王益去世,葬于江宁,亲属也就在江宁安家。嘉祐六年(1061),王安石任知判诰,其母吴氏死于任所,他又扶柩回江宁居丧,熙宁元年(1068),王安石奉神宗之诏入京,准备变法,重游西太一宫,距初游之时已经三十二年,安石时年四十有八了。在这初游与重游之间的漫长岁月里,父母双亡,家庭多故,自己在事业上也还没有做出成就,因而诗人触景生情,感慨很深。这两首诗正是他真情实感的自然流露。

蔡絛《两情诗话》云:"元祐间,东坡奉调西太一宫,见公旧题两绝,注目久之,曰:'此老野狐精也。'"遂次其韵,此时王安石已在金陵病逝。

西太一见王荆公旧诗偶次其韵二首

苏　轼

(一)

秋早川原净丽,雨余风日清酣。
从此归耕剑外,何人送我池南。

(二)

但有樽中若下,何须墓上征西。

闻道乌衣巷口,而今烟草萋迷。

(一)早秋的四川平原正是风景秀美、气候湿润宜人之时,天色晴朗。不久后我回归家乡蜀地务农,是谁来给我送行呢?

(二)酒杯中若有若下名酒,何必要那身后之名?听说金陵的旧居已经萧条荒凉了,世事沧桑,就是那名门望族,也会人去楼空。

次韵王荆公题西太一宫壁二首

黄庭坚

(一)

风急啼乌未了,雨来战蚁方酣。
真是真非安在?人间北看成南。

(二)

晚风池莲香度,晓日宫槐影西。
白下长干梦到,青门紫曲尘迷。

(一)千里急风将至,乌鸟不停地啼鸣,大雨要来之时,蚁为争穴而斗。新旧两派的是非之争,只是两派的立场不同所造成的,分不清真是真非来。

(二)晚风中送来池中莲花的阵阵清香,晓日将西太一宫中的槐影映照在西边。白下长干使人想望江南,京城里的尘土使人迷茫。

黄庭坚的这两首诗作于元祐元年（1086）秋天，他是用王安石的诗题来写的，所以称《次韵王荆公题西太一宫壁》。

《述征记》曰："长安宫南有灵台，有相风铜乌。成云：此乌遇千里风乃动。"《易林·震之蹇》："蚁封穴户，大雨将至。"这里用乌啼蚁斗，说明风急雨骤，隐喻新旧两党在朝廷的斗争很激烈。神宗熙宁二年（1069），用王安石为参知政事，设制置三司条例司，筹划变法，元丰年，变法实行，这段时间以王安石为是。哲宗元祐元年，用司马光为相，反对新法，以王安石变法为非。诗人认为，这种新旧两派的是非之争，只是由于两派的立场不同造成的，分不清真是非来。此外，王安石还有一首《西太一宫楼》："草际芙蕖零落，水边杨柳欹斜。日暮饮烟孤起，不知鱼网谁家。"从诗中看，西太一宫此时已经十分荒凉。

先生筇杖是生涯

晏殊的词承袭南唐风格,以情致胜。他的词作尤其小令文辞典丽,雍容华贵,韵味独特,又不失清新淡雅,含蓄委婉,温润圆融。因此有"导北宋词人之先路""为北宋倚声家初祖"的美誉。他以相位之尊,间为小歌词,得花间遗韵。刘攽《中山诗话》说:"元献尤喜冯延巳歌词,其所自作,亦不减延巳乐府。"晏殊的词风娴雅风调象冯延巳,而华贵气象又像温庭筠。但他的华贵不似温词"画屏全鹧鸪"式的辞藻上的镂金错彩,而专注于内在精神。吴处厚《青箱杂记》云:"每吟咏富贵,不言金玉锦绣,而惟说其气象,若'楼台侧畔杨花过,帘幕中间燕子飞''梨花院落溶溶月,柳絮池塘淡淡风'之类是也。"

清平乐

晏 殊

金风细细,叶叶梧桐坠。绿酒初尝人易醉。一枕小窗浓睡。

紫薇朱槿花残。斜阳却照阑干。双燕欲归时节,银屏昨夜微寒。

秋风轻轻地吹着,庭院人梧桐树的叶子在秋风的吹拂下簌簌坠落。我因稍稍饮了一些绿酒,一会儿便在画堂中醉眠了。为什么小饮却容易喝醉?原来是心中有一点点闲愁,有愁所以易醉,愁浅所以睡浓。

第二天薄暮酒醒时,从小窗中望去,紫薇、朱槿花都已经凋残了。日暮时分,斜阳正照着阑干。此时正是燕子双双离去的时候。不禁感到屏风内带来了一些寒意,一种凄凉意绪、淡漠愁情油然而生。

这首词是《珠玉词》中的名篇。它用精细的笔触和娴雅的情调,写出像作者这样的富贵高雅的文人在秋天刚来时的一种舒适而又略带无聊的感触。词的上片写酒醉后的浓睡;下片写次日薄暮酒醒时的感觉。通笔出之以平淡之笔,和婉之音,声调自然,意境清幽,虽承花间余绪,却能自成一格。唐圭璋《唐宋词简释》云:"此首以景纬情,妙在不着意为之,而自然温婉。"

此词之所以受到词作家的一致赞赏,主要在于它呈现了一种与词人富贵显达的身世相协调的圆融平静、安雅舒徐的风格。这种风格是词人深厚的文化教养,敏锐细腻的诗人气质与其平稳崇高的台阁地位相浑融的产物。词中找不到宋玉以来诗人们共有的衰飒伤感悲秋情绪,有的只是在富贵闲适生活中对于节序更替的一种细致入微的体味与感触。

朱敦儒词大致分为三个时期:隐居洛阳的早期(1081－1126),其间词风浪漫豪爽,潇洒而轻狂,清新飘逸;南渡和入仕的中期(1127－1145),词风悲壮慷慨,清丽而沉郁;晚年归隐嘉禾(1146－1159),词风清旷飘逸,或遁世养情,或寄情山水,闲适放旷之中隐含哀伤孤寂。

朝中措

朱敦儒

先生筇杖是生涯,挑月更担花。把住都无憎爱,放行总是烟霞。

飘然携去,旗亭问酒,萧寺寻茶。恰似黄鹂无定,不知飞到谁家。

先生我闲适淡泊,逸情于春花秋月,手持筇竹制成的手杖四方为家。挑着月亮担着花,控制住统统没有了爱与憎。出行时更是清风明月为家,云雾彩霞为伴。

如闲去野鹤般飘然不定,白日在路边的酒家沽酒畅饮,黄昏到禅院投宿寻茶。就像黄莺般飘忽不定,不知到会随时飞到谁家去。

这首词具体描绘了自己神仙般的隐逸生活,抒写词人的闲情逸趣,其心境飘逸而轻快,是朱敦儒早年隐居洛阳时期所作。词的上片写词人恬淡旷达,以清风明月为家,烟霞为伴的情怀;下片写词人闲云野鹤般行踪不定的飘然生活。全词融情于景,情景交融,意味悠长而无尽,是词人前期生活的最好写照。

此词表现了一种出尘旷达的悠闲境界。"筇杖"是全词的一条贯串线,词人紧紧抓住这一意象,将自己的思想感情寄托其中、熔铸其内,使主体意识得到了集中而充分的表达。清人王鹏运评论曰:"忧时念乱,忠愤之致,触感而生,拟之于诗,前似白乐天,后似陆务观。"

朝中措

朱敦儒

红稀绿暗掩重门。芳径罢追寻。已是老于前岁,那堪穷似他人。

一杯自劝,江湖倦客,风雨残春。不是酴醾相伴,如何过得黄昏。

红花逐渐凋谢,绿叶越显暗淡,重门掩映,芳径也无人再来追踪寻觅。已经是比从前又老了一岁,更何况比他人更为穷困潦倒。

在这风雨飘摇的残春时节,我这放浪江湖的倦客,只能倒上一杯酒来劝慰自己,如果不是靠这杯中之物相伴,我怎样才能熬过这孤寂的黄昏?

朱敦儒前期隐居在洛阳,侣渔樵,盟鸥鹭,闲饮酒,醉吟诗,以红尘为畏途,视富贵如敝屣,俨然是一位"蝉蜕嚣埃之中,自致寰区之外"(《后汉书·逸民列传》)的避世之士。据《宋史·文苑传》记载,他"志行高洁,虽为布衣而有朝野之望"。靖康年间,钦宗召他至京师,欲授以学官,他固辞道:"麋鹿之情,自乐闲旷,爵禄非的愿也。"终究拂衣还乡。

西江月

朱敦儒

世事短如春梦,人情薄似秋云。不须计较苦劳心,万事原来有命。

幸遇三杯酒好,况逢一朵花新。片时欢笑且相亲,明日阴晴未定。

世事短暂得如同一场春梦,人情也单薄得好似秋天的云彩。不必事事都去劳心费力地计较算计,万事万物其实早就命中注定。

幸亏遇到三杯上好的美酒,何况还逢上一朵新开的花朵。哪怕只有片刻的欢乐姑且及时行乐吧,天道无常,明在的世事翻覆无定。

这首词的上片写词人回首平生,少年的欢情,壮年的襟抱早已成为遥远的过去,飞逝的岁月在词人心中留下的只有世态炎凉、命运多舛的凄凉记忆。下片词人似乎以宿命的解释中得到解脱,转而及时行乐,沉迷于美酒鲜花之中。全词从慨叹人生短暂入笔,表达了词人暮年对世事的一种彻悟。此词风格清雅隽朗,婉转自然,流露出一种闲旷的风致。

朱敦儒于绍兴十九年(1149)离开朝廷后,长期寓居嘉禾(今浙江嘉兴)。《宋诗证事》载:"陆放翁云:'朱希真居嘉禾,与朋侪诣之。闻笛声自烟波间起,顷之,棹小舟而至,则与俱归。室中悬琴、筑、阮咸之类,檐间有珍禽,皆目所未睹。室中篮缶贮果实脯醯,客至,挑仍奉客。'"过着一种世外桃源式的生活。细品此词,词人的生活态度是故作达观而实则颓唐,宋人黄昇不顾词中表现出的忧愤与消沉,谓此词"可以警示之役役于非望之福者"(《中兴以来绝妙词选》),则是只看到表面的闲逸了。

西江月

朱敦儒

日日深杯酒满,朝朝小圃花开。自歌自舞自开怀,且喜无拘无碍。

青史几番春梦,黄昏多少奇才。不须计较与安排,领取而今现在。

每天斟满深深的酒杯开怀畅饮,我来到庭园中的小花圃前欣赏绽放的鲜花。自己一边喝着杯中斟满的美酒,一边无拘无束地且歌且舞。

人类的历史不过是一场短暂的春梦,无论怎样的奇士贤才终究不免归于黄昏。不需要费尽心机去算计与安排,把一切都交给那变幻莫测的命运去主宰,只须享受现时片刻的欢乐就心满意足了。

饮酒养花是朱敦儒晚年生活中最大的乐事,于是描述"幸遇三杯酒好,况逢一朵花新"的喜悦心情,抒写"片刻欢笑且相亲"的人生观念,便是这个时期作品的重要内容。本词充满闲逸旷达的情调,很能表现词人的性格。此词上片写词人终日醉饮花前,自由自在,自得其乐的生活情趣。整个上片洋溢着轻松自适的情致,行文亦畅达流转,宛若一曲悦耳的牧歌。下片则表达词人对世事人生的认识,抒发历尽沧桑、饱经忧患之后,看破红尘的人生感悟。上片写景叙事,下片议论感叹,是朱敦儒这个时期常用的布局方式,如此杜撰,便有情景相生、借景达情之妙。

这首词写词人晚年以诗、酒、花为乐事的闲淡生活,用语浅白而意味悠远,流露出一种闲旷的情调。是一首清新淡雅,韵味天成的小词,语意俱佳。起首两句写出词人终日醉饮花前的生活,深杯酒满见得饮兴之酣畅,小圃花开点出居处之雅致。无一字及人,而人的精神风貌已隐然可见。下片文情陡变,两个对句表达了词人对世事人生的认识,结句对上片所描述的闲适自得生活之底蕴的概括和揭示。

踏莎行

张　抡

秋入云山,物情潇洒。百般景物堪图画。丹枫万叶碧云边,黄花千点幽岩下。

已喜佳辰,更怜清夜。一轮明月林梢挂。松醪常与野人期,忘形共说清闲话。

秋天的山势格外高峻,仿佛与云天相接,山中的万物情态清俊秀逸,风姿爽意。各种景物更是千姿百态,美不胜收。漫山的红色枫叶一直连缀到天边碧静的云彩,成千上万朵黄色的菊花在山岩下幽静地绽放。

在这中秋的良辰佳节,又适逢天高气爽,夜空清明如水,一轮明月高高地挂在树枝梢头,真是良辰美景,尽如人意。怎能不让人喜不自禁、倍加怜爱珍惜呢?把酒赏月时常与野人不期而遇,大家一起不拘形迹,共话清闲。

张抡的这首《踏莎行》描绘了一幅山居秋景图,自然清雅,淡而有味。上片主要写秋山,下重在写景;下片主要写秋月,重在抒情。情景交融,互相映衬,相得益彰。词人正是在这种不拒行迹,清闲共话中体味到摆脱红尘诱惑后的陶然之乐。此词是宋高宗淳熙五年(1176),词人独自登高秋游,赏万山秋景,有感而发,创作的词作,词中以清疏的语言和潇洒的笔调描绘出一幅色彩斑斓的云山秋景图。娓娓叙述词人饮酒闲话的悠闲生活,表达了词人淡泊的心境和山居的乐趣,音韵之和谐,笔墨之灵,已臻化境。

张抡曾作十首《踏莎行》,谓之"山居十首",此词是其中的第七首。据词题及词中内容可大略推知,词人曾在秋日山居于幽静之处,逢山中枫叶染红菊花绽放的美好景致。上片写秋意遍浸山中风物,枫叶与黄花各有风韵;下片写秋月下良辰美景,词人与山民饮酒闲话。全词短小而凝练,音韵和谐,辞意兼美,清丽透润,亲切自然。结构层次分明,一白日一清夜,一秋意一闲情,过渡自然,起承转合也很有度。

临江仙

贺　铸

午醉厌厌醒自晚,鸳鸯春梦初惊。闲花深院听啼莺。斜阳如有意,偏傍小窗明。

莫倚雕栏怀往事,吴山楚水纵横。多情人物奈无情。闲愁朝复暮,相应两潮生。

午间多喝了几杯酒,酩酊大醉倒头便睡,浓睡做了个美好的鸳莺梦。梦醒之后,还陶醉在美好的春梦之中。静谧安闲的院落中,传出几声黄莺嘹亮悦耳的啼叫声。西斜的太阳有意识地将金黄色的光辉照射过来,透进了旁边的小窗之中。

不要登上高楼,凭栏远眺,那重重迭迭的吴山、曲曲折折的楚水,纵立横陈,阻隔了我的视线。心中虽然满怀激情,怎奈外物无情,冷落冰霜。这闲愁从早到晚一直残绕着自己,如同江海的潮汐,激荡澎拜,波奔浪涌。

《临江仙》是贺铸晚年退居苏州后的作品,词人为人性格耿直傲岸,"虽贵要权倾一时,少不中意,极口诋之无遗辞"。"尚气使酒,不得美官,悒悒不得志"。(《宋史》本传)退居吴下后的词作,不少都带有落拓的悲哀和不平的激愤,此词写的也是那种无法摆脱的闲愁。

这首词描写词人心中无法摆脱的闲愁。词的上片写词人酒醒之后对梦境的回味;下片写词人整个身心被闲愁所饶,无法摆脱、无法排遣的苦恼。全词写景清新,抒情开阔,从而产生了感人的力量。词人将自己的闲愁作如此形象的比喻,不唯充满了浪漫的气息,更足见其精神痛苦之深。

沁园春

赵以夫

自鄞归赋

客问吾年,吾将老矣,今五十三。似北海先生,过之又过,善财童子,参到无参。官路太行,世情沧海,何止嵇康七不堪。归来也,是休官令尹,有发瞿昙。

千岩。秀色如蓝。新著个楼儿恰对南。看浮云自在,百般态度,长江无际,一碧虚涵。荔子江珧,莼羹鲈鲙,一曲春风酒半酣。凭阑处,正空流皓月,光满寒潭。

客人问我今年年纪,我意识到自己老迈了,今年已经五十三岁。好像北海先生那样,什么都看过、经历过了。又如善财童子一般,对人世的各种事情都参访思考过,已经到了没有什么需要再参与的地方。仕宦之途如行太行之崎岖,世事人情如沧海般深不可测,岂止嵇康等竹林七贤不堪忍受?去官归来,只是一个休了官的令尹,未剃发的和尚而已。

在朝南的楼上安坐,可以看到远处的千岩万壑,它们呈现出青蓝的色彩,秀美迷人。坐在楼上,仰可以看浮云来去,赏风流态度;俯可以观长江东下,察其洋洋洒洒。品赏福建的荔枝、江珧和吴地的莼羹鲈脍,于春风中醉酒微醺,这是何等的惬意享受!凭栏远眺,但见夜空中一轮清月,冷冷的月光洒满寒潭。

赵以夫乃宋室后裔,赵彦括第四子,宁宗嘉定十年进士,曾任刑部尚书、礼部尚书等职,与刘克庄同修国史,以资政殿学士致仕。他的词作追随周美成、姜白石的路数,长于工丽。然而这首《沁园春·自鄞归赋》却写得浅白通俗,近于口语,清闲朗润。南宋理宗嘉熙二年(1238)任庆元知府,两年后离任,此词即是他离开鄞州之后所作,抒发了词人脱离宦海、归乡居家的田园之乐。

词的上片模拟对话体式,自述现时心境;下片写去官归家之后,在家中的现实生活。词人以嵇康自此,表明自己对宦官仕途的厌倦之情。词过渡到下片之后,先铺陈描述,重在写景;然后写秋月,重在抒情。情景交融,互相映衬,相得益彰。词人正是在这种不拘形迹,清闲共话中体味到摆脱红尘诱惑后的陶然之乐。

晁补之在贬谪后退居故乡东皋(即东山),修葺了东山的"归去来园",并写下《摸鱼儿·东皋寓居》词,词中不仅写园中景色,还叹恨自己为功名耽误了隐居生活。

摸鱼儿

晁补之

东皋寓居

买陂塘、旋栽杨柳,依稀淮岸江浦。东皋嘉雨新痕涨,沙觜鹭来鸥聚。堪爱处,最好是、一川夜月光流渚。无人独舞。任翠幄张天,柔茵藉地,酒尽未能去。

青绫被,莫忆金闺故步。儒冠曾把身误。弓刀千骑成何事,荒了邵平瓜圃。君试觑。满青镜、星星鬓影今如许。功名浪语。便似得班超,封侯万里,归计恐迟暮。

我在谪居之地买下一方池塘,随即在池塘边载满了杨柳,春日,成行的杨柳枝叶葱郁,宛如淮水两岸、湘江之滨的绿水碧树映荡。雨后树木更加葱茏繁茂,池中之水在雨后新涨。沙滩上聚集着白鹭、鸥鸟，水月交相辉映、浑然一体，让人分辨不清那滔滔汩汩流动着的究竟是流水还是月光。对此胜景，不禁在月下翩然起舞。杨柳枝叶浓密，绿草如茵，铺满地面。尽情领略池塘月色，并佐以美酒，景色迷人，酒已饮尽，我也流连于此不忍离去。

回想当年做官时的情形，虽然有丰厚的物质享受，整日出入于朝堂之上，但官场沉浮不定，不值得留恋，儒冠多误身，功名难以持久。因为做官，非但一事无成，反而使得田园荒芜。细看镜中容颜，已经是两鬓花白，光阴虚掷了。功名如过眼云烟，转瞬即逝。即使是那个功名显赫的班超，也只能长期寄身西域，一直到了暮年才得以还乡，还乡不久便去世了，一切都化为泡影。

这首词是晁补之的代表作。词人遭贬谪之后退居乡里，崇宁二年他在金乡买田置屋，据他自己所著《鸡肋集》卷三一《归来子名缗城所居记》云："读陶潜《归去来兮辞》，觉已不似而愿师之。买田故缗城，自谓归来子。庐舍登览游息之地，一户一牖，皆欲致归去来之意，故颇摭陶词以名之为堂。面园之草木，曰松菊，松菊犹存也。为轩达其屏，使虚以来风，曰舒啸，登东皋以舒啸也……凡因其词以名之者九，既榜而书之，曰往来期间，则若渊明卧起与俱，仰榜而味其词，则如与渊旺晤语，皆踌躇自得，无往而不归来矣。"晁补之晚年居金乡时刻意仿效陶渊明的生活以及作品，写了许多诗词。此如著名的《东皋十首》组诗，其第一首云："屋名尽挂陶家榜，人物应惭菊畔身。解作文章肯归去，不应陶后说无人。"直接表达了学习陶渊明的意愿。

词的上片写景，表现了隐逸的乐趣；下片侧重议论、抒情，主要是表达一种往事如梦、壮志难酬的感慨。词作描写园中胜景，巧妙地加以议论抒怀，连用典故而流转自如，情真意挚，气势豪迈，读之令人叹服。这首词在语句上虽没有《归去来兮辞》直接痕迹，但是意境却极为相似，代表了晁补之这个时期创造的特点。整首词上片写景,写现在;下片议论,写过往。结构工整细致,描写形象动人。全词的感情虽然显得沉郁,但是并不悲伤,因为词人在痛苦反思过往的同时,处处流露出对现在生活的喜悦。这首词情真意切,气势豪迈,刘熙载《艺概》中说:"无咎词堂庑颇大,人知辛稼轩《摸鱼儿》(更能消几番风雨)一阕为后来名家所竞效,其实辛词所本,即无咎《摸鱼儿·东皋寓居》之波澜也。"说明此词对辛弃疾的影响。

行香子

晁补之

同　前

前岁栽桃,今岁成蹊。更黄鹂、久住相知。微行清露,细履斜晖。对林中侣,闲中我,醉中谁。

何妨到老,常闲常醉,任功名、生事俱非。衰颜难强,拙语多迟。但酒同行,月同坐,影同嬉。

前年栽下的桃树,如今树下已经由人走出了小路。黄莺鸟儿在桃林里安了家,久久也不迁徙,如同我的知心朋友一般。狭窄的小路两侧的花木上带着晶莹的露珠,让人觉得清凉异常。落日的斜晖映照在小路之上,穿着精美的细履在园中漫步。而对林中的伴侣黄莺鸟,悠闲的我怎能不沉醉其间呢?

既然这种生活如此快乐,那么何妨就这样常闲常醉一直到老呢?因为此刻在我眼中,世间的功名万事都毫无意义。既然容颜老去是不可违背的自然规律,那么何必再去计较、再去为它伤心呢?

何不举杯相邀明月,与酒、与月、与影为伴,同行、同坐、同嬉,同享此时此刻的美景与欢乐。

这首词也是词人晚年闲居金乡东皋归来园时所作,词中表现的是忘情世事后的悠然自得的心境。崇宁二年(1103)晁补之在金乡买田置屋,自号"归来子"并建"归来园",以陶渊明《归去来兮辞》中的语句命名所居各处堂室风景。词人在此居安守拙,随缘自适,生活平静安详,林下悠游,把酒对月,完全忘怀了功名是非,词中表达了词人的这种旷达和自适之情。

此词的上片写园中景色。开篇写"栽桃",可见园中植物之繁盛。"前岁栽桃,而今成蹊"二句,表面上是实写事件和景物,但却包含着词人极大的成就感和喜悦的心情,接着写黄鹂在桃林中安家,久久不迁徙,也是体现词人的喜悦之情,这几句大笔渲染了整体背景,继而对园中的细节进行工笔细描。词的下片是抒写词人的感慨。先从正面表达自己的喜悦之情,再从反面来说理。孤单的词人没有人可以相陪,只能以酒、月、影为伴,这是悲凉,然而既然有酒、月、影为伴,又可以同坐、同行、同嬉,那么又何必再悲伤,这是词人的旷达和自适,也是整首词所要表达的思想感情。

临江仙

晁补之

信州作

谪宦江城无屋买,残僧野寺相依。松间药臼竹间衣。水穷行到处,云起坐看时。

一个幽禽缘底事,苦来醉耳边啼。月斜西院
愈声悲。青山无限好。犹道不如归。

我在江城信州时因为没钱购买房屋,只能在荒僻的野寺与僧人同住。松树下放着捣药的药臼,竹林间晾晒着衣服。漫步其间,水源已到而足犹未驻,云涛四起而茫然眺远。

我喝醉酒之后,不知道为什么一只幽怨的鸟儿总是苦苦地在耳边啼鸣,月亮西斜时鸟鸣声越来越悲凉。这儿的青山尽管无限美妙,但是杜鹃鸟儿仍在啼道:"不如归去!"

晁补之幼而能文,具有经世济民的抱负与才干。三十多岁便任职秘书省,并出知齐州,有政绩。但是因为涉于新旧党争,在哲宗晚年,以"修神宗实录失实"的罪名"降通判应天府亳州,又贬监处信二州酒税。"长期流放在外不得重用,绍圣四年(1097)监处州盐酒税,中途遭母丧而奉柩还事。史载他为母亲守丧期间因悲伤痛病毁几死。元符二年服除,马上又被判监信州盐酒税,时年四十七岁。人生的坎坷加上年华的失去,这一切在他心中造成了巨大的伤痛。词人正当壮年而身为逐客,孤处赣东山区,猛志尚存而前途微茫,心情自然是愤懑孤凄的。在信州贬所,词人也试图象老师苏东坡那样用乐观"出世"的心态来面对一切苦难,但是儒家"入世"的思想仍然时时煎熬着他。本词背后所隐藏正是作者内心的这种矛盾。

词的上片写信州生活的艰苦和清闲,单独看来颇有隐士悠闲的情趣,词中清幽之愉悦胜过贫穷之悲凉。下片抒写词人精神的孤独和幽怨。整首词都是在写词人的谪居生活,上片写生活之悠闲,下片写心境之凄苦,两相对比,可见词人内心的矛盾与纠结。晁补之继承了苏轼开拓的豪放词风,又增强以典雅凝重,形成自己的特色。

冯熙《蒿庵论词》称誉其:"(晁补之)所为诗余,无子瞻之高华,而沉咽过之。"

临江仙

晁冲之

忆昔西池池上饮,年年多少欢娱,别来不寄一行书。寻常相见了,犹道不如初。

安稳锦屏今夜梦,月明好渡江湖。相思休问定何如。情知春去后,管得落花无?

回想当年和朋友们在汴京的金明池上开怀畅饮,有多少欢愉的事情值得怀念。然而昔日的朋友星离云散之后,竟然雁断鱼沉,连一行书信也没有。即便现在能寻常相见,但都已饱经风雨,成了惊弓之鸟,不可能像当初在西池那样纵情豪饮,只能谨小慎微地生活下去,以免再遭迫害。

只有在家居锦屏中才觉得安稳,没有风险。朋友既无由见面,又音信不通,那么只有趁今夜月明,梦魂飞渡,跨过江湖,飞越关山,来一次梦游。月夜梦中重逢的话也不必互问情况,因为彼此遭遇相似,处境相同,互问情况,徒增伤感而已。春天已经过去了,落花命运如何,还管得了吗?

晁冲之是"苏门四学士"之一的晁补之的弟弟。元祐八年新党上台以后,排斥旧党,苏轼被贬。晁冲之虽然只是一个承务郎的小官,也因与苏轼交往被视为旧党人物,被迫离京居于河南县茨山(今河南密县东），自号县茌，隐逸以终。此词情感旷达乐观，以轻快的笔调写感伤之情。许昂霄《词综偶评》赞其"淡语有深致，咀之无穷"。

　　这首词是怀旧之作，写得比较冲淡隐约，表现性情的豁达通脱，善于控制自己的感情。词的上片回忆当年与朋友们在汴京西池畅饮的欢愉情景，并由追忆往事从现实中悟出道理；下片以往事的回忆写到令人目睹的处境和想法。全词以淡雅笔触写肃杀的政治气候，从忆昔写到夜梦，从夜梦又转到春去，括尽人世沧桑与复杂心事，一气贯注，曲折尽情。

临江仙

苏　庠

　　猎猎风蒲初暑过，萧然庭户秋清。野航渡口带烟横。晚山千万叠，别鹤两三声。

　　秋水芙蓉聊荡桨，一樽同破愁城。蓼花滩上白鸥明。暮云连极浦，急雨暗长汀。

　　在猎猎的江风中，蒲柳低垂在江边，飘拂晃动，秋风起时残叶飘落。蒲柳人家的庭院顿时显现出空寂的清秋风情。渡口边农家的小船在暮烟中横陈。暮色之中的山重重叠叠，离群索居的白鹤传出两三声哀鸣。

　　在开满荷花的秋水中荡桨，举起酒杯消除愁怅凄苦的心境。长满蓼花的沙滩上白色的鸥鸟分外耀眼，暮云一直连接到遥远的水滨，急雨之中水边的长汀也显得昏暗下来。

苏庠是苏坚伯固之子,湖南澧阳人,徙居丹阳之后湖,自号"后湖病民",绍兴中诏征不赴。张元幹跋其所作赠王道士诗墨迹云:"吾友养直(苏庠字),平生得禅家自在之味,片言只字,无一点尘埃。宇宙山川,云烟草木,千变万态,尽在笔端,何曾气索?"此词上片写秋日傍晚湖边渡口的萧疏凄婉景致,下片写词人湖上泛舟醉酒所见暮云急雨下的景色。词中表现出词人与天地相参,通达自然,没有尘念的隐逸心情。

此词是一首写秋景秋愁之作,上片写景出情,下片出情融景。全词俨然一幅江山秋景图,蒲柳、闲庭、晚山、别鹤、芙蓉、蓼花、白鸥、暮云、极浦、急雨、长汀等意象,简练而凝神,手笔大气而舒朗,意象营构而相生,以铺陈和烘托整体境界。词人一生淡泊名利,隐居不仕,终身混迹江湖,故其词境亦极萧疏,气调清新,有尘外之音,给词坛带来了清新飘逸之气。

江神子

谢 逸

杏花村馆酒旗风。水溶溶,飏残红。野渡舟横,杨柳绿阴浓。望断江南山色远,人不见,草连空。

夕阳楼外晚烟笼。粉香融,淡眉峰。记得年时,相见画屏中。只有关山今夜月,千里外,素光同。

野外村郊临水的路边,杏花村酒店的酒旗在轻风中微微飘扬,水色溶溶,碧波粼粼,残红飞飏。野外的渡口边孤舟尽日横斜。一湾江水,两岸杨柳绿叶成荫,遮蔽天日,别有一番幽美。遥望江南山色空濛,衰草连天,却不见人影。

楼外夕阳西下,暮霭渐深,晚烟朦胧,佳人晚妆初了,只闻到她暖融融的脂粉香,只看到她那淡扫的蛾眉妆。粉香眉淡,那是在去年相见在画屏中的时候。如今远隔千山万水,只能隔千里兮共明月了。

谢逸的词,以清丽疏俊著称,《江城子》正是具有这种风格的一首佳作。此词抒写异地思乡怀人的情怀,主题是怀人,于忆旧中抒写相思之情。词的上片描写江南暮春的景象,抒写词人望断天涯人不见的相思之苦;下片则通过对往事的追忆,再现了往日温馨旖旎的画面。谢逸著《溪堂词》,毛子晋云:"溪堂小令,皆轻倩可人。"《词苑丛谈》称其词"标致隽永"。此词亦颇近之。

《苕溪渔隐丛话后集》卷三十三引《复斋漫录》称,谢逸曾经过黄州关山杏花村馆驿,题此词于驿馆壁,过者爱赏,纷纷抄录,每索笔于馆卒,卒苦之,以泥涂去,可见此词见重于当时。异地思乡怀人,是词中常见的主题。但此词风格清丽疏隽,写景抒怀,自然天成。艺术手法时有变化,叙述似平直,情意实摇漾,因此凄恻感人,似从肺腑中流出。

卜算子

谢 逸

烟雨冥横塘,绀色涵清浅。谁把并州快剪刀,剪取吴江半。

隐几岸乌巾,细葛含风软。不见柴桑避俗翁,心共孤云远。

　　横塘之上烟雨冥冥,清浅的塘水呈现出黑里透红的颜色。是谁用并州这把飞快的剪刀,剪取了吴松半江水。

　　塘边隐隐约约可以看到几方白色的头巾,细葛织成的衣服在风中飘动。看不到紫桑陶渊明,隐处唯见远处的孤云。

　　谢逸博学而工文辞,但屡试不第,终老布衣,遂以诗文自娱,是一位隐逸之士。他曾作《隐士诗》,就是此词最好的注脚。诗云:"先生骨相不封侯,卜居但得林塘幽。家藏玉唾几千卷,手校韦编三十秋。相知四海孰青眼,高卧一庵今白头。襄阳耆旧节独苦,只有庞公不入州。"隐士,实则词人自谓也。此词就是词人为歌咏隐逸生活而作的一首词,以表达词人高洁的情操和高远的志趣。词作通过对眼前景物的描写来烘托隐士如闲云野鹤般无拘无束的生活情趣及其孤傲而清高的品格。此词笔法寒瘦,是谢逸词中少有的气象。

　　这首词的上片描写隐者所处风景如画的环境,下片描述志向高远的隐者形象,体现出词人不为尘俗功利所缚的恬远心性和通脱怀抱。上片写景,描画出隐者所处的环境:烟雨蒙蒙,水色天青,横塘潋滟,吴江潺潺,风景如画,使人心境深远,几欲忘却浊世尘寰。横塘、吴江,不必实指,词尚寄托,更富诗意。词的下片写人,描写乌巾葛衣,超凡脱俗的隐士。境是仙境,人是高士,融合得完美和谐。全词写得空灵隽永,飘逸潇洒,前人评此词曰:"标致隽永,全无香泽,可称逸调。"

轻舟短棹任斜横

黄庭坚一生仕途坎坷,晚年更因被诬修《神宗实录》失实,于绍圣二年(1095)贬涪州别驾,黔州安置,后又移置戎州,一贬就是五年。初到戎州时,他曾作槁木寮、死灰庵,喻其心已如槁木死灰。元符二年(1099),黄庭坚被贬已经长达四个年头,心情更是抑郁之极,写下一系列看淡功名、藐视人生挫折的放达之作。是年重阳节后,他写下《鹧鸪天》三首。

鹧鸪天

黄庭坚

(一)

万事令人心骨寒。故人坟上土新干。淫坊酒肆狂居士,李下何妨也整冠。

金作鼎,玉为餐。老来亦失少时欢。茱萸菊蕊年年事,十日还将九日看。

(二)

黄菊枝头生晓寒。人生莫放酒杯干。风前横笛斜吹雨,醉里簪花倒著冠。

身健在,且加餐。舞裙歌板尽清欢。黄花白发相牵挽,付与时人冷眼看。

（三）

　　紫菊黄花风露寒，平沙戏马雨新干。且看欲尽花经眼，休说弹冠与挂冠。

　　甘酒病，废朝餐。何人得似醉中欢。十年一觉扬州梦，为报时人洗眼看。

（一）万事想来都令人心骨彻寒，故人坟头上培的新土又已经干了。出入于酒肆淫坊的风流居士，来到李树之下何妨也整整衣冠呢？

　　用金铸成鼎，以玉作为餐。到了年老的时候却失去了少年的欢乐。欢赏菊蕊遍插茱萸是每年都要经历的事情，到了初十还要回头想想初九重阳节的情景。

（二）深秋的清晨，黄菊枝头显露出了阵阵的寒意，人生苦短，切莫让酒杯放干。斜风细雨中吹笛取乐，酒醉后倒戴帽子，摘下菊花插在头上。

　　趁着身体健康要及时行乐，在佳人歌舞陪伴下尽情欢乐，只管在白发上簪花自娱，任凭世人对自己冷眼相看。

（三）紫菊黄花在风露之中经受寒冷的考验，在平坦的沙滩上戏马，刚刚下过的雨已经被沙吸干。暂且放眼看看眼前欲尽的花儿，不要再说什么弹冠相庆与挂冠而去的事情了。

　　由于饮酒过度而生病，连早餐也不想吃了。但是谁人能知道沉醉中的欢乐呢？十年一觉扬州梦啊，当下的人睁开眼睛好好看一看吧！

　　史应之是黄庭坚在戎州贬所新交的朋友，应之名铸，眉山人，授馆于人，为童子师。落魄无检，喜作鄙语，人以屠脍目之。客泸、戎间，因识山谷。元符之年(1100)，黄庭坚获赦复官，七月从戎州到青神探望姑母，史应之也从眉山来到青神，二人在客馆相识，宾主相乐，时相唱和，黄庭坚曾作《史应之赞》，称其"爱酒而滑稽"。黄庭坚十一月方从青神回戎州。本词同调同韵共三首，第一首有副题曰："明日独酌自嘲呈史应之。"为此史应之有和作。第二首有副题曰："座中有眉山隐客史应之和前韵，即席答之。"这一首是对史应之和作的再和之作。三首词一意贯串，总写其不平傲世之心。史应之也是一个不谐于俗的人，所以黄庭坚与之彼此投合。山谷《戏答史应之》诗有云："不嫌藜藿来用饭，更展芭蕉看学书。"可见二人穷困相得之情。在这样的朋友面前，不必忌惮，尽可倾情宣泻，所以这组词写得情真意切。刘熙载《艺概》云："黄山谷词用意深至，自非小才所能办。"

江城子

苏　轼

湖上与张先同赋

凤凰山下雨初晴，水风清、晚霞明。一朵芙蕖，开过尚盈盈。何处飞来双白鹭，如有意，慕娉婷。

忽闻江上弄哀筝，苦含情，遣谁听！烟敛云收，依约是湘灵。欲待曲终寻问取，人不见，数峰青。

凤凰山下雨过天晴,风清水秀,晚霞分外明媚。一朵芙蕖刚刚开过,还是那样风姿绰约。不知从何处飞来两只白鹭,在一旁呆呆地看着,仿佛无限倾慕其娉婷的姿态。

忽然间,听到从江上传来悲哀的筝声,曲调凄苦含情,令人不忍倅听。烟霭为之敛容,云彩为之收色。这哀伤的乐曲就好像是湘水女神奏瑟,在倾诉自己的哀伤,乐曲终了时,人却不见踪影,只留下江面上数点青峰。

这首词是苏轼于熙宁五年(1072)至七年在杭州通判任上与当时已八十余岁的著名词人张先同游西湖时所作。关于此词有两则传说。《墨庄漫录》载:"东坡与客人同游西湖,其中二人有服。湖中有一彩舟,载淡妆妇女数人,其中一位三十余岁的女子正在弹筝,特别美丽。二客竟目送之。曲未终,彩舟已远矣,东坡戏作此词。"《瓮牖闲评》卷五则云,东坡与刘贡文等同游西湖,一美妇乘舟至,见东坡,自言:"少年景慕高名,以在室无由得见,今已嫁为民妻,闻公游湖,不避罪而来。善弹筝,愿献一曲,辄求一小词,以为终身之荣,可乎?东坡不能却,援笔赋此词与之。"

全词上片写湖上景,由雨后初晴的凤凰山写到湖上的清风、无边的晚霞、盈盈的荷花、飞翔的白鹭,描绘出一幅杭州西湖的美景图;下片写弹筝人,先写筝声之哀婉,再由筝声转写弹筝之人,化用"湘灵鼓瑟"典故,既喻弹筝者有湘灵之美,又营造出凄迷的意境。全词采取比喻和衬托的手法,写弹筝而不见弹筝人,而以闻筝所见和想象来营造其美妙的意境。词中将弹筝人置于雨后初晴,晚霞明丽的湖光山色之中,使人物与自然景象相映成趣,乐音与山水相得益彰。情景交融,和婉轻倩、曲折含蓄,情韵无限。

菩萨蛮

黄庭坚

半烟半雨溪桥畔,渔翁醉着无人唤。疏懒意何长,春风花草香。

江山如有待,此意陶潜解。问我去何之,君行到自知。

在一片氤氲迷蒙的山岚水雾中,是烟是雨,叫人难以分辨,真是空翠湿人衣。在溪边桥畔,有渔翁正在醉酒酣睡,四周阒无声息,没有人来惊破我的好梦。春风送来花草的阵阵芳香,这种疏放慵懒的生活是多么的意味深长。

江山好像是在等待我的重新归来一样,仿佛一个老朋友一般抚慰着我孤独的灵魂。此中真味唯有陶渊明能够吃透。若要问我到何处去,你只要随我来便可知晓。

这是一首以隐逸为主题的集句词。词前有小序:"王荆公新筑草堂于半山,引入功得水作小港,其上垒石作桥。为集句云:'数间茅屋闲临水,窄衫短帽垂杨里。花是去年红,吹开一夜风。梢梢新月偃,午醉醒来晚。何物最关情,黄鹂三两声。'戏效荆公作。"黄庭坚曾批评王安石作集句诗是"百家衣",以为正堪一笑,此时却技痒难耐,也效仿王安石写下这首集句词。这首词虽然是连缀前人诗句而成,但是主题集中,联系紧密,相承有序,言近而旨远。词的上片写景,突出一个醉字,下片抒情,突出一个意字。

王安石在政治改革受挫之后,辞相而退居金陵,写过许多集句之作,多表达于百韵,是一种自娱自乐。黄庭坚的这首几句之词,自言"戏效"王安石之作,其实也有一比高下的意思。而从集前人诗句之妥切与自构意境之和谐这两面来看,这两首《菩萨蛮》各有千秋。王安石的词写得颇有情味,而黄庭坚则重在意味。

宋神宗元丰八年(1085)二、三月间,苏轼虽已结束了在黄州的谪居生活,但他对黄州仍充满怀念之情,常常流露出归耕之意。此间所作的四首《渔父》词,就显得意味深长。

渔 父

苏 轼

(一)

渔父饮,谁家去?鱼蟹一时分付。酒无多少醉为期,彼此不论钱数。

(二)

渔父醉,蓑衣舞,醉里却寻归路。轻舟短棹任斜横,醒后不知何处。

(三)

渔父醒,春江午,梦断落花飞絮。酒醒还醉醉还醒,一笑人间今古。

(四)

渔父笑,轻鸥举,漠漠一江风雨。江边骑马是官人,借我孤舟南渡。

(一)打鱼的老翁想要喝酒,到哪里去呢?来到酒家,将钓得的鱼和蟹一并交付给酒家,不说换多少酒,只以喝醉为限度,酒家欣然接受,彼此都不计较酒和鱼蟹的价钱。

(二)渔父醉饮,穿着蓑衣跳舞,醉步向后寻找回家的路。上到船上,任凭船桨横斜,放任小舟漂流,酒醒后四顾惘然,不知自己身在何处。

(三)渔父一觉醒来,看见春天的江水波光粼粼,落花飞絮好景致,已是正午时分,这渔父沉浸在壶中天地,酒醒后还会去饮,继而还会醉倒,就这样周而复始将世事纷扰付之一笑。

(四)渔父酒醒后无比畅快,好似轻快的海鸥飞翔在天空,俯视身下风雨弥漫的江面。在江边骑马行走的是当官之人,也不得不向孤舟上的渔父借渡南归。

"古来贤者,多隐于渔。"(刘克庄《木兰花慢·渔父词》)唐代诗人张志和自号"烟波钓徒",长期过着隐逸生活,徜徉于太湖一带的山水之间,酒酣耳热之时,常与颜真卿及众客唱和渔父词。词中所塑造的闲情逸致的渔父形象,抒发了自己超然世外的隐逸情怀。张志和的渔父词不仅在当时迅速流传,后来唐宪宗闻名"写真求访",日本嵯峨天皇、智子内亲王及滋野贞主也作和词若干,可见此词对后世影响之大。苏轼的这组词反映了词人对高蹈超逸的隐逸生活的热爱之情,同时暗含了对自我人生价值的潜在肯定,以及对时代的隐隐不满和失望之情。也给读者带来一种淡怀逸志的美感。

这组《渔父》是苏轼被贬黄州期间所作。第一首写渔父以鱼蟹与酒家换酒喝,彼此不计较价钱;第二首写渔父隐归,醉卧渔舟,任其东西,醒来不知身在何处;第三首写渔父在落花飞絮中醒来已是中午,醒复饮,饮复醉,醉复醒;第四首写渔父在风雨中与江鸥相伴,逍遥自在,奔波的官人借孤舟渡河。四篇作品既独立成篇,合起来又是一个整体,运用了描写、记叙和议论结合以及景、事、理融合的方法,生动地展示了渔父超然物外、悠闲自得的情景,充满了生活情趣。

鹧鸪天

黄庭坚

西塞山边白鹭飞。桃花流水鳜鱼肥。朝廷尚觅玄真子,何处如今更有诗。

青箬笠,绿蓑衣。斜风细雨不须归。人间底事无波处,一日风波十二时。

西塞山边白鹭在翩翩飞翔,流水潺潺的桃花潭中鳜鱼十分肥美。宪宗皇帝还在慕名寻觅玄真子的踪迹,什么地方如今还能觅得他的诗句呢?

在这如诗如画的美丽风景中,一个披着绿色蓑衣、戴着青色斗笠的渔翁在悠然地垂钓,虽然不是晴天,但在斜风细雨中垂钓别有情趣,无须归去。然而人世之间表面看上去没有风波,实际上一天十二个时辰风波从来没有停歇过。

张志和的《渔歌子》"西塞山前白鹭飞"一阕,风流千古。苏东坡曾经引用成句入《鹧鸪天》,又用于《浣溪沙》。黄庭坚这首词也是在化用张志和词的基础上,略加拓展。全词画意盎然,情思怡然,触发读者的遐思,激发对优美的大自然的向往和自由生活的热爱。和原词不同的是,词人在词中发抒了胸中的感慨,表达了对世事不平的激愤之情。

张志和道号玄真子,他一向志不在官场,而是守持真元,保养神气,具有卧雪地而不怕冷,进水中而不沾湿的功力。著名大臣鲁国公颜真卿是他的好朋友,颜真卿任湖州刺史时,每天和宾客们一起饮酒赋诗,有一次出题为"渔父词",大家共作,最为出色的便是张志和的"西塞山前白鹭飞"。颜真卿和众宾客对此赞赏不已,各自有诗唱和,共赋成二十余首。张志和又依照众人的诗意,画成五幅山水花鸟图,并将众人所作的诗词题于画面上,颜真卿等人无不叹服。后来张志和同颜真卿游览江面时,忽有白云仙鹤飘飞在他头上,张志和便站在水面上向颜真卿挥手告别,然后冉冉飞升,消失在云霄中成仙而去。

鹧鸪天

苏　轼

林断山明竹隐墙,乱蝉衰草小池塘。翻空白鸟时时见,照水红蕖细细香。

村舍外,古城旁,杖藜徐步转斜阳。殷勤昨夜三更雨,又得浮生一日凉。

茂林的尽头露出秀丽的青山,扶疏的竹影遮住了围墙,蝉声嘈杂衰草长满小小的池塘,翻腾翱翔在空中的白鸟时隐时现,映照在水面的粉红荷花散发着微微的清香。

在乡村的野外,古老的城旁,我拄着藜杖慢步徘徊,转瞬已是夕阳时分。昨夜三更的时刻下过一阵霖雨,今天又能使漂泊不定之人享受一日的清凉了。

苏轼写作本词时,已经在黄州度过了三年多与世隔绝的生活,这几年中他一方面承受着巨大的痛苦和磨难,一方面又在苦苦思索导致人生苦难的原因,以寻求心灵的解脱。在这一过程中,他形成了放任通达、崇尚自然、追求心灵自由的处世方式,这种方式带给他很大的慰藉,也给了他很大的平静。在这种平静之中,他能够乐观而客观地观察宇宙自然,欣悦而感恩地承受人世的一切幸福和磨难,因此在这一时期,他的词作没有了尖酸怨恨的痕迹,也几乎找不到议论时事的词句,整体上显现出平和、优美、富含哲理的特色。

在黄州期间,苏轼对人生的体会多是静中的照观,对自然宇宙有份独得的喜悦。这首写江村晚景的词,便有一番清新静美的气象。词的上片描绘了一幅清幽静谧的山居初雨图,下片则描写了人的活动和情感。上片写景,景中含情;下片叙事、议论、抒情。从中我们可以感受到词人的喜悦,而此种喜悦给他的正是那种细微而实在的满足感。近人郑文焯《手批东坡乐府》说:"渊明诗'啸傲东轩下,聊复得此生',此词从陶诗中得来,逾觉清异,较'浮生半日闲'句,自是诗词异调。论者每谓坡公以诗笔入词,岂审音知言者?"

诉衷情

黄庭坚

一波才动万波随,蓑笠一钩丝,锦鳞正在深处,千尺也须垂。

吞又吐,信还疑,上钩迟。水寒江静,满目青山,载月明归。

渔翁头戴斗笠,身披蓑衣,手握钓竿独自在江边上垂钓,那鱼线颤动引起的波浪与风吹江面形成的微澜连成一片。鱼儿在水下不停地游动,渔翁在水面上垂钓。

鱼儿吞下饵料又吐出来,犹疑不定,迟迟不肯上钩。此时的寒江之上十分静谧,放眼望去满目都是青山,心满意足的渔父载着明月而归。

这首词是黄庭坚晚年移置戎州时所作的词,词中描述渔翁垂钓寒江的情景,寄寓了词人屡遭坎坷后寄情山水忘却名利的情怀。元符元年(1098)黄庭坚由之前贬谪的黔州移到戎州,他在《与宋子茂书》中说:"此方米麦皆胜黔中,食饱饭,摩腹婆娑,以卒岁月。"闲居亦强作文字,有乐府长短句数篇,后信写寄。可见,他对新居戎州还是比较满意的,当然,这种"满意"是出于他对自己心态的调整,也是一种故作旷达的自嘲。信中流露出一种隐逸出世的悠闲,也有一种彻底的失望之感。不过戎州岁月的生活毕竟已经好多了,他还可以每每"登临胜景",还有门生相随,这一切都给了他莫大的安慰。词前小序云:"在戎州,登临胜景,未尝不歌渔父家风,以谢江山。门生请问:'先生家风如何?'为拟金华道人,作此章。"

这首词是黄庭坚在一次登临展怀之后,应门生所请而作的。全词创造出空灵淡远、虚融清静的意境。此词是拟"金华道人"歌"渔父家风",金华道人是指张志和,他所作的著名组词《渔歌子》,表达的是一种"得道身不系,无机舟自闲。从水远逝兮任风还,朝五湖兮夕三山"的情趣。此词也是表达一种寒江独钓、浑然忘机的境界。词人这种对寒江独钓、泛舟五湖自由自在的向往,与张志和的《渔歌子》神同意合,这就是所谓的"渔父家风"。整首词采用象征笔法,借用前人诗词或者画卷,铺排出一种想象中的情景,用一连串跳跃的镜头,组成了一幅空明澄澈而又饱含诗意、禅意的动态图景。这首词在当时颇为有名,相传南宋张元幹因此将《诉衷情》的词牌改为《渔父家风》。

好事近

朱敦儒

渔父词

(一)

摇首出红尘,醒醉更无时节。活计绿蓑青笠,惯披霜冲雪。

晚来风定钓丝闲,上下是新月。千里水天一色,看孤鸿明灭。

(二)

眼里数闲人,只有钓翁潇洒。已佩水仙宫印,恶风波不怕。

此心那许世人知,名姓是虚假。一棹五湖三岛,任船儿尖耍。

(三)

渔父长身来,只共钓竿相识。随意转船回棹,似飞空无迹。

芦花开落任浮生,长醉是良策。昨夜一江风雨,都不曾听得。

(四)

拨转钓鱼船,江海尽为吾宅。恰向洞庭沽酒,却钱塘横笛。

醉颜禁冷更添红,潮落下前碛。经过子陵滩畔,得梅花消息。

(五)

短棹钓船轻,江上晚烟笼碧。塞雁海鸥分路,占江天秋色。

锦鳞拨剌满篮鱼,取酒价相敌。风顺片帆归去,有何人留得?

（六）

猛向这边来,得个信音端的。天与一轮钓线,领烟波千亿。

红尘今古转船头,鸥鹭已陈迹。不受世间拘束,任东西南北。

（七）

失却故山云,索手指空为客。莼菜鲈鱼留我,住鸳鸯湖侧。

偶然添酒旧壶卢,小醉度朝夕。吹月笛波楼下,有何人相识。

（八）

我不是神仙,因不会炼丹烧药。只是爱闲耽酒,畏浮名拘来。

种成桃李一花,真处怕人觉。受用现前活计,且行歌行乐。

（一）我摇着头毫无留恋地告别了喧嚣的尘世,悠然地垂钓在江湖烟波之上,在那里任意随心,醉醉醒醒没有定时。他穿着绿色的蓑衣,头戴青青的斗笠,顶着雨雪风霜,往来在江面之上。

每逢夜晚时分,江岸上风平浪静,我悠闲地持竿垂钓,天上一轮明月朗照,水月交相辉映,天上水下俱是一片光亮。水天宛如一色,绵延千里,在那水天相接处,可以看到一只孤鸿时隐时现。

（二）列数眼中看到的种种闲人,只有垂钓的渔翁最为潇洒。早已身佩水府神仙宫的大印,任凭怎样的恶风险浪也不惧怕。

我的内心世界岂能让世间的凡夫俗子知晓,人生在世,虚姓浮名都是假的,划起船桨泛遍五湖三岛,任随船头漂浮。

（三）渔父只身一人而来,只与垂钓的钓竿相识。在江中随心所欲地划着船桨,任由船儿转动,好似鸟儿在天空中飞过却不留下痕迹。

浮生中任由芦花花开花落,长醉不醒是最好的方式。昨天夜里一江的风声雨声,我由于酒醉沉睡,居然一点都没有听得见。

（四）江海之上就是我的家一样,调转了钓鱼船,到洞庭湖上去沽酒喝,到钱塘江上吹奏横笛。

酒喝醉了以后被冷风一吹,脸的颜色更增添了红色,落潮的时候下到前面浅水处的沙石之上。经过严子陵垂钓的滩涂时,得到了梅花开放的消息。

（五）短短的船桨,钓鱼的船儿十分轻便,傍晚时分江面上笼罩着碧绿的烟雾。塞外归来的鸿雁与江上的海鸥在不同的翻飞,各自占据着江天的秋色。

篮子中装满了遍身锦麟拨刺的鱼儿,换取价格相当的美酒。顺着风挂起船帆急切地往回赶,这个时候有什么人可以留得住我呢?

（六）鱼儿咬钩,猛地拉住渔线,渔线传来了信息。天地间的一轮钓线,引领起烟波缭绕的江面上无数的涟漪。

古往今来红尘滚滚,转动船头之间,鸥鹭都已变为陈迹。东西南北任我行,不必忍受世间的拘束。

（七）远离洛川,失去了故乡的云,只能索手指空为客。这里无比鲜美的莼菜鲈鱼留住了我,所以我住在了鸳鸯湖的旁边。

偶尔将旧壶中添上老酒,在小醉中度过朝朝暮暮。夜晚在月波楼的下面吹起横留,有谁人能认识我呢?

(八)我不是山中的神仙,不会炼丹烧药的法术。只是喜欢喝点老酒,过点悠闲自在的日子,怕被世俗的浮名所拘束。

种成了满满一园的桃花、李花,置身的处所怕被人发觉。暂且受用眼前的生活,边唱边享受快乐。

朱敦儒于高宗绍兴十九年(1149)离开朝廷后,长期寓居嘉禾(今浙江嘉兴)。《宋诗纪事》引《澄怀录》:"陆放翁云:'朱希真居嘉禾,与朋侪诣之。闻笛声自烟波间起,顷之,棹小舟而至,则与俱归。室中悬琴、筑、阮咸之类。檐间有珍禽,皆目所未睹。室中篮缶贮果实脯醢,客至,挑取以奉客。'"可见词人在此全然过着一种世外桃源式的生活,他前后写过多首渔父词来歌咏这种闲适生活的情趣。

这组词共有八首,词人通过这组词来歌咏自己漫游江湖的闲适生活,作品用简洁的笔法勾勒出词人闲适生活的一个断面,通过对渔父在江上扬帆随风而归,无人可以留住他的描写,暗示了自己对无拘无束、自由自在地生活在江上感到十分惬意,谁也阻拦不了他自由生活的决心。全词情趣盎然,清雅俊朗,流露出一股闲旷的风致。

渔父词

薛师石

(一)

十载江湖不上船。卷篷高卧月明天,今夜泊,杏花湾。只有笭箵当酒钱。

（二）

邻家船上小姑儿。相问如何是别离。双坠髻,一湾眉。爱看红鳞比目鱼。

（三）

平明雾霭雨初晴,儿子敲针作钩成。香饵小,茧丝轻,钓得鱼儿不识名。

（四）

系船兰沚鲙长鲈,白袷方袍忽访吾。神甚爽,貌全枯,莫是当年楚大夫。

（五）

春融水暖百花开。独棹扁舟过钓台。鸥与鹭,莫相猜。不是逃名不肯来。

（六）

夜来采石渡头眠,月下相逢李谪仙。歌一曲,别无言,白鹤飞来雪满船。

（七）

莫论轻重钓竿头。住得船归即便休。酒味薄,胜空瓯。事事何须著意求。

（一）在月明风清的夜晚,把船儿停泊在杏花湾。我高卧在船头之上,想要畅饮美酒,却发现身无分文,于是便用渔具去换取酒喝。

（二）邻家船上的小姑娘,头上扎着一双发鬟,两道眉毛弯弯,她情窦初开,涉世不深,不知道离别的滋味是什么。然而没有人告诉她,她只好一个人盯着那水中红鳞比目鱼游来游去。

（三）天刚亮,雾霭蒙蒙,正是雨后初晴的天气。渔家少年敲针做了一个鱼钩,挂上鱼饵,放长钓线,钓上一条叫不上名字的小鱼。

（四）将船系在兰沚之旁烹鲙鲈鱼,忽然看到一个曲裾方袍的人前来拜访,他虽然容貌枯瘦,却神清气爽,风度非凡,这令人不由想起了当年投江自沉的楚国大夫屈原。

（五）春江水暖百花盛开的时节,独自划着扁舟经过严子陵的钓台。鸥鹭鸟你们不要再胡乱地猜忌,我也是为了逃避虚名才躲到这里来的。

（六）夜里船泊采石矶的渡口,我在舟中进入了梦乡。月光之下遇到谪仙人李太白,我与李太白共同高歌一曲,却没有说别的话。那歌声引来一群白鹤,纷纷落在船头,仿佛天降大雪。

（七）无论钓到鱼没有,钓得多还是少,我都不去管他。等到渔船该回家的时候,便停止劳作,开始休息。自家酿的酒也许味道淡薄些,然而终胜于什么都没有。对于人世间的事情,须要想得开,凡事不要执着地去追求。

这组《渔父词》出语平淡,道出的也是很平常的道理,然而咀嚼起来韵味无穷。曹幽《〈瓜庐集〉跋》云:"余读四灵诗,爱其清而不枯,淡而有味,及观瓜庐诗,则清而又清,淡而益淡。始看若易,而意味深长,自成一家,不入四灵队也。盖四灵诗,虽摆脱尘滓,然或仕或客,未免与世接。若瓜庐诗则终身隐约,不求人知,其所为诗,若淳音淡泊,自有余韵。"这是对薛师石诗的品评,也可用来品评其词。

这七首《渔父词》清空淡雅,情怀洒落,将渔隐生活的妙处尽情道出,读之令人心向往之。其一描写渔家怡然自得的生活;其二抓住了渔家一个独特的人物——邻家船上的小姑娘,描绘出渔家女儿的旖旎情态;其三描写了渔家生活的一个小场景——钓鱼,充满了新鲜的生活气息;其四想像一个人"曲裾方袍"拜访他,追怀投江而死的屈原;其五用东汉严子陵的典故,表面自己的隐逸情怀;其六写在采石矶入梦,在月光下遇到李太白的情景;其七则表达了词人随遇而安,自由洒脱的生活态度。薛师石是浙江永嘉(今温州)人,他隐居不仕,筑屋会昌湖西,题曰瓜庐,与赵师秀等"永嘉四灵"相友善。

陈留(今属河南开封)有位刀镊工,年四十余,没有家室子姓,只有一女年七岁,每天以做刀镊工所得的钱与女子醉饱,喝醉了酒就簪花吹长笛,把女儿搭在肩上搭回来,没有一天感到忧虑,终生是快乐的。黄庭坚认为这个刀镊工很懂得人生的道理,特意为他作了一首《陈留市隐》。

陈留市隐

黄庭坚

市井怀珠玉,往来人未逢。
乘肩娇小女,邂逅此生同。

养性霜刀在,阅人清镜空。

时时能举酒,弹铗送飞鸿。

刀镊工虽然是一个市井之人,但是俗仅是他的外表,实际上是一个把金玉本质隐藏起来的市隐,这种人是难于逢遇的。他具有高超的人生境界,虽处低贱下位,安于劳动平淡的生活,不贪慕挣多余的钱,只要最低生活足够,把自己的小女儿搭在肩上,簪花微醉,自得其乐,因此胸襟异常超脱和潇洒。刀镊工所使用的刀经过磨洗,白亮如霜,替人整容完毕,还得要主顾对镜检查,发表意见,直到满意为止,虽然工作麻烦,但是却能使人养性怡情,他在每天工作完毕之后,还能略喝点酒,微醺之后,还能像冯谖那样弹铗作歌,像嵇康那样目送归鸿。

刀镊工,据王若虚诗:"清晨理短发,已见数茎白。刀镊虽可施,殆似儿子剧。"(《滹南王先生诗集·盛秋》)似乎是理发美容工人,但据《都城纪胜》"……此等刀镊,专攻街市皂院,取奉郎君子弟、干当杂事,说合交易等"。而《梦粱录》还在《都城纪胜》所叙之外添上了"插花挂画",似乎刀镊工在宋代除了理发、美容之外,还要兼工其他杂事。应当说,刀镊工当时处于社会最下层,是所谓"操贱业"者。但黄山谷却在诗中塑造了一位具有高风亮节、怡愉自适的隐者形象。他虽市井之人,但却是"怀珠玉"的圣人,《老子》曰:"知我者稀,则我者狂,是以圣人被褐怀玉。"据王弼注:"谓圣人之道足于已而不形于外也。"《参同契》也说:"被褐怀玉,外为狂夫。"诗的最后,又用古代的冯谖和魏时的高士嵇康来比喻刀镊工的人品,也反映出诗人对他的高度赞赏与景仰。

陈留市隐者

陈师道

陈留市有工力,随其所得为一日费。父子日饮以市醉,负以归,行歌道上,女子抵手为节。有问之者,不对而去。江季恭以为达,为作传。倩予赋之。

陈留人物后,疑有隐屠耕。
斯人岂其徒,满腹一杯羹。
婷婷小家子,与翁同醉醒。
薄暮行且歌,问之讳姓名。
子岂达者与,槁竹聊一鸣。
老生何所因,稍稍声过情。
闭门十日雨,吟作饥鸢声。
诗书工发冢,刀籥得养生。
飞走不同穴,孔突不暇黔。

陈留地近汴京,原是人物辈出的地方,东汉文学家蔡邕和西晋"竹林七贤"之一的阮籍都是这里人。这位隐于市的刀镊工也许就是这些隐者的徒弟,他们操劳一日所得之费,与婷婷小女相与醉醒。傍晚的时候则负女于肩,簪花吹长笛,小女按拍,引吭高歌,沿长街而归,其行有若楚之狂人接舆,问他却不肯说出自己的名姓。这究竟是一个"众人皆醉我独醒"的愤世嫉俗者呢?还是"无一朝亡忧,而有终生之乐"的不同凡俗的达者呢,总之,他以长笛聊作不平之鸣吧！我是一个穷老的书生，虽耽于诗文，然而一无凭借。所幸自己的诗文受到苏、黄的赏识，承蒙他们的揄扬，使我这个僻居陋巷的草茅下士，也有了一些名声。淫雨十日，檐间淅沥不止，枯坐长饥，犹作苦吟。形单影只，事业无成，搏击长空的苍鹰只能在斗室中作饥吟之声。那些以诗书浪得虚名的无耻小人实为鼠窃狗盗之辈，而那位陈留市隐，虽以刀镊为生，却悟到了养生之道。这些人席子未坐暖起身，烟囱尚未熏黑即离去，为利来为利往，与以刀籯养生的陈留市隐迥然异趣，真如飞走之不同。

陈师道一生穷愁潦倒，出处遭际与孟郊、贾岛有相似之处，也是一位苦吟诗人。《陈留市隐者》是他诗作中颇具代表性的一篇，大约作于元祐初年。此诗熔叙事、言志、抒情于一炉，"语似枯淡而中实丰腴"。

溪上谣

林希逸

溪上行吟山里应，山边闲步溪间影。
每应人语识山声，却向溪光见人性。
溪流自漱溪不喧，山鸟相呼山愈静。
野鸡伏卵似养丹，睡鸭栖芦如入定。
人生何必学臞仙，我行自乐如散圣。
无人独赋溪山谣，山能远和溪能听。

我在溪上独自行吟，山里面仿佛传来应和之声，山边闲步的身影倒映在溪流之间。只要听到山的回音，便可识得山的高低、远近、隐显，只要看到溪水中的倒影，便会感到小溪分外亲切。溪流自漱，泠泠作响，却不显得喧闹；山鸟相呼，嘤嘤成韵，却愈感到山中的幽静。野鸡孵卵，似高士养丹，睡鸭栖芦，如老僧入定。人生何必学那消瘦的仙人，不如快乐地我行我素做个自由自在的行者。无人做伴只能自赋上一首溪山谣，山能在远处应和，溪流也能够听得到我的歌谣。

这首诗采用歌谣体式，随意而吟，自然闲散，如行云流水。这与诗人抒写闲适恬静之情是很合拍的。他以传神之笔，绘出了一幅意境幽远的"溪山图。"林希逸是南宋有名的山水画家，南宋时期山水图很盛行，写山水诗的人也很多。那时候朝廷偏安一隅，国事不可问。许多文人厌倦世事，遁入山林。他们啸傲湖山，作画吟诗，借以寻求精神的寄托，《溪上谣》就是在这样的社会背景下产生的。

寄隐居士

谢 逸

先生骨相不封侯，卜居但得林塘幽。
家藏玉唾几千卷，手校韦编三十秋。
相知四海孰青眼，高卧一庵今白头。
襄阳耆旧节独苦，只有庞公不入州。

先生自以为本无封侯的骨相，所以无志于封侯，也不羡慕封侯。先生以高隐明志，在选择住所方面，但求于林塘幽静处结个茅庵，即已满足,不艳羡住在朱楼翠馆,自婴尘网。家中藏书极丰,皆为珍贵的版本。手校经籍达三十年之久,可见治学之辛勤。尽管先生知交很多,但知音极少,难得有配得上施以青眼之人,所以甘愿高卧山林,任他头白。如果拿襄阳耆旧来相比,那么先生是真正的隐士,他的德行,可以和汉末的庞德公比美。

这首诗题为《寄隐居士》,表达了诗人对高人逸士的敬佩之情,也寄寓了诗人自己甘心隐居林下的心志。全诗表意朴素,皆在歌颂真正的隐士,并以此自励。诗人自己也终身未入仕途,可见其托意之所在。此诗全篇用拗体,颇为劲健,为黄庭坚所赞赏。

《后汉书·班超传》:"(班)超微时,有相者谓之曰:'君燕颔虎颈,是封侯骨相。'"又同传:"超少有大志,尝为官佣书,投笔叹曰:'大丈夫无他志略,犹当效傅介子、张骞立功异域,以取封侯,安能久事笔砚间乎?'"古代的骨相即指人的面相。诗中一开头即说明先生风操甚高,不慕荣利。

玉唾,即玉书。据《拾遗记》载:"孔子未生时,有麟吐玉书于阙里人家。"后世因称玉书为精贵之书。

晋司凿齿著《襄阳耆旧传》录高士多人。庞公,即庞德公,后汉襄阳人,居岘山之南,清操自励,始终不入州门。别人借隐居之名,以猎取名望,为延誉出山的准备,诗中称赞只有先生和庞德公这样的人,才堪称真正的隐士。

人在清岚烟霭中

汪莘是一位具有隐逸情怀的词人,年轻时卓负才俊,不屑习举子业,隐居于黄山之中。好读书,靡不研究,并对这种生活十分沉醉。宋宁宗嘉定间,诏求直言,莘三扣阍陈天变、人事、民穷、吏污之弊,行师布阵之法,不报。晚年结庐于柳塘,学者称柳塘先生。

水调歌头

汪 莘

草木自成岁,禽鸟已春声。仰观俯察,多少宇宙古今情。遐想炎黄以上,逮至汉唐而下,几个费经营。巢许有真意,无责自身轻。

富与贵,贫与贱,死还生。方壶岁晚,深感梅蕊向人倾。造物元来无物,有物还应自造,人意几曾平。天际识归路,野鹤忽长鸣。

时值初春,草木又度过了一岁,而禽鸟开始活跃起来,为迎接春天、发出美妙的鸣声,效法古人,从对自然的观察中,领会宇宙人生的奥秘。纵观历史的潮流,上至炎帝黄帝的圣绩,下至汉代唐代的功业,无不是由人苦心经营而来,于是对追求功名权势产生了厌倦。象巢父、许由那样不接受天下之位才是得到了人生的真意,没有责任的生活才会一身轻松,逍遥自在。

对富贵与贫贱不必太在意,因为人生有死生的轮回。我在神仙境界一样的地方,过着梅妻鹤子的闲逸生活。造物本来是空无一物的,世上的万物皆是自生自灭,而人们的心意却很难平静地领会到这一点。放眼远望天际,看到了回家的道路,而耳畔突然响起野鹤嘹亮的鸣声。

汪莘是一位严谨的学者,少时读书黄山,研究《易经》《老子》诸书,中年后筑室柳溪,自号方壶居士。方壶是传说中的神山名,一名方丈,词人将自己隐居的地方称为"方壶",表达了他超凡脱俗、安贫乐道的隐逸情怀。这首词中,一个淡泊名利、追求心灵自由的隐者形象飘然而出。

词人颇具隐逸情怀,年轻时隐居黄山,对这种生活十分沉醉,所以有不少表达隐逸思想的作品。此词上片从岁月的变迁联想到历史的沉浮,表达了对隐逸生活的向往。下片则列举人生难以逃脱的几种命运,发抒自己安贫乐道的豁达情怀。此词虽不是十分著名,但由于其清新的语言、天然的本色,亦堪称别具一格的佳作。

浪淘沙

吴 琚

岸柳可藏鸦。路转溪斜。忘机鸥鹭立汀沙。咫尺钟山迷望眼,一半云遮。

临水整乌纱。两鬓苍华。故乡心事在天涯。几日不来春便老,开尽桃花。

晚春时分,漫步在静静流淌的小溪边,岸上的柳树已经繁茂得可以遮挡住停歇、嬉戏的鸟儿。顺流而下,突然小路一转,清溪斜在面前,消除心机,与世无争的鸥鹭停立在汀沙之上。抬头望去,近在咫尺的金陵钟山,在缭绕的微烟中若隐若现。

临水为镜,整一整乌纱帽,更是振奋了精神,然而水中映射的身影却又令我陷入沉思,两鬓灰白,时光一去不复返了,思乡之情油然而生。看着眼前的春景,不禁感慨几日不来便觉晚春已至,怎耐得桃花也开了呢?

吴琚在宋宁元初(1195)以江东安抚使留守健康,迁少保,世称"吴七郡王"。他很有才气,工诗词,尤精瀚墨,字画类米芾。《景定建康志》卷一八载:"节使吴公琚游清溪,有词呈野亭马公(略),野亭跋其后云:'秦淮海之词,独擅一时,字未闻;米宝晋善诗,然终不及字。若公可兼之矣。辛酉季春,承仪郎充江南东路转运司主管文字马之纯谨书。'"据此可知,此词是吴琚浏览清溪时所作,辛酉为宋宁宗嘉泰元年(1201),词作以游记的方式,寄心事难遂,年华易逝之意。

这首词写词人临水望山,外示悠闲,实心事浩繁,感慨深沉。上片写近景远景,忘机之鸥鹭与浮云之遮山,当有所象征寓托之意,但颇难描实。下片写怀抱。临水整乌纱,照见斑白双鬓,有年华既逝、宦情冷淡之意。通篇用白描手法,语言浅白而感情深挚,以景抒情,以景寓情,表达了词人感伤的心情。

行香子

汪莘

策杖溪边。倚杖峰前。望琼林、玉树森然。谁家残雪,何处孤烟。向一溪桥,一茅店,一渔船。

别般天地,新样山川。唤家童、访鹤寻猿。山深寺远,云冷钟残。喜竹间灯,梅间屋,石间泉。

我拄着拐杖来到山溪旁边,又倚着拐杖欣赏山峰前的美景。那堆积着白雪的玉树琼林,一派森然气象。在那人家的屋顶上,雪已经消融,只剩下少许残雪,从房子里飘出袅袅炊烟,隐隐约约,若有若无。虽然无从知道住在山里的是什么人,但从那溪桥边的茅舍、渔船便可知晓,原来住着隐居的渔翁。

这里别有洞天,山水都与外面的世界截然不同,我唤上家僮,到那山的更深处访鹤寻猿,但见暮云笼罩着山头,听到清寂冷幽的钟声,山幽寺更远。令人欣喜的是竹林间闪现着宁静的灯火,梅花掩映着小屋,山泉从石间潺潺流淌。

这首词借山中美景抒写隐逸情怀。上片写雪后山景;下片写其在山中寻胜探然的情景。虽然写隐逸之情,然而通篇却不露痕迹,只以"茅店""渔船""竹""梅"等意象来暗示,以"访鹤寻猿"来张本,不直接写隐居,而隐已然自在其中矣。

步蟾宫

韩 淲

钓台词

三年重到严滩路。叹须鬓、衣冠尘土。倚孤篷、闲自濯清风,见一片、飞鸿归去。

人间何用论今古。漫赢得、个般情绪。雨吹来云、乱处水东流,但只有、青山如故。

庆元三年我重新经过汉代严光垂钓之处,不禁感叹一路风尘仆仆,满脸满身都是尘土。旅途劳累、心灵疲倦使我只想一个人倚舟静坐,任清风扑面,享受片刻的安闲。思接千载,目穷万里,青山碧水之间,忽见一队征鸿向南飞去。

天下大事,古往今来自是如此,又何须自己盘算操心呢?还不若放下心事,摆脱名缰利锁的羁绊,遂性妄为,但求适已。天空变幻莫测,云来云去;江流湍急乱翻,潮来潮往。水自东流,不变的只有两岸的青山依然如故。

严滩路指汉严光垂钓之处,《后汉书·逸民传》载:严光少有高名,与光武帝同游学,光武思其贤,欲求之,"除为谏议大夫,不屈,乃耕于富春山。后人名其钓处为严陵濑焉"。韩淲约于宋宁宗庆元三年(1197)至临安(今杭州)官药局,庆元六年赋归。次年入吴应试,末几,辞官归隐上饶,家居二十年。他为人清高绝俗,人品学问俱佳,与赵蕃(号章泉)齐名,并称"二泉"(韩淲号涧泉)。词人写作此词时年四十二,辞官归里之时,再次路过严路滩,想到国事无望,仕途曲折,人情倾轧,不禁感慨万千,遂作此词。

沁园春

程珌

读《史记》有感

试课阳坡,春后添栽,多少杉松。正桃坞昼

浓,云溪风软,从容延叩,太史丞公:底事越人,见垣一壁,比过秦关遽失瞳?江神吏,灵能脱罟,不发卫平蒙?

休言唐举无功,更休笑丘轲自轭穷。算汨罗醒处,元来醉里;真敖假孟,毕竟谁封?太史亡言,床头酿熟,人在晴岚烟霭中。新堤路,喜樛枝鳞角,夭矫苍龙。

春意盎然的日子,我来到向阳的山坡上检视新栽的杉树和松树。桃坞昼暖,云淡风轻。读了《史记》,有颇多感触,便趁这个春日,到这白云溪畔向太史公司马迁请教。为什么春秋之时的名医秦越人能够隔墙见人,透过人的身体看到五脏病症所在,然而入秦以后,却看不到李醯谋害他的用心。神龟陷入渔网中,向宋元王托梦求救,本来将要放生,不料宋博士卫平却说它有神奇的功用,不可轻易放过,结果被剥下龟甲,制成了占卜之具。这两件事,皆是有预见能力的人或物,却最终没有逃脱被害的命运,令人困惑不已。

面貌丑陋的蔡泽成为秦国丞相,不要说为他相面便取笑他的唐举没有功劳。与蔡泽相比,孔丘和孟轲的运气却差得多,他们周游列国,宣传自己的政治主张却不被采纳,最终困厄一生。盘算屈原称世人皆醉自己独醒,其实他才是在沉醉之中。楚王昏聩无能,辨不清孙叔敖与优孟孰真孰假给了封地。太史公无言以对,糟床中的美酒已经酿成,且让我痛饮佳酿,欣赏雾霭中的山景,而新堤路上,弯曲的树枝好像矫健的苍龙,不禁令人产生了淡淡的喜悦。

《史记·扁鹊仓公列传》载:春秋时名医秦越人服了神人长桑君给的灵丹妙药,从此能"视见垣一方人",即隔墙见人,为人看病,尽见五脏症结之所在。后人秦都咸阳,秦太医令李醯知医术不如,遂使人将其刺杀。对此,词人质疑道:秦越人既能洞察他人肺腑,为什么看不出秦太医令李醯有谋杀他的用心呢?

《史记·龟策列传》载:长江神龟出使黄河,中途被宋国的渔人以网捕获。龟乃托梦给宋元王,向他求救。王遣使者自渔人处求得此龟,正要放生,宋博士卫平却说龟乃天下之宝,不可轻易放过。于是元王便剥龟甲为占卜之具。词人认为,既然神龟能托梦给宋元王,从而逃脱渔人之网,却为何不能令卫平开窍,使自己免遭杀身之祸?

《史记·范睢蔡泽列传》载:战国时,燕国人蔡泽四处干谒诸侯,皆不见用,遂请唐举相面。唐举见其形象奇丑而戏笑之,但蔡泽自信必能富贵,并不因此而沮丧,乃继续游说不已。后来终于得到秦昭王的赏识,拜为丞相。词人认为:不要因为蔡泽的富贵而去评说唐举的相面术没有功效,更不要由于孔、孟的困穷而去笑话他们缺乏能耐。

《史记·屈原贾生列传》载:屈原忠于楚国,直言极谏,先后遭到怀王、顷襄王的放逐。他披发行吟于洞庭湖畔,颜色憔悴,形容枯槁。有渔父问他何故至此,他答道:"举世皆浊而我独清,众人皆醉而我独醒,是以见放。"

《史记·滑稽列传》载:春秋时楚国贤相孙叔敖为官清廉,死后家无余财,其子只好靠背柴度日。于是滑稽演员优孟便装扮成孙叔敖模样,往见楚庄王。王大惊,以为孙叔敖复生,欲以为相。优孟诈言回家与妻子商议,三日后答复庄王说:妇言楚相不足为。孙叔敖为楚相,尽忠为廉以治楚国,使楚王得以称霸诸侯,但他死后,儿子却没有立锥之地。与其作孙叔敖,还不如自杀呢。庄王闻言大惭,遂赐孙叔敖之子封地四百户。

词人认为:屈原自认为清醒,其实正说明他沉醉,因为他还没有看破红尘,还执着于从政啊!君王们向来妍媸不分。请看,真孙叔敖和假孙叔敖,楚王到底封的是谁吧!以上是词人向太史公叩问的一系列问题,他并非是在与太史公抬杠,而是将其视为同调,在向那牢骚满腹的太史公倾吐自己的满腹牢骚呢。读其《水调歌头·登甘露寺多景楼望淮有感》诸篇,可知词人是抗金主战的爱国人士;观《洛水集》里论备边、蠲税诸疏,可知他是经时济世的名臣;览《宋史》本传,可知其晚年因受奸相史弥远的猜忌,无法施展自己的政治抱负,屡请退休养老。写作此词时词人已经告老还乡,无官一身轻。读了《史记》,颇多感触,便趁着这个春日,到这白云溪畔向司马迁请教。太史公虽然早已作古,而词人却要与他对话,这正是文学思接千载,穿越时空的无穷魅力。

此词以记叙文的笔法写议论文的题材,把易流于呆板的内容写得极其活泼;以旷达的笔调写愤懑的心胸,把易失之浅露的情怀写得十分深敛。笔力遒劲,笔势飞舞,笔锋犀利,笔墨停匀。以叙事起,以绘景结,缓缓步入,徐徐引去,而中间说理,过片不变,反复论难,纵横捭阖,结构奇特,章法别致,波澜迭起,妙趣横生,使人耳目一新。

望江南

康与之

重阳日,四面雨四垂垂。戏马台前泥拍肚,龙山路上水平脐。直浸到东篱。

茱萸胖，菊蕊湿滋滋。落帽孟嘉寻箬笠，漉巾陶令觅蓑衣。都道不如归。

重阳之日，偏遇风雨，雨势滂沱，从四面八方垂落下来。戏马高台前泥浆拍打到肚子上，龙山路上水一直平到肚脐，将东篱全部浸透淹没了。

被水浸泡过的茱萸显得肥胖，黄色的菊花也湿漉漉的。平日里被风吹落官帽都不管的孟嘉也要寻个蒲草编成的帽子来遮蔽风雨，以头上葛巾滤酒的陶潜也赶快去买蓑衣，他们都说不如赶快回家。

戏马台，位于彭城（今徐州）南郊。西楚霸王项羽灭秦后定都在彭城，并于城南山上构筑高台，观赏士卒操练、赛马。此台称戏马台。龙山，俗称八岭山，位于荆州城西北，即今安徽省马鞍山市当涂县城南青山河畔，南朝大将军桓温曾于九月九日携宾僚在此宴饮，留下了"龙山会"的千古佳话。农历九月九日是中国传统的重阳佳节，这一天，家人团聚，朋友同游，登高望远，赏菊饮酒，意趣浓浓。"戏马台前""龙山路上"标明了词人的登高之志，渲染重阳登高的氛围和情趣。

"落帽孟嘉"照应上片的"龙山会"，据《晋书·孟嘉传》记载：陶渊明的外祖父孟嘉，年少时便负有才名，后担任桓温的参军，颇受恒温的倚重。一年重阳佳节，桓温在龙山大宴宾朋僚佐，饮酒赋诗，意兴正浓，忽然大风骤起，吹落了孟嘉的官帽，孟嘉本人却毫不察觉，桓温遂密令孙盛作文章以娱孟嘉，孟嘉却提笔立就一篇，才思敏捷，文采飞扬，四座莫不叹服。"漉巾陶令"则与上片"东篱"相呼应，陶渊明嗜酒，"郡将侯潜，值得酒熟，取头上葛巾漉（过滤）酒，毕，还复著之"（《宋书·陶潜传》），后遂用"葛巾漉酒"形容爱酒成癖。词中说孟嘉、陶渊明这种洒脱之人都要"寻箬笠""买蓑衣",衬托雨势之猛,同时以连孟嘉、陶渊明自比,大有自我调侃的意味,也表现出词人的心灵追求与独特志趣。

这是一首著名的谐谑词,据说是词人在"重九遇雨,奉敕口占"。词的上片写雨势的猖獗;下片写登高遇雨的狼狈相,皆以夸张调侃出之。词中充满滑稽调侃的情趣,收到了"俗不伤雅,谑不为虐"的艺术效果。

这首词以幽默、谐谑而为人称道,清沈雄《古今词话·词品》下卷:"蒋一葵曰:康伯可从驾时,重阳遇雨,口占《望江南》有云:(从略)。高宗大笑,问之,伯可对云:此蒜酪体也。"全词的基调是滑稽调侃,却达到了"俗不伤雅、谑不为虐"的艺术效果。南宋周必大《二老堂诗话》记载:"庆元丙辰重九,风雨中,七兄约登高于神冈西,喜,因记康与之在高宗时谑词云:(从略),为之一笑,与之自语人云:末句或传'两个一身泥',非也。"周必大认为此版本不佳,显得粗浅而无余味,"不如归"则表明此刻词人依旧未归,他的雨中之乐、雨中之趣、雨中狼狈都展出无遗。词中化俗言为雅意,以妙语结词情。

沁园春

戴复古

一曲狂歌,有百余言,说尽一生。费十年灯火,读书读史,四方奔走,求利求名。蹭蹬归来,闭门独坐,赢得穷吟诗句清。夫诗者,皆吾侬平日,愁叹之声。

空余豪气峥嵘。安得良田二顷耕。向临邛涤器,可怜司马,成都卖卜,谁识君平。分则宜然,吾何敢怨,蝼蚁逍遥戴粒行。开怀抱,有青梅荐酒,绿树啼莺。

唱一曲狂歌,用百余言,便可说尽一生。费十年工夫,读遍经史,然而一生布衣,并没有飞黄腾达;为了名利,四方奔走,却失意归来。两手空空,一无所获。而今只得独坐家中,记下自己的愁叹之声,聊慰平生。

面对这凄清的晚年,纵有一腔峥嵘豪气,却无处可以释放。也只是希望得以安心耕作两项良田,度此余生罢了。即使贵如开西汉大赋之风的司马相如,当年在临邛不是也过着洗碗涮筷的普通生活吗?即使名如杨雄之师的严君平,在成都卖卜的时候,又能有几人识得呢?君子固穷,今天沦落到如此地步,也是意料之中的事,又何必怨天尤人呢?与其这样,还不如敞开胸襟,就着青梅,饮几杯浊酒,看看这绿树,听听这啼莺。

这首《沁园春》作于戴复古的晚年,是一首自况词。上片追溯词人早年为名利奔走的辛苦和晚年归来的凄清;下片抒发胸中的不平之气和寄意自然的情怀。戴复古一生没有进入仕途,生活清苦。《石屏词跋》称其:"性好游,南适瓯闽,北窥吴越,上会稽,绝重口,浮彭蠡,泛洞庭,望匡庐、五老、九嶷诸峰,然后放于淮泗,归老委羽之下。"可见他浪游江湖的时间很长。

戴复古曾师从陆游,反对为文模拟雕琢,认为"锦囊言语虽奇绝,不是人间有用诗。"这首词文字浅显,直抒胸臆,不工于典故。词作虽语言简练,却正如他在词中所说:"皆吾侬平日,愁叹之声。"词的开篇所谓的"狂",是被逼出来的豪放,是词人几经蹉跎之后无可奈何的选择。词意苦涩,积怨如山,读来令人唏嘘不已。

寄韩仲止

戴复古

何以涧泉号,取其清又清。
天游一丘壑,孩视几公卿。
杯举即时酒,诗留后世名。
黄花秋意足,东望忆渊明。

韩仲止为何要以涧泉作为自己的号呢?是取水清之又清的缘故。他委心任运,游于山林丘壑之间,而自得其乐,把名公巨卿看得如同孩童一样,根本不把他们放在眼里。他嗜酒能诗,既能充分享受现世的生活乐趣,又能留给后世不朽的声名。庭院中的菊花开得正茂盛,呈现出一片傲霜的秋意。面对黄花,不由得延颈东望,想念这位嗜酒能诗,具有黄花风神品格的陶渊明式的高士。

韩滮,字仲止,自号涧泉,是南宋著名词人韩元吉的儿子,在当时颇有诗名,与赵蕃并称,即所谓"信上二泉"(韩仲止与赵蕃都是信州上饶人。赵蕃号章泉)。辛弃疾寓居上饶期间,与韩、赵二人交往颇密。这首诗从"涧泉"的名号发兴,紧紧围绕"清"字,对韩仲止的清高品格作了多方面的描写。诗人另有一首《挽韩仲止》诗云:"雅郑不同俗,休官二十年。隐居溪上宅,清酌涧中泉。"可见韩仲止清高绝俗,不慕荣华的高士品格。

庆全庵桃花

谢枋得

寻得桃源好避秦,桃红又是一年春。
花飞莫遣随流水,怕有渔郎来问津。

寻求桃花源一样的去处,只是为了躲避元朝入侵带来的战乱,桃花红了,又是一个春天到来了。可不能让飞落的花瓣再随流水漂出,因怕又有一位渔郎循此发现我的隐居之处,这个当代的世外桃源啊!

谢枋得的这首诗,借桃花引出桃源故事,力图把他转徙山间的眼前现实转化为陶渊明笔下的那个理想世界,以抒写自己比桃源中人更为决绝的谢世之志。《宋史》本传载:至元二十三年(1286)程文海荐宋臣二十二人,以枋得为首,辞不起;二十四年忽必烈降旨召之,又不赴;二十五年,降元的老师留梦炎复出荐举,枋得遗《却聘书》绝之,终不行。最后,福建行省参政魏天佑为了邀功,竟将他强押入都,终至绝食而死。

武夷山中

谢枋得

十年无梦得还家,独立青峰野水涯。
天地寂寥山雨歇,几生修得到梅花?

抗元兵败后十年间简直连还家的梦也不曾有过,青峰巍然挺立,野水悠悠浩荡。山雨停歇下来,天地间一派寥廓寂静,几生才得修炼到傲霜吐艳的梅花品格呢?

这是一首咏怀诗。南宋亡国后,谢枋得仍以江东提刑、江西招谕使知信州(治所在今江西上饶)的身份在今浙赣交界处抵抗元兵。不久,信州失守,他改名换姓逃入闽赣边境的武夷山,抗节隐居的后期,此时东南一带的抗元烽火已被扑灭,元朝统治者正开始访求亡宋遗臣,收买汉族士大夫。诗人"即景抒怀""托物言志",自置于青峰野水之间,以梅花品格自许,正是借此以言志。

摸鱼儿

张 炎

高爱山隐居

爱吾庐、傍湖千顷,苍茫一片清润。晴岚暖翠融融处,花影倒窥天镜。沙浦迥。看野水涵波,隔柳横孤艇。眠鸥未醒。甚占得莼乡,都无人见,斜照起春暝。

还重省。岂料山中秦晋。桃源今度难认。林间即是长生路,一笑元非捷径。深更静。待散发吹箫,跨鹤天风冷。凭高露饮。正碧落尘空,光摇半壁,月在万松顶。

吾爱吾庐,它倚着千顷镜湖,湖波清凉朗澈,气候爽滑宜人。白天,晴暖的山光、苍翠的树色,还有湖边参差斑驳的花影,都融融漾漾地映照在这面天然的镜子里。远处的沙滩上,可以看到野水无人渡。柳荫下孤舟横陈在这自由自在的天地里,阒寂无人,只见一抹斜阳在春天的薄暗中灼灼闪耀。

重新审视,想不到连与世隔绝的山间也难逃时移世易的影响,这桃源仙境一般的地方,已经面目全非了。山间林下,本是怡情养性、修炼长生的地方,并不是什么以隐术求仕的终南捷径,我原来就不想出仕为官。在万壑松风、玉宇无尘的明月之夜,且让我吹箫跨鹤,凌风饮露,永远抛开那充满不安和苦难恶浊的生活。

这首词是描写张炎的隐居生活。张炎应召北上抄写"藏经"南北后,流寓山阴甚久,曾在镜湖一带隐居。高爱山位于镜湖附近。此词表达了他对元政权严重不满和敌对情绪。词的上片写隐居处的风景,下片前半抒述隐居的心情,后片再度写景,境界更进,焕然一新。

词的上片以写实景为主,字字落地有声,下片以抒情为主,情情景景皆为幻象。词人想通过这种方式重觅光明,虽然在隐居以求避世,实际上是作者愤世之后的无奈之举。词人原本是贵公子,他的家族世代生活在杭州,家中盛有园林并歌伎美人,自幼过着贵族公子的优裕生活。他精通音律,工于诗词。南宋亡国后,他耻于向元朝效力,没有再入仕途。从此以后漫游南北,以佳公子、穷诗客自称,过着漂泊流浪的生活。少年时代的他风流不羁,曾有过很多风流韵事,频频向歌伎赠词,沉溺于儿女情长之中,词风多是缠绵华美。亡国后家产籍没,落拓浪游,占卜为生,生活困苦,饱尝了亡国之痛,飘零之苦,词风也为之一变。

老松石畔柴门户

宋哲宗绍圣四年(1097),毛滂由衢州(今浙江衢江区)推官调知武康县(今属浙江德清县),次年改建官舍"尽心堂",易名"东堂",闲暇觞咏自娱,遂以东堂自号。

南歌子

毛　滂

东堂小酌赋秋月

庭下新生月,凭君把酒看。不须直待素团团,恰似那人眉样、秀弯环。

冷射鸳鸯瓦,清欺翡翠帘。数枝烟竹小桥寒,渐见风吹疏影、过阑干。

坐在堂内把酒闲看帘外秋光,透过窗帘见到屋檐下的新月。此刻的月亮并不是那种又白又圆的样子,而是像佳人的眉毛一样,弯曲如环。

远处青瓦泛冷光,近处玉帘有清凉,在秋竹小桥的寒烟之中,秋风渐渐将月亮的疏影吹移过栏杆。

这首词是歌咏秋月之作,据词题"东堂"暗示,可知此词应作于词人在武康任上时期。词的上阕写清幽静朗的秋夜明月;下阕写月下冷清寒疏的景况。上阕重在叙述,勾勒整体情景,而下阕则转入对月下疏清景致的铺陈摹状。

毛滂一生的宦游生活大致有三个时期：幕游州县的青年时期；亦仕亦隐的中年时期；宦海沉浮的晚年时期。毛滂知武康期间，正属于其亦仕亦隐、潇洒闲适的中年时期，公事之暇则"游山水歌咏以自适"（《武康县志》），词的创作更是进入成熟阶段，成一家之风范。

南歌子

毛　滂

席上和衢守李师文

绿暗藏城市，清香扑酒尊。淡烟疏雨冷黄昏，零落酴醿花片、损春痕。

润入笙箫腻，春余笑语温。更深不锁醉乡门，先遣歌声留住、欲归云。

登台四望，重山叠翠，树木丰茂，整个城市都被浓重的绿色笼罩住了。宴客堂内弥漫着诱人的酒香，沁人心脾。暮春黄昏时分，淡淡的炊烟、疏落的柳枝以及荼蘼花架上随风飘落的片片花瓣，都留下了春天即将逝去的痕迹。

用清香的酒润润喉咙，吹起笙箫来，曲调优美，格外动听。天气微寒，但宴席上宾主诗酒唱和，纵情谈笑，如坐春风，暖意融融。夜已更深，宴席不撤，索性一醉方休，而且还要吟诗讴歌，让歌声留住那想归去的云彩。

这首词是毛滂在宴席上的酬唱之作。词的上片写惜花伤春，实际是一种思想寄托和自惜其身的体现。词人用冷色调勾画了一幅自然界春暮哀凉的图画。词的下片,词人用暖色调描绘了一幅美好的宴乐图。绍圣时,毛滂在衢州任推官,这首《南歌子》是他在酒席上和衢州太守李师文的词作。其时毛滂虽身居微官,仍时时感到寂寞孤独,渴望人生的知己、友情的温暖和慰藉,所以在欢宴之后,沉醉不醒,所有的哀愁和烦恼都暂且抛到九天云外了。

蓦山溪

毛　滂

东堂先晓,帘挂扶桑暖。画舫寄江湖,倚小楼,心随望远。水边竹畔,石瘦藓花寒。香阴遮,潜玉梦,鹤下渔矶晚。

藏花小坞,蝶径深深见。彩笔赋阳春,看藻思、飘飘云半。烟拖山翠,和月冷西窗。玻璃盏,葡萄酒,旋落荼蘼片。

东堂位置高而广大,突兀在葱郁的万树丛中,明亮而且温暖。置身画舫小斋,仿佛乘着画船荡漾江湖,倚靠着小楼,眺望远方,心旷神怡。北边的池塘边,风竹啸吟,山石嶙峋,藓苔茵茵,花木葱茏,浓荫筛影,这幽美的山水间,有小亭名寒香,有小庵名潜玉,还有垒石而成的岩石,名渔矶。夕阳下,仙鹤栖息于此。

花坞中藏着许多花儿,园中的小路一直蜿蜒到深处。在后花园的阳春亭内吟诗作赋,白天面对烟云缭绕的青翠山峰,文思泉涌,如飘然飞下的半山之中的云彩;夜间赏月于西窗下,虽然寒气袭衣,任由心神悠然。在荼蘼花架下用玻璃杯斟上满满的葡萄酒,但见叶片飘然而落。

此词是毛滂于元符初任武康(今属浙江)县令时所作,《武康县志》载:毛滂在任时"慈惠爱下,政平治简,暇则游山水,咏歌以自适"。东堂本是武康县衙的"尽心堂",词人改名为"东堂"。此堂是治平(宋英宗年号)年间,越人王震所建。当毛滂到任时,此处屋宇颓败,鼠走户内,蛛网粘尘。衙内花园有屋二十余间,亦倾颓于艾蒿中,鸱啸其上,狐吟其下。毛滂命人磨镰挥斧,薙草修茸,面目一新,欣喜之余,遂写此词以志。

这首词的特点是"依名造境",按照园内亭、楼、庵、岩、径之名,创造富有诗意的画境,表达一种优美的情趣。词人十分喜爱这亲手创造的"东堂"佳境,又以造境之法写出了一首优美的"庭园诗",寄托了他对"东堂"的无限深情。由上可知,他为什么将自己的诗文集命名为《东堂集》了。

点绛唇

苏 过

新月娟娟,夜寒江静山衔斗。起来搔首,梅影横窗瘦。

好个霜天,闲却传杯手。君知否?乱鸦啼后,归兴浓于酒。

一弯新月高高挂在寒夜的天空,江水静静地奔流,北斗星低垂着仿佛要衔住那高高的山峰。当搔首徘徊之际,忽然发现梅花的枝影横斜着影映在窗前,显得十分寒瘦。

霜天冷落,友朋云散,把酒传杯的手,也只得闲搁起来了。你是否知道,那些党同伐异的政客如乱鸦般鼓噪之后,我归去来的心情更加迫切了,比酒还要浓烈。

这首词抒写了词人寒夜中的一种闲适、恬淡而又略感凄恻、悲凉的情怀。词的上片写景,描写词人所处的特定环境;词的下片抒情,在上片写景的基础上水到渠成地抒发胸臆。全词语言明快,意境深远,读者不仅能真切地看到词人当年生活的情景,而且能窥见词人当时的心境。词写得极为含蓄,词人借用身边景、眼前事贴切而又隐括地托出一番含而不露的心事,轻松的外表下蕴藏着严峻的政治内涵,词人归隐的意念即使在醉酒之际仍非常清醒,词人与现实政治决裂的决心达到了极其坚定的程度。

苏过是苏轼幼子,时称为"小苏"。其父政治上的遭遇给他留下深刻的影响,一生只担任过低层官吏,新政如霜天般冷峭,词人虽有满腹经纶,也只能闲置一边。这首词抒写词人寒夜中的一种闲适,恬淡而又略感凄恻、悲凉的情怀。全词语言明快,意境深远,读者不仅能真切地看到词人当年生活的情景,而且能窥见词人当时的心境。

点绛唇

苏　过

高柳蝉嘶,采菱歌断秋风起。晚云如髻,湖上山横翠。

帘卷西楼,过雨凉生袂。天如水,画阁十二,少个人同倚。

高高的柳树上传来了蝉的嘶鸣声,等到秋风渐起,就听不到采莲女的歌声了,向晚的云朵宛如高耸的发髻,湖面之上山川如横卧的美人。

西楼之上,门帘高高卷起,一阵风雨之后,凉意从衣袂处生起。天色清凉如水,高高的画阁上之,孤独的我少个登楼倚栏的伴侣。

这首词通过初秋景物的描写,委婉含蓄地表达了怀人之情。上片写景,高柳蝉嘶,湖山横翠。秋风菱歌,晚云如髻。展示一派清秋景色,下片抒情,帘卷西楼,雨后生凉,独自倚栏,益增怀人秋思。全词构思清新,秀媚可致。

苏过家住颖昌,营湖阴水竹数亩,名"小斜川",自号斜川居士,著有《斜川集》,他的翰墨文章,能传其家学,故当时有"小坡"之称。《琅嬛记》载:"靖康中,得倅真定,赴官次河北,道遇绿林胁使相从,叔党曰:'若曹知世有苏内翰乎?吾即其子。肯随尔辈求活草间耶?'通夕痛饮,翌日视之,卒矣。惜乎,世不知其此节也。"

周邦彦历任神宗、哲宗、徽宗三朝,与同时代在"新旧党争"中受尽磨难的大多数文人不一样的是,虽有宦海浮沉,他的际遇还算顺利,上宠下捧,过着舒适优裕的生活。但后来因为和名妓李师师相好,得罪了宋徽宗,被逐出都门。

一寸金

周邦彦

新定作

州夹苍崖,下枕江山是城郭。望海霞接日,红翻水面,晴风吹草,青摇山脚。波暖凫鹥作。沙痕退、夜潮正落。疏林外、一点炊烟,渡口参差正寥廓。

自叹劳生,经年何事,京华信漂泊。念渚蒲汀柳,空归闲梦,风轮雨楫,终辜前约。情景牵心眼,流连处、利名易薄。回头谢、冶叶倡条,便入渔钓乐。

新定州的州城被苍山琼崖包夹,城郭下枕着如画的江山。远远望去,海霞连接着旭日,水面上翻腾着红色的波浪。晴空之下,风吹着绿草,在山脚上轻轻摇动,野鸭和鸥鸟在暖暖的水波中浮游。夜晚的潮水落下去以后,在沙滩上留下道道痕迹。疏朗的树林之外,飘升起点点炊烟,渡口的小舟参差横陈,一派寥廓景象。

独自叹息这劳碌的生涯,一年到头在京华任意漂泊。思念那江渚之上、水汀之中的蒲柳,空空地进入我的闲梦之中。风中的车轮、雨中的船桨,终究辜负了从前的盟约。眼前的景物牵动了我的心绪,当年流连的那些地方,无非是追名逐利,很容易淡薄。如今回过头来,谢别了轻浮杨柳般的歌女舞伎,便可享受到渔钓之乐。

杨易霖《周调定律》云:"按宋之新定,即今浙江建德、淳安、遂安等县。"据《敕赐唐二高僧师号记》《睦州建德县清理堂记》,周邦彦在徽宗建中靖国元年曾客居新定。因为这两篇记的作者都是亲见者,前记是春天所作,后记是秋日所作,证明词人自春至秋皆在新定。此词题"新定作",当是同年之作。词人自绍圣四年至政和元年,十五年间皆官于朝,未闻外任,其客新定及还吴,当是乞假南归。

建中靖国元年,周邦彦已经四十三岁,自太学正至是,偃蹇薄宦,已十九年,故词中有归欤之叹,情见乎词。周邦彦词中多处提及"冶叶倡条",语出李商隐《燕台》"蜜房羽客类芳心,冶叶倡条遍相识"句,意为杨柳轻浮,随风而舞,便将其比作娼妇。词中的说法极甚寻味,盖其时新党之人,偷乐贪婪,竟奔名利,不知操条为何物,如章台杨柳之因风动止也。在这里,词人打算"回头谢"过去的冶游生活,从此"便入渔钓乐",决不与之同流合污。据考此词为周邦彦四十六岁时所作,那时代年过四旬,已近老年,眼看韶光如水,年华逝去,对同一事件的感受,自然与青壮年时代不太相同。老后的周邦彦,不再似过去追逐声色,也不禁如苏轼一般产生了隐居的想法。

尉迟杯

周邦彦

离　恨

隋堤路,渐日晚、密霭生深树。阴阴淡月笼沙,还宿河桥深处。无情画舸,都不管烟波隔前浦。等行人醉拥重衾,载将离恨归去。

因思旧客京华,长偎傍疏林,小槛欢聚。冶叶倡条俱相识,仍惯见珠歌翠舞。如今向渔村水驿,夜如岁、焚香独自语。有何人念我无聊?梦魂凝想鸳侣。

隋堤路上,天色渐晚,浓浓暮霭笼罩着轻烟蒙蒙的杨柳。阴沉沉的月色笼罩着沙滩。我回去宿在河桥深处的船上。这彩绘的小船真是无情啊,全不管浩渺烟波隔断了前面的浦口,一等远行之人酒醉后拥着厚厚的被子入眠,它便装载着离愁别恨,径自归去了。

我因而回想起客居京城的日子,经常和那些美人在稀疏的树林中依偎,在小小的栅栏旁欢聚。歌女们就像这隋堤上的柳树啊,一枝一叶我全都熟悉,只因我看惯了她们头戴珠翠,歌唱舞蹈。如今我却只惯见打鱼人家和水边驿站,夜晚如同整年那么漫长,只好焚起香来自言自语。又有谁能明白我如此无聊的心绪呢?我连做梦都还想着和佳人们成双成对,缔结鸳盟啊。

清黄苏《蓼园词选》认为:"此词应是美成由待制出知顺昌,初出汴京时作,自汴水买船东下,因念京中归友,故曰'想鸳侣'也,情辞自尔凄切。"这是一首羁旅途中追忆旧欢、抒写离愁的词作。上片抒写隋堤日晚,河桥月淡;无情画舸,只载着离恨归去。下片追忆京华欢娱,珠歌翠舞,一晌贪欢;而今夜萧索,水驿冷落,独自凄然,无人惦念,唯有梦想鸳侣务得欢颜。全词由景及情,由今及昔,写眼前景采用白描手法,叙写追思往事时用借物达意之法,尤其是结尾直抒性情,可谓大巧若拙,别具魅力。

隋堤路,是指宋之汴京到淮河一段的水路,因为是隋炀帝所开的大运河的一段,故称隋堤路。此词是周邦彦离开汴梁、乘舟南下时,抒发其所思所感而作。古人乘船而行,大抵于晚间饯别,夜半或凌晨出发,当晚便宿于船上。这首词写主人公在隋堤之畔,运河之上,淡月之下,客舟之中的情景。淡淡的月光之下,一条客船停泊在河桥深处的水路驿站,附近是渔村,客船上的主人独自焚香,喃喃自语。全词由景及情,因今及昔,写眼前景致采用白描手法,描绘出一幅河桥泊舟图,似笔墨淋漓的水墨画。

菩萨蛮

陈 克

绿芜墙绕青苔院,中庭日淡芭蕉卷。蝴蝶上阶飞,烘帘自在垂。

玉钩双语燕,宝甃杨花转。几处簸钱声,绿窗春睡轻。

院墙上绿草杂生,围住了寂静的庭院,院内青苔满地,人迹罕至。正午时分的阳光淡淡地投到蕉叶之上,使得蕉叶舒卷。阶前无人,只有出入花丛林间的蝶儿款款而来,帘儿低垂,随风微动。

珠帘不卷,玉钩空悬,双双燕子,呢喃其上。声音是那样低软柔和。杨花飘扬旋转于井垣四周,优游自如。依稀之中闻得簸钱为戏的声音。绿窗之下,午梦悠悠,似睡非睡,若梦非梦。

这首词描绘了暮春的景色,表现了词人闲适的心情。词的上片写庭院春色,苔深蕉卷,蝶飞帘垂。下片写绿窗轻梦,因而听玉钩燕语,几处簸钱。此词是以倒装逆挽的章法描写了一场春梦,借春梦寄托闲适自得情趣。通片写景,而人物的内心活动即妙合于景物描绘之中,词中所写庭院的幽静自然,与词人的闲适心情两相结合,韵味颇为隽永。上片写帘内所见,由远而近,下片写帘内听闻,以动写静。此词写景动静结合,将幽深寂静的庭院美景描绘得逼真细腻,全词洋溢着一种闲适自得的情趣。

这首词历来为人们所推赏,写春晓春眠,题材本属平常。但它造境深徊,故解推陈出新。《白雨斋词话》云:"陈子高词温雅闲丽,暗合温、韦之旨。"这首词的特点,是体现一个"闲"字。李白有《山中问答》诗:"问余何意栖碧山,笑而不答心自闲,桃花流水杳然去,别有天地非人间。""心自闲",指身栖碧山的闲适之趣,而读者即会在寻"笑而不答"的启示下发出会心的微笑。此词也是着眼于"闲适"而又意在言外,使人心领神会。陈振孙、周济都称陈克词"格韵极高",全词通篇写景,而人物内心活动妙合于景物描写之中:"情景名为二,而实不可分离,神于诗者妙合无垠。巧者则情中景,景中情。"词中展现的朦胧景象与闲适的心情相和谐而渗透,所构成的意境是闲适而又多意外之趣。

青玉案

赵长卿

残　春

梅黄又见纤纤雨。客里情怀两眉聚。何处烟村啼杜宇。劝人归去,早思家转,听得声声苦。

利名萦绊何时住。恼乱愁肠成万缕。满眼兴亡知几许。不如寻个,老松石畔,作个柴门户。

江南梅子黄熟的时候,又见到了纤纤的黄梅细雨,想到自己在外遭遇的种种愁烦,再想到自己有家不得归,双眉怎能不拧到一起呢?江南的村子,这时也笼罩在一层蒙蒙的烟雨之中,不知道是哪里来的杜鹃鸟,用它"不如归去"的叫声,催得远方的游子犯起了相思。

功名利禄的羁绊什么时候才能休止,这烦恼如万缕愁肠令人悲苦不已。可是南宋朝廷对敌妥协、苟且偷安,我辈纵然有补天之才也无法施展,与其这样无用地挣扎,还不如在老松之下、岩石之畔,建个茅屋隐居下来。

这首词写词人在梅雨季节的所遇所感,抒发了自己厌倦仕途、思念故园的感情。词的上片写景,词人用清丽洗练的语言生动地描绘出一幅梅雨季节的江南图画;下片抒发了目前仕宦的厌倦和隐居生活的向往。

赵长卿作为宋朝宗室,生活在两宋之际风云变幻的年代,一定满怀报国之志。词人本来读书万卷,志向远大,但现实的政治环境实在残酷,小人当道,志士扼腕,因此多了国家兴亡与个人仕隐关系的感叹以及摆脱功名利禄的主题,这是值得注意的现象。

蓦山溪

赵长卿

遣 怀

无非无是。好个闲居士。衣食不求人,又识得、三文两字。不贪不伪,一味乐天真,三径里。四时花,随分堪游戏。

学些沓拖,也似没意志。诗酒度流年,熟谙
得、无争三昧。风波歧路,成败霎时间,你富贵,你
荣华,我自关门睡。

胸中早就没有了尘世间的是是非非,好一个悠闲潇洒的居士。丰衣足食不需求助于他人,且又识得几个字,读过几本书。不贪婪不虚伪,在三径里寻求本真的快乐味道。这四季花开,随着时节的变化随心地把玩游戏。

学点拖沓、懒散的作风,看上去好像没有什么意志力。在诗酒之中度过流年,谙熟了与世无争的诀窍。在风波四起的人生歧路上,充满了变数,成败得失都是一瞬之间的事情。任凭你富贵荣华,我却无心问津,且关起门倒头便睡。

古代人们称有才德而隐居不仕的人为居士,赵长卿便自号仙源居士。他本为宗室子弟,"通经好学",却屡试不第,沉沦不遇,便淡于仕进,以饮酒作词自娱,词风淡远萧疏。这首词抒发了词人对仕宦生涯的厌倦和隐居生活的向往,但也是无可奈何的自我麻痹。

昭君怨

杨万里

赋松上鸥

偶听松梢扑鹿,知是沙鸥来宿。稚子莫喧哗,
恐惊他。

> 俄顷忽然飞去,飞去不知何处?我已乞归休,报沙鸥。

我静坐书房之中,偶然听到门外松树梢上有飞鸟拍打翅膀的声音,知道是有鸥鸟前来投宿。我小心翼翼地向正在玩耍的孩子们示意,告诫他们不要吵闹,唯恐惊吓了鸥鸟。

我正因为沙鸥落在"诚斋"门前松树上高兴,转瞬间沙鸥忽然振翅远飞,已不知飞到什么地方去了,我要把自己辞官归隐的事告诉沙鸥。

这首词是杨万里辞官归隐家乡江西吉水时的作品。题目《赋松上鸥》说明,这是一首咏物词。词前小序云:"晚饮诚斋,忽有一鸥来泊松上,已而复去,感而赋之。"此序交代了沙鸥来而复去的时间、地点和经过,"感而赋之"则说明了写作动机。

词的上片写词人静坐书室,意外地听到窗外松树上有沙鸥前来投宿,十分惊喜;下片写鸥鸟远飞,词人不免怅然若失,进而将鸥鸟人格化,与之沟通思想,借以抒发心志。杨万里长期被贬,愤而辞官家居,临终前说:"韩侂胄奸臣,专权无上,动兵残民,谋危社稷,吾头颅如许,报国无路,惟有孤愤!"说明他因报国无门,又不被人理解,忧愤至死。词中将沙鸥视为"知己",寄托自己的感情,其意也在于排解内心的苦闷。全词只写了沙鸥来而复去的简单小事,词人将自己的活动心境点缀其间,就写了很深的内涵。杨万里的词和他的诗一样,如摄影中的快镜,很小的事情,很匆促的事件,总结在狭小的范围内表现出更多的东西。本词的郁闷胸怀触目即可传达,不仅显示了词人高超的艺术技巧,更表达了一位爱国者报国无门故作旷达的胸臆。

水调歌头

范成大

细数十年事,十处过中秋。今年新梦,忽到黄鹤旧山头。老子个中不浅,此会天教重见,今古一南楼。星汉淡无色,玉镜独空浮。

敛秦烟,收楚雾,熨江流。关河离合,南北依旧照清愁。想见姮娥冷眼,应笑归来霜鬓,空敝黑貂裘。酾酒问蟾兔,肯去伴沧洲?

细细历自己数十年奔波忙碌的往事,一件件都历历在目,浮现在眼前却如同梦境一般。今天又逢中秋佳节,来到黄鹤山头。相隔了整整九百年,老子今夜豪兴不浅,忽忆当年庾亮镇守鄂州的情景,天教历史上的聚会重现,我辈今朝宴饮赏月在南楼之上,只见楼头明月犹如一轮玉镜高悬天心,其光华精魄竟使得银河也相形失色。

在明净的月色下,烟气雾氛,一扫而尽,目无纤尘,江面寂寂无波,如熨过的一首长练,视野开阔,景象宁谧。山河破碎,南北分裂,纵然面对美景如斯,这清秋朗月依然引起那抹挥之不去的感伤。想那月宫中的嫦娥,眼看着凡间下界的我这个人一年又一年在异乡流落,到头来却熬成白头,却一直志向未酬,估计会是冷冷嘲笑吧!就如同那不得志的苏秦,为理想的努力奋斗最后都化为乌有。手把酒杯问明月,你是否肯伴我一道归隐沧州!

这首词作于宋孝宗淳熙四年(1177)中秋。范成大于本年辞去四川制置使职务,乘船东归,八月十四日来到鄂州(今湖北武昌),应知州到刘邦翰之邀,于次日晚于蛇山上的南楼赴宴,与当地官员一起赏月度中秋。词人在记叙自己离川东的游记《吴船录》中详细记载了此词的写作背景:"……天无纤云,月色奇甚。江面如练,空水吞吐。平生所遇中秋佳节,似此夕亦有数,况复修南楼故事,老子于此,兴复不浅也。向在桂林时,默数九年之间,九处见中秋,其间想相去或万里,不胜漂泊之叹,尝作一赋以自广。……通计十三年间,十一处见中秋,亦可谓之游子。然余以病丐骸骨,傥恩旨垂允,自此归田园,带月荷锄,得遂此生矣。坐中亦作乐府一篇,俾鄂人传之。"

词人通过对中秋月色和大好河山的赞美,表现了强烈的爱国主义精神和壮志难酬的凄怆情怀。词的上片写赏月时的情景;下片则从眼前月色拓展到月色下的大好河山。全词的基调是抒发爱国的热情和志在恢复河山的抱负,当这一切不能实现时,只能走向归隐山村的潇洒,激奋之中蕴涵着凄怆,热望之中又带着悲凉。词人以过去"十处过中秋"反衬,又以神话、历史故事生发出丰富的想象,神气超迈,心胸高旷,以致后幅万里归来的衰惫也未影响他的情调。词的意境是豪放、阔达的,风格飘逸潇洒,语言流畅自如,从中可以看出它受到苏轼中秋同调词的影响。此词并不过分豪迈悲壮,也不流于绮靡,确是一种变徵之声。激愤中带有苍凉之感,准确深刻地反映了词人追求理想的热望幻灭之后的凄怆情怀。

满江红

王 质

落尽斜阳,尚有些、断霞残影。甚弯环、东溪西巷,南岩北岭。行熟更教羊引著,睡浓却被鸦惊醒。渐孤村、树暗颤山欹,霜风冷。

人世里,嫌他蠢。牛背上,输他稳。但芒鞋一緉,蓑衣一领。五脏荒陂蔬荐口,双鬓幽崦花漫顶。虽云乌、月黑路蒙笼,何曾窘。

夕阳已经完全沉入山下,可是西天的云彩还是透着些光亮。东西南北的各个溪巷岩岭弯曲如环,道路坎坷曲折。本来是一条走得很熟的路,却被前面的羊群牵引着,不能任意行走。浓睡正是人间快事,可那些讨厌的乌鸦总是让人不得安宁,扰人清梦,实在扫兴。我独自在孤寂的山村歇息,凛冽的寒风吹过,山和树都在颤动着,使人神骇心惊。

人世喧嚣,人在其中往往身不由己,觉得自己实在是蠢笨。和那些不问世事的村野之士相比,自己的处境总是在人世中浮沉。只要草鞋一双,蓑衣一件,将那官场尘世的荣辱一并甩开,在悠悠的山水中度过自己的一生。在一个荒凉幽僻的山坡住下,吃着自己栽种的蔬菜,是一种莫大的享受,两座像发髻的小山,漫山都是芊芊的野花,它们就是我最好的伙伴。即使云月再黑,山路再不清晰,也不会有什么应付不了的。

这首词写的是傍晚时分词人在山间行路时的所见所感,抒发了词人的寂寞情怀,表达了远离尘嚣,隐居山林的人生理想。词的上阕写词人在山行时所见,从周边的环境入手,渲染出全篇悲凉寂寞的氛围;再由羊与乌鸦写出自己的仕途情况。词的下阕表达对隐士生活的向往,反衬出词人对现实的失望。

平岗细草鸣黄犊

辛弃疾闲居上饶带湖十年，一直对风景绝佳的瓢泉念念于心，有心在此建造一个居所。1195年春天，瓢泉居所终于落成。与带湖的有栋百盈，"青山屋上，古木千章，白水田头，新荷十顷"相比，瓢泉的规模很小，只是一栋小小的居所。由于带湖居所遭受火灾，辛弃疾举家迁往瓢泉。

瓢泉的风光四时不同，辛弃疾醉心于这四季变换中，倒也自得其乐。闲来无事，他便赏花吟诗，日子过得闲适快意，仿佛那些政治的风云诡谲，离他已经很远。他醉心于田野生活，甚至也不在诗词中抒发自己的不甘与愤怒，而是开始描绘他所处的乡村田野，勾勒出一幅"暧暧远人村，依依墟生烟"的世外桃源景象。

满江红

辛弃疾

山居即事

几个轻鸥，来点破、一泓澄绿。更何处、一双鸂鶒，故来争浴。细读离骚还痛饮，饱看修竹何妨肉。有飞泉、日日供明珠，三千斛。

春雨满，秧新谷。闲日永，眠黄犊。看云连麦垄，雪堆蚕蔟，若要足时今足矣，以为未足何时足。被野老、相扶入东园，枇杷熟。

在静静的湖面上有几只轻鸥飞落,点破了一池的澄绿,而鸂鶒的出现带来了更大的扰动,它们双双前来,在水中争相浴喧。我一边细细品读《离骚》,一边痛饮着烈酒,饱览着修竹又何妨食肉。还有那飞流直下的泉水,溅起的水滴如大珠小珠滚落玉盘,每天供应着千斛的明珠。

春雨落满了田地、池塘,秧苗长出新穗。日子是这样的悠闲,近傍是卧眠的小牛犊。放眼望去,麦田如连天的黄云,蚕茧似堆山的白雪,这是乡间独有之乐。如果要说满足的话,现在是真正的满足了,如果这样还觉得不满足,那什么时候才能够满足呢?走在路上,又被野老搀扶着来到了果园里,只见枝头上枇杷正熟,黄澄澄、沉甸甸,满眼都是欣欣向荣的喜人景象。

明人卓人月《古今词统》评价此词:"无处着一分缘饰,是山居真色。"词的题目为"山居即事",词的内容扣紧题目来写,描写词人初夏季节山居生活的清闲情景,表现词人满足于这风景优美、人情淳朴的山林生活环境的安适情怀。词的上片主要描写初夏季节优美的自然风景,突出自己山居生活环境的清幽绝尘和自我性怀的自然惬意;下片主要表现山居生活环境的宁静悠闲、饱满自足和人情的淳朴深厚。从内容上看上片写的是清雅的山中居士,后半部分写的是淳朴的乡间野老。退隐山野的词人其实就是这两种身份的结合,既脱不了文人的审美情趣,又浸润着乡间地头的朴实气息。轻鸥、离骚、修竹、飞泉等等,这些全是文人喜闻乐见的清雅事物,它们共同勾画出山涧的清幽境况。下片从清幽的山景中走出,写田园的劳动与收获,景物与人情。色彩感、画面感更强。

"细读离骚还痛饮",典出《世说新语·任诞》王孝伯言:"名士不必须奇才,但使常得无事,痛饮酒,熟读《离骚》,便可称名士。""饱看修竹何妨肉"语出苏轼《绿筠轩》诗:"可使食无肉,不可居无竹。"词人将王伯孝所谓的细读离骚痛饮酒的名士风流带到了山中,虽说"可使食无肉,不可居无竹",但食肉赏竹大可并行不悖,寥寥数语刻画出词人潇洒不羁的名士意态。下片中,词人还将知足常乐的人生哲理插入到田园景色之中,虚实交替,使生活实景与人生态度相互印证,充满了哲理,耐人寻味。在山中享受幽居的清趣,到田间感受劳动的乐趣,风调雨顺,人情和美,真是人间的至乐境界。本词的抒情风格体现出轻扬闲适、理趣盎然的特点,语言朴素大方,韵味恬淡而隽永。

鹧鸪天

辛弃疾

读渊明诗不能去年,戏作小词以送之。

晚岁躬耕不怨贫,只鸡斗酒聚比邻。都无晋宋之间事,自是羲皇以上人。

千载后,百篇存,更无一字不清真。若教王谢诸郎在,未抵柴桑陌上尘!

渊明晚年不愿为五斗米折腰,辞去官职,退隐后躬耕于田园,安于清贫。他与乡邻唤鸡斗酒、共饮共食,打成一片,关系十分融洽。远离了东晋、南宋之间南北分裂、战乱频仍、政局动荡的黑暗现实,独自在田园中营造一个美好的世界,远离纷扰,悠然自得,无欲无求,无忧无虑,自称是羲皇上古之人。

早早从官场引退的陶渊明虽然没有机会成为叱咤风云、改变历史的伟人,但他在隐居生活中留下的百余篇诗篇却令他千古不朽。这些作品是纯粹的田园之音,所以清新;因为完全发自内心,所以真挚。王谢之弟那些潇洒风流、纵酒放浪的清流名士哪里知道真正的清高境界,他们的"清"还比不上陶渊明躬耕的地方的尘土。

此篇颂陶词,既颂其诗品,又颂其人品。先言其乐于躬耕,接近乡邻,人品高洁,并以远古人士相拟。次赞其诗作清新淡远,淳朴真挚以此千古流芳。再以潇洒儒雅的王、谢诸郎作陪衬,见其诗如其人,诗品之高洁,必源于人品之高洁。此词正体现了词人重视人品与文品的批评原则。

这首词也是辛弃疾于孝宗庆元年间闲居上饶瓢泉时的词作,是读陶渊明诗后的所感所想。虽然只是一首小令,但包括了对陶渊明为人与为文两方面的评价。辛弃疾十分仰慕陶渊明,又将其引为知己,在很多作品中写到陶渊明。词前的小序中读陶诗,手不释卷,因而写下了这首小词。词中所描绘的陶渊明隐居后的生活状态和生活情态,与离职退居后辛弃疾自己的情状或者他所向往的状态颇为相似,这正是词人写作的原动力。

鹧鸪天

辛弃疾

代人赋

陌上柔桑破嫩芽,东邻蚕种已生些。平岗细草鸣黄犊,斜日寒林点暮鸦。

山远近,路横斜,青旗沽酒有人家。城中桃李愁风雨,春在溪头荠菜花。

田野中的桑叶在春天的催动下,逐渐萌芽、膨胀,终于破壁而出,长出嫩芽,东邻人家的蚕卵也开始孵化。小山岗的平坡上,在牛栏中关了一冬的黄犊乍见春草,发出欢快无比的叫声。夕阳斜照在寒林之上,傍晚时分,黑色的乌鸦在林中历历可见。

远远近近都是山岗,山路曲折横斜,蜿蜒伸展。不远处挂着青旗酒帘的地方,就是一个酒店。这样的时节,城中的桃李忧风愁雨,春意阑珊,而那散见在田野溪边的荠菜花,繁密而显眼,仿佛天上的群星,一朵接着一朵迎着风雨开放,以顽强的生命力昭示着盎然的春意。

这是一首吟咏江南农村美好景色的词,上片写近景,下片写远景,借景抒情,流露出词人厌弃城市繁华,热爱乡野生活的情趣。词人熟悉农村生活,为人们描绘出一幅清新美丽的山乡风景画,反映了他陶醉于田园优美风光的心情。词作画面优美,情致盎然,此词写田野初春之景,于清新疏淡中,充盈蓬勃生机,结韵尤为显著。柔桑嫩芽,幼蚕孵化,细草黄犊,寒林暮鸦,山峰有远近,路段相交叉,青旗飘扬,酒店人家,小景充满乡土气息,体现词人对农村的爱悦。结韵写城中桃李愁风畏雨,转眼即逝,溪头荠菜,顽强茁壮,春意常留。两相对照,可窥见词人厌弃官场、喜爱田园的情趣。

荠菜花的花瓣碎小,没有鲜艳的颜色、浓郁的香气,在城里人的眼中,原本算不得什么花,词人却对它给予热情的礼赞。词中关于"城中桃李"和"溪头荠菜花"的对比深含着生活的哲理,荠菜花不怕风雨,独占春光,在它身上体现着一种人格精神。辛弃疾这首词看似随意信笔,但细细品味,却很有深意,他通过写景和抒情,表现了辛弃疾罢官乡居期间对田园生活的欣赏流连和对城市上层社会的无情鄙弃。并以此与友人共勉:不要做忧风愁雨的城中桃李,要做田野溪头那坚强的荠菜花。

鹧鸪天

辛弃疾

游鹅湖,醉书酒家壁

春入平原荠菜花,新耕雨后落群鸦。多情白发春无奈,晚日青帘酒易赊。

闲意态,细生涯。牛栏西畔有桑麻。青裙缟袂谁家女,去趁蚕生看外家。

白色的荠菜花开满田野,土地耕好了,又适逢春雨,群鸦在新翻的土地上觅食。万种愁绪染白了头发,这样生机勃勃的春天也拿它没有办法,只好到路边的小酒店里去饮酒借浇愁了。

村民悠闲自在,生活过得井井有条,牛栏左右的边角空地种满了桑麻。春耕刚完,春播未始,新蚕即将出生,大忙的季节就要到来了。不知谁家的年轻媳妇,穿着白衣青裙,趁着大忙前的闲暇去走娘家。

词前小序云:"游鹅湖,醉书酒家壁。"这时期,词人被罢官落职,不得不退隐田园,此时他年仅四十二岁。这个年纪正是年富力强、精力充沛之际,更何况他是一个"季子正年少,匹马黑貂裘"的英雄,怎能忍受这种清闲无为的生活？词人游鹅湖,面对生机勃勃的春天,联想到自己的遭遇,惆怅之情油然而生。

　　这首词写村居小景。词的上片写仲春田园的美丽风光和词人由此引发的感喟;下片描绘了一幅朴实闲适的农家生活图景。词中先写原野荠菜开花,田垄群鸦飞翔,春色浓郁,村景宜人。继而感叹春意虽浓,无奈事业不就,白发欺人,只能借酒浇愁。然后写所见农家风情:近牛栏、靠桑麻,生活平静,闲适自在。还见到青裙白衫的少妇趁闲走娘家。小词言简意赅,描绘出农村的物象和风习,流露出对田野风光的爱悦,同时也表现了怀才不遇的词人那种无奈背后的不甘闲居的进取之心。

　　词人喜爱田园风光,热爱纯洁、清新的农村生活,为什么又要感到惆怅呢？在写作本词的前后,他曾"独宿博山王氏庵",写过一首《清平乐》的词,有句云:"布被秋宵梦觉,眼前万里江山。"这梦寐不忘的祖国万里江山,才是词人真正关心的大事业。而如今,他被排挤到农村,过起闲适的生活,他怎能不愁苦呢？所以,辛弃疾并非不喜欢农村,但这种田园生活过于恬静、安闲,远离抗金第一线;他也并非不喜爱春天,但春天却难以给他政治生活带来生机和希望。词中抒写了词人内心的苦闷,通过这种苦闷表现了他的追求,这就是景中所抒之情。

鹧鸪天

陆　游

家住苍烟落照间,丝毫尘事不相关。斟残玉

瀣行穿竹,卷罢黄庭卧看山。

贪啸傲,任衰残,不妨随处一开颜。元知造物心肠别,老却英雄似等闲!

家住绍兴西南的鉴湖之畔,门前碧波清澈,晚风斜照之下,苍烟摇曳,更觉妩媚动人。它能涤荡隐士的尘心,忘却世俗的一切纷扰。喝完了玉瀣美酒就散步穿过了竹林,看完了《黄庭》就躺下来观赏山中的美景。

我贪恋这种旷达的生活情趣,任凭终老田园。随处都能见到使自己高兴的事物,何不随遇而安,开颜欢笑呢?原先就已经知道造物主无情,它白白地让英雄老死去却等闲视之。

宋孝宗乾道二年(1166)陆游四十二岁,言官弹劾他"交结台谏,鼓唱是非,力说张浚用兵",被免去隆兴通判的职务,卜居于镜湖之三山。词中虽写隐居之闲居,但那股抑郁不平之气仍然在篇末流露出来。词的上片描绘出一副怡然自得的田园山水图;下片发抒了英雄无用武之地的愤懑和超脱尘世的旷达。整首词显得格外悲凉冷峻。

陆游生活的时代,北方的金国频频向宋朝发动战争,积贫积弱的宋朝丧失了大量国土,被迫不断向南迁移,人民生活在战乱和动荡之中。少年时代的陆游就不得不随家人逃难,饱尝流离失所的痛苦。陆游从小受到父亲爱国主义思想的熏陶,很早就养成了忧国忧民、渴望国家重建的品格。但是仕途上不得意,他没有机会施展自己抱负的机会,只能在诗词中抒写自己报国无门的郁闷之情。他的词中大多数都是与抗击侵略者有关的主题,在其中寄托自己报国无门的愁闷情绪和对祖国前途命运的深切忧虑。这首词多用含蓄之笔,"苍烟""落照""斗残""卷罢""衰残""老却""等闲"等词汇,给闲情逸致的生活情趣笼罩上低沉、暗淡的色彩,这也是词人心态的真实写照。

刘克庄《后村诗话续集》将陆游词分为三类:"其激昂慷慨者,稼轩不能过;飘逸高妙者,与陈简斋、朱希真相颉颃;流丽绵密者,欲出晏叔原、贺方回之上。"此词就是其飘逸高妙一类作品的代表作。

鹧鸪天

陆 游

懒向青门学种瓜,只将渔钓送年华。双双新燕飞春岸,片片轻鸥落晚沙。

歌缥缈,舻呕哑,酒如清露鲊如花。逢人问道归何处,笑指船儿此是家。

我不愿意靠近都城,学汉初的邵平那样在长安青门外种瓜,只愿回家过清闲的渔钓生活。但隐身渔钓,并非我的生活理想,这样做只是无可奈何之下的一种自我排遣而已。镜湖岸边,燕子双双飞舞,轻盈飞翔的海鸥落在沙滩之上,眼前湖光山色,一派祥和的景象。

湖面上传来缥缈的歌声,与那摇橹的呕轧声相映成趣,还有清香的美酒和精美的菜肴相伴。人们问我要到何处去,我笑指着小船回答说,这小船就是我的家,我将随它任意漂泊到任何的地方去。

宋孝宗隆兴元年(1163),张浚以枢密使都督江淮东西路军马,主持抗金军事。第二年,陆游任镇江通判,张浚以右丞相、江淮东西路宣抚使,仍都督江淮军马,经常提携陆游,对陆游有知遇之恩。可张浚没过多久就死了,南宋朝廷很快停止了对金国的作战计划,年底宋金达成和议。1165年,陆游调任隆兴(今南昌)通判。1166年,陆游以"交结台谏,鼓唱是非,力说张浚用兵"的罪名,被免职回家。这首词就是陆游这一年归家不久后写下的。

此词的上片描写镜湖优美的风景,表达词人不愿学汉代的邵平在长安城外种瓜,只愿回家过鱼钓的生活;下片则从湖边写到泛舟湖中的情况。上下片结尾都很巧妙,上篇结尾的妙处是以景移情,下片结尾的妙处是情景复杂,并不单一。陆游作词,本来如大手笔做小品,有厚积薄发,举重若轻的长处。这首词随手描写眼前生活和情景,毫不费力,而清妍自然之中,有自觉正反兼色,内蕴深厚。

青门种瓜,语出《三辅黄图》卷一:"长安城东出南头第一门曰霸城门,民见门色青,名曰古城门,或曰青门。门外旧出佳瓜。广陵人邵平为秦东陵侯,秦破,为布衣,种瓜东门外。瓜美,故时人谓之东陵瓜。"词中的意思是词人不愿意靠近都城效仿邵平在长安城东的青门外种瓜。

鹊桥仙

陆 游

一竿风月,一蓑烟雨,家在钓台西住。卖鱼生怕近城门,况肯到红尘深处?

潮生理棹,潮平系缆,潮落浩歌归去。时人错把比严光,我自是无名渔父。

渔父手拿着渔竿,身披蓑衣,终年生活在风月、烟雨之中。渔父们的家就在水滨,他虽然以卖鱼为生,但是他远远地离开了城门,更何况是去城中的闹市?他不愿意去闹市中那争名逐利的市场。

渔父在潮生时出去打鱼,不潮平时系缆,在潮落时归家。生活规律和自然规律相适应,并无分外之求,不像世俗中人那样沽名钓誉。有人错把渔父比作严光,渔父说他只是他,只是一个没有名字的普通渔父。

陈廷焯《白雨斋词话》评论:"放翁词,惟《鹊桥仙》一章,借物寓言,较他作为合乎古。"文人词中写渔父最早、最著名的是张志和的《渔父》,后人仿作也很多。陆游这首词是词人在王炎幕府经略中原事业失望以后,回到故乡山阴时所作。这首词虽然是写渔父,其实是自己咏怀之作,他写渔父的生活与心情,正是写自己的生活与心情。

严光为东汉人,字子陵,曾与刘秀同学。刘秀即位后,他改名隐居。后被召回京师,任谏议大夫,不肯受,归隐富春山。他常常披着羊裘于富春江上垂钓,他钓鱼的地方被称为钓台,又叫子陵台。宋人有诗云:"一着羊裘便有心,虚名留得到如今。不时若着蓑衣去,烟水茫茫何处寻。"时人认为严光虽辞光武征召,但还有求名之心,陆游也觉得无名的渔父比严光还要清高。

词人晚年归居山阴,山阴地近镜湖,因此词人常常在这里"渔歌菱唱",词的上片描写渔父的生活环境和日常所做之事,表现词人对官场生活的厌倦和对归隐生活的向往;下片描写渔父捕鱼的场景,称颂比严光还要洁高的无名渔父。渔父是文人诗词中常有的艺术形象,多用来彰显文人卓然独立的精神,词中渔父虽然洁高自得,其实心中的爱国之火始终燃烧,从未熄灭。

鹊桥仙

陆　游

华灯纵博,雕鞍驰射,谁记当年豪举。酒徒一半取封侯,独去作、江边渔父。

轻舟八尺,低篷三扇,占断蘋洲烟雨。镜湖元自属闲人,又何必、官家赐与!

在华丽的明灯下与同僚纵情赌博,骑上骏马猎射驰驱,这是多么豪迈的生活?可是如今,终日酣饮耽乐的酒徒,反倒受赏封侯,志存恢复的儒者,却被迫投闲置散,作了江边垂钓的渔父。

虽然只驾着一叶轻舟,舟上是三扇低矮的船篷,却占尽了蘋洲之上的烟雨风光。官家既置我于闲散,这镜湖风月本来就只属闲人,还用得着官家你赐予吗?

唐代诗人贺知章老去还乡,唐玄宗曾诏赐镜湖一曲以示矜恤。陆游则借用此典翻出新意。这首词是陆游闲居故乡山阴时所作,山阴地近镜湖,因此他此期词作多为"渔歌菱唱"。山容水态之咏,棹舞舟横之什,貌似清旷淡远,超然物外,实际上身寄江湖,心存河岳。他写"身老沧州"的生涯,正是"心在天上"的痛苦曲折的反映。明代杨慎《词品》说:"放翁词,纤丽处的似淮海,雄快处似东坡,其感旧《鹊桥仙》一首(即此词),英气可掬,流落亦可惜矣。"

这首词的上片回忆南郑抗金前线的戎马生涯,表达了对报国无门的愤懑之情;下片描绘了镜湖的优美景色,发抒了词人心中激昂不平之意。此词很能代表陆游放归后词作的特色,他在描写湖山胜景,闲情逸趣的同时,总含着壮志未酬,壮心不已的怨愤。词中雕鞍驰射,蘋洲烟雨,景色何等广袤浩荡!而"谁记""独去""占断"这类词语层层转折,步步蓄势,隐由幽微,情意又何等怨慕深远!这种情与景、广与深的纵横交织,构成独特深沉的意境。

点绛唇

陆　游

采药归来,独寻茅店沽新酿。暮烟千嶂。处处闻渔唱。

醉弄扁舟,不怕粘天浪。江湖上,遮回疏放。作个闲人样。

从深山采药回来以后,独自到路边的茅店沽来新酿成的美酒,独酌起来。但见暮山千叠,长烟落日,听得渔舟唱晚,声声在耳。

一种醉弄扁舟的豪兴勃然而升,况醉后疏阔放纵,更不怕连天波浪。这一回,定要放浪山水,无拘无束,友渔樵,钓明月,真正享受一回清闲人滋味。

这首词作于宋孝宗淳熙年间,陆游闲居山阴时,淳熙七年(1180),江西水灾,陆游于常平提举任上,"奏拨义仓赈济,檄诸郡发粟以予民"(《宋史·陆游传》)。事后,都以"擅权"获罪,遭给事中赵汝愚借故弹劾,罢职远乡。

此词取材于村居日常生活中的一个片段,以采药、饮酒、荡舟为线索,展示词人多侧面的生活风貌。上片写采药归来独沽酒,下片写醉后弄舟江湖间。全词描写的都是山林江湖的闲情野趣,但对于一生以抗金救国为己任、心系国家安危的词人来说,放浪山水,做一个潇洒送风月的"闲人",并非他的意愿。他是对驰骋疆场无限向往的热血男儿,他执着追求的是充满战斗快意的人生。村居生活终究难以消释他心中郁勃不平的英雄豪气。因此,放浪山水的闲情逸致,借酒后豪兴以挥斥,其实是他英雄无用武之地,壮志难酬的悲愤心情的表现。

此词中平凡的樵夫渔父生活后,暗含的是一颗不甘作闲人的心。词虽短小,但空间跨度十分广大,在有限的字句中,直从山间到江湖,不出现人,但处处写人。词的上下片仿佛两幅优美的图画,线条勾勒简洁,类似于中国古代的水墨画,韵味无穷。

眼儿媚

范成大

萍乡道中乍晴,卧舆中困甚,小憩柳塘

酣酣日脚紫烟浮,妍暖破轻裘。困人天色,醉人花气,午梦扶头。

春慵恰似春塘水,一片縠纹愁。溶溶泄泄,东风无力,欲皱还休。

雨后初晴,云彩、地气都显得特别活跃,云脚低垂,地气浮腾。日光也显得更强烈了,发出夺目的光亮。春日穿透春云射出,只觉地面紫烟浮泛,暖气熏熏,令人酣困。于是脱去冬衣,初试轻裘。这天气叫人感到舒服,因而容易使人陶醉,加上暖乎乎的花香沁人心脾,更使人精神恍惚。

人不禁慵懒困乏起来,春慵就像春塘中那细小的波纹一样,叫人感到那么微妙,只觉得那丝丝的麻麻痒痒,阵阵的软软绵绵。一塘春水,盈盈漾漾,在和软东风吹拂下,刚泛起涟漪,又复归平静。而人的春愁就像这塘春水一样,来去不定,时浓时淡,却永远不能在心头消失。

这首词作于调知静江府、广西经略安抚使任赴桂林途中。据范成大《骖鸾录》,乾道九年(1173)闰正月末过萍乡(今江西萍乡),时雨方晴,乘轿困乏,歇息于柳塘畔。柳条新抽,春塘水满,这样的环境既便于小憩,又容易引发诗情。词的上片写乘舆道中的困乏,下片写小憩柳塘的情景。词人用贴切的词语写天气给人的困乏感觉,又用了一系列比拟写感觉中的春慵形态,使人如临其境:感觉到春天的温暖,闻到醉人的花气,感受到柳塘小憩的甜美。

春慵,是一种生理现象,也是一种感觉,虽然在前人诗词里经常出现这个字眼,但具体描写很少,苏轼《水龙吟·次韵章质夫杨花词》借杨花写了女子的慵态,但没有此词写得生动、细腻、充盈。如此写生理现象,写感觉,应当说是文学描写手法的进步。历代词评家很赞赏这首词,评为"字字温软,着其气息即醉"(沈际飞《草堂诗馀别集》)。俞陛云则说:下片五句"借东风皱水,极力写出春慵,笔力深透,可谓入木三分。"(《唐五代两宋词选释》)

蝶恋花

范成大

春涨一篙添水面。芳草鹅儿,绿满微风岸。
画舫夷犹湾百转。横塘塔近依前远。
江国多寒农事晚。村北村南,谷雨才耕遍。
秀麦连冈桑叶贱。看看尝面收新茧。

春水涨了,池塘满了,一直浸润到岸边的芳草,芳草在微风中轻轻抖动,鹅儿在水面上活泼地游弋,春风轻轻地吹绿了河岸,吹绿了河水。我乘着彩船往横塘方向游去,船行得很慢,何道回曲,看着前方的塔近了,其实还很远。

江南水乡的水寒冷,旱地早已种植或翻耕了,但水田则要晚些。所以村北村南,要到谷雨时节才会耕遍。漫冈遍野的麦子拔穗了,蚕眠以后,桑叶也便宜了,农人一面品尝着青麦,一边准备收取新茧,到处是喜迎丰收的情景。

这首词是范成大退居石湖期间,描写苏州附近田园风光的词作,描绘出一幅清新、明净的水乡春景,抒发了词人对大自然的喜爱之情,传达出浓郁而恬美的农家生活气息,令人心醉神迷。词的上片写词人乘坐彩船游行往横塘方向,同时带出了沿河的风光,更带出了自己盎然的兴趣;下片写田园、写农事,表现出对农家生活的认同感、满足感。田园词在两宋很少,苏轼、辛弃疾各写了几首,范成大也写两三首,这些作品可以说是宋词里的珍品,显得尤为珍贵。

南宋时期在政治上软弱妥协,农业、工业却发展很快,许多爱国之士都因政见与朝廷相左而隐居于世,范成大也是其中一员,这首词正是他隐居苏州一带所作。这是一首田园词,体现了田地间春意盎然的一幕,笔调清新愉悦,将景物与农事描写得自然连贯,充分表现出词人对田园生活的向往之情,是一篇很有特色的词作。杨万里《石湖居士诗集序》说:"大篇决流,短章敛芒;缛而不酿,缩而不僒。清新妩媚,奄有鲍谢;奔逸隽伟,穷追太白。求其支字之陈陈,一唱之呜呜,不可得世。"钱钟书在《宋诗选注》中谓之"也算得中国古代田园诗的集大成"。

雨中花令

周紫芝

吴兴道中,颇厌行役,作此曲寄武林交旧

山雨细、泉生幽谷,水满平田。雪茧红蚕熟后,黄云陇麦间。武陵烟暖,数声鸡犬,别是山川。

嗟老去、倦游踪迹,长恨华颠。行尽吴头楚尾,空惭万壑千岩。不如休也,一庵归去,依旧云山。

雨丝细密,笼罩山川,不知不觉之间汇成清泉。原野平旷,水波荡漾,到处一片烟雨迷蒙的景象。秋蚕长成,披上红装,陇麦饱满,

秀出金黄,苍茫的田野里透出丰收的希望。放眼山川,烟气袅袅,田间不时传出几处鸡鸣、透出几声犬吠,打破了山的寂静。

年事已老,便倦于游览山水。遗憾自己未曾登临华山之巅,享受那一览众山小的开阔境界。倘若行遍江西,将名山大川尽收怀抱,它层峦叠嶂、危峰林立,是如此遥不可攀,终究只能令自己汗颜。不如退隐一隅,虽方寸之居,却可留得几分静谧。

据词序介绍,这首《雨中花令》是周紫芝吴兴道中之作,行役倦怠抒发一己情怀,还巧用《桃花源记》的典故,塑造出一幅宁静的山川田园图画,令人心驰神往。这是一首优美的婉约词作,上片写景,为我们展示了一派富有生活情趣的江南风光;下片抒情,抒发了对年华流逝的无奈与慨叹,以及归去之后的欣然自得之感。语言浅近自然,风格空静疏淡,曼妙轻灵。

吴兴,古郡名,指今浙江湖州市。武林本为山名,指今浙江杭州的灵隐山。《汉书·地理志·会稽郡》:"钱塘、西部都尉治,武林山,武林水所出。"后多指杭州。从词中"雪茧红蚕""黄云陇麦"等富于特征性的物象表明,此词的具体时令应是初秋。

周紫芝晚年退隐庐山,选择这种生活方式,绝不是一时兴起,而是包含他长期的心灵思索在其中,在词人的内心深处,归隐是一贯的情怀。在词中也折射出他的这种取向,词人欣赏的恰似人间烟火的淳朴生活,渴望的是温暖而又惬意的悠然风情。词人最终采用了一种"归去"的生活方式,不刻意追求,不必行尽,有山川足矣,心清自有浮云在。从中不难发现词人豁达的情怀,这不是逃避,而是真正看清了世间万象,官场亦如此,追逐名利,到最后也是梦一场,不如珍惜现实,品味个中滋味,何尝不是人生的乐事?

行香子

秦 观

树绕村庄。水满坡塘。倚东风、豪兴徜徉。
小园几许,收尽春光。有桃花红,李花白,菜花黄。
远远围墙。隐隐茅堂。扬青旗、流水桥傍。
偶然乘兴,步过东冈。正莺儿啼,燕儿舞,蝶儿忙。

　　层层绿树环绕着村庄;一泓绿水涨满了陂塘。我在东风的吹拂下信步闲游,一时间游兴正浓。眼前的小园色彩缤纷,春意盎然,像是收入了全部春光:这里有红艳的桃花,雪白的李花,金黄的茉莉。

　　远处是一带逶迤缭绕的围墙,墙内隐现出茅草覆顶的小堂。墙外的小桥流水近旁,飘扬着乡村酒店的青旗。我偶然乘着兴致,步过了东边的小山冈,这里黄莺正在啼鸣,燕子上下飞舞,蝶儿正忙着采花。

　　这首词展示了一幅田园风光的动态画卷,画图随着词人游春的足迹次第展开,上片以小园为中心,写词人所见的烂漫春光,下片移步换形,从眼前的小园转向远处的茅堂小桥,以及东边小山冈后的另一派春光。在唐、五代、北宋的词苑中,除苏轼的五首描绘农村风物的《浣溪沙》外,这样的佳作显得十分珍贵。

　　《行香子》词调上下片完全对称,每片多为三、四字短句,节奏明快简洁,特别是上下片结尾各有由一个字带领的三个三字排偶句,运用得当,可以造成蝉联一气的轻快风格。此词的内容、情绪正适合这样一个词调来表现。词人根据乘兴徜徉所见的不同景物,组成上下两片各具有相对独立性的两幅活动图画,使它们相互对称,映照,成为一个有机的整体。同时,词人写景状物的语言清新质朴,通俗生动,使朴质自然的乡野风光伴随词人轻松的脚步、欢快的情绪次第展现,达到词的节奏与词人的感情之间和谐的统一。